U0132323

世界文學史大綱

吳　宓——著　吳學昭——編

本書繁體字版經商務印書館有限公司授權出版發行。

世界文學史大綱

編　　著：吳　宓　著 / 吳學昭　編

責任編輯：李蔚楠

裝幀設計：鄔賜男

出　　版：商務印書館 (香港) 有限公司

　　　　　　香港筲箕灣耀興道 3 號東滙廣場 8 樓

　　　　　　http://www.commercialpress.com.hk

發　　行：香港聯合書刊物流有限公司

　　　　　　香港新界荃灣德士古道 220−248 號荃灣工業中心 16 樓

印　　刷：中華商務彩色印刷有限公司

　　　　　　香港新界大埔汀麗路 36 號中華商務印刷大廈 3 字樓

版　　次：2022 年 2 月第 1 版第 1 次印刷

　　　　　　© 2022 商務印書館 (香港) 有限公司

　　　　　　ISBN 978 962 07 4624 6

　　　　　　Printed in Hong Kong

吴宓(1894—1978)

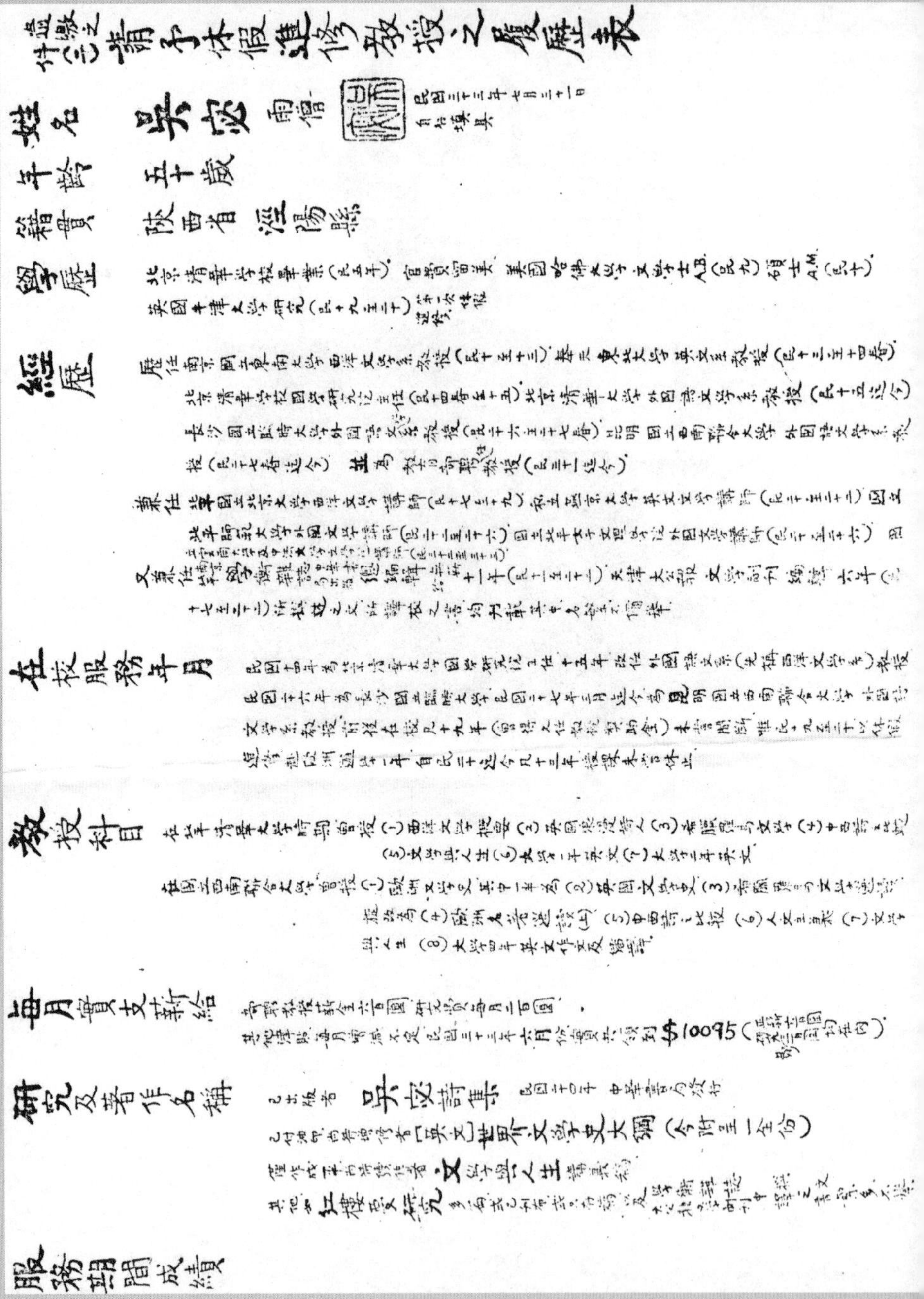

應徵之請予休假進修教授之履歷表

姓名	吳宓
年齡	五十歲
籍貫	陝西省涇陽縣

作者手跡一

件(三) 謂予休假進修教授服務期間之所究報告或著作

計件 (英文)世界文學史大綱 Outlines of the History of Literature of the World.

件(四) 謂予休假進修教授之進修計畫

考察或研究之題目　　世界文學史大綱　　撰文人主講譯

程序　(甲)就眼前能力之所謂由英文學者精作語文義過者以之會實感英文學以一學目講授之內容。

　　(乙)由是將之件油句之(英文)世界文學史大綱一書，細加改訂，且譯成漢文相機出版。

　　(丙)繼續英文文學以人主諸書滋潤修習逐漸於許書以助精思。

地點　擬留各記明文成列(乙)項工作，然後由在測某重複數則成約等地信　　觀游之之　藏書各　補充於在作時所求獲及之書為進　各地校在　　學處之友期尚討據以補助友列(甲)(丙)兩項使(乙)項由繼文書。

期間　共一學年　　　　　

預期結果　(甲)項沒有聲益可於下以半載課中達之表現之。

　　(乙)項世界文學史大題文可改訂定畢提呈文國文綱譯限出版作大學原漢文以一學目之教本或參考書。

　　(丙)未必能會書完成，但必可寫成文稿若干章。

備考　擬往諸之各地各校更為途詞程期講教文書在本年度況之範國内者似可以　力專以諸可接受用蓄之度素及說明之補助一年中旅行食用及術之仰事　之不足，何之忘多辛依　　敬示。

中華民國三十三年七月三十一日　吳宓具

作者手跡二

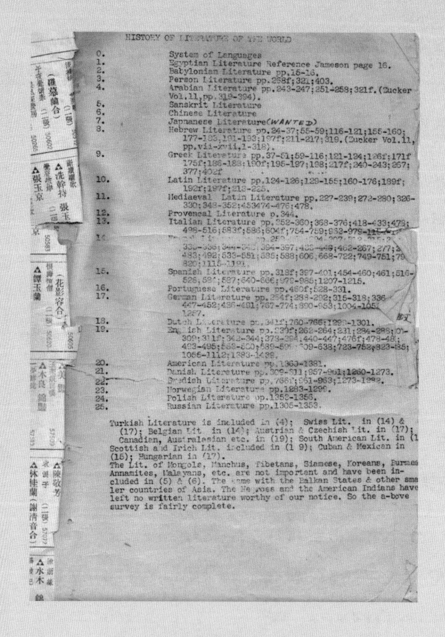

吳宓《世界文學史大綱》
（西南聯大外文系 1944 年油印本）

目錄

學術大師的流芳餘澤
——寫在"常新文叢"出版之際

　　學術的討論和研究，既有破舊立新，又有推陳出新，亦有歷久常新。在這當中，有些名著，經得起時間的考驗，成為了可超而不可越的地標，值得時時重溫，常常披閱；每讀一次，除對相關課題有進一步認識外，更能有所啟發，引導新研究，創造新見解。

　　有見及此，本館特創設《常新文叢》書系，取"常讀常新"之義，精選過往的重要著作，配以當代專家學者所撰寫的導言，期望從各方面呈現上世紀中外傑出學人豐碩的研究成果，讓廣大讀者親炙大師之教，既能近觀，亦能直視。

商務印書館（香港）有限公司

出版說明

《世界文學史大綱》是按吳宓教授於三四十年代在昆明國立西南聯合大學教授"世界文學史"一課的講授大綱，後來其後人據大綱的遺稿，以及吳宓教授的撰文、譯文、論述文章等編成此書。

是次在香港出版冀能讓吳宓教授的學術觀點，以及珍貴的遺稿流傳下去。考慮到香港讀者的閱讀興趣和習慣，本書與書稿有一變化：略去原書中編"清華大學外國語文學系概況"內容，冀讓讀者從導讀、大綱及各文章先了解吳宓教授的學術觀點及教育態度，從而對吳宓教授的貢獻有更深入的認識。

本書以周軼群《吳宓與世界文學》一文為導讀，"上編：吳宓講世界文學史"內包括在昆明國立西南聯合大學教授"世界文學史"一課的講授大綱及其他吳宓教授的撰文和譯文，"中編：吳宓論著名文學家"收錄了幾篇吳宓對於幾位對世界文學有影響的文學家，"下論：友生眼中的吳宓"附兩文談吳宓教授對教育的熱誠和認真，望能讓讀者對吳宓教授的學問以及其世界文學的造詣有更深入而全面的了解。

本書以作者手稿以及各文章的原稿為底本，參校他本，正其訛誤。前人弔書，時有省略更改，倘不失原意，則不以原書文字改動弔文；如確需校改，則出腳注以"編者注"或"校者注"形式說明。此外，作者自有其文字風格，各時代均有其語言習慣，故不按現行用法、寫法及表現手法改動原文；書稿原名及譯名與今不統一者，亦不作改動。本書編輯時，將原作以華康體排印，引文以楷體排印，譯者評注及增補材料以仿宋體排印，以資區分。部分內容本無標點或僅有簡單的斷句，一律改為新式標點，專名號從略。由於書稿年代久遠，部分字跡或紙頁糢糊，所缺字者以"口"表示；字數難以決定者，則用"（下缺）"表示。

相信本書的出版，港澳地區的讀者對於吳宓教授的了解會更深，也為世界文學史的研究帶來更多研究材料。

商務（香港）印書館有限公司編輯出版部

導　讀

吳宓與世界文學

周軼群

一、從清華到哈佛

1913-1914 年，正肄業於北京清華學校的吳宓（1894-1978）在《益智雜誌》上發表了《滄桑艷傳奇》。[1] 根據作者在"敘言"中的交代，"《滄桑艷傳奇》者，係譯自美人郎法羅（Longfellow）之 *Evangeline* 詩，復以己意增刪補綴而成。"長篇敘事詩《伊凡吉琳》（*Evangeline, A Tale of Acadie*）為美國著名詩人 Henry Wadsworth Longfellow（1807-1882，今譯朗費羅）的代表作，其打動吳宓最深之處，乃在於其"非欲傳艷情，而特著滄桑陵穀之感慨"，正如孔尚任（1648-1718）的《桃花扇》借明末李香君和侯方域的愛情為題，"以亡國之哀音，寫滄桑之痛淚"。對於生活在"山河破碎，風雲慘淡，雖號建新國而德失舊風"時代的吳宓來說，捧讀朗費羅和孔尚任這兩篇"同其用意，同其結構"的作品，不由他不作"察察之士，觸目驚懷……有是遭逢，實深同病"之歎。[2]

在同一篇敘言中，吳宓接着發了如下議論：

1　參見吳學昭整理：《吳宓自編年譜》（以下簡稱《年譜》），生活・讀書・新知三聯書店 1995 年版，第 123 頁；吳學昭整理：《吳宓日記》、《吳宓日記續編》，生活・讀書・新知三聯書店，1998-1999 年、2006 年版，本文所引吳宓日記均出自此二書，不另注。1914 年 1 月 4 日、3 月 15 日、3 月 22 日、3 月 24 日、5 月 11 日、5 月 13 日、5 月 14 日、5 月 16 日日記都有關於寫作和謄抄《滄桑艷傳奇》的記錄。

2　上引見吳學昭整理：《吳宓詩話》，商務印書館，2005 年版，第 3-4 頁。

世之有妙文，初無分於中西也。予讀 *Evangeline*，而驚其用意之深遠，結構之整齊，詞句之藻麗。且其尤足異者，則特具優點數四，而皆有似於我國文學焉。竊嘗思之，文之所以妙者，為其能傳示一種特別精神而已。此種精神，由文明社會胎育而成，而為其間人人心中所共有之觀念也。其有東西古今萬千之類別者，亦如行路者各行其所自之道，其終之歸宿，則無有不同者。故自善言文者究之，則可一以貫通之焉。我國今日之習西文者，每不究其優美之特點，惟以粗解略通為能。一由其初心繫借文以通事，而非專意於文學。二由於習西文者，其年限非甚長，其程度非甚高，於彼中秘奧，一時未能盡窺全豹。三則由其於本國文學，素少研究，故文學之觀念殊淺，一旦得瑰寶珠玉，而不能辨其非瓦礫也。由是之故，外國文學之傳於我者殊鮮。致使國之文士，咸鄙夷旁行斜上之書，概斥為不足道。而矗矗者，或且乞人墻祭之餘，謂為大酺，以驕兄弟，則又何怪國人之拒而攻之哉？若使知彼西文者，與中文較，雖各有短長，且即遜於我，亦自有光華之所現，菁英之所存，未可一概磨滅。而彼中健者，其構思，其用筆，其遣詞，胥與我有天然符合之處。東西有聖人，此心此理同。[3]

雖然在寫下以上這段話時吳宓年甫弱冠，並且計劃留美學習化學，以期成為中國急需的科學人才，但他在這段文字中表達的一些中心思想，卻已經預示了他日後會在中國開創世界文學與比較文學研究和教學的道路。他的核心信念就是，因為"東西有聖人，此心此

3　同上書，第4–5頁。

理同"，"世之有妙文，初無分於中西也"，所以學者應該以貫通折中為目標來擷取中外文學的精華。這種論點在今天聽起來也許無可非議，甚至司空見慣，但民國初年的情況可大不一樣。在當時，西方科學技術乃至政治制度的優越性，以及中國在這些方面必須向西方學習的迫切性，固然都早已是知識階層的共識，但若要說在文學領域中國人也應該向他國借鑒的話，就會有很多人不以為然了。正如吳宓在前引文中所提到的，外國文學在中國的傳播非常有限，國人對其持鄙夷拒斥態度者居多。[4] 對於這些人，吳宓以誘導的口氣希望能讓他們認識到，中西文學各有短長，而彼之優秀者則皆"與我有天然符合之處"。

那麼，貫通中西文學的意義和價值到底何在呢？清華求學時期的吳宓最主要是從文學的審美功能去理解這個問題的。《伊凡吉琳》讓他"驚其用意之深遠，結構之整齊，詞句之藻麗…… 皆有似於我國文學"。在日記中他還記錄了自己閱讀其他中西詩文的感想：

　　晚，讀英文詩一首。余素性悲觀，及感於文章若騷史以及詩詞等，彌非寫愁之作，讀之、效之而愁益深，愈難排遣。初以為此中國文學之特質，西人性氣活潑，知樂而不知愁，其文學界皆當係發皇鼓舞之文章。然年來僅讀書數十種，而若 Irving、Addison 之文，Longfellow、Wordsworth 之詩，其幽愁抑塞之情，望古傷今、埃壒視世，則又足以添愁，正與我國之文人同。乃知

4　錢鍾書（1910–1998）記錄的一椿軼事反映了這種態度。三十年代初，正在清華外文系求學的錢鍾書前往拜見清末維新派人士、著名"同光體"詩人陳衍（1856–1937）。當得知錢鍾書正在攻讀外國文學而不是實用的理工、法政、經濟等科目時，陳衍評論道："文學又何必向外國去學呢！咱們中國文學不就很好麼！"參見錢鍾書：《論林紓的翻譯》，《七綴集》（修訂本），上海古籍出版社，1993 年版，第 102 頁。

文章之道，亘古今中外而一以貫之。而文士多愁，本於愛世之熱心，則更無能逾越此範圍者。若 Wordsworth 專以短詩 Sonnet 著稱，其善者若余所抄數首，嘗讀之百道而不忍釋，覺其思想高尚、趣味濃深。人生無東西，得為詩人留清名於萬世，亦大幸矣。（1914 年 2 月 26 日）

　　凡中西詩文中之事理、之境遇、之感情，及種種極美妙確切之詞章，皆若為吾人寫抒其胸懷。雖即以逸才，作之未能更工麗有加，而常怦怦然不能自製，屢欲擒藻抒思，及轉念輒止。嘗語友人，苟余非生於今日之中國、如此之境遇者，則縱其所欲，傾其所蘊蓄，而加以研煉工夫，為文學家，或兼為哲學家，不論成功如何，已足以娛樂一生。惟其然也，故有所警惕，不敢不別求實用之歸宿，即他年以一部分光陰，從事此途，而精神力量，決不使多費於其中。鬱折深曲之意，非自解其孰能諒之也。（1915 年 7 月 4 日）

　　在這兩則日記中，吳宓的詩人氣質和文人旨趣流露無遺。閱讀中西詩文給他帶來的驚喜、啟迪和共鳴，可以歸結為文學的抒懷、怡情和冶趣的功能。異域視野的引入使得這些功能變得更為強大，以至於吳宓一方面深深感受到文學研究的強烈誘惑，另一方面出於救國的志向他又不得不竭力抵制這種誘惑，正告自己必須從事實用之學，毅然放棄他心底嚮往的“足以娛樂一生”的學問。對這種抉擇他顯然心有不甘，所以又曲曲折折地補充一句：“即他年以一部分光陰，從事此途，而精神力量，決不使多費於其中。”有意思的當然是，就在不久的將來，吳宓找到了一條新的道路，使他得以帶着一顆未改的救國之心，將文學作為終身志業來追求。

走上新道路的吳宓對文學的功能有了新的理解，他舊日的"東西有聖人，此心此理同"的信念也被賦予了新的意義。這些重大變化首先要歸功於吳宓在哈佛大學比較文學系求學期間（1918-1921）所接觸到的新思想。他的導師白璧德教授（Irving Babbitt，1865-1933）針對他所看到的現代西方社會重物質而輕精神、重功利而輕道德、重本能而輕自律等弊病，提出了"新人文主義"（New Humanism）的學說。在白璧德開出的濟世良方中，文學佔據了極其重要的地位。吳宓曾經一言以蔽之，"所謂新人文主義，欲使人性不役於物，發揮其所固有而進於善。一國全世，共此休戚，而藉端於文學"[5]。白璧德極為推崇的英國文學家馬修‧阿諾德（Matthew Arnold，1822-1888）也曾經將詩歌和人類社會的命運聯繫起來："詩之前途極偉大。因宗教既衰，詩將起而承其乏。宗教隸於制度，囿於傳說。當今世變俗易，宗教勢難更存。若詩則主於情感，不繫於事實。事實雖殊，人之性情不變，故詩可永存。且將替代宗教，為人類所託命"[6]。清華時代的吳宓告誡自己逃離文學，因為當時文學對他來說只是遣愁抒憤、陶冶性情的手段，無益於中國救亡圖存的大業。白璧德和阿諾德的學說讓吳宓看到了文學的更高使命：在宗教和哲學皆已式微、科學及實用主義當道的現代社會，文學可以為失去方向的人類提供新的精神支柱和道德準則。唯其如此，文學不但也可以救國，而且乃國運根本之所繫。據吳宓 1919 年 12 月 14 日的日記，在與哈佛密友陳寅恪（1890-1969）的一席長談中，兩人得出了一個結論："天理人事之學，精深博奧者，亙萬古，橫九垓，而不變。凡時凡地，均可用之。

5　吳宓：《空軒詩話‧黃節[ᵞⁱⁿᵍ]》，吳學昭整理：《吳宓詩話》，第 188 頁。

6　吳學昭整理：《吳宓詩話》，第 188 頁。吳宓著：《論安諾德之詩》，見《吳宓詩話》，第 77-87 頁。

而救國經世，尤必以精神之學問（謂形而上之學）為根基。"受到白璧德和阿諾德影響的吳宓，將文學視為這種"精神之學問"中特別之一科，因其在現代社會中可彌補宗教與哲學衰敗之後的空缺。

新人文主義的提出雖是以西方現代社會為針砭對象，但在白璧德及其追隨者看來，其應用範圍應當延伸到世界上任何沾染了西方時弊之處，其中自然包括當時正被風起雲湧的"新文化運動"所席捲的中國。關於新文化運動所提倡的"新文學"，吳宓在 1919 年 3 月 27 日的日記中曾寫道：

> 宓近觀察及讀書所得，知古今中外、天理人情，以及成敗利害得失之故，悉同而不異。西國昔日，事事多與中國類似。而中國今日步趨歐美，其惡俗缺點，吸取尤速。即以小說一端，可以為證。讀英文十八世紀小說，則殊類《兒女英雄傳》、《儒林外史》等。近三十年，Zola 之流派盛行，所述無非女工被污、病院生產之事；而吾國亦有《黑幕》、《女學生》等書迭出。感召之靈，固如是哉！

對吳宓在此給予左拉（Zola，1840–1902）的貶抑之辭，我們也許可以視為意氣用事，但他在這篇日記裏表達的中心思想——"古今中外、天理人情，以及成敗利害得失之故，悉同而不異"——卻是非常值得重視的。這已經不是他翻譯創作《滄桑艷傳奇》時對中西妙文給他帶來的共同審美體驗的感歎了，取而代之的是一個跟新文化運動針鋒相對的關於中西歷史哲學的立場。新文化提倡者以近現代歐美的制度和成就代表"西方文化"，以之為準繩來痛批中國傳統，甚而至於宣傳"全盤西化"。而在經歷了新人文主義洗禮的吳宓眼中，流弊甚多的近現代歐美文化完全不能代表西方文化的精華，以之為鵠的來改造中國必然加深中國文化自晚清以來陷入的重重危機。為了挽救同時處於頹病狀態的中西現代文化，唯一的途徑就是匯集東西方傳統中幾千年來最上乘、在本質上也相通、相輔相成的智慧，以對抗流俗時弊，重建一個由道德和理性主導的清明世界。[7]營建這一新世界的偉大使命必須由東西方學人共同來承擔，正如吳宓在前引文中總結新人文主義時所說："一國全世，共此休戚，而藉端於文學。"又如在 1921 年 1 月，吳宓這樣記載白璧德對在哈佛修習人文科目的中國學生的期待："巴師謂於中國事，至切關心。東西各國之儒者（Humanists）應聯為一氣，協力行事，則淑世易俗之功，或可冀成。故渠於中國學生在此者，如張、湯、樓、陳及宓等，期望至殷云云。"[8]

這裏應該強調的是，雖然吳宓在學界一直以復古守舊聞名，但他所着眼的其實是古今中外最優秀傳統的匯合。在《論新文化運動》一文中，吳宓是這樣解釋古典傳統在他的價值體系裏所享有的優先地位的：

> 今欲造成中國之新文化，自當兼取中西文明之精華，而熔鑄之，貫通之。吾國古今之學術德教、文藝典章，皆當研究之，保存之，昌明之，發揮而光大之。而西洋古今之學術德教、文藝典章，亦當研究之，吸取之，譯述之，了解而受用之。若謂材料廣

---

7 參見吳宓：《論新文化運動》，《留美學生季報》1920 年第 8 卷第 1 號，後收入《學衡》，1922 年第 4 期。引自該期《學衡》第 14 頁。

8 據 1921 年 1 月 17 日至 2 月 1 日日記。張、湯、樓、陳分別為張歆海（1898–1972）、湯用彤（1893–1964）、樓光來（1895–1960）、陳寅恪。《學衡》1922 年第 3 期出版之前，吳宓將白璧德（Babbitt）譯為"巴比特"。

博，時力人才有限，則當分別本末輕重、小大精粗，擇其尤者而先為之。中國之文化，以孔教為中樞，以佛教為輔翼；西洋之文化，以希臘羅馬之文章哲理，與耶教融合孕育而成。今欲造成新文化，則當先通知舊有之文化。[9]

令吳宓痛心的是，新文化運動的提倡者們是不願也無法去理解白璧德的新人文主義宏圖的。雖然他們效法西方，但因為缺乏對西方的通盤了解，他們看不到中西傳統在各個層面上的種種吻合之處，而是一味強調兩者之間不可調和的區別，繼而得出結論說，除了模仿現代西方，中國別無出路。[10]在吳宓看來，這些既無能力也不願意花費時間去透徹掌握中西方傳統的新文學領袖們的革命性誠然十足，文學修養則大成問題。在他們的領導下，中國讀者對西方傳統的接受基本只限於十九世紀以來的某些特定作家和思想家，文學往往淪為直接宣傳政治意識形態的工具。在莫泊桑、托爾斯泰、左拉、易卜生、巴枯寧、馬克思成為主宰的同時，西方古典傳統、基督教傳統，往下至於帕斯卡爾和米爾頓等二三千年間的經典巨匠則遭到全面冷落。[11]與西方傳統在提倡新文化者手中遭受的巨大曲解相應，

9　吳宓：《論新文化運動》，《學衡》1922 年第 4 期，第 14 頁。

10　在 1919 年的日記中吳宓頻繁思考中西異同的問題。如 1919 年 8 月 31 日他寫道："稍讀歷史，則知古今東西，所有盛衰興亡之故，成敗利鈍之數，皆處處符合；同一因果、同一跡象，惟枝節瑣屑，有殊異耳。蓋天理（Spiritual Law）人情（Human Law），有一無二，有同無異。下至文章藝術，其中細微曲折之處，高下優劣、是非邪正之判，則吾國舊說與西儒之說，亦處處吻合而不相抵觸。"在 1919 年 9 月 8 日的日記中吳宓表示，是因為有機會在哈佛良師益友的指點下學習西方先賢的著作，他才得以提高自己對中西契合之處的認識："自受學於巴師，飫聞梅、陳諸良友之緒論，更略識西國賢哲之學說，與吾國古聖之立教，以及師承庭訓之所得，比較參證，處處符合，於是所見乃略進。"

11　參見吳宓："Old and New in China"（《中國的新與舊》），《中國留美學生月報》（*The Chinese Students' Monthly*），1921 年 1 月，第 16 卷第 3 期。

他們對中國古代文化 —— 從文字文學到倫理道德 —— 的攻擊和唾棄似乎只能在意料之中。在日記中吳宓曾經既無奈又不屑地寫道："若輩（指提倡新文學者）不讀中西書，何足與辯？"（1919 年 12 月 30 日）

現在讓我們回到吳宓寫於 1913 年的《滄桑艷傳奇》"敘言"。在我們開頭引用的一段話中，吳宓分析了西方文學當時在中國影響甚微的一系列原因。在他看來，國人對外國文學的無知和排斥態度歸根結底應由介紹西方文化的中國精英負責。首先，這些人往往是帶着純實用的交流目的去學習西方文字和了解西方文化的，在文學上用功的很少。其次，了解西方必須經過一個漫長而辛苦的學習過程，否則的話，難免"於彼中秘奧，一時未能盡窺全豹"。第三，國學功底的欠缺也會直接影響學者對外國文學的鑒賞能力："由其於本國文學，素少研究，故文學之觀念殊淺，一旦得瑰寶珠玉，而不能辨其非瓦礫也。"雖然吳宓在作出以上闡述時，新文化運動尚未爆發，他的批評也未針對任何具體個人，但從事後看來，這些本身便富有洞察力的觀點就更具前瞻性了。吳宓在《中國的新與舊》和《論新文化運動》等文中痛心疾首地抨擊的新文化領袖們，與他在《滄桑艷傳奇》"敘言"中溫和地進行譏彈的西方文學介紹者們，有着共同的背景和缺陷。在吳宓眼中，他們對中國文化的了解是膚淺的，在引進西方文化作為參照時他們的態度是功利的、速成式的，結果導致他們對西方傳統不僅窺豹一斑，而且良莠莫辨。在這種情況下，他們形成的中西文化觀必然是扭曲錯位的，由他們來設計和指引中國文化的再造也必將誤入歧途。

如何恢復中西文化各自的總體面目，重新擺正兩者之間的關係，建設一個符合新人文主義理想的世界，懷着這一緊迫的使命，吳宓決定結束在哈佛的深造，於 1921 年夏獲得文學碩士後返回中國。

二、辦學與辦刊

自 1921 年 9 月起，吳宓執教於東南大學（中央大學和南京大學的前身），先是在英文系任教，次年入新建的西洋文學系（單獨成立此系，這在全國高校中是首例）。之所以選擇東南大學，是因為吳宓在哈佛時的同門梅光迪（1880-1945）先已在此任教，此時招攬諸位舊友前往，以圖在新文化運動中心以外開闢一片陣地。[12] 當年 11 月，以梅光迪、胡先驌（1894-1968）、柳詒徵（1880-1956）、吳宓為核心成員的《學衡》雜誌社成立，1922 年 1 月雜誌創刊號出版，自第三期開始吳宓擔任總編輯兼幹事。在吳宓的主持下，《學衡》以"昌明國粹，融化新知"為宗旨（見雜誌簡章），登載有關中西文化的評論、研究、翻譯、文學創作及推薦書目。1925 年，吳宓轉至清華大學（先在國學研究院[13]，後入西洋文學系），並繼續主編《學衡》。

在東南大學的三年間，吳宓開設了英國文學史、英詩選讀、英國小說、歐洲文學史等課。此時他初來乍到，信心和幹勁都很足，授課的效果也給他非常大的成就感。據其自述，"宓以備課充足，兼以初歸自美國，用英語演講極流利、暢達，故上課後深受學生歡迎……蓋自新文化運動之起，國內人士競談'新文學'，而真能確實講述西洋文學之內容與實質者則絕少。（僅有周作人北京大學教授之

12　上文提到的張歆海、湯用彤、樓光來從哈佛學成回國後皆曾在東南大學任教。

13　1925 年擔任研究院主任期間，吳宓聘請了梁啓超（1873-1929）、王國維（1877-1927）、陳寅恪、趙元任（1892-1982）為國學院導師，師資力量盛極一時。

《歐洲文學史》上冊，可與謝六逸之《日本文學史》並立……）故梅君與宓等，在此三數年間，談說西洋文學，乃甚合時機者也"[14]。

更大的時機在 1926 年到來了。當時吳宓被委任代理剛成立不久的清華大學西洋文學系（1928 年後改稱外國語言文學系）主任，負責擬定辦系方針和課程計劃。他參照哈佛比較文學系教學方案為清華制定的學程一直沿用至 1937 年抗戰全面爆發，其後內容略有改動，但總體不變，直至 1952 年全國高校院系調整，清華文科並入北京大學。這一影響深遠的西洋文學教學方案有三大方針：

　　　本系始終認定語言文字與文學，二者互相為用，不可偏廢。蓋非語言文字深具根柢，何能通解文學而不陷於浮光掠影？又非文學富於涵泳，則職為舌人亦粗俚而難達意，身任教員常空疏而乏教材。故本系編訂課程，於語言文字及文學，二者並重。

　　　本系文學課程之編制，力求充實，又求經濟，故所定必修之科目特多，選修者極少。蓋先取西洋文學之全體，學生所必讀之文學書籍及所應具之文字學知識，綜合於一處。然後劃分之，而配佈於四年各學程中。故各學程皆互相關連，而通體成一完備之組織，既少重複，亦無遺漏。更語其詳，則先之以第二年之西洋文學史（原名西洋文學概要，今雖改名，內容不變），使學生識其全部之大綱。然後將西洋文學全體，縱分之為五時代，分期詳細研究，即（1）古代希臘羅馬（2）中世（3）文藝復興（4）十八世紀（5）十九世紀，更加以（6）現代文學，分配於三年中。又橫分之，為五種文體，分體詳細研究，而每一體中又擇定一家或數家之作

14 《年譜》，第 222 頁。

品詳細講讀，以示模範，亦分配於三年中，即（1）小說，近代小說（2）詩——英國浪漫詩人（3）戲劇，近代戲劇及莎士比亞（4）散文——第三年及第四年英文（5）文學批評。此其區分之大概。復先之以全校必修之西洋史及本系必修之西洋哲學等。益之以第四年之專題研究及翻譯術等。翼之以每年臨時增設之科目，如西洋美術、但丁、浮士德、拉辛、吉德等，可云大體完備。

　　本系對學生選修他系之學科，特重中國文學系。蓋中國文學與西洋文學關係至密。本系學生畢業後，其任教員，或作高深之專題研究者，固有其人。而若個人目的在於（1）創造中國之新文學，以西洋文學為源泉為圭臬；或（2）編譯書籍，以西洋之文明精神及其文藝思想介紹傳布於中國；又或（3）以西文著述，而傳布中國之文明精神及文藝於西洋，則中國文學史學之知識修養均不可不豐厚。故本系注重與中國文學系聯絡共濟。[15]

　　這份學程的設計和《滄桑艷傳奇》"敘言"中對習西文者之缺點的剖析在精神上一脈相承，提供的解決方案也具有高度針對性。強調語言和文學訓練並重，二者不可偏廢，首先是為了破除當時大多數人學習外文時的純功利傾向，避免培養"粗俚"、"空疏"之人，或者"外國語嫻習之奴隸人才"（最後引號中的話乃吳宓於1915年9月17日的日記中，對當時清華學校日益裁減學科的做法所表示的擔憂）。必須具有一定西方文學涵養之人方可承擔向國人介紹和解說西方文化的任務，而要獲得這種涵養，又離不開扎實的文字功夫，

15　吳宓：《外國語文學系概況》，《清華週刊·嚮導特刊》1934年6月1日，第41卷第13/14期，第85-87頁。

若要兩者兼備，則非長期潛心鑽研不可。這是吳宓眼中的新文化運動人士所普遍缺乏的基本素質，也是他對西學後人所寄予之期望的前提。

其次，強調對"西洋文學之全體"的掌握，是對因耐心和功夫不夠而對西方"未能窺其全豹"這個問題的回應。在《論新文化運動》中，吳宓對當時青年人受到的誤導表示理解："今中國少年學生，讀書未多，見聞缺乏，誤以新文化運動者之所主張，為西洋文明全部之代表，亦事理之所常有"。看到青年人無處求得關於西方的真相，吳宓憂心如焚："值今日中國諸凡變動之秋，羣情激擾，少年學子熱心西學，而苦不得研究之地、傳授之人，遂誤以此一派之宗師，為唯一之泰山北斗，不暇審辨，無從抉擇，盡成盲從，實大可哀矣"[16]。吳宓設計的學程中，"西洋文學史"乃位列第一的必修課，隨之以希臘羅馬—中世紀—文藝復興—十八世紀—十九世紀（現代）五段分期研究，再加上不同文體的專門課程，正是為了既提供一個把握西方文學整體的途徑，又防止空泛籠統之病。對局部有專精了解，但在視野上又不囿於一時一派一體，最終才可能取得西洋精髓。[17]

再者，強調中國文學方面的訓練，首先是因為中國文學和西洋文學"關係至密"，也就是說兩者是相通的，前者了解欠佳勢必影響對後者的學習和鑒賞能力，反之亦然。這個在《滄桑艷傳奇》"敘言"

16　吳宓：《論新文化運動》，《學衡》1922 年第 4 期，第 2、1 頁。

17　讀過吳宓《文學研究法》一文者，會覺得他的學程設計在很大程度上是脫胎於他讀書修學十法中的前三條："（一）首須洞明大體，通識全部，勿求細節。如研究西洋文學，則宜先讀極簡明之西洋文學史一部，如 Emile Faguet 著之 *Initiation into Literature* 等書，次讀各國文學史，然後再及一時一家之作。（二）欲研究西洋文學，宜先讀西洋歷史及哲學，以為之基。此外如宗教美術等，與文學關係甚密，亦須研究。（三）精通西洋各國文字……"（《學衡》1922 年第 2 期，第 7 頁）。

中已抽象表達過的意見，吳宓在《論新文化運動》中舉出實例進行驗證：「凡夙昔尊崇孔孟之道者，必肆力於柏拉圖、亞里士多德之哲理；已信服杜威之實驗主義（Pragmatism-Instrumentalism）者，則必謂墨獨優於諸子。其他有韻無韻之詩，益世害世之文，其取捨之相關亦類此。」[18] 除了這個理由，吳宓還從學生將來可能選擇的事業着眼來闡述了中西文學並重的必要性。不管是有意從西洋文學中汲取靈感和營養，以「創造中國之新文學」，還是打算從事編譯，將西方文化的精神介紹到中國來，或是立志以西文撰著，向西方傳播中國文化，無疑都對國學功底有很高的要求。

以上三大方針在 1935 年吳宓為清華外文系編制的 1936–1937 學年之學程中都得到了重申。關於課程編訂的目的，後來這份文件中有了更為精當的表述：「為使學生得能（甲）成為博雅之士，（乙）了解西洋文明之精神，（丙）造就國內所需要之精通外國語文人才，（丁）創造今世之中國文學，（戊）會通東西之精神思想而互為介紹傳布。」[19]

如果總而言之的話，我們不妨說，吳宓是按照他對「如何再造中國文化」的理解來設計清華外文系的培養方案的，也可以說，以上目標中的（甲）、（乙）、（丙）是為「再造」所做的準備，而（丁）和（戊）則代表的是「再造」的兩個途徑。把中國文化介紹到西方去，這是哈佛時期白璧德對吳宓的囑託。「巴師謂中國聖賢之哲理，以及文藝美術等，西人尚未得知涯略；是非中國人之自為研究，而以

---

18 《學衡》1922 年第 4 期，第 6 頁。這段話中所對舉的兩類人，顯然一為服膺新人文主義的《學衡》諸君，一為胡適及其新文化運動追隨者。

19 《文學院外國語文學系學程一覽》，《清華大學一覽》（1937），收入《清華大學史料選編》第二卷（上），清華大學出版社，1991 年版，第 315 頁。

英文著述之不可。今中國國粹日益淪亡，以後求通知中國文章哲理之人，在中國亦不可得。是非乘時發大願力，專研究中國之學，俾譯述以行遠傳後，無他道。此其功，實較之精通西學為尤巨。巴師甚以此望之宓等焉。宓歸國後，無論處何境界，必日以一定之時，研究國學，以成斯志也"（1920 年 11 月 30 日日記）。將中國文化之精粹傳播出去，使之與西洋文明之精華發生融合，成為大同世界中既和諧而又獨特的一分子，既保存中國傳統固有的價值，又因躋身於一個新的文化有機體中而得放異彩。這是吳宓在白璧德新人文主義視野中為中國找到的位置，也是他設想的中國文化再造的一個方向。

　　另外一個方向，當然就是將西方文化的菁華引進來，一者可與中國的國粹相得益彰（"凡讀西洋之名賢傑作者，則日見國粹之可愛"）[20]，從而對本來熟悉的東西獲得新鮮的認識，一者則是可從中探取素材和手段，為"創造中國之新文學"提供一大助力。對於如何利用這一外來助力，吳宓在《論今日文學創造之正法》一文中進行了申述。首先，在寫作材料上，西洋文化無異於為中國當今的作者們呈上了一座從未發掘的寶藏：

　　　　東方西方之文明接觸，舉凡泰西三千年之典章文物，政術學藝，其人之思想感情經驗，以及窮研深幾之科學哲理文史諸端，陸離璀璨，悉湧現於吾國人之前，供我研究享受，資用取汲；且由此而吾國舊有之學術文物，得與比較參證，而有新發明，新理解，琢磨光輝，頓呈異採，凡此皆創造文學之新資料也。

20　吳宓：《論新文化運動》，《學衡》1922 年第 4 期，第 6 頁。

今欲改良吾國之詩，宜以杜工部為師，而熔鑄新材料以入舊格律。所謂新材料者，即如五大洲之山川風土國情民俗，泰西三千年來之學術文藝典章制度，宗教哲理史地法政科學等之書籍理論，亙古以還名家之著述，英雄之事業，兒女之豔史幽恨，奇跡異聞，自極大以至極小，靡不可以入吾詩也。[21]

當然，若想開採這座豐富的寶藏，不管是直接接觸西方典籍，還是藉助翻譯的中介，都必須帶着耐心和好奇心，獲得有力的工具，找到正確的路線，使用合適的方法。在獲得關於西方的廣博知識之後，還必須善於思考其於中國新文學創作特具啟發之處。吳宓試舉了一例："我國向日詩文，言海者甚少。今如有人焉，其文學功深，而海上之經驗又極富，則可作為至有味而至實在之詩或小說，而不必假手於彼吉百齡（Kipling）與 Joseph Conrad 也"。在討論長篇小說創作時，吳宓建議初學者試作"教育小說"（*Bildungsroman*，最著名者為歌德（1749-1832）的《威廉 · 邁斯特》，敘述主人公成長過程中的思想感情和見聞經歷），因為"但將一己及其朋友之經歷，依實寫出，娓娓動人，雖不能為巨構，而必亦可觀也"[22]。關於戲劇，吳宓先提到近年歐美提倡劇場布景趨簡之運動，然後有以下議論："準是以論，則在吾國新劇亦宜於精神藝術上用功夫，而不可徒炫布景之繁複。而吾國舊戲中之京戲，實與莎士比亞時代之戲劇相似；而昆曲之人少事簡而重歌唱及詞藻，實近於希臘古劇也……由是比較，而吾國

21　吳宓：《論今日文學創造之正法》，《學衡》1923 年第 15 期，第 4、15 頁。

22　吳宓本人也曾打算模仿《威廉 · 邁斯特》，作一部自傳體小說（1926 年 11 月 28 日及 1931 年 6 月 13 日日記）。

之舊戲之價值乃見，以其有多年之舊規，而自能造成一種幻境以悅人也"。[23] 在以上數例中，吳宓的想法都頗有見地，體現了比較視野帶來的別有會心。這些建議和議論對於豐富中國文學創作的題材和體裁、探索舞台藝術表現形式以及掌握小說寫作門徑都具有啟發性，其開放的思路和合理的闡述也毫無新文化運動人士眼中《學衡》派的抱殘守缺、迂腐陳陋之態。

因為堅信西洋文學知識使自己在如何創造中國之新文學這個議題上獲得了獨到的見解和不可忽視的發言權，吳宓是抱着急切和熱忱的態度來推廣他的看法和心得的。編《學衡》、訂學程、日常授課都是他力圖傳播自己聲音的核心途徑。這裏應該一提的是，除了《學衡》，在 1928 年 1 月至 1934 年 1 月的六年間，吳宓還擔任了《大公報・文學副刊》的主編。《學衡》乃同人刊物，而《文學副刊》是公開發行的商業性報紙，在內容和風格上都比《學衡》開放不少，其宗旨為："對於中西文學，新舊道理，文言白話之體，浪漫寫實各派，以及其他凡百分別，亦一例平視毫無畛域之見，偏袒之私，惟美為歸，惟真是求，惟善是從。"儘管如此，吳宓的新人文主義立場仍然在《文學副刊》中得到了清晰的體現，尤其是在他本人撰寫的評介西方文學家的"通論"稿件中。這些通論從選題到立論一般都緊密切合吳宓最關心的話題，即如何從世界文學史中找到靈感，幫助理解和解決中國當代文學界面臨的緊迫問題。[24]

23　本段上述引文出自吳宓《論今日文學創造之正法》，《學衡》1923 年第 15 期，第 12、23、24–25 頁。

24　吳宓有時將這些文章由《學衡》轉載至《大公報・文學副刊》(以下將提到的兩篇都屬此類)，由此亦可見他主編的這兩份性質不同的刊物之間在目標上的共同之處。

例如，在《法國詩人兼批評家馬勒爾白逝世三百年紀念》一文中，吳宓向中國讀者介紹了馬勒爾白（François de Malherbe，1555－1628）的業績，講述其如何"主張純粹之文字與精嚴之格律"，"毅然為澄清文字、釐正文體之事"，一舉廓清了以龍薩（Pierre de Ronsard，1524－1585）為首的"七星社"詩人雕飾蕪雜而多新變的文風。這篇文章，實際上是吳宓既認為中國文字文學亟需改革、但又極不贊成白話新文學提倡者所開出的藥方，有感而發的。正如吳宓在以下一段話中所說：

夫古今中西之論文字文體者雖多，其結論要必歸於"明顯雅正"四字。已達此鵠，則美與用合一，而文字之能事備矣。馬勒爾白之所倡者亦此而已。然則中國不久必將有馬勒爾白之出現，以完成今世中國文字文體解放之功，而使歸於正途，蔚成國粹世寶。吾人謹當拭目以俟之矣。[25]

又如，在《德國浪漫派哲學家兼文學批評家弗列得力‧希雷格爾逝世百年紀念》這篇文章中，吳宓用了極長的篇幅介紹了德國早期浪漫主義文學運動中的雙璧——希雷格爾兄弟（August Schlegel，1767－1845；Friedrich Schlegel，1772－1829）——的生平和作品，但在最後一節中，吳宓將他的注意力轉到了與中國文學的比較。他在十八世紀末、十九世紀初德國文壇的各種流派和二十世紀中國文學界先後湧現的風雲人物中，找到了一一對應（比如，陳獨秀、胡

---

25 原載《學衡》1928 年第 65 期。轉載於《大公報‧文學副刊》1928 年 10 月 8 日、15 日。引自該期《學衡》，第 69 頁。

適、徐志摩等可比於德國之狂飆運動，魯迅與郁達夫等可比於希雷格爾兄弟所領導之浪漫派），隨即又指出兩國情形的不同。其一，德國諸派的流行在時間上相隔較久，而中國的思潮和團體則在十年中風起雲涌、令人應接不暇，"今之中國，思想感情之衝突，古今新舊之混淆，較他國他時均為甚"。其二，也可能是吳宓撰此文時最想表達的深意，則是：

> 德國當時有葛德（即歌德）與許雷（即席勒，或譯席拉，1759-1805）二人，秉其雄厚之天才，雖由狂飆運動入，而旋即脫棄之，精研古學，以人文主義為倡。其學識則包融新舊，其宗旨則在尋求普遍之真理而發明藝術之精理與正法，其所創造之作品則佳美無上，為古今所莫及，其在當時之影響，則能補益糾正各派之所短，而使新進作者有所取法，譬如眾星在天，而日月居中照耀。中國今日，其孰能當葛德與許雷，其孰以葛德之志為志、葛德之法為法；其孰以精美純正熔鑄一切之人文主義為倡；其孰能為古學淵博之今世模範思想家及文藝創造者；此其人誰耶？或答曰恐尚無之。若是者，眾皆當勉為之，吾人首先竭誠企望之矣。[26]

在這篇紀念文章中，吳宓從新人文主義的立場，對傳主的浪漫主義文學理論和作品提出了批評，最後以對歌德的讚歌結束，為中國呼喚一位同樣的"包融新舊"，"以精美純正熔鑄一切之人文主義

---

26 原載《學衡》1929 年第 67 期。轉載於《大公報‧文學副刊》1929 年 4 月 22 日。引自該期《學衡》，第 31 頁。

為倡"的文壇領袖,可謂是圖窮匕見、用心良苦。[27]

　　吳宓對中國未來的馬勒爾白和歌德的企望,並非僅限於修辭上的抒情。他對馬勒爾白之性格和行事的描寫似多有自況之意,令人猜想,他很可能曾經想像過自己在中國扮演馬勒爾白之角色,在新文化運動中力挽狂瀾,雖四面樹敵而在所不惜:

　　　　馬勒爾白性情剛烈而質直,威厲而真誠,褊急而忠厚。其律己也嚴,其責人也亦重而切,人或比之為塾中執夏楚之學究云。方其得君在位而名盛之時,日造門以詩文求正者踵相接。馬勒爾白則手揮硃筆,一一為之批改,絲毫不少寬假;劣者則全篇塗抹,甚或面斥其妄作。馬勒爾白之於詩文,可謂忠於所事,衡鑒必準而標準至嚴,雖係當朝權貴或盛名文士,苟以詩文請謁,則決不稍為詉悅瞻徇之事。故其生平招尤致怨不少,特其人皆無如馬勒爾白何。[28]

　　至於誰可為中國之歌德,吳宓在文章中並未明言,但當時最接近他心中理想的候選人應該是吳芳吉(1896-1932,字碧柳,吳宓清華好友,詩人,常為《學衡》供稿)。吳芳吉兼善新舊詩,被吳宓譽為"真能熔合新詩舊詩之意境材料方法於一爐者"[29],其關於詩歌新舊的立場可以以下這段話為代表:

27　關於吳宓和《大公報・文學副刊》,參見劉淑玲《吳宓與〈大公報・文學副刊〉》,《中國現代文學研究叢刊》2001年第4期;湯林嶧《論〈大公報・文學副刊〉的德國文學研究》,《湖南大學學報》2011年第5期;湯林嶧《論〈大公報・文學副刊〉的英國文學研究》,《蘭州大學學報》(社科版)2012年第5期;《論〈大公報・文學副刊〉的法國文學研究》,《湘潭大學學報》(哲學社科版)2013年第6期。

28　吳宓:《法國詩人兼批評家馬勒爾白逝世三百年紀念》,《學衡》1928年第65期,第74頁。

29　吳宓:《吳芳吉傳》,吳學昭整理:《吳宓詩話》,第159頁。

余之所謂新詩，在何以同化於西洋文學，略其聲音笑貌，但取精神情感，以湊成吾之所為。故新派多數之詩，儼若初用西文作成，然後譯為本國詩者。余所理想之新詩，依然中國之人，中國之語，中國之習慣，而處處合乎新時代者。[30]

這裏吳芳吉批評的是時下流行的某些新詩食洋不化、形神皆喪的現象，他本人所追求的是攝取西方文學的精神，然後以中國人的聲口道出中國人的經驗、情感和關懷，從而鑄造一種真正同化了西方精神、也真正屬於現代中國的新詩。吳宓對吳芳吉多年一貫的激賞，正是因為在如何讓西洋文學為我所用這個問題上兩人英雄所見略同。吳芳吉之最高理想，乃以十年二十年之力，撰作一部中華民族之史詩。預計篇幅十萬八千字，在結構上模仿但丁《神曲》，句法上用六言詩（這一選擇有多種技術上的考慮，但亦有遠追荷馬史詩六步格之意），內容上則第一部以大禹之肇造為中心，第二部寫民國革命，第三部遙想三百年後孔子之復生，總體線索為摹寫中華民族根性之產生、喪失與再現。[31]

吳宓一直殷切期待吳芳吉能夠完成他所構想的這部史詩。在吳芳吉以三十六歲的盛年溘然辭世之後，吳宓在《大公報‧文學副刊》上寫道：

30　吳芳吉：《白屋吳生詩稿自敘》，《大公報‧文學副刊》1929年2月4日，收入《吳宓詩話》，第160–165頁，引文見第164頁。

31　吳芳吉、吳宓：《吳芳吉論史詩計劃書跋》。吳芳吉於1932年5月9日去世後，吳宓將其計劃刊於《大公報‧文學副刊》1932年6月20日，並為作跋。收入吳學昭整理《吳宓詩話》，第166–167頁。

予近年在清華授希臘羅馬文學，每年秋必教諸生讀桓吉爾 Virgil（今譯維吉爾）之《伊尼德》Aeneid（史詩英譯本），甚悉桓吉爾所以成功之道。又以中華與羅馬東西遙對，民風歷史酷似，竊意苟有人能為中華民國作成宏大之民族史詩一部，其義法必同桓吉爾，而其事非碧柳莫能任。故恆勸碧柳拋棄家庭學校朋友人事之糾紛及道德責任之小節，而專力於此。又望以吾之所見，與碧柳當面詳說。今皆已矣。嗚呼，繼碧柳而起者誰耶？吾及身其能親見之否也？[32]

　　吳宓在教授羅馬史詩時思考中國文學傳統中史詩的缺位，這可以說是很自然的事。二十世紀二三十年代時，"中國為甚麼沒有史詩"是一個在學術圈和文學界引起了不少探討的問題，比較有代表性的討論可以參見朱光潛（1897–1986）於 1926 年和 1934 年發表的兩篇文章。[33] 吳宓較為獨特之處，是他試圖倚仗自己在多年學習和授課中對羅馬史詩精神和藝術的了解（其自許"甚悉桓吉爾所以成功之道"），為打造一部恢弘的中國史詩作出直接貢獻。吳芳吉的志向、才具和文學眼光決定了他是吳宓心目中擔當這一民族大業的不二人選。為了促成這部巨制的創作，1927–1928 年吳宓頻繁作書，懇請當時在輾轉各方後已返回四川祖籍的吳芳吉赴京，即前引跋文中所提到的"恆勸碧柳拋棄家庭學校朋友人事之糾紛及道德責任之小節，而專力於此。又望以吾之所見，與碧柳當面詳說"。從這些信札中可看出吳宓為自己在史詩創作偉業中設想的角色：

32　同上書，第 168 頁。

33　朱光潛：《中國文學之未開闢的領土》，《東方雜誌》1926 年第 23 卷第 11 期；《長篇詩在中國何以不發達》，《申報月刊》1934 年第 3 卷第 2 期。

宓確信弟若能在京，與宓同居半載，則宓之所懷抱，及所知西洋古今大詩人創作進功之方法，可悉以語弟，其於弟一生正事（即創作偉大之詩）必為益極大，宓之受裨，更不必言。（1927 年 12 月 29 日）

（宓）所望……共為文藝之創作，以宓一生之經驗，助弟成為中國二十世紀之大詩人。（1928 年六月初四）

宓之望弟外出者，（1）欲與細論文學創造之法，俾弟得以最經濟而正當之途徑，成為中國第一大詩人也。（1928 年 7 月 11 日）[34]

除了基於自己的西方文學修養而志願為吳芳吉史詩創作提供技藝義法方面的指導，吳宓還以兄長的身份對吳芳吉提出了以下忠告：

輕視事功，重視文藝創作。所謂事功，如改良學校、招聚同志以及挽回潮流皆是。非以餘生精力，專注於詩文，則難企大成，精力不宜再分。（1928 年 7 月 11 日）[35]

吳宓諄諄告誡吳芳吉須得輕視的一些事——如改良學校、招聚同志以及挽回潮流——卻正是他本人自歸國以來一直兢兢業業從事的活動。辦刊、辦學、襄助同道都體現了文學研究者吳宓對事功的

34　吳學昭整理：《吳宓書信集》（以下簡稱《書信集》），生活·讀書·新知三聯書店 2011 年版，第 118、128、131 頁。

35　《書信集》，第 132 頁。

不懈追求。1919 年 11 月 13 日吳宓曾在日記中寫道："文學之效用，雖遠且巨，然以今中國之時勢，若專以評文者自待，高蹈獨善，不偕諸友戮力前途，為國事世事，稍盡人己之綿力，則按之夙習立志，拊膺實深愧矣。"雖然吳宓為人耿介且自認缺乏處世之才，每每為行政事務所苦，但淑世之心決定了他不可能滿足於做一個專注於文學欣賞和品評的學者和教授（即高蹈獨善之"評文者"）。在胡適聲譽日隆、新文化運動的主要主張已在知識界和政府層面被廣泛接受的形勢下，吳宓為《學衡》的編輯和發行殫精竭慮，以求維持一個宣傳新人文主義的平台，為中國文化謀劃另一種新的未來。在辛苦地運行了五年（1922-1926）、出版了六十期後，《學衡》的命運日益黯淡，直至 1933 年徹底終刊（六年間時斷時續，又總共出版了十九期）。與《學衡》長期被視為逆潮流而動之典型相比，吳宓在清華外文系二三十年代學程設計中所起的關鍵作用在當時就得到了多方承認。事後看來，參與辦學是吳宓推廣其中西文化觀最切實有效的方式，他在此過程中的建樹也奠定了他在中國高校現代人文學科建設中不可磨滅的地位。二十世紀中國研究西方語言文學的翹楚多與清華外文系（以及抗戰期間的西南聯大外語系）有淵源，其中不乏通曉中西文化的菁英。[36] 吳宓為之嘔心瀝血的《學衡》應者寥寥，他全力促成的中華民族史詩的創作胎死腹中，但他作為教育家留下的遺產源遠流長。無論成敗，吳宓的奮鬥都是奉行他求學時代對自己的砥礪：

---

36 參見李賦寧（1917-2004）在《懷念恩師吳宓教授》（《涇陽文史資料・吳宓專輯》，1990）一文中所列舉的曾受吳宓培養的作家、學者、翻譯家。李賦寧將吳宓視作自己一生學習和從事英語語言文學研究的引路人（《學習英語與從事英語工作的人生經歷》，北京大學出版社 2005 年版，第 232 頁）。錢鍾書則這樣向吳宓致敬："本畢業於美國教會中學，於英美文學淺嘗一二。及聞先師於課程規劃倡'博雅'之說，心眼大開，稍識祈向"（《吳宓日記》序言，第 1 頁）。

"偕諸友戮力前途。為國事世事，稍盡人己之綿力。"[37] 既自任為新人文主義在中國的使徒，他視行動和事功為自己的當然使命。

三、在中國書寫世界文學史

事功之外，一生都在學術界耕耘的吳宓實現其文化理想的途徑自然是研究和教學。編一部西方文學史是他的夙願。當然，吳宓不是民初時期唯一嘗試過編撰西方文學史的。周作人（1885–1967）便是一個著名的先行者。1917 年 9 月，周作人被聘為北京大學文科教授，擔任"歐洲文學史"的教授，次年 10 月，他將前一學年的講義匯集出版，是為《歐洲文學史》。[38] 周作人在《知堂回想錄》中對當時授課和編寫講義的情形有過較為詳細的回憶：

> 課程上規定，我所擔任的歐洲文學史是三單位，希臘羅馬文學史三單位，計一星期只要上六小時的課，可是事先卻須得預備六小時用的講義，這大約需要寫稿紙至少二十張，再加上看參考書的時間，實在是夠忙的了。於是在白天裏把草稿起好，到晚上等魯迅修正字句之後，第二天再來謄正並起草，如是繼續下去，在六天裏總可以完成所需要的稿件，交到學校裏油印備用。這樣經過一年的光陰，計草成希臘文學要略一卷，羅馬一卷，歐洲中古至十八世紀一卷，合成一冊《歐洲文學史》，作為"北京大學叢書"之三，由商務印書館出版。這是一種雜湊而成的書，材料全

37　1919 年 11 月 13 日日記。

38　周作人：《歐洲文學史》，上海商務印書館 1918 年版，收入止庵校訂：《周作人自編文集》第 1 卷，河北教育出版社 2002 年版。該文學史自希臘羅馬始至十八世紀止。

由英文本各國文學史，文人傳記，作品批評，雜和做成，完全不成東西，不過在那時候也湊合着用了。[39]

周作人在這段話中披露的，除了在中國當時西學基礎極其薄弱的情況下講授"歐洲文學史"這樣一門課的實際困難，還有他對待這一艱難任務的態度。看得出來他是很以為苦的，而且他將隨講隨編的講義在一學年授課完畢之後即交付出版，也說明他沒有把撰寫《歐洲文學史》當作一項真正的學術事業。不準備再投入更多的時間和精力，是因為他不認為他作為學者的身份和聲望取決於這本《歐洲文學史》的質量。在《知堂回想錄》中，周作人極其坦誠地交代了他在讀了一本英國學者所編撰的歐洲文學分期史之後的感想：

我看了只能叫聲慚愧，編文學史的工作不是我們搞得來的，要講一國一時期的文學照理非得把那些作品都看一遍不可，我們平凡人哪裏來這許多精力和時間？我的那冊文學史在供應了時代的需要以後，任其絕版，那倒是很好的事吧。[40]

確實，如果我們翻開周作人的《歐洲文學史》，可能不得不同意他對自己這本書的誠實評估。薄薄一冊（2002年再版，180頁），從古希臘講到十八世紀，基本只限於羅列各階段文學史中的各項簡單事實（主要作家、作品、思潮等）。如再版校訂者止庵給這本小冊子

---

39 周作人：《知堂回想錄》（第127篇"五四之前"），收入止庵校訂：《周作人自編文集》第36卷，第426-427頁。

40 周作人：《知堂回想錄》（第127篇"五四之前"），收入止庵校訂：《周作人自編文集》第36卷，第427頁。

的定性："按今天的說法，大概算是'編譯'。"雖然止庵也認為"書中未必完全沒有作者自己的體會"，但所舉一例頗為勉強。[41] 其實，考慮到周作人《歐洲文學史》的誕生過程以及他本人的態度，我們可以坦然地以學術價值和學術史價值之間的區別來看待他這本"編譯"的小冊子。西方文學（尤其是古希臘文學）的浸潤在周作人的文學作品中可以說無處不見，他對古希臘文學的鍾情更是體現在他大量的譯作和隨筆中，但他不曾以西方文學史家自居，甚至並不希望自己的《歐洲文學史》傳世。

與周作人同為"文學研究會"（成立於 1921 年 1 月）發起人的鄭振鐸（1898–1958），對編寫世界文學史有着強烈得多的動力和熱情。1923 年，鄭振鐸出版了《俄國文學史略》，在序言中他寫道：

> 我們沒有一部敘述世界文學，自最初敘到現代的書，也沒有一部敘述英國或法國，俄國的文學，自最初敘到現代的書。我們所有的只是散見在各種雜誌或報紙上的零碎記載；這些記載大概都是關於一個作家或一部作品，或一個短時間的事實及評論的。這實是現在介紹世界文學的一個很大的缺憾！在日本，他們已有了許多所謂《支那文學史》、《英國文學史》、《獨逸文學講話》之類的書。在英國或美國，他們也已出了不少種的世界文學史叢書；如倫敦 T. Fisher Unwin 公司所出的"文學史叢書"（The Library of Literary History）出版的已有印度、愛爾蘭、美國、波斯、蘇格蘭、法蘭西、亞拉伯、俄羅斯等國的文學史；

41　止庵：《關於歐洲文學史》（周作人《歐洲文學史》整理說明），止庵校訂：《周作人自編文集》第 1 卷，《歐洲文學史》，第 2 頁。

Edmude Gosse[42] 所編輯的 "世界文學史略叢書"（Short Histories of the World Literatures）也已出版了中國、日本、亞拉伯、俄羅斯、西班牙、法蘭西、意大利等十餘國的文學史。其他關於希臘、羅馬及波蘭、猶太等國的文學史一類的書零星出版的，尚有不少。

如果要供給中國讀者社會以較完備的文學知識，這一類文學史的書籍的出版，實是刻不容緩的。[43]

在以上這段話中，對於中國在世界文學史撰寫方面的嚴重欠缺，鄭振鐸所感到的遺憾和急迫心情躍然紙上。鑒於文學研究會的宗旨（"研究介紹世界文學，整理中國舊文學，創造新文學"）[44]，這種心情是很容易理解的。其實，兩年前，文學研究會機關刊物《文學旬刊》的發刊詞（1921 年 5 月 10 日）已經傳達了同樣的心聲，只不過那份文件的重點是世界文學的譯介，而非世界文學史的編寫：

人們的最高精神的聯鎖，惟文學可以實現之。

無論世界上說那一種語言的人們，他們都有他們自己的文學，也同時有別的人們的最好的文學，就是，同時把自己的文學貢獻給別人，同時也把別人的文學介紹來給自己。世界文學的聯鎖，就是人們的最高精神的聯鎖了。

我們很慚愧；惟有我們說中國話的人們，與世界的文學界相

42　應為 Edmund Gosse（1849−1928）。

43　鄭振鐸：《俄國文學史略》，《鄭振鐸全集》第 15 卷，花山文藝出版社 1998 年版，第 415 頁。

44　《文學研究會簡章》第二條，原載《小說月報》第 12 卷第 1 號，1921 年 1 月 10 日，收入賈植芳、蘇興良、劉裕蓮、周春東、李玉珍編：《文學研究會資料》（上），知識產權出版社 2010 年版，第 5 頁。

隔得最窵遠；不惟無所與，而且也無所取。因此，不惟我們的最
高精神不能使世界上說別種語言的人了解，而我們也完全不能了
解他們。與世界的文學界斷絕關係，就是與人們的最高精神斷絕
關係了。這實在是我們的非常大的羞辱，與損失——我們全體
的非常大的羞辱與損失！

以前在世界文學界中黯然無色的諸種民族，現在都漸漸的有
復興之望了。愛爾蘭、日本、波蘭、吐光芒於前，印度、猶太、
匈牙利，露刃穎於後。惟有我們中國的人們還是長此酣睡，毫無
貢獻。我們實在是不勝慚愧！

……

在此寂寞的文學墟墤中，我們願意加入當代作者譯者之林，
為中國文學的再生而奮鬥，一面努力介紹世界文學到中國，一面
努力創造中國的文學，以貢獻於世界的文學界中……[45]

與翻譯外國文學相比，撰寫世界文學史的困難在理論上來說是
要大得多的。就最基本的層面而言，翻譯可以根據譯者的興趣和能
力，選定一國、一時、一人的部分作品來努力，而文學史的寫作則
必須對各國文學傳統具有全盤了解，而且能夠作出系統明瞭的分析
和評價。自周作人勉強嘗試輒避之唯恐不及之後，這個領域後繼乏
人，是一點都不奇怪的。對文學研究會靈魂人物鄭振鐸來說，這種
耀眼的空白是應該讓中國的文學工作者感到慚愧和不安的。正因為
"與世界的文學界斷絕關係，就是與人們的最高精神斷絕關係了"，
而文學史的書寫是開通和發展這種關係的必由之路，所以編撰一部

45　原載《文學旬刊》第 1 期，收入《文學研究會資料》（上），第 508–509 頁。

世界文學史就成了中國文學界“刻不容緩”的一個任務。

就是在這種緊迫感的驅動下，鄭振鐸編撰的《文學大綱》問世了。《文學大綱》自 1924 年 1 月起連載於《小說月報》，前後三年，直至 1927 年結集出版。皇皇四卷，共四十六章，約八十萬字，縱橫古今中外各個文學傳統。在“敘言”中，鄭振鐸寫道：

> 這個工作真是一個偉大而艱難的工作；文學世界裏的各式各樣的生物，真是太多了，多到不可以數字計，一個人的能力，那裏能把他們一一的加以評價，加以敘述！僅做一個作家的研究，一個時代，一個國的研究者，已足夠消磨你的一生了。要想把所有文學世界裏的生物全盤的拿在自己手裏，那裏能夠做得到。然而已有許多好的專門研究者，做了那些一部分的研究工作了，也有好些很有條理的編者，曾經做過那種全盤的整理工作了。編者的這部工作，除了一小部分中國的東西外，受到他們的恩惠真不少。要沒有他們的工作，本書乃至一切同類的書，其出現恐將不可能。[46]

雖然他和周作人一樣感慨編撰文學史的艱難，但鄭振鐸應對的態度和策略要積極得多。既然“已有許多好的專門研究者，做了那些一部分的研究工作了，也有好些很有條理的編者，曾經做過那種全盤的整理工作了”，好好地利用他們便是一條捷徑。鄭振鐸在“敘言”中特別致謝的有兩本英文世界文學史著作：英國詩人、劇作家約翰 · 君克沃特（John Drinkwater，1882–1937）所著《文學大綱》（*The Outline of Literature*，1923），以及美國作家、批評家約翰 ·

46　鄭振鐸：《文學大綱》（一），《鄭振鐸全集》第 10 卷，第 2 頁。

梅西（John Albert Macy，1877-1932）的《世界文學史話》（*The Story of the World's Literature*，1925）。鄭振鐸承認，君克沃特的著作是他自己編撰一部同名的《文學大綱》的誘因，而且"在本書的第一卷裏，依據她的地方不少，雖然以下並沒有甚麼利用"[47]。所謂"依據她的地方不少"，其實基本就是翻譯加改寫。在第一卷之後，鄭振鐸對現有英文文學史著作的利用方式也許不復如此直截了當，但實質上也是歸入"編譯"和"譯述"最為合適（梅西《世界文學史話》，鄭振鐸稱其"也特別給編者以許多的幫助"）。[48] 鄭振鐸深度利用的並不止西方文學史。在中世紀的日本文學一章，鄭振鐸告知讀者："本章之寫成，得謝六逸君之幫助極多；其中有大部分乃直接襲用謝君之《日本文學史》講義之原文者，應在此聲明並志謝意"。[49]

　　鄭振鐸以這種風格編寫世界文學史並不奇怪。1932年其《插圖本中國文學史》出版後，雖然廣受讚譽，但該書在史料使用、觀點論證、篇幅配置等各方面也招致了不少尖銳的批評。燕京大學國學研究所研究生吳世昌（1908-1986）在《新月》和《圖書評論》上的書評轟動一時，令時任燕大國學系教授的鄭振鐸頗為尷尬，而任教於燕大歷史系的顧頡剛（1893-1980）在日記中這樣表達了自己對鄭著的不滿："彼絕不用功，只抄別人成編，稍變排列方式，他人之誤未能訂正也。"[50] 編寫本人專長的一國之文學史尚有如此傾向，要處理世

47　鄭振鐸：《文學大綱》（一），《鄭振鐸全集》第 10 卷，第 2–3 頁。

48　同上書，第 3 頁。

49　鄭振鐸：《文學大綱》（二），《鄭振鐸全集》第 11 卷，第 176 頁。謝六逸（1896–1945），早稻田大學畢業，1921 年加入文學研究會，從 1923 年開始在《小說月報》上發表關於日本文學的文章，於 1927 年和 1929 年出版了若干不同版本的日本文學史。

50　《顧頡剛日記》1934 年 6 月 25 日，臺北聯經出版公司 2007 年版。

界文學史自然就更在所難免了。

　　正如論者所指出的，從學術角度出發對鄭振鐸《插圖本中國文學史》進行的有效批評並不能抹殺該書的真正貢獻，即通過對戲曲、小說、變文、寶卷、彈詞等"俗文學"進行重點討論和高度評價，來推翻古代正統的文學價值觀，以求表現出"中國文學的整個發展的過程和整個的真實的面目"[51]。以學術標準來評價的話，鄭振鐸的《文學大綱》可以引發嚴重非議的地方實在太多，而且因為大部分是在他人文學史基礎上的簡單雜湊，這本書也不像《插圖本中國文學史》那樣具有一個中心線索（更不用說提出新觀點了），只是將各國文學中的主要作家作品串在一起，按照傳統理解平鋪直敘地奉獻給讀者。但是，《文學大綱》的歷史意義是不容忽視的。這是第一本不僅將中國文學與其他文學傳統並列，而且給了中國文學顯著地位（四十六章中佔十二章）的世界文學史，因此應當永遠在學術史中佔有一席之地。[52] 如鄭振鐸在"敘言"中用抒情口吻所說，《文學大綱》的編輯就是要告訴世人，"文學是屬於人類全體的，文學的園圃是一座絕大

51　參見季劍青《1935 年鄭振鐸離開燕京大學史實考述》，《文藝爭鳴》2015 年第 1 期。引文出自鄭振鐸《插圖本中國文學史》自序，《鄭振鐸全集》第 8 卷，第 1 頁。

52　當今學界的評價基本反映了這種態度。潘正文："鄭振鐸的《文學大綱》，雖然不無紕漏，但首創之功，仍不可沒：它實際上是世上第一部真正意義上的世界文學史。"（《"五四"社會思潮與文學研究會》，新星出版社 2011 年版，第 95 頁）李俊亦本着不可苛求古人的出發點，肯定了鄭振鐸的開拓之功："《文學大綱》最大限度地展示了二十世紀初期中國學人所能掌握到的世界文學的面貌與發展狀況，也開創了國人寫作世界文學史的先河。"（《"世界文學"語境下的中國文學史書寫——兼論〈文學大綱〉的學術史意義》，《廣西社會科學》2015 年第 7 期，第 182 頁）曾為鄭振鐸作傳和編寫年譜的陳福康則對《文學大綱》更為推崇："鄭振鐸此書不僅是中國人寫的第一部世界文學通史，而且，也是整個東半球較早出現的文學史類專著。書中一舉突破了歐人撰寫的當時極少的這類文學通史的嚴重弊病與局限，是自百年前歌德提出 '世界文學' 的偉大思想之後的一次破天荒的學術實踐。"（重印《文學大綱》序，廣西師範大學出版社 2003 年版，第 9 頁）

的園囿；園隔一朵花落了，一朵花開了，都是與全個園囿的風光有關係的。"[53] 對於當時的普通中國讀者來說，鄭振鐸以他的方式，迅速快捷地領他們在這個大花園到此一遊，體會一下各色風光，未必不是一件幸事。

從表面上看起來，在對世界文學的重視以及提倡世界文學的目的上，吳宓和文學研究會是高度一致的。雙方都希望通過匯聚古今中西的文學，創造一個人類情感、精神和藝術的大同世界，在此過程中為中國文學輸入新鮮血液，同時也爭取讓中國為世界文學添加不同的色彩。[54] 然而實際上，在類似的表像背後，是雙方一系列根本的分歧。這些重大差異我們將主要在下一節中討論，本節着重指出的是，在編寫文學史的態度和方法上，吳宓和以上提到的兩位名家之間的鮮明對比。

1923 年 1 月（整整一年之後，鄭振鐸開始在《小說月報》連載《文學大綱》），吳宓在《學衡》上發表了《希臘文學史 第一章 荷馬之史詩》。文末綴有幾條"附識"，其中前兩條如下：

（一）編著文學史，其業至為艱巨。蓋為此者必需具有五種資格：一曰博學。凡欲述一國一時代之文學史，必須先將此國此時代之文學載籍，悉行讀過。而關於此國此時代之政教風俗、典章制度等之紀述，亦須瀏覽涉獵，真知灼見，了然於胸，然後下筆，始不同捕風捉影、向壁虛造也。二曰通識。欲述一國一時

---

53 鄭振鐸：《文學大綱》（一），《鄭振鐸全集》第 10 卷，第 2 頁。

54 關於文學研究會以"大人類主義"為基礎的世界文學觀，參見潘正文《"五四"社會思潮與文學研究會》第三章。

代之文學,又必須先通世界各國古今各時代之文學,及其政教風俗、典章制度等之大要,全局洞見,然後始得知此國此時代之文學與他國他時代之文學之關係,其間之因果,及生滅起伏遞嬗沿革之故。三曰辨體。每種文學史,當有其特別着意之處,運用精思以定體例。體例既定之後,則編著全書,須遵此以行。舉凡結構佈局範圍去取等,悉以此體例為準,不可自有中途紊亂之事。四曰均材。體例既定,則本書之詳略,亦有一定之標準。於是某作者或某書應否收入,及收入之後應佔篇幅若干,至宜審慎。大率每人每書每事所佔之篇幅,應與此人此書此事價值之輕重、影響之大小,成均平之正比例;決不可有所偏畸,以意為之。五曰確評。凡文學史,於一人一書一事,皆須下論斷。此其論斷之詞,必審慎精確,公平允當,決不可以一己之愛憎為褒貶。且論一人一書一事,須著其精神而揭其要旨,一語破的,不可但為模糊影響之談,或捨本逐末,僅取一二小節反覆論究。凡此皆足淆亂人之目耳,而貽誤讀者也。

(二)文學史之於文學,猶地圖之於地理也。必先知山川之大勢,疆域之區劃,然後一城一鎮之形勢之關係可得而言。必先讀文學史,而後一作者一書一詩一文之旨意及其優劣可得而論。故吾人研究西洋文學,當以讀歐洲各國文學史為入手之第一步,此不容疑者也。近年國人盛談西洋文學,然皆零星片段之工夫,無先事統觀全局之意,故於其所介紹者,則推尊至極,不免輕重倒置,得失淆亂,拉雜紛紜,茫無頭緒。而讀書之人,不曰我只欲知浪漫派之作品,則曰我只欲讀小說,其他則不願聞知。而不知如此從事,不惟得小失大,抑且事倍功半,殊可惜也。欲救此弊,則宜速編著歐洲文學史。周作人君所著,似有下卷,尚未見出版。[55] 此外各國文學史，或區區小冊，僅列名氏；或已登廣告，尚未出書。然亦不過二三種。故輒自忘其謬妄淺陋，成為此篇。編著文學史之難，上節已詳言之，今編者與應有之資格相去千萬里，何待贅言。篇中錯誤缺略至多，應俟從緩增刪補正，並望讀者常賜教焉。[56]

和周、鄭二人一樣，吳宓也感歎編寫文學史這一任務之艱巨，但除此之外，他和他們之間就截然不同了。周作人是帶着乾脆放棄的心態勉強出版了一小冊《歐洲文學史》，鄭振鐸是巧妙地尋找了一條捷徑，僅歷時三載便在未屆而立之年完成了四卷世界文學史。周、鄭二著可以說滿足了當時極度貧乏的市場需要，但兩人都不曾想過撰作一本符合學術標準的世界文學史（鄭振鐸特別倚賴的兩種英文文學史本身亦非學術性著作，面向的是社會普通讀者）。這個追求是屬於吳宓的。從以上第一條可以看出，吳宓對編寫文學史要求的個人條件及必須考慮的要素進行了嚴肅的思索。他所列舉的五條 —— 博學、通識、辨體、均材、確評 —— 在今天看起來仍然切中肯綮。

讓我們先看後三條。辨體：“每種文學史，當有其特別着意之處，運用精思以定體例。體例既定之後，則編著全書，須遵此以行。”羅列作家作品、解釋時代背景是一般文學史最容易採取的格式，但吳宓不滿足於這種作法，而是提出每位編者都應當精心思考，為自己

---

55 這應該指的是周作人在出版《歐洲文學史》之後續編的歐洲十九世紀文學史。本來交給商務印書館，但因和審訂書稿的專家意見不合，周作人決定放棄出版（見《知堂回憶錄・五四之前》，第 427 頁）。止庵、戴大洪根據周作人的遺稿加以整理校注，2007 年由團結出版社出版，書名為《近代歐洲文學史》（出版緣起可參見止庵《關於周作人〈近代歐洲文學史〉》，載《中華讀書報》2007 年 9 月 26 日）。

56 吳宓：《希臘文學史 第一章 荷馬之史詩》，《學衡》1923 年第 13 期，第 47–48 頁。

的文學史找到其"特別着意之處"。均材："大率每人每書每事所佔之篇幅，應與此人此書此事價值之輕重、影響之大小，成均平之正比例；決不可有所偏畸，以意為之。"鄭振鐸《插圖本中國文學史》受到的重要批評之一，便是他純憑個人喜好，對某些文本不厭其煩地反覆申說，不惜犧牲其他本該留意的話題。確評："於一人一書一事，皆須下論斷。此其論斷之詞，必審慎精確，公平允當，決不可以一己之愛憎為褒貶。"這一點對編寫世界文學史來說是極其不易的。若非對每一國的文學有了全面深刻的了解，何來審慎精確的論斷？一般世界文學史編者往往選擇耳熟能詳的例子，來說明主流或傳統的穩妥觀點，從而省卻了自己的揣摩評判之苦。顯然，吳宓認為一本好的世界文學史應該超越這種作法。

不用說，博學與通識是做到以上三點的前提，也是從事世界文學史編寫的基本要求。在發表《希臘文學史 第一章 荷馬之史詩》之際，吳宓向讀者自陳本身之謬妄淺陋："今編者與應有之資格相去千萬里，何待贅言。篇中錯誤缺略至多，應俟從緩增刪補正，並望讀者常賜教焉。"這不是虛應故事的謙辭。首先，如果按照吳宓的理想標準，恐怕幾乎所有人都只能像周作人一樣，道一聲"編文學史的工作不是我們搞得來的"。另外，吳宓此後二十餘年中在講授世界文學史和編撰講義上付出的心血，足以證明他在 1923 年初表達的惴惴之意是發自內心的。

讓吳宓"忘其謬妄淺陋"，堅持認為文學史的編寫應從速進行的，是他對於文學史作用的理解："文學史之於文學，猶地圖之於地理也。必先知山川之大勢，疆域之區劃，然後一城一鎮之形勢之關係可得而言。必先讀文學史，而後一作者一書一詩一文之旨意及其優劣可得而論。故吾人研究西洋文學，當以讀歐洲各國文學史為入手之第一步，此不容疑者也。"要匡正國人對西方文學零星片段、輕重倒置的了解，只有首先借助文學史，讓管窺蠡測之人得以統觀全局，讓漫無頭緒之人得以走出迷宮，讓不得要領之人得以事半功倍。當然，只有符合吳宓標準的文學史，才能真正起到這些功效，而他也只有義不容辭，孜孜矻矻地擔負起這一極其重要而又無比艱難的任務了。

事實上，若論撰著一本學術性世界文學史的志向和資格（二者缺一不可），當時在中國恐怕不容易找到比吳宓更合適的人選。志向指的是，在清楚地知曉一切困難的情況下，出於對這一事業之價值的認識，仍然願意從事，並盡力堅持自己的學術標準。讀者從下文可以看到吳宓經年的努力。至於資格，在二十年代的民國，吳宓是少有的在西洋文學以及比較文學領域受過正規系統訓練之人。[57] 他1922–1923 年開具的《西洋文學精要書目》和《西洋文學入門必讀書目》（刊登於《學衡》第六、七、十一、二十二期），既洋洋大觀又考慮到國人的實用之需，在當時的國內是極為難得的，對有意學習西洋文學的中國學子來說，其功恐絕不止"不無小補"而已。在外語功底方面，除了英文，吳宓在清華時選習德文（預備將來學化學工程），留美後修法文，在東南大學任教時又隨《學衡》同人郭斌龢（1900–1987）學過希臘文。[58] 在西方語言文學方面有這種程度的準備，同時

---

57 吳宓在維珍尼亞大學（1917–1918）和哈佛大學所修課程，見《年譜》1917–1920 年的記載（日記中亦可查見）。

58 吳宓修習德文和法文的記載見求學時期的日記和《年譜》。1930 年吳宓赴歐休假，在火車行駛於俄國境內時，"同車俄人，有能德語者，互談。悉俄黨國政策，注重提倡工業，製造國貨。擬先以五年之力，專造各種機器。更五年後，則諸物均能自造，而不仰給外國矣……俄人於中國事不甚了了，以為中國所有學校工場皆英人所設立……"（吳宓：《歐游雜詩》，收入吳學昭整理《吳宓詩集》，商務印書館 2004 年版，第 217 頁）。以此談話內容觀之，其德文已達一定程度。郭斌龢在香港求學工作期間，隨英國人 G. N. Orme（香港大學教授兼副校長）學習希臘文拉丁文。後曾翻譯柏拉圖對話若干篇，載於《學衡》。1927 年，郭斌龢赴哈佛從學於白璧德。

又熱切地希望為國人提供可靠的西洋文學指南，吳宓應當說是他所構想的文學史的理想作者。

瀏覽吳宓《希臘文學史第一章荷馬之史詩》，可以讓我們感受一下吳宓文學史寫作的實踐。這一章分為八節：第一節荷馬以前之詩歌；第二節荷馬史詩之內容；第三節荷馬史詩之結構；第四節荷馬史詩之作成；第五節荷馬史詩之評論；第六節荷馬史詩之影響；第七節荷馬史詩與中國文章比較；第八節偽託荷馬之著作。如果將周作人、鄭振鐸文學史中講述荷馬的部分拿來對照，吳宓之作不但篇幅更長，而且其學術性質一望而知。其佈局之工整程度，其表述之嚴謹性，及其對故事情節之外諸學術話題之重點關注，都非其他兩本文學史可比。事實上，除了第二節荷馬史詩之內容，吳宓其他七節的絕大多數主題在周、鄭著作中未曾涉及，或者提及也是一帶而過、浮光掠影。一個例子就是對荷馬是否實有其人、荷馬史詩究竟為何人、於何時、以何法所作的討論，也就是現代古典學界著名的"荷馬問題"（the Homeric Question）。在"荷馬史詩之作成"一節中，吳宓將這一爭論過程分為三大階段：（1）十八世紀末至十九世紀上半葉（浪漫主義思潮盛行，導致對質樸原始的所謂初民歌謠之崇拜與搜尋，從而提出偉大如荷馬史詩者亦應非一人苦心孤詣之作），（2）十九世紀中（語文學興起，用尋章摘句之法，將荷馬史詩解析為來源各異的部分，設想這些不同部分乃在日後經歷了彙編增益方成為今日傳世之作品），（3）最近三四十年（因眾說紛紜，莫衷一是，再加上考古新發現證實了荷馬史詩的真實歷史基礎，於是乃有回歸荷馬史詩乃一人一手所作之趨勢，或者在一人作舊說和多人作新說之間進行折中）。在總結完聚訟紛紜的"荷馬問題"後，吳宓站出來加以點評：

平心論之，大凡讀荷馬之詩者，苟一氣讀下，觀其全體，綜合而取其內蘊之精神，則易見其同，而必信從舊說。而若取其一段，反覆推究，分析而察其外形之末節，則易見其異，而必依附新說。此其一也。此繫乎方法者也。又詩人及文士，讀荷馬之作，欣賞之，感慕之，神思契合，若見其人，則多信從舊說。而專事考據之語言學者及古物學者，取荷馬之詩，推勘之，比證之，自喜得間，便下鐵案，則多依附新說。此其二也。此係乎人性者也。由是推之，思過半矣。[59]

　　吳宓不惜筆墨來陳述"荷馬問題"，顯然是因為這是現代荷馬研究中繞不過去的一個關目，在這個問題上的立場如何勢必影響讀者對荷馬史詩的性質以及其中所描述的社會的理解，而中國讀者在走進這兩部巨著時應當和西方讀者一樣了解這一重要背景知識。通過對有關"荷馬問題"的爭論進行簡明的歸納和分期，吳宓同時還為他的讀者介紹了近代以來西方一系列重要文學和學術思潮，從而具體揭示了文學閱讀中的一個基本道理：一部文學作品的意義是可以隨着時代的變遷而不斷嬗變的。至於他在最後所作的那段點評，則進一步向他的讀者指出，如何看待荷馬史詩（或其他文學作品），其實還可以取決於讀者的閱讀方式和身份背景。在討論"荷馬問題"的過程中，吳宓對他的讀者始終保持着這樣的態度：有一些因素會影響你閱讀荷馬史詩時的理解和感受，我的責任是向你指出和解釋這些因素。

　　對"荷馬問題"的現代學術討論，鄭振鐸（或者說，他依據的君

59　吳宓：《希臘文學史 第一章 荷馬之史詩》，《學衡》1923 年第 13 期，第 28 頁。

克沃特文學史）提到了吳宓所總結的十九世紀十家主要語文學觀點中的一家，在陳述了這位學者的論點之後，即視之為學界定讞。周作人未涉及關於"荷馬問題"的任何具體學術觀點，只是說荷馬"身世無可考，學者多謂非實有其人"，以及"大抵史詩之作，由短而長，由散而聚。歌人收散片之詩，聯集而吟詠之，又遞相口授，多有變易，後乃輯錄，成為今狀"。[60] 周作人和鄭振鐸一樣，都不像吳宓那樣，將一個重大學術問題的多重性和歷史性展現給讀者，並且提示他們：了解這種多重性和歷史性，不僅是他們走進希臘史詩世界必需的指南，而且會帶給他們許多關於文學閱讀的基本而重要的感悟。

茲再舉一例，以說明吳宓荷馬討論最獨特的一點。在"荷馬史詩與中國文章比較"一節中，吳宓對荷馬史詩可與中國歷史上何種作品相比擬進行了探討。在簡單考慮了《封神演義》、《三國演義》、《左傳》、《西遊記》、《鏡花緣》、《尚書》乃至《三都賦》、《兩京賦》之後，吳宓拋出了他的思考結果：

　　以上所言，初無當也。吾以荷馬史詩比之中國文章，竊謂其與彈詞最相近似。試舉其相同之點：彈詞所敘者多為英雄兒女（即戰爭與愛情），其內容資料與荷馬史詩同，一也。彈詞雖盛行，而其作者之名多不傳，二也。彈詞之長短，本可自由伸縮。有一續二續三續者，有既詳其祖並敘其孫，親故重疊，支裔流衍，溯源尋底，其長至不可究詰。而通常則斷其一部為一書者，此正如荷馬史詩未作成以前，史詩之材料，為人傳誦，前後一貫，各相攀連鈎掛。又有所謂 Epic Cycles 者，將荷馬史詩亦統入

60　周作人：《歐洲文學史》，第 7–8 頁。

其中，為一小部焉，三也。彈詞不以寫本流傳，而以歌者之奏技而流傳。歌者亦以此為專業，父子師弟相傳。雖亦自備腳本，而奏技時，則專恃記憶純熟而背誦（recite）之。此均與荷馬時代之歌者（bard）同，四也。業彈詞者，飄泊流轉，登門奏技，且多盲。其奏技常於富人之庭，且以夜，主人之戚友坐而聽焉。此均與荷馬時代歌者奏技之情形同，五也。彈詞之歌者，只用一種極簡單而淒楚之樂器，彈琵琶以自佐，與荷馬時代歌者之用箏（Cithara）者同，六也。彈詞之音調甚簡單，雖曰彈唱，無殊背誦，不以歌聲之清脆靡曼為其所擅長，而以敘說故事繪影傳神為主。Storyteller 自始至末，同一聲調。句法除說白外，亦只七字句與十字句兩種，與荷馬史詩之六節音律，通體如一者同，七也。彈詞意雖淺近，而其文字確非常用之俗語，自為一體，專用於彈詞，間亦學為古奧，以資藻飾，凡此均與荷馬史詩之文字同，八也。彈詞中寫一事，常有一定之語句，每次重疊用之，與荷馬史詩同。……又其譬喻亦用眼前常見之事物，九也。彈詞中人物各自發言，此終彼繼，由歌者代述之 Speeches，而無如章回體小說中之詳細問答（Dialogue），此亦與荷馬史詩同……十也。彈詞開端，常漫敘史事，或祝頌神佛與皇帝，此與荷馬之 Invocation 相近。再則概括全書，與荷馬同，十一也。彈詞中之故事及人物雖簡陋質樸，然寫離合悲歡、人情天理，實能感動聽者，雖績學而有閱歷之人，亦常為之唏噓流涕。故彈詞亦自有其佳處長處，與荷馬史詩同，但非國史。十二也。總之，以其大體精神及作成之法論之，彈詞與荷馬史詩極相類似。《天雨花》、《筆生花》等彈詞，其出甚晚。其藝術頗工，然已甚雕琢 Artificial，毫無清新質樸之氣，與荷馬大異。吾所謂彈詞非此類也。蓋吾意中之彈詞，乃今日尚見於內地各省隨處飄流而登門彈唱者。吾幼時聽之甚為感動。其腳本就吾所讀者，略舉數例。如《滴水珠全本》（又名《四下河南》）；如《安安送米》則寫貞與孝，而至性至情之文也；如《雕龍寶扇》（又名《五美圖》）；如《薛仁貴征東》，則寫愛情而又加以降魔平寇之英雄事業者也；如《潛龍傳》，則附會晉史而全無根據；如《欽命江南》，則名字雖不同而實歌頌於成龍之吏治；皆史事之作也。總之，此種彈詞質樸簡陋，其在文學上之價值雖當別論，然確與荷馬史詩有類似之處，故為率爾唐突言之如此。故竊意若欲譯《伊里亞》、《奧德西》為吾國文，則當譯之為彈詞體矣。[61]

以上大段引用（省略號處已有刪節），實因非如此則無法展現吳宓在荷馬史詩和中國彈詞之間進行的細緻周詳的全方位比較。他所列舉的十二條相似之處，每一條皆言之有據，頗有趣味。這種比較的意義何在？從吳宓的討論可見，一是可以加深和豐富讀者的審美體驗。就如清華求學時期吳宓在閱讀其他中西詩歌時所得到的情感衝擊和滿足，此時將史詩和彈詞並列而觀，他感觸最深的是，中西兩種在大體精神和創作表演方法上都相近的文學形式，如何通過摹寫離合悲歡和人情天理打動人心。對吳宓來說，這種比較甚至還具有一定的實用意義。如他在引文結尾時所建議的，鑒於以上比較分析，在將荷馬史詩譯成中文時，應當考慮採用彈詞體。

吳宓這種比較分析是周、鄭兩種文學史中所沒有的。專設比較一節，給吳宓的西方文學史賦予了鮮明的中國視角。周作人的《歐洲

<hr>

61　吳宓：《希臘文學史 第一章 荷馬之史詩》，《學衡》1923 年第 13 期，第 44-45 頁。

文學史》純粹聚焦歐洲，鄭振鐸的《文學大綱》雖給了中國文學大量篇幅，但中國部分和世界其他部分是完全平行地放置在一起的，之間毫無關聯。[62] 假如沿用鄭振鐸將世界文學比作一座大花園的譬喻的話，那麼他所做的就是將他的中國讀者引到入口處，向他們指點出園內的各個分園，或許還特別告知他們其中有為中國文學新闢的一園，此後他作為導遊的任務便只限於在各分園內的講解，不管是在從一園進入另一園時，還是遊覽完畢到達出口、回眺全園時，本應對遊客很有幫助的解說詞都竟告闕如。這種園際引導和全局指南，正是吳宓所特別感興趣和下功夫之處。

吳宓《希臘文學史 第二章 希霄德之訓詩》的結構如下：第一節希霄德以前之訓詩；第二節希霄德略傳；第三節希霄德訓詩之內容；第四節希霄德訓詩之評論。在長度上，第二章尚不到第一章的三分之一，但兩章的總體結構是一樣的，所缺的部分多半是因為，根據吳宓的判斷，某一主題在希霄德（今譯赫西俄德）身上不值得同樣大書特書。比如，第一章中有"偽託荷馬之著作"一節，而在第二章中吳宓只在"結論"部分簡單交待了一句："希霄德之後，作訓詩者甚多，雖其名及書有存者，然以究無足重輕，故今均略而不敘。"[63] 又如，第二章並未單獨標出赫西俄德訓詩和中國文學之比較一節，而是在"希霄德訓詩之評論"一節末尾進行了一番比較。事實上，吳宓此處的比較不只限於希臘與中國之間，而是將希伯來聖書一併引入，作為古代世界的"智慧文學"（Wisdom Literature）來討論。

62　關於這個方面的批評，見李俊《"世界文學"語境下的中國文學史書寫 —— 兼論〈文學大綱〉的學術史意義》，第 179、180 頁。

63　吳宓：《希臘文學史 第二章 希霄德之訓詩》，《學衡》1923 年第 14 期，第 14 頁。

由上所述，我們可以說，在他的《希臘文學史》中，吳宓是盡力實踐了他關於文學史書寫的理論的。在"博學"和"通識"上，吳宓展示了遠勝中國同時代文學史作者的把握、綜合、分析西方文史專業知識的能力。在《年譜》中，吳宓這樣評價白己的《希臘文學史》："《學衡》雜誌中，宓所撰各國文學史，述說荷馬至近二萬餘言，亦當時作者空疏膚淺、僅能標舉古今大作者之姓名者所不能為者矣。"[64]就我們所知，吳宓的得意的確是不無道理的。在"辨體"上，吳宓設置了一定的體例並遵行之，變通之處乃因為"均材"的考慮，而他所提倡的"每種文學史，當有其特別着意之處"，則突出體現在他每章中為比較討論所留出的空間。在"均材"上，吳宓按照討論內容的重要性分配篇幅。荷馬在西方文學史中的地位和影響遠遠高於赫西俄德，所牽涉的學術討論也複雜得多，因此自然應該多費不少筆墨。在"確評"上，吳宓努力提出自己的判斷，並且力求公允，為讀者提供必需、有用但又不明顯失之偏頗的指引。他對"荷馬問題"的討論就是一個例子。

　　吳宓的《希臘文學史》讓我們看到了他在論戰性文章之外的重要一面。在那些令他成名也讓他長期受到新文學主流各方排擠和批判的文字中，吳宓以一個鬥士和活動家的身份出現，常常表現得偏激和情緒化，導致自己捍衛的立場不能得到完整而平正的表達，從而使其形象很容易受到漫畫式的歪曲。在中國現代文學史上，吳宓最常被人提及的就是他對白話文的抵制和對孔子及儒家傳統的尊崇，但就是同一個吳宓，一生最熱愛的中國古代作品乃是《紅樓夢》，現代白話小說為他所讚賞的則包括茅盾（1896–1981）的《蝕》和《子

64　《年譜》，第 222 頁。

夜》，老舍（1899-1966）的《駱駝祥子》和錢鍾書的《圍城》，[65] 這樣一個人無疑是不能簡單地視為文言寫作和儒家正統的衛道者的。在《希臘文學史》中，我們又看到，在尋找可與荷馬史詩並舉齊觀的中國文學作品時，吳宓排除了儒家經典和文人詩賦小說之後，將目光落到了現代民間說唱彈詞上（他特意說明非由文人才女創作的供案頭閱讀之彈詞）。這種取捨在剎那間幾乎可以模糊吳宓與崇尚"俗文學"的新文化提倡者鄭振鐸之間的界限，也讓我們看到，在評判文學的價值時，吳宓心中其實並沒有一道語言、時代或意識形態的天然壁壘。作為一個中西文學愛好者與研究者，吳宓在《希臘文學史》中考量的只是文學的形式、主題、存在與流傳方式以及打動人心的力量。中國彈詞便是在這種標準下得以與荷馬史詩相提並論的。吳宓所做的這一比較告訴我們，雖然他是懷着救國化世之心投身文學事業的，但"新人文主義使徒"這一身份不曾導致他將文學視作主義的鼓吹工具。相反，正因為吳宓認為新文化運動中文學不幸被異化為千篇一律的宣傳手段，他所堅持的道路，是通過欣賞和弘揚世界各個傳統中寫至情至性、感人至深的文學，從中西古今最優秀的文學作品中凝聚出一種新的價值體系，作為全世界的精神指南。如果被主義綁架了，那麼這條文學濟世的道路是走不通的。

　　吳宓的這一認識，從他 1945 年在成都燕京大學時為《文學與人生》這門課所設定的評分標準中清楚可見：

　　　　此次記分等第之標準：

65　吳宓：《茅盾著長篇小說〈子夜〉》，《大公報・文學副刊》1933 年 4 月 10 日；1965 年 2 月 14 日日記（評《蝕》）；1940 年 5 月 23 日日記（評《駱駝祥子》；吳宓許之為"寫實正品"，"法之 Zola 等實不及也"）；1947 年 10 月 19 日日記（評《圍城》）。

一、本學期讀書甚多。

二、所讀為重要且難讀之書。

三、所讀係文言舊籍或英文原本（如 *Paradise Lost*）。

四、所讀與本科所講有關，可作參證。

五、所述感想及事實，皆係本人生活經驗。又皆發自本心。真摯切實，不矯不飾。

六、所述見解或疑問，皆聆本科堂上所講而得啟發，於是推衍之、勘證之。——尤以能應用一多（One in Many）之原理而得當者。

七、無論文言、白話、英文，文筆優美，Good Style，字句少錯誤。

八、書寫工整，不惜時力。英文 Type-Written 者尤善。

九、不取（1）已有成見，全同某黨某派之主張者。（2）專讀最近出版之語體書或西洋小說之漢譯本。（3）抄錄、編輯文學史或哲學書之一段（如今日通行之短文）。[66]

這套評分標準的核心思想就是：鼓勵學生直接、大量地接觸文學原著，用自己的心靈去探索中西典籍裏的精神世界，從中汲取人生智慧；無論以何種語言表達自己的見解（文言、白話、英文），都應以古今中西最優美的文學為範本，力圖使自己的文筆幸而庶幾近之；最不可取的做法，便是以譯本、他人著述或政黨主張代替自己的眼睛和頭腦者。在最後一條中，吳宓明確指出，"抄錄、編輯文

66　1945 年 6 月 9 日日記。吳宓三十年代在清華大學和北平大學女子文理學院講授"文學與人生"，後來在西南聯大、燕京大學、武漢大學也都開設過此課。吳宓三十年代的講課提綱已整理出版為《文學與人生》一書（清華大學出版社 1993 年版）。

學史或哲學書之一段（如今日通行之短文）"乃一大忌。考慮到吳宓本人對撰寫文學史的興趣和實踐，這一條特別能夠說明問題。也就是說，在吳宓看來，文學史固然是必不可少的工具書，"如地圖之於地理"，但是在地圖的指引下進入山川城鎮之後，若想真切地了解每一處的風俗民情，則除了旅行者本人的親自勘察、密切接觸、用心思考與感受，別無他法。文學正途，最終應拋開一切輔助工具和由他人限定的框架和教條，由讀者的心直通古今中西文本裏的心靈世界。作為授業解惑者、雜誌編者、文學史作者、新人文主義者，吳宓當然擁有自己的觀點並且會利用各種平台去傳播這些觀點（評分標準第六條提到的柏拉圖式的"一多原理"，便是他最屬意的一個理解文學與人生的視角），[67] 但他告訴他的學生，任何人的觀點都不能取代他們自己對優秀文學的賞玩和吸收。一個有強烈主見甚至偏見的吳宓，一個胸襟開闊、持論公允的吳宓，二者就這樣集於一身。[68]

《希臘文學史》中我們看到的基本是後一個吳宓。他寫荷馬和赫西俄德的兩章充分證明了他當時無出其右的書寫西方文學史的資格和潛力。然而，此後吳宓卻再未在這一領域公開發表過他的研究成果，儘管幾十年中他一直在辛勤地講授中西文學和世界文學史。他

---

67 關於吳宓"一多"之說，參見周輔成《吳宓的人生觀和道德理想》，收入《文學與人生》附錄，第 212–234 頁。

68 以上這些原則在吳宓的十條讀書法中表達得更清楚："（六）聞某書之名，應即直取該書自讀之，不可專讀他人論述此書之作而遂止。且讀原書之後，真知灼見，可自下評判，免致為人所誤也。（七）多讀本文，如散文、詩詞、小說、戲劇之類。苟能細心熟讀，則其中之方術道理、沿革歷史，自能審知。如小說法程及戲劇史等書，可以少讀，或竟不讀。節鈔選本、摘要敘略，以及雜纂彙編之書，亦勿多讀。（八）一書或一文讀畢，宜平心遠識，徐下評判，勿觀察浮表，勿激於感情，勿用先入之見，勿逞一偏之私。今之人或專重理性，或但取才華，或徒賞詞藻，或盡黜浪漫而惟尊寫實，凡此皆大誤也。"（《文學研究法》，《學衡》1922 年第 2 期，第 8 頁）

所留下的是因種種原因不能面世的十餘冊世界文學史講義，以及一份簡單的大綱。

四、世界文學史講義和大綱

自 1921 年起至 1949 年止，吳宓先後在東南大學（1921-1924）、清華大學（1925-1937）、西南聯大（1938-1944）、燕京大學、四川大學（1944-1946）、武漢大學（1946-1949）等高校任教。除了大學英文、翻譯術等，他開設過的主要課程包括：歐洲文學史、西洋文學史、世界文學史、中西詩比較、中西比較文學、文學與人生、文學批評。

首先需要把以上提到的三門文學史課之間的關係簡單釐清一下。在東南大學期間（1921-1924），吳宓講授的是"歐洲文學史"。到清華後，他參加"西洋文學史"的分期講授，負責希臘羅馬文學（"西洋文學概要"的任課教師為美國學者翟孟生 Robert D. Jameson，1895-1959，威斯康星大學碩士，1925 年 8 月到清華任教）。1938年初翟孟生返美後，吳宓接手"西洋文學概要"。下一年度（1938-1939），"西洋文學概要"與原先分期講授的西洋斷代文學史取消，改為"歐洲文學史"，由吳宓擔任。在 1943-1944 學年，也就是吳宓在西南聯大開課的最後一年，他在毗鄰的雲南大學和中法大學兼課，講授"世界文學史"（據《日記》記載：1943 年 9 月 22 日在雲大開講"世界文學史大綱"；自 11 月 10 日起，與中法合班，在雲大教室授"世界文學史"）。此後在燕大、川大、武大（1944-1949），吳宓幾乎每年都開設"世界文學史"（1945-1946 除外，該年度吳宓在燕大所授課為"文學批評"和 "Dr. Johnson"，在川大則授"中西比較文學"和"文學與人生要義"）。

從以上可以看出，吳宓獨立講授宏觀文學史總共十一年，前七年時間課名為"歐洲文學史"，後五年改為"世界文學史"（1943–1944 年度兩個名稱共用），另外還有十一年他則負責"西洋文學史"分期史中的第一段。"西洋文學史"涵蓋的是古代希臘羅馬、中世紀、文藝復興、十八世紀、十九世紀、現代，名副其實的是一門關於"西洋"的文學概要課，使用的教材為翟孟生編寫的《歐洲文學簡史》（*A Short History of European Literature*，上海商務印書館，1932 年版）。[69] 吳宓自己開設的文學史的內容則不限於西方。即使在課名為"歐洲文學史"時，其覆蓋範圍也包括埃及、波斯、阿拉伯、印度、中國、日本等"東方"文學傳統（詳見下文）。從日記中可以看出，吳宓心中是把"歐洲文學史"當作"世界文學史"來處理的。如 1940 年 2、3 月間，吳宓一直有關於編寫、打印、繕校所授《歐洲文學史》一課講義和大綱的記錄，至 4 月初這一工作告一段落，在 4 月 3 日的日記中吳宓寫道："整備《世界文學史講義大綱》。命黃維代付郵寄郭斌龢收用。"郭斌龢此時任教於浙江大學。吳宓將整備好的大綱寄給郭斌龢，顯然是友人同道之間的學術交流、相互請益之意。此時吳宓明明講授的是"歐洲文學史"，2 月 5 日開始記錄講義編寫工作時，也清楚地加以注明："下午編講義（《歐洲文學史》）大綱。"同樣的，1944 年 6 月 6 日，吳宓有如下記載："晚 7–12 校改油印《歐文史》講義（完）"（1943–1944 年日記中關於編訂校改該講義的記錄俯拾皆是），但 6 月 15 日，我們從日記中得知，他"以《世界文學史》

<hr>

69 《清華大學史料選編》第二卷（上），第 319–323 頁。講授"西洋文學史"其他時段的為翟孟生、溫德（Robert Winter，1886–1987，美籍，芝加哥大學碩士，1923 年任東南大學教授，1925 年經吳宓推薦至清華）、王文顯（1886–1955，生於英國，倫敦大學文學學士，1915 年回國，後長期在清華任職任教，1926 年任西洋文學系主任，1928 年後任外文系主任）、吳可讀（A. L. Pollard-Urquhart，1894–1940，英籍，牛津大學碩士，1923 年 8 月到清華任教）。

講義（英文）一全份贈朱自清"[70]。兩則日記中提到的顯然是同一份講義。我們可以合理推測，對吳宓來說，他只是沿用"歐洲文學史"這個傳統的名稱，而實際上給學生傳授的是遠遠超出西方文學範疇的知識──世界文學史。

吳宓將"歐洲文學史"和"世界文學史"的名稱混用，從多年以後他在日記中提到早年編撰的講義時也可以看出。如 1963 年 2 月11 日，吳宓讓他輔導的某教師"參看宓編東南大學、西南聯大《世界文學史大綱》油印及稿本"；1965 年 11 月 22 日，重慶大學外語系一位老師來訪，借去了"《歐洲文學史講義》（1922–1943）全十餘冊"；1973 年 1 月 14 日，吳宓取回了曾託人保管的"英文《世界文學史》講義稿本東南大學練習簿一十六冊"。以上這些記錄所指的都是吳宓1922–1943 年期間講授文學史時所積累下來的講義，但時而稱之為"歐洲文學史"，時而又名之曰"世界文學史"，儘管實際上他從未在東南大學和西南聯大開設過名為"世界文學史"的課（如前所述，此課名是 1943 年 9 月開始，他在雲南大學和中法大學兼課時才第一次正式使用）。

我們在上一節已經提到，周作人比吳宓更早在國內開設"歐洲文學史"，但該課內容分為三大段：（1）希臘；（2）羅馬；（3a）中古與文藝復興；（3b）十七、十八世紀，不涉及歐洲以外的地區。此後清華外文系 1926–1937 之間由翟孟生講授的"西洋文學概要"也是如此。可能正是因為缺少先例，所以雖然吳宓的文學史課其實囊括了東西方傳統，但是開始他一直使用大家比較熟悉的"歐洲文學史"這個名

---

70 朱自清（1898–1948）為吳宓好友，當時是西南聯大中文系教授兼系主任。據 1943 年 9 月 22 日日記，吳宓在雲南大學授課時，"用國語講授，英國文學史除外"。有可能他為此另外準備了一部分中文寫就的講義和大綱。以下所討論的皆為英文講義和大綱。

稱，僅在 1940 年的日記中偶爾泄露了"世界文學史"才更名實相符這個想法，並且又過了三年才正式給這門課"正名"。為了行文方便，在以下的討論中我會用"世界文學史"來指稱吳宓歷年（包括正名之前）所授文學史課程的內容。

根據吳宓《世界文學史大綱》（英文打字油印稿，以下簡稱《大綱》，中文翻譯為本文作者提供）以及日記中 1943–1944 學年在西南聯大上課情況的記錄，可知這門課的結構和課時安排大致如下：

0 語言體系 [71]

1 埃及文學

2 巴比倫文學

3 波斯文學

4 阿拉伯文學 [72]

5 印度梵文學（7 課時，每堂課 1 小時）

6 中國文學（2 課時）

7 日本文學（2 課時）

8 希伯來文學（含《新約聖經》，3 課時）

9 希臘文學（12 課時）

10 拉丁文學（8 課時）

11 中世紀拉丁文學（5 課時）

---

[71] 據日記記載，1943 年 9 月 15 日乃吳宓本學年 "歐洲文學史" 課第一講。

[72] 1943 年 10 月 12 日，日記中第一次記載當天 "歐洲文學史" 講授的內容："下午 1–2 上課（阿剌伯）"。因此前的將近一個月中只記載了 "上課" 而未說明講課內容，我們無法得知各國語言體系、埃及文學、巴比倫文學、波斯文學和阿拉伯文學這五個主題各佔了多少課時。但從 9 月 15 日到 10 月 12 日共有十二次上課記錄看來，給其中每種文學分配的可能是 2–3 課時。

12 普羅旺斯文學（2 課時）

13 意大利文學（6 課時）

14 法國文學（28 課時）

15 西班牙文學（3 課時）

16 葡萄牙文學

17 德國文學（9 課時）

18 荷蘭文學

19 英國文學（13 或 14 課時）[73]

20 美國文學（4 課時）

21 丹麥文學（21、22、23 共 1 課時）

22 瑞典文學

23 挪威文學

24 波蘭文學

25 俄國文學（2 課時）[74]

　　根據《大綱》目錄之後的說明，土耳其文學與阿拉伯文學一併講述，瑞士文學分入法國和德國文學，奧地利和捷克文學歸入德國文學，蘇格蘭、愛爾蘭、加拿大和澳大利亞文學納入英國文學，而南美、

73　在 1943–1944 學年，英美文學提前到希伯來文學之後講授（11 月 15 日–12 月 9 日），可能是因為吳宓安排了他的得意弟子李賦寧（1939 年清華外文系畢業，1941 年清華研究院畢業，1941–1946 年任教於西南聯大外語系）主講 "歐洲文學史" 的英國文學部分，而李將於 12 月回陝西省親，歸期未卜（因種種原因，包括戰亂阻斷交通，至次年 6 月李仍未能返校）。參見 1943 年 11 月 15 日、17 日日記，及吳宓 1944 年 6 月 9 日致校長梅貽琦的信函（《書信集》第 213–214 頁）。李賦寧自 1943 年 11 月 15 日起開始為期兩周的英國文學講授，而吳宓於 11 月 30 日、12 月 2 日接手講英國現當代文學，於 12 月 6 日、7 日、8 日、9 日講美國文學。吳宓未記載李賦寧上課的具體日期和內容，所以我根據吳宓平時每週授課頻率，估計李代課次數為 6–7 次，英國文學總課時由此大概定為 13–14 次。

74　在收入本書的《大綱》中，波蘭文學部分嚴重殘缺破損，只有頭幾行是完整的句子。

古巴、墨西哥文學並入西班牙文學。另外，蒙、滿、藏、緬甸、朝鮮、安南、馬來等小語種文學將在講授印度文學和中國文學時涉及。關於此課的涵蓋範圍，吳宓很有信心地宣稱道："是相當全面的。"

吳宓對"全面"的追求我們在前邊已經多次提到了，只不過那時關涉到的僅僅是他對全面把握西方傳統的強調，而從他"世界文學史"的課程設計看來，他對"全面"的理解其實是擴展到全世界的。這種延伸應該是基於上文討論過的同樣原理：只有對中國之外的文學傳統有了良好的整體掌握，才能更好地理解中國文學，也才有可能正確評論各自的特點，並進而思考如何匯通各個傳統的精華，讓文學在拯救和改進現代世界的努力中起到關鍵作用。當然，不是所有的文學傳統都同等重要。諸小語種文學在吳宓龐大的世界文學體系中處於附屬地位，只需順帶提及。在榜上有名的二十幾種文學中，吳宓給予的注意力也是很不一樣的。其中中國文學情況特殊（畢竟這是一門為外語系學生開設的介紹世界各國文學的課），我們稍後再論。先盤點一下其他文學的課時分配。

在所有文學中，法國文學所佔的課時遙居榜首（28）。接下來是英國文學（13或14）和希臘文學（12）。然後是德國文學（9），拉丁文學（8），印度梵文學（7），意大利文學（6）。其次是中世紀拉丁文學（5），美國文學（4），西班牙文學（3），希伯來文學（3），埃及文學（可能2-3），巴比倫文學（可能2-3），波斯文學（可能2-3），阿拉伯文學（可能2-3），日本文學（2），普羅旺斯文學（2），俄國文學（2）。最後是北歐文學（1）。[75] 在這個佈局中，最值得注意的是法國

---

75 《大綱》中有葡萄牙文學、荷蘭文學、波蘭文學，但吳宓1943-1944學年日記中關於上課的記錄中，未提及三者。不清楚本學年和其他學年吳宓是如何處理這三國文學的，但所佔課時應該接近數據中的底端。

文學、希臘文學、印度文學的地位。

　　吳宓對希臘文學的重視，顯然是因為古希臘被視為西方文明的源頭和基礎。欲了解西方的真相，必須對希臘傳統進行深刻透徹的研究。吳宓一生最敬佩的兩位美國學者和思想家，白璧德和"新人文主義"的另一創始人穆爾（P. E. More，1864–1937），都極其注重從希臘精神中尋找現代人需要的指引和規範。穆爾的五卷本《希臘傳統》（*The Greek Tradition*，1917–1927年版）一般公認是他最佳之作，他的《柏拉圖主義》（*Platonism*，1917年版）是吳宓反覆閱讀和揣摩之書。[76]《學衡》頻繁刊登與希臘傳統有關的稿件，在吳宓1922–1923年開列的《西洋文學精要書目》和《西洋文學入門必讀書目》中，希臘文學名著及研究所佔的份額也都是重中之重。在上一節，我們已討論過吳宓1923年發表的《希臘文學史》第一章和第二章。從文章標題看來，他當時可能是有打算寫一部完整的希臘文學史的。考慮到吳宓在希臘傳統上下過的功夫，此後在清華的十餘年中，一直由他負責講授"西洋文學史"中的希臘羅馬部分是一點不奇怪的，在他的《世界文學史大綱》中希臘文學佔據顯要位置也完全在意料之中。

　　印度文學在課時分配上得到的優待也應追溯到吳宓的哈佛時代。一方面，汲取東西方世界古老文明的智慧以濟當代之窮乃新人文主義的重要主張，白璧德和穆爾在著作中都頻頻向印度古代文學

76　據《年譜》（第181–182頁），在哈佛的第一個學年中（1918–1919），吳宓讀完了白、穆二人全部著作。1919年9月5日日記："現讀穆氏 Paul E. More 巴師之知友，其學德與巴師齊名之 Platonism 一書，述釋柏氏之學說，獲益至深。至其精理名言，移詳推闡，當俟諸異日，學問略成之後也。"1928年4月17日日記："讀 More 先生之 Platonism 一書，已第三次。較前理解有進，多所啟發。"

與宗教思想致意。[77] 另一方面，在哈佛時與吳宓過從甚密的友人陳寅恪和湯用彤皆在印度文字與文明研究上有專門造詣，更不僅加深了吳宓對印度傳統的重要性及其對中國文化長遠而重大影響的認識，也為他在這方面的知識打下了難得的基礎。[78] 以上兩重淵源能很好地解釋吳宓在他的世界文學史中為印度留出的顯著位置。1924 年，吳宓將美國學者威廉・李查生和傑西・渥溫（William L. Richardson & Jesse M. Owen）合著的《世界文學史》（Literature of the World，1922）中的前幾章（緒論、東方各國之文學、聖經之文學）譯成中文，並加以增補後發表在《學衡》，其中印度文學部分所增補的材料格外詳細。在《大綱》中總結梵文學之特色時，吳宓首先指出其傳統悠久，"完整記錄了人類的發展"；其宗教哲學色彩之濃厚及思想的獨創性；在文學體裁中詩歌所享受的格外青睞；在表達方式上其誇張的傾向；其苦行、出世、悲觀、壓抑自我的宗教信仰在文學上留下的烙印。[79] 最後，吳宓列舉了印度文學對中國語言文學廣泛而重要的影響，從音韻學和詩學到小說之情節與敘事方式及戲劇創作與搬演中的諸多規則，至於佛經曾在塑造中國人的生活、思想和精神中所扮演的關鍵角色就更不用說了。吳宓研究和講授世界文學，其眼光歸根結底是離不開中國的，這在講到在歷史上本就與中國有千絲萬縷文化聯

77　白璧德大學畢業後曾到法國學習梵文和巴利文，而穆爾則曾在哈佛大學（1894–1895）和布林茅爾學院（1895–1897）教授梵文。

78　在 1919 年 11 月 10 日、12 月 14 日的日記中，吳宓記錄了陳寅恪來訪，與談印度哲理文化及中印關係。據《年譜》（第 205 頁），1920 年的暑假期間，湯用彤為吳宓單獨講授《印度哲學及佛教》，"精明簡要，宓受益至多"。按照湯用彤開具的應讀書目，該年 8、9 月間吳宓"專讀印度哲學及佛教書籍"。吳宓盛讚湯氏在印度哲學、宗教及文字方面的修為，稱其為"全中國此學之翹楚"。

79　對這些特徵的更詳細闡述，見吳宓《學衡》第 29 期對李查生和渥溫《世界文學史》印度文學章節的增補部分。

繫的印度傳統時可以更清楚地看到。[80]

　　如何理解法國文學在吳宓世界文學體系中所處的顯赫位置呢？首先我們也可以聯想到他在哈佛所受的學術訓練。白璧德的專攻乃法國文學，哈佛另一位令吳宓愛戴備至的教授葛蘭堅（Charles Hall Grandgent，1862–1939）則兼治法國與意大利文學。[81]據吳宓自陳："蓋哈佛大學之教授中，白璧德師以外，宓所尊敬、欽佩者，實惟葛蘭堅先生（皆有悲天憫人之心、匡時救弊之志者）也"。吳宓1920年發表的《中國的新與舊》一文，本亦是受了葛蘭堅《新與舊：雜文集》（*Old and New: Sundry Papers*，1920）一書之啟發而作。[82]肄業期間，吳宓隨兩位教授修過三門有關法國文學的課："盧梭及其影響"（白），"法國文學批評"（白），"法國文學史大綱"（葛）。[83]師承毫無疑問影響了吳宓對法國文學的鍾愛。三十年代初，吳宓於歐洲休為期一年的學術假時，有五個月的時間在巴黎。除了學習法文，購買法文書籍，往劇院觀劇，吳宓日常所為中最重要的即為閱讀法國文學，以及赴巴黎大學聽講法國文學課。在接觸新知之外，吳宓在重溫一些於美國留學時已讀過的法國文學作品時，屢次產生昔日未覺其佳、甚至直未能解、今乃多感而深覺有味的體驗。[84]在《大綱》中，

80　在《文學研究法》中講到掌握古典文字的重要性時，吳宓特別提及印度的古文字："梵文及巴利文，亦當通習。以其既為西洋文字之總源，而佛教與我國尤有極重要之關係也。"（《學衡》1922年第2期，第7頁）

81　美國但丁學會（Dante Society of America）每年頒發"葛蘭堅獎"（Charles Hall Grandgent Award），用以獎勵美國和加拿大最佳研究生（含博士生和碩士生）學術論文。

82　《年譜》，第204頁。

83　《年譜》，第178、196、197頁。

84　參見吳宓1931年2月至7月的日記。關於重讀某些法國作品所獲得的新理解，見4月27日和5月12日日記。

吳宓是這樣高度評價法國文學的：

> 一、法國文學最為重要，因為它繼承了歐洲的核心傳統：(1)
> 古典傳統(2)基督教傳統。或者說，法國文學體現和表達了埃德
> 蒙·伯克所說的(1)紳士精神(2)宗教精神。
>
> 二、法國文學是理性的表現。帕斯卡爾的數學頭腦(esprit
> de géométrie)和直覺頭腦(esprit de finesse)可以同時在法國文學
> 中找到。[85]
>
> 三、法國文學是"社會本能"(Social Instinct)的表現。
>
> 四、法國文學堅持對完美形式和美好風格的追求。
>
> 五、法國文學為我們提供了最優美的散文。清晰、準確、簡
> 潔、純正乃其特質。

在此我們不需要理會吳宓對法國文學的概括是否妥當，我們只
關心他所使用的評判標準。對他來說，法國文學之所以"最為重要"
(the most important)，並且值得佔用比其他任何文學都多得多的課
時，是因為它不僅追求形式完美，而且在內容上最好地體現了各種
精神和價值的中和。在法國文學中，希臘羅馬古典傳統和基督教傳
統得以兼容，紳士倫理和宗教倫理共同維繫着社會，理性和本能也
可以同時得到表達。從吳宓對法國文學的評價來看，他的最高文學
理想是匯通、均衡、和諧。也就是說，雖然人們常常認為吳宓是個
一心復古的守舊派，事實上他最嚮往的是各種不同來源的古今美好

85　譯者按：簡而言之，帕斯卡爾(1623-1662)所說的數學頭腦，指依靠嚴密的邏輯和精確的推
　　理對事物進行分析和說明的能力；在面對那些不可使用邏輯和推理來理解的事物時，則必須
　　依靠微妙細膩的直覺、靈感和想像來抓住它們的本質，這就是所謂的直覺頭腦。

傳統之間的融合與並存。在吳宓看來，法國文學在歐洲內部近乎實現了這一理想，因此他予之以最高讚譽，他對十九世紀以左拉為代表的自然主義文學的強烈抵觸，也是因為他在其中只看到了某些低級本能的泛濫橫行，而法國文學原有的多元平衡特質蕩然無存。

敏感的讀者從吳宓對法國文學的評判中，應該可以聽到他的東西文化觀以及他對中國新文化運動的理解的迴響。現在就讓我們來看一看他在"世界文學史"課中對中國文學的處理。在《大綱》中概括中國文學總體特色時，吳宓以沉重的語氣起筆：

> 博大而優秀的中國文學是世界上最偉大的文學傳統之一。至今它尚未被西方國家充分理解和欣賞。極其不幸的是，自 1900 年左右以降，它在中國的新知識分子手中可悲地遭到了忽視和極不公正的低估。湧現的所謂文學改良或文學革命運動只不過是讓人們對與中國文學有關的事實和材料越發無知，也越發喪失了進入中國文化靈魂和精神的能力。可傷可歎之甚。（然而，此話題應留待別處討論。）

這段話講了兩點：中國文學仍未被西方人了解，中國人對自己的文學深深誤解，且日益陌生與輕視。這是一個令吳宓痛心之至、感慨無比的話題，但顯然是考慮到了場合的問題，他克制住了自己，沒有繼續發表議論，只是在括號中提醒聽眾，他對此是很有話說的。針對這門課的對象——外語系的大學生——吳宓講這段話可能是想向他們傳遞兩個信息。第一，希望他們將來能夠擔當起向西方介紹傳播中國文學的任務，第二，希望他們在了解了世界上其他文學傳統之後，能夠認識到中國文學的價值並珍愛之；總之，希望他們能帶着世界視野，通過各種方式為理解和弘揚中國文學作出貢獻。接下來，吳宓自己就以這種視野，對中國文學進行了總結。他寫道：

　　將中國文學與從古希臘至現代俄國的西方文學比較之後，我們可以對中國文學作一個保守而清醒的評價：

　　一、中國文學屬於人文主義傳統，富於實踐倫理方面的智慧。

　　二、中國文學堅持追求形式上的完美，並且已經達到最高境界。

　　三、中國文學不足的方面在於：（1）宗教精神（2）浪漫愛情（3）英雄崇拜（4）展現嚴肅而高貴的人生觀的悲劇。

　　所謂"保守而清醒"（conservative and sane）的評價，應該就是《學衡》辦刊宗旨中所說的"以中正之眼光，行批評之職事。無偏無黨，不激不隨"。從吳宓所總結的三點來看，他似乎也確實努力秉持了一種冷靜而不偏激的態度。雖然他關於中國文學在形式上已臻完美的論斷聽上去並不是那麼"保守"（他高度讚賞的法國文學尚只做到了"堅持追求"形式上的完美而已），但他擺出的另外兩個觀點則不失中肯。今天我們也許可以對吳宓所使用的一些西方文學批評概念（比如悲劇、英雄崇拜、宗教精神）以及他所得出的結論（比如中國文學是否在某些方面"不足"（deficient）以及這些不足意味着甚麼）進行探討，但他勾勒出的中國文學經典的特性以及與西方文學經典之間的差異是體現了敏銳觀察的，足以啟發思維和推動細緻的比較研究。無論如何，吳宓在此陳述的觀點充分說明了，他雖然以捍衛國粹著稱，但他是非常有意識地帶着"清醒"的比較眼光來審視中國文學傳統的。他對本國文學的熱愛，是在考察了中外傳統各自的特色、同時看到了中國文學的優長和不足之後，所持有的立場和情懷。優長之處，必竭力弘揚之；不足之處，則可望借他山之石豐富之。

《大綱》的中國文學部分有兩個附錄，一是"外國學者論中國文字"，另一則是著名瑞典漢學家高本漢（Bernhard Karlgren，1889－1978）《中國語與中國文》（*Sound and Symbol in Chinese*，1923）一書中的某些段落摘抄。高本漢是吳宓的英雄，因為他在其著作中熱情洋溢地評價了漢字在維繫中國數千年文明中所起的關鍵作用，並且堅決駁斥了新文化運動中廢除漢字和漢字拉丁化的主張，這對吳宓來說無疑是異域知音。吳宓設這兩個附錄的目的，並不僅是無端地牽引一位語言學專家來為自己關於中國文字的觀點背書。其深意所在，應該與吳宓對一國文字與其文學之間緊密關係的認識有關。在《論今日文學創造之正法》中吳宓曾寫道："文章者美術之一，凡美術各有其媒質，文章之媒質即為本國之文字，故作者必須就本國文字中，施展其才力。若易以外國文字，則另是一種媒質，另需一種本領而當別論矣。文章不能離文字而獨立。"[86] 從《大綱》我們可以看到，吳宓講世界文學史，是從"各國語言體系"開始的，爾後在講授各個文學傳統時，也必定花時間講解與之相關的基本語言文字知識。即使放在今天看，吳宓的這種做法在世界文學史的教學中也仍然是別具一格的。他的這種堅持，應當是出於他對文學的物質載體的高度重視。文學不能只是載道的工具，形式與內容乃密不可分的兩端。雖然任何人都不可能通過原文去直接接觸人類歷史上產生過的所有文學，但掌握一些最基礎的語言文字知識都會有助於理解一種文學

86　吳宓：《論今日文學創造之正法》，《學衡》1923 年第 15 期，第 10 頁。

的特質，並且有可能因此激勵讀者去學習原文、以求得未經翻譯過濾的閱讀體驗。

《大綱》的中國文學部分還有值得注意的一點就是，吳宓在其參考書目中放入了不少中國作品的西文譯本或是研究專著。前者包括理雅各（James Legge，1815-1897）所譯的四書五經，亞瑟・威利（Arthur Waley，1889-1966）選譯的古詩，沙畹（Édouard Chavannes，1865-1918）的《史記》節譯，德效騫（Homer H. Dubs）譯注的《荀子》，賽珍珠（Pearl Buck）翻譯的《水滸傳》，徐仲年（1904-1981，1930 年里昂大學文學博士）選編的《中國文學讀本》（法譯本），《紅樓夢》的兩個英譯本和一個德譯本，以及林語堂輯譯的《孔子的智慧》。研究專著則有三部。馬古烈（Georges Margouliès，1907-？）的《中國散文風格演變》，李辰冬（1907-1983）1934 年在巴黎大學完成的博士論文《紅樓夢研究》，以及盧月化 1937 年在巴黎大學的博士論文《〈紅樓夢〉裏的少女們》。此外，除了翻譯和研究著作，書目中還收入了林語堂（1895-1976）在海內外享譽一時的《吾國與吾民》（1935）。

讓學生參考這些西文著作，吳宓顯然是為了向他們初步展示中國文學在西方的譯介情況，為他們今後可能承擔的傳播工作打下一定的基礎。當年，吳宓在對李查生和渥溫《世界文學史》中簡略得只有兩三段話的中國部分進行譯補的時候，曾加了以下按語："此節論中國文學，多有事實不合或議論欠通妥之處。今均不改正，以存其真，藉覘西人知識如何也"[87]。按理說，越是知曉西方人對中國文學的了解現狀，應該越能產生改變這種不理想現狀的動力。吳宓《大綱》

---

87 《學衡》1924 年第 28 期，第 14-15 頁。

所列的西文書目中有翟理思（Herbert A. Giles，1845−1935）1901
年出版的《中國文學史》。該書雖然號稱是世界上最早的中國文學
史，但實際上作品翻譯片段構成了書的主體，並且錯誤甚多，以至
於鄭振鐸在《評 Giles 的中國文學史》一文中，雖然肯定了翟者的開
創性，同時卻不客氣地斷言其對國人毫無參考價值。[88] 從吳宓把翟者
加入參考書目看來，他顯然是在其中發現了它特別的價值。一部問
題很多、名不副實的中國文學史不但可以激發學生的興趣和志向，
何嘗又不可以對授課者和世界文學史撰寫者吳宓起到類似的激勵效
果呢？

　　吳宓參考書目中的西方作者更多的是像理雅各、德效騫、沙畹、
威利和賽珍珠這些人。他們的翻譯至今在西方學界和課堂裏仍然被
廣泛使用，沙畹和德效騫的研究成果也繼續在當代的漢學著作中被
頻頻徵引。在民國時期，這些人可以說是漢學翻譯和研究的優秀代
表，學生通過他們能大致把握西方對中國古代文化了解的狀況，從
而為自己今後可能擔當的任務設立標準和努力方向。除了這些大名
鼎鼎的漢學家以及《紅樓夢》的兩位西方譯者（Henry Bencraft Joly，
1857−1898；Franz Kuhn，1884−1961），吳宓的書目中還出現了一
個現在也許已經少有人知的名字，馬古烈。馬古烈為旅居法國的俄
裔漢學家，研究中國古代文字與文學，一生著作甚豐。吳宓 1931 年
在巴黎與年方二十四歲的馬古烈相識，盛讚其"負才學，而識解高
超"。在日記中吳宓記錄了不少馬古烈的言論，其中一次乃談論中國
社會現況和前途並與當代西方社會進行對比，吳宓特意在括號裏加

88　直到二十世紀末，學者才考證到，俄國漢學家王西里（Vasilij Pavlovich Vasil'ev，1818−1900）
　　在 1880 年即已出版了一部《中國文學史綱要》。關於翟理思《中國文學史》的體例、撰寫背景
　　以及所得到的評價，參見李倩：《翟理思的〈中國文學史〉》，《古典文學知識》2006 年第 3 期。

了按語："Babbitt 師亦主此說。"[89] 此前，吳宓曾對包括著名的伯希和（Paul Pelliot，1878-1945）在內的某些漢學家深表失望，因為他們"記誦考據之精博"固然令人佩服，但對何為真正上乘的中國學問卻"殊無辨擇之能力"。[90] 吳宓早年在《文學研究法》一文中對美國從事文學研究者類型的劃分（商業派、涉獵派、考據派、義理派），也許可以幫助我們理解他對馬古烈的傾倒及對伯希和等人的失望。伯希和等近似吳宓定義的"考據派"："其於文章，惟以訓詁之法研究之，一字一句之來源，一事一物之確義，類能知之，而於文章之義理、結構、詞藻、精神、美質之所在，以及有關人心風俗之大者，則漠然視之。"義理派研究者大為不同，"重義理，主批評。以哲學及歷史之眼光，論究思想之源流變遷。熟讀精思，博覽旁通，綜合今古，印證東西，而尤注意文章與時勢之關係，且視文章為轉移風俗、端正人心之具。故用以評文之眼光，亦即其人立身行事之原則也。"[91] 將聲名不顯但顯然屬於他心目中的義理派的馬古烈著作放進參考書目，吳宓或許是想鼓勵學生，今後在向世界傳播中國文學時也要走義理派的道路。

最後，我們當然不能忽略吳宓書單上那些向西方引介中國文學的中國人的名字：徐仲年、王際真（1899-2001）、李辰冬、盧月化、林語堂。這些人都有和吳宓類似的西方教育背景，其中《紅樓夢》譯者王際真還是清華後幾屆的校友，林語堂則和吳宓同時在哈佛攻讀比較文學，並且都受教於白璧德。雖然同門，但吳宓和林語堂並非同

89　1931 年 5 月 17 日、6 月 1 日日記。

90　1931 年 2 月 24 日日記。

91　吳宓：《文學研究法》，《學衡》1922 年第 2 期，第 4、5 頁。

道中人，因為林不接受白璧德的學說，而且致力於推廣白話文學，被吳宓視為"胡適、陳獨秀之黨羽"，甚至諷刺他"中文本極不通，其英文亦不佳"。[92] 儘管如此，吳宓在中國文學書目中卻收入了林語堂兩部著作，實屬獨有之殊榮。推其意，想來是因為吳宓客觀承認林語堂英文作品在西方的影響，所以無論自己是否欣賞其學識，在授課時仍然必須向學生推薦。與西方的漢學家相比，林語堂以及吳宓書單上的其他中國人在身份、背景、視角上來說都是離中國學生更近的人，不管他們身在何處（徐仲年、李辰冬、盧月化三十年代學成後皆回國執教；林語堂 1923–1935 年間在中國，之後則長居海外；王際真自 1929 年起任教於哥倫比亞大學，直至退休）。吳宓讓學生接觸這些人所做的工作，應該是想為他們提供貼近自身的例子，向他們說明中國人和中國文學在世界文學的傳播和創造中能夠扮演的角色。

吳宓在世界文學史課程中給予西方漢學家以及用西文寫作的中國學者的重視，在鄭振鐸的《文學大綱》中是沒有的。這種區別不只源於他們不同的語境（鄭振鐸面對的不是外文系大學生），而且也與兩人差異極大的學術背景和視野有關。後邊這種不同，我們可以通過比較吳宓和鄭振鐸的世界文學史體系看出來。進行這個比較，當然並不僅僅是糾結於吳鄭兩人之間的差別。眾所周知，二三十年代《學衡》派和文學研究會之間的尖銳矛盾，構成了中國現代文學史上新舊鬥爭的重要一環。通過考察兩派代表人物吳宓和鄭振鐸所構建的不同世界文學體系，可以為我們理解這兩個文學團體之間的重大分歧以及中國現代文學發展的內外部動力找到一個有益的視角。

92　1920 年 3 月 28 日日記。林語堂對白璧德的看法，見林氏《八十自敘》第六章，收入劉志學主編《林語堂作品選》第 1 卷，河北人民出版社 1991 年版，第 75–76 頁。

首先應該指出的是，對應於法國文學在吳宓心目中的地位，是鄭振鐸對俄國文學的特別推崇。早在 1920 年，距《俄國文學史略》的出版尚有三年之時，鄭振鐸就發表了《俄國文學發達的原因與影響》一文，對俄國文學給予了最熱情的讚譽。文章的第一段即定下了基調："俄羅斯是文學最發達的國家……一講到俄國的文學，我們就覺得他是偉大的，最高級的，高高的站在世界文學的水平線上，不惟足以抗衡西歐先進諸國，並且在有些地方，似乎還超過他們。"雖然俄國文學真正開始發展是在十九世紀，歷時不過一百餘年，但是"世界上卻沒有一國的文學的歷史比他更絢爛更光明。他的年紀雖比一切地方的文學更輕些，他的精神卻比無論那一個都老到健旺些；他的偉大，他的對於人類心靈的貢獻，也比無論那一個都高些多些"。至於俄國文學的優越之處，鄭振鐸總結了七點："第一是人道的愛音，或愛的福音的充溢；第二是悲苦的音調，灰色的色彩的充滿；第三是他們的悔恨的靈魂的自懺；第四是哲理的豐富；第五是多討論社會問題的；第六是病的心理的描寫；第七是用現代的語言，現代的文法組織來寫平民的生活狀況（詳細的說明請看《新學報》第二號我著的《俄羅斯文學的特質及略史》一文），更沒有那一國的文學比他更忠實更平民的，更能感動人的了！"[93]

在如此年輕卻取得了如此輝煌成就的俄國文學面前，鄭振鐸難以抑制自己的驚訝與崇拜之情。在短短一段話中他反覆問道："為甚麼俄國文學有這樣長足的發達？為甚麼在這樣低級的，貧乏的文明狀態裏，文學獨能這樣的發達？又為甚麼在這樣短促的年代間，他能夠為這樣長足的發達？能夠發達而成怎樣的忠實的，平民的，人

93　上引出自鄭振鐸《俄國文學發達的原因與影響》，《改造》1920 年第 3 卷第 4 號，第 83－84 頁。

道的，滿注着誠懇，真實，同情，友愛，憐憫，愛戀的心情的文學？"鄭振鐸從五個方面回答了他自己的問題：地理、歷史、國民性、政治以及外來影響。[94] 不管這些解釋是否合理，總之俄國文學是迅速地結出了驚人的碩果，它的橫空出世，給西方文學界帶來了巨人的衝擊：

> 在文學界裏，幾百年來為法、德、英等等西歐各國的文學所壟斷者，忽然異軍蒼頭突起，出現了一個俄國的平民的滿注着誠懇，真實，同情，友愛，憐憫，戀愛之心情的偉大文學，與他們那些貴族的，雍容優雅的文學相對待，自然足以震駭一世，一新世人的耳目了。他那種痛苦的，灰色的描寫與人道的情感的充塞，也是別一國文學裏所決不能有的。所以這種懇切，真實，沉痛的文學，輸入西歐的文學界裏就發生了好影響。[95]

從以上我們已經可以感受到，鄭振鐸和吳宓兩人世界文學體系之間的一些重大區別。俄國文學最令鄭振鐸歎為觀止、無限心折的一點是，其歷史雖短（"無論世界上那一國的文學，沒有比他的歷史更短少的了"）[96]，缺乏文明的滋養和傳統的承續，卻可能恰恰是因為這種缺乏，得以一下子以全新的平民姿態躍上世界文學舞台（"異軍蒼頭突起"），傲視羣雄，讓一直為貴族文學統治的西方諸文學大國炫目和震撼。鄭振鐸對不依賴傳統並且打破傳統的俄國文學的欣賞，

94　參見鄭振鐸《俄國文學發達的原因與影響》，第 84–90 頁。

95　同上書，第 92 頁。

96　鄭振鐸：《俄國文學發達的原因與影響》，第 83 頁。

跟吳宓推崇法國文學的理由（因為它繼承了歐洲的核心傳統），無疑是大異其趣的。事實上，吳宓在他的《大綱》中對俄國文學作了如下總結："政治上的壓迫，人民的苦難和愚昧，再加上因為欠缺一個博大悠久的傳統，導致俄國文學主要是革命文學。"[97] 雖然吳宓和鄭振鐸對十九世紀以來俄國文學形成條件的認識幾乎完全一致（當然，鄭振鐸不會用"愚昧"來形容俄國人民，儘管他也認為俄國文明是"低級的，貧乏的"），但是他們得出的結論和結論背後的價值觀卻大相徑庭。在鄭振鐸眼裏，從荒蕪和磨難中倏然崛起的俄國文學是悲劇意識和人道主義的最高體現，宣告了平民精神在文學中的勝利登場，而在吳宓的字典裏，"革命文學"的標籤代表着政治至上，犧牲文學的藝術性和思想性（從《論新文化運動》到《大綱》中的中國文學部分，"革命"一詞的使用都多多少少帶有質疑的成分）[98]，而"平民文學"的目的則是媚俗，其推行也必然意味着文學藝術性和思想性的損失。吳宓《馬勒爾白逝世三百年紀念》中的一段話很好地說明了他對平民文學的看法："（七星社）所倡者，乃復古運動而非革新運動；乃貴族文學……而非平民文學；乃欲提高文學之標準而使成精煉，非欲降低文學之標準而使簡易而能普及。此其異於中國之白話新文學運動彰明較著者也。"此後七星末流墮入堆砌侈靡之途，馬勒爾白起而矯之，歸於明顯通達，然其所依據的用語標準和文學趣味仍然來自於宮廷貴族及文人社會，而非"裏巷市井一鄉一地"。[99]

97　在《大綱》中俄國文學一節的末尾，吳宓寫道："十九、二十世紀的俄國文學 —— 一向服務於革命。"

98　在 1938 年 5 月 4 日至 7 月 30 日日記中，吳宓寫道："吾愛國並不後人，而極不慊今日上下之注重'革命'等觀念，而忽略中國歷史文化之基本精神。"

99　吳宓：《馬勒爾白逝世三百年紀念》，《學衡》1928 年第 65 期，第 65、75–76 頁。

以上的比較也能幫助我們理解鄭振鐸和吳宓對俄國以外的一些文學傳統的不同認識。最能說明問題的是希臘和印度文學。和吳宓一樣，鄭振鐸也很重視古希臘，但是二人所關注的重點很不一樣。吳宓雖然廣泛涉獵希臘文史，撰著《希臘文學史》時也是按照時間順序從史詩起筆，但他最為用力的其實是柏拉圖和亞里士多德的著作，可以說這兩位哲人的文藝理論和哲學思想奠定了他的整個文學觀。文藝批評者尊柏拉圖和亞里士多德為先驅和巨擘，這本是遵循西方學術界的慣例，對於以肅清現代各種流弊為己任的新人文主義者來說，提倡這些經典思想家和經典著作更是值得不遺餘力。跟吳宓不同的是，鄭振鐸情有獨鍾的是古希臘的神話。1921年，鄭振鐸發表了他第一篇譯介希臘神話故事的文章；1929年，他將希臘羅馬神話中的一些愛情故事結集出版，題為《希臘羅馬神話與傳說中的戀愛故事》；1935年，他又編譯出版了《希臘神話與英雄傳說》。[100] 對於鄭振鐸（以及同樣關注希臘神話的周作人），這些故事是人類童年時期充滿活力和自由的想像，是美的最純真表現，是文明高度發展之後難以再生的遺產，但若小心呵護之崇拜之，則仍有望從中不斷吸取文明自新的生機。[101] 聯繫到鄭振鐸對俄國文學的讚譽，我們也許可以看到一個共同的邏輯：不受"傳統"束縛和壓迫的文學是最可貴的，也是當時中國最亟需引進和學習的。希臘神話是人類童真在時間裏永遠凝固的一瞬，它們的價值和力量，一旦用"經典"和"古典"

---

100 收入《鄭振鐸全集》第 18 卷。

101 關於鄭振鐸和周作人對希臘神話的興趣和譯介，參見張治：《民國時期古希臘神話的漢譯》，《讀書》2012 年第 3 期。民國文人和思想家對希臘傳統不同方面的興趣和利用，能夠很好地反映出他們各異的政治立場和文化訴求。參見 Yiqun Zhou, "Greek Antiquity, Chinese Modernity, and the Changing World Order," in Ban Wang ed., *Chinese Visions of World Order: Tianxia, Culture, and World Politics*, Duke University Press, 2017, pp. 106–128.

這種詞彙來定義，便將不幸落入條條框框的窠臼。鄭振鐸之關注希臘文學，與吳宓的用心是完全不同的。

印度文學為我們理解吳宓和鄭振鐸不同的世界文學體系提供了另一個案例。先看鄭振鐸。他在印度文學方面的興趣最主要體現在他對泰戈爾（1861–1941；1913 年諾貝爾文學獎獲得者）的大力宣傳。作為最早在中國有系統地介紹和研究泰戈爾之人，鄭振鐸總共翻譯了五百餘首泰戈爾的詩作，並於 1925 年出版了《泰戈爾傳》。此外，他還在文學研究會內部成立了"泰戈爾討論會"，目的是就泰戈爾詩歌的翻譯問題互相交流。[102] 在《泰戈爾傳》的"緒言"中，鄭振鐸寫道："他的作品，加入彭加爾文學內，如注生命汁給垂死的人似的，立刻使彭加爾（Bengal）的文學成了一種新的文學；他的清新流麗的譯文，加入於英國的文學裏，也如在萬紫千紅的園林中突現了一株翠綠的熱帶的長青樹似的，立刻樹立了一種特異的新穎的文體。"[103]這段話的前半部，讚揚的是泰戈爾挽救了一個已喪失生氣的本土文學傳統，而後半部則稱許泰戈爾給興旺的英國文學也帶來了迥然不同的清新之氣。頻繁出現的"新"字是整段話的核心。[104] 鄭振鐸描寫泰戈爾在英國文壇亮相時所使用的比喻（"如在萬紫千紅的園林中突現了一株翠綠的熱帶的長青樹似的"），與他當初將俄國文學比作"異軍蒼頭突起"，雖然一清麗一雄壯，但實有異曲同工之妙。

---

102 關於鄭振鐸與泰戈爾，參見鄭振偉：《鄭振鐸前期文學思想》第六章，人民文學出版社 2000 年版；牛水蓮：《鄭振鐸與印度文學》，《鄭州大學學報》2001 年第 6 期。

103 鄭振鐸：《泰戈爾傳》緒言，《鄭振鐸全集》第 15 卷，第 552 頁。

104 在緒言的下一段裏，鄭振鐸進一步用當代讀者對"新"的追求來解釋泰戈爾的魅力："泰戈爾之加入世界的文壇，正在這個舊的一切，已為我們厭倦的時候。他的特異的祈禱，他的創造的新聲，他的甜蜜的戀歌，一切都如清晨的曙光，照耀於我們久居於黑暗的長夜之中的人的眼前。這就是他所以能這樣的使我們注意，這樣的使我們歡迎的最大的原因。"（第 552 頁）

鄭振鐸對泰戈爾的盛讚，也清楚地顯示出他跟吳宓的分歧。在吳宓《大綱》中的印度部分，幾乎所有的篇幅都給了公元 1000 年之前的文學，只在最後短短的一小節觸及以後的時代，其中自然提到了泰戈爾。吳宓是這樣說的："泰戈爾雖然用孟加拉文創作詩歌與戲劇，但他的靈感來自雪萊和現代歐洲其他浪漫主義詩人。他根本不能體現真正的古印度和梵文學傳統。其國際聲譽毋寧說是建立在他的英文散文和詩歌（或者是他孟加拉文詩作的英譯）之上的。"一望而知，在評價泰戈爾時，吳宓跟鄭振鐸的出發點完全不同。鄭振鐸將沉寂已久的印度文學比作垂死的病人，並謳歌泰戈爾的起死回生之功；他的重點完全在於妙手回春所帶來的新面貌，至於患者當初盛年之時是何等狀況，如今復健之後與當年相較如何，這些都不是鄭振鐸所關心的。對他來說，泰戈爾贏得的盛譽足以讓我們宣佈："古印度的文學上的榮譽，在新世紀也是重複恢復了。"[105] 與鄭振鐸的現代中心視角形成鮮明對照的是，吳宓的立足點是古印度文學，他評價泰戈爾時的首要考慮，就是這位當代文豪是不是印度古老的本土文學傳統的優秀繼承者。從前引文可見，吳宓對泰戈爾是頗不以為然的：他的作品只是以印度文字為載體，而其精神卻是西方現代的，從中找不到印度古代文學的靈魂。吳宓甚而暗示，泰戈爾在西方獲得盛名，本就是因為他的英文作品及其孟加拉文作品的英譯本符合當代西方人的趣味。本土性和世界性之間的關係是世界文學批評中永恆的話題，時至今日，學者們依然在激烈探討的一個問題

---

105 鄭振鐸：《文學大綱》（三），《鄭振鐸全集》第 12 卷，第 458 頁。引文出自末章（"新世紀的文學"）的第八節。本節的第一段話是："久在沉睡中的民族，在新世紀的前後，也都覺醒了，復從已久熄的火灰中，燃着一星的文藝的火，竟至於現出燦爛之火光。這如新猶太，印度諸國都是，而匈牙利在這時也產生了好些世界的作家。"（第 455 頁）

就是，中國文學要被西方讀者接受和欣賞，是否不可避免地需要進行自我調適，以迎合他們的口味，或者換句話說，是否植根於本土文學傳統越深的作品就越沒有機會走向世界。[106] 吳宓對泰戈爾的微詞表明，他是中國文學評論界較早進行這種思考的人，並且他的立場是，要熔鑄新的世界文學，不但不能消解各國文學的本土性，而且必須確保這種本土性是具有深厚歷史基礎的。

至此我們可以看到，鄭振鐸所秉承的文學研究會宗旨——研究介紹世界文學整理中國舊文學創造新文學——雖然和吳宓所代表的《學衡》派的主張看起來如出一轍，但實際上卻近乎水火不容。拿"創造新文學"來說，俄國文學的譯介功臣鄭振鐸最為關心的是，俄國文學能夠對中國文學產生何種積極影響。[107] 在《俄國文學發達的原因與影響》一文中，他提出了五個方面的潛在影響。第一，引入俄國文學能夠幫助鏟除中國文學傳統中"'虛偽'的積習"。真性情的缺乏是中國文學最大的病根；"俄國文學正是藥我們之病，我們多服之，自然足以癒病了"。第二，改造毫無同情心和人道觀念的中國文學，去掉其中充盈着的"殘忍酷虐"和"血腥之氣"。第三，讓無作者個性、並且遠離實際生活的中國文學變得表現個性、切於人生。第四，把中國文學平民化，因為傳統的中國文學是"貴族的，是專供士大夫的

---

106 這類討論數量龐大，僅舉數例。Stephen Owen, "Stepping Forward and Back: Issues and Possibilities for 'World' Poetry," *Modern Philology* 100. 4（2003），532–548; Jacob Edmond, *A Common Strangeness: Contemporary Poetry, Cross-Cultural Encounter, Comparative Literature*, Fordham University Press, 2012, esp. Ch. 4: Longxi Zhang, *From Comparison to World Literature*, State University of New York Press, 2015, Ch. 10; Martin Kern, "Ends and Beginnings of World Literature," paper presented at the International Summit Dialogue and Forum, "Ideas and Methods: What is World Literature? Tension between the Local and the Universal," Beijing Normal University, October 16–17, 2015；方維規：《何謂世界文學？》，《文藝研究》2017 年第 1 期，第 5–18 頁。

107 鄭振偉在《鄭振鐸前期文學思想》中（第 116–129 頁），對鄭振鐸在引介俄國文學方面的貢獻有一概述。

賞玩的，是雕飾得非常精美的，是與平民無預的"。第五，把中國文學悲劇化，打破永遠不變的"團圓主義"，從而讓中國文學超越"單純"的趣味（此處引號中的二字顯然是貶義），獲得文學的"真價"。[108]在文章結束時，鄭振鐸寫道：

> 上面所說的雖然都不過是猜度之辭，然敢說，如果俄國文學的介紹盛了，這些影響必定是都要實現的 —— 現在已經實現了一些了 —— 所以我們相信俄國文學的介紹與中國新文學的創造是極有關係的。
>
> "我們要創造中國的新文學，不得不先介紹俄國的文學"，這就是我們現在所以要極力的介紹俄國文學入中國的原因了。[109]

在此讓我們回顧一下吳宓在《大綱》中所列舉的中國文學的四個"不足"方面：（1）宗教精神（2）浪漫愛情（3）英雄崇拜（4）展現嚴肅而高貴的人生觀的悲劇。我們會發現，其實鄭振鐸和吳宓的"診斷"是有着驚人的共同點的。兩人都認為中國文學缺乏悲劇精神，鄭振鐸更是直接對"團圓主義"發起攻擊。吳宓所看到的中國文學"宗教精神"之不足，也讓人想到鄭振鐸對俄國文學中"悔恨的靈魂的自懺"以及"愛的福音的充溢"的稱讚。至於吳宓所指出的"浪漫愛情"和"英雄崇拜"的欠缺，則或許多多少少能跟鄭振鐸所抨擊的無真情、無個性聯繫起來。可以說，吳宓和鄭振鐸在對中國文學的批評上其實是有許多共識的，但是在如何借助外國文學來創造中國的新

---

108 鄭振鐸：《俄國文學發達的原因與影響》，第 92–94 頁。

109 鄭振鐸：《俄國文學發達的原因與影響》，第 94 頁。

文學，以及以何種態度對待中國的舊文學上，兩人之間存在巨大分歧。一方面，他們向不同的源泉尋找藥方，一為東西方的古典傳統，一為代表着打破傳統窠臼的各國文學，從希臘神話到泰戈爾的詩，尤其是十九世紀的俄國文學。另一方面，他們看待中國舊文學的眼光相應地也很不一樣。吳宓肯定了中國文學"富於實踐倫理方面的智慧"，他對孔子和包括四書五經在內的經典之推崇已眾所周知；此外，他還認為"中國文學堅持追求形式上的完美，並且已經達到最高境界"。[110] 與此相反，鄭振鐸則撇開"正統的文學"，致力於挖掘、研究和提倡中國古代的各種"俗文學"。[111]

　　這種基本路線上的差異，是《學衡》派與文學研究會在二三十年代成為勁敵的原因。對十九世紀寫實主義文學成為中國文學界的寵兒這一形勢，吳宓深惡痛絕，大加鞭撻，而文學研究會的幹將們也進行了淩厲的反擊。在文學研究會發起人之一茅盾看來，"我們與它（指《學衡》派）毫無共同之處。《學衡》派'反對新文學，提倡復古，是當時的時代思潮中的一股逆流"。針對吳宓抨擊的新文學提倡者不了解西方傳統，茅盾反唇相譏："其實他們對西歐文化是一竅不通"，"我的有些文章就着重揭露他們對西歐文學的無知和妄說"，"（吳宓）

110　引號中的話皆來自《大綱》（見上文）。吳宓的尊孔以及他對中國儒家經典的重視，可參見吳宓《論孔教之價值》，《國聞周報》1926 年第 3 卷第 40 期，以及 "文學與人生" 一課的必讀書目（《文學與人生》，第 3 頁）。

111　按照鄭振鐸的定義，"'俗文學' 就是通俗的文學，就是民間的文學，也就是大眾的文學。換一句話，所謂俗文學就是不登大雅之堂，不為學士大夫所重視，而流行於民間，成為大眾所嗜好，所喜悅的東西"（《中國俗文學史》，商務印書館 1938 年初版，1998 年重印，第 1 頁）。鄭振鐸與吳宓難得共同極力稱許的一部中國古代文學作品是《紅樓夢》。在《俄國文學發達的原因與影響》中（第 93 頁），鄭振鐸認為，《紅樓夢》是中國歷史上罕見的體現真性情而且跳出了"團圓主義"框框的作品。

對於托爾斯泰等等是毫無所知的"。[112] 為了避免被誤會是和"昌明國粹"的《學衡》派同流合污，文學研究會甚至大大推遲了實施自己"整理中國舊文學"的創會宗旨，儘管他們後來整理出版的成果明白無誤地顯示，他們對國故的取捨和評價與《學衡》派完全不同。[113]

正如茅盾所說，《學衡》派是"一股逆流"，他們在中外文學上的主張，不管是在當時還是在此後的幾十年，都因此遭到猛烈的攻擊乃至強勢的壓制。在此我想特別指出的是，除了文學觀點上的根本分歧，《學衡》代表吳宓和文學研究會領袖鄭振鐸之間，還存在着治學方法和風格上的巨大差別。在上一節，我們已經以編撰世界文學史的態度為例，說明了這一點。形成這種差別的主要原因，也許可以從兩方面來理解。第一條跟吳鄭在古典與現代、舊與新上的不同偏向有關。我們從鄭振鐸對俄國文學的討論中看到，俄國文學讓他不可思議也傾心激賞的一點，就是它在沒有歷史基礎的情況下、在極短的時間內，達到了一個他人不可企及的高峰。顯然，鄭振鐸希望中國文學能夠向俄國學習，迅速自新再造，在不久的將來也許可以取得類似的輝煌。在文學方面這種迫切求發展的心態，或許跟近代以來日本在軍事和政治領域的突飛猛進給中國的有識之士帶來的壓力和激勵有相通之處。在快速拿來、以應急需成為學習外國文學的主導驅動力的情況下，是很難侈談從長計議和慢工出細活的。與此相反，吳宓因為最注重的是傳統的形成、延續和融匯，所以儘管

112 茅盾：《複雜而緊張的生活、學習與鬥爭》，《新文學史料》第4、5輯，收入《文學研究會資料》（下），第807、808、809頁。在文中（第809頁）茅盾提到文學研究會其他成員對《學衡》派的批判，包括鄭振鐸的兩篇文章。

113 關於《學衡》派在這方面給文學研究會帶來的顧慮以及文學研究會的應對，參見潘正文《"五四"社會思潮與文學研究會》，第99–105頁。

他的焦慮和急切看起來完全不下於鄭振鐸，但是他的基本傾向是堅持耐心和細心的知識積累和思想沉澱。第二條則跟吳鄭的不同學術背景有關。從求學經歷和工作環境來說，吳宓是不折不扣的學院派，現代西方的學術訓練和標準在他身上留下了鮮明的印記。與吳宓相比，鄭振鐸與學院傳統之間的淵源要淺得多。他早年在北京鐵路管理學校學習，三十年代（1931－1937）雖然先後在清華大學、燕京大學、暨南大學任教，但他的學術風格顯然與正統的學院派之間存在着衝突，1933－1934年間燕大國文系學生發起的"驅鄭風潮"以及上文提到的燕大國學研究所學生吳世昌對《插圖本中國文學史》的批評，最集中地展現了這種衝突。[114] 鄭振鐸在編寫世界文學史時，攜帶更多的可能是文學家的興趣、新文學社團領袖的使命感以及出版家的眼光和魄力，其次才是嚴謹的學者身份。

吳宓是與吳世昌相識並有來往的，也幾乎可以肯定是知曉吳世昌對鄭振鐸的批評以及他認為文學史應慎作甚至不作的看法的。[115] 如果以一人之力撰寫一國的文學史尚且要面對不少的知識短板和漏洞，那麼寫世界文學史更不用說是處處陷阱，步步艱難了。[116] 吳宓想必是同意吳世昌關於文學史應慎作的觀點的，但他對掌握世界文學（尤其是西方文學）全貌的重要性的執着認識，又決定了他很難選擇"不作"。擺在吳宓面前的，似乎只有帶着"知其不可而為之"、甚

---

114 關於"驅鄭風潮"，見前引季劍青文《1935年鄭振鐸離開燕京大學史實考述》。

115 吳宓1936年8月26日的日記提到在路上遇見吳世昌，8月30日吳世昌與其他幾人應吳宓之邀，共同茶敘。吳世昌對撰寫文學史的態度，見其《評鄭振鐸〈插圖本中國文學史〉第二冊》，《吳世昌全集》第2冊，河北教育出版社2003年版，第46、55頁。

116 關於同時代西方學術界對編寫世界文學史這一吃力不討好的任務所存之疑慮和批評，參見 J. C. Brandt Corstius, "Writing Histories of World Literature," *Yearbook of Comparative and General Literature*, 12（1963），5–14.

至是"我不下地獄誰下地獄"的決心和毅力來從事世界文學史的寫作了。二十幾年中年復一年的授課和備課，從教學相長中獲益，以及和校內外各國文學專家之間的交流，為吳宓完成他的宏願提供了一系列鄭振鐸所不具備的條件。以下我們簡單看一看吳宓在多年的教學生涯中為世界文學史這門課投入的功夫。

吳宓在東南大學時，這門課剛開始使用艾米爾·法傑（Émile Faguet，1847–1916，法蘭西學院院士）所著《文學入門》（*Initiation into Literature*，1914）作為課本，但學生其實主要聽吳宓講授，依據每次上課前他寫在黑板上的大綱。為了編撰大綱，在 1922–1923 學年內吳宓"曾遍讀古今各國文學史"。1924 年，吳宓得到李查生和渥溫合著的《世界文學史》，隨即採用為課本。[117] 在西南聯大期間，則指定翟孟生的《歐洲文學簡史》為本課的基本參考書（據《大綱》），有可能是因為之前清華"西洋文學概要"已經使用翟著多年，而且該書乃上海商務印書館出版，作為參考書有諸多方便。[118] 但無論選用哪種教材和參考書，對於講授者來說肯定都遠遠不敷使用。若想負責任地維持"世界文學史"這種課程的講授，除了不斷地閱讀各國文學作品、文學史、文學批評等著作，再永遠兢兢業業地準備講義，別無他法。在 1927 年 9 月 27 日的日記中，吳宓記錄了備課艱難給他帶來的苦惱："宓本年所授"古代文學史"課，材料缺乏，無法預備，講授大感困難。既窮於應付，又深愧學無根柢。半生空過，此中苦痛，亦惟我自知之也。"（此處"古代文學史"應該指的是"西洋文

117 《年譜》，第 238、256 頁。

118 據 1940 年 10 月 11 日日記記載："上《歐洲文學史》課。又至圖書館，借出 Jameson 書十部，分配與諸生。"文學方面的其他西文書籍估計不會有如此數目的館藏。

學概要"的希臘羅馬部分）。

　　苦惱歸苦惱，吳宓是嚴肅而勤奮地迎接世界文學史課程給他帶來的挑戰的。在 1933 年之前，《學衡》和《大公報・文學副刊》的編輯任務，還有在清華擔任的行政職務，耗費了吳宓大量的精力，但他仍然盡力勤懇地閱讀中西各種書籍。比如 1927 年，吳宓在日記中頻頻抱怨行政事務給他帶來的羈絆："事務縈心，大有妨於學問。長此碌碌，必至終生無成。然辭之又不可得脫，奈何！""本日會至晚八時半始散。宓饑疲至不能支。會散後，又幾於不得食。宓在此間平居，率以評議會等事，費時甚多。既不得讀書，又不能休息。"（8 月 16 日，9 月 15 日）但就在這期間，吳宓在 8 月 23 日有日記云："讀 *Iliad* 完，及《雪橋詩話》。"隨後兩天的日記（8 月 24、25 日）又連續有"讀 *Odyssey* 等書"的記錄。這些記載不僅見證吳宓在諸事纏身的情況下堅持讀書的努力，而且讓我們看到了他是如何重視不斷重溫經典名著的。在四年前已經撰寫過長篇專文討論兩部荷馬史詩的情況下，吳宓此時仍然拿起重讀一過，顯然不會只是為了應付講課。而且這也不會是吳宓最後一次重讀荷馬（至少有 1942 年 10 月 12 日和 11 月 3 日日記可證）。他用自己的實踐證明了他對文學史和文學作品之間關係的理解：文學歸根結底是關於讀者和作品之間不斷發生的直接而親密的接觸，一個學者只有在這種接觸的基礎上才可能寫出好的文學史，但文學史的終極目的不是幫助讀者擺脫文學作品、滿足於知曉故事梗概和思想意義，反而是促使他們有更強的意願和能力去擁抱作品本身。

　　抗戰期間在西南聯大的艱苦環境下，吳宓日記中有若干則關於躲避日軍轟炸的記錄，很好地說明了他閱讀東西方著作之勤勉和廣泛。據第一則（1941 年 12 月 18 日），"出，即來警報。宓雜眾中出北門西北行，至聯大東之田中，依溝臥伏。敵機十架，在大東門外投彈，死近三百人。宓坐塚間，讀 Jaeger *Aristotle*（英譯本，陳康所指借）。"耶格（Werner Jaeger，1888－1961）乃著名西方古典學家，吳宓坐於塚間所讀者乃為耶氏力作《亞里士多德思想發展簡史》（英譯本，*Aristotle: Fundamentals of the History of His Development*，1934；德文原著於 1923 年出版）。[119] 兩天後（12 月 20 日），吳宓於日記中寫道："9：30 警報至，宓隨眾出……坐山坡上。讀 Warren *Buddhism*。"沃倫（Henry Clarke Warren，1854－1899）是美國梵文及巴利文專家，著有《佛教聖典選譯》（*Buddhism in Translations: Passages Selected from the Buddhist Sacred Books*，1922）。在另一則日記中（1942 年 12 月 29 日），吳宓隨警報而出後，"坐第一山前塚間，讀《美國文學史》"。根據 12 月 26 日日記中"讀 Long，*American Literature*"的記錄，可知吳宓此處所指應為美國作家威廉‧朗（William J. Long，1867－1952）所著《美國文學綱要（附文選）》（*Outlines of American Literature, with Readings*，1925）。在山塚間捧讀古今東西名著，與炮火連天之中的新魂舊鬼相伴，其嗜書如命、不斷追求精進的精神可見一斑。

除了持續廣博的閱讀，吳宓還經常向同事和其他專家請益，以改進自己的世界文學史講義。如 1939 年 10 月 5 日的日記云："宓今日編講義。於各國文字之源流，多請教於邵循正君。其續學可佩也。"邵循正（1909－1973）曾在法國和德國學習蒙古史，1936 年回國，此

---

119 陳康（1902－1992）曾在柏林大學師從耶格，於 1940 年獲哲學博士學位，並於同年回國，任西南聯大哲學系教授。1942 年 1 月 25 日日記記錄："讀 Jaeger 之 *Aristotle*，完"。據日記，1940 年 12 月 20 日吳宓赴歡迎陳康的茶會，聽了陳關於德國哲學家尼古拉‧哈特曼（Nicolai Hartmann，1882－1950）本體論的演說之後，認為哈特曼的學說"實與吾儕所追求而希望者相合"，"且其大旨亦與大乘佛教之學說相合"。

時任教於西南聯大歷史系。我們前邊提到過，吳宓在講授世界文學史時非常注重講解各國文字系統，而邵循正因為研究蒙古史，需要利用諸多歐洲和中亞語言，恰好在這方面具有很強的背景。在 1942 年 12 月 4 日的日記中，吳宓記道："以講稿示馮至。至教我 Goethe 詩。"1944 年 9 月 7 日，吳宓又記錄了徐梵澄（1909–2000）來訪，"帶來馮至修改宓德國文學講義等件"。馮至（1905–1993）乃德國文學專家，持有海德堡大學博士學位，時任聯大外文系教授。由以上幾則日記可見，在將近兩年的時間裏，吳宓曾通過各種渠道向馮至學習德國文學。最後再舉一例。1946 年 3 月 26 日，吳宓在四川大學任教時，"訪印度人沈書美（Somel Sinha）講師，以宓撰印度文學史印稿求正"。此後吳宓又多次造訪同一人（4 月 9 日、4 月 16 日、5 月 7 日、5 月 14 日、5 月 21 日、7 月 10 日）。如果我們可以合理猜測，在這些會晤中賓主至少曾經談及吳宓的印度文學史講義，那麼我們從中似乎可以看到，吳宓對印度文學一如既往的重視，並且可能因為周圍這方面的專家不多，所以他積極地抓住一切可以請教的機會。

1943 年春，已連續教課十二年的吳宓向西南聯大校方請休一年學術假，擬"將所編（已油印，且分發學生）。就之英文《歐洲文學史大綱》（*Outline of the History of the World's Literature*）再加修訂，印成書籍出版"。[120] 校方批准了吳宓的申請，但仍命其指導數名研究生。這一要求，再加上下一學年（1943–1944）本系已有兩名教授休假，系裏開課將人手不足，所以吳宓考慮再三後決定取消休假。在給校

---

120 吳宓 1943 年 3 月 15 日致校長梅貽琦（1889–1962）信函，《書信集》，第 211–212 頁。從吳宓的申請可以看出，講義的中文名稱為《歐洲文學史大綱》，但英文名實為《世界文學史大綱》。除了修訂出版這份大綱，吳宓的休假計劃中還包括完成"文學與人生"一課的講義。

長的信中，吳宓寫道："原擬出版《歐洲文學史英文講義》事，不休假亦可緩緩進行，且修訂此書，同時重授此課，正可相輔而為之。"[121]

從日記中我們可以看到，吳宓似乎確實是帶着修訂出版世界文學史講義這一目標度過 1943-1944 學年的。一個有意思的細節是，以往多年日記中常見的"上課"或"上課如恆"的記錄，現在首次加上了每次所講授內容的簡單標注（剛開始的一個月左右除外，見上文）。對一門常年教授的課突然這樣記錄，顯然吳宓是懷揣着新的規劃來看待這門課的。

一年之後吳宓並沒有完成他的修訂出版計劃。此後五年（1944年 9 月至 1949 年 4 月），他在燕京大學、四川大學和武漢大學繼續講授"世界文學史"，日記中也仍然有一些關於該課講義的記錄。除了前邊提到的請沈書美指正印度文學講義，還有以下幾個零散例子："上下午，在國文系改正《世界文學史》油印筆誤"（1944 年 11 月 20日）；"下午抄講義（Greek Literature 第一頁）"（1945 年 2 月 27 日）；"下午，改講義（Gr.-Rom.）……晚無電燈，續改講義（英美）"（1945年 2 月 28 日）。[122] 總體看起來，這一時期吳宓不但似乎逐漸失去了出版世界文學講義的興趣，而且對自己《學衡》之後事業的根本價值也產生了迷茫。

1944 年 12 月 5 日，吳宓在日記中寫道："晚，翻閱各期《學衡》，深佩諸君子之名言精論，而惜其未得廣行而救國益世也。"顯然，在立言和立功之間，吳宓是將後者視為終極目標的。早前，在 1939 年

---

121 吳宓 1943 年 3 月 15 日致校長梅貽琦信函，《書信集》，第 212-213 頁。

122 1945 年 5 月 6 日日記有"下午修改油印講義"的記錄。因吳宓同時還講授"文學與人生"一課，
　　所以難以判斷此"油印講義"何所指。

和 1943 年，吳宓曾兩次試圖創辦刊物，重拾《學衡》未竟的救國益世事業。在 1939 年 3 月 17 日，吳宓作長函致當年的《學衡》同人、時任浙江大學教授的郭斌龢，其中一段的主要內容如下：

> 宓所能為、所願為之事業，厥為主編《善生》週刊，發起一種道德改良運動，以為救國救世根本之圖。然如近今之新生活運動及全國精神總動員，既不徵聘及宓，其發表之宗旨規條，亦與宓所知所信者相去極遠。此生恐無用世之望，則惟有寄身學校，勉求著作之完成。（1939 年 3 月 17 日日記）

因無人捐助經費，吳宓的這一計劃悄然終止（1939 年 3 月 27 日日記）。四年之後，吳宓同意出任籌辦中的《曙報》總編輯，其自述動機"仍是道德責任之心，與愛人救世之熱誠"。雖然吳宓最後因各種利害關係的考慮而在發刊前即辭去此職，但他的這一決定顯然是帶着惆悵的。[123] 這種週期性的事功衝動最後一次在吳宓心中鼓蕩是在 1946 年秋季，他抵達武漢大學的第一個學期。那年 11 月 25 日的日記這樣寫道：

> 夜中靜思，乃欲專編撰一《文學與人生》週刊，以宓個人之精神與文章為主，俾斬然特異，易見精采，而此事在宓之一生為自然進化之最後一段工作，不為逆流或旁騖。

吳宓視為其人生"最後一段工作"的這項事業並未得到實施。很

---

123 參見 1943 年 7 月 4 日，7 月 15 日，8 月 11 日，8 月 13 日，9 月 4 日日記。

快他就接受了《武漢日報》的邀請，為其主編《文學副刊》，但僅司職一年（1946 年 12 月至 1947 年 12 月）便請辭了。作為商業性的文藝刊物，《武漢日報・文學副刊》當然跟吳宓想像的《文學與人生》週刊相去甚遠，是不可能讓他做到"以宓個人之精神與文章為主，俾嶄然特異，易見精采"的。

　　早在 1925 年，吳宓在致莊士敦（Sir Reginald Fleming Johnston，1874–1938）的一封信中寫道："我們相信，政府和偉大政治成就的基礎是德性……沒有一個國家能從道德沉淪中得救。如果人民的道德業已戕敗，那麼任何一個強大的帝國都將立刻崩潰。這個道理是我們急切地想要提醒我們的人民的，也是我們急切地想要引起西方人的注意的。"[124] 這段話中討論政治與德性的部分明顯反映了白璧德 1924 年出版的《民治與領袖》（*Democracy and Leadership*）一書思想的影響。[125] 皈依了新人文主義的吳宓相信，危亂之世維繫人民道德於不墜，乃文學可立之一大功。從運行十一年的《學衡》到未起步的《善生》和《文學與人生》，都見證了文學研究者吳宓心中最執着熱烈的夢想。但正如他在 1939 年致郭斌龢函中已經悲哀地意識到的，此生可能用世無望（信中所言"如今之新生活運動及全國精神總動員，既不徵聘及宓，其發表之宗旨規條，亦與宓所知所信者相去極遠"，乃觸發這一哀歎的直接原因），留給他的路"惟有寄身學校，勉求著作之完成"。出版世界文學史的計劃，也許可以看作這種不得已的選擇之結果。然而，編撰一部符合吳宓標準的世界文學史，是一項需

124 此函日期為 1925 年 12 月 30 日（《書信集》，第 150 頁）。莊士敦 1919 年曾輔導溥儀英文等科目，1931 年回英國後任倫敦大學漢學教授。

125 從吳宓 1924 年 7 月 4 日致白璧德的信中（《書信集》，第 22 頁），我們得知彼時他已經閱讀了老師的新著並且翻譯了"緒論"，將於當年 8 月刊登於第 32 期《學衡》。

要非凡動力、能力和耐力的事業。在 1923 年的中國，吳宓可以說是完成這一任務的最佳人選。二十年後，論三項綜合條件，他的地位也許依舊未變，但此時他心中的動力似乎已經今非昔比。[126] 將多年積累的講義轉化成一部能讓自己滿意的文學史，需要巨大的激情和堅定的信仰，而日漸消沉、將著書立說視作一個勉強的次等選擇的吳宓來說，這種激情和信仰已難尋覓。[127] 在這種情況下，唯有像創辦《文學與人生》週刊這樣的念頭才能在靜夜中重新燃起吳宓的激昂之心，而他修訂出版世界文學史講義的計劃就在不知不覺中擱置下來了。

在 1945 年 10 月 7 日的日記中，吳宓有以下記載："晚，6–8 顧綏昌來，談莎士比亞研究。宓以講義及筆記，託其帶交李夢雄，以助雄授'世界文學史'云。"顧綏昌（生於 1904 年，北大英文系 1930 年畢業）和李夢雄（生於 1909 年，清華外文系 1933 年畢業）當時任

---

126 在鄭振鐸之後，民國期間編寫過世界文學史的有：余慕陶：《世界文學史》，上海樂華圖書公司 1932 年版；李菊休、趙景深合編：《世界文學史綱》，上海亞細亞書局 1933 年版；嘯南：《世界文學史大綱》，上海樂華圖書公司 1937 年版；胡仲持：《世界文學小史》，生活‧讀書‧新知上海聯合發行所 1949 年版。胡仲持（1900–1968）和趙景深（1902–1985）都是文學研究會會員。胡仲持 1931 年翻譯了約翰‧梅西的《世界文學史話》（鄭振鐸編寫《文學大綱》時曾特別借鑒），由上海開明書店出版。這些後出之作在規模上都完全不能跟鄭振鐸的《文學大綱》相比（尤其是胡仲持的《世界文學小史》，全書僅 94 頁），而且在深度和學術性上亦無改觀。李菊休、趙景深在《世界文學史綱》序中聲明，該書有兩個目的：一是"想使一般的讀者能用最經濟的時間，對於世界文學的思潮和變遷及其作者，知道一個大概。此外更重要的目的，便是高級中學常設有世界文學一個選科，苦無良善教本，這部書便適應了這個需求"（第 1 頁）。余慕陶的《世界文學史》出版之後，被趙景深等人指出其中內容大都從趙景深的《中國文學小史》（1928）及他人所著中外文學史中剪竊而來，而余慕陶則辯稱其乃"整理"而非剪竊。是為魯迅在《文床秋夢》一文中所提到的"余趙剪竊問題之爭"（《申報‧自由談》1933 年 9 月 11 日）。

127 吳宓 1940 年之後的日記中有大量關於學佛的記錄。1944 年即寫道："痛感大局崩壞，餘生苟幸不死，決當為僧，不復更有所主張與計劃布置矣。"（12 月 5 日日記）至 1947 年，"決志為僧"，"但思離世出家而已"的想法頻頻出現（如 3 月 27 日、10 月 15 日）。武大的行政方式和為他提供的待遇，以及學生的學習態度，也常常讓吳宓不滿和失落。吳宓當時心思渙散的狀態，從 1947 年 12 月 31 日的日記可見一斑。那天的世界文學史課，吳宓"忘攜講義，遂改易次序。先講希伯來文學"（這樣的事故日記中僅此一見）。

教於四川大學外文系，和吳宓是同事。在 1945－1946 學年，吳宓在燕大和川大共授"文學批評"、"Dr. Johnson"、"中西比較文學"及"文學與人生要義"四門課，沒有"世界文學史"。這是 1938 年以來，吳宓第一次沒有開設這門課。為甚麼將這門課讓與李夢雄講授？原因我們不得而知。有一個可能是，吳宓在川大並無長久之計（上一學年他僅在此兼職，授"世界文學史"一課，而下一學年他就赴武大了），所以他有心培養一個日後可以繼續開設這門課的接班人，而李夢雄乃四川人，1939 年即已到川大，再加上其當年在清華求學的背景（1936 年 7 月 31 日的日記有李來訪的記錄），都決定了他是一個不錯的人選。不論內情如何，我們從 1945 年 10 月 9 日的日記中可以看到的是，吳宓將自己的講義和筆記交給李夢雄，其明確目的乃是為其講授"世界文學史"助一臂之力。我們知道，吳宓 1944 年秋赴燕大講學後，他的"歐洲文學史"由他的清華高足李賦寧接任，但據李賦寧回憶錄中自稱，"我無力講整個歐洲文學史，只好先從'英國文學史'入手"。[128] 由此我們可以想見，要開設"世界文學史"這門課有多大困難，而吳宓將自己的講義和筆記交與李夢雄，為其授課提供的支撐又何其關鍵。吳宓在日記中記錄此事時只是作一簡單的事實陳述，完全看不出來他的心情。從吳宓一向急公好義、熱心牽引的性格看來，給李夢雄的這一幫助對他來說也許只是再平常自然不過的行為。吳宓此時或許已經對"立功"失望，對"立言"淡漠，但他"欲把金針度與人"的一副熱腸終其身而未改。凝聚自己多年心血的世界文學史講義出版與否已不重要，無論以何種方式使其對世人和後學有所裨益，便已滿足吳宓對學問的最基本期待。

---

128 李賦寧：《學習英語與從事英語工作的人生經歷》，第 55 頁。

對中國學界來說，吳宓的世界文學史講義未能按計劃出版卻留下了巨大的遺憾。如今我們只能通過一份簡略的《大綱》以及曾經聆教者的片段回憶，[129] 再加上兩章《希臘文學史》，以及散見在報刊中的一些文章，來想像這本來應該是中國第一部學術性的世界文學史。假如有一天吳宓在“文革”中託人保管的十幾冊講義能夠公之於眾，我們從中最可期待的發現可能會包括以下方面：他熱衷進行的中西對比，他對一人一書一事都爭取做出自己之判斷的努力，以及他擅長製作的往往匠心獨具的各式圖解。在這一天到來之前，我們只有透過吉光片羽，來揣摩和追想吳宓在世界文學史研究和教學領域所做出的開創性建樹。他所設立的世界文學史編撰標準，以及他的書寫和教學實踐，至今都能給後來者提供準則、借鑒和激勵。

五、從“五四”到“文革”

1949 年 4 月，吳宓離開武漢大學入川，計劃前往內江，“在王恩洋先生主辦的東方文教學院（以佛為主，以儒為輔）研修佛學佛教，慢慢地出家為僧”。但飛抵重慶後，因交通阻斷，未能成行，於是吳宓停留在梁漱溟（1893-1988）主辦的勉仁文學院（以儒為主，以佛為輔）講學，同時在私立相輝學院任教，獲薄薪以謀生，度過了“一生生活最苦的一段時期”。[130]

吳宓選擇佛學家王恩洋（1897-1964）和新儒家梁漱溟的學院，是

---

129 參見馬家駿：《古希臘文學教學的典範 —— 從吳宓先生的二圖談其創造性》，《第一屆吳宓學術討論會論文選集》，陝西人民出版社 1992 年版；趙瑞蕻，《“我是吳宓教授，給我開燈” —— 紀念吳宓先生辭世二十周年》，王泉根主編：《多維視野中的吳宓》，重慶出版社 2001 年版。

130 《日記續編》1949 年“整理者按”，第 10-11 頁。出處為吳宓參加 1952 年思想改造運動之總結及其於 1966 年 9 月 8 日和 1969 年 6 月 2 日至 12 日“文革”中所寫交待材料。

因為"宓多年中抱着'保存、發揚中國文化'之目的，到處尋求同道"，而且他"嫌國立大學只教授學術、知識而不講道德、精神、理想（此必求之於私立學院）"。王、梁兩校皆主融合儒佛，正與吳宓本人的立場契合，因為他"認為中國文化是最好的，而且可以補充西洋文化之缺點。至於中國文化之內容，宓認為是'以儒學孔子為主佛教為輔'。[131]雖然勉仁（儒主佛輔，成立於 1946 年）跟吳宓的主張尤為接近，但他首選了東方（佛主儒輔，創辦於 1942 年），原因我們可以猜測一二。在 1946 年 10 月 7 日的日記中，吳宓記錄了他對王恩洋的評價：

> 甚佩王恩洋君（化中，四川南充）之精神行事，有白璧德師與碧柳之風。名言宏論，亦層見疊出。惟（1）對西洋文化不深知，每以近世唯物功利概括西洋文化。大誤。（2）作者之性情，屬於瞋類，如 St. Bernard 與 Gregory VII 以及 Bossuet 一類人也。但此乃瑕不掩瑜，不為賢者諱之意。若其人之剛毅勇猛，學深識高，獨行孤往，熱誠救世，宓只有敬服傾慕而已。

其實，看罷第一句，吳宓對王恩洋何等推重我們就應該了然於心了。白璧德不用說是吳宓一生最敬愛之導師，吳芳吉是吳宓最欣賞也期待最深之詩人，在王恩洋身上能看見這兩位故去之師友的影子，那麼吳宓在 1948–1949 年何去何從時的選擇就不是徹底難以理解了。[132] 吳宓 1946 年對王恩洋的兩點批評中之第一點，則能進一步讓我們明瞭他日後往投東方文教學院的動機。同樣的批評，吳宓其

---

131 同上書，第 10 頁。

132 吳宓當時不考慮海外任教，國內他則辭卻了中山大學和嶺南大學的聘請。

實在 1945 年 3 月 10 日的日記中已經提出："下午 1–3 立路明書店觀歐陽競無先生與王恩洋君所著各書。佩王之識力，而惜其不知西洋文明之優點。不免拘囿。"如果說王恩洋救世之熱心和高卓之識力讓吳宓想起了懷抱和學識皆非常人的舊日師友，那麼王對西方文明了解的欠缺則可能讓吳宓看到了自己能夠為東方文教學院提供的特殊貢獻。本來，吳宓多年來對新文化運動的一個核心批評就是，其提倡者因不解西洋文明的真相而錯將近代西方當作楷模，進而導致對中國傳統的誤判和踐踏。王恩洋的問題看似不同，但其實有很大的共性：和新文化運動者一樣，他將唯物功利的近代西方文化視作西洋傳統的本質，不同的是，他因此而在標舉佛儒濟世時未能看到和吸取西方文明中的精華。在高度讚許王恩洋弘揚中國傳統的努力之同時，吳宓也惋惜他因為對西方文明理解的"大誤"而產生的"拘囿"。在新人文主義的世界視野裏，佛陀、孔子、蘇格拉底、耶穌是可以終日分庭抗禮、坐而論道的。也就是說，雖然吳宓"認為中國文化是最好的，而且可以補充西洋文化之缺點"，但這句話未說出的另一半就是，西洋文化也可以補充中國文化之不足。吳宓選定東方文教學院，也許是希望自己能夠補足王恩洋的認知缺陷，與他協力進行東西文明融合的偉大實踐。對於自國共對峙以來便對中國文化的命運憂心忡忡的吳宓來說，入川可以說是"為理想犧牲實際利益"的一個孤注一擲的決定。[133]

吳宓的賭注當然是沒有下對。不久之後，勉仁文學院和東方文教學院都相繼停辦，吳宓輾轉進入新組建的西南師範學院外文系。入職之後的頭兩年（1950–1952），吳宓同時還在重慶大學兼課，每一年

---

[133] 引號中的話見《日記續編》，1949 年 "整理者按"，第 11 頁。

都開設西方文學方面的課，包括"世界文學史"。在日記中，吳宓經常記錄他在這個新時代講授外國文學的感受，其核心與他半個世紀前針對新文化運動的一些看法驚人地相似。此時，"世界文學史"事實上已變成俄蘇文學史（1952 年 6 月 5 日、7 月 29 日日記），老師被要求使用蘇聯學者的觀點解讀一切文學，學生則除了英文官方雜誌中登載的一些有關俄蘇作家的文章，對文學作品皆不感興趣。"此類文章，千篇一律"，"無時無地無一事一人非宣傳"，"舍玉粒而屬粗糲矣"，"今人不學，且斥人之為學，將見全世人皆變為簡單枯燥印版式動物生活而已"……皆令人回想起，吳宓當年是如何抨擊新文化運動誤把近代西方的某些思想視作整個西方傳統的優秀代表的。如今，從命之餘，吳宓在日記中進行傾訴："宓深感在今為一文學工作者之苦。宓即不自殺，亦必勞苦鬱迫而死"，"在今講授殊難且苦，宓降志辱身不止一事，心痛實深已"。[134] 在 1951 年的最後一天，吳宓在日記中寫下了："1951 於是告終，而宓之一生亦就此實際結束矣！"

然而吳宓的生命還有漫長的二十六年，他"降志辱身"的經歷也才剛開始。精神上對他打擊最大的可能有兩件。一是在被先後調任歷史系、中文系教授後（1953 年外文系改為俄文系），從 1964 年秋開始，吳宓終於因改造不力而被取消上課的資格。雖然十幾年來上課一直是"步步荊棘"，讓吳宓不但無所適從，而且時時感歎自己的無能，[135] 但對他來說，此時講台已經是惟一可能讓作為學者的他找到一絲生存意義之地了。因此，在校方決定公佈後，吳宓多次在日記

134 《日記續編》，1951 年 3 月 9 日、3 月 27 日、5 月 4 日、10 月 22 日、10 月 28 日；1952 年 5 月 5 日、5 月 29 日。

135 "步步荊棘"之語見 1952 年 5 月 15 日日記。其他可以 1953 年 4 月 24 日、1956 年 5 月 29 日、1957 年 4 月 18 日、1958 年 3 月 28 日、1960 年 7 月 4 日日記為例。

中記錄了自己的絕望。"宓之生機斬絕盡矣。""秋景雖美，而宓以無課之教師，有如待決之死囚，行人世中，一切人事皆與我無關，悲喪殊甚。"[136]

另一給吳宓造成極大精神痛苦之事則發生在 1958–1960 年，當他在中文系參與集體編寫外國文學講義之時。起初小組由吳宓和兩名進修生組成。在 1958 年 10 月 27 日的日記中，吳宓寫道："兩進修生示宓以新編之《外國文學》講義，宓所撰三章，只登出二章（批判現實主義一章，刪去未登），全書幾皆二進修生所編，閱之氣盡！"[137] 進入 1959 年後，編寫小組加入一助教並由其領導，目標為快速作成一部"完全革命，建立中國人之外國文學體系"的講義（1959年 1 月 13 日，1960 年 7 月 23 日日記）。所謂"快速"，當時的楷模是北大中文系三年級的學生，在 1958 年 8 月一個月內，編成《中國文學史》二冊，9 月中旬即已出版（1958 年 11 月 22 日日記）。1959年吳宓四人小組編寫《現代外國文學》講義的速度可以體現出這種榜樣的力量。3 月 10 日的小組會議上，宣佈吳宓承擔法國、印度、土耳其三國，限 3 月 19 日提交大綱，講義的交稿期則為 4 月 15 日。當時吳宓"力言同時兼理數國之難，非全部研讀後，不能作出大綱"，但在組長堅持並且表示可以為他提供幫助之後，吳宓"自慚怯，只得應命"（1959 年 3 月 10 日日記）。此後，在編寫整部外國文學講義的過程中，吳宓所受的催逼、輕鄙與責難，每每令他心痛但又只能唯唯承受，但有一次他在自我辯解和請求緩期時，情緒失控，"聲與淚

136《日記續編》，1964 年 8 月 24 日、8 月 31 日。另外可見 9 月 6 日、9 月 7 日、11 月 7 日。

137 關於 1958 年中文系重新編訂《外國文學》講義的背景以及吳宓在其中所受的苦楚，參見吳學昭《吳宓與陳寅恪》（增補本），生活・讀書・新知三聯書店 2014 年版，第 384–385，398 頁。

俱，神情激越，自覺其憤苦有似《蕩寇志》中，上官派員至祝永清初出，猶在官軍，對青雲山、猿臂寨作戰。索糧促戰之情景"。[138] 對一個當年寫過《希臘文學史》並且對撰著文學史有着系統而嚴格要求的人來說，我們可以想見，參與這種"雜抄新書新雜誌以成篇應命"的大躍進式編寫活動給他帶來的摧折。

吳宓在逆境中發揮出的堅韌、獨立和積極精神可圈可點。1960年6月6日，他在重溫了白璧德的《文學與美國大學》(*Literature and the American College*，1908)之後，再一次為其預言性的論斷深深折服。在日記中，吳宓推論如下：

> 今世兩大陣營，[139] 略如古希臘之斯巴達與雅典。甲方貧苦而勇毅，乙方富樂而貪淫，相持相爭之結果，甲或當勝而乙將滅，然兩方皆以力爭，以暴治，而其影響，使亞歐之文明全部淪亡，似已成定局。若求其根本立人救世之道，則仍為儒道與佛教，希臘哲學與真正之基督教，即是人文主義。白師等所倡導與宓等所信奉者，此決不容疑者也。

新人文主義信念給吳宓提供的巨大精神支撐，在他1955年8月15日的日記中有一段感人的表述：

> 回思我等生平受父師之教，讀聖賢之書，知中西文明社會之真實情況，甚至1920至1930間猶得欣見白璧德師之教一時頗盛

---

138 1959年11月10日日記。其他例子可見1960年4月26日、6月4日、6月14日日記。

139 指美蘇。

行美國。由今觀之，真如佛國莊嚴淨土，彈指一現，片刻得窺，而永存在於我心目中，縹渺至極，亦真實之極。

這一縹渺而真實的佛國淨土，唯有曾經流連於“中國及世界數千年之學術文藝、典章制度、風俗道德”中“美麗光明廣大自由之生活與境界”之人，方有緣一窺。[140] 雖然流行的階級鬥爭批評範式已經不給欣賞這種“美麗光明廣大自由”留有多少餘地，但吳宓仍然抓住一切可能向學生傳達自己的心得的機會，有時甚至情不自禁。1959 年 9 月 30 日，在給中文系學生講授但丁時，吳宓提到錢稻孫（1887–1966）用楚辭體翻譯的《神曲一臠》（《地獄篇》前五章）。在課上，“宓力言《神曲》譯離騷體，甚是，且宓素主張，文學作品必須譯成相當之文體，斷不可一律譯為淺近白話。此主張宓仍堅持，靜候同學們批判，云云。事後，頗悔直言，不適於今之時勢”。顯然，在講課時，吳宓沉浸於但丁詩歌形式之美與思想之恢弘，想到的是，如果《神曲》譯成中文那麼只有騷體方能相配，並且脫口而出，忘情演說，既而後悔。我們不難理解，如果遇上學生主動對宣傳式教育之外的內容表示興趣時，吳宓會有多麼歡欣鼓舞，和盤托出。他 1956 年 11 月 11 日的日記就記錄了這樣難得的一幕：

晚 7：40 至 9：40 凡二節（中間休息十分鐘）在教室中，為中文系三年級學生九十人，講其所命之二題：（1）從古希臘、羅馬到十九世紀之歷史概況（以與世界文學有關之歷史為重點）並與中國歷史作相應的對比。（2）學習外國文學之方法和步驟，如

140 引文出自《日記續編》1952 年 5 月 5 日。

何去掌握它的體系。陳幼華主席。宓所講以（1）題為主，甚興高采烈，所講能綜括扼要，而精義重重，學生熱烈鼓掌表謝。

大多數時候，吳宓只能通過自娛自樂，頑強地維持自己一生中對世界文學的痴迷。這一時期，他似乎對學習外語迸發出了強烈的興趣（吳宓對文字和文學之間密切關係的討論見上文）。早在 1952 年 11 月外文系組織教師學習俄文的一年多之前，吳宓自己就開始讀俄文文法了（1951 年 9 月 17 日始讀，此後有連續記錄）。[141] 但此後吳宓的外語學習範圍遠遠超過官方提倡的俄文。1956 年是第一個高潮。日記中記錄了他讀《希臘文法》、《蒙古文法》、《阿剌伯文法》、《波斯文法》、《梵文字典》（1956 年 7 月 26 日、11 月 8 日、11 月 12 日、11 月 14 日、11 月 15 日、11 月 16 日等），但他真正花時間的是拉丁文。吳宓最早學拉丁文不清楚是何時。在 1925 年對清華學校留美預備部學生的一次演講中，吳宓曾告訴他的聽眾："余前在清華所受之益處雖多，但殊以從未有人告以須習拉丁文為歉。及到外國時，科目繁多，不能兼顧；回國後，俗務冗忙，更無暇從事矣。故欲學希臘或拉丁文者愈早愈好，庶不致遺後悔也。"[142] 1927 年的暑假吳宓曾計劃學拉丁文（6 月 13 日日記："宓現決於此暑假中，專讀希臘文學之書，並每日以一小時治拉丁文。"），但接下來的日記中並沒有相關學習記錄。這有可能是因為那年夏天，清華因留美預備部高

---

141 在 1950 年 9 月 20 日致李賦寧的信中，吳宓提到自己正自修俄文，進度甚緩，並評論說："以俄文較法文，優劣懸殊，甚矣 Lomonosov 之自炫（謂俄文兼眾文之美）也！"（《書信集》，第 369 頁）。鄭振鐸在其《俄國文學史略》第一章中提到，羅門諾沙夫（Lomonosov， 1711–1765）認為俄文"其活潑如法文，其剛健如德文，其秀逸如意文，其豐富雄壯如希臘拉丁文"（《鄭振鐸全集》第 15 卷，第 420 頁）。

142 《清華週刊》，1925 年第 364 期。

三高二年級學生提前出洋問題而引起的風潮愈演愈烈，一直鬧到外交部，吳宓作為學校評議會六名成員之一處於糾紛中心，深為所困，故而未能將學習拉丁文的計劃付諸實際，並且在日記中屢屢哀歎無暇治學。[143] 此後的二三十年中，我只注意到1945年10月13日的日記中有"讀Latin文法"這一孤立記錄。多少具有諷刺意味的是，吳宓關於拉丁文的遺憾似乎直到1956年他已被高度邊緣化之後才得以彌補。這一年的2月13日，上午吳宓"心緒不屬，讀拉丁文法"；午飯後"續讀拉丁文法"，晚上又"讀拉丁文"。看起來，學拉丁文是他調節自己心情的一種手段。同年的7、8、11月有較為密集的關於讀拉丁文法的記載（太多不錄）。11月7日，吳宓在致郭斌龢的信中，請郭"速寄來希臘、拉丁字典"。[144]

　　第二個高潮是1964年。該年2、3月間，吳宓讀完了一本《西班牙文法》（3月22日日記："費三十一日之力"）。3月6日在參加一次市政協座談會時，他"極言外國文甚易學，宓有妙法可以傳授，並宣稱宓現自學西班牙文"。在這一發言中，吳宓一貫的熱心和"好為人師"躍然紙上。也許，在世界文學的講授已經舉步維艱之時，學習和傳授外語知識相對安全，所以吳宓才按捺不住地如此踴躍自薦吧。剛放下西班牙文，吳宓又開始學意大利文（自3月26日起至4月21日止，幾乎每天的日記都有記錄）。

143　有關該次風潮的記錄屢見於吳宓自1927年6月17日至8月15日的日記中。

144　此後，1960年（8–11月）和1963年（9、10月）吳宓又重拾拉丁文法。1963年，吳宓為他指導的一名進修教師講授拉丁文（參見9月22日、9月25日、10月14日等日記）。《日記續編》1961年11月25日記載："晨，讀《希臘文法》（White），1923所習而未卒業者也！"對於此時雖然閒置但在高壓環境下極度苦悶的吳宓來說，拿起近四十年前因忙於事業而未能修習完畢的課本，撫今追昔，其感慨與無奈想必異常深刻。

最後一個高潮則從 1968 持續到 1971 年。1968 年 9 月 2 日，吳宓購得法文版、德文版、俄文版的《毛主席語錄》（英文版早已擁有）。當天，他"以各種外文版《語錄》比較細讀，深可玩味。平生用力之外义知識與政治學習、思想改造，兩俱有益，誠樂事也"。此後吳宓又託人覓得西班牙文版（1968 年 9 月 23 日日記）。在參加集體勞動時，這些外文版的《語錄》陪伴吳宓度過工間休息的時間，在同事憐其年高而派其留守工具室時，它們也為他提供了讀物。[145] 到 1971 年 6 月 26 日（上午 10：30），吳宓在日記中記載了他讀畢法文及德文譯本的那一刻。他還曾多方欲購意大利文版而不得。1970 年 2 月中至 3 月底，吳宓又一次學習意大利文，並已達到借助字典可閱讀普通書籍的程度。令他遺憾的是，"宓缺一冊《毛主席語錄》的意大利文版，在渝碚多年不能買到（其他英、法、德、俄、西文版的《語錄》，宓皆已藏有（且可以教人。））。"[146] 吳宓這一輪學習外語的努力，尤其是他最後"且可以教人"的標注中透露出的自豪，見證了他在畢生所學皆歸於無用的情況下的積極掙扎。

除了學外語，吳宓所能做的便是在中西經典中尋找心靈慰藉。他在 1955 年 4 月 17 日的日記中寫道："宓讀今之書籍報章、巨著雜文，輒覺其千篇一律。同述一事，同陳一義，如嚼沙礫，如食辣椒，其苦彌甚。而回憶平生所能誦之中西典籍詩文，則覺其言之有物，勝境無窮。如食珍饈，如飲甘露，樂矣哉！"這裏吳宓說的當然不是白話作品和文言作品之間的區別，也不是現代作品和古代作品之間的區別。在 1965 年 2 月 14 日的日記中，吳宓記錄了他對茅

145《日記續編》，1968 年 9 月 6 日、9 月 10 日、9 月 13 日、10 月 9 日。

146《日記續編》1970 年 3 月，據吳宓 1970 年 4 月 22 日至 5 月 2 日所寫交代材料整理。

盾小說《蝕》的讀後感，將其譽為"二十世紀之《紅樓夢》"（雖然也指出其"規模之大則弗及"），是"有價值之愛情小說"，作為歷史小說來讀也"覺其趣味深長"。1955年5月11日，在臥讀印光法師（1862–1940）的文抄之後，吳宓"精神頓覺安舒，食沙食飯，飲醇酒、飲仙露之喻"。可見古今和文白皆非必然界線。吳宓一生摯愛的《紅樓夢》，此時依然一如既往地為他起到排遣淨化的作用。"晚，讀《石頭記》第十七回園景題聯，第十八回省親歡慶，頓覺神怡心安"（1964年11月4日日記）。"讀《石頭記》43–44回，流淚，覺甚舒適（宓此情形，少至老不異）"（1967年4月3日日記）。在1973年，吳宓存有日記的最後一年，2月11日，他寫道："今晨四時醒，六時起，翻閱 *A Companion to Greek Studies*，深感八十之年，時日無多，此類佳書，皆不能再讀。死去所恨者，此耳。"《希臘研究指南》（*A Companion to Greek Studies*）乃英國古典學家威伯力（Leonard Whibley，1864–1941）編輯的一本重要工具書，可稱作是"希臘文明百科大全"（文學所佔分量很重），初版於1905年，此後多次再版，最近一次是2015年（劍橋大學出版社）。在吳宓1922年《西洋文學精要書目》中，威伯力的著作列於"希臘文學參考用書"類的第一部。在雙目即將失明、身體也已傷殘的八十高齡，吳宓翻閱摩挲這本陪伴自己幾十年的經典，遺憾的乃是來日無多，勢將不能再讀此類佳作。其超然忘世與熱烈執着之並存，依稀使人想起吳宓四十年代在敵機轟炸中於山塚間捧讀東西方經典的情形。文學救世乃吳宓一生所念；在救世徹底無門之時，世界上最優美的文學是他最後、最可依靠的心靈港灣。

吳宓這種堅韌背後的信念，可以從他1951年2月22日寫給李賦寧的信中找到。當時任教於清華外文系的李賦寧，正因新時代高校學術形勢的劇變而情緒低落。吳宓在信中這樣囑咐自己親如子姪的得意門生：

> 目前英國文學與西洋文學不被重視，等於無用；然我輩生平所學得之全部學問，均確有價值，應有自信力，應寶愛其所學。他日政府有暇及此，一般人民之文化進步，此等學問仍必見重。故在此絕續轉變之際，必須有耐心，守護其所學，更時求進益，以為他日用我之所學，報效政府與人民之用。[147]

不管自己是否能夠等到重見天日的那一天，吳宓希望將自己的信心和耐心傳遞給昔日的學生，讓他不但要守護住生平所學到的西方文學的學問，而且應盡可能尋求進益，以待來日。1962 年 4 月，吳宓致信李賦寧，婉陳自己不願應邀回北京任教的原因，繼而寫道："弟能覺得宓昔年之全面提倡世界文學史之計劃之好，在清華有微功，即已深感弟矣。"[148] 言外之意，自己在有能力有條件之年已經拼力一搏，盡了一己之責，時勢如此，欲以學問用世報效，只能有待後輩諸君了。從這封信可以看出，吳宓對自己在清華外文系遺產的理解，是和他當年以世界文學史為基礎及主幹設計的外國文學課學程緊緊聯繫在一起的。此時吳宓所寄望於弟子的"守護"，除了個人在西方文學方面的學養，應該還包括一種語言與文學並重、打消中西古今壁壘的文學教學和研究傳統。[149]

---

147 《書信集》，第 370 頁。

148 《書信集》，第 384 頁。

149 在同一封信中，吳宓還告知李賦寧，自己為楊周翰（1915–1989）和趙蘿蕤（1912–1998）等人新編的《外國文學教本》提了十餘條批評及改正意見，請代為轉交。

六、結語

2017 年，距吳宓負笈美國的那一年，已經整整一個世紀。在這個世紀的絕大部分時間，他的志向和思想都與時代格格不入。如今，國際化和全球化已成為大家爭相使用的概念，世界文學和比較文學作為學科的合法性確立已久，西學正在經歷一次新的繁榮（希臘羅馬研究和教學在近十年的興起尤其引人注目），中國傳統文化也以各種形式強勢回歸，此時我們回頭檢視吳宓一生的事業，除了向一位先行者所付出的奉獻、所開拓的基業與所經歷的坎坷致敬，我們還應該有怎樣的思索？

我認為最重要的是，我們應該意識到，吳宓會不斷迫使我們回答一系列最基本的問題：為甚麼研究外國文學？在外國文學研究中，中國文學有何種位置？古典和現代之間是甚麼關係？"經典"應享有何種地位？文本閱讀有多重要？如何處理文學和政治、道德之間的關係？吳宓本人對這些問題的回答，可以從以下一些有代表性的文字中找到：

> 原夫天理、人情、物像古今不變，東西皆同……既有不變者存，則世中事事物物，新者絕少。所謂新者，多係舊者改頭換面，重出再見，常人以為新，識者不以為新也……今即以文學言之……文章成於摹仿（Imitation）……文學之變遷，多由作者不摹此人而轉摹彼人。舍本國之作者，而取異國為模範，或舍近代而返求之於古，於是異採新出，然其不脫摹仿一也。[150]
>
> 將來世界文化必為融合眾流（eclectic），而中國文化之特質，

---

150 吳宓：《論新文化運動》，《學衡》1922 年第 4 期，第 3-4 頁。

厥為納理想於實際之中之中道（Ideal in the Real）。吾儕就此發揮光大，使中國文化得有以貢獻於世界，是為吾儕之真正職責，亦不朽之盛業。[151]

宓之保守主義，乃深知灼見中外古今各時代文明之精華珍寶（精神＋物質）之價值，思欲在任何國家、任何時代圖保存之，以為世用而有益於人，非為我自己。[152]

中西古來皆重誦讀古籍名篇，就文字精心用功，故名治學曰"讀書"。蓋由書籍文字之工夫，以求鍛煉心智，察辨事理，進而治國安民，從政治軍，興業致富。其技術方法之取得與熟習，以及藏息精神、陶冶性情於詩樂書諸藝，其根本之訓練與培養，莫不自文字中出也。近世妄人，始輕文字而重實際勞動與生活經驗，更倡為通俗文學、"白話文學"之說，其結果，惟能使人皆不讀書、不識字、不作文，而成為淺薄庸妄之徒。（1955 年 10 月 7 日日記）

勿捲入一時之潮流，受其激盪，而專讀一時一派之文章。宜平心靜氣，通觀並讀，而細別精粗，徐定取捨。

宜以莊嚴鄭重之心研究文學。將如 Matthew Arnold 云，欲熟知古今最精美之思想言論（To know the best that has been thought and said in the world），將與古今東西之聖賢哲士、通人名流，共一堂而為友也。故立志不可不高，而在己則宜存謙卑恭敬之心。[153]

宓竊觀近五十年中之論著，大率議論多、批判多，而知識與

---

151 這是吳宓在和西南聯大外文系學生黃維的一次閒談中所說的內容（1940 年 7 月 18 日日記）。

152 這是 1958 年 6 月，在西南師範學院歷史系世界史教研組的一次座談會上，吳宓對自己的思想所作的交代（6 月 27 日日記）。

153 吳宓：《文學研究法》，《學衡》1922 年第 2 期，第 6、8 頁。

材料太少。其所知之中國古史舊學固不足,而所知之西史西事,所讀過之西國古今要籍原書,尤極有限,故宓皆不敢傾服;即如孔子之真價值與其特長,宓認為尚未見有能說出者,甚矣,此事之難也。(1964 年 1 月 8 日日記)

吳宓的這些觀點在他身前都是極不合時宜的,無論是在新文化運動中,還是在抗戰時期,或是在毛澤東時代。今天,他鮮明而不妥協的議論仍然必定會引起爭議。但是,在"西學"和"國學"同時欣欣向榮之際(這應該說是二十一世紀的新現象),吳宓是特別值得我們深思的一個人物。[154] 他對新與舊之間的關係的看法,以及他將"摹仿"視作人類文明發展中的核心機制,不但為研究古代和研究西方同時提供了一個哲學基礎,而且時時提醒以創新為要務的學者、思想家和活動家,在古今中外的大歷史框架中,永遠以一定的謙卑謹慎來對待自己的發明和建樹。吳宓對世界文化必將融合的信念以及他對中國學者在此過程中的任務的理解,應當激勵當代從事中西文化研究者,為自己的學問尋找目的和使命,而不僅僅是以專業和職業視之。吳宓對透徹掌握古籍名著的重視以及他將典籍視作修身養性和獲取人生智慧最重要途徑的看法,在節奏日益加快的眾聲喧嘩之當代,可以引導人們重新直接面對經典,在安靜的閱讀和思考中讓自己的心智成長。吳宓對五十年西學中"大率議論多、批判多,而知識與材料太少"以及他對治學者中西要籍皆所知有限這一缺點的批評,在西學各科教研與出版皆空前興盛發達的今天,依然是振聾發

---

154 吳宓在最近關於"西學在中國"的歷史檢討中受到的關注,可參見劉鋒《"致用":早期西方文學引介和研究的一個基本面向》,《北京大學學報》(哲學社會科學版)2017 年第 4 期。

贖之良言，應當在所有學者心中成為一股警醒和鞭策力量。

　　吳宓思想中至今仍具有極大價值的這些部分，最好地體現在他在世界文學和比較文學領域的教研實踐和成就。本書所收僅集中於吳宓在"世界文學史"這個範圍留下的一些有限材料，有兩個原因。限定在"世界文學史"，是因為他一生所留下的學術性文字多與中西比較有關，若不進一步界定則勢必演變成"吳宓文集"的編輯整理工作。只收入了吳宓在"世界文學史"方面極小一部分文字，則是因為其大部在"文革"中託人保管之後便再未面世。相信讀者在讀過這些文字之後，會和本文作者一樣，帶着深深的敬意和遺憾，去理解吳宓這位中國世界文學和比較文學界的先驅。

2017 年秋於加州

上 編

吳宓講世界文學

HISTORY OF LITERATURE OF THE WORLD*
（世界文學史大綱）

0. System of Languages

1. Egyptian Literature Reference Jameson page 16[1]

2. Babylonian Literature pp. 15−16

3. Persian Literature pp. 268f, 321, 403

4. Arabian Literature pp. 243−247, 251−258, 321f (Zucker Vol. 11, pp. 319−394)

5. Sanskrit Literature

6. Chinese Literature

7. Japanese Literature (WANTED)

8. Hebrew Literature pp. 24−37, 55−59, 116−121, 155−160, 177−183, 191−193, 197f, 211−217, 319 (Zucker Vol. II, pp. vii−xvii, 1−38)

9. Greek Literature pp. 37−51, 59−116, 121−124, 126f, 171f, 175f, 186−188, 190f, 195−197, 198, 217f, 240−243, 267, 377f, 402f

10. Latin Literature pp. 124−126, 129−155, 160−176, 189f, 192f, 197f, 218−225

11. Mediaeval Latin Literature pp. 227−239, 272−280, 326−330, 348−352, 453−474, 478

---

*　此 "世界文學史大綱"，吳宓編撰，乃據李希文先生提供的西南聯大外文系 1944 年所發油印講義收錄，本書未作全面校訂，僅對油印稿的明顯筆誤，予以修正。—— 編者注

1　此指本課程指定的主要參考書 Robert D. Jameson, *A Short History of European Literature*（翟孟生著《歐洲文學簡史》）書中頁碼，以下同。—— 編者注

12. Provençal Literature p. 344

13. Italian literature pp. 352–360, 368–376, 418–433, 478, 498–516, 583f, 586, 604f, 754–759, 963–979, 1194–1207

14. French Literature pp. 259–263, 294–307, 312–315, 331f, 333–336, 344–348, 394–397, 433–440, 462–467, 477, 481–483, 492, 533–551, 585, 588, 606, 668–722, 749–751, 793–820, 1115–1191

15. Spanish literature pp. 318f, 397–401, 454–460, 461, 516–528, 584, 587, 640–666, 979–985, 1207–1215

16. Portuguese Literature pp. 460f, 528–531

17. German Literature pp. 264f, 288–292, 315–318, 336–341, 447–452, 486–491, 767–774, 890–953, 1004–1052, 1216–1257

18. Dutch Literature pp. 341f, 760–766, 1299–1301

19. English Literature pp. 239f, 262–264, 231, 284–288, 207–309, 311f, 342–344, 378–394, 440–447, 476f, 478–481, 493–495, 553–580, 589–599, 609–638, 723–752, 823–885, 1055–1112, 1383–1439

20. American Literature pp. 1360–1381

21. Danish Literature pp. 309–311, 957–961, 1260–1273

22. Swedish Literature pp. 766f, 961–963, 1273–1282

23. Norwegian Literature pp. 1283–1299

24. Polish Literature pp. 1353–1356

25. Russian Literature pp. 1305–1353

Turkish Literature is included in (4); Swiss Lit. in (14) & (17); Belgian Lit. in (14); Austrian & Czechish Lit. in (17); Canadian, Australasian etc. in (19); South American Lit. in (15).

Scottish & Irish Lit. included in (19); Cuban & Mexican in (15); Hungarian in (17).

The Lit. of Mongols, Manchus, Tibetans, Siamese, Koreans, Burmese, Annamites, Malayans, etc. are not important and have been included in (5) & (6). The same with the Balkan States & other smaller countries of Asia. The Negroes and the American Indians have left no written literature worthy of our notice. So the above survey is fairly complete.

THE SYSTEM OF LANGUAGES

The system of classifying Languages into 3 main groups i, ii, iii, was originally made by the German linguist or philologist August Schleicher (1821–1868) in 1865, as follows:

(i) Monosyllabic or Isolating Languages —— Meaning (matter) is indicated by Sound, Relation (form) by word-position. RRRR ——

(ii) Agglutinative Languages —— Both Meaning & Relation are indicated by Sound; the formal elements tacked on to the Root, the Root itself being invariable. Rs; pR; pRs.

(iii) Inflected or Flexional Languages —— Meaning & Relation are fused together; Inward modification of the Root with Affixes. To express the form, pRs (x); Rs (x).

The evolution or progress is in the direction of i —— ii —— iii.

I.　Monosyllabic (or Isolating) Languages

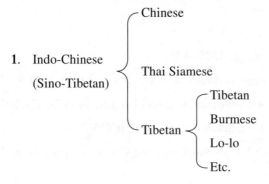

1.　Indo-Chinese (Sino-Tibetan)

- Chinese
- Thai Siamese
- Tibetan
  - Tibetan
  - Burmese
  - Lo-lo
  - Etc.

2. Languages of the North-American Indians

II. Agglutinative Languages

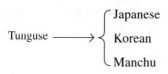

Tunguse ⟶ { Japanese / Korean / Manchu }

Languages of Turanians { Tartar / Finnish / Lappish / Hungarian / Caucassian }

Uighur ⟶ { Turki (Chakatai) / Turkish }

III. Inflected (or Flexional) Languages

    1. Semitic (Pertaining to the Jew)

        Hamitic —— (ancient) Egyptian (Hieroglyphic ⟶

        Hieratic ⟶ Demotic ⟶ Coptic

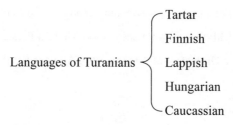

Semitic {
  東支（已亡） Babylonian Assyrian Chaldean
  西支 {
    北派（已亡） { Phoenician / Hebrew { Canaanite / Moabite }
    南派（尚存）[1] { Arabic / Ethiopian }
}
}

    2. Indo-European (or Indo-Germanic)

        Indo-Iranian

            Sanskrit

---

2   此處漢字為受課學生所加。——編者注

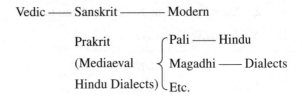

Vedic —— Sanskrit ——— Modern

Prakrit ⎧ Pali —— Hindu
(Mediaeval ⎨ Magadhi —— Dialects
Hindu Dialects) ⎩ Etc.

(Ancient) Persian

Old Persians ——→ Avestan (Zend) ——→ Pehlevi

(or Pehlvi) ——→ Parsee ——→ Modern Persian

The Caspian & Pamir Dialects—of Afghan, etc.; Ancient Scythina
(from E. to W.) [3]

Balto-Slavic (or—Slavonic)

⎧ Lithuanian
Baltic ⎨ Lettish
⎩ Etc.

Slavic

East Slavic ——→ Russian

⎧ Polish
West Slavic ⎨ ⎧ Czechish
⎩ Bohemian ⎨
⎩ Slovakian

⎧ Bulgarian
⎪ Serbian
South Slavic ⎨ Croatian
⎪
⎩ Etc.

⎧ Achaean; Aeolic
Greek (Ancient Greek) ⎨ Ionic —→ Attic —→ Modern Greek (Romaic)
⎩ Doric

3　此括號內英文亦為學生所加。——編者注

3. Italic-Celtic

Italic

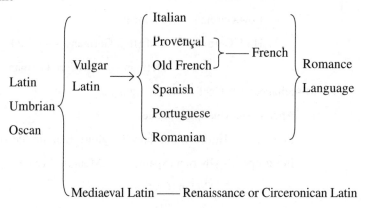

Latin Vulgar Italian
Umbrian Latin $\rightarrow$ Provençal ⎫
Oscan Old French ⎭ —— French Romance
  Spanish Language
  Portuguese
  Romanian

Mediaeval Latin —— Renaissance or Circeronican Latin

Celtic

    Continental Celtic   Gaulish

           Gaelic   —— Irish

                     Scottish

Island Celtic

        Breton   —— Welsh

4. German (Teutonic)

      East Germanic —— Gothic

      North Germanic (Rune) —— Old Norse —— Icelandic

          Norwegian   Scandinavian Languages

          Swedish

          Danish

  West Germanic

    Island

      English

          Anglo-Saxon (Old Eng.) —— Middle English ——

          Tudor English —— Modern English

Frisician

Continental   Dutch

Low German —— Flemish

High German   Old High German —— Middle High

German —— Modern German

IV. Miscellaneous & Unclassified Languages

  1. Ancient (perished) Languages

In Asia —— Hittite; Sumerian (Babylon); Elamite (Persia).

In Europe —— Iberian (Spain) —— Modern Basque

Cretan (Crete)

Etruscan (Italy)

  2. Austric   Mon-Khmer   Cambodian

Annamite

Malayo-Polynesian   Malayan (Indonesian)

Malay

Formosan

Javanese

Etc. Etc.

  3. Native Language of America Of Central America ⎫
                                                      ⎪
Maya (Inyucatan, Mexico)   ⎪
                                                      ⎬ Ancient
Etc, Etc.   ⎪ culture
                                                      ⎪
Of South America   ⎪
                                                      ⎪
Kechuan, of the Incas'   ⎪
                                                      ⎭
Iin Peru Etc. Etc.

EGYPTIAN LITERATURE

History of Egypt

Egypt = "Black earth". Calendar of 365 days, 4241 B.C. Old Empire of Menes at Memphis, 3400–2400 B.C., Pyramids 2900–2750 B.C. Middle Empire at Thebes, 2160–1600 B.C.: invasion of Hykses c. 1675 B.C. New Empire at Thebes & Tanis, 1580–945 B.C.: Temples & tombs; Ramses II the Great or Sesestris (Herodotus) 1292–1225 B.C. Decline and decadence, from 1150 B.C. Egypt conquered by Libyans 945 B.C.; by Ethiopians 721 B.C.; by Assyrians 670 B.C. Revival under Psammetikes I etc., 663–525 B.C. Egypt a Persian province 525–332 B.C.; a Greek kingdom under the Ptolemies 332–31 B.C.; a Roman province 31 B.C.–641 A.D. Egypt conquered by the Saracens (Arabs) under Omar, 641 A.D.; by Turks in XIIIth century, became a province of Ottoman Empire 1517 A.D.

Egypt independent of Turkey, and ruled by a viceroy 1841 & by the Khedive 1865 A.D. British & French dual control of Egypt, 1881. British sole control since 1904: "Independence" proclaimed 1922, Egyptian Parliament 1924.

Egyptian Language

(1) Hieroglyphic (picture-writing) 3600 B.C.—sacred inscriptions on monuments.

(2) Hieratic 2600 B.C.—priestly cursive hand-writing on papyri.

(3) Demotic, 700 B.C.–2nd century A.D.—vernacular.

(4) Coptic, $2^{nd}-10^{th}$ century A.D. —— written in Greek Alphabet, Christian books. (From 10th century A.D. till now, Arabic language used in Egypt.)

The Rosetta Stone, discovered 1799 by a French engineer under Napoleon being a decree of Egyptian priests in honour of Ptolemy Epiphanes (196 B.C.) in Hieroglyphic-Demotic-Greek characters. From this, Francois Champollion (1790–1832) constructed the Egyptian alphabet (24 letters).

Egyptian Literature

I.   The Pyramid Texts, c. 2900–2600 B.C. (discovered 1880 A.D.) —— ancient formulas or prayers for the Dead to avoid gloomy existence in the underworld and to dwell blissfully in the sky like the gods.

II. "Book of the Dead", 165 chapters, from a Queen's tomb of 3000 B.C. (and other copies) —— funeral ritual: magic prayers, adventures of Soul after death, etc.

III. Hymns; poems; stories; instructions; etc.

BABYLONIAN LITERATURE

History of Babylon

Mesopotamia (Shinar) originally inhabited by Sumerians c. 4000–2750 B.C. Semites came into Mesopotamia c. 3000 B.C. Sargon I of Akkad founded the first Semitic kingdom c. 2750 B.C. and adopted Sumerian culture (cuneiform writing). Semitic dynasty of Ur, 2700 B.C.

Then followed:

(1) Babylonian Empire (2225–1750 B.C.) —— Capital at Babylon (temple of Bel; "Tower of Babel"). The Great King Hammurabi (1948–1905 B.C.). Decline & stagnation under the Kassite kings (1750–1200 B.C.).

(2) Assyrian Empire (1300–612 B.C.) —— Beginnings of Assyria (Assur) 1900 B. C. Rise of Assyria, 1300 B.C.; capital at Nineveh. The height of Assyrian power (750–640 B.C.) under Sargon II, Sennacherib, Ashurbanipal (Sardanapalus): conquest of Phoenicia (876 B.C.), Syria (732 B.C.), Israel (722 B.C.), Media (715 B.C.), Babylon (710 B.C.), Egypt (671 B.C.). Assyria conquered by the Medes: fall of Nineveh, end of Assyrian Empire, 612 B.C.

(3) Later Babylonian (Chaldean), Empire (626–538 B.C.) —— Chaldeans masters of Babylon, 616 B. C. Nebuchadrezzar (604–561 B.C.) conquered by Cyrus King of Persia, Babylonia a Persian province 538 B.C

Babylonian Language

(1) Babylonian (c. 4500–100 B.C.) —— Akkadians & Babylonians adopted the Cuneiform (wedge) language of the Sumerians: written on clay tablet, from left to right; originally picture-writing, agglutinative.

(2) Assyrian (1500–607 B.C.) —— Assyrians modified the Babylonian language by using cuneiform signs to express their Semitic alphabet. (The Persian & Susian were still more simplified forms of the Babylonian language. Thus, in the 15th century B.C., Cuneiform language was widely used in West Asia.

Babylonian Literature

I. Epic Poetry

    (1) "Epic of Creation" c. 2000 B.C. —— creation of the world through the victory of god Bel-Merodach over Tiamat, female dragon of chaos and darkness.

    (2) "Epic of Gilgamesh" c. 2000 B.C. —— in 12 Books, inscribed on 12 tablets (half preserved, 1500 lines) in the Library of Ashurbanipal (668–626 B.C.) in Nineveh. Composed by Sinliqiunninni. Adventures of the hero Gilgamesh and his friend Eabani. In Book XI, the immortal. Parnapishtim (Ut-Napishtim) recounted to Gilgamesh the story of Flood Over the city of Shurippak, from which only Parnapishtim and his wife had escaped (cf. Noah and the Flood in "Genesis").

II. Law: "Code of Hammurabi" (1948–1905 B.C.) discovered by J. de Morgan at Susa in 1901.

PERSIAN LITERATURE

History of Persia

Iran = "the land of Aryans" (Aryans, east of Caspian Sea, c. 2000 B.C.; moved to the east and west, c. 1800 B.C.). Bactrian Empire, c. 1100 B.C. Median Empire, 640–553 B.C. Median conquest of Assyria 621 B.C. Zoroaster (Zarathustra) born 570 B.C. Persian Empire (550–330 B.C.) founded by Cyrus: conquest of Media (549 B.C.), Lydia (546 B.C.), Chaldea (538 B.C.), Egypt (525 B.C.). Organization of Persian Empire by Darius (521–485 B.C.): new capital Susa, old capital Persepolis. Invasion of Greece, 490 & 480 B.C. Destruction of Persian Empire by

Alexander of Macedon, 330 B.C. Persia under the (Greek) Seleucid Empire (312–150 B.C.): Hellenism. Parthian Empire of the Arsacids, c. 170 B.C.–180 A.D. Neo-Persian Empire of the Sassanides (212–641 A.D.): national & Iranian. Persia conquered by the Arabs, 641 A.D. Persia under Arabian rule (the Caliphate of Bagdad) 641–1258 A.D. Conquered by Mongols under Halagu 1258 A.D. Persia under Mongol rule (the II-Khans) 1258–1405 A.D.: death of Timur 1405 A.D. Period of confusion and disorder (1405–1502): Persia under the two Turkish dynasties of "Black Sheep" (1405–1469) & "White Sheep" (1469–1502). Independent (Mohammedan) kingdom under the Safavids (1502–1736), capital at Isfahan: wars with Turkey. Afghan invasion, 1722–1730. Rule of King Nadir, 1730–1747. The Zand dynasty (1750–1794), capital at Isfahan. The reigning Qajar dynasty (1796–today) of Persia, capital at Teheran. Persia a constitutional monarchy, 1906. Anglo-Russian Convention (1907), guaranteeing Persia's independence and dividing spheres of interests.

Persian Language

Persian (Parsee) language —— Indo-European.

Four periods:

(1) Old Persian (c. 550–330 B.C.) —— 39 Cuneiform alphabet; written from right to left. Rock inscriptions of King Darius (521–485 B.C.). Aramaic language was also used for business and administration.

(2) Avestan or Zend (600 B.C.–200 A.D.) —— Texts of Zoroastrian religion.

(3) Pahlevi (Pehlvi) or Mediaeval Persian (c. 200–900 A.D.) —— Language of Persia under the Sassanides (212–641 A.D.).

(4) Modern Persian (641 A.D.–today) —— Greatly modified by Arabic. Written in Arabic alphabet; but 32 letters in Persian alphabet (having 4 letters & 3 points added to the Arabic). During 641–1258 A.D. Arabic language was used extensively in Persia, and in 1502–1736 Turkish language was much used; in all other periods of modern times, Persian remained the national language.

Persian Literature

I.   "Zend Avesta" (the living word) —— sacred book of Zoroastrian religion. Of 21 chapters, only 3 chapters extant. Part I written in Zend or Avestan, Part II in Pahlevi language.

II. Epic Poetry: Abul Kasim Mansur, called Firdausi or "Paradise", wrote the "Shah Namah" or Book of Kings (down to Arabian invasion 636 A.D.) in pure Persian language, by order of Shah Mahmud (940–1020 A.D.).

III. Satiric Poetry: Omar Khayyam (died in 1123 A.D.) wrote "Rubaiyat" (poems of Stanzas of 4 lines).

IV. Lyric Poetry: Hafiz (died 1349 A.D.).

ARABIC LITERATURE

History of Arabia

The Arabs —— Semites, related to the Jews.

I.   The Sabaean & Himyarite (South Arabic) Period (800 B.C.–500 A.D.) Partly a Roman province of "Arabia", 105 A.D.

II. The Pre-Islamic Period (500–622 A.D.). Arabia made a Persian province, 562 A.D.

III. The Mohammedan Period (622 A.D.–today). Hegira (Hijrath) —— flight of Mohammed (Mohammed 571–632 A.D.) from Mecca to Medina, 622 A.D. Arabia under Mohammed 622–632; under the Orthodox Caliphate of Medina 632–661; under the Umayyad (Ommiad) dynasty, capital at Damascus, 661–750 A.D. Arabian conquest of Syria, Palestine, Egypt & Persia (634–644); of North Africa (c. 700); of Spain, from the Visigoths (711): checked by Charles Martel at battle of Tours & Poitiers (732 A.D.) —— the height of Arabian power.

Separation of the 2 Caliphates: Cordova & Bagdad (756 A.D.).

(1) In Europe (Spain), the brilliant Caliphate of Cordova, the Umayyads (Ommiads) 755–1031; of Seville, the Abbasids, 1023–1091. The age of Tyrants (1091–1238 A.D.): Spain ruled by two African dynasties —— The Almoravids (Moors from Morocco) 1091–1130 and the Almohads (Berbers from Sahara) 1130–1269. Then the Christians were triumphant in Spain, leaving only the Nasrids (Moorish) in the Kingdom of Granada (1238–1492), Kingdom of Morocco in Africa, from 1544 A.D.

(2) In Asia (Arabia & Persia), the brilliant Caliphate of Bagdad, the Abbasids (750–1258 A.D.); Caliph Haroun-al-Raschid (786–809). Invasion of Mongols under Halagu; Bagdad captured & the Caliphate destroyed, 1258 A.D. The Caliphate of Mamelukes ("slaves"; Turks) of Egypt (1250–1517) ruled over Egypt-Arabia-Syria. The Ottoman Turks (who rose c. 1350 & captured Constantinople in 1453 A.D.) conquered Egypt-Arabia-Syria 1517; so from 1517 on, Arabia was a part of Ottoman Empire. In modern times, many principalities

in Arabia, subject to Turkey. But England, France & Russia gradually obtained control: Secret Agreement of the 3 powers (1916), of England & France (1916); TO CREATE "an independent Arabian State or States"; England-France-Italy's treaty with Turkey (1920; 1923) dividing spheres of control, of which England had the greater share in Arabia & Palestine.

Arabic Language

Arabic Languages —— Semitic. 2 periods:

(1) South Arabic (or Sabaean & Himyarite) 800 B.C.–500 A.D., with 29 letters of alphabet.

(2) Arabic (North Arabic) 500 A.D.–today, with 28 letters of alphabet.

This is the language of "Koran" and remained the common language of the Moslem world till, after the Mongol invasion 1258 A.D., the Vulgar Arabic rose and supplanted it in Arabia-Syria Egypt.

Arabic Literature

(1) Pre-Islamic poems, of 500–622 A.D.; written down in 750–900 A.D.

(2) The "Koran" (Quran) —— the Bible of the Mohammedan Religion 633 A.D.; revised 651 A.D. (Hegira). Written down 633 A.D.; revised 651 A.D. In 142 chapters (sura) of rhymed prose. ("Quran"-reading aloud or chanting, from Arabic "qura'a" to read).

(3) The "Arabian Nights" or "Thousand and One Nights" (Alf Layla wa-Layla) —— stories told by the lady Scheherazade. Chief setting: Bagdad of the Caliph Haroun-al-Raschid (786–809 A.D.).

(4) Arabian Science: Avicenna (Ibn Sina) 980–1037 A.D. —— "Canon" (Qanun) on medecine; "Remedy" (Shifa) on physics & metaphysics.

(5) Arabian Philosophy: Averroes (Ibn Rushd) 1126–1199 A.D. ——
Commentaries on Plato and Aristotle.

SANSCRIT LITERATURE 印度梵文史

References

Vincent A. Smith, *Oxford History of India*, Oxford 1923.

Monier-Williams, *Sanscrit-English Dictionary*.

A. A. Macdonell,*A Sanscrit Grammar*.

*Arthur A. Macdonell, *A History of Sanscrit Literature*, Hienmann, 1900.

R. W. Frazer, *A Literary History of India*, T. Fisher Unwin, 1897.

A. BerriedaleKeith, *A History of Sanscrit Literature*, Oxford 1928. (This book covers only the Sanscrit period, and gives the Scientific literature in greater detail).

許地山（1893–1941，落華生）:《印度梵文學史》（1931），商務印書館 "百科小叢書"。

History of India

India 印 度 —— from Indus River ("Indus" = 1. water, river; 2. moon); also called Hindu 身毒，賢豆，辛頭，信度，天竺，⋯⋯ from "Sindhu" (water, sea). Original peoples of India: (1) Dravida, (2) Munda. Aryans (who first appeared c. 2500 B.C., in Mesopotamia c. 2000 B.C.) came and gradually conquered India: (1) in Punjab c. 1500–1000 B.C.; (2) in the region of Ganges c. 1000–500 B.C.; (3) in South India (Deccan) after 500 B.C. Gautama Buddha (Siddhartha Sakya-Muni) 釋 迦 牟 尼 佛 (563–483 B.C.). Alexander of Macedon's invasion of Punjab, 326 B.C. The Maurya Dynasty 孔雀王朝 (322–185 B.C.) in Magadha 摩羯陀（中國）：King Asoka 阿育王 (c. 272–232 B.C.) united almost whole India and spread Buddhistic faith.

(I)   In Punjab, invasions of Greeks (the "Yavanas"): (1) the Greek Kingdom of Bactria 大夏 (190–75 B.C.) in Punjab; (2) the Greek Kingdom of India (175–58 B.C.) in Punjab & Ganges, King Menander（Milinda 彌蘭王）protected Buddhism (c. 155 B.C.). The Sakas or Scythes 塞種 from Transoxania conquered both Greek Kingdoms (75–58 B.C.), and were conquered by the Indian Scythes 月氏。The 大月氏 Dynasty of Kusana 貴霜王朝 (c. 40–200 A.D.) in Central Asia & Punjab, capital at Gandhara 犍陀羅：King Kaniska 迦膩色迦王 (c. 80–110 A.D.) supported Buddhism. The Huns 匈奴 occupied Punjab (484–528 A.D.) & Kashmir 罽賓 (484–565 A.D.). Pressed by the Huns from c. 475 A.D., the Indian Scythes 月氏 still retained Gandhara (c. 550–800 A.D.).

(II) Meanwhile, in the region of Ganges, in Magadha 摩羯陀國 rose the Gupta Empire 笈多王朝 (318–535 A.D.): King Vikramaditya 超日王 (Candragupta II, 390–415. D.), capital at Kosambi 憍賞彌城，received 法顯 who visited India (399–413 A.D.). After the invasion of the Huns, the Later Gupta Empire 後笈多王朝 (c. 535–740 A.D.): King Siladitya 戒日王 (Harsavardhana 喜增，606–647 A.D), capital at Kanauj 曲女城 —— this king favoured Mahāyāna Buddhism, and entertained 玄奘 who visited India in 629–645 A.D. Then in Bengal, the Pala Dynasty of Bengal (750–1060); the Brahman Dynasty of Sena (1060–1202), conquered by the Mohammedans in 1202 A.D.

North & Central India under the (Scythian) Rajput 王子 (Gurjara) Kingdoms (c. 800−1200 A.D.), destroyed by the invading Turks of Ghor in c. 1200 A.D. Mohammedan invasion & conquest of India, begun 664 A.D. —— First by the Afghan Turks (c. 1000−1200 A.D.): (1) Sultan Mahmud (997−1030) of Ghanzi (c. 977−1155) made 11 invasions and took Punjab in 1000 A.D.; (2) Sultan Mohammed (1175−1206) conquered North & Central India in 1200 A.D.; (3) Sultans of Delhi (1206−1440); (4) Sultans of Agra (1440−1526). Buddhism, which had declined since c. 800 A.D., was now in c. 1200 A.D. entirely destroyed in India by Mohammedanism. Then by the Moguls (also Turks, not Mongols) from Central Asia: (1) by Timur 鐵木耳 (Tamerlane) of Samarcand in 1398 A.D.; (2) by Baber, who founded in 1526 the Mogul Empire in India (1526−1761 or 1526−1857), capital at Delhi; his grandson Akbar made extensive conquests (1556−1605) over whole India, capital at Agra. But the Mogul Empire (capital again at Delhi) declined soon after 1707, many provinces having become independent in 1707−1761; it was finally put to an end by the British in 1761 (nominally existing till 1857).

(III) In North Deccan, Kingdom of Andhra (200 B.C.−225 A.D.); the Pallava (Parthian) kingdom of Carnate (225−c. 550A.D.); the rajput (Gurjara) kingdom of the Calukya (c. 550−757); the Rastrakuta Dynasty (757−973); the Second (restored) Calukya Dynasty (973−1200); the Yadava Kingdom (c. 1200−1318). Mohammedan conquest, 1318 A.D. The (Mohammedan) Bahmani Empire (1347−

1525), capital at Gulbarga. This empire was divided (c. 1500) into the 5 kingdoms of Bijapur, Golconda, Ahmednagar, Ellichpur & Bidar: which (in 1565) with united forces destroyed the (Hindu) Empire of Vijaynagar in South Deccan; but which in turn were destroyed by Emperor Aurangzeb (1658−1707) of the Mogul Empire in 1653−1688. In South Deccan, kingdoms of Cola & of Pandya —— destroyed by the Pallava (Parthian) dynasty of Kaust (near Madras) c. 600 A.D. The (restored) Cola Dynasty of Carnate (c. 907−1053): conquest of Ceylon (1005) Bengal (1023) Malakka & Sumatra (1030). The Cola-Calukya Dynasty (1070−1310). The dynasty of Dvarasamudra (hoysala) in Mysore (c. 1100−1327), and the new (dravidian) Empire of Vijayanagar (Narsinga) in North Mysore (1118−1568): both destroyed by the Mohammedans in 1327 & 1565 respectively. But the (Hindu) Empire of Mahrattas (1627−1718) had resisted successfully the Mogul Empire; it was usurped by the Peshwas of Poona (1707−1802), ruling over Deccan, but declined after defeat (1761) by the Afghans; finally the British conquered and annexed the territory in 1818.

(IV) In Ceylon 錫蘭 (Lanka 楞伽島 or Simhara 獅子國)，colonized c. 500 B.C. Kingdom of Ceylon (483 B.C.−1798 A.D.) founded by the Aryan (Gurjara) prince Vijaya, capital at Anuradhapura. Hinayana Buddhism, introduced 246 B.C., flourished in Ceylon down to present day. Ceylon occupied by the Portuguese (1517−1658), by the Dutch (1638−1796), by the British (1796−today). In Sumatra 蘇門答臘 (Suvarnadvipa = "Isle of Gold"), colonized

c. 300−100 B.C., Kingdom of Crivijaya 室利佛識 or Javaka
(c. 1−1377 A.D.). Mahayana Buddhism flourished (c. 400−1030
A.D.), the visits of 法顯 (411 A.D.) 義淨 (c. 671−695 A.D.) etc.,
but disappeared after Mohammedan conquest (c. 1377 A.D.). The
Portuguese came (1508); Sumatra occupied by the British (1685−
1824), by the Dutch (1600−1942), now by Japan. In Java 爪哇
(Yavabhumi or Yavadvipa = "Country or Island of Barlay"),
colonized c. 300−100 B.C.; occupied by the Sumatra kingdom of
Crivijaya (750−925 A.D.) which retained West Java (925−1222).
The native kingdom of East Java (c. 925−1041); then divided.
Kingdom of Tumapel (1222−1292) united the island. The great
Javanese Empire of Majapahit (1293−1520), which defeated
Mongolian invaders（元世祖兵）in 1293 and traded with China
（明）& other countries (after 1368 A.D.). Mohammedan Kingdoms
in Java; Buddhism disappeared forever. The Portuguese came
(1520); Java occupied by the Dutch (1600−1942), now by Japan. In
modern times, the arrival and settlement in India of the Portuguese
(1498−1660); of the Dutch (1602−1708), the English (1608−
today), the French (1604−1763), the Danes (1670). The East
India Company (1600−1858). The English obtained Madras (1639),
Port Hugli in Bengal (1651), Bombay (1665), Calcutta (1688). War
between the French and the British in India (1745−1763): Clive's
victory at Plassey (1757). Warren Hastings, Governor-General of
India (1774−1785). The British annexed the Central Provinces
(1802−1817), Assam (1826), Sind (1843), Punjab (1848), Burma

緬甸 (1852 & 1885), Oudh (1856), Beluchistan (1876), and invaded Tibet 西藏 (1903–1904). After the Great Mutiny of 1857, India was governed by the British Crown (1858); Queen Victoria "Empress of India" (1877). The Indian National Party (of the Hindus) formed 1885; the All India National League (of the Mohammedans) formed 1906. Indian Provincial Council formed (1909); Dominion status promised (August 1917 & October 1920) and the Government-of-India Act (1919); Indian Parliament opened at Delhi (1921), M. Ghandi 甘地's "Non-cooperation" (1920). Act of extension of self-government (1935): a Federal Government of India responsible to a Federal Legislature representing the 11 autonomous provinces of British India and the 562 Indian States. The 11 Provincial Governments were also made responsible to their respective elected legislatures (April 1937). Of the 338 000 000 Indian population (1931), 71% are Hindus, 23% Mohammedans, only 0.12% Buddhist, in religion.

Sanscrit Language

Sanscrit（通譯梵文，此名未確），the ancient literary language of India, was the easternmost branch of the great Indo-European (or Aryan) family, and was closely related to Iranic (or Old Persian). The Asoka inscriptions (272–232 B.C.) showed two forms of Indian writing: (1) the Kharoshthi 佉盧文，written from right to left, in use in Gandhara c. 400 B.C.–200 A.D., derived from the (Semitic) Aramaic of the 5th Century B.C.; (2) the Brāhmi 梵文，written from left to right, in use in North and South India, introduced c. 800 B.C. (through Mesopotamia) from the Phoenician or old northern Semitic —— and from the Brahmi were derived all the later Indian alphabets. The general or common system of Sanscrit written characters is the "Nagari" (town script) or "Devanagari" (script of gods), derived (c. 700 A.D.) from the Northern Brahmi. The Sanscrit alphabet contains 50 or 47 letters: 14 vowels, 33 consonants, 3 unoriginal sounds. Sanscrit (san+creo = "completely formed", refined, polished) was the literary language; the Prakrit ("derived", natural, common) were the mediaeval dialects. Vedic 吠陀文， the language of the Vedas, is the older form of Sanscrit. Of the Prakrit, (i) in Magadhi 摩羯陀文 Buddha actually spoke to his disciples, and in it were written the earliest Buddhistic records; (ii) in Pali 巴利文 (經文) were written the Hinayana Buddhistic sutras, hence the study of Pali is important; (iii) in Māhārāstri, of West India, were written the dramas of Kālidāsa & others. There are c. 200 kinds of Modern Hindu Dialects (derived since c. 1000 A.D. from Sanscrit & Pali, and written in Sanscrit), including Bengali (Tagore), Hindi, etc., which are now in use in India, —— in addition to the Mohammedan Dialects (written in Arabic) known as Hindustani.

Vedic (1500−200 B.C.)
Sanscrit 雅言 (500 B.C.−1000 B.C. —→ ⎫ Modern Hindu Dialects
Prakrit 中世方言 (500 B.C.−1000 A.D.) —→ ⎪ (100 A.D.−today)
(i) Magadhi (600−300 B.C.) —→ ⎬ (1) Bengali
(ii) Pali (300 B.C.−800A.D.) —→ ⎪ (2) Hindi
(iii) Māhārāstri, etc. etc.—→ ⎭ (3) Marathi; etc. etc

General Characteristics of Sanscrit Literature

I. Its great bulk and long continuation, giving a complete record of man's development.

II. The originality and predominance of RELIGION and PHILOSOPHY.

III. The popularity of poetry as a literary vehicle.

IV. Tendency towards exaggeration.

V. Effect of religious beliefs: ascetic, unworldly, pessimistic, sacrifice of the individual self.

VI. Its influence on the Chinese language and literature is especially important: on phonology, on metrics & poetics, on the plot and story-telling method in the novel, on the unity of action and stage conventions & arrangements in the drama, etc. —— besides the great body of Buddhistic sutras and treatises translated into Chinese which have molded and affected Chinese life, thought, and spirit as religion and as literature.

Sanscrit Literature

I. Vedic Period (1500–200 B.C.)

   i. The 4 Vedas (1500–800 B.C.) —— the Bible of Brahmanism（婆羅門教）：

      1. Rig-Veda 黎俱吠陀（頌明）—— Hymns of praise（讚誦）。In 10 books, 1028 (1017 authentic) hymns, 10580 slokas. Composed 2000–1500 B.C. The most authoritative part of the Vedas. Chief Indian gods: Agni (fire), Indra (thunder-storm), Soma (moon).

      2. Sama-Veda 婆摩吠陀（歌明）—— Chants or tunes（歌詠）；hymns arranged in ritual order. Duplicated (except 75

slokas) with Rig-Veda Bk. IX. In 2 Books, 1549 Slokas.

3. Yajur-Veda 夜殊吠陀（祠明）—— Prayers & sacrificial formulas（祭祀）。In 40 Chapters; independent of Rig-Veda; composed 1000–800 B.C. Two Arrangements: (1) The Old or Black Yajur-Veda —— text of the hymns (verse) & the explanations (prose) in mixture; (2) The Newer or White Yajur-Veda —— the hymns are separated from the prose explanations. (The above 1–2–3 are known as Trayividya 三明。"Veda", from "Vidya" = truth or science).

4. Atharva-Veda 阿闍婆吠陀 —— Tradition of the 1948. Atharcans, one of the 2 families of priests of Fire-Cult （Agni 火神）: spells and incantations （禳災）。In 20 Books, 730 poems c. 6000 slokas; with some prose. Partly (16) duplicated with Rig-Veda Bk. X, the latest and additional part of the Vedas, composed 1000–800 B.C.

ii. Commentaries on, or explanations of, the Vedas: (These are of different schools, attached to each Veda respectively.)

(1) The Brāhmanas 梵書 or 淨行書 (1000–700 B.C.) —— Prose explanation of the Vedas, to guide and fix the rites of worship. There are 17 collections of Brāhmanas.

(2) The Āraṇyakas 森林書 or 阿蘭若書 (800–600 B.C.) —— Supplement to Brahmanas; philosophic as well as ritualistic explanation of the text of Vedas, written by the Forest-Philosophers.

(3) The Upanishads 奧義書 (700–500 B.C.) —— The latest and last part of Aranyakas, in 50 Books, speculative and metaphysical ("Upanishad" = "sitting close together", secret

talk, essential ideas). Pantheism: <u>Brahma</u> 梵 (reality, the universe, World-Soul) =<u>Atman</u> 我 (self, man, Individual-Soul). Developed into the 6 Systems of Philosophy, especially the Vedanta (end of Veda).

iii. Systematisation and arrangement of the Vedas: the Sutras 經 (500–200 B.C.).

The Sūtras were made by the Brahmans（婆羅門，梵僧），to help the memorizing and reciting of the Vedas, by grouping together the first words of required passages（"Sūtra" = "thread" 線，from "siv" 織）。They were practical text-books to give systematic instruction on the duties of the 4 Castes & the performance of religious rites. The 3 kinds or divisions of Sūtras:

(1) Srauta-Sūtras 隨聞經 or 天啟經 (Books of Revelation) —— Rites of public worship directed & performed by the Brahmans.

(2) Grihya-Sūtras 家庭經 —— Domestic rules of worship.

(3) Dhamma-Sūtras 法經 —— Laws; social conventions and customs.

There are 13 schools (carana) of Sūtras, attached to each of the first 3 Vedas respectively.

iv. Vedic science: the Vedānga:

The Vedānga (= "members" or "limbs" of Veda) records the results of research in different sciences, a further development of the Vedas. Written generally in prose as Sūtras; sometimes in verse, in epic couplet called <u>slokas</u> 頌 (each sloka = 2 lines; each line = 2 padas or 16 syllables). There are 6 branches of the Vedānga:

(1) Kalpa-Sūtras 劫波經 —— (the 3 kinds of Sūtras given above)

(2) Siksha or Phonetics

(3) Vyākarana or Grammar

(4) Nirukta or Etymology

(5) Chandas or Metre

(6) Joytisha or Astronomy

II. Sanscrit Period (500 B.C.–1000 A.D.)

  (I) Religion

    i. Reaction against Brahmanism 婆羅門教：the search after practical salvation and happiness ——

      1. Heretical Sects (in the time of Buddha)

        (1) Lokāyata 順世外道 (materialism & hedonism) —— founded by Cārvāka.

        (2) Ajivika 邪命外道 or 自然外道 (fatalism) —— founded by Makkhali Gosala 末伽梨拘舍離子。

      2. Jainism耆那教 (dualism of Matter & Soul) —— founded by Nirgrantha尼犍子 (640–468 B.C.) called Mahavira 大雄 or Jaina 勝者。

      3. Buddhism佛教 (outer non-existence + inner harmony; personal salvation by wisdom & love; non-self + practical moral responsibility) —— founded by <u>Sakya-Muni</u> 釋迦牟尼（=能仁）Buddha 佛 (Siddhartha 義成 Gautama) 563–483 B.C. Literature of Buddhism: The Tripitaka 三藏 (1) Sūtra-pitaka 經藏 (2) Vinayapitaka 律藏 (3) Abhidharmapitaka 諭藏。

        (i) Hinayana Buddhism 小乘佛教 —— Its literature extant mainly in Pāli written c. 250 B.C.–800 A.D.

          (1) The 5 Nikāyas or Agamas 五阿含經（阿含 agama =說教集法歸）：

1. Digh a nik ya

   長阿含經 (34)

2. Majjhima-nikāya

   中阿含經 (152)

3. Samyutta-nikāya

   雜阿含經 (1362)

4. Angutar nikāya

   增阿含經 (472)

   The above 1.−4.

   Collected c.430 B.C.

Dialogues of the Buddha: of which 1. & 2. Have been translated by T.W. & C.F. Rhys Davids (1899−1921)

5. Khuddaka-nikāya 小阿含經 —— Dialogues

   of Buddha's discipline in 15 parts, of which

   these are important:

   2. Dhammapada 法句經 (483 頌)

   10. Jataka 本生經 (Buddhist Birth-Stories)

   14. Buddha-Vamsa 佛說史

Most important & typical in the "Mahā-Parinibhāna Suttanta" (The Book of the Great Decease, in Digha-nikāya 1. 2.) 遊行經（in 佛說長阿含經，卷二至四，後秦佛陀耶舍、竺佛念共譯）。

(2) Sthaviravadin上座部 (traditionalists) 383 B.C.
    Mahāsāṃghika大眾部 (majorities) 383 B.C.

(3) Sarvāstivadin 一切有部 (integral realists) c. 100
    A.D. the Mahavibhāsa 大毗婆沙（大釋論）；
    Vaibhāṣika 大毗婆沙師 (atomism non-self).

(4) Sutrāntika 經部 (pure phenomenalism): "Abhidharma-

Kosa-Sāstra" 俱舍論，by Vasubandhu 世親，
c. 350 A.D. "Satyasiddhi-sastra" 成實論by
Harivarman 訶黎跋摩，c. 260 A.D.

(5) Buddhaghosa 覺音，佛鳴 (fl. 400 A.D.) wrote
"Sumangala-Vilasini" (Commentaries on Digha-
nikaya) and "Visuddhi-Magga" (Way of Purity) etc.

(ii) Mahayana Buddhism大乘佛教 —— Its literature
written in Sanscrit c. 100−800 A.D.

(1) "Mahāprajñāpāramitā Sūtra" 大般若波羅密多經
"Suddharma-pundarika" 妙法蓮華經 "Buddha-
carita" 佛所行讚，by Asvaghosa 馬鳴，c. 100 A.D.

(2) Mādhyamika 中宗（nihilism空宗）："Madhyamaka-
sāstra"中論，by Nagarjuna 龍樹 or 龍猛，c.
150 A.D. "Shāta-shāstra" 百論 by Cantideva 提
婆，c. 250 A.D.

(3) Yogācara 瑜伽師 or Vijñanamatra 唯識 (absolute
idealism, 識宗，有宗)："Yogācara-bhumi-sāstra"
瑜伽師地論，"Mahāyāna-sutralamkara"大乘莊
嚴經論，"Mahāyāna-Samparigraha-sāstra" 攝大
乘論，all by Asanga 無著，c. 300−350 A.D.
"Vimśatikāvijñaptimātratāsiddhi" 二十唯識論，
by Vasubandhu 世親，c. 300−350 A.D.

ii. Reform of new development of Brahmanism: Pantheism &
superstition —— Hinduism 印度教 (400 A.D.−today): The
worship of (1) Brahman 大梵天； (2) Vishnu 韋紐天 or
Krishna 黑神，世尊；(3) Siva濕婆天獸主，大自在天。

(II) Philosophy (500 B.C.−350 A.D.)

The common object of Indian philosophy is: How to obtain "moksha" 解脫 from "samsāra" 輪迴 (due to "karma" 業). The Six Orthodox Systems of Philosophy ("darsanas", demonstrations) —— expounded in the "Sarva-darsana-samgraha" (compendium of all the philosophic system) by Mādhava Achārya c. 1331 A.D.

(1) Sāṃkhya 數論 —— Dualism of Mind & Matter: plurality of Souls vs. Nature (cf. Descartes). Founded by Kapila迦毗羅 (before 550 A.D.) "Sankhya-kārikā" 僧佉頌，and its commentary 金七十論，by Isvara-Krishna自在黑 200–350 A.D. "Sankhya-sutras" 僧佉經，attributed to Kapila, but really composed c. 1400 A.D.; commentaries (bhāshya) by Vijñana-bhikshu c. 1600 A.D.

(2) Yoga 瑜伽 —— The theistic Samkhya; God, unrelated to the souls, added to the dualism. "Yoga" (yoking) = mental concentration on a particular object; asceticism to get mystic powers. Founded by Patanjali, who wrote (c. 150 B.C.) "Yoga-sāstra" (Sankya-pravachana) in 4 Books; commentaries by Vyāsa 600–700 A.D.

(3) Mīmāṃsā 彌曼差（聲論）—— Interpretation of Vedas for performance of ceremonies; the articulate sounds are eternal and natural (logic). Founded by Jaimini, who wrote (date uncertain) "Karma-Mīmāṃsā-sūtras" in 12 Books; commentaries by Kumārila 童中尊 c. 700 A.D.

(4) Vedanta (end of Veda) 吠檀多 —— Idealistic monism and pantheism: identification of individual soul with God or Brahma. "Brahma-sūtras" by Vyāsa (Bādarāyana) 廣博仙人c. 350 A.D.; commentaries by Sankars商羯羅 c. 800 A.D.

(5) Vaisheshika 勝論 —— Theory of Atoms (Vaicesha = "particularity"); logical categories. Founded by Kaṇāda ("atom-eater") 食米齋大仙, who wrote "Vaisheshika-sūtras" c. 100 A.D.

(6) Nyāya (logic) 正理論（因明）—— Formal logic; syllogism and fallacies.

"Nyāya-sūtras" by Gotama 最大牛 (Akapada 足目) c. 100 A.D.

(III) Epic Poetry (c. 500 B.C.–1000 A.D.) —— of Hinduism 印度教，the worship of Brahman-Vishnu (Krishna) -Siva-etc.

1. The 2 Great Epics:

(1) The "Mahābhārata" 大博羅多 —— The great was between the Kūrus (defeated) and the Pandus (victorious), the two branches of the Bharata race or family, in the Ganges region before 700 B.C. In 18 Books & a supplement; 180000 slokas (360000 lines, of 16 syllables each). Natural epic (Purāṇa): composed by many epic bards, then expanded & revised by the Brahmans, (400 B.C.–200 A.D.). A compendium of knowledge and tradition of Brahmanic India.

(2) The *Rāmāyaṇa* 邏摩衍那 —— Life and adventures of Prince Rāma (and Princess Sita); based on the history of the Aryans' conquest of South India and of Ceylon 錫蘭島。In 7 Books; 24000 slokas (48000 lines). Artificial epic (Kavya): composed by Valmiki 蟻垤 of Kosala (Oudh) in the 6th Century B.C., expanded till 1st Century A.D. (c. 550 B.C.–100 A.D.)

2. The *Bhagavad-Gita* (Sacred Lay; or, Song of the Exalted One) 薄伽梵歌，世尊歌 —— Originally a part of *Mahabharata* (Book VI, Chapt. 25–42) in 18 Cantos. Krishna (Vishnu) the god-charioteer lectures to the hero Arjuna (general of the Pandus) on "Work without attachment" 行而無著。 Composed c. 150 B.C. First translated into English by Charles Wilkins in 1785 A.D.《吳宓詩集》卷五（節譯）。

3. The Lesser Epics:

   (1) The 18 *Maha-Purāṇas* (Purāṇa 往世書 = cosmic legends) —— Altogether 400000 slokas. Compiled by the Brahmans of North India before 1000 A.D.

   (2) The 18 "Upa-Purāṇas" (minor purāṇas) —— connected with the Maha-Purāṇas; devoted to Vishnu, Siva, Krishna, respectively.

   (3) The 64 *Tantras* —— Late and inferior; composed after 600 A.D.; devoted to female gods.

4. The Artificial Epics & Romances (200 B.C.–1100 A.D.):

   (1) The 6 *Maha-Kavya* (Great Poems) or Court Epics, composed c. 400–1200A.D. —— E.G. *Kumārasaṃbhavam* (Birth of the War-god) in 17 cantos, by Kālidāsa c. 440 A.D.

   (2) Chronicles in poetry.

   (3) Tales in Prose —— E.G. *Dasa-kumara-charita* (Adventures of 10 Princes) by Dandin c. 500–600 A.D.; "Harsha-charita" by Bāṇa 葦箭尊者 c. 670 A.D.

(IV) Lyric Poetry (c. 400–1100 A.D.)

1. Short Lyrics or Epigrams —— Generally one stanza,

descriptive, erotic, didactic. The 3 Anthologies, compiled c. 1200–1400 A.D. —— on the vanity of life, tolerance, etc.

2. Long Descriptive Poems —— E.G. *Meghadūta* (Cloud Messenger) by Kālidāsa (c. 440–448 A.D.): a demi-god sends an airy love message to his wife across India.

3. Religious Lyrics —— E.G. *Gitagovinda* (Cowherd in Song) by Jayadeva 勝天 c. 1100–1200 A.D. on Krishna's love for a milk-maid (cf. *Song of Solomon*).

4. Moral & Didactic Poems —— E.G. The *Three Centuries* (300 poems) by Bhartṛihari 衛黃 (c. 600–650 A.D.): (1) *Nita-sataka* —— worldly wisdom, (2) *Sringara-sataka* —— love, (3) *Vairagya-sataka* —— Renunciation 出世。Partly translated into fine English verse as *The Century of Indian Epigrams* (1899) by Paul Elmer More.

(V) Drama (400–800 A.D.)

Indian drama, originated from pantomime and choral singing: *Nata* (actor) & *nataka* (play) —— from Prakrit *nat* & sanscrit *nrit* (to dance). 50 plays extant, written c. 400–1100 A.D.; best ones written c. 400–800 A.D. Independent development, not derived from Greece. Similar to Shakespearean drama. No tragedy; lyrical stanzas and prose dialogue, Sanskrit & Prakrit (Mahārāṣṭrietc.) respectively used for different characters.

1. Kālidāsa, the greatest dramatist of India, flourished at Ujjayini c. 440–448 A.D. He wrote (1) *Sakuntal*ā 婆困達羅 in 7 acts: on the king's love for the nymph Sakuntalā, mother of Bharata. First translated into English (1789) by Sir William Jones, into German (1791) by Forster: Goethe's

Epigram on *Sakuntalā* (1791), Goethe then wrote (in 1797) Prologue in the Theatre of *Faust I* imitating *Sakuntalā*. (2) "Vikramorvasi" in 5 acts: nymph "Urvasi 廣延天女 won by the valour" of the King. (3) *Mālavikāgnimitra* in 5 acts: King Agnimitra 火天友王 marries the Queen's pretty maid Mālavikā.

2. King Sudraka of Bidisa (near Ujjayini) c. 500−600 A.D., wrote *Mrcchakatika* (Little Clay Cart) in 10 acts.

3. King Sriharsha (King Harshavardhana) of Kanauj 戒日天 (606−647 A.D.) wrote (1) *Ratnāvali* (the Pearl Necklace) comedy in 4 acts; (2) *Nāgānanda* (Joy of Serpents) in 5 acts.

4. Bhavabhūti 有吉 (served King Yacovarman of Kanauj, c. 740 A.D.) wrote (1) *Mālati-Mādhaca* 茉莉與青春 in 10 acts; (2) *Mahavira-Charita* in 7 acts; (3) "Uttararama-charita" in 7 acts.

5. Visakhadatta 氏宿授 (c. 800 A.D.) wrote *Mudrā-rākshasa* (Minister with The Seal) a play of political intrigue, in 7 acts.

6. Bhatta Nārāyana 人生本尊者 (c. 840 A.D.) wrote *Venisamhara* (Binding of a Braid of Hair) in 6 acts.

7. Krishna-Misra (c. 1100 A.D.) wrote *Pravodha-chandrodaya* (Rise of the Moon of Knowledge) allegory of good and evil, in 6 acts.

(VI) Fairy Tales & Fables (c. 400−1100 A.D.)

1. The Buddhist *Jatakas* (Birth Stories) c. 380 B.C.−400 A.D. in Pali.

2. *Panchatantra* (Five Books) c. 500–550 A.D. Originally, 12 Books, perhaps entitled *Karataka and Damanaka*; its Syriac (through the Pahlavi) translation *Kalilag and Damnag*, made c. 570 A.D., and discovered in 1870; then its Arabic translation *Kalilah and Kimnah*, made c. 760 A.D., was translated into Persian (c. 1130), into Greek (1180), into Hebrew (1250), from Hebrew into Latin (c. 1250, printed 1480), from Latin into German (1481), from Latin into Italian (printed in Venice 1552), from Italian into English by Sir Thomas North (1750), and from Persian into French (1644) by David Sahid d'Ispahan. From "Panchatantra", indirectly through its modern translations, La Fontaine derived the matter for his "Fables" in French (2nd edition 1678).

3. The story of "Barlaam and Josaphat", written in Greek, by John of Damascus at the court of Caliph Almansur (753–774 A.D.) as a manual of Christian theology, contained many fables. This book was very popular in Europe in Middle Ages, translated into many languages. Thus, Josaphat (= Bodhisattva = Buddha) became a Christian sainte of Greek & Roman Churches.

4. "Kathā-sarit-sāgara" (Ocean of Rivers of Stories) in 18 Books 124 Chapters, 22000 slokas of verse; by Somadeva 月天 of Kashmir, c. 1070 A.D.

5. "Hitopadesa" (Salutary Advice) in 4 Books (43 fables), probably by Nārāyaṇa before 1373 A.D.

III. Technical and Scientific Literature of Sanscrit Period and Later (500 B.C.–1300 A.D.)

(I) Law

Mānava-dharma-sadtra (Code of Manu) 摩奴法典，c. 200 A.D. in 12 Books, 2684 slokas (verse). Contained partially in "Mahabharata" Bk. III, XII, XVI.

(II) History

"Rājatarangini" (River of Kings) by Kalhana, 1148 A.D.: chronicle of the Kings of Kashmir, in 8000 slokas of verse.

(III) Grammar

1. *Ashadhyayi (*8 Chapters of Great Grammar) 聲明論（原名八章）in 1000 Slokas of verse, by Pāṇini 波爾尼仙人，c. 400 B.C.

2. *Maha-bhashya (Great Commentary on Pāṇini)* by Patañjali written 144–142 B.C.

(IV) Lexicography

Amara-kosha (Immortal Treasury) in verse, by Amarasimha 長壽師子 c. 500 A.D.

(V) Poetics

1. *Nāṭya-sāstra* by Bharata 500–600 A.D.

2. *Kāvyādarsha* (Mirror of Poetry) in 650 slokas of verse, by Dandin c. 600 A.D.

3. *Dasarupaka* (10 Forms of Plays), a compendium of dramaturgy, by Dhananjaya 900–1000 A.D.

(VI) Mathematics & Astronomy

1. The *Sūrya-siddhānta* 日究竟理，fragments from 5 original treatises on astronomy, c. 300 A.D.

2. The *Āryabhaṭīya* 聖使集 (on mathematics and astronomy), by Aryabhata 聖使 of Pataliputra (born 476 A.D.).

3. *Siddhānta Shiromani* 究竟理頂上珠 (On Astronomy) by Bhāskarāchārya作明軌範師 (born 1114 A.D.).

(VII) Medicine

1. *Charaka-saṃhitā* (in 8 chapters) by Charaka, official physician to King Kanishka (c. 100 A.D.).

2. *Susruta-saṃhitā* by Susruta 妙聞 c. 300−400 A.D.

3. *Ashtanga-hridaya* (the Heart of the 8-limbed Body of Medical Science) by Vāgbhata c. 800 A.D. A general compendium.

(VIII) Music

Sangita-ratnākara (Jewel-Mine of Music) by Sharngadeva, 1200−1300 A.D.

IV. Modern Literature of India

In Modern times (since 1000 A.D.) there are epics (E.G. "Adventures of Prithviraj" by Tshand 1100−1200 A.D., on the Hindus' struggle against Mohammedan invaders; *Ramayana* by Tulsi Das 1510 A.D.) and novels (E.G. *Padmavati* 紅蓮華 by Malik Muhammad 1540 A.D.) etc. all written in Hindi and other dialects. Writers like Toru Dutt (1856−1877), a girl, wrote in English and French. Then, coming to Contemporary Period, we have

1. Sir Rabindranath Tagore泰戈爾 (1861−1941) —— who wrote poems and plays in Bengali, with inspirations from Shelley and other Romanticists of Modern Europe; no respresentative at all of the true tradition of ancient India and Sanscrit literature; whose international fame was rather founded on his writings in English prose and verse (or his Bengali poems translated into English).

2. Mohandas Karamchand Gandhi 甘地 (1869–19　).

3. Jawaharlal Nehru 尼赫魯 (1889–19　) ——whose "An Autobiography" (1937) is of a political character and belongs hardly to literature.

CHINESE LITERATURE 中國文學史

References:

吳契甯《實用文字學》上下二冊，商務印書館，1934。

柳詒徵《中國文化史》二冊，鍾山書局，1933。

馮友蘭《中國哲學史》二冊，商務印書館，1933。

湯用彤《漢魏兩晉南北朝佛教史》二冊，商務印書館，1938。

錢 穆《中國近三百年學術史》，商務印書館，1935。

* 謝無量《中國大文學史》，中華書局，1915。

* 曾 毅《中國文學史》，泰東書局，1915。

* 錢基博《現代中國文學史》，世界書局，1932。

*Herbert A. Giles, *A History of Chinese Literature*, London (Heinemann) 1901.

*James Legge (1815–1897), *The Chinese Classics*, being 四書 and 五經 translated into English, Oxford 1861–1872 (Also included in Max Muller *Sacred Books of the East*, Oxford).

Homer H. Dubs 德效騫，*The Philosophy of Hsun-tze*, being 荀子 translated with commentaries, London (Probsthain) 1923.

Ed. Chavannes 沙畹，*Memoires historiques*, being 史記 translated into French, Paris 1895–1905.

Georges Margouliès 馬古烈，*L'Evolution du Style dans la prose chinoise*, Paris 1928.

Arthur Waley, *170 Chinese Poems*

　　　　More Chinese Poems.

徐仲年譯 *Anthologie de la littérature chinoise*, Paris (Delagrave) 1933.

H. Bencraft Joly, *Hung-lou-meng: or Dream of the Red-Chamber*, Chapt. I−LII literally translated into English, Shanghai (Kelly and Walsh) 1872.

王際真節譯 *Hung-lou-meng: or Dream of the Red-Chamber*, partly translated and partly summarized, with an Introduction by Authur Waley, London (G. Routledge) 1934.

Frank Kuhn, *Der Traum der roten Kammer*, translated into German, Leipzig (Insel) 1.

李辰冬，*Étude sur le Songe du Pavillon Rouge*, Paris (L. Rodestein) 1934.

Mlle 盧月化，*Les Jeune-filles chinoises d'après LE RÊVE DANS LA CHAMBRE ROUGE*, Paris 1937.

Pearl S. Buck, *All Men Are Brothers*, being 水滸傳 translated into English, New York 1933.

林語堂，*My Country and My People*, New York (John Walsh) 1934.

林語堂，*Wisdom of Confucius*, New York 1938.

History of China (To be written later)

Periods and History of Chinese Language (To be written later)

General Characteristics of Chinese Language

Many older foreign writers (see Appendix I) and the Chinese writers of the new school have failed to observe the essential character of the Chinese language. They, with the narrow view-point and the strong bias of the Western languages, have treated the Chinese language phonetically, and stigmatized it as (I) "pictorial or hieroglyphic" and also as (II) "monosyllabic and isolated", thus decidedly inferior to the Western languages. They were wrong. But the Chinese, though much different, is not a complete contrast to the Western languages.

Let us note two points:

1. Every word in any language is made up of three elements: (1) Form; (2) Sound; (3) Meaning; it is a Form-symbol (written-word) and also a Sound-symbol (spoken-word). New comparatively ——

$$A \text{ word} = = = = \quad \begin{matrix} (1) \text{ Form} \qquad (2) \text{ Sound} \\ (3) \text{ Meaning} \end{matrix}$$

Chinese language lays more emphasis on (1) Form or the Visual (pictorial) element; a Chinese word is more of a Form-symbol, e.g. 鳥 ; 門。Western languages lay more emphasis on (2) Sound or the Phonetic (musical) element; a Western word is merely a Sound-symbol, e.g. "bird"; "gate". So the Chinese language has the additional beauty (and strength) of making an appeal to the eye as well as to the ear: e.g. 木華 "海賦"。And racial habits and the long use of the language had produced and accelerated this difference. Thus:

Chinese people: Their <u>visual</u> sense and <u>visual</u> memory more developed.	Painting, the greatest Chinese art.	Chinese languages has greater harmony, intrinsic beauty & stability.
Western people: Their <u>auditory</u> sense and <u>auditory</u> memory more developed.	Music, the greatest Western art.	Western languages have greater freedom adaption, and more rapid changes.

So, every Chinese word is a picture or a Form-symbol, but it is also at the same time a phonetic sign or a Sound-symbol.

2. The Chinese people are using many words (e.g. 也，突，解) without usually thinking of their pictorial origin or derivation (cf. the letters of English alphabet, which are pictorial in origin). On the other hand, all the Chinese words (even in a passage taken from ancient classics) can be easily pronounced and read aloud (unlike the Egyptian hieroglyphics which today nobody can pronounce). The confusion of local dialects is a different matter: for the standard (dictionary) literary pronunciation remains the same and is clear to all readers.

3. A Chinese word (e.g. 望) usually consists of more than one syllables (or particles); each with a sound and a meaning of its own. The meanings of <u>all these syllables</u> combine (every one contributing) to make up the <u>meaning</u> of the whole word. But for its pronunciation the sound of <u>one of these syllables</u> (or particles) is chosen, which becomes the sound of the new word. In other words, a Chinese word may contain n (so/ many) Form-syllables, but it can have only one Sounding-syllable, with n-1 silent-syllables. (Understood in this way call it "monosyllabic" or "polysyllabic" as you please).

4. Many Chinese words indicate relations of things (e.g. 之) or moods of expression （也，歟）。And new nouns and phrases can easily be coined by piling together several words: e.g. 鐵路 (railway), 電話 (telephone). Moreover, as had been noted by Fenollosa in c. 1880, the position of the words means so much here: e.g. 上馬 (to mount a horse) and 馬上 (on horseback). So we do have a complete and serviceable system of enlarging our vocabulary and building up our syntax. The system is of course very different from that of English or German. Learn to read and write Chinese, and then see if each

Chinese word is a flying atom devoid of cohesion and adhesion, so as to justify the name "isolated" for the Chinese language ?

The above fundamental differences (let there be no question of superiority or inferiority) between the Chinese and Western languages must be remembered and emphasized, for it is the failure to note such simple facts which has made so many recent attempts of reforming the Chinese language fruitless and harmful.

General Characteristics of Chinese Literature

Chinese literature, so rich and excellent, is one of the great literatures of the world. So far it has not been sufficiently understood and appreciated by the Western nations. And very unfortunately, since c. 1900 A.D., it is sadly neglected and unjustly under-estimated by the new intellectuals of China. Many of so-called literary reforms or revolutions have only tended to produce among the people a greater ignorance of the facts and materials of Chinese literature and a greater inability to enter into the soul or spirit of the Chinese culture. This is to be much deplored. (But, of this, elsewhere.)

The following is a conservative and sane estimate of Chinese literature as compared with the literature of the West from Ancient Greece to Modern Russia:

(I) Chinese Literature is humanistic and is rich in practical wisdom.

(II) Chinese Literature insists on and has achieved the perfection of form.

(III) Chinese Literature is deficient in (i) the Spirit of Religion (ii) Romantic Love (iii) Hero-worship (iv) Tragedy as a serious and noble view of life.

Chinese Literature (To be written later)

Appendix I: Foreign Scholars' Remarks on the Chinese Language

1. R. Lepsius, in 1861, comparing Chinese with Tibetan, concluded that "the monosyllabic character of Chinese is not original, but a lapse (!) from an earlier polysyllabic structure". (This theory has been proved to be wrong).

2. J. Edkins, in "The Evolution of the Chinese Language" 1888, demonstrated that Chinese pronunciation has changed considerably; the word-forms have become shorter and easier. Above all, consonant groups have been simplified.

3. Otto Jespersen, in 1894, discovered that "Chinese words of different tones (e.g. 王，王'；妻，妻'；) were formerly distinguished by derivative syllables or flexional endings which have now disappeared: one of the tones (入聲) has arisen through the dropping of final stopped consonants p, t, k."

4. Ernes Kuhn, in his lecture *Uber Herkunft und Sprache der transgangetischenVölker* (Munchen 1883), finding different laws of word-order in Chinese; Tibetan, Burmese and Siamese languages, incontrovertibly concluded that the Chinese language formerly must have had a very free word-order, helped by the use of derivatives and flexions (like English or German); but, as in the course of time the word-order was becoming more strict and definite, these derivatives and flexions were found to be useless and therefore were discarded.

5. G. von den Gabelentz, in his "Chinesische Grammatik" (Leipzig 1881) and "Die Sprachwissenschaft" (Leipzig 1891), praised the Chinese word-order, which (he discovered) proceeds most strictly and logically from the general to the particular (special)——like an English envelope address in reversed order. Otto Jespersen adds that this excellent word-order must have been the final result of a long evolution, with the dropping out of accessory grammatical appliances.

6. Bernhard Karlgrem "Etude sur la phonologie chinoise" (1915–1919). Thus, the older and wrong view of the Western scholars was that the monosyllabic Chinese was decidedly inferior to the inflexional Indo-European languages. But the newer and right view of the Western scholars has been that both Chinese and the Indo-European languages progressed in the direction of a more strict and logical word order, giving up the use of derivatives and inflexions; and in this sense the Chinese language might even be said to have progressed farthest.

Appendix II: Bernhard Karlgren 高本漢 's opinion quoted or summarized from his *Sound and Symbol in Chinese* (The World's Manual), Oxford, 1923

p. 25   "English is the most highly developed Indo-European language; but Chinese has progressed much further. "

p. 36   "Thus, while the spoken language had to reshape its word-material, the written language did not need to modify the old stock of simple words. And as this conservatism entailed no loss of lucidity but rather a gain in brevity and distinctness, it was natural that the Chinese should not adopt in writing the new colloquial style". Moreover, the classical Chinese literature is so beautiful and valuable.

p. 37   "... the old literary style is a common book language, a written esperanto, a knowledge of which has great practical value". It is uniform throughout the country. And it brings together the men of the present and the men of the past in familiar and perfect understanding, as most of the ancient books are as easy to read now as the contemporary writings. (Contrast English literature where in even Chaucer is difficult to the students of today.)

p. 38–39 The literary language of China = a <u>written</u> language; it must be read with <u>the eye</u>. "The peculiar Chinese script is indispensable".

p. 40   To abandon the Chinese script, the only gain would perhaps be to save for the elementary school pupils the effort of one or a few years (for the learning of the Chinese script is by no means difficult). But the loss will be great and irreparable: the rich literature of 4000 years will be unintelligible and entirely lost to us (translation into the vernacular can never be adequate, and to translate so great bulk of literature is sheer impossibility); political unity of China will be endangered as there would be nothing to give uniformity and to bind the nation together.

p. 41   "If China does not abandon its peculiar script in favour of our alphabetic writing, this is not due to any stupid or obdurate conservatism. The Chinese script is so wonderfully well adapted to the linguistic conditions of China that it is indispensable; the day the Chinese discard it they will surrender the very foundation of their culture".

p. 42 Two things are beyond doubt: (1) the Chinese script had been invented c. 2500 B.C.; (2) by the Chinese themselves, not derived from any other nation or languages.

p. 60 Evolution of Chinese Characters: (1) Picture-writing 上古 → (2) Logical compounds 商殷 → (3) Phonetic compounds 周。

p. 67 "Chinese script, a genuine product of the creative power of the Chinese mind…, is cherished and revered in China to a degree that we can hardly understand, and this regard is the greater because its picturesque and varying form appeals to the imagination infinitely more than our jejune and matter-of-fact script. The former is a fair and beloved lady, the latter a useful but unbeautiful menial…Literature and graphic art are thus more intimately connected in China than a Westerner can realize."

p. 68 But the learning for ordinary purposes of some 3000 or 4000 characters of the normal script is not an overwhelming task.

p. 100 "This exacting method（背誦）had one great advantage, that the children stored up in their memories, in their most receptive years, extensive model texts in the literary language, which, once understood, served as key texts to many other works of literature".

HEBREW LITERATURE

History of the Hebrews in Palestine

The Creation. Adam & Eve, c. 4000 B.C. The (Semitic) Canaanists settled in Palestine, 2500 B.C. The Deluge (Noah's Ark) c. 2350 B.C. Abraham, ancestor of the Hebrew (Jews) c. 1900 B.C. Joseph and his Brothers, c. 1700 B.C. First movement of Hebrews into Canaan from Egypt, 1400−1200 B.C. Moses: Exodus from Egypt, 1200 B.C. Joshua: conquest of Canaan, c. 1150 B.C. The rule of Judges (theocracy), pressed by Philistines, c. 1150−1050 B.C. Saul, King of the Hebrews, c. 1025 B.C. David (1000−970 B.C.), capital at Jerusalem; Israel's days of glory. Solomon the Wise King (970−930 B.C.). The Divided Kingdom: (i) Kingdom of Israel (930−722 B.C.) in the North, capital at Samaria, destroyed by Assyrians in 722 B.C.; (ii) Kingdom of Judah (930−586 B.C.) in the South, capital at Jerusalem, destroyed by Chaldeans in 586 B.C. "Babylonian Captivity", 586−538 B.C. The Era of the 16 Prophets, 810−397 B.C. The Rule of a High Priest: Palestine subjected to Persia (538−333 B.C.), Macedon (333−320 B.C.), Egypt (320−198 B.C.), Seleucidae (198−167 B.C.) & Rome (63 B.C.−6 A.D.), the Idumaean King Antipater and his son Herod). Incorporated in the Roman province of Syria, 6 A.D. Destruction of Jerusalem by Titus, 70 A.D. Judea a part of Roman province of "Arabia", 105 A.D. Dispersion of the Jews after revolt, 135 A.D. Judea became a part of Eastern Roman Empire 395 A.D. Palestine conquered by the Arabs under Omar the Caliph, 636 A.D. The Latin "Kingdom Jerusalem" (1099−1187) created by First Crusade. Jerusalem occupied by Emperor Frederick II, 1229−1239. Palestine under the Mameluke Sultans of Egypt, 1240 A.D.; transferred to the

Ottoman Sultans, 1517 A.D. Under the rule of Mohammed Ali, Governor of Egypt, 1831–1840; again under Ottoman Sultans, 1840. British, French, Russian & German colonization and settlements since 1860. Anglo-French Agreement (1919). French Mandate over Syria, British Mandate over Palestine & Mesopotamia: surrendered & recognized by Turkey (1923).

Hebrew Language

Hebrew Language —— Semitic. 22 letters of alphabet, with about 40 points marking the punctuation & tones; written from right to left. Two periods:

I. Ancient or Square Hebrew —— Language of the Scriptures originally written. Replaced by the Armaean or Chaldaic language (of Syria), it became a dead language in the 2nd century A.D.

II. Modern or Rabbinical Hebrew —— easy and flowing hand-writing. Revived or created by the Jewish teachers or scholars (the "Rabbins") of the Middle Ages as a literary language. The study of Ancient Hebrew became general in Europe in the 16th century.

Hebrew Literature

The Old Testament (written in Hebrew, 39 Books).

I. The composition of "Old Testament" (1000–100 B.C.)

1. The Pentateuch (written 1200–800 B.C.) —— Genesis (Creation, Fall of Man, Flood, Abraham & Isaac, Joseph and his brothers); *Exodus* (Ten Commandments of Moses, Exodus XX 3–17); etc.

2. Other Historical Books (written 800–500 B.C.) —— *Joshua, Judges, Ruth, Samuel, Kings, Chronicles.*

3. Books of Prophets (written 700–600 B.C.) —— *Isaiah* (722 B.C.); *Jeremiah* (586 B.C.); etc.

4. Of Babylonian Captivity (586–538 B.C.) —— Scholarship and revision (600–500 B.C.)

5. Hebrew philosophy (300–100 B.C.) —— Translation into Greek; and new Books added —— *Job, Proverbs, Ecclesiastes.*

6. Hebrew Poetry (300–250 B.C.) —— Collections of lyrics of earlier date: *Song of Songs* & the *Psalms.*

II. Translation of *Old Testament*

Old Testament, collected & fixed & put in the Temple, by a college of 120 learned men, appointed by Ezra, 536–457 B.C.

Septuagint —— First Greek translation of the Old Testament, 283 B.C.

Vulgate —— First Latin translation of the Bible by St. Jerome, 405 A.D.

English Bible, King James' Version, 1611 A.D.

"Revised Edition" of English Bible, 1881 A.D.

III. Rabbinical Literature

1. The *Talmud* (He has learned) written down c. 500 A.D. Two parts: (i) The Mishna ("Second Law"), rules & precepts, c. 100–200 A.D. (ii) The Gemara ("completion; doctrine"), commentaries, c. 200–300 A.D.

2. The *Cabala* (Oral Tradition), through secret transmission. Written down c. 100–200 A.D.

The New Testament (written in Greek, 27 Books).

I.   Facts of History: Life of Jesus Christ (4 B.C.–30 A.D.)

Activity & Martyrdom of St. Paul (Saul), 45–66 A.D.

Martyrdom of St. Peter in Rome, 67 A.D. Composition of New Testament, 30–150 A.D. Christianity made state religion of Roman Empire by Constantine, 325 A.D.

II.   Contents of the *New Testament* (30–150 A.D.)

1. The 4 Gospels (written c. 60–100 A.D.):

   (i)   *St. Matthew* (c. 80 A.D.) —— Historical (of the past); national. Written for the Jews. Christ —— The Messiah or prophet; Seed of David, "King of the Jews".

   (ii)   *St. Mark* (c. 65 A.D.) —— Political (of the present); cosmopolitan. Written for the Roman Empire. Christ = Son of God; Lord of the World.

   (iii)   *St. Luke* (c. 85 A.D.) —— Biographical (of the future); intellectual, human. Written for the (civilized) Greek world. Christ = good Physician.

   (iv)   *St. John* (c. 90 A.D.) —— Mystic (of eternity); spiritual, divine. Written for the Church. Christ = Eternal Son; Incarnate Word; Light and truth.

2. The *Acts of Apostles*, chiefly of St. Paul —— Written by St. Luke, probably in Rome 61–63 A.D.

3. *Epistles* of St. Paul (50–60 A.D.) and of others (mostly before 100 A.D.).

4. The *Revelation* (Apocalypse) of St. John (written c. 91 A.D.). The Apocrypha (written in Greek, c. 3000–100 B.C.) —— Interspersed in the Septuagint and Vulgate, but rejected as false and unauthoritative parts of the Old Testament by the Reformation. 14 Books.

GREEK LITERATURE

History of Greece

Minoan civilization in Crete, 3000–1200 B.C. Mycenaean civilization in Greece, 1600–1100 B.C. The original (non-Greek) inhabitants —— the Pelasgi. Coming and conquest of the Greeks, 2000 B.C. Achaean invasion & conquest, 1400–1200 B.C. Trojan War (1200–1180 B.C.); Fall of Troy, 1184 B.C. Dorian invasion & conquest, 1100–900 B.C. Homer, c. 850 B.C. Lycurgus, c. 820 B.C. The Olympiad, 776 B.C. Solon, 594 B.C. Pisistratus, 541–527 B.C. Persian Wars: (1) Marathon 490 B.C., (2) Salamis 480 B.C. Peloponnesian War (431–404 B.C.). Death of Socrates, 399 B.C. Battle of Mantinea 362 B.C.: Hegemony of Thebes. Battle of Chaeronia 338 B.C.: Hegemony of Macedon. Alexander the Great (336–323 B.C.). Death of Demosthenes & of Aristotle, 322 B.C. Capture & destruction of Corinth, 146 B.C.: Greece a Roman province. Under the Byzantine Empire, from the 6th to the 13th centuries, Greece was invaded successively by the Slavs, Arabs, Balkans, Venetians, and Franks. Greece conquered by Turks (1397–1458) & became a part of the Ottoman Empire 1458. Greek War of Independence (1821–1829) against Turkey, helped by England, France & Russia. Independence of Greece (kingdom) 1830. War with Turkey 1897. Balkan wars (1912–1913): Greece obtained Crete 1913. In the World War, Greece remained neutral till July 1917 when Greece under Vanizelos declared war on German-Austria. War with Turkey (Greece defeated) 1921–1922. Republic proclaimed, May 1924.

Greek Language

I. Ancient Greek Dialects: (1) Achaean-Aeolic, (2) Ionic-Attic, (3) Doric. Original Greek alphabet, 22 letters; Old Attic alphabet, 21 letters, in use at Athens 540–404 B.C.; Ionic (New Attic) alphabet, 24 letters, adapted as official written language at Athens 403 B.C. in the archonship of Eucleides, soon followed by other Greek States.

II. In Alexandrian or Hellenistic period (323–31 B.C.) was created the "koine" or the common literary Greek language, used by all scholars and writers ever since. Byzantine literature was generally written in this "koine", which became an artificial written language and widely separated from the Vernacular Greek through the introduction of Atticism (c. 150 B.C.–150 A.D.) and the revival of classical studies (11th–15th centuries). It became extinct in c. 1453A.D.

III. Modern Greek or Romaic (1453–c. 1850 A.D.), however, was a popular dialect or vernacular of mixed origin. But, after the Independence, and chiefly due to the influence of Admantios Coraes (or Korais, 1748–1833) of Chios, a conscious national movement worked for the creation of the Neo-Hellenic which since c. 1850 is the literary language of Greece.

Greek Literature

Ancient or Classical (pagan) Greek Literature

I. Epic Poetry (950–750 B.C.)
1. Historical or Narrative Epic —— Homer (850 B.C.) *Iliad, Odyssey.*

2. Didactic or Expository Epic —— Hesiod (850–800 B.C.) *Works and Days, Theogony.*

II. Lyric Poetry (700–450 B.C.)

1. Sappho of Lesbos (600 B.C.)

2. Anacreon of Teos (530 B.C.)

3. Pindar of Thebes (c. 521–441 B.C.)

III. Drama

1. Tragedy (550–350 B.C.) ——

   i. Aeschylus (525–456 B.C.) —— *Persians, Agamemnon,* etc.

   ii. Sophocles (496–405 B.C.) **Oedipus the King, Antigone,* etc.

   iii. Euripides (480–406 B.C.) **Medea, Trojan Women,* etc.

   iv. Aristophanes (448–38 B.C.) —— *The Cloud, Frogs,* etc.

IV. History (450–350 B.C.)

1. Herodotus (480–426 B.C.) —— *History.*

2. Thucydides (460–395 B.C.) —— *Peloponnesian War.*

3. Xenophon (425–355 B.C.) —— *Anabasis, Memorabilia,* etc.

V. Philosophy (600–300 B.C.)

1. The Early Nature Philosophers.

2. The Sophists (c. 450 B.C.)

3. Socrates (470–399 B.C.)

4. Plato (428–347 B.C.). The *Dialogues.*

5. Aristotle (384–322 B.C.) —— *Ethics, Politics, Poetics,* etc.

VI. Oratory (400–320 B.C.)

1. Judicial Oratory —— Lysias of Athens (440–380 B.C.)

2. Declamatory Oratory —— Isocrates of Athens (436–338 B.C.)

3. Political Oratory —— Demosthenes of Athens (384–322 B.C.)

VII. Alexandrian Literature (323–31 B.C.)

  1. Pastoral poetry of Theocritus (310–270 B.C.)

  2. Academic or Learned Poetry.

  3. The Greek Anthology.

  4. The *History* of Polybius (204–125 B.C.)

  5. Philosophy (practical ethics) of

    i. Epicurus of Athens (342–270 B.C.): Epicureanism.

    ii. Zeno of Citium in Cyprus (336–264 B.C.): Stoicism.

    iii. Pyrrho of Elis (360–270 B.C.): Scepticism.

VIII. Post Alexandrian Literature (31 B.C.–529 A.D.) or Greek Literature Under the Roman Empire.

  1. From Augustus to Domitian (31 B.C.–96 A.D.): Barren Transition —

    i. Strabo (60 B.C.–25 A.D.) — *Geography.*

    ii. Josephus (37–98 A.D.) — Jewish history.

    iii. Philo the Jew (20 B.C.–50 A.D.)

  2. From Nerva to the Death of Diocletian (96–305 A.D.): the Hellenic Revival —

    i. Moral philosophy (Stoicism):

    Epictetus (50–125 A.D.) — *Conversations, Manual.*

    Plutarch of Chaeronea (46–120 A.D.) — *Moralia, Parallel Lives of Greeks and Romans.*

    Marcus Aurelius (121–180 A.D.) — *Thoughts* (or *Meditations*).

    ii. History:

    Arrian (c. 90–170 A.D.) — *Expedition of Alexander.*

    Appian (100–160 A.D.) — *Roman History.*

    Pausanias (c. 140–180 A.D.) — *Description of Greece.*

Diogenes Laertius (c. 100–200 A.D.) —— *Lives of Philosophers.*

iii. Rhetoric (Declamatory oratory):

Lucian (125–192 A.D.) —— *Dialogues,* etc.

iv. Romance: Heliodorus *Aethiopica.*

Longus *Daphnis and Chloe.*

v. Literary Criticism: Longninus (3rd cent.) —— *On the Sublime.*

vi. Philosophy: Sextus Empiricus (200–250 A.D.):

Scepticism. Plotinus (204–270 A.D.): Neo-Platonism.

vii. Christian Literature:

(1) The Apologists of the 2nd Century.

(2) The Doctors of the 3rd Century —— Clement (160–215 A.D.) & Origen (185–250 A.D.) of Alexandria.

Triumph and Rapid…sion of…[4]

i. Christian Oratory —— Athanasius of Alexandria (295–373 A.D.); Basil the Great of Cappadocia (331–379A.D.); Gregory of Nazianzus (338–390 A.D.); Gregory of Nyssa (340–400 A.D.).

ii. Christian History & Apologetics —— Eusebius of Caesarea (265–340 A.D.).

Mediaeval or Byzantine (Christian) Greek Literature (305–1453 A.D.): or Greek Literature under the Eastern Roman Empire.

I. Sacred Literature

1. Theology:

i. Leontius of Byzantium (c. 500 ff) —— Aristotelian definitions.

---

4 原稿破損，此行有若干字字跡不清。——編者注

     ii. John of Damascus (c. 700–754 A.D.) —— *The Fountain of Knowledge* (on Christian dogma); against the Iconoclasts.

  2. Hymns:

     i. St. Romanos of Byzantium (fl. 490–520 A.D.) perfected the Christian (rhythmic) hymn on Syriac models.

     ii. Andrew archbishop of Crete (650–720 A.D.) invented the "Canons" or artificial long hymns.

II. Profane Literature

  1. Epic Poetry: Nonnus (c. 400 A.D.) —— *Dionysiaca.*

  2. History: Procopius of Caesarea in Palestine (c. 500–560 A.D.) and Agathias (c. 536–582 A.D.) wrote histories of Justinian's wars with Persians, Vandals, Goths.

  3. Chronicles: The *Easter or Paschal Chronicle*, completed in the 7th century.

  4. Erudition: **i.** Photius the Patriarch (820–891 A.D.) —— The *Library* or *Myriobiblon* (c. 850 A.D.).

     ii. Suidas *Lexicon* (c. 950 A.D.).

  5. Law: **i.** The *Basilica*, compiled c. 870–950 A.D.

     ii. The *Nomocanon*, edited c. 1090 A.D.

Modern Greek Literature (1453–today)

I. Literary & Educational Revival in the 18th century: Constantine Rhigas of Velestinos or Pherae (1760–1798 A.D.), poet and patriot.

II. Poets of Greek Independence

  1. Panagiotes Soutzos (1800–1868).

  2. Alexander Soutzos (1803–1863).

  3. Alexander Rizos Rhangabes (Rhankaves, 1810–1892).

III. Admantios Coraes (Korais) of Chios (1748–1833 A.D.), patriot and philologue, founded or created the Neo-Hellenic or Modern Greek literary language.

Appendix I: Basic Facts To Be Remembered About Homeric Epics

I.   *Iliad* and *Odyssey*, the two Greek national Epics about Trojan War, were Written by Homer —— who lived in Smyrna or Chios (Sceos) in c. 850 B.C. Fall of Troy, 1184 B.C., according to Eratosthenes.

*II. The subject of *Iliad* —— The Wrath of Achilles.

The Subject of *Odyssey* —— The Return of Odysseus (Ulysses).

Iliad —— 15000 lines   Action of *Iliad* —— 54 days in summer.

Odyssey —— 12000 lines Action of *Odyssey* —— 42 days in winter.

Iliad $\begin{cases} \text{Achilles —— Hero of Events.} \\ \text{Hector —— Moral Hero.} \end{cases}$

Odyssey $\begin{cases} \text{Odysseus —— Hero of Events.} \\ \text{Penelope —— Moral Hero.} \end{cases}$

III. *Iliad* and *Odyssey* were divided into 24 Books. They were written in lines of Dactyllic Hexametre; in Ionic Greek, mixed with Aeolic Greek elements.

...[5] and by the geographical studies of the Troad by Walter Leaf in 1910; also by Victor Berard's study of the winds and currents of The Mediterranean in 1907.

The Trojan War was really the Greeks' attempt to penetrate into the Euxine (Black Sea) for commercial and colonial expansion; Troy was destroyed, not through war, but by Economic starvation.

---

5   原稿破損，此前字跡不清。——編者注

Appendix II: Comparison of the 3 Greek Tragedians

	Aeschylus (525–456 B.C.) Soldier; Theologian.	Sophocles (496–405 B.C.) Poet; Artist.	Euripides (480–406 B.C.) Philosopher; Social reformer
(1) Personal Character	Aeschylus (525–456 B.C.) Soldier; Theologian.	Sophocles (496–405 B.C.) Poet; Artist.	Euripides (480–406 B.C.) Philosopher; Social reformer
(2) Part in the development of Greek Tragedy	Foundation	Perfection	Innovation & Decadence
(3) External Contributions	2nd Actor; Chorus 50→15.	3rd Actor; Chorus 15→12; No Trilogy	Summary Prologue
(4) Internal Contributions	Unity of Plot	Development of Character	Variety & richness of Situation; Pathos; Surprise & Suspense
(5) Material & Method	Narration of Heroic Legends	Exhibition of Truth of Human Nature	Realistic portrayal of Contemporary Life; Demonstration of Theses & Problems
(6) Attitude toward life	Religious (Strong Faith)	Humanistic (Balanced Wisdom)	Naturalistic (Doubt; Pessimism)
(7) Purpose & Theme	Assertion of Divine Justice.	Idealism of Reason & Conscience	Fatality of Instinct & Passion
(8) Style	Epic; Rhetorical, pompous	Dramatic; Expressive	Lyric; Oratorical; Familiar
(9) Final Impression	Simplicity & Grandeur	Harmony	Romantic Intensity
(10) Comparison with Some Modern Poets	Milton	Shakespeare	Ibsen

Appendix III: Comparison of the 3 Greek Historians

(1) Life and Character	Herodotus (480–425 B.C.) Traveller; Story-teller	Thucydides (460–395 B.C.); Naval Commander; Scientific historian	Xenophon (434–355 B.C.) Many-sided Country-Gentlemen
(2) Part in the development of Greek History	Foundation	Perfection	Imitation
(3) Contributions to the writing of history	General Plan & Unity of World History	Documents scrutinized, facts ascertained; Accurate geog. & chronology	Writing from Personal experience
(4) General Nature of their work in History		Scientific, Dramatic	Memoirs; Journals
(5) Aim & Purpose in writing History	Moral Instruction & Improvement	Truth & Accuracy	Teaching military & political leadership
(6) Method	Subjective	Objective	Autobiographical
(7) Point of View	Romantic	Realistic	Practical; Utilitarian
(8) Philosophy of life	Religious: The Law of Nemesis	Naturalistic; Positive & Sceptical: Intelligible causes & definite laws in human affairs	Social & Worldly: Activity & Prudence
(9) Style	Lyrical: Imaginative charm	Oratorical: clearness, order, precision, brevity	Conversational: Elegant & familiar
(10) Comparison with Roman Historians	Livy	Tacitus	Caesar

LATIN LITERATURE

History of Rome

Lake-dwellers (the Ligurians) in Italy, c. 2000 B.C. Coming of the Italians, c. 1700 B.C. Settlement of Etruscans, c. 1200 B.C. (Legendary) Foundation of Rome, 753 B.C. Expulsion of the Tarquins (Kings); Rome a Republic, 510 B.C. *Laws of 12 Tables*, 450 B.C. The 3 Punic Wars: (I) 264–241 B.C. Sicily acquired; (II) 218–201 B.C. Spain acquired & power of Carthage broken; (III) 149–146 B.C. Carthage destroyed, Greece acquired. The Gracchi reforms, 133–121 B.C. Civil War of Marius & Sulla, 88–82 B.C. First Triumvirate, 60 B.C. Assassination of Julius Caesar, 44 B.C. Battle of Actium, 31 B.C. Augustus Caesar, the 1st Roman Emperor (27 B.C.–14 A.D). Division of Empire: by Diocletian 305 A.D. & by Theodosius 395 A.D. Formal conversion of Constantine to Christianity, 325 A.D.; Council of Nicaea, 325 A.D. Sack of Rome by Visigoths, 410 A.D. End of Western Roman Empire, 476 A.D.: the German Captain Odoacer, King of Italy, 476–493 A.D. Theoderic the Ostrogoth, King of Italy, 493–526 A.D. Justinian Eastern Emperor, 527–565 A.D. Lombard Kingdom in Italy, 565–774 A.D. Charlemagne crowned Holy Roman Emperor, 800 A.D. Italy, with the Papal States & growth of Cities, but nominally under the (German) Holy Roman Emperor, 843–1806 A.D.

Pope in Avignon: *Babylonian Captivity* (1309–1376). Italy in the 18th Century Kingdom of Sardinia (Savoy & Piedmont), Republics of Genoa & Venice, Tuscany under Austria, Papal States, Kingdom of the 2 Sicilies under Spain. Unification of Italy under King Victor Emmanuel, 1860. Rome, the capital of Italy, 1871. Italy in the World War (1915–1918). Mussolini dictator, since 1922. Italy acquired Abyssinia, 1936.

Latin Language

<pre>
     1 A.D.   400 A.D.   800 A.D.   1350 A.D.
Classical Written Latin —— Mediaeval Latin —— Renaissance Ciceronian
                           (revived)   Classical Latin
    Popular (Low) Latin —— Vulgar Latin —— Romance Language
</pre>

Latin Literature

(I)　　Literature of the Early Republic (241–133 B.C.) —— Imitation of Greek Models:

　　　1. Comedy-　**i**. Plautus　**ii**. Terence

　　　2. Oratory-　**i**. Cato the Elder (234–149 B.C.)

(II)　The Age of Cicero (80–43 B.C.) —— Maturity & Perfection of Latin Literature, especially in prose:

　　　1. Lucretius (94–55 B.C.) —— *On the Nature of Things*.

　　　2. Catullus (89–54 B.C.) —— Lyric Poetry.

　　　3. Cicero (106–43 B.C.) —— Oratory & philosophy.

　　　4. Julius Caesar (100–44 B.C.) —— *Gallic War*, *Civil War*.

　　　5. Sallust (86–34 B.C.) —— History.

　　　6. Varro (116–37 B.C.) —— Great antiquarian.

(III)　The Augustan Age (31 B.C.–41 A.D.) —— the "Golden Age" of Latin Literature. chiefly in poetry:

　　　1. Virgil (70–19 B.C.) —— 10 *Eclogues*; 4 *Georgics*; 12 *Aeneid*.

　　　2. Horace (60–8 B.C.) —— Satires, Epistles, Odes.

　　　3. Ovid (43 B.C. —17 A.D.) —— *Metamorphoses*; *Art of Love*.

　　　4. Propertius (50–16 B.C.) & Tibullus (54–9 B.C.) —— *Elegies*.

　　　5. Livy (59 B.C.–17 A.D.) —— *History of Rome from Foundation of the City*.

(IV)   The Age of Nero (54–68 A.D.) —— Philosophy & tragedy.

      1. Seneca (4 B.C.–65 A.D.) —— Philosophy & tragedy.

      2. Lucan (39–65 A.D.) —— *Pharsalia.*

      3. Petronius the Arbiter (? –66 A.D.) —— *Satyricon.*

      The Age of Flavians (69–96 A.D.) —— the "Silver Age":

(V)   The Age of Scholars; Provincial & Italian authors; Decay of Latin Literature:

      1. Statius —— *Thebaid* (92 A.D.), Learned epic.

      2. Martial (40–102 A.D.) —— 12 Books of *Epigrams.*

      3. Elder Pliny (23–79 A.D.) —— *Natural History* in 37 Books.

      4. Quintilian (c. 35–100 A.D.) —— *Institutes of Oratory* in 12 Books (93 A.D.).

      5. Tacitus (c. 75–117 A.D.) —— *History*; *Annals*; *Germania.*

      6. Juvenal (c. 60–140 A.D.) —— 16 *Satires.*

      7. Younger Pliny (c. 62–114 A.D.) —— 9 Books of *Letters.*

(VI)   The Age of the Antonines (96–180 A.D.) —— the Age of Grammarians & Jurists; the school of Africa:

      1. Gaius *Institutes of Civil Law* in 4 Books.

      2. Suetonius *Lives of the 12 Caesars* (120 A.D.)

      3. Aulus Gellius *Attic Nights* in 20 Books.

      4. Apuleius (125–A.D.) —— *Metamorphoses, or Golden Ass.*

      5. The *Pervigilium Veneris.*

(VII) Early Christian Literature (180–305 A.D.):

      1. Tertullian (155–222 A.D.)

      2. Lactantius (260–340 A.D.)

(VIII) Last Revival of Latin Literature (305–410 A.D.):

      i. The Gaul School of Oratory ——

          1. St. Ambrose (340–397 A.D.) —— Also wrote *Hymns.*

ii. Pagan Poetry ——

    1. Ausonius of Bordeaux (fl. 370 A.D.) —— *Idyllia.*

iii. Christian Poetry ——

    1. Prudentius (fl. 404 A.D.) —— *Psychomachia* (allegory).

iv. St. Jerome's *Vulgate Version (Latin translation) of the Bible* (405 A.D.).

v. St. Augustine (354–430 A.D.) —— *City of God; Confessions.*

    Sacred (Christian) Literature or Religious Literature.

    Profane (Secular —— Greek & Latin) or Pagan Literature.

Appendix: The Patristic Literature

Greek Fathers

(I) Apostolic Writers "Didache" (Manual of Church Instructions)

(II) Apologists (c. 125–175 A.D.) —— Defenders of Christian faith against Pagan attacks: 1. Justin the martyr (–165 A.D.) —— *Dialogue with the Jew Trypho; Apology.*

(III) Christian Gnostics (c. 180–260 A.D.) —— To employ Greek philosophy especially Platonism in service of Christian religion against the Gnostics.

    1. Clement of Alexandria (c. 150–213A.D.) —— *Protrepticus* (exhortation); *Pedagogue; Stromata* (Patchwork).

    2. Origin of Alexandria (185–254 A.D.) *Commentaries on the new and old Testaments; Against Celsus, Bible* in 6 columns (Greek & Hebrew).

Latin Fathers

1. Victor, Bishop of Rome, 186 A.D.

2. Minucius Felix —— Italian School; Ciceronian Latin.

3. Tertullian (155–222 A.D.) —— *Apoplogeticum.* Bible a revealed book. Against games, luxury, art, letters.

4. Cyprian (200–258 A.D.) —— Bishop of Carthage. Against Donatists.

5. Lactantius (260–30 A.D.) —— Professor of Rhetoric. 7 books of *Institutes of Divinity.*

6. St. Ambrose (340–397A.D.) —— Bishop of Milan. *Hymns. Hexameron,* Commentaries on Genesis; Will of God at Creation.

7. St. Jerome (340–420 A.D.) —— Vulgate (Latin Translation) Bible, 405 A.D.

(IV) Theologians, or Defenders of Orthodoxy —— to establish the principles of Christian Theology against the heretics within the Church:

1. Athanasius of Alexandria (295– 373 A.D.) —— *4 Discourses against the Arians* (356– 361 A.D.); *Apology* (Council of Nicea, 325 A.D.)

2. Eusebius of Caesarea in Palestine (265–340 A.D.) —— *Chronica; Church History* in 10 Books; etc.

3. Basil the Great of Cappadocia (331–379 A.D.) —— *Homilies; Letters; Hexameron.*

4. Gregory of Nazianzus (338– 390 A.D.) —— *Discourses against Julian; Against Apollinarians*; etc.

5. Gregory of Nyssa (340– 400 A.D.) —— 50 Discourses.

6. Cyril of Alexandria (?–444 A.D.) —— *Letters to Nestorius*; etc. (Definition of Chalcidon, the 4th Council, in 451 A.D.).

8. St. Augustine (354–430 A.D.) Bishop of Hippo, Africa. Against (i) Manichaeans (ii) Donatists, (iii) Pelagians. *Confessions; City of God* in 22 Bks; *On Christian Doctrine; Spirit & Letter, etc.*

MEDIAEVAL LATIN LITERATURE

Mediaeval History

End of Western Roman Empire, 476 A.D. (Imperial residence at Ravenna, after 402 A.D.). Teutonic migrations: begun 375 A.D. (1) West-Gothic Kingdom in Spain, capital at Toulouse 415–507A.D. & at Toledo 507–711 A.D., in 711 destroyed by the Arabs; (2) 920 Vandal Kingdom in North Africa, capital at Carthage 429–534 A.D., destroyed by Eastern Emperor Justinian's general Belisarius; (3) Attila, King of the Huns, invaded Germany & Italy 451–452 A.D.; (4) Frankish Kingdom in North Gaul under Clovis 486 A.D.; (5) East-Gothic Kingdom in Italy, under Theodoric the Great, 493–555 A.D., destroyed by Eastern Emperor's general Narses; (6) Lombard Kingdom in Italy, under Alboin, 568–774 A.D., destroyed by Charlemagne; (7) Anglo-Saxon conquest of England, 449 A.D. Gregory I the Great (590–604) Bishop of Rome: Beginning of Papacy. In the Frankish Kingdom, Charles Martel checked the Arabs at Tours, 732 A.D.; from 751, Carolingian Kings of the Franks, Charlemagne (768–814 A.D.): death of Roland at Roncevaux after conquest of Saragossa, 778; Charlemagne, Holy Emperor, 800 A.D. Treaty of Verdun, 843 A.D.: Division of Empire; beginning of France, German, Burgundy. (I) France: Carolingian Kings, 843–987 A.D.; Normandy occupied by Northmen, 911; Capetian Dynasty, 987–1328; House of Valois, 1328–1498 (1589); Hundred Years' War, 1339–1453 A.D. (II) Germany: Carolingian Emperors, 843–911; Kings & Emperors of Saxon House, 919–1024; Otto I the Great, Holy Roman Emperor of German Nation, 962 A.D.; Franconian or Salian Emperors, 1024–1125; Henry IV submitted to Pope Gregory VII (Hildebrand 1073–1085) at Canossa, 1077, A.D.; House of Hohenstaufe, 1138–1254 (Frederick II, 1212–1250); Kings & Emperors of various houses, 1213–1347; Emperors of Luxemburg, the Bohemian Line, 1347–1437; Emperors of Hapsburg, 1438–1740 A.D. (III) Spain: Caliphate of Cordov, 755–1031 A.D. The Crusades, 1096–1270 A.D. The Mongols: Ghengis Khan's accession, 1206; invasion of Europe, 1241; destroyed Caliphate of Bagdad, 1258 A.D. The Swiss Cantons established, 1309. Pope in Avignon ("Babylonian Captivity") 1309–1376 A.D. Fall of

Constantinople, end of Eastern Roman Empire, 1453 A.D. Discovery of America by Columbus, 1492 A.D.

Mediaeval Latin Literature

(I)   Mediaeval Latin Language:

1. Mediaeval Latin prose.

2. Mediaeval Latin Poetry —— (1) Goliardic Poetry.

(II)   Classical Inheritance:

1. Greek Tradition.

2. Latin Tradition ——

    i. Martianus Capella (fl. 410–429 A.D.)

    ii. Priscian (fl. 400 A.D.)

    iii. Boethius (482–525 A.D.) —— *Consolation of Philosophy* in 5 Books.

(III)   Christian Inheritance:

1. Cassiodorus (c. 490–570 A.D.)

2. St. Gregory the Great (540–604).

3. St. Isidore of Seville (570–636).

4. Bede (673–734) —— *Ecclesiastical History of the English People* (731 A.D.)

(IV)   Roman Law:

1. The *Twelve Tables* (450 B.C.): Senatorial & Imperial Edicts.

2. The Jurists (c. 180 B.C.–200 A.D.): Ulpian, Papinian.

3. The Justinian Law Books: i. *Justinian Code* (528–529) in 12 Books; ii. *Justinian Digest* or *Pandects* (530–533) in 50 Books; iii. *Justinian New Code* or the *Novels* (534–565); iv. *Justinian Institutes* (533) in 4 Books, based on the *Institutes of Gaius* of 2nd Century A.D.

4. Revival of Roman Law (c. 1100–1200 A.D.) with the rise of Universities (Bologna 1088; Paris 1100; Oxford 1167; Cambridge 1289).

 i. Irnerius (1088–1125) of Bologna and the Glossators.

 ii. Bartolus of Sassoferrato (1314–1367) and the Post-glossators.

(V) Canon Law:

 1. Gratian (fl. 1140) of Bologna —— *Concordance of Discordances of Canon Law* or *Decretum* in 3 parts.

 2. The Glossators of Canon Law (c. 1200–1400 A.D.)

(VI) Scholasticism:

Positive Christian theology; to reconcile Reason & Faith, *nature & Grace*; Rationalistic defense of Christianity.

 1. John Scotus Eriugena (8??–875).

 2. St. Anselm (1033–1109).

 3. Nominalism of Roscellinus of Compiegne (fl. 1092) vs. Realism of William of Champeaux (10??–1121).

 4. Peter Abelard (1079–1142) —— Conceptualism.

 5. Hugo of St. Victor (1096–1140).

 6. Influence of Aristotle (after 1200 A.D.): St. Thomas Aquinas (1225–1275) —— *Summa Theologiae.*

 7. John Duns Scotus (1274–1308).

 8. William of Occam (–1347).

(VII) Emotional Expression:

 1. Peter Damiani (c. 1000–1073).

 2. Othloh (c. 1000–1073).

 3. St. Hildegard of Bingen (1099–1179).

 4. St. Bernard of Clairvaux (1090–1153).

5. St. François of Assisi (1182–1226).

6. Abelard (1079–1142) and Heloise (1100–1163), Abelard *Historia calamitatum.*

7. Alanus of Lille (c. 1130–1402) —— *Anti-claudianus* (allegory).

8. Thomas à Kempis (1360–1471) —— *Imitation of Christ* in 4 Books.

(VIII) Precursors of the Renaissance:

1. Roger Bacon (c. 1215–1295).

2. Marsiglio of Padua (1270–1342) *Defensor pacis.*

3. William of Occam (1???–1347).

4. Dante (1265–1321) 's Latin works: *De Vulgari Eloquentia* (1301–1305); *De Monarchia* (1311); *Question of Water and Earth* (1320); 10 Epistles (1304–1318); 2 Eclogues (1318–1321).

Appendix: Scholasticism

Scholasticism:

(I) Platonic Period (850–1200) —— Dogma = Reason

(II) Aristotelian Period (1200–1450) —— Dogma = Aristotle's philosophy:

1. Realistic Period (1200–1300).

2. Nominalistic Period (1300–1450).

(I) John Scotus Eriugena (8??–875 A.D.) —— *De Divisione Naturae.*

"Nature" (existence) = God —— the World (or Universe).

God = the absolute Being; the essence of the World.

Man = the World in miniature.

　　　　　　　—— (creation) ——

God　　　　　　　　　the World

　　　　　　　—— (salvation) ——

(II)　St. Anselm (1032–1109) —— Archbishop of Canterbury. "Monologium de divinitatis essentia sive Exemplum de ratione fidei"; "Proslogium sive Fides quaerens intellectum"; "De fide trinitatis"; "Cur Deus homo?"; etc.

1. Believe, in order to understand.

2. God necessarily, as the first cause of the world.

3. Unity of God's essence. (He was opposed to Trinity.)

4. We have the idea of perfection: God is the perfect being; Therefore God exists.

　　(The Ontological argument: Idea = Existence.)

5. Incarnation (Substitution) is due to Redemption.

(III)　"Realism" (Universals or Ideas are real; they do exist) = Idealism (Ideas are real; individuals & particular things are mere names).

"Nominalism" (Universals or Ideas are mere *names* = Realism or Materialism (Only particular things have real existence).

William of Champeaux (10?–1121) professor at Paris, Bishop of Chalons —— Defender of Realism.

Roscellinus of Compiegne, the first Nominalist, condemned by the Council of Soissons (1092) for his tri-the-istic heresy "三體別立" 說 Nominalism (individualism) threatens to break the unity of Catholic Church, and fosters the growth of modern national states and churches.

(IV)　Peter Abelard (1079–1142) —— Disciple of William of Champaux; professor at University of Paris; love with Heloise (1100–1163) niece of the Canon Fulbert; condemned as heresy in 1122 and 1140 A.D. *De trinitate*; Letters; *Introductio ad theologiam*; *Theologia christiana*; *Ethics* (nosce te ipsum); *Dialogue between a Philosopher, a Jew, and a Christian*, (first published 1831).

1. Abelard's <u>Conceptualism</u> (the middle-ground, inclined to Nominalism): The universal exists in the individual; outside of the individual, it exists only in the form of a <u>concept</u>. Abelard's Conceptualism = the concrete idealism of Aristotle.

2. Against credulity; reverence to Greek philosophers. Beginning of Aristotle's influence in the Middle Ages (Logic).

3. Abelard's Monarchism （一人三德）: God = Power —— Wisdom —— Goodness; against Trinity.

4. God's action determined by reason; men's actions, by divine will (men are not self-responsible).

5. Sin = the Form of the act; the Intention to do evil.

   Sin ≠ the Matter, or Act itself; the desire or tendency to evil.

(V) Hugo of St. Victor (1096–1140) —— a German Monk in Paris. *De sacramentis christianae fidei.*

His mysticism. Faith ≠ same opinion or same interpretation of the dogma. God is above our intelligence; cannot be conceived by Analogy; can only be understood by Faith. Psychology: Soul (spirit) versus Body.

(VI) Secret opposition to the Church by 1200 A.D., due to progress of the new thought. The Catholic Church then made Aristotle its official philosopher (1250–1300 A.D.) in order to oppose or to suppress (i) Platonic pantheistic heresies, (ii) new conception of Nature, (iii) free thought.

St. Thomas Aquinas (1225–1274) —— a Dominican monk, from noble family. Treatise on Aristotle's "Metaphysics" (He knew also "Physics"); the "Summa Theologiae".

1. God = Pure Essence; pure Form. God = PERFECT Knowledge; God—Truth.

2. Philosophy is to demonstrate the existence of God, based upon Revelation; and is the servant of the Church & of Aristotle.

3. Nature = a hierarchy of Form and Matter.

4. The Universe (the best possible world) = the realm of Nature + the realm of Grace.

5. God's free-will = Necessity.

   Man's free-will = Nacessary desire for the good; his sin, due to sensuality.

(VII) John Duns Scotus (1274–1303) —— a Franciscan monk; professor at Paris and Oxford.

Dominican Order (St. Thomas Aquinas) —— Will; free-will.

"Questiones subtilissime"; etc.

1. Reason, the highest authority. TheHoly Writ is conformed to Reason.

2. God created and governs the world by His Free-will. Man also has his free-will.

3. Reality = the individual.

   John Duns Scotus hastens the breach between dogma & science, and encourages scientific empiricism & individual liberty.

(VIII) William of Occam (died 1343 A.D.) —— a Franciscan monk; political activities.

Eight Questions concerning the power & dignity of the Pope;
Dialogues.

Reappearance of Nominalism.

Realism —— "Universal Man is the measure of all things"; Plato;
Unity (Mediaeval).

Nominalism —— "Individual Man is the measure of all things";
Protagoras; Individuality (Modern).

Realism —— Reason.

Nominalism —— Experience; observation.

William of Occam's Nominalism overthrows not only Scholasticism,
but the unity of Catholic Europe and the Papal power.

Downfall of Scholasticism (c. 1450 A.D.) —— due to

1. Sceptical nominalism (William of Occam).

2. Natural science (Roger Bacon).

3. Mystic piety (the Franciscans, followers of St. François of
   Assisi).

PROVENÇAL LITERATURE

History of Provence

Provence = Southern France. Originally a part of Roman Gaul,
51 B.C.–406 A.D. Invasions of Burgundians & Visigoths in the 5th
Century. Conquest of the Franks under Clovis, 507 A.D. Provence, a part
of Charlemagne's Empire (771–879); an independent Kingdom (879–
929) capital at Aix; afterwards Provence was ruled by a Count & other
princes owing feudal allegiance to the Emperor —— till 1223 A.D. when
Provence was conquered by Philip Augustus, King of France, henceforth
remaining a part of France.

Provençal Language (See under the French Language)

Provençal was the common language of Southern France during 960–1250 A.D.; after c. 1250 A.D., it became a local dialect of the French language.

Provençal Literature (1100–1220 A.D.)

Chiefly lyrical songs, set to music; aristocratic, courtly, epicurean; fully —— developed technique.

Poets $\begin{cases} \text{French — "Trouvèes" — Epic (heroic deeds)} \\ \text{Provençal — "Troubadours" — Lyric (Courtly love)} \end{cases}$

ITALIAN LITERATURE

History of Italy (See under the History of Rome)

Italian Language: Italian is one of the Romance Languages which is most closely and directly related to Latin.

Italian Literature

(I)   Early Italian Literature (poetry): Provençal influence ——

    1. School of Sicily (1220–1250 A.D.)

    2. Poets of Tuscany: the precursors of Dante (c. 1290).

(II)   Dante Alighieri (1265–1321) —— His Italian writings:

    1. *Vita Nuova* (The New Life) c. 1292. Beatrice—Portinari, afterwards wife of Simone di Bardi.

    2. *Il Convito "or" Convivio* (Banquet or Symposium) c. 1310.

    3. *Divina Commedia* (the Divine Comedy) 1313–1321: Inferno

(Hell), Purgatorio (Purgatory), Paradiso (Paradise).

(III) Francesco Petrarch (1304–1374) "Sonnets" for the love of <u>Laura</u> de Noves (c. 1308–1348) of Avignon, wife of Hugh <u>de Sade</u>.

(IV) Giovanni Boccaccio (1313–1375) —— *Decameron* written 1348–1353.

(V) The 15th Century (c. 1375–1475) —— Barren.

(VI) Literary Renaissance of the Age of Lorenzo de Medici (1475–1500).

(VII) The Classical Age of Leo X (c. 1500–1525):

    1. Chivalric Epic: Lodovico Ariosto (1474–1533) —— *Orlando Furioso* (1516).

    2. History and Politics: Niccolo Machiavelli (1469–1527) —— *The Prince* (1513); *Discourses on Livy*; *History of Florence*, etc.

    3. Social Life: Baldassare Castiglione (1478–1529) —— *Book of the Courtier* (1513).

    4. Literary Criticism: Marco Girolamo Vida (1480–1566) —— *Art of Poetry* (1527) in Latin.

    5. Autobiography: Benvenuto Cellini (1500–1571) —— *Autobiography* published 1728.

(VIII) Italian Literature of the 16th Century (c. 1525–1600): Christian Epic: Torquato Tasso (1544–1595) —— *Jerusalem Delivered* (1581).

(IX) Italian Literature of the 17th Century —— Stagnation; *Conceits* (Marini).

(X) Italian Literature of the 18th Century —— Recovery: Comedy: Carlo Goldoni (1707–1793).

(XI) Italian Literature of the 19th Century —— The Romantic Period

(1789–1890):

1. Novel: Alessandro Manzoni (1785–1873) —— *The Betrothed Lovers* (1825).

2. Lyric Poetry: Giacomo Leopardi (1798–1837)

3. Patriotism: Giuseppe Mazzini (1805–1872).

(XII) Cotemporary Italian Literature (1860–1940) —— National independence but literary confusion:

1. Nationalism in Lyric poetry: Giosue Carducci (1836–1907).

2. Voluptuousness in Novel: Gabriele d'Annunzio (Gaetano Rapagnetta, 1863–1938).

3. Realism in Drama: Luigi Pirandello (1867–1936).

4. Aesthetic idealism in Philosophy: Benedetto Croce (1866–?). Giovanni Gentile (1875–?).

Appendix I: Chronology of Dante's *Divine Comedy*

Thursday, April 7th, 1300, Evening —— Dante is lost in the Dark Forest.

Friday, April 8th, 1300, Morning —— Climbs up the slopes.

Evening —— Begins the Descent (in Hell).

Saturday, April, 9th, 1300, 7: 30 p. m. —— Leaves Hell, through the tunnel.

*Sunday, April 10th, 1300, before 6 a. m. —— Arrives at Ante-Purgatory.

c. 9 p. m. —— Dante falls asleep.

*Monday, April 11th, 1300, 8 a. m. —— Awakes, and begins ascending Purgatory.

*Tuesday, April 12th, 1300, Evening (Star-light) —— Reaches the summit of Purgatory.

*Wednesday, April 13th, 1300, Dawn to Noon —— In Earthly Paradise.

from Noon on —— In Paradise…

Thursday, April 14th, 1300, Evening —— Returns to Earth.

*Time of Purgatory —— of the other hemisphere; being 12 hours later than the time of our hemisphere or Jerusalem time.

So Dante arrived at Paradise at Wednesday *midnight* of our time. No time is counted, while in Paradise.

Dante's return from Paradise to Earth takes about 20 or 21 hours, being the same length of time required by Dante's journey to the other hemisphere (from Hell to Ante-Purgatory through the tunnel).

Appendix II: The Four Meanings of Dante's *Divine Comedy*

I.   Literal Meaning: State of Souls after death.

II. Allegorical (Symbolical) Meaning: Man, with Free-will, is liable to the reward and punishment of Justice.

III. Moral (Practical) Meaning: To lead the living men and women from Misery to Happiness.

IV. Allegorical (Spiritual) Meaning: To attain to Blessedness and Spiritual Life through the vision of truth and the love of God.

Appendix III: The Cosmography of Dante's *Divine Comedy*

(See the separate page.)

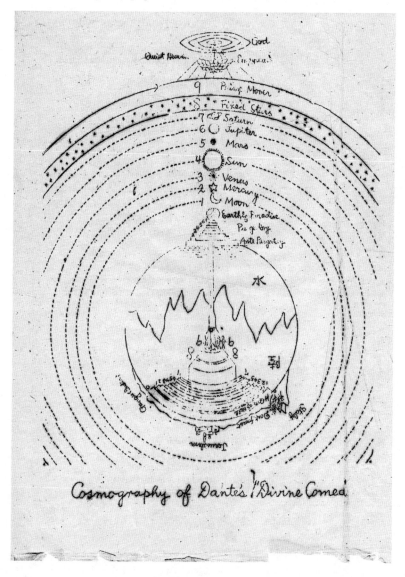

Appendix IV: Moral System of Dante's Divine

Comedy—Hell (Inferno)

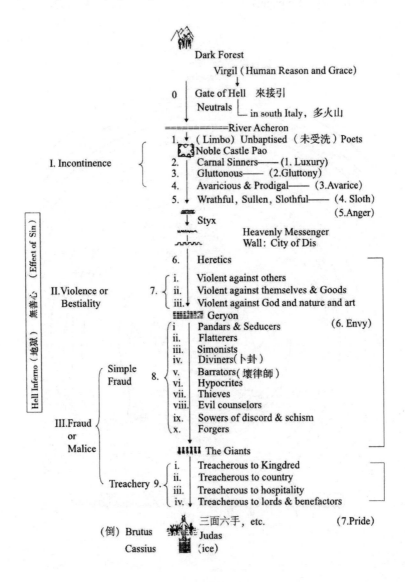

Dark Forest

Virgil (Human Reason and Grace)

0   Gate of Hell   來接引

Neutrals   in south Italy，多火山

============River Acheron

1. （Limbo）Unbaptised（未受洗）Poets
   Noble Castle Pao

I. Incontinence

2.   Carnal Sinners——（1. Luxury）
3.   Gluttonous——（2.Gluttony）
4.   Avaricious & Prodigal——（3.Avarice）
5.   Wrathful, Sullen, Slothful——（4. Sloth）
                 （5.Anger）

Styx

Heavenly Messenger
Wall：City of Dis

6.   Heretics

II.Violence or
Bestiality

7.
i.   Violent against others
ii.   Violent against themselves & Goods
iii.   Violent against God and nature and art
   Geryon   （6. Envy）

III.Fraud
or
Malice

Simple
Fraud

8.
i   Pandars & Seducers
ii.   Flatterers
iii.   Simonists
iv.   Diviners（卜卦）
v.   Barrators（壞律師）
vi.   Hypocrites
vii.   Thieves
viii.   Evil counselors
ix.   Sowers of discord & schism
x.   Forgers

The Giants

Treachery 9.
i.   Treacherous to Kingdred
ii.   Treacherous to country
iii.   Treacherous to hospitality
iv.   Treacherous to lords & benefactors

三面六手，etc.   （7.Pride）

（倒）Brutus
Cassius   Judas
    （ice）

Hell Inferno（地獄） 無善心 （Effect of Sin）

MORAL SYSTEM OF DANTE'S "DIVINE COMEDY" ----HELL(INFERNO)

Dark Forest

Virgil(Human Reason and Grace)

Gate of Hell 表撰引

0　　Neutrals ⌐in south Italy，昌火山

━━━━━━━━River Acheron

1.　(Limbo) Unbaptised(拉丁) Poets
　　Noble Castle　Pas

I.Incontinence
　　2　　Carnal Sinners ------(1.Luxury)
　　3　　Gluttonous----------(2.Gluttony)
　　4　　Avaricious & Prodigal--(3.Avarice)
　　5　　Wrathful, Sullen, Slothful
　　　　　　------(4.Sloth)
　　　　　　　　(5.Anger)

Styx

Heavenly Messenger

Wall: City of Dis

6　　Heretics

II. Violence
or Bestiality
　　7　　i　Violent against others
　　　　ii　Violent against themselves & G
　　　　　　goods (committing suicide)
　　　　iii　Violent against God and nature
　　　　　　and art

Geryon (飛龍)

Simple Fraud
　　8　i　Pandars & Seducers　　　(6.Envy)
　　　ii　Flatterers
　　　iii　Simonists
　　　iv　Diviners (卜卦)
　　　v　Barrators (掠食師)
　　　vi　Hyponrites
　　　vii　Thieves
　　　viii　Evil counsellors
　　　ix　Sowers of discord & schism
　　　x　Forgers

III.Fraud
or Malice

The Giants

Treachery　9
　　i　Treacherous to Kindred
　　ii　Treacherous to country
　　iii　Treacherous to hospitality
　　iv　Treacherous to lords & benefac-
　　　　tors
　　　　　　　　　　(7.Pride)

三面六手, etc.
Judas

(杀) Brutus

Cassius　　(ica)

Hell or Inferno (地獄) (Effect of Sin)　無善心

Appendix V: Moral System of Dante's *Divine Comedy*
—— Purgatory & Paradise

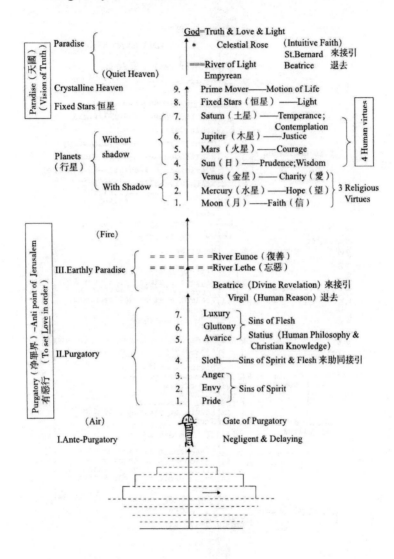

Paradise (天國) (Vision of Truth)

Paradise {
(Quiet Heaven)

God=Truth & Love & Light
* Celestial Rose (Intuitive Faith) St.Bernard 來接引
===River of Light Beatrice 退去
Empyrean

Crystalline Heaven — 9. Prime Mover——Motion of Life
Fixed Stars 恒星 — 8. Fixed Stars（恒星）——Light

Planets（行星）{ Without shadow / With Shadow
7. Saturn（土星）——Temperance; Contemplation
6. Jupiter（木星）——Justice
5. Mars（火星）——Courage
4. Sun（日）——Prudence;Wisdom } 4 Human virtues
3. Venus（金星）—— Charity（愛）
2. Mercury（水星）——Hope（望）
1. Moon（月）——Faith（信） } 3 Religious Virtues

Purgatory（净罪界）–Anti point of Jerusalem 有惡行（To set Love in order）

(Fire)
III.Earthly Paradise { =====＝==River Eunoe（復善） / =====＝= =River Lethe（忘惡）
Beatrice (Divine Revelation) 來接引
Virgil (Human Reason) 退去

II.Purgatory {
7. Luxury
6. Gluttony } Sins of Flesh
5. Avarice Statius (Human Philosophy & Christian Knowledge)
4. Sloth——Sins of Spirit & Flesh 來助同接引
3. Anger
2. Envy } Sins of Spirit
1. Pride

(Air)
Gate of Purgatory
I.Ante-Purgatory Negligent & Delaying

Peacia, in Latin means "sin"

Appendix 5

MORAL SYSTEM OF DANTE'S "DIVINE COMEDY"--PURGATORY & PARADISE

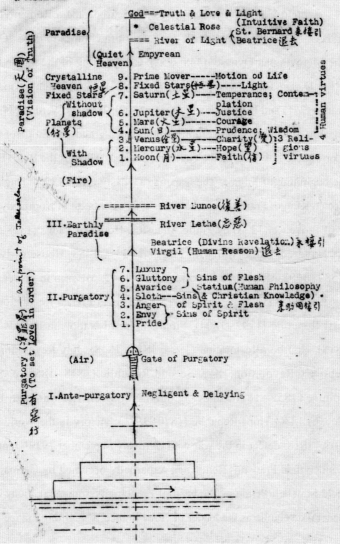

God===Truth & Love & Light

Paradise { * Celestial Rose (Intuitive Faith)
==== River of Light { St. Bernard 来接引
Beatrice 退去

(Quiet Heaven) Empyrean

Paradise(天國)
(Vision of Truth)

Crystalline Heaven 恆星 —— 9. Prime Mover-----Motion of Life
Fixed Stars —— 8. Fixed Stars(恆星)----Light
7. Saturn(土星)---Temperance; Contemplation
Without shadow 6. Jupiter(木星)---Justice
5. Mars(火星)------Courage
Planets (行星) 4. Sun(日)-------------Prudence; Wisdom
3. Venus(金星)--------Charity(愛) } 3 Religious virtues
With Shadow 2. Mercury(水星)------Hope(望)
1. Moon(月)---------Faith(信)

4 Human virtues

(Fire)

========== River Eunoe(復善)

III. Earthly Paradise ↑ River Lethe(忘惡)

Beatrice (Divine Revelation) 来接引
Virgil (Human Reason) 退去

7. Luxury
6. Gluttony } Sins of Flesh
5. Avarice
II. Purgatory 4. Sloth---Sins Statius(Human Philosophy & Christian Knowledge)
3. Anger of Spirit & Flesh 來助固接引
2. Envy - Sins of Spirit
1. Pride

(Air) Gate of Purgatory

I. Ante-purgatory Negligent & Delaying

Purgatory (淨罪界) — Antiphont of Jerusalem
(To set Love in order)
懺 悔 行

FRENCH LITERATURE

History of France

Ancient Gaul (Celtic Language), which became a Roman Province (58B.C.—406 A.D.). Invasion & conquest of the Franks in the 5th Century. The Merovingian Dynasty (448—752): Clovis, King of the Salian Franks, 481 A.D. The Carolingian Dynasty (752—987): Charlemagne, King of the Franks (771) and Holy Roman Emperor (800); Treaty of Verdun (843)—— division of Chalemagne's Empire among his 3 grandsons Emperor Lothair (Lorraine & Italy) Lewis the German (Bavaria), Charles the Bald (France), the beginning of France. The Capetian Dynasty (987—1328): Hugh Capet elected King of France, capital at Paris (987), conquest of Normandy (1204) & of Provence (1223) by Philip Augustus. House of Valois (1328—1589): the Hundred Years' War with England 1337—1453. House of Bourbon (1589—1792): Richelieu in power 1624—1642, Mazarin in power 1643—1661, Louis XIV (reign 1643—1715). The Great French Revolution 1789. First Republic (1792—1804). First Empire of Napoleon I (1804—1814, 1815). Bourbon Restoration (1814; 1815—1848): July Revolution 1830; February Revolution 1848, Second Republic (1848—1852) & Second Empire (1852—1870) under (Louis) Napoleon III: war with Prussia (defeat) 1870. Third Republic (1870—19): victory in the World War of 1914—1918; defeat in the war with Germany September 1939—June 1940, & since then France is dominated & partially occupied by Germany with Field Marshall Petain as the head of French government at Vichy & with General de Gaulle as the leader of "Free France" ("Fighting France") [6].

---

6   原稿破損，此前字跡不清。——編者注

French Language

Originally Gaelic or Celtic, no written literature. After Roman conquest, Popular or Low Latin, $1^{st}-4^{th}$ Centuries A.D. After Frankish conquest, Vulgar Latin ("Roman") 5th 9th Centuries A.D. in this period were gradually formed. The following languages (groups of dialects):

1. "Language of Oïl" (from Vulgar Latin "illud") spoken north of River Loire —— this became Old French (840–1400 A.D.)

2. "Language of Oc" (from Vulgar Latin "hoc") spoken south of River Loire —— this became Provençal (c. 950–1250).

The Bi-lingual "Oath of Strassburg" 842 A.D. (made by Charles the Bald and Lewis the German against their brother Emperor Lothair) marks the beginning of the French language.

Periods of the French Language: (1) Old French, $9^{th}-14^{th}$ Centuries —— the dialect of Ile-de France (Paris and its neighbourhood) finally became the standard in c. 1100 A.D. (2) Middle French, $15^{th}-16^{th}$ Centuries; (3) Modern French, $17^{th}-20^{th}$ Centuries.

General Characteristics of French Literature

I. French Literature is the most important, because it carried on the central Tradition of Europe: namely (1) Classical tradition (2) Christian tradition, or, French Literature embodied and expressed, in the words of E. Burke, (1) the Spirit of Gentleman (2) the Spirit of Religion.

II. French Literature is an expression of Reason. Pascal's *Esprit de géométrie, esprit de finesse* (rare) —— both are found in French Literature.

III. French Literature is an expression of Social Instinct.

IV. French Literature insists on perfect <u>form</u> and good style.

V. French Literature furnishes the best <u>prose</u>. Its qualities are clearness, precision, simplicity, and purity.

French Literature

I. The Middle Age (XI–XV Centuries)

  1. Chivalric Poetry—Epics:

    i. *Chansons de Geste* —— (1) *Chanson de Roland* (c. 1100)

    ii. Epic Romances —— (1) King Arthur & Round Table

                            (2) Holy Grail—holy Cup

                            (3) *Tristan and Iseult* (1150–1170)

                            (4) Chretien de Troyes

                            (5) *Aucassin and Nicolette*

    iii. Romances of Antiquity

  2. Chivalric Prose —— Chronicles

    i. Villehardouin

    ii. Joinville

    iii. Froissart

    iv. Philippe de Commines

  3. Popular Satire:

    i. Fables

    ii. Romance of the Fox (Reynard)

  4. Popular Drama:

    i. Religious Drama —— Liturgy —— Miracles —— Mysteries

    ii. Comic Drama —— (1) Moralities (2) Fools (*sottie*)

        (3) Farce —— *Pathelin* (c. 1490)

  5. Learned Allegory —— *Romance de la Rose*

  6. Lyric Poetry —— (1) Charles d' Orleans (2) Villon

II. The Renaissance (XVI Century)

  1. Scholarship —— the Humanists

  2. Courtly Poetry —— i. Margaret of Navarre

     ii. Marot

  3. Fiction —— i. Rabelais *Gargantua and Pantagruel*

  4. Reform in Language & Poetry —— the *Pleiades*

     i. Ronsard   ii. Du Bellay

  5. Drama

  6. Religious Prose —— i. Calvin

  7. Prose Essay —— Montaigne *Essays*

III. Classicism (XVII–XVIII Centuries)

  1. Formation of Classical Discipline (1600–1660):

     i.   Reform in Language & Poetry —— (1) Malherbe

     ii. Prose —— (1) Balzac (2) Descartes

     iii. The French Academy (1635)

     iv. The Salons, the "Préiosité"

     v.   Drama —— Organization of Theatre

  2. The Great Age of Classicism (1660–1685):

     i.   Tragedy —— (1) Corneille (2) Racine

     ii. Comedy —— (1) Moliere

     iii. Fables —— (1) La Fontaine

     iv. Literary Criticism —— (1) Boileau

     v.   Religion —— (1) Pascal (2) Bossuet (3) Fenelon

     vi. Moral & Social Life —— (1) La Rochefoucauld

          (2) La Bruyere (3) Mme de Lafayette (4) Mme de Sevigne

  3. The Breaking of Classicism (1685–1715):

     i.   The quarrel between the Ancients & the Moderns ——

          (1) Perrault

ii. Fiction —— (1) Le Sage *Gil Blas*

4. Formation of the philosophic Spirit (1715–1750):

   i. The Salons and the New Ideas

   ii. Idea of Progress —— (1) Bayle (2) Fontenelle

   iii. Sentimental Novel —— (1) Marivaux (2) Abbé Prévost

   iv. The "Tearful Comedy" —— (1) La Chaussee

   v. Historic Spirit —— (1) Montesquieu

5. The Philosophic Struggle (1750–1789):

   i. Voltaire

   ii. Diderot & the Encyclopaedists

   iii. Buffon

   iv. J.-J. Rousseau

   v. Bernardin de Saint-Pierre

   vi. Beaumarchais

6. The End of Classicism (1789–1815): (1) Andre Chenier

IV. Romanticism & Naturalism: Period of innovation & experimentation (XIX–XX Centuries)

1. Romanticism (1800–1850):

   i. Precursors of Romanticism —— (1) Mme de Stael (2) Chateaubriand

   ii. Independent writers —— (1) Joseph de Maistre (2) Joubert (3) Victor Cousin

   iii. The Romantic School

   iv. Romantic Poetry —— (1) Lamartine (2) Victor Hugo (3) Alfred de Musset (4) Alfred de Vigny (5) Théophile Gauthier

   v. Romantic Drama —— (1) Alexandre Dumas père

   vi. Romantic Novel:

   (1) Historical Novel —— (i) Victor Hugo (ii) A. Dumas père

(2) Sentimental Novel —— (i) George Sand

(3) Novel of Manners —— (i) Honoré de Balzac

(4) Novel of Analysis —— (i) Benjamin Constant

(ii) Stendhal (Henri Beyle)

(5) Tales —— (i) Méimé

vii. Romantic History —— (1) Michelet

2. Realism and Naturalism (1850–1900)

i. Philosophic Basis —— (1) Auguste Comte

(2) Claude Bernard

ii. Poetry

(1) The Parnassians —— (i) Baudelaire (ii) Sully Prudhomme

(iii) Leconte de Lisle (iv) Coppée

(2) The Symbolists (Decadents) —— (i) Verlaine (ii) Rimbaud

(iii) Mallarmé

iii. Drama —— (1) A. Dumas fils (2) Rostand (3) Augier

iv. Novel —— (1) Flaubert (2) The Goncourts (3) Zola

(4) Daudet (5) Maupassant (6) Pierre Loti

(7) A. France (8) Barres

v. History —— (1) Renan (2) Taine (3) Fustel de Coulanges

vi. Criticism —— (1) Sainte-Beuve (2) Taine (3) Brunetiere

(4) Lemaitre

3. Contemporary Period (1900–1940)

i. Philosophy —— (1) Bergson

ii. Poetry —— (1) Paul Valéry (2) Paul Claudel (3) Verhaeren

iii. Drama —— (1) Maeterlinck

iv. Novel —— (1) Paul Bourget (2) Marcel Proust

(3) André Gide (4) Henri Barbusse

(5) Romain Rolland

Appendix I: Comparison of The Three Great Dramatists of France

	Corneille (1606–1684)	Racine (1639–1699)	Moliere (1622–1673)
Sources:	From Spanish drama of Intrigue & Adventure	From Greek tragedies especially of Euripides	From Italian "Comedy of Masks"
General Impression:	Grandeur & Heroism	Simplicity & Perfection	Truth & naturalness
Tragic Action:	Will struggling against obstacles & circumstance to attain its end	Inner tragedy of Feeling producing action psychological influences and crisis	Comic Action: Reason or lack of Reason (as expressed in character-in-action); personal idiosyncrasy & indulgence, going to excess & extremes —— produce the Comic (ridiculous)
Point of View:	Honour (moral duty) chosen or preferred to Passion (love)	Fatalistic weakness of Passion (love)	The ideal of the "honete homme"& the golden mean. Balanced wisdom; Good sense
Tragic Feeling:	Pathetic Wonder (admiration)	Pity & Fear	Comic feeling: incongruity & violation of nature
The 3 Unities:	Unity of Action only	The 3 Unities fully observed	The 3 Unities fully observed
Emphasis:	Action	Character	Situation
Style (文筆):	Oratorical; energetic (for moral assertion)	Poetic; elegant, pure, harmonious	Natural; truthful & expressive of character

Appendix II: Classicism vs. Romanticism: General Contrast and Definitions

Classicism	Romanticism
1. Reason (Mind) Masculine Judgement Humanism	1. Feeling & Imagination (Heart) Feminine Sympathy Humanitarianism
2. The general; the universal	2. The Individual; the Particular
3. Objective standard & Norm	3. Subjective Mood & Momentary impression
4. Harmony & balance; the Centre	4. Strangeness & beauty; the Eccentricities
5. Truth of Human Nature (MAN)	5. Exaltation of NATURE
6. Convention & Civilization	6. Revolt & Primitivism (and Social Progress)
7. Conformity; decorum; Imitation (Taste)	7. Innovation & Experiment; Self-expression (formless) Creation (Genius)
8. Clearness & Simplicity & Purity	8. Vagueness; suggestiveness & Rich Effect
9. Serenity; peace; detachment (Epic)	9. Restlessness; melancholy; being misunderstood; Disillusion (Lyric)
10. Literature & Paintings (space; plot) (Poise)	10. Literature & Music (Time; character) (Movement)

Appendix III: Le Classicisme vs. Le Romantisme (From Francois Denoeu *Petit Miroir de la Civilisation Française* pp. 193−194)

Le Classicism	Le Romantisme
	Le Fond
(La tête, l'intelligence, la raison)	(Le coeur, la sensibilité, l'imagination)
Général, universal, contemporary in every age	Particuler, individuel, characteristic of one period, of one place, of one man only)
Impersonnel, objectif, "le moi est haïssable" (Pascal)	Personnel, subjectif, le moi est admirable; le monde extérieur est vu, déformé, transfiguré, par rapport à ce moi; exaltation du moi, effusion, confession
Respect des règles, discipline	liberté, parfois anarchie

Retenue, mesure, équilibre	Lyrisme, enthousiasme, exubérance, exagération, extrémes
Raison. "Aimez donc la raison" (Boileau), logique	Imagination, instincts, passions
Intelligence, idées, abstractions	sensibilité, sensations
volonté, héroïsme	Découragement, inaction, mélancolie, mal du siècle
clarté	Mystère, vague, rêveries, méditations, attrait de l'infini, du surnaturel et de la mort
Chrétien au 17e siècle, déiste ou athée au 18e, sceptique	Chrétien, mystique
Culte de l'antiquité païenne, imitation des littératures du Midi	Culte du Moyen Âge et des temps moderns (subjets chrétiens), inspiration tirée des littératures du Nord (anglaise et allemande)
Conservateur, nationaliste	Idées de progrès social, politique et moral; cosmopolite
Social, plaisirs de la ville et de la cour, des salons, de la société et de la conversation	Antisocial; le romantique est un homme fatal, un promeneur solitaire qui aime la campagne, la nature, le pittoresque, la couleur locale, l'exotisme
Aristocratique, culte de la noblesse, de la beauté traditionnelle	Anime le familier, même le laid pourvu qu'il soit original, pittoresque

La Forme

Rêgle des trios unités (lieu, temps, action)	Unitéd' action seulement
Division des genres	Mélange des genres, de la comédie et de la tragédie, du sublime et du grotesque; drame, mélodrame
Vocabulaire noble	emploi du mot proper, qu'il soit noble ou gueux versification plus souple par le déplacement de la césure
Versification régulière, alexandrin.	l'emploi de l'enjambement, de vers de différents mesures rimes riches (sauf Musset)

Appendix IV: The Five French Romantic Poets

1. Alphonse de Lamartine (1790–1869) 前鋒

   Poet = the Muse of personal life; self-expression.

   Poetry = Powerful feelings recollected in tranquility.

2. Victor Hugo (1802–1885) 中堅（主帥）

   Poet = the Prophet (Magi); or the teacher and leader of his nation.

   Poetry = the echo of all the ideas and activities of his time; a compendium of human life and history.

3. Alfred de Vigny (1797–1863) 右翼

   Poet = the Hero; the Stoic philosopher.

   Poetry = Intellectual expression of proud suffering of great men.

4. Alfred de Musset (1810–1857) 左翼

   Poet = the Child.

   Poetry = confession of pain and sufferings in love.

5. Theophile Gauthier (1811–1872) 後殿

   Poet = Artist (painter, sculptor, engraver).

   Poetry = Objective presentation of External Beauty, in highly finished style.

Appendix V: Modern French Poetry

(From Marcel Braunschvig *La Littérature française contemporaine: Étudiée dans les textes*, 1939 edition, pp. 1–65; 370.)

I. Le Parnasse —— Name: *Le Parnasse Contemporain* published by the book-seller Lemerre, March-June, 1866, the work of 37 poets in 18 booklets; 1871; 1876 in 3 volumes. Theory: (1) Against Romantic lyricism, (2) Cult of artistic perfection —— Theo. de Banville's *Petit traitéde versification française* (1872). Le Parnasse = Realism +

Naturalism (viz. Positivism in literature).

II. Le Symbolisme (1885–1915) —— Baudelaire's sonnet *Correspondances*: "Les parfums, les couleurs et les sons se répondent…" <u>Name</u>: From Gabriel Vicaire and Henri Beauclairs' publication of poems called "Les déliquescences d'Adoré Floupette, poét <u>décadent</u>" (1885), satirical attacks on poems of Verlaine Mallarmé etc. Jean Moréas, in an article in *Figaro* (Sept. 18, 1886), proposed the title *Symboliste*; then generally adopted. Early symbolist Reviews: (1) Le Décadent (1885) by Anatole Baju, (2) *Le Symboliste* (1886) by Gustave Kahn, (3) *Le Mercure de France* (Jan. 1890).

Symbolism in Drama: *Théâtre d'Art* founded 1890. <u>Theories</u>: La vie intérieure; indirectly suggested; Symbols —— correspondence between (i) various sense (ii) physical universe & the moral world.

Poetry = music: Verlaine's *Art poétique* (1884) *De la musique avant toute chose* etc. Prose rhythm.

Spirit of the Age: Symbolism —— romanticism: (1) Wagner in music, (2) Pre-Raphaelites, (3) Puvis De Chavannes, carriere. (4) Rodin in Sculpture, (5) "Unconscious" & sub-conscious in psychology — Freud.

<u>Technique</u>: —— Free versification. Le *Vers libre*, by Jules La Forgue & Gustave Kahn —— psychological rhythm.

III. Neo-Classicisme —— (1) "l'École romane" founded by Jean Moréas 1891; classicism, antiquity, Traditional verse; (2) "l'École française" founded by Charles Morice 1901: Antiquity & Mediaevalism. Henri de Régnier (1864–1936). (change from Regnio)

IV. Neo-Symbolisme —— 1. Paul Fort (1872–) —— "Ballades françaises et Chroniques de France", 38 vol. (1897–1937). 2. François

Jammes (1868–1938). Paul Chaudel (1868–). Paul Valéry (1871–).

V. Contemporary Anarchy: Quick succession of <u>Modern School</u> —— Le Synthétisme 組合派 of Jean de la Hire (1901); Intégralisme 完整派 of Adolphe Lacuzon (1901); Impulsionnisme 主情派 of Florian-Parmentier (1904); Aristocratisme貴族派 of Lacaze-Duthiers (1906); Sincérisme 誠意派 of Louis Nazzi (1909); Subjectivisme 主觀派 of Han Ryner (1909); Druidisme 古詩派 of Max Jacob (1909); Futurisme 未來派 of Marinetti (1909); l'Unanisme (Collection or Social Soul); 合羣派 of Jules Romains (Louis Farigoule 1885–) 1909; Futurisme of Marinetti (1909), Intensisme 強力派 of Ch. de Saint-Cyr (1910); Floralisme 花花派 of Lucien Rolmer (1911); Simultanéisme 同時派 of H. M. Barzun & Fernand Divoire (1912), Dynamisme of Henri Guilbeaux (1913); Effrénéisme 瘋狂派 Totalisme 完全派 ; etc. ...ubisme 立體派，Dadaïsme 達達派 (1917–1918); Surréalisme 超現實派 of André Breton (1924); (Definition of <u>Surréalisme</u>: "<u>Automatisme</u> psychique pur, par lequel on se propose d'exprimer, soit verbalement, soit par écrit, soit de toute autre maniére, le fonctionnement réel de la pensée. <u>Dictée de la pensée, en l'absence de tout contrôle exercé par la raison</u>, en dehors de toute proccupation esthétique ou morale"); Populisme 大眾派 (1930); etc.

SPANISH LITERATURE

History of Spain

Ancient Iberia, settled by Phoenicians & Carthaginians. Made a Roman province "Hispania", 205 B.C. Invasion of Vandals, Suevi & Alani, 409 A.D. Kingdom of the West-Goths, capital at Tolosa (Toulouse) 415–507 & at Toledo 507–711. Invasion of Arabs from Africa, 711 A.D.; the (Arabian) Caliphate of Cordova (755–1031). Establishment of the Christian Kingdoms of (1) Navarre (2) Castille-Leon (3) Aragon-Barcelona, 1031 A.D.; wars of Rodrigo (or Ruy) Diaz (1040–1099), called the "Cid" (Lord), against the Moors. From c. 1150, the Arabian power in Spain declined, and confined to the Moorish Kingdom of Granada (1238–1492). Conquest of Granada (1492) & the union of Aragon and Castille. From 1492, the great age of Spain: conquest, colonization, empire—American colonies (Mexico, Peru, Chile, New Granada) acquired in 1521–1538. The (Austrian) House of Hapsburg (1516–1700): Charles V. (1516–1556). Emperor of Germany & Austria, and King of Spain-Netherlands-Naples-Sicily-etc.; Philip II (1556–1598), King of Spain etc. (as above); Inquisition 1481–1835. The (French) House of Bourbon (1701–1808; 1814–1868; 1875–1931): Spain engaged in various European & American wars of the 18th Century; Jesuits expelled 1767; loss (independence) of Central & South American colonies (1810–1825); war with U.S.A., loss of Cuba, Philippine Islands, etc., 1898. Insurrection 1909; military dictatorship 1923–1930; the Revolution, Monarchy abolished & Republic proclaimed. March–April 1931. Civil War, July 1936–February 1939, ending in the dictatorship of General Franco. Spain remains neutral in the present World War since September 1939.

Spanish Language

Spanish is one of the Romance Languages. It was formed, during

c. 700–1150 A.D.; from the mixing of (1) <u>Vulgar Latin</u> of the Spanish Christians with (2) the ancient <u>Iberian or Basque</u> speech of the people of the mountains, and greatly influenced by (3) <u>the Arabic</u> language & culture. By 1150 A.D. the Spanish written language came to exist, and had the following dialects:

1. in the east, <u>Catalan</u> dialect (or Libousin) —— associated with Provençal; declined after 1500 A.D.

2. in the centre, <u>Castilian</u> (1150–1500) —— became Modern Spanish (from 1500 A.D.)

3. in the west, <u>Calician</u> —— Portuguese language (since c. 1140 A.D.)

Spanish Literature

I. Genuinely National Literature (1200–1500) —— Its general characteristics (1) Religious faith (2) Knightly loyalty:

1. National Epic: *the Cid* (composed c. 1200 A.D.) — Its hero Rodrigo Diaz (1040–1099), called *the Cid* from Moorish language *El Seid* (My Lord) or *El Cid Campeador* (the Lord Champion).

2. Romances of Chivalry: *Amadis de Gaula* (see under Portuguese Literature).

II. Literature under the Hapsburg Austrians (1500–1700) —— Effect of intolerance and inquisition:

1. Picaresque Novel ("Picaro" = rogue).

2. Anti-Chivalric Novel: Miguel de Cervantes Saavedra (1547–1616) —— *Don Quixote* in 2 parts (published 1605 & 1615). Its hero (knight) Don Quichotte de la Mancha; Lady "Dulcineadel Toboso" (Aldonza Lorenzo); the horse "Rozinante"; the servant

Sancho Panza (originally Panca or Canca).

3. Drama:

    i. <u>Lope de Vega</u> (1562–1635) —— Notably Drama of Cloak & Sword (gallantry & honour): *The Star of Seville*.

    ii. <u>Calderon</u> de la Barca (1600–1681) —— Sacremental "Autos" (allegorical): *Life is a Dream*.

4. Artificial Style & Conceits: Gongora (1561–1627) —— His "culturanismo", known as Gongorism.

III. The Decline of Literature under the Bourbons (1700–1900) —— French influence. Frequent revolutions & civil wars in the 19th & 20th Centuries in Spain detrimental to literature.

IV. Contemporary Spanish Literature (1900–1940):

1. Vicente Blasco Ibanez (1867–1928) —— Novelist. "The Four Horsemen of the Apocalypse" (1916).

2. Jacinto Benavente (1866–19) —— Dramatist.

3. George Santayana (1863–19) —— Philosopher.

4. Salvador de Madariaga (1886–) Literary writer (often in English).

5. Jose Ortega y Gasset (1883–19) —— Political and social writer.

PORTUGUESE LITERATURE

History of Portugal

Ancient "Lusitania". Originally a part of Spain. The Burgundian Count Henry (Alfonso Henriquez), liberating from Castille, became "King of Portugal"1140 A.D. Portugal under the illegitimate house of Aviz (1386–1580): Lisbon made capital 1433. From c. 1400 A.D., the great age of Portugal —— conquest, colonization, empire (1415–1521); voyages & discoveries in Africa, India, the Pacific, South America (Brazil) and North America. Portugal was a Spanish province (1581–1640). Portugal an independent kingdom under the House of Braganza (1640–1807; 1814–1910). Methuen Treaty with England 1703; since then, Portugal actually dependent on England. Lisbon-earthquake 1755. Jesuits expelled from Portugal, 1759. Portugal a French province 1807–1814. Loss of Brazil (1822) & other American colonies (1810–1825); of African colonies (1866–1894). Assassination of King Carlos I, 1908; Revolution, Republic established, October 1910. Entered the world war, March 1916, on the side of the Allies. Continued revolutions and unrest since 1917. Military dictatorship (1933) under Professor (of Economics) Dr. Antonio de Oliveira Salazar (born 1894). Neutral in the present world war since September 1939.

Portuguese Language (See under the Spanish Language)

Portuguese Literature

I. Romance of Chivalry. "Amadis de Gaula" —— originally a Portuguese fiction, written before 1400 A.D., by Vasco de Lobeira, who died 1403, coutier to King John I of Portugal, The Portuguese version (mss) lost entirely after 1750. The first Spanish version made 1492–1504 by Garci Ordonez de Montalvo (earliest edition extant 1519). European influence: many translations and imitations in other languages, more than 70 volumes in collection. Story. Holy Grail, Charlemagne, etc. "Amadis" = the Child of the Sea.

II. National Epic. Luis de Camoes (1524–1580) —— "Os Lusiades" (the Lusiade, namely, the Lusitanians or Portuguese) written in Macao (which port was occupied by the Portuguese in 1522, confirmed by China 1887). Its hero Vasco da Gama (1465–1524) who first sailed around Africa to India in 1498.

GERMAN LITERATURE

History of Germany

Victory of the German chieftain Arminius (Hermann) over Roman legions in the Teutoburg Forest, 9 A.D., Germany never subdued by Rome. Germany united with France & was a part of Charlemagne's empire (481–911 A.D.). Germany (East Frankish Kingdom) Deutsch — language of the people separated from France (West Frankish Kingdom) by the Treaty of Verdun 843 A.D. Independent Germany after 911. Kings & Emperors of Saxon House (919–1024): Otto I the Great, Holy Roman Emperor of German nation, 962 A.D. Franconian or Salian Emperors (1024–1125): Henry IV submitted to Pope Gregory VII (Hildebrand 1073–1085) at Canossa, 1077. Emperors of the House of Hohenstaufen (1138–1254): Frederick II, 1212–1250. Kings & Emperors of various houses (1273–1347). Emperors of Luxemburg-Bohemian line (1347–1437): Golden Bull (7 Electors) 1356. The (Austrian) Emperors of House of Hapsburg (1438–1740): Maximilian I "Roman Emperor Elect", 1493–1519; the Reformation, Luther's 95 Theses, 1517; Charles V Emperor, 1519–1556; Religious peace of Augsburg, 1555, Thirty Years' War, 1618–1648; War of Austrian Succession, 1741–1748. Emperors of the Lorraine-Hapsburg line (1745–1806): Seven Years' War, 1756–1763. Frederick III, Elector of Brandenburg, crowned <u>King of Prussia</u> 1701; King Frederick II the Great, 1740–1786. German Empire dissolved by Napoleon 1806. The German Confederation (1815–1848). German

National Diet at Frankfurt 1848; North German Confederation (Austria excluded) 1857. War of Austria-Prussia against Denmark, 1864; Austro-Prussian War, 1866; Franco-Prussian War, 1870−1871. German Empire (1871−1918)· William I, King of Prussia, crowned <u>Emperor of Germany</u>, 1871; Emperor William II, 1888−1918; resignation of Bismarck, 1890; the World War 1914−1918. German Republic, since 1918: Hitler ("Der Fuhrer")'s 'Nazi' dictatorship, since 1933; Austrian Republic incorporated March 1938, Czekoslovakian Republic incorporated March 1939, Poland conquered September 1939 —— thus began the present World War of Germany — Italy — Japan (the axis powers) with Britain-France (capitulated June 24th 1940) — America — Soviet Russia — China — etc. (the democratic allied nations).

German Language

German language (Deutsche) belongs to the West Germanic family, and was early differentiated Into Low German (language of North Germany) and High German (language of South Germany).

Periods of German language: ——

I.   Old high German (or Low German, or old Saxson) 750−1050 A.D.

II. Middle high German   1050−1350

III. Modern High German (1) the Earlier period   1350−1700

                        (2) the Later period   1700−today

Periods of German Literature (According to Wilhhelm Scherer)

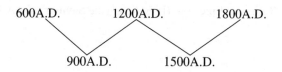

By adjectives: 1. "Monkish" (9th Century) → —— 2. "Chivalric" (12th Century) → —— 3. "Bourgeoise" (16th Century) → —— 4. "Learned" (17th–19th Centuries)

{ "Classical" (18th Century)
"Romantic" (19th Century)

General Characteristics of German Literature

I.   German Literature —— Expression of Individualism (Personal idiosyncrasy)

German Literature is

French Literature —— Expression of Social Instinct.

German Literature is

(1) Formless, though with much substance. No style.

(2) "Romantic". Subjective. Inner feeling and thought.

(3) Local Schools, not National (nor cosmopolitan).

II. German Literature had a chequered development; no continuous tradition.

III. German Literature was always receiving foreign influences.

IV. German Literature is imitative; not inventive.

V.   German writers' melancholy —— due to the discrepancy between (i) their inner mood of dreaming & revery and (ii) the external fortunes of national progress & expansion.

German Literature

Wulfila (Ulphilas) 's translation of Bible into Gothic, 311–382 A.D.

I.   Old High German Literature (750–1050 A.D.)

1. Religious Epic —— (i) *Heliand* (the Saviour) 830 A.D.

> (ii) *Waltharius* (in Latin) 930 A.D., by the
> monk Ekkehard of St. Gall. 291

2. Religious Drama —— (i) Six <u>Latin</u> Christian comedies by the nun Hroswitha. 365

II. Middle High German Literature (1050–1350 A.D.)

   1. Popular or National Epic —— The *Niebelungenlied*, composed in Austria c. 1190–1200 A.D. 288

   2. Court or Chivalric Epic ——

   (i)   Hartmann von Aue —— *Iwein* (1205), *Der Arme Heinrich*. 317

   (ii)   Wolfram von Eschenbach —— *Parzival* (1203). 338–340

   (iii) Gottfried von Strassburg —— *Tristan* (1210). 336–338

   3. Lyric or Minnesang —— (i) Walther von der Vogelweide. 316

III. Early Modern German Literature (1350–1500)

   1. Lyric —— the Meistergesang (1300–1600). 449

   2. Folk-song (collected 1471). 449–451

   3. Satire —— (i) Sebastian Brant *Ship of Fools* (1494)

IV. German Reformation (the 16th Century 1500–1600)

   1. Humanism —— Erasmus (of Rotterdam) —— *Praise of Folly* in Latin (1509). 474–476 (See under Dutch Literature)

   2. Protestant Revolution —— Martin Luther —— *95 Theses* (1517), German Bible. 487–489

V.   German Renaissance (the 17th Century 1600–1700)

   1. Criticism —— Martin Opitz *Book of German Poetics* (1624). 768–770

   2. Picaresque Novel —— Grimmelshausen *Simplicissimus* (1669). 773f

2. The Second Romantic School (1805−1815, in Heidelberg & Berlin) ──

   (i) Brentano 1032f

   (ii) Arnim 1033−1035

   (iii) Jacob & Wilhelm Grimm 1035f

   (iv) Eichendorff 1036f

   (v) Hoffmann 1037f

   (vi) Fouqué 1038

   (vii) Chamisso 1038f

   (viii) Kleist (Romantic drama). 1039−1043

3. "Young Germany" (1830−1835) ── **(i)** Heine (Lyric poetry). 1227−1231

4. Philosophy ── **(i)** G. W. F. Hegel; **(ii)** A. Schopenhauer 1219f

5. Novel ── **(i)** Storm 1234; **(ii)** Freytag 1234−1236; **(iii)** Keller 1236−1238

6. Drama ── **(i)** Kleist 1039−1048; **(ii)** Grillparzer 1048−1052; **(iii)** Hebbel 1240−1243; **(iv)** Richard Wagner (opera). 1043−1045

VIII. German Naturalism: Literature of the German Empire & "Republic" (1870−1940)

   1. Philosophy ── **(i)** Fr. Nietzsche 1245−1249 **(ii)** Oswald Spengler

   2. Poetry ── **(i)** Stefan George 1254 **(ii)** Dehmel 1254 **(iii)** R. M. Rilke 1254

   3. Novel ── **(i)** Sudermann 1250f **(ii)** Schnitzler 1255f **(iii)** Thomas Mann 1256 **(iv)** E. M. Remarque

4. Drama —— **(i)** Sudermann 1250f **(ii)** Hauptmann 1251–1253

     (iii) Schnitzler 1255f

5. Biography —— **(i)** Emil Ludwig, **(ii)** Adolf Hitler *Mein Kampf*.

Appendix I: Goethe (1749–1832) and Schiller (1759–1805)

Johann Wolfgang von <u>Goethe</u> LIFE OF GOETHE:

I.   Born in <u>Frankfurt-on-Main</u> (August 28th 1749). Love (1) with Gretchen of Frankfurt 1764 (*Dichtung und Wahrheit*). At University of Leipzig (1765–68): Love (2) with Anna Katherina Schonkopf (daughter of wine-merchant) of <u>Leipzig</u>, 1766 (*Die Laune des Verliebten* a play; *Annette* lyrics, 1768). Return to Frankfurt, to recuperate from illness (1769–70). At University of <u>Strassburg</u> (1770–71), *Doctor of Law*. Met Herder. Love (3) with Friedericke Brion of Seckenheim near Strassburg, daughter of a village preacher (the Seckenheim "Lieder"; "Gotz"; "Dichtung und Wahrheit") 1771. Return to <u>Frankfurt</u> 1771, practicing lawyer. Friendship with J. H. Merck (Mephistopheles). In <u>Wetzlar</u> for 4 months 1772. Love (4) with Charlotte Buff (betrothed to Goethe's friend Kestner) of Wetzlar, 1772 (*Werther*). Back in <u>Frankfurt</u> (1772–75). Love (5) with Maximiliane von La Roche 1773–74 (*Werther*). *Gotz von Berlichingen* 1773. *Sorrows of Young Werther* 1774. Love (6) with Lili Schonemann, daughter of rich banker; the engagement broken, 1775 (Lyrics, *Stella*). *Stella* 1775. *The Original Faust* 1775 (discovered 1887). Followed the Duke to Weimar, November 1775.

II.   Served Duke Karl August in <u>Weimar</u> (1775–1786; 1788–1828): Love (7) with Charlotte von Stein of Weimar 1775–1827 (one-act play *Die Geschwister* 1776). Best Lyrics. Italian Journey (Rome-Naples-Sicily-Rome) 1786–1788. *Iphigenie auf Tauris* 1787. *Torquate Tasso* 1790. *Egmont* 1788. *Faust, a Fragment* 1790. Back in Weimar (1788–1832). *Campagne in Frankreich* 1792 (published 1832) Love (8) with Christiane Vulpius of Weimar; lived together 1788, married 1806, died 1816 (*Romische Elegien* 1795). *Wilhelm Meisters Lehrjahre* 1795–96. Friendship (correspondence) with Schiller 1794. (Schiller in Weimar 1799): *Hermann und Dorothea* 1798. *Faust First Part*, 1808. Director of Weimar Court Theatre (1791–1817). Schiller in Weimar (1799–1805).

III. Goethe met Napoleon at Erfurt, 1808. Always lived in <u>Weimar</u>. Love (9) with Bettina von Arnim 1807–1812 (Letters: Bettina's *Goethes Briefwechsel mit einem Kinde* 1835). Love (10) with Minna Herzlieb, adopted daughter of Jena publisher (*Die Wahlverwandtschaften*) 1809, Scientific writings on Colour & Optics 1810: on Morphology 1817–1824; etc, *Aus Meinem Leben. Dichtung und Wahrheit*, 1811–1833. Love (11) with Marianne von Willemer, 1814, 1815 (*Der West-ostlicher Divan*, imitating Hafez of Persia, 1819). *Wilhelm Meisters Wanderjahre* 1821–1829. Love (12) with Ulrike von Levetzow (aged 19) of Marienbad, 1822 (*Marienbader Elegie*; *Trilogie der Leidenschaft* 1822). *Faust Second Part*, 1833. J. P. Eckermann *Gesprache mit Goethe* (1823–1832), published in 1836–1838. Goethe died in <u>Weimar</u> (March 22nd 1832).

Johann Friedrich <u>Schiller</u> LIFE OF SCHILLER:
His Father, army-surgeon to Duke Karl Eugen of Wurttemberg. Born at Marbach 1759. Lived at Ludwigsburg 1766. Studied law

(1773) and medicine (1775) at Stuttgart. Medical practitioner 1780.
Die Rauber 1784. Flight from Stuttgart to Mannheim (Theatre)
1782. *Kabale und Liebe*, 1784. Edited *Die Thalia* magazine. Love
(1) with Charlotte von Kalb, wife of French army-officer (*Don
Carlos*). Went to Leipzig 1785, and to Dresden 1785–1789, *Don
Carlos* 1787. First visit to Weimar, 1787. Back to Dresden Professor
of History at Jena 1789–1799.

Married Charlotte von Langefeld 1790. *History of the Thirty
Years' War* 1790–1796. Kant's influence: *Ü ber Anmut und Würde*
1793; *Die ästhetischen Briefe* 1795, in the "Horen" edited by
Schiller. *Uber Naïve und Sentimentalische Dichtung* (1795). Best
Philosophic Lyrics, 1795. Friendship (correspondence) with Goethe,
1794. *Wallensteins Lage* 1798. *Die Piccolomini* 1799. *Wallensteins
Tod* 1799. Ballad *Das Lied von der Glocke* 1799. Came to Weimar
1799: *Maria Stuart* 1800. *Die Jungfrau von Orleans* 1801. *Die
Braut von Messina* 1803. *Wilhelm Tell* 1804. Schiller resided in
Weimar (end of 1799 to 1805). Visited Leipzig (1801) and Berlin
(1804). Schiller died in Weimar, 1805.

DUTCH LITERATURE

History of Holand

The Netherlands, originally inhabited by the Teutonic Batavians. A
part of Charlemagne's Empire (771–870); then belonged to Germany
(East Frankish Kingdom) 870; to the Counts of Hainault 1299; to
Duke of Burgundy 1384; to Spain under Emperor Charles V, 1519.
War of Liberation against Spain (1572–1581); independence of the

Dutch "Republic of United Provinces", 1581 A.D. House of Orange as Stateholder 1581–1795. The great age of Holland, in sea power and colonial enterprises, was the 17th Century (1600–1660). Batavian Republic 1795; Louis Napoleon "King of Holland" 1806; annexed to France 1810. In the War of Liberation against Napoleon of 1813, House of Orange was restored to the "Kingdom of the Netherlands", with Belgium (from Austria) annexed. Belgium declared independence & separated from Holland 1830. Holland remained a Kingdom under the Oranges (1813 to date): neutral in the World War of 1914–1918; again neutral (since September 1939) in the present world war, but conquered by Germany in May 1940.

Dutch Language

Originally in the Netherlands (Holland and Belgium), there existed the following languages of the West Germanic family:

(1) the Dutch —— became Modern Dutch (since 1500 A.D.) language of Holland.

(2) the Flemish —— now still used in Southern Holland and by the common people of Belgium. (The official language of Belgium is French since 1830.)

(3) the Frisian (or Frisic) —— almost disappeared.

Dutch Literature

I.   Early Dutch Literature (c. 1300–1500 A.D.) —— begun 1300 A.D. with the rise of Cities in Flanders (Ghent, Bruges, etc.).

II. the Golden Age of Dutch Literature (1500–1700) —— coincided with the period of Holland's greatest sea-power and colonial &

commercial enterprises. Spieghel (1549–1612) promoted Dutch national language & literature, and Vondel (1587–1679) was the then most famous dramatist & poet. But the greatest Dutch writers of the time all wrote in Latin:

1. Desiderius Eras mus (Gerard Didior) of Rotterdam (1467–1536) —— the greatest humanist of the Reformation. Wrote in Latin: *Proverbs* (Adagia) 1500 & 1508; *Manual of the Christian Soldier* (Enchiridion Militis Christiani) 1504; *The Praise of Folly* (Moriae Encomium) *1509 & 1512;* Conversations or Discourses (Colloquia) 1531; Latin translation of the "New Testament"; etc.

2. Hugo Grotius (Hugo de Groot) of Delft (1583–1645) —— Philosopher and jurist (international law). Wrote in Latin "on the Laws of War & Peace" (De jure belli ac pacis).

3. Benedictus (Baruch) de Spinoza (1632–1677) Wrote in Latin "Ethics" (Ethica) or the intellectual love of God.

III. The Decline of Dutch Literature in the 18th Century (1700–1800) under French influence: Willem van Haren (1710–1768) attempted to write a Dutch national epic *Friso* —— its mythical hero Friso came from India of the Ganges and founded the Frison nation in Holland.

IV. Further Decline of Dutch Literature in the 19th Century (1800–1940) chiefly under German influence: Mostly translations from other languages.

ENGLISH LITERATURE

History of England

Ancient Britain, inhabited by Britons (Celts, Celtic language). Roman (Julius Caesar) conquest of Britain, 55–54 B.C. Anglo-Saxon (-Jutes) conquest of Britain, 449 A.D. Arrival of St. Augustine, Christian conversion of England, 597. Danish (and Norsemen's) invasions, 789–1042. Norman conquest of England, Battle of Hastings, 1066. The Norman Kings (1066–1153). The Plantagenet Kings (1154–1399): Magna Charta (King John) 1215; the Hundred Years' War 1337–1453 with France. House of Lancaster (1399–1461): War of Roses 1455–1471. House of York (1461–1485). House of Tudor (1485–1603): English Reformation, King Henry VIII the head of Church of England, 1534; Queen Elizabeth 1558–1603; defeat of Spanish Armada 1588. House of Stuart (1603–1714): the English Revolution, Charles I beheaded, 1649, the Common Wealth & Protectorate 1649–1660; Restoration 1660; the Bloodless Revolution, accession of William and Mary, 1688; Union of England and Scotland, the "Great Britain", 1707. House of Hanover (since 1714): Seven Years' War 1756–1763; conquest of India from 1757; American Independence 1776; Union of Great Britain with Ireland 1801; Battle of Waterloo 1815; Reform Act 1832; Crimean War 1854–1856; the Boer War in South Africa 1899–1902; Parliamentary reform 1911; the World War 1914–1918; the present World War of Democratic Allied Nations against the Axis Powers (Germany-Italy-Japan) since September 1939.

English Language

The English language was derived from the mixing of Anglo-Saxon (West Germanic) and Norman-French (Romance, Latin) after c. 1066 A.D., resulting in the Middle English.

Periods of English language:

(I) Anglo-Saxon (Old English) 449–1066 A.D.

(II) Middle English 1066–1400.

(III) Tudor English 1400–1600.

(IV) Modern English 1600–1940.

General Characteristics of English Literature

I.   Strong in imagination.

II. Rich in practical wisdom. English Poetry is better than Prose.

III. Great in moral character.

English Literature

I.   Anglo-Saxon Literature (449–1066 A.D.)

    1. Caedmon *Paraphrase of the Bible* (c. 670–680 A.D.)

    2. *Beowulf* (c. 700 A.D.)

    3. Bede *Historia Ecclesiastica* (History of the English People) in Latin (731).

    4. Cynewulf (c. 720–800) — *Dream of the Holy Cross* (poem).

    5. Anglo-Saxon Chronicles (c. 850–1154 A.D.)

    6. King Alfred (reign 871–901) 's translation of Bede, etc.

II.   Middle English Literature (1066–1845)

    1. Irish Epic Tales (1100–1160).

2. Arthur in Geoffrey of Monmouth's (Latin) *Historia Regum Britanniae* (1147).

3. Layamon *Brut* (1205).

4. *Cursor Mundi* (1320–1325).

5. Langland *Piers Flowman* (1362).

6. Wycliffe's translation of the Bible (1380).

7. Gower *Confessio Amantis* (1393).

8. Chaucer (1340–1400) *Canterbury Tales* (c. 1373–1393).

9. Malory *Morte D'Arthur* (1470).

10. English Ballads (1450–1475).

III. The English Renaissance & Elizabethan Literature (1485–1642)

1. The Humanists —— i. Thomas More ii. Ascham

2. Religious Prose —— i. Hooker ii. *Authorised Version of the Bible* (1611)

3. Essay (in prose) —— i. François Bacon

4. Poetry: i. Sonnets —— (1) Wyatt & Surrey (2) Sidney

   ii Chivalric Epic —— (1) Spenser *Faerie Queene*

   iii Metaphysical (religious) Poets ——

   (1) John Donne (2) George Herbert (3) Vaughan

5. Drama: i. Shakespeare's Predecessors ——

   (1) Marlowe (2) Lyly (3) Peele (4) Greene (5) Kyd

   ii. William Shakespeare (1564–1616)

   iii. Shakespeare's Contemporaries ——

   (1) Ben Jonson (2) Beaumont & Fletcher (3) Others

IV. The Puritan Revolution & the Commonwealth (1642–1660)

1. Christian Epic —— John Milton (1608–1674) — *Paradise Lost* (1667) *Paradise Regained* (1671).

2. Cavalier Poets —— **i.** Herrick. **ii.** Lovelace **iii.** Others

3. Political Philosophy —— **i.** Hobbes *Leviathan* (1651)

4. Spiritual Prose Melancholy & Personal Salvation ——

   i. Burton **ii.** Walton **iii.** Browne **iv.** Taylor

5. Religious Fiction —— **i.** Bunyan — *Pilgrim's Progress* (1678–1684).

V.   The Restoration & the Age of Queen Anne (1660–1714)

1. The Chief Poets —— **i.** Dryden **ii.** Pope

2. The Restoration Drama —— **i.** Congreve **ii.** Others

3. Philosophy (Rationalism & Deism) —— **i.** Locke **ii.** Shaftesbury

4. Social Prose —— **i.** Essay & Journals —— E. Addison and Steele

   ii. Satire —— Swift

5. Novel (realism) —— Defoe

VI.   Classicism (1714–1789)

1. Dr. Johnson & His Circle:

   i.   Moral Character —— Dr. Samuel Johnson (1709–1784)

   ii.   Beloved Vagabond —— Goldsmith

   iii.   Comedy of Manners —— Sheridan

   iv.   Political Wisdom —— Edmund Burke (1729–1797)

2. The Novel —— **i.** Richardson **ii.** Fielding **iii.** Smollett **iv.** Sterne

   v. The "Gothic" Novels

3. The Rise of Romanticism in Poetry:

   i. Thomson **ii.** Young **iii.** Gray **iv.** Macpherson **v.** Percy

   vi. Chatterton **vii.** Cowper **viii.** Blake **ix.** Burns

VII.   Romanticism (1789–1837)

1. Poetry ——

   i.   Wordsworth: Communion with Nature

   ii.   Coleridge: Strange and weird imagination

iii. Byron: Satanic self-expression

iv. Shelley: Revolutionary idealism & Nympholeptic longing

v. Keats: Sensuous beauty

2. Eassy (prose) —— i. Landor ii. Charles Lamb iii. De Quincey
iv. Wm Hazlitt

3. The Novel —— i. Scott: Historical romances, Chivalric romances

ii. Jane Austen: Comedies of real life

VIII. Victorian Literature (1837–1901)

1. Poetry ——

i. Tennyson: Faith and Change

ii. Browning: Dramatic Monologues

iii. Mrs. Browning: Love and Social reform

iv. Hood: Humanitarianism, Puns

v. D. G. Rossetti: Poetry and Painting —— the Pre-Raphaelites

vi. Christina Rossetti: Religious love

vii. William Morris: Classical and Mediaeval tales

viii. Swinburne: Flowing rhythm

2. Prose ——

i. Philosophy of Evolution —— (1) Darwin (2) Huxley

ii. History —— (1) Carlyle: Anti-democracy & Hero-worship

(2) Macaulay: Glorification of Whiggism

iii. Literary Criticism ——

(1) Matthew Arnold: Culture of *Sweetness and Light*

(2) Pater: Sensuous enjoyment

iv. Art Criticism —— (1) Ruskin: Art as Life and Social ideal

(2) Oscar Wilde: Decadent sensuousness

v. Satire —— (1) Samuel Butler: Anti-Evolution

3. Novel ——

    i.   Dickens: Social reform and Idiosyncracies of character

    ii. Thackeray: The ideal in the real, Good nature and tragic humour

    iii. Charlotte Bronte: The New-Woman

    iv. Mrs. Caskell: Life's little tragedies

    v. George Eliot: Philosophical & psychological analysis of life

    vi. George Meredith: Humanism versus Naturalism

    vii. Thomas Hardy: Fatalism of chance and environment

    viii. Stevenson: Romance of loyalty and courage

    ix. Gissing: Tragic realism of Modern life

IX.   Contemporary English Literature (1901–1940)

    1. Novel —— i. Kipling ii. Conrad iii. George Moore iv. A. Bennet v. Galsworthy vi. H. G. Wells vii. D. H. Lawrence

    2. Drama —— i. C. Bernard Shaw

    3. Poetry —— i. T. S. Eliot ii. W. B. Yeats

    4. Criticism —— i. T. S. Eliot ii. J. Middleton Murry iii. I. A. Richards

    5. Philosophy —— i. B. Bosanquet ii. A. E. Taylor iii. R. F. A. Hoernle iv. Bertrand Russell v. A. N. Whitehead

AMERICAN LITERATURE

History of United States of America

America originally inhabited by the (Red) Indians. Discovery of America by Columbus, 1492 A.D. First English settlement in Virginia,

1584. The Pilgrims (Dissenters) 's landing at Plymouth on S. *May flower*, 1630. War with France & Indians, 1755–1763. War of American Independence (1789–1797) of the U.S.A. The Louisiana Purchase 1803. Monroe Doctrine 1823. War with England 1812–1814. The Civil War 1861–1865. Chinese Exclusion Act, 1880 & 1907. War with Spain 1898; Hawaii, the Philippine islands, etc. acquired. Participation in the World War, 1917–1918. Washington Conference, 1922. Participation in the present World War against the Axis Powers, since December 1941.

American Language

The people of the U.S.A. speak and write <u>English</u> language, developing only a number of local pronunciations & dialectical expressions.

General Characteristics of American Literature

I.   Puritanism
II. The Frontier Spirit.

American Literature

I.   Colonial & Revolutionary Period (1583–1775)
(Sir Humphrey Gilbert's voyage to America, 1583: his account or report was included in Richard Hakluyt's *Voyages* 1588.)

   1. Theology: Jonathan Edwards *Sinners in the Hands of an Angry God* (1741).

   2. Practical Wisdom: Benjamin Franklin *Autobiography* (1790).

II. Early National Period (1775–1860)

   1. Independent Writers:

i. Eassy —— Washington Irving *Sketch Book* (1819–1920)

ii. Novel —— James Fenimore Cooper *Last of Mohicans* (1826)

iii. Poetry —— Edgar Allan Poe *The Raven* (1845) *Gold-Bug*, a story (1840ff)

2. The New England "Transcendentalists":

Transcendentalism means beyond and above practical experience: an Anti-Rationalistic and optimistic idealism; corresponding to Romanticism in European literature. Named after the "Transcendental Club" organized by these dissenters in Boston on September 19th 1836.

i. Essay —— R. W. Emerson *Essays* (1841, 1844f)

ii. Nature —— H. D. Thoreau *Walden* (1854)

iii. Novel —— N. Hawthorne *The Scarlet Letter* (1850)

3. Other New England Writers:

i. Poetry: H. W. Longfellow *Evangeline* (1847)

    J. Whittier *Snow-Bound* (1866)

ii. Criticism —— J. R. Lowell *Among My Books* (1846ff)

iii. Table-talk —— O. W. Holmes *The Autocrat of the Breakfast Table* (1858)

III. Later National Period (1860–1900)

1. Humantarianism in Novel: Mrs. H. B. Stowe *Uncle Tom's Cabin* (1851–1852)

2. Democratic spirit in Poetry: Walt Whitman *Leaves of Grass* (1855ff)

3. Humour in Novels of Adventure: Mark Twain (Samuel Langhorne Clemens) — *Tom Sawyer; Huckleberry Finn*

4. Aestheticism in Novel: Henry James *The Awkward Age* (1899)

5. Realism in Novel: W. D. Howells *A Modern Instance* (1882)

IV. Contemporary American Literature (1900–1940)

1. Representative Philosophers: **i.** William James (1842; 1910) ——
   Pragmatism **ii.** John Dewey (1859–) —— Instrumentalism

2. Poetry: Carl Sandburg

3. Novel: Theodore Dreiser —— *Sister Carrie* (1920) *An American Tragedy* (1925)

   Sinclair Lewis *Main Street* (1920)

4. Criticism: The "New Humanism" —— **i.** Irving Babbitt (1866–1933) **ii.** Paul E. More (1865–1937)

SCANDINAVIAN LITERATURE

History of Scandinavian Countries

According to tradition, Odin, in the 1st Century B.C., came from Asia, conquered (1) Denmark (2) Sweden (3) Norway and gave them to his 3 sons to be kings. Denmark, Sweden, Norway —— each a united kingdom, c. 850 A.D.

1. Denmark —— from King Dan the Famous; Christianity introduced 822 A.D.; Gorm the Old (c. 860–935), first King of all Denmark; Knut the Great (1014–1035), King of Denmark & England.

2. Sweden —— from the (native) "Svear" race, Christianity introduced 829 A.D.; subjugated the Slavs around Novgorod in Russia, 830–900 A.D.

3. Norway —— First settled by Olaf of Sweden 630 A.D.; divided by Sweden & Denmark c. 1000; again united, capital at modern Christiana, 1016; Christianity introduced 988, The Norsemen or Northmen, the Vikings or sea-rovers of Norway, had a brilliant

career of migration and conquest (c. 850–1200 A.D.): they subdued Ireland (Dublin) 852, colonized Iceland 868 and Greenland 985; besieged Paris 885, conquered Normandy 911 and England 1066; invaded Belgium and Spain, occupied South Italy and Sicily 1015–1194; pushed into Asia Minor, reached Constantinople 866 and molested Eastern Roman Empire after 902, joined the First Crusade in Jerusalem 1096–1099.

4. Iceland —— discovered 868 A.D. & colonized by the Vikings of Norway; the Republic of Iceland (868–1260), conquered by Norway 1260; Christianity introduced c. 970. Denmark—Sweden—Norway (and Iceland) united by the Union of Calmar (1397–1523).

(1) Sweden —— Kings of the House of Gustavus Vasa (1523–1654): Gustavus II Adolphus, Participated in the Thirty Years' War, 1611–1632; Sweden the first power in Northern Europe. Dynasty of the Counts palatine of Zweibrucken (1654–1731): Charles XII, war with Russia etc., 1700–1709, assassinated 1718. House of Holstein-Gottorp (1751–1818): decline of royal power. United with Norway (1814–1905). Sweden remains neutral in the recent World War since September 1939.

(2) Denmark-Norway (and Iceland) united (1524–1814). Denmark: absolute monarchy 1660; prosperity & peace. Iceland belongs to Denmark since 1814. Denmark Neutral in the present World War, but occupied by Germany since April 9th 1940. (Iceland garrisoned by U.S.A. since July 7th 1941).

(3) Norway-Sweden united (1816–1905). Norway independent since 1905; capital at Christiana (now Oslo). Norway neutral in the present World War, but invaded (April 9th 1940) & occupied by Germany since June 10th 1940.

Scandinavian Languages

The Scandinavian or Norse language belongs to the North German family. Icelandic or Old Norse (of the Runic alphabet) was the common language of Denmark, Sweden, Norway, c. 800–1100 A.D.; it was carried into Iceland (after 868 A.D.) where it still exists. Danish and Swedish, or the New Norse language were formed c. 1100 A.D. Danish, greatly affected by German, is the language of literature and of cultivated society in Norway as well as in Denmark. Swedish, the most musical & pure of Scandinavian dialects, is the language of Sweden. Norwegian, a peculiar & undeveloped dialect, is spoken by the peasants of Norway.

General Comparison of Scandinavian Literatures

1. The Danes (sentimental & expansive) & Danish Literature —— German.

2. The Swedes (rational & aristocratic) & Swedish Literature —— French.

3. The Norwegians (melancholy & harsh) & Norwegian Literature —— Russian.

Icelandic Literature (900–1300 A.D.)

1. The religious and heroic tradition of the Scandinavian peoples was carried into Iceland after its discovery 868 A.D., and was preserved there. From c. 1650 A.D., the following 3 collections of Old Norse epics and tales were discovered.

   (1) The Elder or Poetic Edda (Edda —— "teaching") —— 38 poems, in stanzas of 6–8 lines, with alliteration; composed by the

Bards or Scalds (wandering poets & singers, "Scald" = "polish" of language) c. 950–1050 A.D. Collected & written down by Saemundthe Wise (1056–1131) a Christian priest of Iceland. In two parts:

i. Mythological Cycle —— religion of Odin

ii. Heroic Cycle —— original materials of "Nibelungenlied"

(2) The Younger or Prose Edda —— Stories in prose of the same material, of inferior art; composed by the Sagamen (wandering story-tellers) c. 1050–1150 A.D., Collected & written by Snorri Sturluson (1179–1241), head of Republic of Iceland (assassinated).

(3) The Sagas (Saga = "tale" or "narrative") —— Historical tales (in prose) of gods & heroes, composed c. 1000–1300 A.D. and afterward collected (altogether or History of Northern Europe from 1 A.D. to 1177 A.D., which included the Sagas he had collected.

2. After the introduction of Christianity, the material of the Eddas & Sagas became popular legends & nursery tales (E.G. Cinderella), called Folk-Sagas (recently collected); and became Popular Ballads (composed c. 1100–1400 A.D.) in Scandinavia.

Danish Literature

Early Modern literature of Denmark very insignificant: a few Latin chronicles (the 13th Century) and translation of the Bible (the 16th Century).

1. Danish Literature of the 18th Century:

(1) Classicism in Drama: Ludwig Holberg (1684–1754) —— *Erasmus Montanus* (a comedy); *Universal History* (1733).

(2) Romanticism in Lyric Poetry: John Ewald (1743–1781) —— *Balder's Death* (1774), *The Fisherman* (1779).

2. Danish Literature of the 19th Century:

(1) Romanticism in Epic Poetry: Adam Ochlenschlager (1779–1850) —— *Gods of the North* (1819).

(2) Fairy Tale: Hans Christian Andersen (1805–1875) —— *Fairy Tales* (1835ff).

(3) Literary Criticism: George Brandes (1842–1927) —— *Main Currents in 19th Century Literature* (1872ff).

Swedish Literature

Modern Swedish literature began after the Reformation, made great progress in the 17th Century.

1. Swedish literature of the 18th Century:

(1) Romantic songs of gayety. Karl Bellman (1740–1795) —— *Fredman's Epistles* (1790).

2. Swedish literature of the 19th Century:

(1) Romantic Poet of Swedish mythology: Esaias Tegnér (1782–1846) —— *Frithjof's Saga* (1825).

(2) Naturalism (Self-torture and hatred of women) in Novel & Drama: August Strindberg (1849–1912) —— Novel *The Red Room* (1879); plays *The Son of a Servant* (1887) *The Confession of a Fool* (1893).

3. Swedish literature of the 20th Century: Women writers ——

(1) Novel: Selma Lagerlof (1858–   ) *From my Childhood* (1930).

(2) Feminism: Ellen Key (1849–1926).

Norwegian Literature

Before 1814A.D., Norwegian literature was included under Danish literature (E. D. Holberg).

1. Norwegian literature of the 19th Century:

    (1) Naturalism, Realism, Symbolism, in Drama: Bjornstjerne Bjornson (1832–1910) —— *A gauntlet* (or *A Glove* 1883), *Beyond Human Power* (1883).

    (2) Realistic Problem-Plays: Henrik Ibsen (1828–1906) —— *A Doll's House* (1879). Both Bjornson and Ibsen were opposed to the Landsmaal (peasant language) movement or the New Norwegian national language.

2. Norwegian literature of the 20th Century: Women writers ——

    (1) Novel: Sigrid Undset (1882–   ) —— The trilogy of *Kristin Lavransdatter* (The Garland, Mistress of Husaby, the Cross) 1920–1922.

RUSSIAN LITERATURE

History of Russia

The Slavs, closely related to the Celts, occupied Eastern Europe (Russia) in the 5th Century A.D.; extended their conquests, & formed the Kingdoms of Poland, Bohemia, and Russia, in the 7th Century A.D. Russia under the House of Rurik (862–1598 A.D.): the (legendary) Varangian princes in Russia 862 A.D.; Christianity introduced by Prince Vladimir, 988; the Kiev period (principalities) c. 989–1320; Moscow made capital 1252 A.D.; the Upper Volga period (appanages) c. 1320–1480; Ivan III the great overthrew the Mongol yoke (1223–

1480), conquered the Novgorod Republic (1478). and founded the United Kingdom of Russia in 1480 A.D.; the Moscow period (Tsardom) c. 1480–1703. Russia under the House of Romanov (1613–1762): annexation of Ukraine by Tsar Alexis 1654; reign of Peter I the Great (1689–1725), St. Petersburg founded 1703, Peter's reforms & war with Sweden 1700–1721; the St. Petersburg period (Empire) 1703–1917. Russia under the Holstein-Gottorp branch of Romanov House (1762–1917): Empress Catherine II (1762–1796), partitions of Poland (1773, 1793, 1795); Alexander I (dominance of foreign policy) 1801–1835, Napoleon routed in Moscow 1812; Nicholas I (legitimism, reaction) 1825–1855, the Crimean War with Turkey—England—France 1853–1855; Alexander II ("Great reforms") 1855–1881 (assassinated), emancipation of serfs 1861, war with Turkey 1877–1878; Alexander III ("correction" of preceding reforms) 1881–1894; Nicholas II (1894–1917), War with Japan (defeat) 1904–1905, Russia a constitutional monarchy 1905, Russia in the World War 1914–1918. Russia since the Revolution (1917–1943); February Revolution (March 1917), the Tsar abdicated, provisional Government (constitutional democracy); October Revolution (November 1917), Kerensky overthrown, Soviet Government under Lenin; Treaty of Brest-Litovsk, peace with Germany, March 1918, militant communism 1918–1922; civil war of Red (Bolsheviks) and White 1918–1920, the Tsar & his family slaughtered at Ekaterinburg, July 1918; war with Poland 1920–1921, the U. S. S. R. July 1923; the New Economic Policy (1921–1939), the First Five-year Plan (1928–1932); the Second Five-year Plan (1933–1937); death of Lenin (January 1924), Stalin ousted Trotsky (1925) crushed the Trotskists & the Rightists (1929–1934) and became sole dictator (1931); German-

Russian conquest of Poland (September 1939), Russian victory over Finland (November 1939–March 1940), War with Germany (since June 22nd 1941) in the present World conflict.

Russian Language

The Russian language belongs to the East Slavic family and is closely related to the Greek.

Two periods:

1. Old Slavic or Church Slavic (c. 862–1700 A.D.) —— begun with St. Cyril's translation of the Bible c. 862 A.D.

2. Modern Russian (c. 1700–1940) —— the dialect of Moscow (as reformed & fixed by Peter the Great c. 1700) became the standard Russian language.

General Characteristics of Russian Literature

Character of the Russian people: Unreconciled opposition in extremes ——

1. Mysticism (religious books).

2. Naturalism (realistic novels).

Two tendencies in Russian Men of Letters ——

1. Inward —— Self-communion; national, native tradition.

2. Outward —— Naturalistic, foreign influences.

Political oppression, suffering & stupidity of the people, and the absence of a rich past & long tradition, combined to make Russian literature chiefly the literature of Revolution.

Russian Literature

I. Monastic Literature (1000–1700)

The earliest piece of Russian literature preserved —— the codex of Slavonic Gospel, written by Gregory of Novgorod in 1056–1057.

Before 1600 A.D. —— Byzantine influence.

After 1600 A.D. —— Western influence through Poland.

II. Epic Age —— Oral Popular Poetry (1200–1700)

These Heroic tales (*Byliny*) are pagan in spirit.

III. Russian Renaissance under Peter the Great (1672–1725)

    1. Simeon Polotski (1628–1680) —— Religious tragedies.

IV. Influence of French Classicism under Catherine the Great (1729–1796)

    1. Lomonosov (1771–1765) —— "Russian Grammar" (1755) & rules of poetry fixed.

    2. Sumarokov (1718–1777) —— Drama and theatre.

    3. Derzhavin 1743–1816 (patriotic poet of perfect expression) —— *Ode to God.*

V. Russian Romanticism (1800–1850); Realism and Naturalism (1850–1940)

    1. Precursors ——

        (1) Karamzin (1765–1826) —— *History of Russian Empire* (1816).

        (2) Thukovski (1783–1852) —— translated *Odyssey* (1848) etc.

    2. Poetry —— Alexander Pushkin 1799–1837 (Byronic Romanticism) —— the epic *Eugene Onegin* (1825–1832).

3. Novel ——

    (1) Nicholas Gogol 1809–1852 (Creator of national fiction) —— *Dead Souls* (1842).

    (2) Ivan Turgenev 1818–1883 (Realism of supreme art) —— *Liza* (1859), *Fathers and Sons* (1862), *Virgin Soil* (1877).

    (3) Feodor Dostoevski 1821–1881 (Mystic naturalism) —— *Crime and Punishment* (1866), *The Idiot* (1868), *The Possessed* (1871), *The Brothers Karamazov* (1880).

    (4) Count Leo Tolstoy 1828–1910 (Humanitarianism) —— *War and Peace* (1864–1869), *Anna Karenina* (1875–1877), *Resurrection* (1900), *Power of Darkness* (1887), *What is Art* (1906).

    (5) Anton Chekhov 1860–1904 (Objectivity and hu...) —— *The Cherry Orchard* a play (1904).

    (6) Max Gorky (Alexei Maximovich Pieshkov) 1868–1936 (Spokesman of the Proletariat) —— *Creatures that once were* Men stories (1905), *My Childhood* (1915), *Fragments From my Diary* (1924).

    (7) Leon Andreev 1871–1919 (Impressionism) —— *The Seven Who Were Hanged* (1908).

Russian literature of the 19th and 20th Centuries —— always in service of the Revolution.

POLISH LITERATURE

History of Poland

Kingdom of Poland under the Piasts (840–1370): Christianity introduced c. 1000 A.D. Union with Hungary under Louis the Great

(1370–1382). Union with Lithuania under the House of Jagello (1386–1572): the greatest age of Poland. Poland an...Monarchy, a republic of nobles, really anarchy, (1572–...partition of Poland by Russia-Austria-Prussia 1772...of 1791. Second partition of Poland 1793; Revolu...1794. Third partition of Poland 1795. Revolutio...Poland a Russian province 1832–1918. After th...an independent Republic (November 1918–Octo...Pilsudski (1867–1935) Chief of State 1918–19...Poland conquered by Germany and Russia, Sepsan...[7]

Polish Language

The Polish language, origin...to the west Slavic family, and was influenc...languages.

Polish Literature

Pol...begun c. 1000 A.D. with...Bib...icles in Latin. Flouris...1505–1613. Decayed...

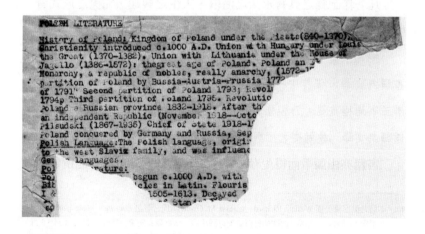

---

7   原稿本節此字以下缺損不全處，皆以"…"表示，參閱附圖。——編者注

世界文學史 [1]

吳宓　譯補評注

　　此篇乃譯美國李查生、渥溫二氏合著之《世界文學史》
（William L. Richardson & Jesse M.Owen, *Literature of the World*），
一九二二年出版。美國 Ginn & Co. 書店發售。此書簡明精當，
極合初學之用，故譯之，並加評注，增補材料，以便讀者。

——譯者識

第一章　緒論

　　凡著作記錄之具有永久之價值、人生之興趣、完美之形式者，
始得稱為"文學"。

　　按凡以文字表達者不必皆文學也。所有之著作及紀錄，必不能
盡稱為文學，僅其中一小部分能之。又按文學之定義甚多，此處所
舉三事均極重要，乃極佳之定義也。又按 Literature 應譯為文章，今
通譯為文學，故勉從之。觀此段即有牽強之意。

　　書籍亦由競爭而得生存，與動物、植物同。書籍之能留傳於數

1　本篇乃吳宓據美國 William Richards 及 Jesse M. Owen 兩氏合著之 *Literature of the World*（《世界
文學史》）所譯之前三章，而增補材料並加以評注者。三章譯文先後刊載於 1924 年 4 月、5 月、
6 月出版的《學衡》雜誌第 28、29、30 期。又，本書編輯時，將原作譯文以華康體字排印，
譯者評注及所增補材料以仿宋體字排印，以資區分。——編者注

百年之後者，蓋已經過極艱苦之試驗，而由此時代之人類證明其為確有價值者也。此類之書，必不至常為平淡無味，愛讀之人極多。其感人也親切而深摯，且以世界文明中最美富之成績曉示吾人。吾人之讀此類書，為愛其書而讀之，非為他故，而讀之必有所得，不至空手而歸也。

按茲所言，最關重要。吾人所以重讀古人之書而薄今世之著作者以此。例如杜甫之詩，乃自唐至今，全中國有識之人所公認。彼與其前、其同時、其後迄今之千百詩人競爭，而獲錦標。投杜甫之票者，從古至今，不知若干萬人。今之新體白話詩，雖盛行於今之學生社會；姑不論投票之人程度如何，舉其全數，則投白話詩之票者，不過數萬人。即以大多數取決，白話詩仍不及杜詩千萬分之一也。奈何毀棄杜詩，而以白話詩奉為圭臬，選入課本耶？余可類推，中國古人所謂後世之名，實即此義。乃極淺之常識，而不容否認者也。

又按詩文名篇，乃為得其本身之趣味、之益處，而非為求知其歷史背景、社會環境等也。易言之，為文學而讀文學，非為科學、史學、社會學、政治學、經濟學、文字學等而讀文學也。故如謂讀《詩經》可知周代之風俗政教，讀《石頭記》藉以研究清初之衣飾禮節者，皆極悖謬之論也。文學雖亦可為科學、史學等之材料，然文學家研究文學，不當如此。至若讀書以供記誦章句，詡耀朋友，排比撰述，售稿得錢者，更不足道矣。

第一節　知識之文學

通文學之人，居於一廣大美麗之世界中，不為時間空間所限。參閱《文哲學報》第二期，柳翼謀講、錢坤新記《文學家之世界》篇。在其實際生活，此人或與其左鄰右舍都不相識，然一入書中之世界，則若具愛拉亭之魔術者然，詳見商務印書館譯本《天方夜譚》第四冊《神燈記》篇。門戶洞開，百寶實悉陳矣。於是偕艱苦卓絕之奧德西 參閱本誌第十三期《希臘文學史》。而航遠海；偕但丁而入深幽，而 陟崇天；指但丁《神曲》一詩夢遊三界事。偕唐克笑見本誌第四期《鈕 康氏家傳》第九頁小注。以行俠仗義；偕芮古德 Signrd 係挪威神話 中之英雄，見後斯拉幹的那維亞文學章。以奮身火窟；從赫胥黎以 研究自然；從吉朋見本誌第四期《鈕康氏家傳》第十一頁小注。以學 歷史；從羅斯金見本誌第二十七期《希臘之美術》篇。以習美術。欲 聞妙歌，則有沙佛、希臘女詩人，詳後。大衛、見《聖經·舊約· 詩篇》。維央、François Villon（1431-1463），法國詩人，詳後。薛 雷為之唱。欲辨哲理，則有蘇格拉底、亞里士多德、卡萊爾見本誌 第十四期《安諾德之文化論》篇。與之談。凡百事物，如天之色、草 之綠、小兒女之嗢咽等，悉若別具深義者。又循千百紆曲徑折之路， 以得知人心中各種強烈之感情，如猜忌怨毒、和愛真美、命運生涯 之問題皆是也。但讀白朗寧《環與書》詩集一冊，則所知意大利之山 水、英文詩之類別、公道之離奇、罪惡之殘毒、婦女心性之美等者， 已甚豐富而廣博。餘可類推矣。

　　文學能使人祛除狹隘之見。由文學書觀之，則古今各國，對我 毫無隔閡仇視之意。惟愚罔乃生偏見，而惟知識足以滌除之。於書 中遇潘三哥、Sancho Panza 係唐克笑之僕，亦《唐克笑傳》中之一 人物。見上唐克笑注。○潘三哥乃西班牙人。韋三苗、Sam Weller 係迭更司所作小說 Pickwick Papers 中人物。○按韋三苗係英國 人。蘇湯姆，Tom Sawyer 乃美國馬克·陀溫（Mark Twain）所作 Adventures of Tom Sawyer（1876）書中之人物。○按蘇湯姆係美國人 則莫不大笑。不問其為某國人也。彼李亞王、莎士比亞所著《李亞王》

劇中之人物。參閱商務印書館出版林譯《吟邊燕語》"女變"一篇。

卜羅米修斯、Prometheus 乃希臘諸神之一（見本誌第十四期《希臘文學史》第七及九頁）。愛斯克拉（Aeschylus）著有 *Prometheus Bound* 莊劇（《卜羅米修斯被縛記》）。此卜羅米修斯即指該劇中之人物。瓦約翰、Jean Valjean 係囂俄所作小說《孤星淚》（*Les Miserables*）書中之主要人物。此書有林譯本，商務印書館出版。**婀娜**係托爾斯泰所作小說《婀娜傳》（*Anna Karenina*）（今人有譯本）中之女主人。等，豈僅為一國一時之人哉！一聞悲慘之歌聲曰："我子押沙龍，我子我子押沙龍，我願代爾死。我子我子押沙龍。"見《聖經 · 舊約 · 撒母耳記下》第十八章第三十三節，此歌係大衛所作。○按凡茲譯文中所引《聖經》新舊約中之詞句，均遵照大英聖書公會之"文理"《聖經譯本》，以歸一律，而便查檢核對。以下皆同。則莫不感動，而種族之界不復存矣。故人由誦讀文學而得為世界之公民焉。按戈斯密（Goldsmith）曾著書曰《世界之公民》（*Citizen of the World*），敘中國人某旅居倫敦，舉所見所感，函告其故鄉之親友。今此句中世界之公民係暗用彼書之名。

第二節　快樂之文學

書籍不但能開拓眼界、增長聞見、裨益知識也，且能予人以快樂。世人之狂熱，未有過於好讀書者。他人以書痴目之，彼視書籍直如朋友伴侶。愛里亞按愛里亞（Elia）乃蘭姆所作文集 *Essays of Elia* 中之主要人物，亦即藍姆自寓。詳見本誌第九期《夢中兒女》篇。棄世時，此人之祖父或尚未生，相隔若是之久，然此人固視愛里亞為親如手足之良友。又羅馬之霍萊士、見本期《坦白少年》篇小注。那威之皮覺生 Bjornson（1832–1910），戲劇家兼詩人。亦皆其友。

即巴羅、George Borrow（1803-1881），英國小說家。惠特曼、Walt Whitman（1819-1892），美國詩人。孟德恩、見本誌第十八期《聖伯甫評盧梭懺悔錄》篇第十一頁。鄂馬開亞謨、Omar Khayvam，波斯詩人，詳後。史蒂芬孫，見《文哲學報》第三期《宿松記》篇。並與為莫逆。使彼獲躬逢卡萊爾、易卜生，或且憎厭其人，然其精神則宣泄無隱。高斯 Edmund Gosse，英國今世文人。於其文中嘗謂英國女詩人羅色蒂女士 Christina Rossetti（1830-1894）之為人，即在倫敦交際場中，亦極不易親近。然羅女士之深曲隱衷，則盡情發露於其所作詩中。詩如下：

> 我心如歌鳥，營巢水木間。我心如果樹，纍纍枝頭彎。
> 我心如虹貝，浮漾海天閒。我心尤快適，所歡今來還。

年積月累，則讀文學者之朋友數益眾多。其中有尼姑焉、庵主焉，以上二人，皆喬塞（Chaucer）之 *Canterbury Tales* 詩中之人物。有葛蘭德、Eugénie Grandet 乃法人巴爾扎克所著與此同名之小說中之人物。安多羅馬克、見本誌第十三期《希臘文學史》。愛思孟比特 Beatrix Esmond 乃沙克雷所作小說 *Henry Esmond* 中之人物焉。又有夢中人約瑟、約瑟事見《舊約‧創世記》。其所以稱為夢中人之故，見《創世記》第三十七章第十九節"做夢者來矣"字句。突里維生、Olaf Trygvesson 乃古挪威神話中之人物。哈孟雷特、乃莎士比亞劇本 *Hamlet* 中之主人。參閱林譯《吟邊燕語》"鬼詔"篇，及田漢譯《哈孟雷特》劇本（中華書局出版）。道比伯父、My uncle Toby 乃英國 Sterne 所著小說 *Tristram Shandy* 中之人物。世中聰明人、Mr. Wordly Wiseman 乃英國彭衍（Bunyan）所著之宗教寓言小說《天路歷程》（*The Pilgrim's Progress*）中之人物。約翰生博士及卜思威二人均見本誌第四期《鈕康氏家傳》第八頁。等，不勝縷舉也。故威主威斯謂書為"實在之世界"者，誠不誤也。其詩曰：

血與肉盤結蔓牽成，人世快樂緣此生。

第三節　感化之文學

相傳有婦人遊於圖畫展覽之所，見檀那 Joseph Mallord William Turner（1775–1851），英國山水畫家，以著色濃艷見稱。之山水畫，顧其旁之客曰："吾敢斷言，吾從未見世中有如此之景物。"蓋譏之也，而不知此客即為作畫之檀那，乃對曰："夫人言固是。雖然，苟得見之，豈非夫人之所深願者乎！"此婦人不識畫理，但責形似。檀那則反譏夫人為肉眼，故不識美景耳。

文學能使人見之較深，見之較遠。感化者，文學最上之功用也。或批評世界之名篇巨著為"有力量之書"，此即狄昆西語。誠以文學傑作均具偉大之宗旨，其性質普及通行，根深而枝繁。即如荷馬、但丁、莎士比亞、彌兒頓、葛德諸人，皆名流勝侶，苟常與交接，必能受其潛移默化。希臘文學批評家郎迦南見本誌第三期《文德篇》第二頁。曰："人之終生沉泊於卑鄙齷齪之思想者，未有能著成佳作，足以傳後世者也。"

本書以下各章，將重新開發書中之世界。前乎我儕而往遊之人已多，然而未可純恃指引之目標，遊客常各自留心，逐處流連，探索其風光之美。即官道以外，紛馳旁出之曲徑狹路，亦不可忽略之也。

第二章　東方各國之文學

吾人指西方之人。一言及東方，即覺其為時甚古，東方之文明久已消滅不存，而常帶一種神秘虛幻之意，即東方之文學亦與吾人相去甚遠。東方文學之蘊藏極富，而通英文者僅能讀其一小部分。指譯成英文者。惟即此一小部分東方文學中所顯示之思想生活，在今已不可復見。然略悉東方各國人民及其文學，為益滋鉅，且可為研究歐洲文學培其根基也。

第一節　埃及文學

原始人類生息於地球之上，逐漸進而管理自身並管理環境，改良弓矢刀劍及日用器具，創立農事，馴服牛馬牲畜以為人用。如是者歷千萬年，此今人之所知也。埃及、巴比倫之文章記載，為今世所傳之最古者。然由此比較而觀，則只覺其近而不覺其古。統世界史全部言之，則埃及、巴比倫之歷史，實今日之歷史也。蓋當耶穌紀元五千餘年前，尼羅河流域及美索包達米亞即幼發拉底河及底格里斯河流域。之沃土，即有真正而頗進步之文明出現。首先統一埃及之王，按王名米尼斯（Menes）。其御極之時約為紀元前三四〇〇年（或謂為四四〇〇年），歷五百年。即紀元前二九〇〇年。而吉塞Gizeh 在尼羅河西五英里，開羅（Gairo）城之對岸。地方之大金字塔築成。按築此之王名 Cheops，一稱 Khufu，乃第四王朝創業之君也。此後二千年間，埃及人於美術、科學、文學、宗教悉有貢獻不絕，乃古代埃及文明之盛時也。

古埃及人，髮黑而軀小，種族不明，然其語言則與細米底語相似。久與鄰國隔絕，不相往來，自造其特異而複雜之文明。埃及人並不好戰，亦非皆甚聰慧。然其對於生活思想之貢獻，則非常之鉅。試思埃及人於美術、科學、宗教悉為創始者，篳路藍縷，而成就如此，實足驚矣。至其道德見解及生死輪迴之觀念，尤有大影響於他民族也。

埃及人甚古之時即用象形文字，儼同圖畫。其正體原名聖書（hieroglyphics），其後加以改易，使之變為簡單流利，以便行用，謂之僧書（hieratic）。其後更變為通俗之體，用於商業事務者，曰民書（Demotic）。紀元後二世紀以還，埃及文字多以希臘字母書寫之，而益以民書中所用符號八種。故共有三十二字母。

按埃及文字之變遷情形，與中國篆隸行草等遞嬗極相似，大率筆劃趨於簡單而便於行用。（一）聖書為埃及文字之正體。紀元前三六〇〇至二六〇〇年之間通行，多用於碑版石刻。埃及文字雖為象形文字，然字中亦有表音之部分。最初重形，其後漸重音。故聖書為最重形者。（後此本誌當登載圖畫，以狀示知。）（二）僧書為聖書之簡寫，行於紀元前二六〇〇年之後。今所傳埃及文章之書寫葦紙上者，均此體。故其用最廣，不如聖書之重形之甚。然今非將僧書逐字改為聖書之體，則直不能讀也。（三）民書蓋起於紀元前第七世紀之初葉。其時俗語已興，用此體以抄寫聖書、僧書之文而求其簡速，不計訛誤。（四）以希臘字母書寫之埃及文，名曰哥布特文（Copic）。哥布特者，蓋埃及與埃及人之古稱。此體乃由埃及古文與當時俗語混合而成，始於紀元後第二世紀，代民書而興。埃及之基督教文學皆以此體書寫。其後阿拉伯人侵入，哥布特文亦多攙入阿拉伯字。直至第十世紀時，阿拉伯文通行於埃及，而此體亦不甚見用矣。今日埃及人之土語與古代埃及文字絕異。

又按埃及文字，歐人本不能辨識。直至一七九九年，法國軍官某，在尼羅河西岸羅塞達（Resetta）城附近掘地，得一黑綠石版。上鐫埃及僧侶讚頌其王多祿某第五（Ptolemy Epiphanes）之文，而於紀元前一九六年，以王命刻之石上者。該文係用埃及之聖書、民書及希臘文三者分別刻成。詞同文異，故可用為翻譯之基礎。該石運至巴黎，供學者研究。於是法人向波梁（François Champollion，1760-1832）遂於一八二二年發見埃及文之字母，由是得通埃及文，進而考察，埃及之歷史文學等，乃得大顯於世云。

埃及之文學甚為浩博，其種類約為碑銘、符咒、宗教典籍、頌神之歌、抒情之詩、歷史紀載、法律條例、格言、俗諺，及各種淺近之故事。今之存者，固有鐫於保藏屍體之棺槨上，及墓內幽室隧道之牆壁間。然以書寫於葦紙（以一種蘆葦（Papyrus）按英文“紙”（Paper）一字，原出於此。原係葦名，因其可以制紙，故以名紙。長條拼合巧制之紙）之上者為多。埃及氣候乾燥，又保存得法，故今多無損云。

所號為金字塔之典籍，即於一八八〇年始發現於金字塔內部之幽室走廊者，殆為人類歷史紀載得傳於今者之最古者也。此類典籍所用之象形文字，固不出紀元前二十七世紀。然其中所含之材料，則較此為古。蓋所敘述者，乃紀元前三六〇〇年至二六〇〇年間之歷史也。此類典籍，約分符咒、神話、讚頌之詩、祈禱之文及宗教禮儀等。原其所以作成，固為保佑國王死後得福，而專供國王之享用者。顧其範圍甚廣，由茲得窺見彼時之思想生活也。

死者之書（Book of the Dead），為埃及宗教文學之最有趣味者。其中有宗教之儀文，以為死者在冥世祈禱。此段蓋於紀元前三四千年即已作成。此書之傳於今者，有數百部之多。其中有斷簡殘篇，而亦有書寫於長及百尺之葦紙上者。此書共有二百六十五章，但今所傳無完全之一部。此書蓋為死者之靈魂而作。靈魂遊於冥府，若誦書中之魔咒，可得平安無災。即今所傳者之中，亦有插入圖畫、綴以符號，而甚為美觀者。所惜古埃及之謄寫者甚不留心，傳抄多誤，以是其文乃破晦不易讀。而此份與彼份又互有出入。且埃及之文學，雖足顯示古代優秀民族之生活，而因著作之人不措意於文章形式之美，不事慘淡經營，故其文常不工巧，讀之易使人掩卷也。

埃及之詩，並無韻律。時作駢儷之體，與希伯來之詩見下文第三章。同。今所傳不乏史詩，例如敘埃及人戰勝赫泰民族《聖經》譯本作"赫人"（Hittites）。之篇是。又有愛情之歌，而最有趣味者，厥為讚頌之詩。如頌國王色索突里 Sesostris（一稱烏沙德森 Usertesen）第三之篇是。今存葦紙上，其抄成蓋閱千年矣。該詩中之四首，曾經葛里佛氏（F. L. Griffith）譯成英文。今錄其第二首之起句如下：

諸神樂倍增　王已供粢盛

王祖樂倍增　王已拓版圖

王子樂倍增　王已賜封土

舉國樂倍增　王已光舊物

外此埃及文學中，最足欣賞者為故事。此類故事，當皆本於古代人士之所紀述，而作成於中王國（Middle Kingdom）及新王國（New Kingdom）之時代。（約當紀元前三千年至七百年之間。）其中有實寫人生者，有憑幻想而語及鬼神靈異者。今所存者，其一敘航海覆舟者之奇事，極類星柏達見商務印書館出版《天方夜譚》譯本第一冊《談瀛記篇》。之所遭。又一故事敘某君王，生時卜者即謂其必死非命，卒如其言。又一平淡故事，敘兄弟二人，而狀田家生活。其餘不勝悉舉云。

　　讀埃及古代之文學，則知埃及古作者之道德觀念甚強。於無辜而受禍者，深致憐憫。又以故事為社會福音宣傳之具，以力持人間之公道。讀者甫一開卷，即覺其絕似《新約》、《舊約》中之故事及寓言也。

第二節　巴比倫亞述文學

　　美索包達米亞《聖經》新舊約譯本中作"米所波大米"。然以此為通用之譯名，故從之。之文明，或且較埃及為更古，藉近今東方語言及古物學者之力，始得略知其梗概。此土在昔久為蘇馬里人（Sumerians）所轄治。該族非細米底人種，然其後逐漸為細米底人所收服同化。細米底人崛起於此間之首領，名曰撒根。Sargon，是為撒根第一。（約為紀元前二七五〇年）其後巴比倫、亞述、一譯亞西里（Assyaria）。迦勒底 Chaldean，一稱"後巴比倫"帝國。諸帝國相繼代興，稱霸於亞洲西者各數百年。卒為米底亞《聖經》譯本作"米太"。及波斯帝國（紀元前五三八年建立）所滅，而終歸化於希臘羅馬之文明焉。

　　蘇馬里人之歷史及其文化，今世所得知者已不為少。該民族聚居城市，劈斬叢莽，擅長藝術。又行用一種甚簡單之象形文字，名曰楔形文字（Cuneiform writing）。其宗教亦甚發達而見進步。此族之文化及其法律、文學、宗教等，為起而代之之細米底人種所承受。蘇馬里人之種族未明，紀元前二千餘年前，即已絕滅而不存，故恆為世所忽略。彼巴比倫及希伯來之文明，若者為自創，若者為取之蘇馬里人者，在今猶未能明辨而確知也。

　　巴比倫及亞述之文學留傳至今者，皆刻於黏土制之泥版上。此二民族尚武好戰而喜進取，其歷史甚長，故其文學亦種類蘩繁。傳於今世之詩，有作成於遠古者。當紀元前三八〇〇年之頃，其小國之諸侯即已編述史乘而留貽後世。迨其後盛時，為今人所熟知者，則其間所傳來之史事年表、法律條例、紀事銘刻、商業及私事尺牘等，種別尤夥。茲節錄其時客居遠方之人致其家中婦人（名加達蘇 Kadasu）之書。書中有云："我久不得你信。我寫回家信多封，亦無隻字復音。不知何故？緣我當日曾函告家中，謂自我啟程之日起，凡家中所有大小事件，均應寫與我得知。今乃毫無消息，是何故耶？"此段文字甚短，然在當時，須用長三四寸、此寸指英寸，下同。寬二三寸、厚一寸之泥版一方，將字跡刻滿其上，方能刻完此篇。刻畢，以乾土灑之，以防黏着。然後裝入於黏土制之信封實即大匣。中，以防泄漏散失。既乃寄出，由此可想見彼時作書之艱難矣。

尼尼微亞述帝國之都城。城中，亞述班尼巴 Assurbanipal，亞述帝國之主（668–626 B.C.）。（紀元前第七世紀）之圖書館，近今發掘之後，曾檢得泥版書籍二萬二千塊，蓋集巴比倫人、亞述人科學、宗教、文學著作之大成。其中所藏之詩，有為今所得見、全世界最古之篇章云。

若論巴比倫、亞述人之散文著作，則最要者當推漢摩拉比 Hammurapi，巴比倫王（1958–1816 B.C.）。之法典（約紀元前二一〇〇年）。其中之法律，不但為當時所製作，亦必有前此千百年所留遺者。摩西立法，在此一千年後。然其中條例多與之相同者。

按《漢摩拉比法典》係一九〇一年在蘇薩（Susa）地方所發見。計石碑一座，高八尺。法典之文即鐫刻其上。中多漢摩拉比王自讚之詞。法典分二百八十節。茲錄數條，以見一斑。（一）關於錢谷之案。作偽證者，此案之罰即歸彼身。（二）如有在田中捉得在逃之男女婢僕人等，送還原主。該主應以銀二兩原文中作 Shekels。為酬。
（三）如有挖牆作洞，圖入人家偷盜者，應即在牆外處死，而以其身
塞入所挖洞口。（四）抉人之目者，人亦抉其目。折人之骨者，人亦
折其骨。擊去同等人之一齒者，人亦擊去其一齒。茲所舉末條，與摩
西立法所謂"目償目，齒償齒。"（見《舊約 · 出埃及記》第二十一
章第二十四節。）而推為公道之準則者，詞義全同，然早出殆千年矣。

　　然巴比倫、亞述文學之最有價值者，終推其中之古詩。其詩有
祈禱、魔咒、神話故事各類。一詩敘世界創造之原始及男女諸神之
統系。一詩以巴比倫城之神名馬鬥（Marduk）者為主人，而敘人類之
造成，次及獸類之造成。又一詩以馬鬥與反叛之泰馬（Tiamat）之戰
爭為主，而並敘諸星辰之造成。又有關於鷹之詩及關於風之詩，均
多篇連續，甚為繁備云。

　　諸詩中之最著名者，為《格加梅希（Gilgamesh）史詩》，刻於
十二泥版上，一八七二年所發見者也。每版所刻，專述一事。故或
以每版所刻名為一卷，謂此詩有十二卷。略謂書中之主人格加梅希，
乃一英雄，逐去以攔人此名並見新舊約。而光復故國。（此事必當在
紀元前二千年以前）為女神伊希塔（Ishtar）所愛悅，格加梅希拒之不
從。女神之父阿奴（Anu）造神牛往噬格加梅希，為其所殺。女神乃
入冥府，求報復之策。歷入冥府七殿之門，均被拘系，旋復得釋。此
詩末段，人與挪亞（Noah）相類之人，名哈西沙達（Hasisadra）者，
對格加梅希自述其所遭遇洪水之情形。此巴比倫神話中世界開闢、洪
水來侵之故事，與希伯來神話所傳者，見《舊約 · 創世紀》。固有不
同，然比較研究，殊多獲益也。

　　按商務印書館出版 A. E. Zucker 所編《英文泰西文選》第二冊
《聖經及中古文選》，其書中第二頁至第七頁，論此二民族所傳洪水

故事之比較甚詳，讀者可請取觀，茲不贅。

巴比倫之詩，頗有抑揚頓挫，然無一定之音律。又常用駢儷之體，與後來希伯來民族之詩同。

第三節　中國日本文學

蒙古利亞種即黃種。人所聚居之地，文明發達甚早。其科學、藝術、文學及各種器物之發明，進步極為可驚；乃是後則停滯不進，殊可異也。中國人以保守為其顯著之特性，及今猶然。按其歷史，中國人常與他國完全隔絕，若另自成一人類者然。中國之文學既能深切影響此芸芸之眾，綿綿歷數千年之久，則其重要可知；惟對於他國他族之影響殊微細耳。日本之文學亦然，故本節於中日二國之文學僅約略言及，不求詳也。

由今一千九百餘年以前，已有將中國文學中確有價值之書，編成書目者，其中所收之作家凡六百餘人。按此書目指劉歆《七略》，實數為六百零三家。○王先謙《漢書補注》卷三十引梁阮孝緒《七錄》云：「《七略》書三十八種，六百三家，一萬三千二百一十九卷。《漢書‧藝文志》書三十八種，五百九十六家，一萬三千三百九十六卷。（今本作一萬三千二百六十九卷）」蓋班固就劉歆之目，新增入三家。（陶憲曾曰：三家者劉向、揚雄、杜林三家也。）而省去兵十家之重複者，分入各類。（《漢書‧藝文志》班固自注）六百零三加三減十，故得五百九十六也。一七八二年乾隆四十七年壬寅。《四庫全書》目錄編成，凡書七萬五千餘卷。此數未確，實係七萬九千餘卷。○《四庫全書》編纂之議，定於乾隆三十八年，開館辦事。全書至乾隆四十七年告竣。總計存書（著錄《四庫》者）三四五七部，七九○七○卷。存目（僅錄書目者）六七六六部，九三五五六卷。書成同時繕錄七部，分貯文淵、文源等閣。餘不具詳。由此亦可見中國著述典籍之宏富矣。其中有詩、史、傳記、哲理、科學、小說、戲曲各類，余尚不能悉舉。中國歷史之中心人物厥推孔子（生當紀元前六世紀）。中國文學皆源本於四書五經。五經泰半為孔子所編訂。四書則孔子教人之學說均在其中。五經之目如下：（一）《易經》凡六十四篇，作成甚古。以卜筮為主。（二）《書經》則中國古代之歷史。上溯至紀元前十二世紀，其中有未可征信者。（三）《詩經》係古樸之詩歌三百篇，孔子所搜集也。（四）《禮記》敘禮節儀注及行事規矩，至為繁複詳備，中國歷代之人遵守弗替。（五）《春秋》係魯國之史乘，孔子之宗邦也。四書記孔子教人之言，其學說悉見於此，蓋教科書也。其目如下：（一）《論語》記孔子與人之談話。（二）《大學》明修身之道。（三）《中庸》凡三十三章。（四）《孟子》七篇，闡明孔子之教。孟子乃孔門大弟子也。按此節論中國文學，多有事實不合或議論欠通妥之處。今均不改正，以存其真，藉覘西人知識如何也。

　　詩在中國極通行而為人所歡賞。中國古今詩人之名，多不勝數。二千餘年中，前後相望。中國詩最常見者為短篇抒情詩，史詩則從未發達。一七〇七年，或曾為詩選，得詩約五萬首之多。按此指清康熙四十六年丁亥（一七〇七年）敕編《全唐詩》，凡二千二百餘家，得詩四萬八千餘首，都九百卷。然其所選，僅唐一代之詩耳。而此書作者乃驚以為多，不自審其誤。若聚中國歷代之詩計之，更合詞曲等而統算之，則其數之巨，當更使異國之士聞之咋舌矣。近年譯中國詩為英文者，已有數冊出版行世。參閱《文哲學報》第二期梅光迪《中國文學在現今西洋之情形》篇。中國詩最普通之題旨，為以和婉之意觀察自然，自抒胸懷，及略發議論，明道德之要。其思想與吾西人密合者頗不為少。又近年西人亦喜研究中國之短篇小說及戲劇。

中國既與西方交通，關係日密，則將來中國文學之譯成英文，供人誦讀者，亦必日益加多，此自然之勢也。

日本於紀元後六、七世紀以還，大受中國文化之影響。前此日本固亦有文學，多含宗教性質。至是乃以中國文學為標準，取其思想，仿其作法。顧其國自產之文學亦有足稱者，即日本之詩是也。日本之詩，其重要及其影響之巨，遠不能及中國之詩。然日本之"能"劇，能劇乃由散樂之緒餘所出之一種技藝，起於日本足利義滿之時代。傳聞係始於觀世世阿彌，至後乃分為觀世、寶生、今春、金剛之四派。又有喜多一派，乃係與謠曲相合而演成者。則近頃頗為西人所注意，譯成英文之劇本已有數種。此類戲劇，泰半為十四、十五兩世紀之作。當日本足利義滿之時代。每出之中，詩與散文互見，而以詩為多而要。劇本皆甚短，每出僅需三人至六人演唱。劇中以一種奇異之神秘思想及道德之訓誨為主，事實反不見重。蓋此類劇本，乃日本舊精神之所寄託也。

近今之日本，受西方文明之影響極深，其文學亦表現新舊思想衝突之步驟。近今日本文學中，似無大作者出現。然日本書籍報章出版之多及日本人民知識之靈敏，則足令人驚服。現今出版之書，以小說、普通文學美術及社會科學為最多云。

第四節　印度文學

印度與波斯，同為阿利安人種（即印度歐羅巴人種）文明肇興之地。約當紀元前二千年時，阿利安人侵入印度。近頃東方學者，將該種人留遺之記載，詳加研究，趣味無窮。藉是得知阿利安人語言文字之起源，進而讀其豐富之文學，而稔悉其人之思想及生活之狀況焉。彼阿利安人於吠陀詩中，歌頌諸神之德威，而自表揚其種族之貴阿利安義云高貴。與功業之偉。始則戴一家之長為首領，兼為祭司，成羣結隊，逐漸前行。至印度河之兩岸，於是奠居，分為部落。該種人之文明程度頗高，以牲畜計財，乘馬以行，且以作戰。食牛肉而醇酒，播種於田以耕，泛舟於河以運。若鐵工剃匠及其他手藝人等，均到處有之。一言以蔽之，阿利安人種遠祖之情況，吾今人已能知之甚詳，且深饒趣味也。

印度之文學可分為三時期：（一）吠陀時期　約自紀元前一五〇〇年至一〇〇〇年為止。然其後仍綿延未絕者數百年。（二）各宗文學時期　自釋迦牟尼佛誕生時起。（三）梵文時期　其前半與吠陀時期相重，直至紀元後數百年為止。故印度文學連綿不斷而發達，至三千年之久。其中典籍極宏富，合希臘羅馬之書計之，尚不及其多。其體裁極新異而屬特創，而以宗教哲學為最要。婆羅門教為一國一民族之宗教，佛教則世界之宗教。二教之儀節道理，悉寓於印度文學中。然印度之文學向由記誦口傳，直至佛生後二三百年，始有筆之於書者。顧讀書之人猶不多，而仍恃記誦口傳之功。其所用心力之巨，亦足驚矣。印度有書籍著作之後，其文體泰半仿自北方細米底或腓尼基文。紀元後十四世紀以前之書，今幾無傳者。蓋由印度之書皆寫於櫸樹皮（Bhurja-pattra）及貝葉上，易破毀而不耐久故也。印度自經回族征服（紀元後一〇〇〇年）以後，始有用紙作書者。

印度古代之文字為吠陀文及梵文，梵文者“雅言”之謂。二者極相近。各地之方言，早已行用。今日印度之各種土語，即由此類方言變化而出。佛教經典則用佛生時之俗語作成，尤以佛所生之地之語為多，是曰巴利文。

（一）吠陀時期　印度文學，以四種吠陀（Vedas）為最重要。吠陀者，頌神之詩之彙編，作成極古，而直傳至今。四吠陀之中，以

《黎俱一譯力荷吠陀》（*Rig-Veda*）為主。其中有頌神之詩約千篇。音律則有十五種之不同。其詩句雖有抑揚頓挫，然惟每句之末四音段（Syllables）具有音律。《黎俱吠陀》共分十卷，多為僧侶或其族屬所撰。其中頌神之詩，有頌天者，有頌晨曦者，有頌日者，有頌地者，然以頌諸神者為多。神之主要者為火神（又分為祭壇上之火、電光中之火、太陽中之火等）、因格羅神（狂風飆颺之神）、傛馬神（祭祀中所用酒醴之神）三者。例如頌火神之詩有曰："神力無疆，人莫能外。"頌風神曰："神手搖鞭，鞭聲甚近。神行愈遠，愈增光榮。（中略）神之威力，人類震驚，山岳震驚。"頌日月之詩亦有之，外此則有為己身祈禱求福之詩，婚姻、喪祭、祝神之詩，宇宙創造之歌，及玄想哲理之詩，種別甚多。今舉吠陀中頌晨曦之詩如下，其詞甚美也。

> 仰彼晨曦，美光閃爍。升入中天，有如水波。（中略）
>
> 神袒其胸，盛其容飾。神兮偉哉，閃爍晶瑩。（中略）
>
> 神路蕩蕩，走登山巔。神體自光，穩度瀛海。
>
> 天之貴女，神路寬平。賜我貨財，與我飲食。
>
> 神兮神兮，長我活我。惟神所欲，使我獲福。（中略）
>
> 神曦既出，鳥飛離巢。人亦離家，相將覓食。

吠陀中頌星光之夜之詩，雖為晚出之作，與此實為一類。茲錄其詩如下：

> 夜色既來，神兮光明。千眼天上之星乃神之眼。遠矚，百美畢具。（中略）
>
> 神兮既降，我儕歸休。若鳥歸巢，羣飛至樹。

眾人歸休，獸各歸休。鳥各歸休，貪鷹歸休。

如波之夜，防我護我，過彼豺狼，過彼盜賊。

戰勝奏凱，供獻犖牲。我作此詩，獻神求福。

此時代之文學，吠陀以外，則有《婆羅摩》（*Brahmanas*），專論祭祀儀節，以解釋吠陀頌神之詩者也。《奧義書》一譯《鄔波尼煞曇》。（*Upanishads*），其中詩與散文互見，論究吠陀中之哲理者也。《修多羅》（*Sutras*），詳釋婆羅門教祭祀儀式之教科書也。

（二）各宗文學時期 《婆羅摩》著成以後，二大教宗勃興，而皆有大影響於印度之文學，即佛教與耆那教是也。佛教本釋迦牟尼佛之所教，起於印度東部，與婆羅門教絕不相容。耆那教則起於印度西部，而與舊日之婆羅門教尚可融洽。巴利文之文學，即由此各宗文學時期起，逐漸作成。中多說法之詞、訓誨之語及歷史等。今就佛經中摘錄其敘佛涅槃之一段，以見一斑。

按原書此段所錄，乃英人大衛氏（Rhys Davids）注見後。所譯佛經 *Mahâ-parinibbâna-Sutta*（The Book of the Great Decease）英文譯本之第六章。見《東方聖書》（*Sacred Book of the East*）第十一卷第一一二至一一四頁。大衛氏之英文譯本與巴利文原本（今存）字句密合，可以覆按。然吾國昔時之譯佛經者，多撮取大意，自造詞句，或割裂拼合，顛倒次序。且彼時印度之佛經，浩博繁雜，未必皆傳於後。此本與彼本，歧異互見之處自不能免。故今於中國人所譯佛經中，求此段譯文，欲其字句密合，毫無出入，竟不可得。《大藏經》中共有四段，皆與此段英文譯本約略相似。茲錄其二段於下。至其餘二段則分見於《般泥洹經》、《佛般泥洹經》中。原書之入此段，聊以示例。譯文出入，固無妨也。

頻伽精舍校勘《大藏經》昃九《佛說長阿含經》（竺佛念譯）卷第四第二十一至二十二頁。佛告諸比丘：汝等若於佛法眾有疑、於道有疑者，當速諮問。宜及是時，無從後悔。及吾現存，當為汝說。時諸比丘默然無言。（中略）阿難白佛言：我信此眾皆有淨信，無一比丘疑佛法眾疑於道者。佛告阿難：我亦自知今此眾中最小比丘，皆見道跡不趣惡道，極七往返必經苦際。爾時世尊即記別千二百弟子—譯作五百。所得道果。時世尊披郁多羅僧出金色臂，告諸比丘：汝等當觀，如來時時出世，如優曇鉢花時一現耳。爾時世尊重觀此義，而說偈言：「右臂紫金色，佛現如靈瑞，去來行無常，現滅無放逸。」

頻伽精舍校勘《大藏經》昃十《大般涅槃經》（釋法顯譯）卷下第三十二至三十三頁。爾時世尊告諸比丘：汝等今者若有疑難，恣意請問，莫我滅後生悔恨言。如來近在娑羅林中，我於爾時，不往諮決，致令今日情有所滯。我今雖復身體有疾，猶堪為汝等解釋疑惑。若欲於我般涅槃後奉持正法利益天人，今宜速來決所疑也。世尊乃至如是三告，諸比丘等默然無有求決疑者。爾時阿難即白佛言：奇哉世尊！如是三誨，而此眾中無有疑者。佛言：如是如是，阿難，今此眾中，五百比丘，未得道者。我般涅槃後，未來世中，當得盡漏，汝亦當在此中數也。（中略）於是如來，即便說偈：「諸行無常，是生滅法，生滅滅已，寂滅為樂。」爾時如來，說此偈已，告諸比丘：汝等當知，一切諸行，皆悉無常。我今雖是金剛之體，亦復不免無常所遷，生死之中極為可畏。汝等宜應勤行精進，速求離此生死火坑。此則是我最後教也。

（三）梵文時期　梵文時期之著作，皆屬世俗而無關宗教，與吠陀時期適成相反。其中有史詩、蒲羅那（Puranas）（此乃以史詩之韻律作成而發明教義學理之詩）奇特之寓言、戲劇（多為諧劇，情景殊可發噱），及表揚愛情及自然界之美之情詩等。茲不及備述，惟論其二大史詩。

一曰《大婆羅多譚》（*The Mahabharata*）。譯名悉從日本常盤大定《印度文明史》。為史詩巨制。長至二十餘萬句（其長為荷馬《伊里亞》及《奧德西》兩詩合計之七倍），名為《大戰記》，實乃描敘古代印度兩種之人為爭得恆河流域沿岸之土地而啟釁之戰爭者也。其戰場適在今之特里（Delhi）地方。此詩為史詩之體，敘事歷歷如繪。然詩中橫插入之故實及哲理之論議甚多，致正題本事為之間斷。意者《大婆羅多譚》於紀元前三四百年時，即有人着手編撰，經千百年始得竣事。又此詩當系由印度西部傳來者云。

二曰《羅摩武勇譚》（*The Ramayana*）。此詩之作成，當在印度東部，敘印度民族之英雄羅摩之漂泊及其經歷。較《大婆羅多譚》為簡短，然事跡則較奇詭。相傳此篇乃詩人跋彌仙（Valmiki）所作，當在前詩之後約二三百年。其中包括印度民族諸多傳說故事，敘述各宗教派之情形。詩中象徵及神秘之處極多也。

按《羅摩武勇譚》曾見於中國舊譯佛經。但作《邏摩衍摩》，邏摩即羅摩也。《阿毗達磨大毗婆沙論》第四十六云："如《邏摩衍摩》（*Ramayana*）書，有一萬二千頌。惟明二事：一明邏伐拿（Ravana）劫私多（Sita）去。二明邏摩將私多還。"其餘詳見下節。

晚近各國均公認印度為世界思想文學之一大中心。古印度有名之典籍，今西人均能熟知之，而深服其力量之宏。印度各宗哲學，究論之人尤夥。而即在印度本土，近二三十年中，亦確有文藝復興之象，尤以孟加拉地方為甚。若太谷爾一譯塔果爾者，其在文學界之聲譽，固印度多年所未見者矣。太谷爾生於一八八〇年，系出孟加拉之名族，父祖皆聰慧多才。太谷爾自其幼時，即著述宏多，或論自然，或敘愛情，或究哲理，或述靈魂無限之交接。太谷爾之詩，其本省之人皆取而歌唱，他省之人亦譯成其地之方言而玩味之。太谷爾所作散文、戲劇及詩，均用孟加拉之方言，復自譯成英文，遂得揚名各國。一九一三年民國二年。之諾貝爾文學獎金歸其所得。如太谷爾之學術淵深、才思卓絕，及文筆能暢所欲言者，今世實不數覯也。太谷爾詩中深微之美，於其所作《吉檀迦利》歌曲中，最能見之。此詩之英文譯本，有葉慈君（W. B. Yeats）愛爾蘭文人，愛爾蘭文藝運動中之健將也。所作序。讀太谷爾《吉檀迦利》歌曲，如讀比利時人梅特林（Maeterlinck）之詩，又如讀愛爾蘭詩人之名作。讀之莫不深為感動，蓋此等詩正代表今世所盛行之詩派者也。

按英文書籍之論述印度文學者，以 Arthur A. Macdonell 所著之 A History of Sanskirt Literature（Heinemann; Appleton. 1900）一書為最佳，學者可取讀之。夫歐人之研究梵文，近百餘年事耳。古代及中世，雖歐印嘗相交通，文化學術互有影響，然歐人通習梵文者絕少。一六五一年，羅那氏（Abraham Roger）譯印度詩人伐致訶梨（Bhartrihari）之梵文詩（美國穆爾先生 Paul Elmer More）曾譯伐致訶梨之詩為英文詩一小冊，顏曰 A Century of Indian Epigrams Houghton, Mifflin Co. (Boston) 1899。極佳，宜取讀）為荷蘭文，乃極不常見之事。除印度之寓言流傳歐洲而外，歐人殆不知有印度文學。十八世紀中葉，福祿特爾得見 Ezour Vedam 一書，傳謂來自印度，遂亟賞之。而於其所著 Essai sur les Moeurs, etc. 中，力讚作者學識之淵博。然為時尚早，故卒無應者。既乃知此書並非印度傳來，而係十七世紀中耶穌會徒之傳教者所偽造。其朦混欺罔之事既破，於是歐人益不信世間有印度文學在矣。至十九世紀中，尚有哲學家

Dugald Stewart 其人，著論謂即梵文之文字亦係奸詐之梵僧所偽造，而本於亞歷山大王傳入印度之希臘文而作者。一八三八年，都柏林某教授猶襲其說。當時情形亦可概見。迨英國名總督哈斯丁（Warren Hastings，1732-1818）治印度之時，為撫馭得宜計，始命梵僧若干人，匯集印度古來法律之書之精華，成為印度法律彙編，以處理印人刑律訴訟之案。又將該法律彙編譯為波斯文，復由波斯文轉譯為英文，於一七七六年刊布。此後歐洲之人始略知印度之文字與文學。其時，英人韋金斯（Charles Wilkins，1749-1836）以哈斯丁之敦勸，研究梵文，遂得於一七八五年譯《薄伽梵歌》即《世尊歌》（詳見下節。）為英文行世。越二年，又譯寓言曰《忠言》*Hitopadeçac*（Friendly Advice）者，是為印度文學譯為英文之始。瓊斯爵士（Sir William Jones，1746-1794）為治印度文學者之始祖，居印度十一年，殫心印度古代文學。又於一七八四年創建孟加拉之亞洲學會。一七八九年，譯印度名劇《指環記》（*Çakuntalā*）為英文。當時文學巨子如德之葛德及海達（Herder）皆亟賞之。又譯《摩奴法典》（*Code of Manu*），梵文法律最要之書也。又於一七九二年，以英文註釋《四季詩》*Ritusamhara*（Cycle of the Seasons）以為讀本。其作始之功亦偉矣。繼氏而起者為柯布魯克（Henry Thomas Colebrooke，1765-1837），資質聰慧而用功勤苦。始以科學條理研究梵文及文學，著譯宏富，各類齊備，確立此學之根基。時當十九世紀之初年也。其時又有英人哈米頓（Alexander Hamilton，1765-1824）者，嘗居印度，通梵文。一八〇二年歸英國，道出法國。適值英法開戰。以拿破崙之命，被捕，幽禁於巴黎，歷久始釋。哈米頓身在羈囚之中，則以梵文教授法國學者以自遣。而德國浪漫詩人希雷格爾（Friedrich Schlegel，1772-1829）亦來學，就其所得，著《印度人之文字及智慧論》（*Uber die Sprache und Weisheit der Indier*）一八○八年出版，風行一時。梵文及比較語言學之基礎遂立，而自是德國學者之研究梵文者日益眾。一八一六年，卜蒲氏（Franz Bopp，1791-1867）著 *Vergleichende Grammatik* 一書，以梵文之動詞變化格與希臘、拉丁、波斯、德文比較，而明其關係。自時厥後，治語言學者，羣視梵文為必修之學科矣。柯布魯克雖於一八○五年著《吠陀論》（*On the Vedas*），然在十九世紀之上半葉，學者僅通梵文時期之梵文而止。若古代吠陀時期之梵文，則尚無人問津也。一八三○年後，德人羅森氏（Friedrich August Rosen，1805-1837）始在東印度公司搜集古梵文書籍，又校注《黎俱吠陀》之首卷，約八分之一。刊行於世。一八三八年。然創立吠陀文字學者實為羅特氏（Rudolf Roth，1821-1895），氏於一八四六年刊行 *Uber die Literatur und Geschichte der Vedas*《吠陀文學及歷史論》。此書一出，影響極巨，於是吠陀時期之典籍遂得先後校注刊布。羅特氏造就極宏。近今梵文大家，若德之 Paul Deussen，英之 Richard Garbe，美之 William Dwight Whitney（1827-1894）及 Charles Roskhill Lanman（為哈佛大學教授，今猶存。）等，皆氏之門徒也。德人馬克彌勒（一譯米留拉。）（Friedrich Max Müller，1823-1900）任英國牛津大學教授多年，著述校刊之書尤眾，不能悉舉。若《東方聖書》（英名已見前。）巨集，則尚不限於印度與梵文也。近今之梵文學者固眾，而以英人大衛氏（T. W. Rhys Davids，1843-1922）為最重要。蓋前此之學者，如馬克彌勒等，於印度六宗之哲理，推闡極明，或於佛教之源流歷史，考證亦詳；然於佛教之教義及道理，則多誤解。蓋多受叔本華（Arthur Schopenhauer（1788-1860）。）之影響，誤以佛教為浪漫派之悲觀主義。（Deussen 為叔本華之徒，即墮此誤。）直至大衛氏出，始研習巴利文，得讀佛教經典。

探源入室，佛教之旨義始明。故西人之論究佛法雖多，而以大衛氏之言為純正精當而可憑信云。大衛氏又於一八八一年創立巴利文典籍學會 (The Pali Text Society) 於倫敦，專以搜輯校刊佛經真本為事，成就極偉。大衛氏前年冬歿後，其夫人能繼其業。蓋其夫婦咸誠心信服佛法，終身以闡揚教導為事。至東洋人之研究梵文者，則始於日本人南條文雄淨土宗僧。從馬克彌勒學於牛津大學。繼之者有荻原雲來、高楠順次郎、姊崎正治（數年前任美國哈佛大學教授。）等。吾國人之研究梵文於歐美者，近今亦有其人，然為數極微。竊願國人加以注意。異日昌明佛教，發揚東方文化，其道必由研習梵文、巴利文而誦讀佛經原本，此惟一之正途也。

今日者，印度文學之全部，業已為西方學者所抉發。梵文中重要之典籍，皆經校刊翻譯。其尚未及校刊翻譯者，則亦皆搜集編藏於圖書館中。研究梵文需用之字典及印度學百科全書等，燦然具備。百餘年中之成功亦偉矣。然從事於梵文及印度學之學者，其數遠較他種學問為少，是則尤足稱已。印度文學之浩博，已申明於前。至論印度文學之特點，約有數端：

（一）印度文學固極浩博，而除歷史外，各類各體之文章無一不備。凡人類智識理想探索造詣之所能及者，此中無不有之。故印度之政治史雖甚慘淡，而其文學史則光明燦爛也。

（二）印度文學，皆印度民族之所自創，而非由他國他族影響。蓋印度半島，其北高山峙繞，阻絕外界之交通，故自阿利安人侵入之後，即在此土獨力自造文明。至紀元前四世紀希臘人侵入之時，業已燦然完備。其後雖屢經波斯人、希臘人、塞種、回族之攻伐夷滅，而其文明終未受損。故印度文學綿延繼續而發達者，三千餘年，至今未絕。今印度之千百婆羅門僧人，猶能背誦吠陀經典，操梵語，以梵文著書作報，無異昔年。故欲究文學源流變遷始末一貫之跡者，則當於印度文學史中求之矣。

（三）印度文學，以宗教及哲學之著作為主，佔其大部分。印度所以貢獻於世界之文明者在此。

（四）印度文學中，詩多而散文少。甚至法律道德哲理科學之書，亦皆以具有音律之詩體作成，蓋取便記誦耳。

（五）印度文學，常流於奇詭浮誇。如佛經中之事物必曰四萬八千。其他空間時間數量等之形容詞，必極其浩大久遠繁多而不可紀極，乃至不可思議。其史詩之長，為世界各國所莫能及。他如祭祀禮節之繁瑣，淨身修道者之極端刻苦，神話中描敘人物宮殿之崇偉富麗、陸離光怪，皆此好為浮誇之心理作用也。

（六）印度文學，受其人宗教信仰之影響極深，故多主苦行虔修，悲觀厭世。喜言他世中之極樂國，而能犧牲小己，絕對不存我見。

（七）印度文學，所最缺乏者為歷史。蓋其人急於逃世毀身，以生涯行事為毫無價值，不足傳後。故史乘紀載及墓銘碑志之類，實絕無僅有，而古來文人所生之時及詩文作成之年，皆淹沒而不可考。僅可由種種憑據，從旁約略推測而已。如迦利陀沙（**Kalidasa**）為印度古今最大詩人，其所生之時亦不可確定。後人所臆斷，竟有相差至千年者。而作者之生平更不可得知，此乃印度文學史者最難之事也。

印度文學史，通常區分為二時期，即吠陀時期與梵文時期是也。

（一）吠陀時期約自紀元前一五〇〇年起，或謂自紀元前二〇〇〇年起者，然似過早。至紀元前 二〇〇〇年時止。吠陀時期更分為前半期與後半期。在其前半，印度文學多為創造，而以詩歌為主。文化之中心在印度河流域，即近世之旁加普地方（Panjab）。而至其後半，則文學多為宗教哲理之辯論，而以散文為主。文化之中心在恆河流域。可知此千年中，阿利安人之文明，已自東而西，流播於喜馬拉雅山脈與頻闍呵（Vindhya）山脈之間。

（二）梵文時期約自紀元前五〇〇年起，或曰自紀元前二〇〇年起，然如釋迦牟尼佛歿於紀元前四八〇年，而佛教之文學固不隸吠陀也。至紀元後一〇〇〇年止。或謂直至今日未止。其時印度遂為回人所征服。在梵文時期中，婆羅門之文明更由印度北部而推廣至頻闍呵山脈之南，遂漸被於印度全土。此時期之文學，種類繁雜，若詩歌戲劇小說等，均甚著精彩也。

至論印度之文字，通常亦分為二時期：一曰吠陀文（Vedic），二曰梵文古文（the Classical Sanskrit）。印度古代之典籍，多以口授及記誦而傳。故寫印之本得傳於後者絕少。印度文字真跡傳於今日之最古者，厥為阿育王 Asoka（一譯阿輸迦王。）之石碑。阿育王當紀元前二五九至二三二年之間，為北印度之主。時當佛教第三結集（紀元前二三一年。）之頃，立碑於各地，刻文其上，以紀念佛教之盛。其中一碑，形如石柱，所以志佛之生地者，近於一八九六年始行發見云。前此之文字，其真跡皆不得見。據德人布勒氏（Buhler）所考，印度古文有二種：其一曰佉盧文（Kharoshthi），源出紀元前五世紀細米底文中之 Aramaic 支，於紀元前四〇〇至紀元後二〇〇之間，行於印度之西北部。此種文字自右而左行。其二曰婆羅門文（Brahmi），乃印度真正之古文，自左而右行。（其最初或亦自右而左。）源出於紀元前八九〇年時之北方之細米底文即腓尼基文，約於紀元前八〇〇年傳入印度。吠陀中之文字，蓋即此婆羅門文也。婆羅門文初僅有二十二字母，其後增為四十六字母。至紀元前五〇〇年時，業已發達完備。其字母之排置，純依文字音韻學之原理，母音在前，子音在後。凡梵文中所有之音，此中無不備具。其完美殆非今之英法文等所可及也。此婆羅短文（即吠陀文）旋分為南北二種，更由此南北二種文字而衍出無數之方言。當印度之中世，即梵文時代，此諸種方言行於各地，為通俗之用，故總稱之曰質言（Prakrit）。而其時書籍著述所用之文字，及僧侶貴族文士所操之語言，則名曰梵文（Sanskrit）。梵文者，雅言之義，與質言相對而言也。（猶云文言、俗語。）梵文之名始見於《羅摩武勇譚》中。梵文乃由昔之吠陀文（即婆羅門文）。逐漸變化而成。其變化之跡大略有二：一則文法語尾由繁而趨簡；二則所用之字由少而增多。今所謂印度文學，除吠陀經典及註釋吠陀之書籍而外，蓋皆用梵文作成者也。惟獨佛經不然。當紀元前第五第四世紀，佛教初起時，佛教經典皆以佛所生地摩竭陀（Magadha）（今曰伯哈（Bahar）。）之方言作成，是曰摩竭陀文（Magadhi）。而至紀元前第三世紀以還，則悉改用另一種方言，曰巴利文（Pali）。舊有之經典，亦均由摩竭陀文譯為巴利文。（摩竭陀文之佛經，今無存者。）阿育王之碑刻，亦皆用巴利文。自是巴利文遂為南印度佛教之文字。又於紀元前第三世紀中，巴利文流入錫蘭島，遂為今世之錫蘭文（Singhalese）之基礎。阿育王竭力提倡佛教，詔令公牘，命悉以巴利文為之。故當其時巴利文甚盛，未幾復衰，梵文仍起而代之。而其後佛教徒及耆那教徒均研習梵文，故北印度佛教及耆那教所用之文字，實為巴利文與梵文之混合物，名曰偈文（gathadialect）。（迨久後回人征服印度之時，紀元後十世紀。）梵文已全恢復其勢力，而巴利文無復存矣。印度中世之方言即質言，大別為東西二種。由此更分為四種，再孳乳為多種。紀元後一〇〇〇年以還，遂逐漸變為今世印度各地之土語矣。此印度文字變遷源流之大略也。試以歐西文字為譬喻以明其關係，則吠陀文之與梵文，猶荷馬詩中之希臘文與紀元前五世紀雅典之文字之分別。至印度中世之梵文，絕類歐洲中世之拉丁文。乃出於口中之文言，亦各族公用之文字。而質言則可比於歐洲中世自拉丁衍出之意大利文、西班牙文、法蘭西文等。就中巴利文擬意大利文尤合。（巴利文較梵文為圓融柔軟，如"經"之一字，梵文作 Sutra，巴利文作 Sutta 是。）若今日印度之土語，則可比於近世歐洲之意、法、班等文也。

吠陀時期之文學，可分為三階級：曰四種吠陀；曰婆羅摩；曰修多羅。茲約略分述之。

（一）吠陀（Vedas）（一譯皮陀，又譯明論等。）者，印度人之聖經也。共信為神所傳授，其實乃祭祀所用頌神之詩、祈禱之詞之總集（Samhita）（即彙編。）也。吠陀者，知識（或預言。）之義，其字原出於動詞"見"字（vid）。吠陀共分四部，其作成之時不一。四部之中，前三者較為重要。茲表列如下：（四部吠陀譯名不一，《百論疏》作（1）《力荷皮陀》（2）《三摩皮陀》（3）《冶受皮陀》（4）《阿闥皮陀》。）

（1）《黎俱吠陀》*Rig-Veda*（《讚頌吠陀》），為四部吠陀中之最古而最重要者。其中皆讚頌諸神之詩，（其名原出 Rich 一字，義云讚頌之詩。）與波斯人之聖書《阿威士陀經》（*Zend-Avesta*）（詳見下部波斯文學。）文多相同之處，故當為阿利安人未入印度以前所作成者。共分十卷。

（2）《傞馬吠陀》*Sama-Veda*（《歌詠吠陀》），其中除七十五首外，皆係摘取《黎俱吠陀》中之詩，而按照傞馬祀典歌唱之次序而排列者。傞馬乃酒醴之神，本為一種植物名，其汁用以奉神。

（3）《耶柔吠陀》*Yajur-Veda*（《祭祀吠陀》），其中之詩，亦皆由《黎俱吠陀》中摘取而來。然附以散文之程式規例，則係新撰。其內容亦按照諸種祭祀禮節之次序而編列，蓋祈禱之詞也。又分白、黑二部。《白耶柔吠陀》中只有禱頌之詩，《黑耶柔吠陀》中則有兼具散文注疏，詳敘祭祀禮節，此其別也。

（4）《阿他婆吠陀》*Atharva-Veda*（《禳災吠陀》），此為四部中最晚出者，故歷久始得認為正宗經典。其中皆魔術咒語，誦之則可召集驅疫鬼神，以助人成事。蓋本於當時下流社會之習俗，不出淺薄之迷信祈禳。故其作成雖晚，而比之《黎俱吠陀》實較簡陋也。

（二）《婆羅摩》（*Brahmanas*）者，吠陀之注疏也。或訓釋吠陀中之詞句，或詳敘祭祀之儀節，或說明器物之形狀，或追溯神話之淵源，常流於乾枯瑣細，其作成亦非一時。總之，較吠陀為晚，約在紀元前八百與五百年之間也。又有《森書》（*Aranyakas*）者，為《婆羅摩》之一部，乃後來之潛居林中修習之哲人所作，專以解釋吠陀之義理者也。（《婆羅摩》偏於考據，故有別於《森書》。）至若《奧義書》（譯音為《鄔波尼煞曇》）（*Upanishads*）。則為《森書》最後而最晚出之一部，而論究哲理之書也。作出非一時，至今猶有續作者。《奧義書》中所陳，多屬泛神論。後來六宗之理論皆見於此中。然吠檀多（*Vedanta*）（義云吠陀之終極。）派，獨自謂出於《奧義書》云。

（三）《修多羅》（*Sutras*）（譯云經，原義為絲或縫。）蓋節取吠陀及《婆羅摩》中重要之篇章，以其首句為系屬，編成極簡短之文句，取便記憶，誦此一句而憶及原書之內容。故其文字至極簡賅凝煉，固目錄索引之類也。《修多羅》之作成，約在紀元前五百至二百年之間。《修多羅》之最要者如下：曰 Sranta-Sutras 吠陀中之字彙也；曰 Grihya-Sutras 居家祭祀之規程也；曰 Dhamma-Sutras 法律與習俗之規例也。

各宗文學時期之二大教宗，曰佛教與耆那教。佛教為人所熟知。

耆那教（Jainism）乃尼犍陀（Nigantha）所創，故又稱為尼犍子，或並其母之名若提子（Jnata-Patta）而稱此教為尼犍子若提子。其實即耆那教也。該教徒稱其教主曰耆那（Jina），譯云勝者。又稱之曰大人（Maha-Vira），所以名耆那教者以此。尼犍陀約於 599-527 B.C. 時在世，其教與佛教同時同地創立，教義亦有相近之處。其後佛教既衰，耆那教猶盛，至今猶未滅絕也。

印度者，世界寓言（Fables）之淵泉也。歐洲寓言之始祖，羣推希臘之伊索（Acsop），然伊索之書不傳紀元後第一世紀中。羅馬之斐都魯斯（Phaedrus）及巴布留斯（Babrius）節譯伊索之寓言，並自撰若干，而傳於後。其實此類寓言多來自印度。印度文學中，若《佛本行經》（Jatakatthavannana: Buddist Birth Stories）尤寓言之寶藏與總匯也。其後流入歐洲之途經略如下：（一）古印度有“五書”（Pancha Tantra）者，寓言集也，曾經譯為波斯古文。紀元後七五〇年頃，猶太人由波斯文譯為敘利亞文，名 Kalilag and Damnag。又譯為阿拉伯文，名 Kalilah and Dimnah。由是更譯為希伯來文、希臘文、拉丁文，遂傳於歐洲。（二）紀元後第八世紀，有號為達馬斯加（Damascus）人聖約翰者，以希臘文著小說曰 Barlaana and Josephat，實即婆羅門（Brahman）與菩薩（Bodisat）也。此書於第十一及十二世紀中，譯成拉丁文。（三）外此若十字軍，若西班牙之阿拉伯人，若匈奴，悉攜帶印度之寓言以入歐洲。故在歐洲中世，印度寓言實遍傳於彼土。而最奇者莫如羅馬教皇 Sixtus V（在位之年 1585-1590）冊封印度之 Barlaam 及 Josephat 為天主教之聖人，後來《殉道錄》中亦列此二聖之名。又希臘教皇亦命崇祀“印度王 Abener 之子聖約瑟（Joseph）”，實即佛也。夫以佛教教主，而久為基督教各宗所崇祀，寧非趣事！總而言之，《佛本行經》實歐洲寓言之根源。若《天方夜譚》，若拉豐旦之寓言，若喬塞（Chaucer）詩

中之故實，若莎士比亞《威尼斯商》（肉券。）之本事，皆取給於印度
文學中耳。

印度之史詩分為二類：一曰自然史詩。即根於歷史之事實，
成於積累之傳說，自然生成，而為一國一族之所公有者。（荷馬之
《伊里亞》、《奧德西》即屬此類。）《大婆羅多譚》（*Maha-bharata*），
其最著之代表也。二曰人為史詩。即詩人所作，而大體成於一人之
手，事多虛造者。（桓吉兒之《伊尼德》即屬此類。）《羅摩武勇譚》
（*Ramayana*）其最著之代表也。此二詩中本事之比較，又頗似荷馬
《伊里亞》之與《奧德西》。《大婆羅多譚》之起源甚早，約在紀元前
一千年以前。其大體之結構與事實，當已有定。傳至紀元前五世紀
中，（約四五〇年頃。）全詩作成。至紀元前三百年後，又復有改變
增益之處，遂成為今世所傳之本。至於《羅摩武勇譚》，世傳為跋彌
仙人所作。其初次作成，當在紀元前五百年以前。至紀元前第二世
紀中，另有人增廣之。後復加添材料，遂成今本。《大婆羅多譚》共
分十九卷。《羅摩武勇譚》共分七卷，其中二卷當係後人所增補。至
二詩之本事，今撮述如下：

《大婆羅多譚》敘婆羅多王 Bharata 之子孫，拘留、（一譯古路
（Kurus）。）般都（一譯班杜（Pandus）。）兩族間之大戰。其戰僅
十八日，然書中事實則歷數十年之久。先是婆羅多王之國，（又稱
拘留國，從王族之稱。）都城曰象城（Hastinapura，其遺址在今特里
（Delphi）之東北五十七英里）。王之後裔有兄弟二人，兄名德里達拉
塔（Dhritarashtra），立為王而盲。乃以其弟般都（Pandu）攝政，英武
賢明，國人愛戴。般都有子五人，是曰般都氏之族。五子中以長子由
德希拉（Yudhishthira）、中子比瑪（Bhima）、幼子阿圓那（Arjuna）為
最知名。德里達拉塔（即盲王。）有子百人，是曰拘留氏之族。其中

以杜羅達那（Duryodhana）為最知名。未幾般都遽死，盲王乃復親理政務。以侄五人均養之宮中，待如己子。五人者均武勇，屢着戰功。盲王乃立長侄由德希拉為太子，拘留氏之族百人者忌之，力謀陷害。此五人不獲已，出亡至般遮羅國（Panchala）。適值國王為其女道巴底公主（Draupadi）擇婿，以比武定去取。各國君王將帥羣集於此，而阿圓那力能挽國王之勁弓，又射鵠而中之，武藝諸人上，遂為駙馬。公主恐五人兄弟之間復相鬥爭，乃自願為五人之妻。又於比武之時，般氏兄弟得識耶達巴國（Yadavas）之英主黑天王 Krishna（乃毗搜紐天王 Vishnu 之化身），與訂深交；自是黑天王遂為般都族之主謀者。盲王見般都族與二強國相結，締姻聯盟；慮有不利，乃招之歸。分其國為二：一與己之諸子，使居故都象城；而以其一予般都族，為城因陀羅拉沙（Indraprastha）（即今之特里）以居之。（以上卷一。）般都族以賢得民心，日益強盛。杜羅達那深為忌嫉，決殲除之。乃用其叔莎庫尼（Çakuni）之計，慫恿盲王招般都族歸居象城。既至，杜羅達那誘由德希拉為擲骰之戲。由德希拉屢博屢負，於是己之國土、貨財、軍旅，合諸弟一妻之身，所用以為博注者，悉歸杜羅達那所有。般都族欲不遵行，爭持久之。乃議決由德希拉應挈諸弟及妻，出亡於外者十二年，再隱居埋姓名一年，然後歸來，仍得主其舊國。（以上卷二。）於是般都族遂出亡至莎拉斯巴底（Sarasvati）河上之甘亞伽（Kamyaka）林中。居此凡十二年，聽人敘說故事以自遣。（以上卷三，是為全書中最長之卷。）至第十三年中，則變服為馬慈耶（Matsyas）國王比拉陀（Virata）之僕隸。時值拘留族與他國聯盟，合兵攻伐馬慈耶國。王敗逃，般都族乃出而擊退敵兵，復王之國，並自道其姓名及爵位，乃與比拉陀王聯盟。（以上卷四。）又遣使赴拘留族索還己族之國土，以符前約。不報，般都族大憤。乃興師，兩族之兵遇於本國之平原。時印度諸國或助拘留族，或助般都族，各以兵來會。聲勢浩大，震動天下，為空前之大戰。（以上卷五。）此戰歷十八日而畢，兩敗俱傷。拘留族之眾盡殲，般都族及同盟各國亦全軍覆滅，僅由德希拉兄弟及黑天王與其御者得以身免。（以上卷六至卷十。）戰死將士，以次殯葬如儀。（卷十一。）般都族之主帥比瑪臨歿，教其長兄由德希拉以為君之道，語極詳盡。（卷十二及十三。）盲王以百子皆死，乃與般都族言歸於好。迎諸侄回國，禪位於由德希拉，仍都象城，殺馬以祭神。（卷十四。）盲王既禪位，退居十五年，然後挈其妻 Gandhari 走入林中隱居。林災，皆焚死。（卷十五。）當兩軍大戰時，耶達巴國之人，有助拘留族者，亦有助般都族者。至是不相協，起兵尋仇，自相殘殺，全國之人誅戮殆盡。黑天王悲痛之極，退居山野，不問人事，為獵者誤以矢中之而死。（以上卷十六。）般都族之眾，亦深厭世，乃立阿圓那之孫、名巴里克希（Parikshit）者為王，仍都象城。而眾相率隱居林中，望神山之所在而趨，將至而皆死。（以上卷十七。）死後乃偕其妻道巴底共登天堂。（卷十八。）《大婆羅多譚》遂終。又傳新立之國王巴里克希為毒蛇所噬而死。其子繼立，乃命以禮祭蛇。祭時，伯莎巴亞那（Vaicdmpa Yana）誦《大婆羅多譚》之詩。詩乃廣博仙人 Vyasa 所作。仙人既編次四種吠陀，乃復作此詩。以著般都族之善、拘留族之惡，及黑天王之偉云云。至續作一卷，卷十九則專述黑天王之事，名曰《毗搜紐天王家乘》（Harivamça）。此卷長約一萬六千句，分為三段。首段述黑天王祖上之歷史，直至毗搜紐降凡，化身為黑天王為止。次段敘黑天王之功業，末段論世界將來之四大時期（Kali）。以上所述，為《大婆羅多譚》本事之大略。至此詩中插入之故事自成段落者，多不勝數，而以《薄伽梵歌》又曰《世尊歌》（見下節。）為最重要云。

《羅摩武勇譚》紀羅摩（Rama）之奇跡，分為二段。前半敘羅摩為人，皆入情入理之事。後半則以羅摩為毗搜紐天王之所托化，故多靈異神怪之事，以示尊崇此神之旨。先是拘薩羅國 Kosala（都於阿逾闍城（Ayodhya））之名王曰十車王（Daçaratha），有後妃三人：名高沙亞（Kauçalya）、開克伊（Kaikeyi）、蘇米塔（Sumitra）。各生一子，名羅摩（Rama）、婆羅多（Bharata）（即《大婆羅多譚》中之人。）、拉克希摩那（Lakshmana）。羅摩娶毗提訶（Videha）、王阮那加（Janaka）之女私多（Sita）為妻。十車王自以年已古稀，乃當眾宣諭，立羅摩為太子，眾皆歡慶。蓋羅摩賢，久為眾所愛戴也。開克伊謀立己子婆羅多，乃告於王，謂王嘗許彼二事，必從所欲。今敢請，王鄭重諾之。開克伊乃曰：第一事，請立婆羅多為太子。第二事，請命羅摩居外十四年。王謂此實難行，而開克伊必不許王失信。王輾轉憂思，終夜無眠，卒從其所請。次日，羅摩冊立為太子。禮將具，忽聞父王之召，命其出亡。羅摩受命，以為孝莫大於順親，毫無怨懟之意。即日辭父去，其妻私多與異母弟拉克希摩那，從之行。王實不忍見羅摩之去，悲痛不勝，乃棄開克伊而與羅摩之母高沙亞同居，以樂餘年。未幾，因思子成疾而死。羅摩出亡後，偕妻及弟居丹達加（Dandaka）之林中。是時婆羅多居於外家，及老王崩，其母召婆羅多登基。婆羅多恥奪其兄之位，怒而去之。走入林中，擬挽羅摩歸而踐祚。羅摩雖感其弟之義，然以誓言在先，父命難違，堅不肯歸。繼乃以金彩履一雙贈婆羅多，曰：持此歸而為君，猶吾禪讓與子者也。婆羅多歸，仍不敢自立為君。置金彩履於御座，上張傘蓋，旁列羽葆。率百官而朝，遙奉羅摩為君，而自攝行政務焉。此下乃入全書之後半。時丹達加林中常多巨魔出現，遠近震懾，隱居修道者不得寧處。羅摩決往討之，從仙人 Agasta 之教，神因陀羅神之兵器，遂與魔戰而勝之，誅斬魔數千。魔王邏伐拿（Ravana）憤甚，謀復仇。乃使其徒變形為金色之鹿，現於私多公主之前。私多見而悅之，請羅摩共拉克希摩那往追獲此鹿。邏伐拿乃乘機幻形為道士，劫私多去。大鷲（Jatayu）守護私多之居者被傷。羅摩歸，悲痛不自勝，乃焚大鷲之屍體而葬之。忽聞體中有聲出，告以如何而可復仇並救還私多。羅摩乃往與猿猴之王漢努馬（Hanumat）及蘇格巴（Sugriva）訂盟。蘇格巴助羅摩殪巨魔巴里（Bali）而漢努馬渡海至邏伐拿所居之楞伽（Lanka）島，得見私多徜徉園中，慘然不歡，乃告之故，遂斬魔多名，歸報羅摩。於是定攻戰之策。猿王以海神之助，築造巨橋，自大陸直抵楞伽島。羅摩遂引軍飛渡，直入魔窟，斬邏伐拿而取還私多公主。羅摩疑其妻不貞，以火刑驗之，證得其未失節，乃

羅摩與婆羅多兄弟會於林中之圖
The meeting in the Forest

魔王邏伐拿劫去私多公主之圖
Ravana Coming

迎之同歸阿逾闍城。羅摩踐位為王，引其弟婆羅多共圖治理。天下大治，人民歡樂，咸歌頌升平焉。

以上乃《羅摩武勇譚》之本事也。至此詩之首卷及末卷必係跋彌仙人所增，以頌毗搜紐天王之威德者。據此，則邏伐拿者，初受大梵天王 Brahma 之敕許，具勇力，凡百鬼神皆不能傷其肢體。乃其後邏伐拿為諸種罪惡，諸神悔之而無可如何。忽憶邏伐拿之體，雖為鬼神所不能傷害，而人則能之。乃共籲請毗搜紐天王降凡投胎為人，以除此魔患。毗搜紐天王遂託生為羅摩，而奏此奇功。此首卷中之所敘也。末卷（即卷七。）之結穴處，則謂諸神自大梵天王以下，均來展謁羅摩，慶其成功；尊之為天上之毗搜紐天王，而稱其威德不置。以《羅摩武勇譚》之所載，故印度之人共尊羅摩為神，至今猶崇祀之也。又《羅摩武勇譚》中亦插入自成段落之故事數則，惟其數甚少。《羅摩武勇譚》中之婆羅多，即《大婆羅多譚》中交戰之兩族之祖。是則以事跡淵源論，《羅摩武勇譚》當在《大婆羅多譚》之前，特其作成似較晚耳。

《薄伽梵歌》又名《世尊歌》*Bhagavad Gita*（*The Song of the Exalted One*），乃印度文學中譯成歐文最早（一七八五年英人韋金斯（Charles Wilkins）之英文譯本出版，見前。）之篇章，而最為西人所稱賞之妙文也。此歌本係《大婆羅多譚》中之一段，後人或提取出之，列為專書。歌分十八節，每節若干首。此歌之作，約在紀元後二百五十年頃。其時耶教已漸傳於印度，故西人謂此歌曾受耶教之影響。至其中道理，半取之於六宗中之數論，半取之於瑜伽，益之以泛神論之哲理。而其宗旨，則在申明"行而無著"（work without Attachment）之義，以此為教。（參讀美人穆爾先生文集 Paul E. More, *Shelburne Essays* 卷六第四三至六四頁。〇又參閱本誌第十六期《我之人生觀》第二十二至二十三頁。）

　　茲略述其事，次明其旨。歌敍拘留族與般都族大戰之時，兩軍各自成陣，未及交鋒。般都族之大將阿圓那駕兵車直至戰場之中心，黑天王（即毗搜紐天王之化身所謂《世尊歌》之世尊（即指毗搜紐天王。））為之禦。阿圓那忽念今日之事，鼓角一鳴，則此兩軍數十萬眾，甲仗鮮明、精神勇邁者，將霎時畢命，同歸於盡。且其中又多叔侄昆弟，骨肉相殘，寧不可悲？遂命停車。顧其御曰：“我身戰栗，口干髮豎，四肢疲軟，不能戰矣。／芸芸此眾，皆我親族，殺之何益？徒以取禍。／榮名快樂，非我所欲。戰勝攻取，終亦何裨？／寧人殺我，我不殺人。縱得天下，亦所不為。／我必不戰，願神恕我。”其時阿圓那身處兩軍之衝，悲喪萬狀。為其禦之毗搜紐天王，顧而微笑。語之曰：“汝言有理，顧誠多事，知者不憂，何慮生死？／人無死者，我固不死，汝亦不死，此眾不死。／人生如寄，體亡魂存。魂今悠久，常住不滅。／古語有云，謂我殺人，謂人見殺，二者皆誤。／譬人更衣，以新代舊。魂脫此體，復入彼體。（古語止此。）／體內所藏，永不能滅。睹此將士，汝當不憂。（以上為一段。）／汝身為將，當為義戰。溺職背義，無所逃罪。／勿計苦樂，勿問成敗，挺身入戰，庶可免爾。不問收穫，但問耕耘。既不貪功，亦毋袖手。（按此四句乃全篇之主旨。）／立誠無着，致行不息。成敗無驚，無驚即誠。／智慧之士，行不邀功，遂免輪迴，得往福地。／汝能用智，不墮迷惘。古往今來，都不繫心。／即有迷眩，立定腳跟。靜思篤信，必底真誠。／惑溺諸色，緣着遂起。由看生欲，由欲起爭。／行諸色界，而無愛憎。內凝立己，得致寧靜。／絕去諸欲，所向無求。不存我見，必獲靜福。古語有云：桎梏手足，縱心妄想，是為偽善。／若彼真人，心為體主，用其肢骸，行而無着。（古語止此。）／行所當行，較不行善。

血脈凝滯，人身亦死。／故應無着，行事不息。行而無着，便成大覺。／俯仰三界，萬事畢具。我神自道。無可為，猶當力行。／若我倦休，眾人仿效。三界將滅，混亂無歸。／愚人行事，為所着故。知者無着，行以勵人。／勿同愚人，觸處迷惘。效彼知者，行事得樂。／萬事安排，自然之機。據為己功，愚不可及。／無欲而為，行必所知。若斯之人，乃可云智。／成敗等觀，不為行縛。隨遇而安，不忮不求。／如火燃薪，變灰而滅。知之所燭，萬行皆空。／堅信苦行，絕欲得知。知定而安，遂入正覺。"阿圓那聞神之教，恍然大悟，乃奮身入戰，大戰遂合。

《世尊歌》旨在宣明毗搜紐天王所教"行而無着"之道理，故其本事簡單如此。阿圓那者，東方之漢姆來德（一譯哈孟雷特。）（Hamlet）也。夫人之理想與義務，宗教信仰與實際生活，二者之間，往往互相衝突。於是世之行事者，皆冥然無知，可憫可歎。而一二高明智慧之士，既知矣，而視世事皆為不合乎理，不衷於義；於是疑惑畏縮，無行事之勇氣，甚或放蕩荒淫以自遣，並知行二者悉蔑棄不顧。然則人之出處進退之間，誠為極難解決之問題矣。《世尊歌》於此問題之答案，持調和而並存之說。意謂知行既不能合一，則不必求其強合；但當知其所能知，行其所當行。二者之間，各從其是，無妨聽其矛盾。若行事不背道德，義務完全盡到，實事上已收佳果。較之過崇理性，強作曲解，不為愈乎？知行之所以不能合一者，以人性二元，本存町畦。知屬於一，行附於多。知識須求諸內心，行事則緣於外境。故欲以理智解決此問題，實勢所不能。不如專就實際行事，定一完美之標準，則莫善於"行而無着"之律矣。行而無着，則不墮迷惘而無害於知。彼厭世悲觀，一事不行者，實由我見過深。今既不計苦樂，不問成敗，則欲行事固不難也。於是由動作而獲安定，遵道德而得自由，誠兩全之妙法也。（按《世尊歌》所立做人之二大規矩，曰知曰行。又謂地獄之門有三，皆易使人陷溺：一曰淫欲，二曰忿怒，三曰貪吝。此正與《孟子》人由少而老，戒之在色、戒之在鬥、戒之在得之說符合也。）

第五節 波斯文學

波斯文學與印度文學頗有關係，蓋其起源皆在伊蘭高原，而當阿利安種之印度、波斯兩支尚未分離之時也。賈克孫教授 Jackson，今美國哥倫比亞大學教授。曰："詩之發生於此僻遠之區，若晨星之始現而對歌。其所唱者讚頌神祇之詞。印度河恆河流域即印度。與里海波斯灣之間，即波斯。固同一例也。"

波斯文學可顯分為三時期：一曰伊蘭文（Iranian）即波斯古文。時期，或上古時期。此期文學，以創教之先知蘇魯阿士德（Zarathustra, or Zoroaster）（紀元前第七世紀或更在其前）之著作為主，尊為聖書。二曰巴拉韋文（Pahlavi）時期，或中世時期，自西曆紀元後第三世紀至第九、第十世紀之間。三曰近世時期，實自回教徒征服波斯之年（紀元後六四一年）起，以至今日。波斯古文極類梵文，巴拉韋文及波斯今文亦然，惟後來千餘年中頗多變化耳。

按波斯古文，又名生文 Zendie（義云生 living），即《阿威士陀經》（Zend-Avesta）中之文字，（詳見下節。）起於波斯北方。半似梵文，而半似迦勒底文。書寫自右而左，與日耳曼文亦有相同之處。巴拉韋文（一作 Pehlvi，義云英雄），乃古波斯西部之方言，與生文無多出入。當安息（Parthia）諸王時代，發達臻於美備。巴拉韋文時期之後，又有波斯西南部之方言名 Parsee 者，盛行於薩珊王朝（Sassanides）（紀元後二二九至六三六年之時。）波斯今文，即係此文及阿拉伯文相合而成者也。

（一）上古時期　波斯古文之記載中，有楔形文字之石刻。其中最可觀者，厥為大流士第一波斯王其在位之年約為紀元前五二一至四八六年。所命鐫於伯赫斯坦（Behistun）山側之五方石上之文。《阿威士陀經》（Avesta, or Zend-Avesta 義云生言 living word）為古波斯文章之最重要者。古波斯文學甚為豐富，其傳於今者僅此而已。（據羅馬人卜林尼指 Pliny the Elder（23–79 A.D.）著有《博物志》（Historia Naturalis）三十七卷。所說，僅蘇魯阿士德一手所撰之經文，即有二百萬句之多。）《阿威士陀經》為火祆教之聖經。其中最為人尊崇之部分，厥為讚頌諸神之詩；再則典籍及祈禱之文，法律禮儀之記述，與夫古波斯人所作宇宙創造之故事而已。蘇魯阿士德自述得與光明之神 Ormazd 會接，能知諸天及未來事，勸諭世人速速改悔。蓋神道設教者之常有事也。近百年中，《阿威士陀經》已譯成歐西各國文字便人誦讀。其翻譯之歷史及批評之著作，均深饒趣味者也。

按蘇魯阿士德 Zoroaster（Zarathustra），舊譯之名甚多。《四裔編年表》作瑣羅阿司得，《西史綱目》作瑣羅的，《東洋史要》作曾呂亞斯太，宋姚寬撰《西溪叢話》作蘇魯支。（見陳垣所引。）今從陳垣《火祆教入中國考》（載北京大學《國學季刊》第一卷第一號。）中譯名，作蘇魯阿士德。其所創之宗教（Zoroastrianisa），舊稱波斯教、拜火教、太陽教、天神教、胡天神教、祆教、火祆教等名。今亦從陳垣，作火祆教。（陳垣文述該教在中國之歷史甚詳，宜參讀。）至蘇魯阿士德所作該教經典（Zend-Avesta），今已經日本人譯出，名曰《阿威士陀經》。《西史綱目》舊譯作《仁遏瓦斯太經》。蘇魯阿士德之生，約當紀元前第八世紀，為火神、星神之祭司，因其國之故俗而創教。陰陽善惡二元之說，及謂善神（ormuzd，舊譯作沃爾靡）清淨而光明，惡魔（Ahriman 舊譯作亞利曼）污濁而黑暗。善神與惡魔常互鬥爭。凡此皆波斯原有之信仰。蘇魯阿士德沿用之，而加以改正，遂另成一新教。謂至世界末日，善神必完全戰勝惡魔。故人當棄惡從善，棄暗投明，為善神之徒。其於人生道德，三致意焉。《阿威士陀經》相傳乃其所作，共二十一篇。今存三篇。全書分二部：一部以波斯古文作成，一部則用巴拉韋文。書敘波斯上古開創殖民之神話歷史、道德格言、宗教規律、祈禱之詞，及天文之視察記載等。

（二）中世時期　此時期之著作，有《阿威士陀經》之譯文譯為巴拉韋文。及注疏、宗教歷史典籍及小說等，然在文學史上皆不關重要也。

（三）近世時期　近世時期之典籍材料，則異常豐美。尋常所謂波斯文學者，殆指此時期而言者也。詩人費圖錫（Fridausi）義云天堂詩人。（紀元後九三五年生）裒然居首，其主要之著作為史詩《諸王紀》*Shah Namah*（Book of Kings），費三十五年之力始作成，初版於一○一○年行世。其詩敘波斯國史，自紀元前三千六百年之神話時代起，至回教徒阿拉伯人。征服波斯之時紀元後六四一年。止。篇幅極長，以兩句同韻者為一聯，則全書有六萬聯。其敘事以伊蘭人即波斯人，為阿利安種。與土蘭人（Turanian）非阿利安種，為歐亞兩洲最先之土著。之戰爭為主。中間插入之故事，有極能動人者。如安諾德之詩《索拉與魯斯突》（*Sohrab and Rustum*）魯斯突出外從軍，多年未回；其子索拉長成亦外出從軍，以覓父。父子初不相識，兩軍交戰，各在一邊。陣前交鋒，子為父所斬殺。所詠之事是也。此時期所作，《諸王紀》而外，尚有其他史詩。根據史事，奇美動人。又有戲劇、小說、短篇小說、故事、寓言等，他類文學，不及備舉，而究以情詩為此時期文學之大宗。或嘗謂"波斯之國，薔薇生樹，羣鶯亂飛，實為情詩產生之地。"誠非虛語。波斯之詩，其題目材料之範圍甚狹，又過事雕琢，然其形式美備，音韻和諧，有足稱者。波斯情詩中最常見之題旨，為男女愛情及飲酒二事。情詩而外，並有宮廷之詩，及宗教、訓誨之詩焉。

按費圖錫，本名 Abul Kasim Mansur。國人以其詩精美無瑕，故稱之"費圖錫"。費圖錫者，天堂詩人之義也。其生約當馬穆德王（Mahmud）在位之時（紀元後九四〇至一〇二〇年）王命費圖錫作詩，述波斯歷代諸王之事跡；且謂詩成，每聯當賜以金幣千枚。費圖錫慘淡經營三十餘年，及《諸王紀》作成，而費圖錫已垂垂老矣。其詩進呈後，王意殊不滿，不加褒賞，並食前言。費圖錫怨王，作詩諷刺之。王見詩甚怒，乃命賜費圖錫以製錢六萬，以其詩長六萬聯也。而不給金，以辱之。費圖錫於公共浴場得錢，憤不可遏，盡舉其錢以與僕禦。又探知王之吝於賞賜，乃由其所寵之宰相某進讒所致。遂再作為諷刺之詩，語更激切，而輾轉託人進呈此詩與某宰相。緘封甚固，書其外曰：此書值王政務繁難、身心不豫時讀之，可以解王憂云云。費圖錫乃逃之異國。消息傳來，知王讀詩大恚，立罷斥某宰相。費圖錫既復前怨，乃走之報達（Raghad）王所，作《諸王續紀》一千節，頌報達王之威德。報達王賜以金幣六萬枚。費圖錫詩名益著，遐邇知聞。波斯王乃命人往賜以六萬金，並朝服一襲，道王自悔自怨之意；求其捐棄前嫌，速既返國，且當重用。然使者至時，費圖錫已以疾卒，享年八十。家人得賞金，用作善舉，修治故鄉之道路，建造屋宇，從費圖錫意也。

鄂馬開亞謨 波斯詩人所作情詩之佳篇，為西人所稱賞者，已歷數世。譯成英文詩者，亦有多家。就中尤以十二世紀之鄂馬開亞謨（Omar Khayyam），或傳其卒於一一二三年。及十四世紀之哈非思

（Halfiz），或傳其卒於一三八九年。最為英國人所愛讀，非其他波斯詩人所能及。鄂馬開亞謨之《四句詩集》（*Rubaiyat*），按此字係 Rubai 之多數，義云每首四句之詩也（每句即一行 verse）。中國之五七言絕句皆每首四句，故初擬譯為絕句集，以嫌近於勉強湊合，乃譯今名。○下段譯此詩為中文，亦每首四句，以符原意。經由斐慈解羅（Edward Fitzgerald，1809−1883）英國文人，所譯之《四句詩集》為其生平最佳之名作。譯為英詩者。其譯筆之工，以較英譯他國之詩最佳之篇章，毫無遜色也。鄂馬開亞謨者，詩人而兼天文學家，波斯之尼夏普（Nishapur）城人。相傳其生平所作"四句詩"多至一千二百首。大率怨命運之多舛、世事之不平，譏彼貌為虔誠之作偽、恪奉正教者之迂腐。言男女相愛者離合之情，讚春日百花之鮮妍美媚，盛道飲酒尋樂者之陶然自得，又雜以輸誠悔過之詞。此其大略也。斐慈解羅所選譯者約有百首，其中之半數，能盡遵原作之意而達以麗詞。餘則雜以己意，不盡密合原詩也。

今擇其最足動人者，錄若干首如下：以下所列即係由斐慈解羅之英詩譯為中文者。每首之數目字，乃指斐慈解羅所譯《四句詩集》中之第幾首而言也。

（其七）　　春到何須戀敝裘　勸君斟酒且消愁

　　　　　　由來時逝如飛鳥　震翼淩空不可留

（其十六）　絞腦回腸大可哀　人生希望總成灰

　　　　　　青沙覆雪連天白　一現曇花安在哉

（其二十一）茫茫奇愁古又今　與卿斟酒滌煩襟

　　　　　　塚中枯骨七千載　明日吾身何處尋

（其二十七）筆舌紛騰無一是　天人消息許相窺

村氓聖哲同愚魯　　卻悔當年苦擇師

（其二十八）盧心問學事耕耘　　明辨慎思為底勤

智海無邊吾未飲　　空空來去水天雲

（其四十六）莫緣死別淚長揮　　撒手人天爾我歸

億兆浮生原泡幻　　女神造命故難違

（其四十七）筵散曲終人不見　　天荒地老世仍存

石沉大海無消息　　微末死生何足論

（其六十四）幾人曾過鬼門關　　此路悠悠去不還

夷險平陂君莫問　　餘生未盡悵緣慳

（其六十六）界隔幽明未許通　　遊心造化涉鴻蒙

天堂地獄今才悟　　只在靈台方寸中

（其六十八）傀儡登場儼若神　　衣冠誰憐夢中身

長夜漫漫燈一盞　　笑啼歌哭總由人

（其六十九）解道生涯似弈棋　　朝來夕去任推移

局終惟剩枯枰在　　成敗興亡空爾為

（其一百）　陰晴圓缺變無端　　月到中天夜氣寒

園林大好光長在　　照人不見涕泛瀾

（其一百零一）清露如珠點翠苔　　星光掩映骨長埋

・尋歡良夜卿來過　　慰我仍傾酒一杯

按莎士比亞《漢姆來德》（Hamlet）劇第三幕第一節（Act III Scene I）自語一段，言死後情形不可得知，故人以畏死而偷生。正與此處（其六十四）之詩，意思相同。

哈非思 哈非思（Hafiz）非僅以詩鳴者，與鄂馬開亞謨同。蓋哈非思性嗜科學，又嘗講授神學及哲學。其一生行事之傳於後者，如遊行各地、謁見帖木兒大王、違犯回教正宗之規律，等等，均奇詭動人。其歿約當十四世紀之末葉云。按係一三八九年。

哈非思之詩，固有專為一人而作者，然大率歌詠飲酒、歡愛、少年、美人、春景、花香、鶯歌等事，常多寓意。即其詩之詞意最直率、最明顯者，或亦有神秘奧妙之哲理蘊藏於中也。哈非思欣賞自然景物，所作又極自然渾成，筆力雅潔，造詞迥不猶人；故人多愛讀哈非思之詩。哈非思最擅長之詩體，為其所作之短歌，名曰 Ghazals。此體每篇長自五至十六聯聯即 Couplet，每相連二句而同韻者曰一聯。不等。其押韻之法極繁複，往往於末句中嵌入作者之名氏。若一題而作若干首，則各首之第一字須按照字母之次序而排列，以此定各首之孰先孰後云。

哈非思所作詩之最主要者，厥為《一卷集》（Divan）。按波斯文之 Divan，本係"詩集"之義，指一人之專集而言。今因此字又訓為書卷，故譯為一卷集。集中所收之詩約七百首，強半皆上節所言短歌之體（Ghazals）。《一卷集》中之詩，已經雷葛良（Richard Le Galienne）、馬加西（Justin Huntley McCarthy）、李夫（Walter Leaf）、皮克奈（H. Bicknell）、貝爾女士（G. L. Bell）等人以上諸人皆英國近今文人，且大部生存。今不一一詳注。譯為英文，而以貝爾女士所譯為最佳。除斐慈解羅之《四句詩集》外，波斯詩譯為英文，莫能及此譯之精美者矣。

今節錄哈非思《自題墓碣之歌》，以見一斑。歌係貝爾女士所譯，今即由彼之英譯轉譯成中文也。

骨未化灰隨風舞　塚中猶是人間土

願神福我如昔時　護以慈雲注法雨

神兮念我惠臨存 玉簫在手酒滿樽

厚樟重衾遮不住 便當起舞答神恩

定知神明不我棄 良宵偓倚征靈瑞

髑髏也使變紅顏 老朽何難還童稚

神態莊嚴神體芳 人天接引泛慈航

億兆蒼生蒙顧復 豈獨私衷遺愛長

第六節　阿剌伯文學

　　阿剌伯文學甚為豐富，而種類繁多，有詩、故事、東方之奇譚、歷史、哲學及宗教之論著等。吾西人心目中之東方之情況，每得知於阿剌伯及其他回教諸國所傳來之奇詭新穎之故事，此殆勢所難免者。一讀此類故事，則恍若復置身於報達、開羅、科鬥瓦 Cordova，西班牙名城，中世回教徒佔領西班牙時之大都會也。之盛時，行過其喧闐輻輳之市廛，入其宏闊壯麗之清真寺，邂逅其教中之長老及幕面之婦人，瞻仰其名王赫侖挨力斯怯得，Haroun al-Rashid（Aaron the Just），茲譯名從《天方夜譚》譯本。（詳見下）該王於紀元後七八六至八〇九年之間，為報達（Bagdad）之王。而浮游於彼靈詭奇妙之仙境中焉。

　　阿剌伯文詩之最盛時代，厥為穆罕默德生前及在世之時（即紀元後七世紀）。按穆罕默德之生世為五七〇至六三二年。其詩人敘述阿剌伯之風土習俗，若沙漠，若水田，若駱駝，若羚羊，若畋獵之追逐，若部落之轉徙，悉詩中之材料也。其詩由眾口相傳，輾轉誦述，遂成為阿剌伯人一羣之所公有。後此之時代，則都市生活發達。若報達、開羅諸名城，皆為回教文化之中心。西班牙既歸隸屬，阿剌伯人之在其地者，亦作詩極多。第十世紀中，選詩者得二萬句，則其多可知。又哈克（Hakim）義云賢人，蓋阿剌伯人在西班牙所建國之主也。矢意獎勵文學，建圖書館於科鬥瓦城，館中藏書多至四十萬卷。及阿剌伯人吟詠之風既衰，他類文學乃大興盛。尤以故事軼聞及卷帙浩繁之宗教注疏之書，為最夥云。阿剌伯者，《可蘭經》作成之地。而《可蘭經》，則全世界中回教諸國之所共虔遵而恪守者也。《可蘭經》英文譯本，有塞氏、George Sale（1680–1736），其譯本 *Translation of the Koran* 成於一七三四年。冷氏 Edward William Lane（1801–1876）諸家，譯筆並甚佳。惟今人之研究《可蘭經》者，則多視為宗教經典，而不視為文學之書耳。

　　《天方夜譚》自西方人觀之，《天方夜譚》*The Arabian Nights*，中文譯本有奚若所譯，凡四冊，譯筆甚佳，不減林譯，商務印書館出版（《說部叢書》初集第五十四編）。本節所用人名地名篇名，凡曾見於《天方夜譚》中者，皆從該譯本之名，以求劃一云。中所敍東方奇僻美妙之生活，殆為千古所不能易者矣。《天方夜譚》一書，係故事彙編。其得傳於歐洲，則始於十八世紀初年加蘭氏 Antoine Galland（1646–1716），法國古物學及東方語言學者。之法文譯本。自時厥後，《天方夜譚》中之著名人物，如赫侖挨力斯怯得、見前。〇見書中《二黑犬》及《加利弗挨力斯怯得軼事》等篇，篇名悉從奚若譯本。史希罕拉才得、Schcherazade，人名，亦悉從奚若譯本。噶棱達三人，見《二黑犬》、《生壙記》、《樵遇》、《金門馬》諸篇。按噶棱達（Calender）本係回教某派遊行募化之僧人，非一人之姓名也。愛里巴柏、Ali Baba，見《記瑪奇亞那殺盜事》篇。星柏達、Sindbad，見《談瀛記》篇。愛拉亭 Aladdin 見《神燈記》篇。等，乃成為全世界之人消遣娛樂之資矣。

　　《天方夜譚》何時作成，說者紛紜，末由斷定。然謂其作於紀元後第十三、第十四世紀之間，當非誤也。書中所志各地風俗民情，多與十三、十四世紀開羅 Cario，埃及之大都會，臨尼羅河右岸。城中之情形相同，故此書似當在開羅編成。惟書中之故事，則來自多國。或源出數百年前，而非得之於一時一地者。論者嘗謂，國土之名，見於此諸故事中者，有非洲西部、埃及、敘利亞及古印度。而書中敘仙魔等等，則波斯國之舊俗也。其一故事按此指《談瀛記》。似脫胎於荷馬之《奧德西》。另一故事按此指《波斯女》。似脫胎於猶太人所作、《聖經‧舊約》中之《以士帖紀》（*Esther*）。而書中敘名王赫侖挨力斯怯得禦極時報達京城中之景況，則確類阿剌伯回教國都城麥加最繁盛時也。鮑爾敦氏 Sir Richard Burton（1821–1890）曾譯《天方夜譚》為英文，定名曰《一千一夜》（*The Thousand Nights and a Night*）一八八五至一八八八年出版。堅持彼之說，謂此書之大體結構，原出波斯。書中故事之最古者，當係紀元後八世紀時事。全書之規模，於紀元後十世紀時已略具；其後但事增修，而要必為多人所共作，非出一手者云。

　　鮑爾敦氏又申明《天方夜譚》描畫中世時之阿剌伯人，善惡並著，瑕瑜互見，無所隱諱。其人性行頗高貴。幼童則孝敬父母，篤愛朋友，讀書勤奮，舉止大方。至成人則勇而和，能自立，忠於國王，忠於回教，遇外人殷勤而有恩禮。為父則慈，為夫則賢，為友則忠。好名而有信，任俠而尚義。又其賦性循良，篤信天心及命運而不思違抗。對貧病疾苦之人，極為仁厚，亦其天性。且自信死後可得極樂，故少鬱鬱之意。凡此均其所長也。

　　顧《天方夜譚》中之阿剌伯人，其性行之疵瑕亦甚多，常流於蠻野橫暴。"其人幼稚而精幹，愚魯而狡獪。外貌溫恭莊嚴，而內心則輕佻浮靡，蓋極複雜之能事者矣。"按此段乃引鮑爾敦氏之說。又懶惰而倨傲，頑梗而迷信鬼神。天性狂熱而一偏，故崇奉回教。而於此外所有之宗教，則皆攻斥不遺餘力云。

《天方夜譚》中之故事，以小說中常用之一法，即由一人口述。強勉連貫組合，故結構甚不嚴密。其"緣起"中，謂昔者印度某王，按王名史加利安，書中稱為蘇丹，實係波斯之王而兼領印度者。因其後不貞，怒而欲盡殺國中諸婦女。乃著為令申，每夜必以良家女一進御為妃，次晨破曉即縊殺之。令行，全國婦女皆洶懼。幸得維齊 Vizier，即宰相。之長女曰史希罕拉才得名見前。者以巧計解之，乃免。蓋女以己身進御，而於每晨破曉前為王即蘇丹。述說故事，極恢詭動聽，滔滔不絕。王欲聽故事之究竟，遂命暫緩行刑。如是夜復一夜，積至一千零一夜之久，而王往日殘刻之心業已消滅殆淨盡，遂除此苛律，而冊女為後云。詳見《天方夜譚》緣起及全書之末頁。讀者可參讀譯本。此即《一千一夜》此書之別名。書中故事之所由來也。其實，此諸故事來源匪一，優劣雜廁，彙編而成者耳。然全書描敘東方風俗人情，璀璨陸離，若萬花鏡俗名百花筒。之鑒物，至足動人之稱賞者也。

《天方夜譚》固非完備之文學著作，然如潘氏（John Payne）、鮑爾敦氏見前。諸家譯本，則幾於文學名著之林矣。蓋一經此諸家之傳譯，原文冗漫缺略之處，均於無形中刪節彌補。冷氏見前。譯本最為通行，然非最佳之譯本。奚若之中文譯本，即係由冷氏之英文本轉譯出者。按冷氏之譯本成於一八三九年。鮑爾敦氏譯本中之注釋及論評，具見其學問之淵博。此君研究東方學之著述，篇篇皆可貴也。吾西方之人，讀《天方夜譚》，不宜讀字句密合原文之譯本。蓋因原書卷帙過繁巨（鮑爾敦氏譯本有十六冊之多），且常多猥褻及重復枝蔓之處，故以讀已經刪節而撮取大意之譯本，為較善也。

今試錄取書中一段，以史各脫氏（Jonathan Scott）通行之意譯本，與鮑爾敦氏富於詩情之直譯本，兩相比較，趣味殊深。如下。按今在中文譯本，不能比較。姑錄奚若所譯此段，以見譯筆之一斑。茲所錄為《談瀛記》之一段，見譯本第一冊一百十六頁。

　　　　一日風颶作，帆若飛鳥疾。數時許，抵一島。草芊芊一碧，景色幽寂。舟下碇，客多登陸眺矚，余亦從。舟處久，倦悶，得散步遊目。心暢甚，相與席地飲。忽島搖曳若浮舟波浪中。主舟者忽大呼亟歸。稍遲，難將及。蓋巨鯨往往背出海面，峙若山岳，且叢生草木，多誤為島。（下略）

　　《天方夜譚》書中之材料，雖極雜糅，然可約別為數類：一曰歷史，其中有長篇者，情事奇詭，然多本於前代之實事。二曰前朝軼事，多述某朝諸多加利弗 Caliph，國君而兼教主。之生平。三曰神仙鬼怪故事，最為奇詭，為全書之特點。四曰顯示學問之故事，或窮究哲理，或圖狀名物。有類《山海經》、《博物志》等書。五曰禽獸寓言。至文中引用雜出之詩句，則多取之於古代阿剌伯正宗之詩，或後此著名詩人之作。其中優劣不齊，有設想甚美妙者，亦有情致極平庸者。

　　按上言之五類。今每類各為舉例如下：（一）《海陸締婚記》、（二）《黑犬》、（三）《神燈記》、（四）《談瀛記》、（五）《雜談》。

　　《天方夜譚》一書，開卷即云："仁慈悲憫之上帝回教人稱上帝為 Allah，與耶教不同。鑒之：上帝乃仁惠之王，宇宙之創造者，三界之主。願上帝無疆之庥！"由是可知書中故事，實表明回教正宗信徒奉神之虔與信道之篤，而足為研究回教各國之風俗習慣信仰者借鏡之資也。

　　今就《天方夜譚》中，擇取故事一篇，題為《荒塔仙術記》，見譯本第二冊一百十七至一百五十八頁。撮述其情節，以概其餘。即如下：

　　太子客馬力兒瑟孟（Camaralzaman）者，英偉之少年，而某島國王之嗣子也。太子年十五，國王欲內禪，先命選賢淑女為太子妃。太子夙謂女為不祥之尤，禍中於男子且無極。聞命怵惕，不願立妃以自蹈不測，遂堅辭。閱二載，仍無成議。國王怒其子之頑梗，乃幽諸荒塔。當是時。中華國亦有類此之奇事。蓋中國皇帝有女，名白達力（Badur），美如晨曦，姿容絕世。求婚者踵相接，公主無一當意。久之，皇帝怒，遂幽公主於別院。女仙密夢里（Maimoune）者，潛居於太子所幽之荒塔壁中。某夜，得睹太子，驚為修美映麗，絕世無匹。又有惡魔登赫斯客（Danhasch）者，嘗出漫遊，至中華，得見白達力公主，亦震眩於其美。已而密夢里與登赫斯客飛翔天空，不期而遇。因互道其所見太子及公主之美，爭持各不相下，遂決比較以定軒輊。於是登赫斯客以電光一閃，攝公主至荒塔，置太子榻上，使其共枕相偎傍。太子寤，見公主，不覺神為之蕩。愛情如熾，與互易約指，旋復入寐。女仙與魔促公主醒，見太子，亦驚羨且愛。自語曰：不意天壤間有此俊物，余自悔疇昔孟浪，遽逆父言。今不復能堅執前說矣。既復酣睡，魔乃攜公主返中華。翌晨。太子必欲得夢中所見之美人為妻，顧遍覓弗能得。太子自此意惘惘，容銳減，瘦骨柴立，呻吟床褥間，病日劇。公主起，亦以夢中所遇者語人，人咸以為狂。皇帝卒乃宣諭國中，有能癒公主疾者，即以妻之，且嗣帝位；但承命而治之不愈者，殺無赦。惟此事至難，挾術而至，不能奏效，因而見殺者，百五十人。初，公主之乳媼，有子曰墨沙文（Marzavan），幼與公主同撫育，親愛若兄弟。遊海外歸，得悉宮中事。以計潛入宮禁，謂公主，己將漫遊天下，窮搜博訪，必覓得太子之所在也。墨沙文出行四月，至一國，聞人道太子之奇疾。墨沙文尋跡求之，進謁國王，自言能癒太子病。試之，太子疾果立癒，眾以為神。墨沙文與太子以計脫離島國，行抵中華。太子喬裝為方士，自言具法術，能治公主疾。眾見其為美少年，憐而勸阻之，不聽。太子乃作書致公主，自陳顛末，具道相愛之情，而以公主之約指封入函中，並寄呈之。公主得書驚喜，拔關趨出，相見，互通款曲。於是眾皆大歡喜，即日為公主太子行合巹禮，儀文豐盛。又置酒高會，如是者數月。後此太子偕公主返己國，途中散失，公主所佩之瑪瑙驅邪符，誤為太子攜去。太子至異教人之國，幾遭殺戮，隱居避禍。掘地，得窖中藏金。又復獲驅邪符於死鳥腹中，終局團圓。太子並得意白里島公主為妻，兩後和洽無間，幸福靡極，情事繁多，述之有不能盡者。要之，此篇為極奇美之小說。而東方色彩精神之所寓也。

此奇美玄妙之幻境，吾人莫不遨游其中。蓋凡讀此諸故事者，莫不稱賞艷羨，而手不忍釋卷也。按《天方夜譚》為西人最愛讀而最通行之書，雖婦孺皆知之。有類吾國之《三國志》、《封神演義》等，故此處如是云云。曰噶楞達三人所述之故事，按此實為三篇（名見前注），並非一篇之題目。曰《談瀛記》，曰《報德記》，即蓋納曼（Ganem）傳。曰《橐駝》，曰《神燈記》，曰《記瑪奇亞那殺盜事》，即愛里巴柏（Ali Baba）傳。曰《異馬記》。但一讀此等故事之題目，即已憶及其中無窮生動之情事。彼印度之王，因出令殘毒，故須得人以此等故事娛而解之。彼慧美賢淑之妃史希罕拉才得，乃能講述此諸多故事。吾儕生百世之下者，指讀《天方夜譚》之眾人。並深感王與妃之恩惠矣。微王與妃，則無此書故也。《天方夜譚》全書之結局曰：照錄奚若譯本第四冊一百六十六頁。

　　史希罕拉才得歷道異聞，以娛蘇丹之聽，言若灸轂，日出不窮。蘇丹深奇後具此記憶力，且嘉其穎悟，益嬖之。原書所錄由此處始。日月荏苒，自史希罕拉才得入宮以來，已閱千有一夜，並已產三子。蘇丹徐察其幽嫻貞靜，既悅其美，復欽其賢；往日殘刻之心，為之漸殺，隱自悔前日設律之苛矣。史希罕拉才得揣知其意，乘機求赦，並請廢殺妃苛例。蘇丹笑許之，且曰：卿靈心慧舌，假述故事，以為諷諫，朕早有感於中。曩徒以盛怒，設此苛例，實則非朕本意。然微卿，女子之死吾手者，將不知凡幾矣。卿明知白刃在前，甘犧牲己身為眾女請命，勇義尤不可及。朕今冊汝為后，立母儀為天下率，勿負朕厚望焉。史希罕拉才得俯伏而謝，抱蘇丹足，以示感戴。蘇丹即以告大維齊，即史希罕拉才得之父。使布告國中。聞者咸額手頌後德，且為蘇丹祈福也。

第三章　聖經之文學

第一節　總論

　　東方各國之文學中，以希伯來人即古猶太人。之成就為最宏。東方又為世界各大宗教之發源地，而希伯來之宗教尤為傑出。其思想之純粹，人生問題理解之深至，精神內觀之透徹，均非他國他族所能及也。《聖經》中之舊約新約，詩思豐富，敘事清晰。即不論宗教之道理，而其文章之美，已足使讀者莫不感動也。然則距今二三百年前，吾美國人之祖上，以"專讀《聖經》一部"見稱於世。按美國人之祖上，始自英國遷殖茲土者，皆為清教徒，篤信宗教，嗜讀《聖經》，故有此稱。即近今人事日繁，學術發達，而《聖經》仍為英文及其他各國文中流傳最廣之書者，誠有由矣。昔固有據《聖經》以立專橫武斷之信條，又誤用為歷史科學之標準，然大都取作世人立身行事之軌範。若本章所言，則視為文學而研究也。

《聖經》之內容 按今英文譯本《聖經·舊約全書》共三十九篇。其中有先知、歷史、法律、詩歌等類，而皆作成於紀元前一千年至一百年之間。《新約全書》共二十七篇，似皆作成於耶穌紀元後一百五十年中。記耶穌生平言行，又載基督教會初期之歷史及文章。新舊約合共六十六篇，雖其中作者生不同時而境遇大殊，然皆猶太種人。又著述之宗旨惟一，故彙為一編，縝密連貫，無拉雜堆湊之痕也。

按以上所言之六十六篇，乃所謂《聖經本傳》或《正編》（the Canonical Books），而基督教之各宗各派所共奉為經典及規約者也。其各篇之名目及次序，平常《聖經》英文中文譯本中皆備具，檢尋極易，故茲不舉述。此外有稱為《聖經外傳》或《雜編》（the Apocrypha）（義云隱秘。）者，舊譯為"不經之書"或"偽書"，凡十四篇，大都作成於紀元前三世紀至一世紀中，而並出於埃及、巴比倫等國，非盡由猶太本土。古猶太人之《聖經》（舊約）中，不列此諸篇，然七十子之希臘文譯本（詳見下。）中則有之。聖覺羅之通俗拉丁文譯本（詳見下。）亦收有此諸篇。早年基督教會人士，視此與《聖經本傳》無殊。然約瑟夫斯 Flavius Josephus（37-95 A.D.）（猶太史家，以希臘文著書。）始不認為《聖經本傳》之一部。至紀元後二世紀之末以還，人多視此諸篇為“偽書”，厥後區別益嚴。各宗之態度，一言以蔽之，希臘教會則始終不認其為偽書，與《聖經本傳》各篇一體崇奉，毫無畛域。天主教會則以此一十四篇中之最後三篇（見下所列。）為偽書，而以其餘之十一篇歸入正傳。耶穌教會則全視為偽書。故《聖經》英文譯本及平常中文譯本，均不載此諸篇。（《聖經外傳》之英文譯本與希臘、拉丁文舊本中，各篇次序又不相同。）今列《聖經外傳》之篇目如下：（一）《多比記》（*Tobit*）；（二）《猶滴記》（*Judith*）；（三）《以士帖記》（*Esther*）；（四）《所羅門智慧書》（*The Wisdom of Solomon*）；（五）《西勒之子耶穌智慧書》（*The Wisdom of Jesus the Son of Sirach, er Ecclesiasticus*）；（六）《巴錄記》（Baruch）；（七）《三神童歌》（*Song of the Three（Holy）Children*）；（八）《蘇撒拿記》（*Susanna*）；（九）《巴勒及龍記》（*Bel and the Dragon*）；（十）《麥考伯記》（*Maccabees*）上；（十一）《麥考伯記》下；（十二）《以士德拉書》（*Esdras*）上；（十三）《以士德拉書》下；（十四）《馬拿西祈禱文》（*The Prayer of Manasses*）。

歷史之事實 據希伯來人之傳說，其遠祖按 Patriach 一字，《聖經》譯本中，有時作先祖，有時作族長。今酌擇用之。亞伯拉罕 Abraham 原名 Abram，義云尊父。上帝為改今名，義云羣眾之父，望其子孫蕃殖也。自美索包達米亞遷來，奠居於巴勒斯坦，為時甚古。其子孫世居斯土，皆以遊牧為業。及後為饑饉所迫，乃走入埃及，留居彼國約二三百年。初至頗受優待，既則降而為奴。卒由其族之偉人摩西（Mss）義云拯。命名之意，見《出埃及記》第二章第十節。率領之，闔族逃出埃及，行曠野中，備受艱辛挫厄，得抵其故國之邊境。故國即巴勒斯坦，義云上帝所許以錫該族人之土也。至是而摩西歿，約書亞（Joshua）與耶穌（Jesus）同為一字，義云耶和華是救主。繼位族長，進入巴勒斯坦。與佔據其地而文化較高之民族（殆皆細米底族，與希伯來人同）苦戰，逐漸勝之，而奪其土地焉。

自茲以後，史乘較備，可以徵信。希伯來人之既征服巴勒斯坦而於此奠居，乃建立王國。是曰以色列王國。Isael 疑是上帝之兵卒之義。一傳至大辟，Devin 義云眷愛（神所眷愛）。《聖經譯本》作大辟，通譯大衛。雄姿英發，以勇武魁桀著稱。其在位而國勢最盛之時，約當紀元前一千年。大辟統一全國，削平內亂。又四出征戰，開拓疆土。南接沙漠之邊，北抵黑門山 Mt. Heimon，義云神山。之麓。（南北相距二百五十英里）其時國威張，民氣奮，文學宗教皆大進步，大辟王之力為多也。繼立之君，即所羅門（Solomon），大辟之子。橫暴失人心，致國土分裂為二：北曰以色列國，南曰猶大國。對峙鬩牆，不能合力禦侮，強鄰乘之。卒於紀元前七二二年以色列國之亡。及五八六年，猶大國之亡。先後為亞述人及巴比倫人所滅，舉國之人皆為俘虜以去。是曰巴比倫之俘囚。十四世紀時，羅馬教皇依法蘭西王之勢力被遷至法國境內之 Avignon 地方，居此約七十年。史家亦稱之為“教會之巴比倫之俘囚”，其源蓋出於此也。及其後（紀元前五三八年）波斯王古列（Cyrus）《聖經譯本》波斯作巴西。詔諭天下，使兩國遺民重歸故土。然其時尚生存而得歸者已無多，且皆為猶大國之人。自是而希伯來種人通稱曰猶太人，今猶存此名也。

以色列與猶大亡後，舊都耶路撒冷義云和平中所建。此城乃大辟王所建，而定都於此。故又稱為“大辟王之城”。依然為思想及信仰之中心。六百年中，先知 prophets，一譯預言家。挺生，為猶太民族宣洩其意旨。先知之責任有二：一則准時勢以立言垂訓；二則期望後日苦盡甘來及救主之降臨是也。然其時之巴勒斯坦，歷為巴比倫、波斯及希臘諸國所統治，而當耶穌基督誕生之年，則又隸於羅馬之版圖者多時矣。

　　拿撒勒 Nazareth，邑名。耶穌原籍為此地人，而生於伯利恆。
人耶穌之生平及其設教，影響於世界之思想者至為深厚。耶穌蓋世
界古今最能感動人之人物也。耶穌自其誕生，居加利利省之故冢，
地當耶路撒冷之北六十五英里。業木匠，寂然無聞。行年三十，
乃出赴各地傳道。教人以持正行義之旨，並以身作則。如是者僅
二年有半，即被惑眾作亂之罪名，以殘刑處死。即釘死於十字架。
閱四十年（紀元後七十年），羅馬鎮將提多（Titus）其在帝位之年為
79-81 A.D. 攻陷耶路撒冷城，夷為丘墟。自是而猶太民族之歷史乃
與世界各國之歷史合而為一矣。意為猶太之國不復存。然猶太人所
創之基督教，則世界各國咸奉之，故各國之歷史亦即猶太之歷史也。

　　文學與歷史之關係　巴勒斯坦幅員狹小，而希伯來人種又與他
種隔絕，用能常保其純粹之血統及特異之制度文物。然四境以外之
影響時時侵入，使希伯來人之生活及文學愈益豐富。其西南則有埃
及，時為友好，時為寇讎，而其政治文化上之影響至不可沒者也。其
近鄰則有非利士地，該處居民非細米底族，而藝術文明極發達之國
也。其北則有敘利亞，都於大馬色城。此國與希伯來人之歷史在在
均有關係，且其勢駸欲吞併希伯來之國而夷滅之者也。而鄰國中之
最重要者則推亞述。亞述為東方武功最盛之國，古文明發源之地，
希伯來文明且遠在其後焉。巴比倫及亞述國人所傳宇宙創造及洪水
之故事，與希伯來人所傳者相同，參閱本誌第二十八期《世界文學
史》第十三頁按語。而摩西立法之所依據者實巴比倫之法律也。亞
述國之商人結隊以赴埃及者，例須經行巴勒斯坦，自東北而趨西南。
而他國他族之商人，復來自他方，所過遂成大道。又有自遠東販運
香料及珠寶而歸者，亦自南方度沙漠而入巴勒斯坦。至於各國交戰

之時，兵隊之往返經過巴勒斯坦，蹂躪其田地者，更難數計。隙畔叢生，常啟戰端。致古猶太之人，雖非其所願，而干戈爭持，歷久不息。其國既當通衢要路之衝，為四戰之地，則古猶太人深受鄰國文化思想及其強弱得失之影響極深。此又何足異哉！

希伯來文學史可分數段。（一）遠古時期，即大辟王禦極以前之五百年中是。約自紀元前一五五〇至一〇五〇年。其時之文學，均由口傳。關於宇宙之起源及人類歷史之發軔等種種思想，均成於此時。又希伯來人在埃及之遭遇及歸來光復故國之戰績等種種舊說，亦皆採集確定於此時也。至論法制，則有諸多之規訓、法律及部落之舊習遺風，以及細米底族之立法，均著成明文。至論詩歌，則有宇宙創造及洪水等史詩。其源固出於他國之細米底族，然能除惡去穢，修琢完善。又於短篇之通俗歌曲，如井泉之歌曰：

> 泉之始達 唱予和汝見《舊約·民數紀略》第二十一章第十七節。下略。

又有戰爭之歌曲，如《士師記》第五章底破喇（Deborah）所唱之歌，雄放而鄰於粗獷。更如《出埃及記》第十五章摩西頌美耶和華之歌曰（歌詞甚長，今僅錄第六、第七、第八三節，以示梗概）：

> 耶和華顯其大能 施力而羣敵喪亡 作威而仇讎覆滅 其怒如火毀敵若芻 其揚烈風 使水驟起 濤若堆立 波凝海中

而此期文學之傳於後者，又有通俗之寓言及啞謎等，悉著以詩體。例如參孫（Samson）之隱語（見《士師記》十四及十五章）及約擔

（Jotham）之寓言（見《士師記》第九章，第八至十五節）是也。

（二）第二時期（紀元前一〇五〇至七五〇年），即所謂"詩歌及預言史乘之創造時期"者是。《舊約》中白《創世記》至《列王紀略下》諸篇之預言及歷史之材料，大率皆出於此時期；即諸篇中所引古書中質樸英雄之故事而不傳於後者，亦然。法典律例等，亦係此時期所編著。又詩歌篇章，如《撒母耳記上》第十章及第二十四章所引之諺語，又如雅各為眾子祝福、預言未來事一段，其詞見《創世記》第四十九章第一至二十七節。又如巴蘭所作歌，均此時期之佳作也。

（三）繼之者則所謂先知之時期（紀元前七五〇至四〇〇年），蓋文學著作最盛之時也。其著作或成於巴勒斯坦本土，或成於俘囚流亡之後。最要者為《舊約》中之《亞摩士書》、《何西書》、《以賽亞書》、《米迦書》、《耶利米書》、《以西結書》、《以賽亞書》續編即《以賽亞書》第四十至六十六章。等篇。而《申命記》及《以西結書》中之律法，《尼希米紀》中之記錄，及諸多祭司之著述，皆此時期之作也。至論此時期中之詩，則有《耶利米哀歌》及《詩篇》中之多篇云。

（四）《舊約》作成時代之最後三百年中（紀元前四〇〇至一〇〇年）為摹古之時期，以規撫前人為事。生於此時期之著作家，有最晚出之先知馬拉基，詳見《馬拉基書》。《聖經外傳》（即不經之書）諸篇之作者，編纂先知及祭司所作史乘及詩歌之人。又《以士帖紀》、《約伯紀》、《箴言》、《雅歌》、《傳道》諸篇之作者，皆是也。《舊約全書》於此時期編成定本，永遠奉為經典。又於此時期譯成希臘文行世云。詳見下節。

《新約》書中各篇作成之先後，於茲不必深究。總之，直至紀元後第二世紀之末葉，始有將關於耶穌生平言行之聖書及早年基督教會之歷史，彙為一編；垂為恪遵不易之經典者，即今之所謂《新約全書》是也。其中撰述之人，皆係最初之使徒及耶穌之門弟子，或從其教誨受其指示之人。即私淑耶穌者。《新約》中之各篇，當以耶穌之傳四篇，即所謂四大福音者為最重要，然其作並非最早。外此則有致各地教會人士之書信多篇，傳教歷史一篇，即《使徒行傳》。而殿以《默示錄》。《默示錄》靈秘深奧，甚不易解，與《舊約》中之若干篇極有關係云。

　　《聖經》編輯及翻譯之略史　古猶太人所奉為經典之《舊約全書》，分為三部：一曰法典；二曰先知書；三曰雜著。法典凡五篇，自《創世記》至《申命記》。即所謂《摩西五書》（Pentateuch）者是。先知書凡八篇。（一《約書亞記》，二《士師記》，三《撒母耳記》（上下），四《列王記略》（上下），五《以賽亞書》，六《耶利米書》，七《以西結書》，八《小先知書》。小先知凡十二人，其書凡十二篇。即《何西書》、《約耳書》、《亞麼士書》、《阿巴底書》、《約拿書》、《米迦書》、《拿翁書》、《哈巴穀書》、《西蕃雅亞哈基書》、《撒加利亞書》、《馬拉基書》是。）雜著凡十一篇。其目如下：一《詩篇》、二《箴言》、三《約伯記》、四《雅歌》、五《路得》、六《耶利米哀歌》、七《傳道》、八《以士帖記》、九《但以理書》、十《以士喇紀及尼希米紀》、十一《歷代志略》（上下）。《舊約全書》係用希伯來文作成。惟《但以理書》之若干部分及《以士喇紀》，則用亞蘭文（Aramaic）即北方細米底方言之一種云。紀元前第二世紀中，亞歷山大城在埃及尼羅河口。中之希伯來學者七十人，共譯《舊約全書》為希臘文，即所謂七十子之譯本 Septuagint 是也。《新約》中所引《舊約》書中之詞句，多係取之於七十子之譯本。蓋《新約全書》乃以希臘文作成，特其為亞歷山大時代即大希臘時代。見本誌第二十七期《希臘美術之特色》篇第二十三及二十四頁小注。之希臘文耳。紀元後四〇五年，聖覺羅（St.

Jerome）譯《聖經》為拉丁文竣功，是曰通俗拉丁文譯本。 *the Vulgate*
其中之《舊約》一部，即係由七十子之希臘文譯本轉譯出者，而非由
希伯來原本直譯者也。

　　《聖經》譯成英文之歷史，此自為吾人指美國人。所急欲知者。
按《聖經》之英文譯本，其重要者有十家，而以韋克里夫、John
Wycliffe（1324-1384），為宗教改革之先驅者，著述頗多。丁達爾、
William Tyndale（1485-1536）。英王詹姆士第一敕定、天主教會、
英國校訂、美國校訂諸譯本為尤關重要云。所號為韋克里夫之譯本，
實告成於韋克里夫歿後數年（約係一三八八年）。丁達爾之譯本，則
成於一五二六年以還。天主教會《聖經譯本》新約之部，於一五八二
年譯成，刊行於呂木（Rheims）地方。在法國東北部。其序曰："此
本係由最確鑿可據之拉丁文本，譯成英文。又與希臘文及其他各國
文原譯之本精細對勘，以求無誤而不失原意云。"其《舊約》之部，
則於一六〇九至一六一〇年刊行於杜埃（Douai）地方。在法國境內。
以上二部合成之天主教會譯本，復於一七四九至一七五〇年，又於
一七六三至一七六四年，詳加校訂。今世英美各國之天主教徒，其
所讀之《聖經》，即此兩番校訂後之譯本也。

　　英王詹姆士第一敕定之譯本，係於一六〇四年着手編譯。由王
欽派神學名家五十人司其事，一六一一年譯成，敕令頒行，著為定
本。該譯本文體之莊美，詞句之巧妙，為凡讀者所共見，實非他種譯
本所能望其項背也。雖其中間有錯誤之處，然後來諸種譯本無能取
而代之者，至今猶為人所寶貴焉。且此譯本有釐定英國文字之功。
其時女王伊利沙白及詹姆士第一在位之時。為英國之盛世，文治武
功，並極燦爛。而此《聖經譯本》之成功，實足為光榮之點綴也。該
譯本刊行之時，其端題曰"此本係新自《聖經》原文譯出，又與以前

各種譯本精細對勘，逐處改正"云云。試由韋克里夫、丁達爾及詹姆士第一敕定之三種譯本中，取人所熟知之一段（《新約·馬太福音》第七章第二十四至二十七節），比較而讀之，必可獲益也。按今在中文譯本，不能顯示三種英譯本之同異，僅能錄此段之譯文如下：

> 聞吾言而行之者，譬彼智人，建屋磐上。雨降潦行，風吹撞屋，而不傾覆，因基磐上。聞吾言而不行者，譬彼愚人，建屋沙上。雨降潦行，風吹撞屋，遂以傾覆，而傾覆者大也。

費拔神父 George Stanley Faber（1773–1854），英國神學家。論詹姆士第一敕定之譯本曰："讀此譯本者，如聽天樂，餘音繞樑，歷久而不能忘。（中略）斯乃吾國民心理之一端，而英國民族嚴正精神之所寄託也。人類之在艱難挫折困苦牢愁中者所具之無窮力量，實含蓄於其字裏行間云。"

第二節 《舊約》中之詩歌

希伯來文字甚為簡樸，無複雜之句法。每段每句起處，常用"又"字或"而"字。文中所用之字亦屬有限。其詩則具自然之音節。呂斯教授 Ernest Rhys，今世英國文人，即編輯 Everyman's Library 叢書者。又選輯 *Lyric Poetry From the Bible* 凡二卷。此處即該書中語。謂"希伯來詩可譯為任何各國文字，而其原有之音節不至損失。希伯來詩中之駢儷及排句，譯成他國文，不惟不減其措詞之巧妙，且存其原有之魔力焉。"

古希伯來之人，目睹上帝所造世界之種種奇美，深為感動，此其例證極多。彼著作《舊約》各篇者，其視自然世界，實為上帝之德威之所表現，故凡歌詠及於自然，其立意仍常不離宗教也。舉例如下：

《撒母耳記下》第二十二章第十二節：以晦冥為宮，以黶靆為幬。

《詩篇》第一篇第三節：譬彼林木，植於溪旁。隨時結果，其葉青蒼，百事生臧。

《詩篇》第十九篇第一節：上帝兮，上天彰其榮光，穹蒼顯其經綸兮。

《詩篇》第二十三篇第二節：使我伏芳草之苑，引我至靜水之溪。

《詩篇》第四十二篇第一節：我一心仰慕上帝，猶鹿渴慕溪水。

《詩篇》第六十五篇第九至十三節：爾眷顧斯土，使之豐亨，有大河以資灌溉，五穀繁熟。／甘霖雰霈，沃其田疇，潤澤土壤，使生庶物，錫以綏祉兮。／恩惠相加，秋收饒足。爾所經行之地，沐以恩膏兮。／曠野有苑，咸沾膏澤。萬山之民，靡不喜樂兮。／羣羊遍野，五穀盈阡。居民歡呼，咸謳歌兮。按此可與《以賽亞書》第五十五章第十二節"山岡緣爾謳歌"二句比較。

《詩篇》第八十四篇第三節：萬有之主耶和華，我之君王，我之上帝兮，彼雀構宅，彼燕營巢，以庇厥雛，余願居爾壇側兮。

《詩篇》第一百零三篇第十五及十六節：人之生也，譬彼草萊，欣欣以向榮兮。疾風一吹，立見雕枯，無從覓跡兮。

《詩篇》第一百零四篇第一至七節，又第十至十二節：我之上帝耶和華兮，其大無比，其威赫奕兮。煥光華為衣，張穹蒼若幬兮。／建宮於玄冥，乘雲為大輅，藉風為翼而翱翔兮。／其用使者猶風，役者猶火兮。／立地於四維，永不遷移兮。／使水遍地，如衣被身，懷山襄陵兮。／主發雷聲，叱咤波濤，水奔騰而盡退兮。／（中略）／主使陵谷浚其泉源，山巒有其澗溪兮。／俾野驢解渴，百獸得飲兮。／維彼飛鳥，棲於山岡，鳴於樹間兮。

《詩篇》第一百零七篇第二十三至三十節：世人駕舟，航海為業兮。／在彼深淵，得窺耶和華之經綸兮。／主降厥命，狂風驟起，波騰浪涌兮。／維彼舟子，倏而隨之起，有若升於穹蒼。倏而隨之下，有若墮於海底兮。因其危險，厥魂喪失兮。／搖撼不定，譬彼醉人，無所施其技兮。／患難之時，呼籲耶和華，蒙厥拯救兮。／主使風恬浪靜。／人得平息，欣喜不勝。蒙主護佑，得至泊所，如其所願兮。

《約伯記》第九章第四至十一節：上帝具至智，有大能，違之者烏能得福？／上帝一怒，則岡巒遷徙，山岳傾頹。／大地搖撼，坤輿震動。／闔則日不出，閉則星無光。／手辟天宇，足乘海濤。斗柄旋，參昴見，南方之宮，運氣躔度。／上帝所行，大不可測，異不可數。／其至我不見，其過我不知。

如此清簡樸茂，愷切動人之詩，誦讀之餘，何敢復讚一辭！惟其詩之美，固由音節之和諧與思想之高尚，而亦由其駢儷之體裁，即以兩句兩段平列而互為對仗是也。例如下：

《撒母耳記下》第一章第二十三節：掃羅及約拿單【一】生存之日，相愛相悅。【二】雖至死亡，亦弗離逖。彼二人者，【一】疾於鷹。【二】猛於獅。

《詩篇》第二十四篇第一節：【一】大地【二】萬有，耶和華主宰之兮。

《詩篇》第二十七篇第一節：耶和華兮。【一】賜予光明福祉，予何慮兮？【二】捍衛我躬，予何懼兮？

對舉之二段，有時意適相反，從中翻轉，力為映襯。例如下：

《以賽亞書》第一章第十八節：耶和華又曰：爾來，吾語汝。
【一】爾罪貫盈，其色濃若赭，深若絳。【二】我必使之皓然潔白，
如棉如雪。

又或前段詞意未完，後段重複申說，以足其意。例如下：

《詩篇》第二十九篇第一節：天使以尊榮能力，歸於耶和華
兮。按此段譯成中文，與英文原本之句法適成顛倒，無由曉示前
後二段之關係。讀者當於英文本中求之也。

又對舉之二段，一問一答。例如下：

《詩篇》第二十四篇第三及四節：【一】耶和華兮，爾有山岡，
孰能陟之？爾有聖所，誰其立之？【二】手惟潔，心惟清。不虛
誕，不妄誓兮。

乃如《詩篇》第一百一十九篇，每句之中，皆有與“法律”同義
之字。知行、法度、道、命、禮儀、典章等。○皆指法律而言。
其詩以八聯為一首。而就全篇以觀，各首之第一字母，實按希伯來
文字母之次序而排列者，具見匠心之奇妙，然詩情因之斫喪不少。
又如《耶利米哀歌》，亦係按照字母之次序而排列者，其組織形式

至為繁複，不易撮述。（參閱杜來華 Samuel Rolles Driver（1846–1914），英國聖經學者。著《舊約文學導言》（*Introduction to the Literature of the Old Testament*）及毛爾登 Richard Green Moulton，美國今世文學家，曾任芝加哥大學教授，著述頗多。著《近世聖經讀本》（*Modern Reader's Bible*）），惟其內容則較《詩篇》第一百十九篇為佳美耳。

試翻閱《聖經・舊約》中詩歌諸篇，則見言情之佳作，紛紜絡繹而來。表示生人之各種感情，惟皆嚴重而絕無詼諧之趣，是足異耳。今於各種感情，分舉其例於下：

一曰愁思

《詩篇》第一百三十七篇第一至四節：我坐於巴比倫河濱，追思郇邑，哭泣不已兮。／爰有楊柳，植於其間，懸琴於上兮。／蓋虜我者，迫余謳歌。導我至遠邦者，強余作歡容曰，當謳郇邑之歌兮。／我在異邦，安能謳耶和華之歌兮！

《耶利米哀歌》第一章第一節：維昔郇邑，居民眾多，今則不勝寂寞兮。昔為大國，今若嫠婦兮。昔也列邦為彼所制，今則為人供役，能勿悲兮？

二曰讚頌

《詩篇》第一百篇第二及三節：在耶和華前，欣喜以供役，謳歌而頌讚兮。／宗耶和華為上帝，彼造我躬。我為其民，收我若羊兮。

三曰恐懼與欽敬

《詩篇》第一百三十九篇第七至十二節：爾之神無乎不在，余安能避之？無乎不有，余烏能逃之兮？如上升於穹蒼，爾居於彼，如長眠於地下，爾亦在彼兮。／黎明迅速，如鳥展翮，我藉其翼而奮飛，至於海涯兮。／我得至彼，乃爾引導，扶翼予兮。／如我匿於幽暗之所，自謂人不及見，其暗必光兮。／我不能自藏於幽暗，使爾不見。雖在昏夜，無異日之昭明。光兮暗兮，自爾視之，無以異兮。

四曰懺悔

《詩篇》第五十一篇第一至三節：上帝矜恤無涯，憐憫乎我，塗抹我愆尤。／洗滌我罪惡，消除我過失兮。／予自言己罪，恆念己惡。

五曰信託

《詩篇》第九十一篇第一及二節：全能至上之主，爰有密室，凡居之者，得蒙覆翼兮。／我謂耶和華保佑予，範圍予，予惟上帝是賴兮。

六曰仁愛

《詩篇》第一百零三篇第十一至十四節：譬諸天高於地，體恤倍至，眷祐敬虔之士兮。／譬諸東之遠於西，除我罪愆，不加責罰兮。／譬諸父之恤其子，寅畏之人，耶和華矜憫之兮。／上帝摶土為人，永不忘兮。

《聖經》中有極美之詩一篇，述男女之情，而幸得傳於今日者，即《雅歌》一稱所羅門之歌。是也。此篇似與《舊約》通體之結構及宗旨皆不相合。蓋此一套歌曲乃頌揚婚姻之事者，然試持與東方各國類此之作並讀，即可見希伯來人思想之高尚純潔矣。

《雅歌》第二章第十至十三節，又第十六至十七節：夫子告我曰，愛妃美人，與我偕往。／冬已過，雨已止。／花開鳥啼，鳩聲遍聞。／無花果樹，結果青青。葡萄舒蕊，遠吐奇馨。愛妃美人，與我偕往。／（中略）／夫子屬我，我屬夫子，其味若百合花。／夫子我所眷愛，譬彼麀鹿，遊於庇得之山，曷歸曷歸。待夕已過，待然旦已明，然後相離。

全篇之中，尚有多處，其詞意之美，不遜此段也。

《約伯記》在《舊約》各篇中為晚出之作。其時作者，多經歷憂患，趨重哲理，一往思深。卡萊爾（Thomas Carlyle）英國文人。見本誌第十四期《安諾德之文化論》篇所引。曰："《約伯記》乃極高貴之書，人人所當讀也。人生世間之命運，與上帝之所以待人，此乃亙古難決之問題，而《約伯記》則其最初最古之說法也。統觀全篇，其大體自然而舒暢。其情真摯，其詞簡約。有史詩之音節，止於和平而安定。凡此皆其所以為大也。"《約伯記》乃宇宙間之傑作，而世界文學中最奇偉之篇章也。此詩特具一種宗旨，偉大而完備，故亦可稱之為史詩。篇中約伯與其友三人之辯說，極類柏拉圖語錄。見本誌第三、第五、第十、第二十各期譯文。又可與愛斯克拉希臘莊劇作者，屢見前注。之莊劇《卜羅米修斯被縛記》（*Prometheus Bound*）已見前注。相提並論。以故解農教授（Prof. Genung）著有 *Guidebook to the Biblical Literature*（Ginn & Co. 出版）謂細繹此詩，尋究約伯奮志修行，得達光明與真理之步驟，則可如莊劇結構之式，分為下之五段，或五幕，並其每幕之結局如下：

第一幕（《約伯記》第一至三章）終於約伯之由福得禍。〇此段敘撒但之計得行，約伯遭禍。惶惑無主，諸友相對無言。

第二幕（第四至十章）終於約伯之全墮疑懼。〇聰明之誤用，人世之艱難紊亂，約伯求上帝寬恕及解救。

第三幕（第十一至十九章）終於約伯之復歸信仰。〇諸友之謬論，約伯決至死不易其操，並深信救主之長在。

第四幕（第二十至三十一章）終於約伯之論斷世事。〇浮表之利害不足為憑，智慧終屬無上。約伯歷舉己所行事，一一不違於理。

第五幕（第三十二至四十二章）終於約伯之卒得善果。〇自審愚昧不足判斷世事。上帝乘大風以顯其智慧及創造之力。約伯自厭自悔，敬服上帝。

統觀《約伯記》一篇，自約伯始罹憂苦時咒詛之言起，

《約伯記》第三章第三第四節：我生之辰，不如無此辰。我生之夜，不如無此夜。／孰若是日晦冥為愈，孰若上帝不降以福，勿燭以光。

至其後來歸服上帝為止。

《約伯記》第四十二章第三節：我誠以愚昧之詞，使道不明。我前所言，我不自知。斯事神妙莫測，我不得而窺焉。

其間於人生至高至深之境界及內心精神之問題，殆莫不論究及之焉。

今茲論《舊約》中之詩歌止此。諸多佳美之篇什，如《耶利米哀歌》、《以西結書》第十九、第二十七、第三十二各章，《以賽亞書》第十四章中所載希伯來人之哀歌以及挽詩，如《箴言》中之哲理之詩，如《傳道》中悲切之敘述（尤以第十二章敘老年之苦況為最動人）以篇幅所限，遂皆略而不述云。

第三節　《舊約》中之史事紀載

更進而讀《舊約》各篇中之史事記載，其文章清簡高貴，愷切動人，則可想見昔日吾先人初次誦讀此書時之樂趣。且可想見遠古之時，彼巴勒斯坦之希伯來人，羣集於山巔之上、帳幕之中，相互述說此類故事，若者為世界創造之起源，若者為其祖若宗苦樂成敗之經歷，至千百遍，不厭其繁。言者固津津樂道，聽者亦傾心洗耳，不知倦怠。嗚呼！此其情形，殆如前日事耳。吾儕生於今日，讀此諸篇，猶為感動，況彼當時之希伯來人耶！茲摘錄數段如下：

> 《創世記》第一章第一至二節：太初之時，上帝創造天地，地乃虛曠，淵際晦冥。上帝之神，煦育乎水面。

> 《創世記》第二章第七節：耶和華上帝搏土為人，噓氣入鼻，而成血氣之人。

> 《創世記》第十二章第一至二節：耶和華諭亞伯蘭云：爾可出故土，離戚族，遠父家，往我所示之地。我將使爾後成為大邦，錫嘏於爾，畀爾顯名，必蒙綏祉。

> 《創世記》第二十二章第七至八節：以撒謂父曰：吾父與，

曰：吾子，吾在此。曰：火與柴，則有之矣。而所燔之羔何在？
曰：吾子，上帝將備羔，以為燔祭。

《創世記》第二十八章第十一至十二節：日入時，雅各至一
方，遂留宿焉。取石為枕，在彼僵臥。夢有梯，自地參天。上帝
之使者，陟降於上。

《出埃及記》第三章第四至五節：耶和華上帝見摩西回步履，
則自棘中呼之曰：摩西，摩西，我在此。曰：爾勿前，解爾屨，
爾立之所乃聖地。

《士師記》第七章第十九至二十節：時值夜半，守營者初易
其班。其田與從者百人至營外，吹角破甖。三隊亦吹角破甖，左
執炬，右執角，呼云：耶和華及其田之刃。

《路得記》第一章第十六至十七節：路得曰：勿使我離爾，
不與爾偕。汝所往我亦往，汝所居我亦居。汝民亦為我民，汝上
帝亦為我上帝。汝所沒之處，我亦死於彼，葬於彼。我惟至死，
則可相離。我若不是，願耶和華降罰。

《撒母耳記下》第十八章第二十四至二十五節，又第三十二至
三十三節：大辟坐邑之月城間，戍卒登邑之門樓，遙見一人獨趨，
呼告於王。王曰：如惟一人，必報信者。其人疾走漸近。（中略）
王曰：少者押沙龍安否？古示曰：願我主我王之敵，暨諸犯上欲
害爾者，咸如彼少者。王甚憂，登邑門之樓而哭，且行且言曰：
我子押沙龍，我子我子押沙龍！我願代爾死，我子我子押沙龍。

《列王記略上》第十八章第三十六節，又第三十八至三十九
節：當獻祭之時，先知以利亞前，曰：耶和華歟！亞伯拉罕、以
撒、以色列之上帝，今日使民咸知，爾在以色列族中為上帝；亦
知我屬爾僕，凡有所為，悉遵爾命。（中略）耶和華遂降火，毀

其燔祭，以及其柴其石其土。溝中之水亦涸。民眾見此，則俯伏曰：耶和華誠上帝矣，耶和華誠上帝矣。

《舊約》中歷史之部，《路得記》、《以士帖記》兩篇，及《但以理書》之前半，均有極佳之長篇敘事文，斯乃真正文學之上品也。

第四節　《舊約》中之先知書

能熟讀希伯來諸先知之書，而得悉其行事。見其嫉惡若讎，趨善如渴，守義而不屈，立信而不疑；則其裨益吾人之身心，良非淺鮮也。彼提哥亞之牧人亞麼士，說教於伯特利之市中，從之遊者，其樂如何？

《亞麼士書》第二章第六節，又第四章第十二至十三節：耶和華又曰：以色列犯罪，至三至四，更鬻義人以得金，以貧者易履，故我必罰其罪。（中略）故我必降爾以罰。以色列族乎，爾之上帝將臨汝，必預為備，思何以當之。昔我造山作風，使晝往夜來，陟諸崇丘，推測人意。萬有之主耶和華，我名也。

彼何西家遭不幸，婦有淫行，身罹苦難。而其教人，乃以仁慈寬厚、盡心安命立說，感人之深可知已。彼米迦之言，陳義甚高。

《米迦書》第六章第七至八節：抑耶和華將以牡綿羊數千為悅，或以萬溪流油為悅？我當以初產之嬰孩贖我愆尤，抑以親生之骨肉贖我邪念乎？曰：人之所當為者，言之已彰彰矣。耶和華願爾無他，惟秉公義，矜憫為懷，退抑以事上帝。

而若諸大先知按《舊約》中之先知，共十六人。其中最重要者四人：一、以賽亞；二、耶利米；三、以西結；四、但以理。稱為“大先知”。其餘之十二人，即自何西至馬拉基，稱為“小先知”。此上所述三人均小先知之數。之見解，則尤為高尚而至足欽崇。此諸人者，生時備受艱苦，然後世之榮名乃極輝耀。以賽亞曰：“為義者必獲平康。有義之功，必有義之效，永享綏安。我民將居寧宇，無所震動。”見《以賽亞書》第三十二章第十七至十八節。又曰：“大聲謳歌，耶路撒冷城今已傾圮。今耶和華慰斯民，救斯城，故當欣然，歡聲而呼。”見《以賽亞書》第五十二章第九節。以西結流居異邦，以上帝之命，告其國人曰：“我必撫集爾曹，來自異邦，反爾故土。（中略）昔以斯土賜爾祖，今必使爾居之，俾爾為我民，我為爾上帝。”見《以西結書》第三十六章第二十四及二十八節。以賽亞亦大聲疾呼，告此流亡之眾曰：

　　《以賽亞書》第四十章第一至五節：上帝曰：爾其慰藉我民，慰藉我民。必以善言慰耶路撒冷之人，告之云，爾居苦境，已終其年，爾罪赦宥。耶和華以恩寵賜爾，較昔降災，其數維倍。野有聲呼云，在彼曠野，備我上帝耶和華之道，直其徑，諸谷填之，岡陵卑之，屈曲使直，崎嶇使平。耶和華將榮顯，凡有血氣者得見之。蓋耶和華已言之矣。

若此諸段文詞之美，音節之響，殆所謂至矣盡矣，蔑以加矣。

後來諸先知，其心目中皆謂將有救主出世，以拯其國人於苦難。以賽亞曰：“耶和華之神賦之，使有智慧，使有謀力，知耶和華之道而寅畏之，知人崇事耶和華之誠偽，不待目見耳聞，而是非悉辨。

（中略）腰束以誠，腎系以信。"見《以賽亞書》第十一章第二、第三、第五節。《以賽亞書》之後半，按《以賽亞書》之第四十至六十六章，近人疑出另一作者之手，而劃出之，名曰《以賽亞下》篇云。描繪此上帝之僕，歷劫遭難，以為世人贖罪者。其詞曰：

> 《以賽亞書》第五十三章第四至六節：見其困苦，以為上帝譴責之。不知任我恙，肩我病者，正斯人也。彼因我罪而被傷殘，緣我咎而受瘡痍。彼遭刑罰，我享平康。彼見鞭撲，我得醫痊。我迷於歧途，譬諸亡羊，所向靡定，耶和華使我怨尤叢於其身。

此其人即耶穌基督也。今論述《舊約》止此甚合，可進而研究《新約》矣。

第五節　《新約》

《新約》與《舊約》中之思想，實相連貫，而互為照應。《新約》各篇之作者，深信耶穌即《舊約》中諸先知所預言之彌賽亞，按彌賽亞（Messsiah）係希伯來文，譯為希臘文即基督（Christ）也。此字義云沐膏之君主。故詳記其一生之言行以示後。此諸作者，實繼承前人之遺緒。《新約》中引述《舊約》之道理思想之處極多，為讀者所共見，則《新約》與《舊約》本為一體，彰彰明矣。

就文學而論，則《新約》中以四種《福音》為最重要。至諸使徒致各地人士之書札，如《保羅致哥林多人前書》第一章，又如《保羅致希伯來人書》第十二章、《使徒雅各書》第三章、《使徒約翰第一書》第三章，論上帝仁慈及靈魂不滅等事，亦甚有關係，然殊不足與《福

音》四書相提並論也。《傳道約翰默示錄》之理想境界固極美，如其
卒二章云：

> 《默示錄》第二十一章第一至四節：始造之天地崩矣，海歸
> 無有。我則見天地一新。我約翰見聖城，即再造之耶路撒冷。上
> 帝使自天降，預以相待。譬諸新婦，飾貌修容，迓其夫子。我聞
> 大聲自天出雲，上帝殿在人間，與眾偕居。眾將為其民，上帝祐
> 之，為其上帝。人昔出涕，上帝拭之。蓋舊事已往，然後無死亡，
> 無憂患，無哭泣，無疾病。

> 《默示錄》第二十二章第一至二節：天使以生命之河示我，
> 其水澄潔如水晶，自上帝及羔位出。河左右植生命之樹，樹外有
> 衢。結果之時十有二，月結其果，葉可入藥，醫異邦人。

然《新約》文章之翹楚，究為四種《福音》也。今進而論之。

　　以下所錄諸段，乃由四種《福音》中隨意摘出者。試觀其文詞之
妙何如：

> 《路加福音》第二章第八至十節：野有牧者，於夜迭守羣羊。
> 主之使者降臨，主之光華環照，牧者大懼。使者曰：勿懼，我報
> 爾佳音，關眾民之大喜者也。

> 《馬太福音》第六章第二十六及二十八至二十九節：試觀飛
> 鳥不稼不穡，無積無廩，天父且養之，爾豈不貴於鳥乎？（中略）
> 曷為衣服慮耶？試思野有百合花，如何而長，不勞不紡。我語
> 汝，當所羅門榮華之極，其衣不及此花之一。

> 《馬太福音》第十一章第二十八至三十節：凡勞苦負重者就

我，我賜爾安。我溫柔謙遜，負我軛而學我，則爾心獲安；蓋吾軛易，吾負輕也。

《約翰福音》第十四章第一至三節：爾心勿戚戚，當信上帝，亦信我矣。我父家多第宅，否則我必告爾，我往為爾備所居。若往備所居，必復來接爾歸我。我所在，使爾亦在。

《約翰福音》第二十一章第十五至十八節：卒食，耶穌謂西門彼得曰：約拿子西門，爾較斯眾，尤愛我乎？曰：然。主知我愛爾矣。曰：牧我羔。又曰：約拿子西門，爾愛我乎？曰：然。主知我愛爾矣。曰：牧我羊。則又曰：約拿子西門，爾愛我乎？彼得見三問愛我，憂曰：主無所不知，知我愛爾矣。耶穌曰：牧我羊。我誠告爾，爾少時束帶，任意而遊，及其老也，將伸手見束於人，曳至不欲往之處。

凡讀四種《福音》書者，皆知耶穌與各種人周旋，至為機警無失。無論貧富貴賤賢愚老少。耶穌均能深入其人之心，解除其憂疑危懼、煩難困苦。故耶穌之所言，古今萬國之人悉能一體領會，毫無隔閡。耶穌又善為譬喻，非人所及。其所設之喻，如播種者、見《馬太福音》第十三章第三節。又見《馬可福音》第四章第三節。又見《路加福音》第八章第五節。敗子、見《路加福音》第十五章第十一節。撒馬利亞人，見《路加福音》第十章第三十節。等故事，異常通妥完密，無費詞，無剩義。如云：按此所錄乃敗子之故事之末段。

《路加福音》第十五章第十八至二十節：我將反就父曰：我獲罪於天，及於父前。今而後，不堪稱為爾子，視我如傭人足矣。於是反就父，相去尚遠。父見憫之，趨抱其頸，接吻焉。

耶穌所持以教人者，不外仁慈與博愛之義。惟其能洞悉人情，故能善體天心，隱微深曲無不至。此乃耶穌非古今人所能及之處也。

今人之所取於耶穌者，尤以耶穌之精神，實為極端奉行平民主義者。耶穌目睹世間恃強淩弱、倚勢欺人及種種含冤負屈之事，則常氣憤填膺，中心如焚。蓋耶穌乃真能繼《舊約》中諸先知之志者。設想其讀《舊約》至"貧乏者流，王拯救之。豪強之輩，王糜爛之。"見《詩篇》第七十二篇第四節。"蓋耶和華臨格，以鞫天下。公義是秉，正直是行兮。"見《詩篇》第九十八篇第九節。"彼屈抑貧乏，不申其冤，攘奪孤寡，而取其利。其有禍乎？"見《以賽亞書》第十章第一至二節。諸段，其中心之喜慰可知已。耶穌以為自上帝觀之，人皆平等。耶穌嘗謂其門徒曰："今而後，我不僕爾，以僕不知主所行。我惟友爾。"見《約翰福音》第十五章第十五節。惟然，故不但耶穌生時之猶太平民，聽其言而悅之。而後世之聞其風而興起，得以安身立命、捨生取義，不憂不懼者，尚有耶教初興時殉道諸人，及後世約在十六、十七世紀時。蘇格蘭山間之佃戶、法國之新教徒、德國之農民，英國初來美洲之殖民等眾也。詳見宗教改革時代之歷史，茲不具詳。允矣耶穌為最偉大之平民領袖。古今奮發有為之人民，誦其所言，遂得感動於中，而有所樹立焉。

【原注】本章於希伯來文學，除《聖經》外，均未述及。其實《聖經》以外之典籍材料尚多，且有極佳者。今但述《聖經》，俾有所專重，免致淆亂。讀者諒之。

按《聖經》新舊約為人人所必當讀之書，其重要可不待繁言而喻。夫西洋之文化，由（一）希臘羅馬之哲理文藝與（二）耶教之兩大宗傳，構合而成。而耶教之所本，厥惟《聖經》。今研究西洋文化而不致力於《聖經》，是猶研究中國文化而置四書五經於不讀也。此烏可哉？又，西洋中古及近世文學，在在徵引及於《聖經》。不熟讀《聖經》，則莫明出處，莫解詞意，而扞格異常。於以知雖研近今文學者，亦不可捨棄《聖經》也。雖然，為了解文化研究文學而須讀《聖經》，此已為眾人所共許。惟吾之意，則謂為身心修養、培植道德計，尤不可不常讀《聖經》也。年來宗教已為國內之少年時流所詬病。而耶教中人，類多拘泥偏狹，學識毫無，徒尚禮文，或涉迷信；雖日誦《聖經》中之詞句，而不解其意義。（即在西洋亦然。）其所以遭人唾棄者，亦自有道。顧吾則以為我輩之讀《聖經》，不當視為某某教會之書，甚至全部耶教歷史亦可暫時忘卻，而當視為我之書而讀之，隨我之意自由讀之，且可與四書五經及佛經並讀之。讀之既得其一二精義，則當內省默察，身體力行。夫宗教有其精華，亦有其糟粕。終極言之，宗教乃至美至上之事，未可漫無分別，妄肆攻詆。吾人生於今日，本身承受孔教、佛教、耶教之文明，而不克取得孔教、佛教、耶教之精華而享用之，則吾為自暴自棄矣。而宗教之精華，厥為其培植道德，養成人格之能力。故凡百宗教，其目的皆主實行，玄想神秘，仍皆為助成實行地耳。個人能取得宗教之精華，則其人必高尚安樂，果毅有為。國民能不失宗教之精華，則其國必富且強，文化昌明，紀綱整飭，風俗淳厚。此一定不易之理。吾於各種高尚之宗教，皆愛敬其精神。茲所言初非偏袒耶教，惟吾以為對於《聖經》，應如斯研讀受用。至於考訂字句，比擬篇章，探索器物，抉發史事，苟以此法研究《聖經》，則猶不免為偽科學派之書匠。有之無之，非吾之所暇計也。茲所言須另發揮，惟因敘及《聖經》，連類而言及之如此。

　　又按《聖經》一書，文長而意深，後人解釋評論之書，更浩如煙海。即就個人研讀所得，攝取羣書之意而約述之，已不勝其繁，故本章僅將原書（李查生、沃溫之《世界文學史》）之文譯出。其中所引之例證亦悉錄存。此外則不加材料，但入下之二三條，以為讀本章譯文者之裨助耳。

希伯來歷史大事年表 希伯來歷史已攝述於前，惟未詳年代。此類史事，為時甚古，荒遠難稽。後人推詳其年代，又未能一致。茲取近今學者之定案，折衷諸家，而用其最通行而可信者，列為大事年表如下：

【一】上帝創造世界。（太初最古之時不可紀極）

【二】亞當夏娃出世。（約當紀元前四〇〇〇年）

【三】大洪水。（約紀元前二三五〇年）

【四】亞伯拉罕率其族，自美索包達米亞遷居巴勒斯坦。（約紀元前一九〇〇年）

【五】約瑟與其諸兄之故事。（約紀元前一七〇〇年）

【六】摩西率族走出埃及。（約紀元前一四九〇年）

【七】約書亞征服迦南，建以色列王國。（約紀元前一四五〇年）

【八】士師執政。（約自紀元前一四〇〇年至一〇五〇年）

【九】掃羅為以色列王，與非利士人（Philistines）戰，敗之。（約紀元前一〇五〇年）

【十】大辟王在位，以色列及猶大二國歸於一統。（紀元前一〇〇〇年至九七〇年）

【十一】所羅門王在位，國勢由盛而衰。（紀元前九七〇年至九三〇年）

【十二】國土復分裂為二。（紀元前九三〇年）北為以色列國（亡於紀元前七二二年），南為猶大國（亡於紀元前五八六年）。

【十三】諸先知相繼挺生。（自紀元前九三〇年至五三八年）

【十四】巴比倫俘虜之時期告終，猶太民族復歸本土。（紀元前五三八年）

【十五】祭司長執政。巴勒斯坦曆為波斯、希臘、埃及、羅馬之屬地。（紀元前五三八年至四年）

【十六】耶穌基督降生。（紀元前四年）

《舊約》與歐洲文學之關係表　《舊約》中事實，無非歐洲文學之材料，不勝枚舉。今表列其中事實見於文學之最重要者，詳其出處，著其意旨，並於英國文學中舉例以明其關係。雖云掛一漏萬，然可以見梗概也。

【一】亞當夏娃居埃田樂園，以罪獲譴。出《創世記》第二至三章。彌兒頓之《天國喪失記》（*Paradise Lost*）即詠此事。

【二】該隱殺其胞弟亞伯，是為人類骨肉相殘之始。出《創世記》第四章。擺倫作《該隱》（*Gain*）一劇，即用此為本事。

【三】大洪水，挪亞之舟（Noah's Ark）出《創世記》第七、第八章。

【四】亞伯拉罕以其愛子以撒為上帝犧牲，由是以證其信上帝之誠篤。出《創世記》第二十二章。英國戲劇發達之初，常用此故事。

【五】約瑟為其諸兄所賣之故事，見得骨肉間之薄情。出《創世記》第三十七至四十七章。

【六】摩西十誡，是為西方耶教諸國人倫道德之基本。出《出埃及記》第二十章。十九世紀中，克羅（Arthur Hugh Clough）反其意，作《最新十誡》（*The Latest Decalogue*）以痛譏今世道德之敗壞與風俗之澆薄。

【七】參孫之勇力，其事跡出《士師記》第十三至十六章。彌兒頓所作悲劇《參孫力士傳》（*Samson Agonistes*）即用其事。

【八】大辟以鼓琴愈掃羅王之沉疴。出《撒母耳記上》第十六章。白朗寧所作《掃羅王》（*Saul*）一詩，即詠其事。

【九】大辟與坷利亞（Goliath）戰，斬之。以短小精幹之資，矯捷飛翻之技，而戰勝重盔貫甲、碩大偉岸之敵人。其事見《撒母耳記上》第十七章。

【十】大辟王強納其臣之妻拔示巴，遂生叛亂。出《撒母耳記下》第十二章。伊麗沙白時代，皮爾（George Peele）作《大辟與拔示巴》（David and Bathsheba）一劇，即用其事。

【十一】押沙龍之叛，出《撒母耳記下》第三至第九章。杜來登（Dryden）作《押沙龍與亞希多弗》（Absalom and Achitophel）一詩，即借用此事，以影射當時之人。

【十二】所羅門王之聰慧，善決疑獄。其最著之一事，見《列王紀略上》第三章第十六至二十八節。〇按 A. E. Zucker 所編之《英文聖經及中古文選》（商務印書館出版）書中第一二七頁，謂所羅門此段決獄之故事，與中國元曲中之 The Circle of Chalk 之本事相同云云。今查彼所謂 The Circle of Chalk 者，（即指李行道所撰之《灰闌記》一劇。其目曰：張海棠屈下開封府，包待制智勘灰闌記。）其中事實，有同處，有不同處。讀者取而比並觀之可也。

【十三】《約伯記》（Book of Job）於憂患痛苦之中，證明信道之篤。論究善人得禍、天道有私與否之問題，故為古今之大悲劇。

【十四】萬事空虛，其文出《傳道》第一章第二節。彭衍（Bunyan）之《天路歷程》（Pilgrim's Progress）中曾引用之。而沙克雷（Thackeray）之《名利場》（Vanity Fair）小說，其命名取意，全出於此也。

【十五】所羅門之雅歌，乃讚頌婚禮之詩。（前已論及。）其中意思及詞藻，最關重要。如羅色蒂女士（Christina Rossett）（注見本誌第二十八期《世界文學史》篇第四頁。）生平傑作《逝兮逝兮》（Passing Away）一詩，即運用之以成其美也。

《新約》四種福音比較異同表

【一】《馬太福音》，作者馬太，係十二使徒之一。《馬太福音》乃為猶太人而作，過去之福音也。其視基督教為完成猶太教者，內容以記議論為主。目的在教人為善，奉耶穌為猶太民族之基督。（即彌賽亞〇沐膏之君王。）書中第五章第十七節"我來非以壞之，乃以成之。"云云，可代表全書之意旨。

【二】《馬可福音》，作者馬可，係聖彼得之徒，而耶穌之再傳門徒也。《馬可福音》乃為羅馬人而作，現在之福音也。內容以記事跡為主。目的在敍說故事，奉耶穌為上帝之子及世界之主。書中第一章第十四節"耶穌來傳上帝國福音"一句，可代表全書之意旨。

【三】《路加福音》，作者路加，敍利亞人，業醫。蓋異國人謂非猶太人。而入基督教最早之一人也。又為聖保羅之友及伴侶。其書作成當在紀元後六四及七〇年之間。《路加福音》乃為希臘人而作，未來之福音也。其視基督教為進步之宗教，以宣傳普及慈惠悲憫之福音。目的在著成信史，奉耶穌為人類之良醫及救主。書中第四章第十八節"主之神臨我，膏我，俾傳福音於貧人、傷心者醫之"云云。可代表全書之意旨。又《使徒行傳》，亦路加所作。其書中第十章第三十八節"耶穌周遊行善，治魔鬼所挾制者"，亦可代表《路加福音》之意旨也。

【四】《約翰福音》，作者約翰，係十二使徒之一。《約翰福音》乃為基督教會人士而作，萬世之福音也。目的在闡發教理，演述靈魂，奉耶穌為萬世之上帝之子，又為"道"之化身。書中第一章第十四節"夫道成人身"一句，可代全書之意旨。

《路加福音》雜識　欲知耶穌生平言行，以由誦讀《路加福音》入手為最宜。今取《路加福音》書中之文，擇其有特別關係者，雜識若干條如下：

【一】第四章第二十四節　"未有先知而見重於故土者。"從來聖賢志士，苦口熱腸，衛道救民，而往往不見容於其本國當時之人，則以忠言逆耳，直言招怨，故必受誅戮困辱，而後羣眾之心始快。不特耶穌預知己身必死，即如蘇格拉底之死、孔子之黜、屈原之放，其他之例，更不勝枚舉。由是可推知，時流所痛詆者，往往為最忠、最賢、最高明之士也。《路加福音》第二十三章第二十五節，羅馬鎮將，為徇猶太之"民意"而釘死耶穌。嗚呼！民意之昏而不可恃也，如是夫。

【二】第五章第三十四節　耶穌設喻，自稱新娶之人（Bridegroom）。按中世以來，虔修之僧尼，移其男女夫婦之愛情以事神，想望耶穌之接引會見，夢魂顛倒，於是以耶穌為新郎而自比於新婦。在文學中其例甚多，其原即出於此。

【三】第六章第九節　耶穌答法利賽人之問，見得耶穌機警多智，善於答辯。且敵人投間抵隙，故相詰難。耶穌於原題置不答覆，而另設一問，以反窘之。此其法，正與孟子答屋盧子述任人之問者相同。雖然，此等處，耶穌匪特詞鋒犀利而已，其所言亦至理也。世間萬事，各有其精神與形式之分（Spirit vs. Letters），彼法利賽人等只知拘泥形式，而蔑棄古來規訓之真意。此種誤會，此種困難，亙萬世而不能消解也。噫！總之，聖人（耶穌、孔子皆是。）所行，處處無不合於天理人情，而得禮法之精意。所謂"大賢虎變愚不測"者，其實乃非不測也。

【四】第六章第二十至四十九節　是為耶穌"山上訓言"（Sermon on the Mount），乃基督教道德行事之標準也。其中最要之一語，為第六章第三十一節"爾欲人施諸己者，亦如是施諸人"。後人稱為金科玉律（The Golden Rule）者是。此與《論語》"己所不欲，勿施於人"義本相同。而現今膚淺偏狹之耶教中人，動謂耶穌之言為積極，《論語》之文為消極，以此揚耶穌而抑《論語》。不知二句之一正一反，僅文法之差異，毫無關於其意義也。○第六章第四十二節，即《論語》"未有不正己而能正人者也"之義。

【五】第九章第二十五節　"利盡天下而自喪亡者，何益之有？"此句譯文殊不佳，然其意義可分三層釋之：（一）即孟子所謂"行一不義，殺一不辜，而得天下，所不為也。"（二）精神道德，最為重要。物質榮利，所不當計。（三）人首須克己，而救人次之，斷不可舍己芸人。故今之不事修身養性，而終日孳孳擾擾於社會服務者，皆為耶穌所不許者也。

【六】第九章第五十節　意謂須認定宗旨，而不存黨見。人人可以行義，功不必自我成也。第十一章第二十三節之意，則謂是非之辨，絕對精嚴，不容絲毫含混假借也。此二段文雖相似而義實各別，故不可以互相矛盾疑之也。

【七】第十章第三十八至四十二節　馬大（Martha）逐逐營營，然所為者瑣屑形式之事。馬利亞（Mary）似若怠惰，然實用功於存心養性。黜馬大而特取馬利亞，亦孔子獎顏回而黜子路之意也。中世以來，以馬大代表實行之生活（Vita Activa），以馬利亞代表理想之生活（Vita Contemplativa）。耶教自始至終，重後者而輕前者。今之青年會中人，侈談社會服務，呼號奔走，而自以為盡力於耶穌之道。嗚呼！此誠南轅而北轍者已。

【八】第十一章第八節　此節可與孟子"昏夜叩人之門戶，求水火，無弗與者"比較參證。

【九】第十一章第三十五節　"慎之哉！爾光勿暗。"安諾德論希臘主義與希伯來主義之不同。（見所著 Hellenism and Hebiraism 一文。）以此句為可代表希臘主義，而此句實出於耶穌之口。故可知耶教之原始真精神，實以理智（Reason）與信仰（Faith）並重。（佛教之專重理智，更不待論。）彼以耶教為徒事迷信，又或以科學與宗教之間為理智與信仰之爭者，皆有所蔽也。

【十】第十六章第十三節　"爾不能事上帝，又事貨財也。"按此節可與孟子"陽虎曰：富為不仁矣，為仁不富矣。"互相比較參證，其意義正同。

【十一】第十六章第十七節　謂法律之墮廢，較天地之毀滅尤難。此所謂常存而不變之法律，乃指道德之原理、是非善惡之標準而言，非尋常所稱之法律也。（參閱本誌第十六期《我之人生觀》。）

【十二】第十七章第二十一節　謂天國即在汝心中云云。（譯文劣甚。）可知欲邀神眷，應自修德。又禍福惟人自召，彼燒香拜佛者可以休矣，即彼徒事祈禱施洗者亦可以休矣。

【十三】第二十章第二十五節　耶穌此句答詞，不僅顯其機警之辯才，而其間亦實有真正之分別存，即物質與精神、外形與內心生活、入世法與出世法。二者之間長存町畦，不容混而為一也。（參閱本誌第九期《世界文學史》論《薄伽梵歌》（《世尊歌》）一段。）中世政教分離，並為治理，實明於此理，特行之不得法，故多隕越耳。

【十四】第二十一章第三十三節　"天地可廢，我言不可廢。"此句極悲壯，極沉痛，所謂語重心急。蓋即不論神道設教之關係，以終身疲精費神，瘏口敝舌，專務教導門徒之人，今明知己身將死，而深懼夫死後門徒之竟忘其說而不思奉行，故為此諄囑激勵之語。其熱誠、希望、顧慮為何如！（此句應與前期二十九期。）本篇所錄《大般涅槃經》文一段，相參共讀也。

【十五】第二十三章第三十四節　耶穌臨終之語，毫無怨怒，只有憐憫其愚之意。蓋君子賢人，行道而受禍，其心均如此矣。

附按 研讀《聖經》者，除置備英文及中文譯本。《聖經》一部外，應首購 *Helps to the Study of the Bible* 一部（上海河南路牛津圖書分公司發售）以為輔助。〇本章所用《聖經》中之人名、地名、篇名，及所引《聖經》中之文句，均係照錄大英聖書公會印發之文理新舊約聖書譯本。——譯者附識。

西洋文學精要書目 [1]

序例

三年前，余肄業美國哈佛大學，其圖書館收藏之富，居全美國各圖書館中第三，而美國各大學中第一。綜各部各類計之，約一百八十餘萬卷。余春假得暇，則擬編一小冊，顏曰"西洋文學書目提要"，即此編之用意，以餉吾國人。事已草創矣，諸友尼余曰：子毋為是。夫張文襄公《書目答問》，以及西國類此之作，率皆耆儒博學，本其一生之所得，以召示後學，於書無不讀，讀之始能揭其要。子少年初學，方待人之召示，乃欲操觚為此，不亦僭妄之甚耶！且吾國人通西文者甚少，又無從得書。子之書目，編成亦終歸無用。若其既能讀西文而又有其書，則可自研目錄之學 Bibliography，西文類書專籍具在，又何用子之多此一舉哉？子休矣！余聞其言，愧慚而止。及歸國以後，見近年吾國學生，多喜言西洋文學。好學之士，自向英美書店，或日本丸善書店、上海商務印書館，購取西書自讀之者，為數實眾。顧往往不知選擇，出重價，費時力，而所讀之書未為精要。多讀者亦不免博而寡要、勞而少功之悔；少讀者更必有管窺蠡測、掛一漏萬之譏。余始歎昔年若竟編成，則亦未嘗無小補於國人也。又屢接故友來函，命開出文學書名數種，乃復勉成此編。宗旨體例，一切仍舊。惟昔年有哈佛圖書館之收藏，供我查考，取用不竭，俯拾即

1　本篇為吳宓於 1922 年為我國喜好西洋文學之學生所編《西洋文學精要書目》，先後連載於《學衡》雜誌第 6、7、11 期，1922 年 6、7、11 月。—— 編者注

是，為之者其事至易。今之所憑藉，僅腦中之恍惚記憶，與篋中之零星紙片而已。無書可查，無簿可稽，其苦其難，較昔萬倍。而殘缺遺漏，謬誤滋多，編成廢然不懌。明達博學，尚乞有以教之。

（一）文學範圍至廣，西洋文學書籍，尤浩如煙海。上下千年，縱橫數國，著其目錄，已累卷帙；而分類部居，尤為困難。是編專供吾國今日學生之需，一切以實用為歸。因事制宜，不盡遵西國目錄之學之定例。

（二）吾國學生，時力有限，財力有限。故是編所錄之書，寧缺毋濫，寧少毋多；寧收普通，不取專門；寧收小冊，不取巨帙。然所錄者，皆確有價值之書，久經通人公認者 Standard Works。其淺俚凡近，及書賈射利之書，概不闌入。選擇去取，殊費苦心。一切從嚴，閱者諒之。

（三）吾國學生，通英文者多，而通德、法等文者甚少。故此編專錄英文書籍，其德、法等文之書，有譯本者，則著其英文譯本，否則悉行從略。至希臘拉丁名著，亦只列英文譯本，不列希臘拉丁原文之版本；蓋閱者如能徑讀希臘拉丁文之書，則尚何取於此編哉！

（四）每書之下，均注明出版之年及發售之書局。然如已遺忘而無從查出，則不得不從缺。閱者如向丸善書店等處函購，不必開明原出版所，亦可得之也。

（五）某書如需說明之時，則於其下加注。

（六）所列之書，均編成號數。以後綱目或小注中，敘及此書之時，則但舉號數，不錄全名，以求簡括。

（七）綱目分類，略以時代為序。以後再及各種文體及無類可歸者。

第一部　總部關於西洋文學之全體者。

第一類　普通參考用書此類所列，為學校圖書館所不可不備者。卷帙繁重，私人恐無力及此。然如有力，亦當購置。

（一）The 11th Edition of *Encyclopedia Britannica*《大英百科全書》. 按《大英百科全書》第十二版正將出書，第十一版似已陳舊。然究竟所差不多，如不格外考究，則第十一版盡可合用。且當此時，第十一版價廉者易得，購之正為得計也。

（二）*Dictionary of National Biography*, edited by Sidney Lee and Leslie Stephen. With Supplements, 67 vols. McMillan. 按此書內容，以英國名人為限，然皆名家撰著，並附極詳書目。

（三）*The Cambridge Modern History*, planned by the late Lord Acton; edited by A. W. Ward, G. W. Prothero and Stanley Leathes, 14 vols. The McMillan Co. 按 Lord Acton 生時任劍橋大學近世史總教授，為近代有數之博學家，故此書極有價值。其所錄之書目，最豐備，各科皆可資為引導，不特史學與文學也。

（四）*The Cambridge Mediaeval History*, planned by J. B. Bury; edited by H. M. Gwatkin and J. P. Whitney. vol. I & II. McMillan Co. 按 Bury 氏現任劍橋大學近世史總教授。此書編輯體例，一遵（三）書。預定全部八冊，僅出二冊，餘尚在編輯中云。

（五）*The Cambridge History of English Literature*, edited by A. W. Ward and A. R. Waller, 14 vols. Cambridge University Press; Putnam. 此書亦仿（三）之體例，書中內容不盡精美，由於撰述員非皆最上選。然附錄之書目甚豐備，其價值亦在此也。

（六）　*The Cambridge History of American Literature*, edited by J. Erskine, Stuart P. Sherman and W. P. Trent, 4 vols. Putnam. 此書仿（五）之體例，以補其所不及。然內容更不如（五），附錄之書目則亦豐備，名為三卷，而第三卷分釘上下冊，故實為四冊也。

（七）　G. Lanson, *Manuel bibliographique de la littérture française moderne*, 4 vols. 注見下。

（八）　Petit de Julleville, *Histoire de la littérture française*. 本編定例，不錄德、法等國文之書，而忽闌入（七）、（八）二書者，以此二者實為法國文學書目之總匯。又出魁儒之手，博而精，故為參考不可缺者也。

（九）　William Smith, *Dictionary of Greek and Roman Biography and Mythology*, 3 vols. John Murray, London. 作者為十九世紀最博學之一人，故所編各種字典類書，皆極有價值也。

（一〇）William Smith, *Dictionary of Greek and Roman Geography*, 2 vols. John Murray, London; Little Brown Co., Boston. 注同上。

（一一）William Smith, *A Classical Dictionary of Greek and Roman Biography, Mythology and Geography*, revised by G. E. Marindin, John Murray, 1894. 此為匯合（九）、（十）二種而成之節本，以五冊簡成一冊，較便初學者及通常之用。

（一二）William Smith, *A Dictionary of Greek and Roman Antiquities*, revised by Wayte and Marindin 2 vols. John Murray, 1901. 注同（十一）。

（一三）William Smith, *Dictionary of the Bible*, 3 vols. John Murray. 注同（九）。

（一四）*Century Dictionary* 或 *Webster's International Dictionary*.

（一五）*The Oxford Dictionary*, edited by Sir James Murray. 此為最大最完備之英文字典，每字母佔一卷或數卷，尚未出完，僅至 S。

（一六）J. E. Sandys, *History of Classical Scholarship*, 3 vols. Cambridge University Press.

第二類　文學參考用書此類為研究文學所必備者，且皆單本小冊，私人可有力購置。

（一七）L. Whibley, *A Companion to Greek Studies*, Cambridge University Press, 1906. 3rd Edition, revised and enlarged, 1916.

（一八）J. E. Sandys, *A Companion to Latin Studies*, Cambridge University Press, 1910.

（一九）E. P. Coleridge, *Res Graecae*, George Bell & Sons, London, 1898. 如無（十七），可以此勉強代之。

（二〇）E. P. Coleridge, *Res Romamae*, George Bell, London 1896. 如無（十八），可以此勉強代之。

（二一）J. E. Sandys, *A Short History of Classical Scholarship*, Cambridge University Press. 此即（十六）之節本，以三冊簡為一冊，常用最宜。

（二二）F. W. Cornish, *A Concise Dictionary of Greek and Roman Antiquities*, John Murray, 1898. 此為匯合（九）、（十）二種而成之節本，以五冊簡成一冊。

（二三）E. H. Blakeney, *A Smaller Classical Dictionary*, Everyman's Library. E. P. Dent; Appleton. 注同（二十二）。易於購得，又價廉，最合用。

（二四）William Smith, *A Smaller Dictionary of the Bible.* 此即（十三）
之節本，以三冊簡成一冊。

（二五）*Chamber's Cyclopaedia of English Literature*, revised 2 or 3
vols.

第三類　歐洲文學史按一國一時之文學史甚多，然欲求一
包括歐洲古今各國文學全史，而著其綱要者，殊
不可得。只有下開一書，雖過簡略，爰取錄之。

（二六）Emile Faguet, *Initiation into Literature*, translated from French
into English by Sir Home Gordon. Putnam. 參看《學衡》第二
期"文學研究法"篇第七頁第一條。

第四類　哲學美術宗教等略史按此類之書至夥。今強自限
定，每種只列一書，不足者隨意增讀可也。

（二七）Weber, *History of Philosophy*, translated into English by Frank
Thilly. Charles Scribners & Sons. 參看《學衡》第二期"文學研
究法"篇第七頁第二條，下同。

（二八）S. Reinach, *Apollo: An Illustrated History of Art throughout the
Ages*, Scribners.

（二九）*The University Prints*, the University Prints, Newton, Mass;
U.S.A. 此非書，乃畫片也。古今圖畫雕刻等美術品，攝影印
成片冊者，在美國以此為最廉，購之亦最便。

（三〇）G. F. Moore, *History of Religions*, 2 vols. Scribners. 此書於耶、
回等教甚佳，而於儒、佛等教，則殊嫌簡缺。

（三一）Maxime Còllignon, *A Manual of Mythology, in Relation to Greek Art*, translated from French and enlarged by Jane E. Harrison. 1899, H. Grevel, London.

（三二）E. M. Berens, *A Hand-book of Mythology*, Charles E. Merrill Co., New York.

（三三）Arthur Fairbank, *Mythology of Greece and Rome.* Appleton, New York.

（三四）C. M. Gayley, *Classic Myths*, revised Edition. Ginn & Co. 以上四種，皆述希臘羅馬之神話，得一種可矣，不必兼備。其中以（三十一）為最佳，然（三十三）、（三十四）最易購得也。

第二部　希臘文學

第一類　希臘史

（三五）J. B. Bury, *A History of Greece to the Death of Alexander the Great*, 1900, MacMillan. 作者之為人，見（四）注。此為最完善合用之希臘史，得此一種，其餘皆可不備。

（三六）J. P. Mahaffy, *Alexander's Empire*, Putnam. 作者專精於亞歷山大時代，故可補前書後半之不足。

（三七）Evelyn Abbott, *A History of Greece*, in 3 vols. 1888－1900, Longmans. With bibliography and appendix on authorities.

（三八）George Grote, *History of Greece*, in 12 vols. 1846－1856, Everyman's Library, J. M. Dent; E. P. Dutton. 此書雖為名著，然卷帙浩繁，初學可不必購讀。

第二類　希臘文學史

（三九）Alfred & Maurice Croiset, *An Abridged History of Greek Literature*, translated from French into English by G. F. Heffelbower, 1904, Macmillan. 作者兄弟，巴黎大學希臘文學總教授，為當代希臘文學專家之第一第二人，所著法文《希臘文學史》五巨冊，節本簡為一冊。此其英譯也，譯筆雅潔，故為希臘文學史最善之本云。

（四〇）O. Muller & George Donaldson, *History of the Literature of Ancient Greece*, 3 vols. 1858, J. W. Parker, London. 此書雖舊，然甚有價值。

（四一）J. P. Mahaffy, *A History of Classical Greek Literature*, 4 parts; 2 vols. 1891, MacMillan. 此所謂偏近守舊派之作，確實可靠。

（四二）William Mure, *A Critical History of the Language and Literature of Ancient Greece*, 3 vols. 2nd Edition, 1854, Longmans.

（四三）Gilbert Murray, *A History of Ancient Greek Literature*, in the Short Histories of the World Series, edited by E. Gosse.1897; 1903, Appleton. 此類叢書，各國文學史，共十三、四冊，皮面皆繪有地球之半為記。其中良莠不齊，後此選用時，分別言之。Gilbert 著中國文學史，亦在其內。

（四四）R. C. Jebb, *Greek Literature*, in the Primers of Literature Series, edited by J. R. Green. 1881, American Book Co. 此類叢書，至為簡短明晰，便於初學。

（四五）W. C. Wright, *A Short History of Greek Literature*, 1907, American Book Co. 此為教科書中之佳本，附有書目等，甚便讀者。

（四六）W. C. Lawton, *Introduction to Classical Greek Literature*, 1903. 注同上。

（四七）J. H. Wright, *Masterpieces of Greek Literature*, 1903, Houghton Mifflin & Co. 此為選錄希臘詩文名篇之譯為英文者，冠以作者小傳，極便初學，可以嘗鼎一臠矣。

（四八）E. Capps, *From Homer to Theocritus, an excellent manual on Greek Literature with well selected translations*. Scribners. 注同上。

（四九）F. M. Foster, *English Translations from the Greek*, 1918.

第三類　希臘文學參考用書

（十七）L. Whibly, *A Companion to Greek Studies*, Cambridge University Press. 見前。

（五〇）Alfred Zimmern, *Greek Commmonwealth*, Oxford University Press.

（五一）G. Lowes Dickinson, *The Greek View of Life*, Century Co.

（五二）S. H. Butcher, *Some Aspects of Greek Genius*, 1893, MacMillan.

（五三）J. P. Mahaffy, *Survey of Greek Civilization*, MacMillan.

（五四）J. P. Mahaffy, *What have the Greeks done for Modern Civilization*, 1909, Putnam.

（五五）W. S. Ferguson, *Greek Imperialism*, 1913, Houghton Mifflin Co.

（五六）Charles B. Gulick, *Life of Ancient Greeks*. Illustrated. Appleton.

（五七）F. B. Tarbell, *History of Greek Art*, 1908, MacMillan.

（五八）G. F. Hill, *Illustrations of School Classics*, 1903, MacMillan.

（五九）J. Addington Symonds, *Studies of the Greek Poets*, 2 vols. 1893, Adams & Charles Black, London.

（六〇）J. W. Mackail, *Lectures on Greek Poetry*, 2nd Edition, 1911.

（六一）Barrett Wendell, *Traditions of European Literature, from Homer to Dante*, 1921, Scribners.

第四類　史詩（Epic Poetry）

（六二）*The Iliad of Homer*, translated into English prose by A. Lang, W. Leaf & E. Myers. 1883, MacMillan.

（六三）*The Odyssey of Homer*, translated into English prose by S. H. Butcher & A. Lang. 1879, MacMillan. 按《荷馬全集》，英文譯本甚多，其譯為詩者，如 George Chapman、Alexander Pope、William Cowper 及 W. C. Bryant 所譯，皆出文學巨子之手。惟傳譯異國文學，詩不如文。蓋文易達意，可期其信確。如譯為詩，縱能精工，亦由譯者之詩才，而非原本之真相矣。上所言諸譯本中，Chapman 生最早，故其譯本在英國文學史上甚為重要。若以譯者之資格論，則 Pope 古今一大詩人，然其所譯，最不可信。蓋中間改動極多，譏之者謂其求合十八世紀之風尚，盡失荷馬古代之精神。外此 Lord Derby 所譯 *Iliad* 及 Philip Stanhope Worsley 所譯 *Odyssey*（1861）皆譯為詩者，比之上言諸家，尚有一日之長，似為詩中之最善者。至茲所列（六二）、（六三）皆譯為文者也，樸直明顯。雖不盡雅，而信達則足，誠為欲知荷馬詩中內容者所宜取讀。又美人 G. H. Palmer 亦曾譯 *Odyssey* 為英文（1891）。餘譯本尚多，不能備述。

（六四）R. C. Jebb, *Introduction to Homer*, 1890, Ginn & Co.

（六五）Henry Browne, *Handbook of Homeric Study*, 1905.

（六六）Andrew Lang, *Homer and the Epic*, 1883.

（六七）Gilbert Murray, *The Rise of the Greek Epic*, 2nd Edition, revised and enlarged. 1911, Oxford.

（六八）Thomas D. Seymour, *Life in the Homeric Age*, 1907, MacMillan.

第五類　訓詩（Didactic Poetry）

（六九）A. W. Mair, *Hesiod*, translated into English prose, in the Oxford Translation Library. 1908, Oxford.

第六類　情詩（Lyric Poetry）

（七○）François Brooks, *The Greek Lyric Poets*, English prose translation with parallel Greek texts. 1896.

（七一）H. T. Wharton, *Sappho: A Memoir and A Translation*, prose with parallel Greek texts. 1887, London.

（七二）T. Stanley, *Anacreon*, translated into English verse. 1893.

（七三）E. Myers, *Pindar*, translated into English prose. 1883.

第七類　莊劇通譯悲劇（Tragedy）

（七四）Lewis Campbell, *A Guide to Greek Tragedy for English Readers*, 1891, Percival & Co., Lonon.

（七五）A. E. Haigh, *The Tragic Drama of the Greeks*, 1896, Oxford.

（七六）A. E. Haigh, *The Attic Theatre*, 1898; 1907, Oxford.

（七七）R. G. Moulton, *The Rise of Ancient Classical Drama*, Oxford.

（七八）J. H. Huddilston, *The Attitude of Greek Tragedians towards Art*, 1918, MacMillan.

（七九）Lewis Campbell, *Aeschylus*, translated into English verse, in the World's Classical Series, Oxford.

（八〇）E. H. Plumptre, *Aeschylos: Tragedies and Fragments*, translated into English verse. Two volumes in one. 1901 D. C. Heath, Boston and New York.（Tragedies also found in Everyman's Library, J. M. Dent and E. P. Dutton）. 以上二種，得其一即可，不必重複購置。

（八一）R. C. Jebb, *The Tragedies of Sophocles,* excellent English prose translation. 1904, Cambridge.

（八二）Lewis Campbell, *Sophocles*, translated into English verse, 1883, in the World's Classics Series, Oxford.

（八三）Sir George Young, *The Dramas of Sophocles*, translated into English verse, Everyman's Library. 以上三種，得其一即可。二種之中，（八二）較佳，（八三）雖佳，但不易得。

（八四）Lewis Campbell, *Sophocles*, in the Classical Writers Series. 1890.

（八五）A. S. Way, *The Plays of Euripides*, translated into English verse, 3 vols. 1894–1898.（Reprinted with Greek texts in Loeb Classical Library）.

（八六）*The Plays of Euripides*, translated into English verse by Shelley, Wodholl, Potter, Milman, 2 vols. Everyman's Library.

（八七）Gilbert Murray, *Euripides*, translated into English verse. 1912.
以上三種，得其一即可，不必重複購置。

（八八）P. Decharme, *Euripides and the Spirit of his Dramas*, 1893, translated from French into English, 1906.

（八九）Gilbert Murray, *Euripides and His Age*, 1913, Home University Library.

第八類　諧劇通譯喜劇（Comedy）

（九〇）F. M. Cornford, *The Origin of Attic Comedy*, 1914.

（九一）B. B. Rogers, *The Comedies of Aristophanes*, Greek texts, with excellent English translation and Introduction, notes, criticism, 6 vols. 1852−1902. 以下四種，不必重複購置。其中以（九一）為最完善，然價奇昂。故宜購（九二），否則購（九三）與（九四）亦可，但必二種合購。

（九二）J. Hooknam Frere, *Aristophanes*, translated into English verse, with introduction by W. W. Merry, in the World's Classics Series, Oxford.

（九三）J. Hooknam Frere, *The Acharnians and Three Other Plays of Aristophanes*, translated into English verse, Everyman's Library.

（九四）The Frogs and Three Other Plays of Aristophanes, translated into English verse by Frere, Hickie, Mitchell and Cumberland, Everyman's Library.

（九五）Maurice Croiset, Aristophanes and the Political Parties at Athens, translated from French into English by James Joeb, 1909, MacMillan.

第九類　歷史

（九六）　J. B. Bury, *Ancient Greek Historians* (Harvard Lecture), 1909, MacMillan.

（九七）　George Rawlinson, *Herodotus*, translated into English, 2 vols. Everyman's Library. 此外英文譯本，尚有數種。

（九八）　B. Jowett, *Thucydides*, translated into English, 2 vols. 1881, Cambridge University Press.

（九九）　Richard Crawley, *Thucydides' Pelopennesian War*, translated into English, 2 vols. In Temple Classics and Everyman's Library. 以上二種，僅購其一即足。（九八）較完善，然（九九）較易得而廉也。

（一〇〇）H. G. Dakyns, *The Works of Xenophon*, translated into English, 4 vols. 1897. (Also reprinted in Bohn's Library, 3 vols.) 此為足本，然不易得。以（一〇一）及（一〇二）代之亦可。

（一〇一）H. G. Dakyns, *Xenophon: Cyropaedia and Memorabilia*, translated into English, 2 vols. Everyman's Library.

（一〇二）H. G. Dakyns, *Xenophon: Hellenica, Cyropaedia, Anabasis, Symposium*, translated into English with parallel Greek texts, in Loeb Classical Library.

（一〇三）M. H. Morgan, *Xenophon: The Art of Horsemanship*, translated into English. 1803, Boston. 此種無關緊要，不購亦可。

第十類　哲學上 柏拉圖

（一〇四）B. Jowett, *The Dialogues of Plato*, classic English translation.

5 vols. 1871; 1892, Oxford; MacMillan. (Also published by C. Scribner Co., New York.) 此為萬不可不購之書。

（一〇五）J, L. Davies & D. J. Vaughan, *The Republic of Plato*, translation with analysis and notes, 2nd Edition. 1858. 既有（一〇四），則此書可不必購。

（一〇六）George Grote, *Plato and the Other Companions of Socrates*, 3rd Edition, 3 vols. 1875, John Murray, London. 詮論柏拉圖之書，多不勝舉。此下所列，數種而已。

（一〇七）B. Bosanquet, *A Companion to Plato's Republic*, 1875.

（一〇八）W. Lutoslawski, *The Origin and Growth of Plato's Logic*, 1897.

（一〇九）J. A. Stewart, *The Myths of Plato*, 1905.

（一一〇）J. A. Stewart, *Plato's Doctrine of Ideas*, 1909.

（一一一）Paul E. More, *Platonism*, 1915, Princeton University Press.

（一一二）Paul E. More, *The Religion of Plato* (Vol. I of the Greek Tradition), 1921, Princeton University Press.

（一一三）D. G. Ritchie, *Plato*, in The World's Epoch-Makers Series. 1902.

（一一四）A. E. Tayor, *Plato*, in The People's Books Series. 1911.

第十一類　哲學中 亞里士多德

（一一五）*The Works of Aristotle*, translated into English by various men and edited by J. A. Smith and W. D. Ross. 9 vols. 1910−1915. 全集譯本未完，Oxdord 亦可單購零本，如 *Metaphysics*，則宜購此中者。餘則宜分購下列四種。此外在文學上不甚重要，不購可矣。

（一一六）S. H. Butcher, *Aristotle's Theory of Poetry and Fine Art*, Greek text and English translation of the *Poetics*, with analysis, notes and critical essays. 1895, MacMillan.

（一一七）R. C. Jebb, *The Rhetoric of Aristotle*, 1909.

（一一八）B. Jowett, *The Politics of Aristotle*, translated into English, and edited with introduction, analysis, etc. by H. W. C. Davis. 1905, in Oxford Translation Library. 以上二種，Welldon 亦有譯本，並佳。

（一一九）J. E. C. Welldon, *The Ethics of Aristotle*, translated into English. 1892, MacMillan. 以上四種，皆極重要，尤以（一一八）、（一一九）為萬不可不購之書。

（一二〇）Poste, *Aristotle's Constitution of Athens*, translated into English. 1891, London.

（一二一）Ogle, *Aristotle On the Parts of Animals*, translated into English. 1882, London. 以上二種，不甚重要。

（一二二）George Grote, *Aristotle*, unfinished. 2 vols. 2nd Edition, 1880, John Murray. 詮論亞里士多德之書，多不勝舉。此下所列，數種而已。

（一二三）Sir Alexander Grant, *Aristotle*, 1877.

（一二四）Sir Alexander Grant, *Aristotle's Nicomachean Ethics*, Greek text, edited with introductory essays and notes, 4th Edition, 1885.

（一二五）Edwin Wallace, *Outlines of the Philosophy of Aristotle*, 3rd Edition, 1883.

（一二六）T. Davidson, *Aristotle*, 1896, Scribers.

（一二七）A. E. Taylor, *Aristotle*, in the People's Books Series.

（一二八）E. Caird, *Evolution of Theology in Greek Philosophers*.

第十二類　哲學下 其他

（一二九）R. C. Jebb, *The Characters of Theophrastus*, Greek text and English translation, 1870. New Edition by J. E. Sandys, 1909, London.

（一三〇）J. Healey, *Characters of Theophrastus*, translated into English, in Temple Classics. 以上二種，只購一種，以免重複。（一二九）較完善，然（一三〇）易得而價廉。

（一三一）Sir A. F. Hort, *Theophrastus On Plants*, translated into English, 2 vols. Loeb Classical Library. 此種極不重要，可以不購。

（一三二）William Wallace, *Epicurianism*, 1880, London.

（一三三）W. L. Davidson, *The Stoic Creed*, 1907.

（一三四）Edwyn Bevan, *Stoics and Sceptics*, 1913.

（一三五）N. Maccoll, *The Greek Sceptics*, 1869, London and Cambridge.

第十三類　辭令（**Oratory**）

（一三六）R. C. Jebb, *The Attic Orators from Antiphon to Isaeos*, 2 vols. 1893, MacMillan.

（一三七）C. R. Kennedy, *The Orations of Demosthenes*, complete English translation in 5 vols. Bohn's Library, George Bell & Sons. 此為足本，如不能得，可以（一三八）或（一三九）代之。

（一三八）A. W. Pickard-Cambridge, *Demosthenes' Public Orations*, translated into English, in Oxford Translation Library, 1914.

（一三九）[2] Lord Brougham, *Select Orations of Demosthenes*, translated into English, Everyman's Library. 以上三種，購其一已可，以免重複。

（一四〇）S. H. Butcher, *Demosthenes*, in the Classical writers Series. 1882, Appleton, New York.

（一四一）Biddle, *Aeschines' Against Ctesiphon*, translated into English. 1881, Philadelphia. 此種不甚重要，不購亦可。

第十四類　亞歷山大時代之文學（Alexandrian Literature）

（一四二）W. R. Paton, *The Greek Anthology*, Greek text and English translation, 5 vols. Loeb Classical Library. 並參閱（五十九）。

（一四三）Andrew Lang, *Theocritus, Bion and Moschus*, translated into English Prose. 1880.

（一四四）C. S. Calverley, *The Idylls of Theocritus*, translated into English verse. 1869, Cambridge. 以上二種，只購一種，以免重複。其中以（一四三）為較佳。

（一四五）E. S. Shucksburgh, *The Histories of Polybius*, translated into English, 2 vols. 1889, London and New York.

2　原刊作（一四〇），吳宓于原刊"訂誤"中稱："數目字有誤。（百三十八）之後即接（百四十），中間脫去（百三十九），此由編者疏忽之咎，然數目字雖誤，而書籍則無遺漏，前後仍一貫銜接，故今可置不究。"（《學衡》第 11 期）本版依次向前調整一個序號，參閱書目中相關序號同。——編者注

第十五類　亞歷山大時代以後之文學（Post-Alexandrian Literature）

（一四六）W. Rhys Roberts, *Longinus On the Sublime*, Greek text, English translation, with introduction, analysis and notes. 1889, Cambridge University Press.

（一四七）A. O. Prickard, *Longinus On the Sublime*, translated into English, in Oxford Translation Library. 以上二種，只購一種，以免重複。（一四六）為極完善之本，如不能得，可以（一四七）代之。

（一四八）Matheson, *Epictetus*, translated into English with introduction and notes, in Oxford Translation Library.

（一四九）A. H. Clough, *Plutarch's Lives of Illustrious Men* (Dryden's translation revised), 1859, Little Brown Co., Boston. (Also in Everyman's Library.)

（一五〇）W. W. Goodwin, *Plutarch's Moralia*, translated into English, 1870, Little Brown Co., Boston.

（一五一）George Long, *The Thoughts of Marcus Aurelius*, translated into English. 1863, Little Brown Co., Boston.

（一五二）John Jackson, *The Meditations of Marcus Aurelius Antonius*, translated into Engllish, with introduction by Charles Bigg, Oxford Translation Library. 以上二種，只購一種，以免重複，（一五一）較佳。

（一五三）Paul B. Watson, *Marcus Aurelius Antonius* (Life and critical essay), 1884, New York.

（一五四）J. G. Frazer, *Pausanias's Description of Greece*, translated into English with Commentaries, 6 vols. 1898, London. 此書不購亦可。

（一五五）H. W. & F. G. Fowler, *The Works of Lucian*, complete except some spurious and undesirable passages, translated into English, in Oxford Translation Library. 4 vols.

（第二部希臘文學完）

第三部　羅馬文學

第一類　羅馬史

（一五六）H. F. Pelham, *Outlines of Roman History*, 1901, Putnam. 此書於政治史尤精。

（一五七）A. H. J. Greenidge, *A History of Rome during the Later Republic and Early Principate*, 1904, MacMillan.

（一五八）J. B. Bury, *Students' Roman Empire*, American Book Co.

（一五九）J. B. Bury, *A History of the Later Roman Empire from Arcadius to Irene (395−800 A.D.)*, 2 vols. 1889, MacMillan.

（一六〇）Charles Merivale, *History of the Romans under the Empire*, 7 vols. Scribers.

（一六一）Edward Gibbon, *The Decline and Fall of the Roman Empire*, with notes by J. B. Bury and edited by Sidney Lee, in Methuen's Standard Library, 7 vols. 1905, Methuen & Co., London. (Also in Everyman's Library.)

（一六二）Theodor Mommsen, *The History of Roman*, 1854−1856,

translated into English, in Everyman's Library, 4 vols. J. M. Dent; E. P. Dutton.

第二類　羅馬文學史

（一六三）J. W. Mackail, *Latin Literature*, in The University Series, 1895, Scribners.

（一六四）Marcus S. Dimsdale, *History of Latin Literature*, in The Short Histories of the Literatures of the World Series. William Heineman, London; Appleton, New York. 注同（四十三）。

（一六五）H. N. Fowler, *History of Roman Literature*, Appleton.

（一六六）W. S. Teuffel & L. Schwabe, *History of Roman Literature*, 1891-1892, translated into English by G. C. W. Warr, 2 vols. London, 1900.

（一六七）J. Wight Duff, *A Literary History of Rome from the Origins to the Close of the Golden Age*, in The Library of Literary History Series, 1909; 4th impression, 1920. T. Fisher Unwin, London.

（一六八）Walter C. Summers, *The Silver Age of Latin Literature (From Tiberius to Trajan)*, 1920, Methuen & Co., London.

（一六九）W. C. Lawton, *Introduction to Classical Latin Literature*, 1904, American Book Co.

（一七○）G. J. Laing, *Masterpieces of Latin Literature*, 1903, Houghton, Mifflin Co. 此書體例，與（四十七）同，為羅馬詩文名篇之譯為英文者，冠以作者小傳，可以嘗鼎一臠，極便初學。

第三類　羅馬文學參考用書

（十八）　J. E. Sandys, *A Companion to Latin Studies*, 1910, Cambridge University Press.

（一七一）W. Wards Fowler, *Social Life at Rome in the Age of Cicero*, 1908, Macmillan. (Also reprinted in the Chatauqua Home Reading Series.)

（一七二）Samuel Dill, *Roman Society from Nero to Marcus Aurelius*, Macmillan.

（一七三）Samuel Dill, *Roman Society in the Last Century of the Western Empire*, 1898, Macmillan.

（一七四）W. Y. Sellar, *The Roman Poets of the Republic*, 1891, Oxford.

（一七五）W. Y. Sellar, *The Roman Poets of the Augustan Age*, 1892, Oxford.

（一七六）Domenico Comparetti, *Virgil in the Middle Ages*, 1872, translated from Italian into English by E. F. M. Benecke, with introduction by Robinson Ellis. 1895, London.

第四類　共和初年紀元前二百四十年至一百三十三年。○ 諧劇

（一七七）W. L. Collins, *Plautus and Terence*, in Ancient Classics for English Readers Series, Blackwood, London.

（一七八）H. T. Riley, *The Comedies of Plautus*, translated into English, 2 vols. Bohn's Classical Library. Henry G. Bohn, London.

（一七九）Paul Nixon, *The Plays of Plautus*, Greek text and English prose translation, Loeb Library, 4 vols. William Heinemann, London. 如有（一七八），則此種可不購。

（一八〇）H. T. Riley, *The Comedies of Terence and the Fables of Phaedrus*, with Smart's metrical version of Phaedrus, Bohn's Classical Library.

（一八一）John Sargeaunt, *The Plays of Terence*, Greek text and English prose translation, Loeb Library, 2 vols. Heinemann. 如有（一八〇），則此種可不購。

第五類　黃金時代上即 Cicero 時代，又稱該撒時代。紀元前八十年至紀元前四十三年。

第一目　訓詩〇LUCRETIUS

（一八二）Cyril Bailey, *Lucretius on the Nature of Things*, translated into English prose, with introduction, analysis, etc., in Oxford Library of Translations. 1910, Oxford.

（一八三）H. A. J. Munro, *Lucretius*, Greek text, with notes, and English prose translation, 1891−1893. (First Edition, 1864.) 如有（一八二），此書可不購。

（一八四）John Masson, *Lucretius: Epicurean and Poet*, 1907.

第二目　情詩〇CATULLUS

（一八五）Theodore Martin, *Poems of Catullus*, translated into English verse, 2nd Edition, 1875.

（一八六）*Catullus, Tibullus, and the Vigil of Venus*, literary translated into

English, with the metrical versions by George Lamb, James Grainger, etc. Bohn's Classical Library. 如有（一八五），此書可不購。

（一八七）H. A. J. Munro, *Criticisms and Elucidations of Catullus*, 2nd Edition, 1905.

第三目　辭令及哲學○CICERO

（一八八）C. D. Yonge, *Cicero on the Nature of the Gods, Divination, Fate, Laws, Republic*, translated into English. Bohn's Classical Library.

（一八九）C. D. Yonge, *Cicero's Academics, De Finibus, and Tusculan Questions*, translated into English. Bohn's Classical Library.

（一九〇）C. D. Yonge, *Cicero's Orations*, translated into English, 4 vols. Bohn's Classical Library.

（一九一）J. S. Watson, *Cicero on Oratory and Orators*, translated into English. Bohn's Classical Library.

（一九二）Cyrus R. Edmonds, *Cicero's Three Books of Offices, or Moral Duties; and his Essays on Friendship, on Old Age, etc.*, literally translated into English, with notes and comments, in Harper's Classical Library. 1857, Harper & Bros. New York. 此目所列之書，以（一九二）為最重要，宜首先購之。

（一九三）Roger L'Estrange, *Tully's Offices*, English translation reprinted in Temple Classics. Dent; Dutton.

（一九四）Andrew P. Peabody, *Cicero's Tusculan Disputations*, translated into English. 1886, Little Brown Co., Boston. 如有（一八九），則此書可不購，以免重複。

（一九五）E. S. Shucksburgh, *Letters of Cicero*, translated into English, 4 vols. 1899−1900, Macmillan.

（一九六）Conyers Middleton, *History of the Life of Cicero* (1741).

（一九七）J. L. Stracnan-Davidson, *Cicero and the Fall of the Roman Republic*, 1894.

第四目　歷史○CAESAR; SALLUST

（一九八）F. P. Long, *Caesar's Gallic War*, translated into English, in Oxford Library of Translations, Oxford.

（一九九）T. Rice Holmes, *Caesar's Conquest of Gaul*, being English translation of The Gallic War, 1899; 1911. 如有（一九八），則此書可不購，以免重複。（一九八）較佳。

（二〇〇）F. P. Long, *Caesar's Civil War*, translated into English, in Oxford Library of Translations, Oxford.

（二〇一）W. Warde Fowler, *Julius Caesar and the Foundation of the Roman Imperial System*, 1892.

（二〇二）A. W. Pollard, *Sallust*, translated into English prose.

（二〇三）J. S. Watson, *Sallust, Florus, and Velleius Paterculus*, translated into English with copious notes, etc., Bohn's Classical Library. 如有此書，則（二〇二）可不購。

第六類 黃金時代下即奧古士德時代，紀元前三十一年至紀元後十四年。

第一目 史詩○VIRGIL

（二〇四）John Conington, *The Complete Works of Virgil*, translated into English prose, edited by J. Addington Symonds. 1900, David Mackaye, Philadelphia. 如有此種，則（二〇五）及（二〇六）皆可不購。

（二〇五）J. W. Mackail, *Aeneid*, translated into English prose, 1885.

（二〇六）John Jackson, *The Eclogues, Georgics, and Aeneid of Virgil*, translated into English prose, in Oxford Library of Translations.

（二〇七）H. Nettleship, *Virgil*, in the Classical Writers Series, edited by J. R. Green, Appleton.

（二〇八）H. Nettleship, *Ancient Lives of Virgil, with Essays on the Poems etc.*, 1879, Oxford.

第二目 刺詩（**Satire**）○HORACE

（二〇九）E. C. Wickham, *Horace for English Readers*, poems of Horace translated into English prose, in Oxford Library of Translations.

（二一〇）C. Smart, *The Works of Horace*, translated literary into English prose with introduction and notes, in The Classical Library. Popular Edition. T. Warner Laurie, London. 如有（二〇九），則此書可不購。

（二一一）A. S. Cook, *The Art of Poetry*, containing François Howe's translation of Horace's Art of Poetry, (1842), with notes and comments. Ginn & Co, 1892.

（二一二）J. F. D'Alton, *Horace and His Age*, 1917.

第三目　挽詩（Elegy）○OVID AND OTHERS

（一八六）*Catullus, Tibullus, and the Vigil of Venus*, literally translated into English, etc., Bohn's Classical Library.

（二一三）W. K. Kelly, *Propertius, Petronius Arbiter, and Johannes Secundus*, literally translated into English, with various poetical versions, Bohn's Classical Library.

（二一四）J. S. Phillimore, *Propertius*, translated into English prose, in Oxford Library of Translations. 1906.

（二一五）Christopher Marlowe, *Ovid's Elegies*, translated into English verse.

（二一六）John Dryden, *Fragments of Ovid's Metamorphoses, Art of Love, Epistles*, translated into English verse.

（二一七）Henry King, *Ovid's Metamorphoses*, translated into English blank verse. 1877.

（二一八）H. T. Riley, *The Complete Works of Ovid*, translated English, 3 vols. Bohn's Classical Library. 如有此書，則（二一五）及（二一六）及（二一七）均可不購。

（二一九）A. J. Church, *Ovid*, in Ancient Classics for English Readers Series. 1876.

第四目　歷史○LIVY

（二二〇）D. Spillman, Cyrus Edmonds & William A. M. Devitte, *Livy's History of Rome*, literally translated into English with notes and illustrations, 4 vols. Bohn's Classical Library, 1850. (Also in Everyman's Library, 3 vols.)

（二二一）W. W. Capes, *Livy*, 1880.

第七類　尼羅王紀（**The Age of Nero**）紀元後五十四至六十八年。

（二二二）F. J. Miller, *The Tragedies of Seneca*, translated into English, with introduction by J. M. Manly. 1907. (Also, with Latin text, in Loeb Classical Library.)

（二二三）Thomas Lodge & Roger L'Estrange, *The Morals of Seneca*, translated into English.

（二二四）Thomas Lodge, *Seneca: On Benefits*, translated into English, and reprinted in Temple Classics. Dent; Dutton.

（二二五）Clark & Geikie, *Seneca: Natural Questions*, translated into English, 1910, Macmillan.

（二二六）H. T. Riley, *Lucan's Pharsalia*, translated into English with copious notes, etc., Bohn's Classical Library.

（二二七）J. Conington, *A. Persius Flaccus*, translated into English prose, edited by H. Nettleship, 1872.

第八類　白銀時代（**Silver Age**）紀元後六十九年至九十六年。

（二二八）D. A. Slater, *The Silvae of Statius*, translated into English with introduction and notes, in Oxford Library of Translations.

（二二九）*Martial's Epigrams*, translated into English verse and prose by various writers, Bohn's Classical Library.

（二三〇）W. T. Webb, *Martial for English Readers*, Macmillan. 如有（二二九），則此書可不購。

（二三一）John Bostock & H. T. Riley, *Natural History of Pliny (the Elder)*, translated into English with copious notes, 6 vols. Bohn's Classical Library.

（二三二）J. S. Watson, *Quintilian: Institutes of Oratory*, translated into English, 2 vols. Bohn's Classical Library.

（二三三）Arthur Murphy, *Tacitus: Historical Works*, translated into English (1811) with introduction and notes, 2 vols. Everyman's Library.

（二三四）A. J. Church & W. J. Bod Brodribb, *The History and Annals of Tacitus*, translated into English. 1876.

（二三五）A. J. Church & W. J. Brodribb, *The Agricola and Germany of Tacitus*, translated into English. 1868.

（二三六）W. Hamilton Fyfe, *Tacitus' Histories*, translated into English with introduction and notes, in Oxford Library of Translations, 2 vols.

（二三七）W. Hamilton Fyfe, *Tacitus' Agricola, Germania, and Dialogue*,

translated into English with introduction and notes, in Oxford
Library of Translations. 如有（二三三），則此上四種均可
不購，以免重複。否則或購（二三四）及（二三五）；或購
（二三六）及（二三七），皆足。

（二三八）S. G. Owen, *The Satires of Juvenal*, translated into English
in Methuen's Classical Translation Series. Methuen Co.,
London.

（二三九）Lewis Evans, *Juvenal, Persius, etc.*, translated into English
prose, edited by H. F. Fox, with the metrical version of
Gifford, Bohn's Classical Library.

（二四〇）William Melmoth, *Letters of Pliny the Younger*, translated
into English (1746), Bohn's Classical Library. (Also in Loeb
Library.)

（二四一）J. D. Lewis, *The Letters of Younger Pliny*, literally translated.
1879; 1882. 如有（二四〇），此書可不購。

（二四二）John B. Firth, *Caius Plinius' Letters*, translated into English
with an introduction, 1913.

第九類　安敦王紀（**The Age of the Antonines**）紀元後九十六年至一百八十年。

（二四三）Thomson, *Suetonius: Lives of the Caesars, and Other Works*,
translated into English and revised by T. Forester, Bohn's
Classical Library.

（二四四）Philemon Holland, *Suetonius: History of the Twelve Caesars*,
translated into English (1606), reprinted 1899, 2 vols. 如 有

（二四三），此書可不購。

（二四五）H. E. Butler, *Apuleius' Metamorphoses or Golden Ass*, translated into English, in Oxford Library of Translations, 2 vols. 1910.

（二四六）H. E. Butler, *Apuleius' Apologia and Florida*, translated into English, in Oxford Library of Translations.

（二四七）W. Adlington, *The Golden Ass of Apuleius*, translated into English (1566), reprinted and edited by C. Whibley, in Temple Classics. 1893, Dent; Dutton. 如有（二四五），則此書可不購。

（第三部羅馬文學 完）

西洋文學入門必讀書目 [1]

　　吾前編《西洋文學精要書目》，載登《學衡》雜誌第六、第七、第十一各期，尚未卒業，容當續成之。惟彼中所錄皆確有價值而為眾所公認之書籍 Standard Works，甚為詳備，最合各大學及公立圖書館之用。若私人恐無力及此，斷難照單盡數購買，但讀書者，可憑該目錄以資選擇而定取捨耳。今此編專供初學入門者之用，故簡之又簡，雖各類均備而務取精華，為人人所必當讀。今日流行語所謂"最小限度"之西洋文學書目是也。如購買得法，有二百元國幣，可將單中所列者全行購來。若能時時購得減價之舊書，則一百五十元以下亦可辦到。常見今之學生欲研究西洋文學者，往往奔走千里，投考數校，費時二三載，而不得研究之機會。吾願其各自擇地安居，以旅行枉費之資，照此單分期購書，自行潛心研讀，必有事半功倍之實益，惟須先通英文以為之基礎耳。是則茲目之作，亦不無小補乎？

第一類　世界文學史

Richardson & Owen, *Literature of the World*, Ginn & Co., 1922.

La Bott, *Handbook of Universal Literature*, Houghton, Mifflin Co., revised edition, 1907.

Emile Faguet, *Initiation into Literature*, English translation by Sir Home Gordon. Heinemann; Putnam.

1　本篇係吳宓專為初學西洋文學者所編，原載《學衡》雜誌第 22 期，1923 年 10 月。——編者注

第二類　各國文學史每國只列一書。

A. & M. Croiset, *An Abridged History of Greek Literature*, English translation by G. F. Heffelbower. Macmillan, 1904.

J. W. Mackail, *Latin Literature,* The University Series. Scribners, 1905.

Moody & Lovett, *A History of English Literature*, Scribners, 1905.

C. H. C.Wright, *A History of French Literature*, Oxford University Press, American Branch, 1912.

J. G. Robertson, *A History of German Literature*, Putnam, 1902. (此書有節本曰 *Outlines of the History of German Literature*)

Wendell & Greenough, *A History of Literature in America*, Scribners, 1904.

J. Fitzmaurice-Kelly, *Spanish Literature: A Primer*, Oxford University Press, 1922.

> R. Garnett, *Italian Literature* ⎱ Short Histories of the
> ⎰ Literature of the World Series.
> K. Waliszewski, *Russian Literature* ⎰ Heinemann; Appleton.

Stuart P. Sherman, *On Contemporary Literature*, Henry Holt, 1917.

第三類　匯選讀本

J. H. Wright, *Masterpieces of Greek Literature*, Houghton, Mifflin Co.

G. J. Laing, *Masterpieces of Latin Literature*, Houghton, Mifflin Co.

Cunliffe, Pyre & Young, *Century Readings in English Literature*, Century Co.

Brander Matthews, *Chief European Dramatists*, Houghton, Mifflin Co.

W. A. Neilson, *Chief Elizabethan Dramatists*, Houghton, Mifflin Co.

Thomas H. Dickinson, *Chief Contemporary Dramatists*, First Series, Houghton, Mifflin Co.

Thomas H. Dickinson, *Chief Contemporary Dramatists*, Second Series, Houghton, Mifflin Co.

第四類　希臘文學名著

The Iliad of Homer, translated into English by Lang, Leaf & Myers, Macmillan.

The Odyssey of Homer, translated into English by Butcher & Lang, Macmillan.

Richard Crawley, *Thucydides' Pelopennesian War*, 2 vols. Everyman's Library.

B. Jowett, *The Dialogues of Plato*, translated into English, 4 vols., Oxford. (如不能得，則僅讀以下諸篇：*Apology, Crito, Phaedo, Phaedrus, Symposium*, reprinted in Everyman's Library; and *The Republic* in Oxford Library of Translations)

J. E. C. Welldon, *The Ethics of Aristotle*, Macmillan. (如不能得，則可以 E. P. Chase 之譯本代之 Everyman's Library)

Lord Brougham, *Select Orations of Demosthenes*, Everyman's Library.

第五類　羅馬文學名著

Cyril Bailey, Lucretius on the Nature of Things, in Oxford Library of Translations.

Cyrus R. Edmonds, *Cicero's Three Books of Offices, or Moral Duties: and his Essays on Friendship, on Old Age, etc.*, in Harper's Classical

Library and in Everyman's Library.

J. Jackson, *The Eclogues, Georgics, and Aeneid of Virgil*, translated into English prose, in Oxford Library of Translations.

E. C. Wickham, *Horace for English Readers*, in Oxford Library of Translations.

Arthur Murphy, *Tacitus: Historical Works*, translated into English, 2 vols., Everyman's Library.

第六類　中世文學名著

Thomas à Kempis, *Of the Imitation of Christ*, The World Classics, No.49.

第七類　意大利文學名著

Charles Elict Norton, *The Divine Comedy of Dante Alighieri*, translated into English prose. Complete Edition, 1920, Houghton, Mifflin Co.

第八類　西班牙文學名著

Cervantes, *Don Quixote*, translated into English, The World's Classics. No.130, 131, 2 vols.

第九類　法國文學名著

Montaigne, *Essays*, translated into English by John Florio, The World's Classics. No.65, 70, 77, 3 vols.

Voltaire's Tales, translated into English by R. B. Boswell, Bohn's Libraries. George Bell & Sons.

Rousseau, *Social Contract and the Discourses*, Everyman's Library.

Rousseau, *Emile*, Everyman's Library.

Sainte-Beuve, *Causeries du Lundi*, translated into English by E. J. Trechmann, 7 vols. Routledge, London.

Hugo, *Notre-Dame de Paris*, Everyman's Library.

Balzac, *Old Goriot*, Everyman's Library.

Flaubert, *Madame Bovary*, The Modern Library, Boni & Liveright, New York.

Zola, *Germinal: or Master and Man*, Heinemann.

Anatole France, *Penguin Island*, *The Revolt of Angels*, John Lane.

第十類　德國文學名著

Goethe, *Faust* etc., Bohn's Standard Library.

Goethe's Novels and Tales (*The Sorrows of Young Werther*, etc.), Bohn's Standard Library.

第十一類　英國文學名著

The Complete Works of Shakespeare, Cambridge Edition, edited by W. A. Neilson. Houghton, Mifflin Co.

The English Poems of Milton, edited by R. C. Browne, 2 vols., Clarendon Press Series. Oxford. (應讀 *Paradise Lost* 全部)

Henry Fielding, *Tom Jones*, C. T. Brainard Co., New York.

Goldsmith, *Vicar of Wakefield*. 商務印書館有翻印本。

Jane Austen, *Pride and Prejudice*, Everyman's Library.

Scott, *Ivanhoe* or *Quentin Durward*, Everyman's Library.

Dickens, *David Copperfield* and *A Tale of Two Cities*, Everyman's Library.

Thackeray, *Vanity Fair* and *The Newcomes*, Everyman's Library.

George Eliot, *Adam Bede* and *Middlemarch*, Everyman's Library.

George Meredith, *The Ordeal of Richard Feverel*, The Modern Library.

Thomas Hardy, *Return of the Native*, The Modern Library.

第十二類　美國文學名著

Poe's Short Stories, The World's Classics, No.21.

Hawthorne, *The Scarlet Letter*, Everyman's Library.

第十三類　俄國文學名著

Tolstoy, *Resurrection* or *Anna Karènina*, Everyman's Library.

第十四類　各體文學之藝術每體只列一書。

R. M. Alden, *Introduction to Poetry*, Henry Holt.

Lane Cooper, *Theories of Style*, Scribners.

Clayton Hamilton, *A Manual of the Art of Fiction*, Doublebay, Page, Co.

G. P. Baker, *Dramatic Technique*, Houghton, Mifflin, Co.

第十五類　普通參考書必須購置。

Holy Bible

Blakeney, *A Smaller Classical Dictionary*, Everyman's Library.

The Concise Oxford Dictionary, Oxford.

附注

（一）以上共十五類，計書六十種。

（二）自第四至第十三各類，實應為一類。蓋皆文學名著，茲求分類簡便，故析為若干類。

（三）名著之中，戲劇全無。蓋因第三類匯選讀本之中戲劇甚多，已足代表各大作者故也。

（四）上列各書之外有商務印書館近頃出版之《英文泰西文學》（A. E. Zucker, *Western Literature*），全書共四冊，現僅出二冊。第一冊《希臘羅馬文選》（*Greece and Rome*），第二冊《聖經及中古文選》（*The Bible and the Middle Ages*）。餘續出。此書最適於吾國學生之用，不可不購。蓋其書選錄西洋文學名篇，而附以導言及說明。初學者購此一書，所費極微，而其餘諸多書籍皆暫可免購。且讀其導言，易知梗概而得綱領，兼備數善。惟此中所選之文學名篇，實與以上所列之書材料重複，故不列入書目中，而另附於此。

（五）上列各書，固皆可直匯款至英國美國原出版書局購買，然近便之法，可於下列三處購之：1. 日本東京丸善書店（Maruzen Co.）或用 C. O. D. 即先令該店寄書來，然後在本地郵局交款，換取寄到之書；或直由郵匯款至該店存儲，以後購書，其價即從中零星扣取，二法均可行。2. 上海河南路 C 四四五號廣學書局（Oxford University Press, China Agency），此為上海販賣外籍諸書店中之最高等者。3. 商務印書館、中華書局亦設有西書部，可託其代辦，惟恐需時日耳。

希臘文學史 [1]

第一章　荷馬之史詩

第一節　荷馬以前之詩歌

縱覽歐洲文學全史，其巍然居首，最古之傑作，實推荷馬（Homer）之史詩（Epic）一譯紀事詩。二篇。然荷馬乃集希臘上古詩之大成者，並非開創之作家。詩至荷馬，音律詞藻，業已久有定格而燦然明備，荷馬一切沿用而成為巨制。蓋希臘文學發達最早，源遠流長，有自來矣。惟荷馬以前之詩歌皆不傳，僅於荷馬之詩及後人著述中知其名，見得當時有此種詩歌流行而已。其有傳者，皆後人偽造，毫不足憑

荷馬像 Homer（By François Pascal Gérard, 1770–1837）

信。故荷馬史詩實歐洲文章傳來之最古者，無復疑義也。荷馬以前之詩，由希臘古時之神話史乘習俗舊說，及近今考古家之發掘地藏，

1　本文第一章原載《學衡》第 13 期，1923 年 1 月，第二章原載《學衡》第 14 期，1923 年 2 月。——編者注

史學家之比證羣籍，而可悉其梗概。其詩大率簡陋，又與樂舞二事合一，而以歌唱出之。今以其用途，分為三類如左。至其詳則不可得而考矣。

（一）祭祀之詩：文學之發達，詩先於文，又必託始於宗教，此各國之通例也。希臘人相傳最古之時，北方 Thrace 及 Pieria 一帶，有詩人若干，為諸神之子孫，受神之寵，而尤為文藝之神 The Muses 所鍾愛。此類詩人之生平，率皆奇詭芳馨，可泣可歌。然其事跡實無可征信，並其名氏亦出後人臆造。惟由此類詩人，可以推知當時由北方傳來諸種祭祀之儀式及祭祀時所唱之詩歌，以頌禱於神祇者。其歌詞雖不傳，然祭祀之典禮，則希臘文學中常聲敘及之。意者初民僅能默禱，再則手舞足蹈，以致其心中之誠悃。久後始能發出聲音而形於言語，由片詞隻字而進於篇章，並以樂器佐歌詞。樂器之中，最古而常用者為箏（Cithara）。北方詩人中之最著者為林納（Linus）及奧斐斯（Orpheus）等。茲述之以概其餘。

（1）林納（Linus）者，謂係天王星神（Urania）之愛子，美絕，日與諸牧童共出牧羊。某次為一羣瘋狂之野狗所噬，碎其身而吞食之。方其生時，精於音樂，善歌，嘗與阿波羅神（Apollo）競技。又與 Hercules 較彈箏之技而勝之。及其死也，人多哀之，乃制為林納歌以悼之。每年夏日，行所謂"羊祀"之典，殺狗以祭其人，而唱此歌。歌詞不傳，但其首句曰："嗚呼哀哉！林納死矣！"亦可見其歌音節之悲苦矣。又當每年葡萄成熟之際，往採之者，自田歸家。則以一童為首前導，手撥箏弦而唱此歌，其聲清越。其他少年男女，人手葡萄一籃，分為二列。隨行其後，步武整齊，以與歌聲及箏聲相應和。此亦古希臘之習俗也。見荷馬史詩 *Iliad* 卷十八第五百七十至五百七十二句。或疑林納乃某王之太子，年少而夭，其民弔之而作是歌。其實不然，蓋希臘初民之宗教，多係以天然之物或景象，擬之為神。而其神又與人同科，有生老病死、喜怒哀樂之事。今所謂林納者，並無其人，實即春也。蓋彼入田採葡萄者，見春日美景之不可留，為夏日炎威所逼殺，竟爾飛逝，不能復睹，頓起悲思。夫以春擬人，正當年少，中道殂夭，藉作此歌，以自遣懷。故所謂林納歌者，實乃傷春之歌。而野狗之吞噬，即驕陽之肆虐耳。

（2）奧斐斯（Orpheus），相傳為文藝之神之子，得 Apollo 之傳授，且與以琵琶（Lyre），其藝遂精絕。每琵琶一奏，不惟鷟禽猛獸為之感動，即神山 Olympus 上之岩石樹木，聞聲亦追隨而來，循其所往而止焉。後居北方，娶仙女 Eurydice 為妻，妻為毒蛇所嚙而死。奧斐斯以其琵琶之力，得至冥府 Hades。冥府之王竟許其偕妻復返人世。惟命奧斐斯前行，其妻後隨，戒其途中不得返視。奧斐斯行行將出冥府，已至陰陽二世交界之處，只餘寸步，以為無患，急不能待，遂回頭一望，而其妻竟為陰間之鬼卒立時攫去。奧斐斯獨返家，懊喪至極，遇其地 Thrace 之婦女，不為禮。諸婦女怒，乃乘祭賽之會，殺之而碎裂其屍焉。於是諸文藝之神，收集其遺體而瘞於神山之麓。惟其斷首，則因擲入河中，順流飄浮而下至海，直抵 Lesbos 島，而其所遺之琵琶亦輾轉流傳至此。故該島後遂為希臘情詩 Lyric Poetry 最盛之地云。按此故事，實寫男女愛情足以回生死，動鬼神。又寫音樂之力能使木石移地，虎豹馴伏，可謂至矣。而其出於虛構，可斷言也。厥後至紀元前六世紀時，有 Orphism 之宗教，自北方傳入希臘，勢力極大，柏拉圖等皆受其影響。其教重懺悔罪惡，冥府果報，及靈魂永存不滅諸旨。然與古昔之詩人奧斐斯（Orpheus）初不必相關也。

（二）英雄史跡之詩：祭祀頌神之詩而外，則有歌詠英雄古事之詩，此即史詩之所由昉也。希臘上古頌神之詩，已極簡陋，僅能道神之名或其職掌，再則傳述神與神間血統支裔之關係而已。紀英雄古事之詩，其初之簡陋亦類此。略紀各族各邦之所由來，若祖為何人，其國為何人所建。大率比附一著名之古英雄，而自詡為為其後裔嫡派。又歌詠此類古英雄之豐功偉烈，如何行事及諸英雄之家譜。又各邦建立以來盟好戰伐之舊跡，如是而已。紀英雄古事之詩，大率出以歌唱。一人唱而眾人聽，唱時以箏（Cithara）佐之。行之既久，其音律詞藻遂有定程，漸臻完善。後之為此類詩者，亦遂遵循而無或改易，至荷馬出而集此類詩之大成。故荷馬史詩之文字，頗為古奧。蓋所用者非其時之語言，乃以前作者之詞章也。至荷馬所用之六節音律（Hexametre），亦英雄古事詩中之定規，蓋由積漸發達之功而得致此也。

（三）人事之詩：此類之詩，緣於生人日常之禮俗行事，所以發抒感情，亦即後日情詩 Lyric Poetry 之所由起也。人事之詩亦出以歌唱，然非一人獨歌，而由一羣合唱。其後變為樂隊（Chorus）。所宣泄者即此一羣人共具之感情，故以音節諧和、步調整齊為主。其樂曲雖或自外土傳來，不必皆希臘人自製，然其情則皆希臘人之情。其初至為簡陋，片詞隻語，重疊號呼，即足抒愁遣憤，不需長篇巨制也。人事之詩，由其用途之不同，可分以下之數種：

（1）挽詩（Threnodies）：其聲淒哀。由業此之歌者，環繞停屍之床，立而歌之，諸婦女則號哭以為之和。

（2）賀婚詩（Hymeneals）：賀人家結縭時用之，其聲俊浮。唱者分為二隊：一為童子，手執火炬，隨簫聲之抑揚而歌。一為少女，牽手而立，依琴聲之節奏而舞。又或男女共為一隊環舞，中立一人，彈箏而歌。

（3）頌神詩（Paeans）：頌神之功德用之，其聲安定。凡有大難在前，求神庇佑，深信必可無患。或值大功已成，乃告於神，而表其感謝之忱，均歌此詩。又有所謂迎春詩者，於冬去春來，郊園始見綠色時唱之。又有軍歌，於衝鋒作戰時唱之，以求克敵致果，是皆頌神詩之一體也。

（4）田功詩：農人赴田中耕植工作之時唱之，其聲渾舒，以求協力而忘勞苦。此又訓詩（Didactic Poetry）及農事詩之所由孳乳也。

以上所述，體制雖多，然其詩皆不傳於後，蓋由時勢及歷史之事實為之也。荷馬之煌煌巨制，獨得而傳，亦云幸已。要之荷馬之史詩，雖在今稱為最古，然其出甚晚。合前人之餘緒，含英咀華，慘淡經營，乃得企於精美完備。而固非洪荒草昧中開創之第一人，此則不可不知者也。

第二節　荷馬史詩之內容

荷馬所作史詩凡二篇：一曰《伊里亞》（Iliad），二曰《奧德西》（Odyssey）。篇幅皆甚長。《伊里亞》分為二十四卷，共凡一萬五千六百九十三句。《奧德西》亦分二十四卷，共凡一萬二千一百二十句。荷馬史詩本不分卷，渾然一幅，首尾完具。茲所謂二十四卷，乃紀元前三世紀中，亞歷山大城中之文人，有云係 Zenodotus、有云係 Aristophanes、有云係 Aristarchus 三者，未知孰是。要之，不出此三人也。三人相繼為亞歷山大圖書館長。文學史上之亞歷山大時代，約當紀元前三世紀至一世紀。詳說見後。按其詩中情事起伏斷續之處，而以意為之區分者也。區分之後，並以希臘文之二十四字母為各卷之名。惟後人則沿用之。各卷之長短不一，長者一卷至九百句，短者僅三百餘句。茲所謂一句，即詩中之一行（Verse）。蓋荷馬之作，為具有音律之詩，每句皆為六節（Foot）。每節由一長音之部分與二短音之部分構合而成。此種音律名曰 Dactyllic Hexametre。每句以音律圖式表之參閱《學衡》雜誌（以下一律簡稱本誌）第九期《詩學總論》。則如下：

— ∪ ∪ — ∪ ∪ — ∪ ∪ — ∪ ∪ — ∪ ∪ — ∪ ∪ 各句皆然，始終如一。自經荷馬用之而後，此種音律遂為史詩之定式程。後來凡作史詩者，如 Virgil 等，無不遵仿用之。至荷馬史詩所用者，乃希臘之安尼央族（Ionian）之文字，而中雜以奧利安族（Aeolian）之詞句。詳見後文第四節。其文頗古奧，蓋沿用以前詩人之詞章，以為藻飾之具。其詩雖為萬眾歡賞，而固未用通俗之語言也。

荷馬史詩之材料，悉本於希臘之神話及古英雄之遺事，而其兩史詩皆與希臘人大舉伐特羅（Troy）之役有關。故欲明荷馬史詩之內容，須先知此役之所由起。茲略述如下。

昔者上帝（Zeus）為百神之主，有類吾國世俗相傳之玉皇。眷海中之女神色蒂斯（Thetis）者，擬娶為后，問於命運之女神（the Fates）。女神為三姊妹，對曰：此女所生子，勳名之隆必超軼其父。上帝懼貽跨灶之譏，遂不果娶，而命色蒂斯嫁 Phthia 王，名白留氏（Peleus）者。色意雅不欲，上帝許以結褵之日，躬偕百神來祝，以飾盛典，色始從之。於是成婚禮於海中之珊瑚洞，色蒂斯之父之所居也。是日百神畢集，禮儀隆盛，歡樂無間。惟怨仇之女神 Eris 獨不與喜筵。怒而至，披其如蛇之髮，噓其甚毒之氣，擲金蘋果於席上而去，鐫有字曰："最美者得此。"於是諸婦女皆爭欲得果，而以三女神之爭為尤烈，互不相下。三女神者，上帝之妻、天國之後海拉（Hera），上帝之女、智慧兼軍旅之神雅典尼（Athene），愛與美之神金星（Aphrodite）羅馬人以此神為即 Venus 金星也，故今借用此名以免譯音之繁。也。各自道其所長，謂果應屬彼，爭久不決。諸客亦懼禍，莫敢為之軒輊。卒議定，往就巴黎（Paris）而決焉。巴黎者，特羅王之次子也。特羅（Troy）位於小亞細亞之西北隅，近黑海之外口。赫然大國，時方鼎盛。王名波連木（Priam），後名海克巴（Hecuba）。巴黎始生，王與后卜之，曰：“亡國破家者必此子也。”乃棄之深山。有牧人收而撫之。巴黎既長，美秀異常。神女綺那尼（Oenone）悅之，遂私相為婚。巴黎居恆獨出以牧羊為事。日者，於荒山絕頂遇三女神來請判決。雅典尼先至，戎裝，輝煌璀璨，願以無窮之智慧為賂。海克巴次出，服御如王后，黼黻冕旒，雍容華貴，以富貴及無上威權相許。金星女神最後來，服裝淡雅，豐韻天成，靡曼融冶，風流窈窕，而遲惑嬌羞，若不敢前；徐謂巴黎曰：“若得金果，當以人間美婦人如妾者為酬庸之贈。”巴黎震眩於其美，不更遲疑，即以金果置諸其手。自是海克巴與雅典尼深銜巴黎，並惡特羅國之人。而金星女神情切報德，則授計與巴黎，使棄綺那尼而遄歸故國。歸時特羅方有祭典，巴黎與眾角藝，自顯其才勇。其妹加散德（Cassandre）首識之，以告父母，且歎曰：“他日亡國破家之禍，必由於彼，不可免矣。”先是上帝之長子、太陽之神阿波羅（Apollo），嘗豔加散德之美而求昵之，遂授以神識，能預知未來事。然特羅王與后欣獲愛子，急收容巴黎，使居宮中，恩寵備至，亦不恤加散德之言矣。居頃之，巴黎得請於父，率兵船若干艘，泛海西至希臘，以覓其姑為詞。既至，斯巴達王麥乃勞斯（Menelaus）偕其妻海倫（Helen）以國賓禮款之，殷渥備至。海倫者。天下第一美婦人，而金星女神許以巴黎為酬庸者，亦即特羅與希臘戰禍之所由興也。先是上帝幻形為白鷺，求歡於 Leda 而生海倫，既長，美絕。希臘之求娶者眾，久久莫置可否。海倫之家人知其意，蓋慮娶之者必有殺身之禍，乃要諸求婚者共為盟誓，曰：聽海倫自擇婿。惟海倫所嫁者，毋得侵凌，且須為之衛護。有奪海倫於其夫者，眾當合兵以討伐而歸之。既盟，海倫乃言願嫁斯巴達王麥乃勞斯。婚未久而巴黎即至，故海倫年猶甚少也。已而麥乃勞斯忽將有事於克里底島（Crete），乃囑其妻款待國賓，而後行。巴黎得間誘海倫為歡，挾之東歸，以為己妻焉。麥乃勞斯返，深憤巴黎之以怨報德，決帥師伐特羅以討其罪，並歸海倫。傳檄諸侯，希臘諸國王及部酋，以有前誓，皆率師來集。獨綺色佳島（Ithaca）國王奧德西 Odysseus（Ulysses）者，以足智多謀稱。時方娶柏尼羅璧（Penelope），美而賢，生子曰第賴馬克（Telemachus），甫周歲，眷戀室家，故不欲行。使者來征，佯狂疾以卻之。使者亦固黠，日者，共行海岸。奧德西駕一牛一馬而耕，使者遽奪其小兒，置之耒耜之前。奧德西恐傷兒，轉側繞越而行，其詐遂破，乃亦帥其眾至軍。合希臘諸侯之師，凡數十萬，舳艫千里，旌旗蔽空。舉麥乃勞斯之兄、斯巴達王斯巴達有二王。雅格滿能（Agamemnon）為元帥，帥之東航。瀕行，卜於神，謂非藉白留氏與色蒂斯均見前。之子曰阿克力斯（Achilles）者之力，則特羅城終莫能下，遂使求之。先是色蒂斯愛其子甚，又信卜者之言，恐其戰死。遂於繈褓中，持一足，而浸其全身於冥府之河水，使刀劍不能入體。又使從神師學，精通詩樂諸藝，而武技尤精，以勇力聞。及使者先後來征，色蒂斯悲戚無以為計，乃飾其子為女，送其戚處，使雜諸公主及婢媼共居，人莫能識。希臘人卒遣奧德西，奧德西自飾為丐，沿門售小物。諸公主婢媼皆取珠玉針線之屬，獨阿克力斯徑取其下所藏劍而迴旋舞之，其詐遂破。阿克力斯乃從軍行。師集於 Aulis，阻風，不能進。亞格滿能從卜者言，遣使歸家。迎其長女綺斐吉尼（Iphigenia）至軍，詭言將以婚阿克力斯。及至，竟縛而獻之神。將殺，忽為月神攫去得免。自是風始利於軍行。既至特羅，特羅人於岸上張大軍迎拒。某將 Protesilaus 不從卜者言，先登，立即見殺。其妻 Laodamia 聞而哭之慟，神乃攜某復返人世，使還家與其妻為片時之會。會終而妻亦以哀傷死，合葬一墓，上生榆樹，其高可望見特羅之戰場云。希臘軍既抵特羅城下，艤船於岸，而築堡壘，長圍以困之。特羅人亦出城迎戰，相持九年餘，不下。兩軍雖互多死傷，而終無勝負。以上所述，皆希臘人伐特羅之役之起源，是為荷馬史詩所不詳。蓋凡此皆荷馬之書以前之事實，而荷馬之《伊里亞》（Iliad），則逕從此役之第十年中敘起者也。

今試撮述荷馬史詩《伊里亞》書中之事實。希臘人攻特羅城，十年不下。士多倦怠思歸，無復鬥志，而內訌復起，時軍中又遭大疫，死亡相繼。其故由希臘人俘得二女，皆美。以一歸主帥亞格滿能，以一歸大將阿克力斯。亞格滿能所得者，阿波羅（Apollo）神廟祭司老僧之女也。僧聞耗，以巨金獻亞格滿能而請贖其女。亞格滿能不之許，且凌辱之。僧歸，訴於阿波羅神。神乃降疫於希臘軍。希臘諸將求卜於神，知非送還老僧之女不足以蠲阿波羅之怒，乃推阿克力斯進言於亞格滿能。亞曰：汝以所獲之女與我，則吾可舍此僧人之女。阿克力斯勉允從之，惟自誓曰：苟吾所獲之女見奪，我必不戰。於是亞格滿能遂釋僧人之女，軍中之疫立止。又率眾入阿克力斯之營，奪俘女以去。阿克力斯怒，自解甲冑，移其眾另處，誓不再戰。而其母色蒂斯亦赴訴於上帝。上帝眷戀舊情，見前。允降禍於希臘人，以泄阿克力斯之憤。以上《伊里亞》卷一。於是上帝示夢於亞格滿能，誘之戰，以速其敗。希臘人與特羅人各自點兵備戰，詳列在軍諸國諸族之名，並其兵艦數目，及將領之為人。以上卷二。及戰，特羅王之長子海克多（Hector）為其軍之主帥，請令麥乃勞斯與巴黎獨為步戰，而兩軍皆作壁上觀。希臘人從之。巴黎幾為麥乃勞斯所擒，遇金星女神救之入城，乃免。以上卷三。諸神不平，雅典尼乃入陣，誘特羅某將以矢暗射麥乃勞斯而傷之。希臘人大憤。

亞格滿能按壁巡行，激勵諸將。於是兩軍混戰，希臘將 Diomedes 大顯其勇，以上卷四。且傷金星女神及火星軍神 Ares。即羅馬人之 Mars。二神歸訴於上帝，上帝乃召諸神返，禁其干預人間事。以上卷五。其時希臘軍聲勢極盛，特羅帥海

海克多別妻出戰圖 The Parting of Hector and Andromache（By Maignan）

克多，慮戰敗即死於是役。乃入城，囑其母后與諸婦女往禱於神，而自往與妻子訣別。海克多者，特羅王之太子，仁且勇。其妻安德羅馬克（Andromache），亦名王之女，美而賢。伉儷綦篤，生一子，甫在繦褓。海克多入宮，不見其妻，出而遇之城門之側。其妻泣而留之曰：“妾父母雙亡，兄弟七人皆見殺，所相依為命者惟君。願君勿輕身出戰，登陴而守可矣。”海克多曰：“吾亦知戰必不利，國破家亡。卿將為敵之婢妾，受其污辱，念此吾心已碎。雖然，身為軍帥，義無退縮。若能早日授命疆場，免親見卿之為俘虜，亦吾之幸也。”言次，欲抱其兒，兒懼避。海克多自免其胄，抱兒親之，又為禱於神，乃授兒與妻。又溫慰之，徑疾馳出城去。以上卷六。既至戰場，與希臘勇將 Ajax 力鬥。會天晚，兩軍混戰，中夜暫休。希臘軍收葬死骸，並築壘以為掩蔽。以上卷七。翌晨復戰，希臘軍大敗，特羅人直逼其壘而軍。以上卷八。於是亞格滿能自怨自艾，疊遣使懇求阿克力斯復出禦敵，不為動。以上卷九。其夜，希臘二將入敵營窺探軍情。以上卷十。明日復戰。亞格滿能雖顯其才勇，然特羅人屢勝，以上卷十一。竟破希臘軍之壘。以上卷十二。希軍勢危急，海

若 Poseidon 助希臘人堅守其舟。敵一再猛攻，未破。以上卷十三。海拉及海若兩神，復助希臘人戰。敵軍敗卻，海克多受傷。以上卷十四。上帝聞之，怒，逐海若。於是特羅軍轉敗為勝，進逼希臘軍，焚其舟。以上卷十五。時有希臘將派鬥克拉斯（Patroclus）者，阿克力斯之至友也，往告阿克力斯以敗狀，請出助戰；不許。請假其甲胄，許之，披之赴戰。特羅人以為無敵將軍阿克力斯至矣，大驚，棄舟而逃。既知其詐，派鬥克拉斯遂為海克多所殺，剝其甲胄。以上卷十六。希臘四將苦鬥，欲奪其屍還。以上卷十七。阿克力斯聞派鬥克拉斯死耗，慟極，大哭。其母色蒂斯聞聲至，阿克力斯告以將出戰，誓復友仇。其母阻之，不聽。乃疾馳至西西里（Sicily），求火神 Hephaestus 羅馬人謂之 Vulcan。為子鑄造甲胄矛盾。破曉而成，備極精工。尤以其盾為最，上鐫人天世界、山川景色、草木鳥獸、農戰風俗等等。以上卷十八。時亞格滿能已送還所奪俘女，阿克力斯與之言歸於好。嘗登陣一呼，敵眾驚駭辟易，諸將乃奪得派鬥克拉斯之屍而還。以上卷十九。及其母以甲胄矛盾至，阿克力斯遂出戰。諸神分助兩軍苦鬥，阿克力斯大敗敵軍。敵軍潰走，斬獲甚眾。以上卷二十。投屍於某河，屍多如山。河神怒，河溢，幾將阿克力斯淹斃。幸遇火神來救，以烈火禦之，水乃退卻。阿克力斯乘勝追殺敵軍，直抵特羅城下。以上卷二十一。特羅人皆入城據守，獨海克多植立城門之外，堅決禦敵。特羅王及後自城上苦勸其入城自保，不聽。自念與其怯敵而偷生，何如循義而戰死。已而阿克力斯衝至，海克多繞城而走，阿克力斯追之，三周特羅城。雅典女神為助阿克力斯成功，遂幻形為海克多之幼弟 Deiphobus，止海克多勿更逃，而合力殺敵。海克多止，遂為阿克力斯追及，奮戰良久，卒為其斬殺。阿克力斯剝海克多之甲裳，繫其屍於兵車，曳之繞城行，凡九周，然後歸營。以上卷二十二。希臘軍舉行祭典，慶賀成功，並葬派鬥克拉斯。以上卷二十三。阿克力斯憤亡友之仇讎，輒駕兵車，曳海克多之屍而迴旋。上帝為之慘戚。命色蒂斯往諭其子，毋為已甚。更示意於特羅王波連木，王乃厚備禮物，夜入希軍，見阿克力斯，以情動之，求其子之屍。阿克力斯為之淚下，遂以禮殮海克多，躬自載之柩車。留王晚膳，而後遣之歸。特羅之人，空城而出，咸來哭迎。閱旬日，葬海克多。以上卷二十四。《伊里亞》一書，遂終於是云。

此下之事實，為荷馬所未詳。以其與希臘之文章，在在均有關係，故更敘其結局如下：海克多既葬，兩軍復戰。女兒國 The Amazons 之王，率娘子軍來助，故特羅人一時小勝，旋遭敗劫。先是阿克力斯睹特羅王之幼女 Polyxena 美，故有二心，力主和議，未成。至是求於特羅王，約為婚姻。行聘禮於城門之外，謂戰爭告終，即當完娶。乃聘禮甫成，巴黎遽由阿克力斯身後，以毒矢射之，中其足，阿克力斯遂死。希臘二將爭獲其甲冑，為奧德西所取。他一將 Ajax 不得，憤而自殺。初希臘軍之東也，有 Philoctetes 者，善射。以足生瘡，有惡臭，為眾棄於荒島。至是希臘人因卜者言，謂非得此人所藏古英雄 Hercules 之毒矢，則特羅城終不能破。因迎之至，疊奏奇功。巴黎中毒矢，勢危殆，憶其已棄之妻綺那尼善醫，急召之來。綺那尼怨憤未平，不遽為之施治，巴黎遂死。綺那尼亦悔恨自焚死。希臘人又因卜者言，遣二將潛入城中，盜取雅典尼女神像以出，而特羅城仍不能下。乃用奧德西計，制一極巨之木馬，中藏死士，而全軍偽退，乘舟而去。特羅人驚喜逾分，欲取木馬入城。僧人 Laocoon 力言其不可，眾不之省。該僧以泄漏天機，與其二子，均為蛇噬。木馬既進城，死士盡出，內應外合，城遂陷，焚掠一空。全城之人，自老王以下者，皆死，無一存者。於是希臘人以其俘虜財貨，滿載而歸。

僧人遇蛇（The Lacoön）及說明

說　明

僧人遇蛇像 The Lacoön 為希臘著名雕刻之一。約當紀元前五十年、Agesander of Rhodes 及其二子所刻埋於地中一千五百零六年乃得發見今藏羅馬教皇宮中博物院其事蹟如下

初希臘人大舉伐 Troy 圍攻其城十年不克希臘人乃設計製極大之木馬中空伏勇士多人

棄木馬於城外全軍偽退城中人欲取木馬入城獨有僧人 Laocoön 者 Thymbra 地方 Apollo 神廟之祭司也明知其中有詐力阻其國人勿取此馬入城以中敵計乘不聽及木馬推入城內

夜中其中勇士盡出內應外合城之人皆死僅三人以神助得免此乃挪運定數不可逃而該僧人竟敢洩漏天機致觸神怒而降之罰某日僧人牽其二子立於海岸將殺牛以祭海

若忽二巨蛇自海中躍出纏繞僧人及其二子之身並死之此像刻僧人父子垂死之狀奇慘極痛故最能動人然希臘美術重節制尚安定故此像中人雖驚痛號呼而仍具沈著鎮靜之態十八世紀復古派詩人以畫為詩所作詩毫無情意只取描繪渲染德國大文學家 Lessing

著書攻關之謂詩與畫與樂其道各別未可以此之法施之於彼因就僧人遇蛇像推論藝術之原理故以像名其書曰 Laocoön 追十九世紀之末浪漫派文人又多以樂及畫之法為詩為文。

故美國白璧德先生復著書攻關之重申 Lessing 之意以有彼書在前故冠以新字而自名其書曰 The New Laocoön 其實二人之書皆非以僧人遇蛇像為主題特偶然及之耳吳宓附識

然歸途歷盡艱辛，重遭危難。或覆舟於海，或遇敵見殺，或即安抵故土，而滄桑已改，人事都非。若奧德西之所遇，其尤酷者也。其詳見荷馬史詩《奧德西》（Odyssey）一書中。方城之破也，麥乃勞斯重獲海倫，雖年華已逝而美麗猶昔，載與俱歸，重為夫婦如初。至亞格滿能歸國，即為其妻與奸夫所殺，並欲殺其子。幸次女 Electra 富有膽略，以計縱之，逃亡於外。久後歸報父仇，手刃奸夫，並弒其母。此子遂為神之所不容，到處為凶煞 The Furies 所逼，不能安居。後以卜者啟示，遠赴黑海北岸之 Tauris，迎得其長姊綺斐吉尼見前。而歸。其詳見希臘三大莊劇家見後。所作劇本中。凡此皆英雄末路及身後之厄遇。故希臘人伐特羅之役，其卒也兩敗俱傷。敗者固亡國破家，人民為奴，宗社為墟；而勝者亦飄流轉徙，死亡喪亂，未足云差幸也。

希臘人伐特羅之役其始末既明，今乃進述荷馬史詩《奧德西》（Odyssey）之內容。即記奧德西 Odysseus（Ulysses）歸途之所遭遇者也。初奧德西從役希臘軍，見前。圍特羅城，凡十年乃破。城破之後，飄流海上。又閱十年，始安抵故土。故在外凡二十餘年，其國之豪強者，肆意侵淩。奪其產，佔其居。日在其庭中飲酒為樂，狂暴恣睢。又豔其妻柏尼羅璧之美，而欲娶之，屢造作奧德西之死狀以聞。柏尼羅璧矢意守貞，乃告諸豪，言方織錦絡。此絡成時，始可嫁人。柏尼羅璧每日所織者，入夜則取刀斷之。復斷復織，故其絡卒無成時，藉是以為緩兵之計。諸豪久而不能待，且知其設詞以拒也，將強娶之。奧德西之子第賴馬克，見前。年甫逾冠，力弱勢孤，不能抵禦。禍將作矣，而不意奧德西竟於三四旬中歸來也。《奧德西》一書，即由此託始。開卷先敘上界諸神會集，雅典尼女神言於上帝，以奧德西所受患難已多，情實可憫；今即宜縱之歸家，不必再加磨折；上帝許之。雅典尼乃下凡，幻身為奧德西之老友孟達（Mentor），往見第賴馬克，勸其出外尋父，且自任嚮導。以上卷一。次日，第賴馬克召集國人，當眾面求諸豪引去，勿擾其家，且言外出之尋父之意。國人懼諸豪勢，莫敢為之助。幸得孟達陰為布署舟具及徒眾，乃得乘夜逸出。以上卷二。至 Pylos，晤其王 Nestor，款以優禮，然不能道其父之蹤跡。孟達即雅典尼。忽潛去。以上卷三。第賴馬克自乘車至斯巴達，其王麥乃勞斯及後海倫均見前。亦厚款之。麥乃勞斯自言特羅城陷後，崎嶇八載，乃得抵國。聞人云奧德西實未死，而在某島為俘囚，亦不能道其所在也。以上卷四。於是第賴馬克暫居斯巴達。而當此時，其父奧德西實遠在 Ogygia 島。初奧德西航海覆舟，隻身飄流至此。女神加里蘇（Calypso）為島之主，委身嫁之，遂為夫婦，凡八載。女神謂若長居此，可能長生不老。而奧德西終不願，苦思歸也。至是上帝遣使示夢，加里蘇知奧德西終不可留，乃遣之。奧德西以樹制槎，浮海去。海若未忘夙仇，重興風作浪，槎碎。奧德西遇某神救，至西方極樂之菲斯（Phaeace）國，登岸，臥枯葉中。以上卷五。其國王之女 Nausicaa 以豔稱，得雅典尼示夢，赴海濱濯錦以備婚禮。至，方與女伴舞蹈歌笑為樂，忽遇奧德西，乃載與俱歸，引見其父。以上卷六。國王敬而禮之，奧德西具言乘槎至此之故。以上卷七。其明日，奧德西以國王命，與眾較武藝，獨取巨石，擲之極遠。王與后驚問，始得悉其真名氏。以上卷八。於是奧德西為王歷述歸程十載之所遭遇，詳其顛末。初特羅城陷之後，奧德西與其徒眾，具舟滿載貨財俘虜，泛海而歸。途經 Thrace 之 Ismarus 城。登岸，入其城，劫掠而還。旋遭援軍追殺，死多人。再航海，遇颶風，桅折帆碎，飄蕩十日而抵食蓮國（Lotus-eaters）。其國之人，惟食蓮花及實以活。先行者三人，被邀共食，既乃昏昏思睡，忘卻一切，疲不能興。奧德西乃嚴禁餘眾勿食，急解纜行。西向而抵西西里島

（Sicily），單眼之巨人 Cyclops 聚族居之。奧德西率十二人登岸覓食。見山間廣場，肥羊無算。又入單眼族之王所居之洞，中藏乳酪餅餌之屬極富，欲待其歸而乞取之。王名 Polyphemus，海若之子也。單眼王狀貌極醜怪，常眷海中女神曰加拉蒂亞（Galatea）。千方百計欲誘之上岸而不能。蓋單眼族皆不敢入水也。然加拉蒂亞愛 —— 甚美之牧童曰 Acis，常登岸共坐石上，喁喁情話。單眼王見之怒極，以巨石擲而壓之。加拉蒂亞幻形而遁，牧童之身則壓為齏粉，其血化為河水，直流至海，以與加拉蒂亞相會云。此亦希臘神話之一段，但與本事無關，故為《奧德西》書中所不詳云。已而單眼王歸，驅羣羊入洞，以巨石塞洞門，防其逸出。既見奧德西等，詢其名。奧德西詭對曰：我名無人，航海覆舟，乞助。單眼人遂攫奧德西之徒二人而吞食之。及寢，鼾聲如雷。奧德西持劍欲殺單眼王，既念王死則洞口之巨石終莫能移，乃別為深長之計。次日，王率羣羊出，仍以石抵門。奧德西等乘間取巨木，削其一端使尖，又入火以堅之。是夕，單眼王歸，復取奧德西之徒二人食之。入夜，奧德西獻酒一簍，單眼王飲之，沉醉，酣臥。奧德西爇巨木之尖端而刺入單眼王之目，王遂全盲，負痛狂呼怒詈。其族眾自洞外問何人加害於王？王答曰："無人害我。"眾遂散歸。翌晨，羊啼不止，單眼王乃微轉洞口之石，僅開隙地，俾諸羊魚貫而出。王一一以手觸之，藉知其出洞確為羊也。奧德西急縛其徒眾於羊腹，潛身羊下以自隱蔽。單眼王撫摩羊背，而不知奧德西等竟得逸出也。及知而已晚，以巨石擲之，幾中奧德西之舟，然奧德西等竟得揚帆脫去。顧以傷殘單眼王而開罪於海若，歸途遂益多險阻云。以上卷九。至奧利安（Aeolian）羣島，其王即風伯 Aeolus 也。與以革囊，囑慎攜之。曰："所有逆風，盡錮於此中。只餘一帆順風，子可歸矣。"奧德西在舟，日夜目不交睫，緊握其囊，舟行至速。閱九日，將抵綺色佳，故國已儼然在望。奧德西倦極，以囊授其徒，假寐片時。其徒疑囊中滿儲巨金，欲竊之。甫啟囊而逆風驟起，海天震盪，流轉多日，復抵風伯之國。風伯已以單眼王之事怨奧德西，遂拒而不納。奧德西等又浮海多日，而至食人國（Laestrygonia），其人擲巨石碎客舟，然後攫人而吞食之。奧德西之徒眾多為所食。喪其十一舟，僅以一舟逃去。至意大利南岸之 Aeaea 島，神巫沙西（Circe）居之。沙西為金髮之美婦人，太陽神之女，具有魔術。奧德西之徒至島，溺於其美，沙西飲以毒酒，揮杖詛咒，皆變為豕。奧德西後至，得某神啟示，先服以藥，故沙西之術均無靈。於是為奧德西所降服，仍還其徒眾為人，且浴以芳液，被以錦衣，而厚享之。奧德西與沙西居一載，幾於樂不思蜀。逾年，其徒乃謀歸計。以上卷十。奧德西從沙西之教，得至冥府之邊界，新死之鬼居之。殺牛以血飲鬼。諸鬼先後出，與奧德西語。某卜者之鬼，示以謀歸之法。又見其母，及特羅城下戰死之同袍。畢，仍返沙西之國，以上卷十一。告別而行。舟近色冷（Sirens）族所居之土。色冷族者海中之仙女，其歌聲之美，至能移魂蕩魄。使舟人轉舵近之，而舟必觸岩壁，成為碎粉矣。奧德西從沙西之教，以臘塞其徒之耳，使聾。又命其徒縛己於桅上，雖聞歌聲而悅之，亦不能有為，遂得度此難關。旋遇二女魔當前，左右夾處。其一名 Charybdis，居海中。每日三次吸水入其洞，並巨舟亦吞之。其二名 Scylla，居陸上岩穴中，常伸其六首出外，攫人物食之。此魔本為極美之少女，海神 Glaucus 愛之，然女不遽俯就。海神問計於沙西。沙西固亦愛此海神，故妒該女而以毒藥授之。海神不知，俟女浴時，以藥投水中，女立變為六首而奇醜之魔，永食人以泄憤焉。奧德西持矛立船首，嚴為戒備。船甫過第一魔之險，而第二魔遽攫其徒六人以去。故西語

falling from Charybdis into Scylla 即前門去虎，後門進狼之意。舟至太陽島 Trinacria，即西西里，見前。諸人不聽奧德西言，徑登岸，饑不擇食，竟殺太陽神之牛羊牧於此者而果腹，且留連七日不去。太陽神即阿波羅。聞之怒，請於上帝而降之罰。於是暴風碎舟，奧德西之徒眾皆溺死。獨奧德西以未嘗食神牲之肉，得了身免。緊握破櫓，浮海中九日夜，游泳至 Ogygia 島岸上。女神加里蘇見前。為該島之主，後賜款接，並委身嫁之。自卷九至此，皆特羅城破後二年中奧德西之所遭遇，而自述於菲斯國王之前者也。居此八年乃行。此時已至特羅城破後之第十年矣。遂得乘槎輾轉而至菲斯國焉。以上卷十二。奧德西告菲斯國王之語竟，王及在廷之人，均大為感動，唏噓不置。此處複合於卷八之末。蓋卷九至卷十二之事實，在卷五之前，特就奧德西口中穿插補敘之耳。於是王及後設筵祖餞，並後賜奧德西，而以大舟送之歸綺色佳。抵岸，奧德西方寐，眾置之岸上而還。海若怒菲斯人之助奧德西也，使其歸舟化為巨石，植立菲斯國之港口，永阻絕其海上之交通焉。奧德西寤，遇雅典尼幻形為牧童，為藏其攜歸之珍物，並教以行事之方。以上卷十三。奧德西自飾為乞丐，往見己之圉人 Eumaeus，刺得家中近況，及別後情形。即卷一卷二所敘者。知妻受逼而子出亡。以上卷十四。雅典尼至斯巴達，示夢於第賴馬克此處緊接卷四之後半。而促之歸。麥乃勞斯厚遣之，諸豪設伏狙擊，未成。第賴馬克得安抵故鄉，以上卷十五。往見圉人。圉人告以奧德西已回之實情，引其父子相會，共議定誅仇之策。以上卷十六。第賴馬克往見其母。奧德西旋亦喬裝為丐歸家，為諸豪之盤踞其室者所淩辱。以上卷十七。奧德西與他丐鬥，而勝之。又受欺淩，悉隱忍不與較。以上卷十八。柏尼羅璧出，詢丐以其夫之消息。奧德西答以據聞其人未死，不日即歸。其老乳母為丐濯足，見痣，審知此丐即其主人。奧德西囑勿聲。以上卷十九。諸豪仍聚飲於庭，淩轢橫暴如故。以上卷二十。柏尼羅璧以諸豪逼之急，定期擇婿。至期，出奧德西之勁弓，懸十二環於空中，曰：有能挽此弓而射穿諸環者，吾當嫁之。諸豪相顧卻沮，奧德西乃前為之，若甚易易也者。以上卷二十一。於是奧德西迅脫丐裝，與第賴馬克及二僕合力，盡殺諸豪。以上卷二十二。時柏尼羅璧猶臥，乳母喚醒而告以故，乃與奧德西相會，驚為已死也。奧德西往拜其老父 Laertes。以上卷二十三。諸豪之黨，集眾謀復仇，為奧德西等祖孫三輩大破之，眾懾服。於是奧德西重為全島之主，骨肉團聚，得享天倫之樂。蓋距從軍出征之日，已二十餘年矣。以上卷二十四。荷馬《奧德西》一書止此。別傳奧德西靜極思動，不甘寧居，乃復率舟師入海，往尋西方之極樂園 The Isles of the Blest 而得之，遂為其國之王，優遊光寵以終身云。此則為荷馬所不詳也。

第三節　荷馬史詩之結構

　　荷馬史詩之結構，至為完整精密，為後世所作史詩、小說、戲曲者，以及凡百敘事之文所取法。今欲明其結構，當先知荷馬史詩之題目。兩詩固皆有關於希臘人伐特羅之役，然決非以此役為題目。蓋此役之所由起及其所以終，皆為荷馬所不詳。此役之起需數年，其終亦非斬釘截鐵，驟然而止。但就戰爭之本體論之，希臘人軍於特羅城下者十年。而《伊里亞》（*Iliad*）則只敘第十年中之一段，為時不及兩月，又不及城破凱旋之事。至《奧德西》（*Odyssey*）所敘者，為特羅城破後第十年之事，為時僅四十二日。其去此役之本體尤遠。即謂為奧德西一人作傳，亦屬不可。蓋所敘者，並非奧德西之一生，乃僅此四十二日中之遭遇耳。其非正經之題目可知也。或曰伊里

（Ilium）者，特羅（Troy）城之別名也。相傳此國為特羅（Tros）之子 Ilus 所建，或以其父名或以其子名，故此國有二名。《伊里亞》（Iliad）譯言伊里之歌，即特羅之歌也，謂非以歌詠特羅城之興亡為題者乎，又《奧德西》（Odyssey）者譯言奧德西（Odysseus）之歌也，謂非以讚敘奧德西之生平為題者乎，顧名思義，則又何說？應之曰：不然，荷馬之兩史詩，本無名也。其名乃後人所加，毫無涉於荷馬，故於此不能顧名思義也。且常人之名物也，每舉其物最顯著之性行一二以為名，而不問其渾括確當與否。彼後人之名荷馬之詩，殆亦類此。今謂為有關於特羅之戰之某詩，或有關於奧德西生平之某詩，則其名質直渾樸，而眾易曉。苟另用精詳冗長之名，眾必不能記憶矣。譬如中國之業彈詞者，若大書特書赤壁之戰，眾且茫然。若改言諸葛孔明草船借箭，眾立喻矣。蓋常人名物喜征實而忌虛空，喜特確而忌籠統，喜簡短而忌冗長。此顯而易見之事也。故即後人所與之名，亦不可鄭重視之。蓋彼用以指示此物，非描畫之也。為通用之便捷，故與之名，非與之題目，固未可牽強混淆也。

　　欲知荷馬史詩之題目，當於其本體求之。蓋荷馬已自言之既明且確矣。兩史詩之開卷初，皆先禱告於詩神 Invocation of the Muse，求其指示讚助，文藝之神 The Muses 凡九人，為姊妹行。蓋皆上帝 Zeus 之女，分掌各種文藝學術。其最幼者曰 Caliope，專掌史詩，荷馬所向之禱者即此，故曰詩神。俾成此歌。隨即將此歌之大旨及重要事跡，簡括敘之，以概全書。猶我國傳奇首出之傳概也。取此段讀之，則荷馬兩史詩之題目，赫然具在。何勞妄為推測？茲就荷馬所自言者分列如下。《伊里亞》之題目為《阿克力斯之一怒》（The Wrath of Achilles）。《奧德西》之題目為《奧德西之歸家》（The Return of Odysseus）由此推之，思過半矣。

荷馬史詩之結構所以能如是完整精密者，即在就題作文，處處不忘此題目。其書以此題始，以此題終。全書之事實，悉選其有關本題者，然後收用之，否則概歸擯斥。又其所用之事實，皆細心排置，重重關鎖，心營目注，一線到底。以書中本事（Story）之進行，為發揮此題之步驟，重重堆積，逐漸緊張。既達極峰（Climax），則急轉直下（Denouement），以赴結局之大變（Final Catastrophe）。又書中處處注重因果之律，前後關連。有起脈，有伏線，有逆流，有障礁。眼觀全局，筆筆照應，決不無中生有，或違悖情理。且表裏相維，其精神上之轉變，與事實上之進止，諧和一致。故讀畢一卷或全書，不惟知敘事已達何處，且精神亦潛移默化，受其感動，與為喜怒哀樂而不能自已。凡是悉由慘淡經營之功，此之謂佈局（Plot），此之謂結構（Structure）。故在今眾所熟知為小說、戲曲及長篇敘事詩所不可離者，實緣荷馬開其端，啟其機，示以楷模，俾後世得所師法，乃臻此耳。嗚呼，偉矣！

今試就上言之題目，略明荷馬史詩之結構。（一）《伊里亞》之題目既係《阿克力斯之一怒》，而非希臘人伐特羅之役。故於此役之緣起及相持十載之經過，概不敘及，而直敘阿克力斯發怒之原因。開卷即徑詳亞格滿能強奪俘女之事，致阿克力斯憤激誓不再戰。自卷一之末至卷八，為一段。連寫阿克力斯一怒之影響。此絕世英雄不肯赴敵，於是希臘之軍屢敗。又敘天神降疫，以見此一怒之關係重大。雖有雄兵卷二。猛將卷三、卷四、卷六。僥勝於一時，亦屬無補。則阿克力斯以身繫全軍之重，由其行止而兩方之勝敗決焉。自卷九至卷十七，悉用頓挫之筆，益見阿克力斯一怒為禍於希臘人之大。始則亞格滿能已有悔心，而阿克力斯不肯出。卷九。自後中間雖有小挫，卷十四。而特羅軍愈勝，希臘軍愈敗，至不可支，危在旦夕。卷

十一、卷十二、卷十三、卷十五。阿克力斯至是仍不肯出，可見其怒之甚。復用頓挫筆法，而有派鬥克拉斯借甲戰死之事。卷十六。卷十八為全書之極峰（Climax），譬如彎弓極滿，矢乃發矣。蓋阿克力斯雖以甚怒而不恤希臘軍之敗衂，而急報友仇，竟允出戰也。其母求火神造甲杖，亦是頓挫之筆，以見此次阿克力斯再出聲勢之大也。卷十八。卷十九為阿克力斯息怒之正文。自此至卷二十一，急轉直下（Denouement），然先後輕重仍有次序。始則登陣一呼，卷十九。次則大敗敵軍。卷二十。然後乘勝進逼敵城，卷二十一。終乃斬海克多。卷二十二。此段乃全書終局之大變（Final Catastrophe），以全力寫之。而阿克力斯息怒之效始大見，則其一怒所繫之重亦可知矣。至卷二十三及卷二十四，則餘波耳。凡其寫希臘軍之歡慶卷二十三。及特羅人之哀戚卷二十四。之處，實所以寫阿克力斯之英勇，而得見其一怒之關係重大也。此後之事，無關於阿克力斯之一怒，故《伊里亞》一書遂止於此。又書中雖阿克力斯不在場之時，亦皆用反襯筆法，形容阿克力斯之英勇與其一怒之威風。全書以阿克力斯為主人（Hero），海克多為其陪襯，故加倍出色寫之。準是，則《伊里亞》之題目為《阿克力斯之一怒》，尚何疑哉？（二）《奧德西》之題目既係《奧德西之歸家》，而非奧德西之一生，故於特羅戰役，毫不敘及。而欲見其歸家之事關係之重大，則先寫其家中之苦況，及急待其歸之實情。卷上。又敘其子往尋，以與奧德西急欲歸家而不得反相襯。卷二、卷三、卷四。自卷五至卷十三，歷敘奧德西所經之患難，瀕死不得歸者屢。凡此皆頓挫之筆，以見歸家之不易，即上文所謂彎弓之法也。至十年之流轉事跡，由奧德西口中敘出，以告菲斯王卷九至卷十二。用倒插補詳之法。不惟省筆墨，避平直，且見得此書所敘乃奧德西將歸家時之四十日之事，而非十年之飄流記也，故不得不如此敘法。卷十三之末，奧德西安抵故國，上陸。此為全書之極峰，自此至卷二十二，急轉直下，層層脫解，但仍用頓挫之筆（Suspense），直至復仇之頃，始露本相（Recognition），出人不意（Surprise），寫來更覺有力。卷二十二復仇一段，為歸家之正文，亦即全書終局之大變也。以下二卷，寫室家骨肉之團圓，則餘波之用作渲染者耳。準是，則《奧德西》之題目為《奧德西之歸家》，亦不容疑矣。

亞里士多德於其所著《詩學》（Poetics）之第八章，極讚荷馬史詩之結構。略云：夫所謂結構之整嚴（Unity of Plot）者，謂必全書專寫一事（Unity of Action），非謂將某人之一生所歷悉行敘出也。如專寫一事，則書中各部分必相銜接而關連，相維相繫；苟刪去或移動其一段，則全局破裂。不如此，不能謂之結構整嚴也。荷馬事事出人頭地，於此亦然。故其《奧德西》一書，即符上言之例。而《伊里亞》亦專敘一事者云云。又《詩學》之第十章，謂結構可分二種：一曰直敘法（Simple Plot），即一線到底。按事之先後次序，逐一敘之，如《伊里亞》是也。二曰曲敘法（Complex Plot），即書中人物之境遇，忽然轉變，此禍彼福，此勝彼敗，形勢適與頃刻之前相反（Sudden Reversal of Situation）。如諸豪盤踞奧德西之家，逐其子，佔其產，將污其妻矣；而奧德西驟歸斬殺諸豪，轉禍為福，轉危為安，轉弱為強是也。或其人物隱姓埋名，喬裝偽飾，既乃忽露本相，見之者驚喜交集（Recognition）。如奧德西之歸，喬裝為丐。至卷二十二報仇之頃，始露本相。而至卷二十三其妻始得知之，然後夫妻團圓是也。苟書中不具此二者，則為直敘法。曲敘法如《奧德西》是也云云。故結構之法，荷馬實開其端，後來戲曲、小說及敘事詩之結構，大都不出此二種，甚或加以變化，兼採而並用之。然則推本窮源，能不於荷馬史詩之結構三致意焉哉！

第四節　荷馬史詩之作成

荷馬略傳　西諺有云，其人愈偉者其傳愈簡短。蓋真能立德立功立言者，初不必藉其家世及生平瑣事而始聞於後也。荷馬為歐洲文學首出之作者，而其事跡極不詳，甚至生於何時何地，亦難約略言之。後人雖加意考究，終無定論與確據。所可信者，荷馬為移殖於小亞細亞海岸之希臘人中之安尼央（Ionian）族人，生於 Smyrna 城或 Chios 島。據上古各種記載，有七地者，皆爭以荷馬為其處之人，謂有墳墓及他種遺跡，藉是以為光榮。七地者，即 Smyrna、Rhodus、Colophon、Salamis、Chios、Argos、Athens、是其中要以 Smyrna 及 Chios 為最可征信。然究生於 Smyrna 抑 Chios 乎？則仍難臆斷。或謂 Smyrna 城始為安尼央族所居，旋為其北之奧利安（Aeolians）族所奪而據之，後又為安尼央族重行取得。正以荷馬為此城中人，故荷馬之詩雖為安尼央族之語言，而中雜奧利安族之字句也。此一說也。或曰彼 Chios 島中，既有自稱為荷馬之族（Homeridae）者，多年聚居於斯，則荷馬為此島之人，更何容疑哉？此亦一說也。或曰荷馬實生於 Smyrna 城，幾經遷徙，卒至 Chios 而居之，且歿於斯，故有上言之二種證據，並非矛盾也。此又一說也。三說皆未可全信。但知其必為上言之兩地之人可矣，不必強為辯定也。其時約在紀元前八百五十年之頃。詳見下文。荷馬之職業為沿門賣唱之歌者。亦詳見下文。生平流離遷徙，至為貧苦，既老且盲。惟《伊里亞》及《奧德西》二詩為其所編，到處為人歌誦，備受欣賞，如是而已。至世所傳荷馬之石像，乃紀元前四世紀中某雕刻家所為，亦係想像其神採，以意為之，並非可據之真容也。

荷馬問題　《伊里亞》及《奧德西》二詩，自古相傳為荷馬所作，無或致疑者。乃至十八、十九世紀之交，忽有持異議者，謂荷馬實無其人，二詩亦非一人所作。於是所謂荷馬問題（The Homeric Question）者遂起，聚訟紛紛，末由判決，為治文學史者最繁難困苦之一事。荷馬問題之內容，即論究古來是否有荷馬其人，其生平如何，《伊里亞》及《奧德西》二詩，是否荷馬所作。如非是，然則為誰氏之作，且以何法而作成之乎？推原此問題之所由起，蓋因十八世紀之末及十九世紀之上半葉，為浪漫主義大行之時。人皆騖為新奇，喜為不經之論，一反前人成案，藉此鳴高。又溺於天才（Original Genius）之說，謂凡慘淡經營，完整精密之作，必非佳品，嫌其過事雕鏤也。且以好奇之故，遂專嗜各國各族古昔草昧質樸之時之文章。於所謂初民之歌謠（Ballads）者，尤矢意搜採，英國 Bishop Percy 之 *Reliques of Ancient English Poetry*（1765）其最著者也。供眾欣賞。甚或私自造作，以今冒古，以偽亂真，欺世盜名。如英國 James Macpherson 之 *Ossian*（1762）及 Thomas Chatterton 之 *Rowley Pomes*（1777），其最著者也。此乃當時之風氣，而以此法施之荷馬，異說遂生。至十九世紀中，人多用所謂科學方法者治文學，遂常不免割裂挑剔，破碎支離，及吹毛求疵，強作解事之病。且言語文字之學發達，治荷馬者，肆為尋章摘句，以一聲一字之微，遽斷荷馬史詩此段與彼段為一人之作，而某句與某節則另出一人之手。繁分縷析，不可究詰。故各家之說，及其爭辯之陳跡，若詳述之，徒亂人意，無多裨益。故今以先後為序，僅申明其中最要之數人之主張如下，以見一斑。

（一）英人 Robert Wood 於一七六九年，撰 *Essay on the Original Genius of Homer*，謂荷馬之時，尚無文字，故荷馬史詩以口授而傳於後，初非文章也。

（二）德人武魯夫（F. A. Wolf）讀上言之書而善之，乃擴充其意，於一七九五年，撰 "Prolegomena" 及 "Preface to the Edition of Iliad" 二篇。謂始初有短歌若干，各自為一體，互不相涉。其中大半為荷馬所作，餘則為多人之作，均以口誦而流傳。迨後既有文字，乃另有人匯集而整理之，合為一篇，書之竹。為此者非荷馬也。按武氏以前已有人疑荷馬史詩為多人合作者。即在上古時亦有謂《伊里亞》為荷馬所作，而《奧德西》則另出一人之手者。然皆偶爾言之而已，未為堅確之主張也，殊無影響。故論近世之荷馬問題者，常以武氏託始，且以武氏與拉赫滿氏為最重要云。

（三）德人拉赫滿（Karl Lachmann，1793–1851）既將德國之史詩 Niebelungenlied 析為二十短歌，遂於一八一六年，著 Betrachtungen über Homers Ilias 一書，將《伊里亞》亦析為短歌十八篇。謂係十八人所作，本不相聯屬，後人彙為一體，而假託荷馬之名云。

（四）德人哈曼（Hermann），於一八三四年，撰 Dissertatio de Interpolationibus Homeri 。又於一八三五年，撰 Uber Homer und Sappho 論。又於一八四〇年，撰 "De Iteratis apud Homerum" 一文，謂原本《伊里亞》（Ur-Ilias）及原本《奧德西》（Ur-Odyssee）乃荷馬所撰，其篇幅之長，約當今本之六分之一。中所敘者，惟阿克力斯之一怒及奧德西之歸家兩事，而不及其他。後人擴而充之，增入無關本題之材料甚多，乃成為今所傳之本。而荷馬原作，則不可見矣。

（五）德人倪奇（G. W. Nitzsch）於一八三〇年至一八三七年，著 De Historia Homeri maximeque de Scriptorum carminum aetate meletemata 一書，謂荷馬之時，確已有文字。在荷馬之先，已有各不相關之短歌若干種。荷馬取此為材料，彙編之為二篇史詩，與以結構，遂成為今傳之《伊里亞》與《奧德西》。故荷馬之生甚晚，雖取材於短歌，然今所傳之史詩，實係其一手編成者也。倪奇氏之主張，與武魯夫氏適相反，而最近近人之意見，則多合於倪奇氏云。詳見下文。

（六）英人郭羅特 (George Grote，1794-1871) 於所著希臘史 (*History of Greece*) 一八四六年至一八五六年出版。中，謂昔有史詩曰《阿克力斯傳》(*Achilleid*)，專敘阿克力斯之一怒，其書即今所傳之《伊里亞》之卷一、卷八、卷十一、卷二十二也。迨後荷馬出，乃擴充之為今本。而因內容已變，故易其名為《伊里亞》(*Song of Troy*) 焉。按此公實兼採哈曼及倪奇兩氏之說者。

（七）英人戈德斯 (William D. Geddes) 於一八七八年，著 *The Problem of the Homeric Poems* 一書，謂荷馬所作者為《阿克力斯傳》(*Achilleid*)，後另有詩人某，增益之為今本之《伊里亞》。而此詩人即作《奧德西》之人也。此說與郭羅特之說略同。惟謂荷馬在前，並謂《奧德西》非荷馬所作。

（八）英人 W. Christ 於一八八四年，撰 *Prolegomena to the Edition of Iliad*，謂荷馬初作短歌四十首，每首自成一體，但其間有一定之次序，是即古本之《伊里亞》也，以授其族。其後荷馬之族 (Homeridae) 乃增益之，而成今本之《伊里亞》焉。按此說略同於拉赫滿氏。

（九）英人費克斯 (Ficks) 於一八八五年所刊《伊里亞》之序中，謂荷馬史詩原為奧利安 (Aeolian) 文。其後於紀元前五三〇至五〇〇年之間，經人譯成安尼央 (Ionian) 文，行於後世，而荷馬之原本遂失傳焉。此說殊無理據，詳後。

（十）英人解布 (R. C. Jebb) 於一八八六年，著 *Introduction to Homer* 一書，謂《伊里亞》之原本，乃荷馬所作，全形已具，約當今本之卷一、卷八、卷十六、卷二十二。此本實作於希臘北方之

Thessaly，厥後流傳至小亞細亞，其地之人乃增益之，遂成今所傳之本云。此說與戈德斯略同，惟謂荷馬所作原本即為具體而微之《伊里亞》，而非《阿克力斯傳》也。

　　以上所述，皆所謂新派之見解也。然當其時，篤信舊說者，仍不乏其人。即謂《伊里亞》及《奧德西》二詩，實成於荷馬一人之手，其後亦並無改動。荷馬乃天才卓越之詩人，又以慘淡經營之工夫，而成此名著。故荷馬之作此二史詩，實無異於桓吉兒（Virgil）之作 *Aeneid* 與彌爾頓（Milton）之作 *Paradise Lost* 也。彼妄事揣測，強翻成案者，實屬多此一舉，費精神於無補者已。如安諾德（Matthew Arnold），如布查（S. H. Butcher），皆此舊派之翹楚；餘人尚多。其立論之根據，多本於二事：一者，荷馬史詩全書結構完整細密，若曾經多人割裂增補，何克臻此？二者，其詩有一種特殊之精神、之感情，瀰漫全書，前後渾然一致。若非由荷馬一心一手所作成，逐處必露痕跡，斷難天衣無縫也。平心論之，大凡讀荷馬之詩者，苟一氣讀下，觀其全體，綜合而取其內蘊之精神，則易見其同，而必信從舊說。而若取其一段，反覆推究，分析而察其外形之末節，則易見其異，而必依附新說。此其一也。此係乎方法者也。又詩人及文士，讀荷馬之作，欣賞之，感慕之，神思契合，若見其人，則多信從舊說。而專事考據之語言學者及古生物學者，取荷馬之詩，推勘之，比證之，自喜得間，便下鐵案，則多依附新說。此其二也。此係乎人性者也。由是推之，思過半矣。

　　惟當十九世紀之中葉，實為新說最盛之時。然最近三四十年來之趨勢，則眾多歸於舊說；或稍事折衷，而其主張，要非純如昔日之舊說焉。其所以新說衰而舊說復盛之故，則因浪漫派已成陳跡。一時好奇心之狂潮漸殺，復返於平心靜氣之途；而新說自為矛盾紛紜，令人莫知所適從故也。尚有一原因焉，即古生物學之進步，與探險家發掘地下古跡之成功，而證明荷馬史詩實為當年之信史，並非臆造杜撰。既為信史矣，則必為深知當時之情形之人所撰述，而非由異地異時眾多之人，拼合雜湊、增刪改易而可成者也。若如彼而仍適成為信史，天下殆無如此之巧事也。探險家發掘古跡之最著名者二人：

（一）為德人希里滿（Heinrich Schliemann，1822–1890）。其人自幼貧賤，為雜貨店之傭保。又航海覆舟，流離轉徙，備嘗艱苦。少年聞人讀荷馬史詩而好之，決往探其遺跡，乃苦讀希臘文。及後以業煤油致富，乃得於一八七〇年償其素志，率土耳其小工一隊，赴黑海之西南、小亞細亞一隅探險。世之所謂學者及考古家者，皆非笑之，斥為妄，莫肯為助。而希里滿苦心孤詣，竟於一八七三年發掘一土山，而得古特羅城之故址。原彼特羅城，實建於石山之上。據後人續行發掘所得，知其城實有多層。在中而最下者最古，是曰第一城，約係紀元前三千年時所建。由此而上，得第二城。甚小，已近山頂，是曰第二城，約係紀元前二千五百年時所建。更有第三、第四、第五以至第六城，為歷次擴充增修者。因城之範圍每次擴大，故包前城於其中。而新城之城根，乃由山頂而下降於山麓矣。惟城牆之高厚，則每次增加。其中尤以第六城之雉堞為最雄闊堅厚，約築於紀元前一千五百年，而毀於一千二百年。更於其傍，有第七、第八兩城。最上一層，名第九城，是即羅馬人之伊里城，有神祠翼然聳立焉。凡此均為沙土所覆塞，蓋陵谷桑田，閱年深矣。希里滿自山頂掘下，得圓谷如井。更下，得第二城，且獲寶藏。因止於此，而斷定此為荷馬史詩中之特羅城，終不自知其誤也。後之繼其志者，盡發諸城，乃知荷馬史詩中之特羅城，實為此間之第六城，而非第二城也。以第六城之形勢，及城垣之曲折，坡陀之起伏，按之於《伊里亞》書中所言，悉合。至是，而荷馬之為詩史，乃得證明矣。希里滿此役既畢，更於一八七六年，赴希臘南部之中區發掘，得古 Mycenae 及 Tiryns 之城垣街市，及其名王之宮闕、器物、冠冕等，世乃驚歎其功之偉焉。

（二）自此以後，各國考古家聯袂偕來，相繼發掘，各有所獲，而以英人伊文思（Arthur J. Evans）之功為最著。伊文思於一八九四年，為牛津大學派往。除竟希里滿未成之功外，並於克里底島（Crete）掘得古昔該島名王（Minos）朝之宮殿墳墓等。於是古代地中海沿岸諸國諸族之事跡及關係大明，而荷馬問題亦易得解決矣。

荷馬史詩之作成　今更就晚近學者研究之結果及考古家所證明，撮述其折衷新舊而為眾所公認之說，以見荷馬史詩所由作成之跡。昔日歐洲文明初啟之時，距今五千年前，居歐洲南部地中海沿岸者，為一種白人。其人確非阿利安種（Aryan Race），又曰 Indo-European Race，即印度人及今日歐洲人之始祖。而與埃及人及細米底族（Semites）關係較近，姑名之曰地中海種。此種人之一部，居地中海之東部，即希臘半島、地中海諸島及小亞細亞海岸者，可名之曰東地中海族，又稱 Cretan-Mycenaean 族。然通稱之為培拉斯吉族（Pelasgi）。或又以其居愛琴海一帶而稱之曰愛琴族（Aegeans）。當紀元前三千年至二千年之間，此族之居克里底（Crete）島者，以地當海上交通之沖，受埃及之影響，始創一種文明，曰克里底之文明。雕鏤繪畫及製作器皿甚精，又創為象形文字。紀元前二千年時，其各部之王威力遠播，是曰海王（Sea Kings）。希臘神話中所謂每年需食童男女之 Minos 王，即是也。克里底藝術文明最盛之頃，為紀元前一千六百至一千五百年間。希臘半島南部之土人即培拉斯吉族。受其啟迪感化，遂亦造成一種文明，是曰 Mycenaean 文明。自紀元前一千五百年至一千二百年之間，稱為 Mycenaean 時代。方其盛時，且以兵入克里底島而臣服之，於是克甲底之文明遂告終。又培拉斯吉族之一部，於紀元前三千年時，在小亞細亞之西北隅建立特羅王國。自紀元前二千五百年至一千五百年，國勢日盛。然國人習於驕奢荒惰，國運遂衰。而紀元前一千四百五十年至一千二百年之間，小亞細亞又有海地族（Hittites）之王國出現，亦蔚然大國也。至於希臘民族，屬阿利安種，由中央亞細亞遷徙而來。約於紀元前二千年時，至丹牛波河（Danube）流域而居焉。厥後逐漸南侵而入希臘，至紀元前十三世紀，竟滅 Mycenaean 諸國，並據有希臘半島之南部焉。希臘人自謂皆係其始祖 Hellen 之後裔，故自稱為希臘族 Hellenes，而分為四支派：曰奧利安族（Aeolian）；曰鐸利安族（Dorian）；以上二族係 Hellen 之二子之後裔，故名。曰安尼央族（Ionian）；曰阿克央族（Achaean）。以上二族係 Hellen 之孫之後裔，故名。其分佈於希臘半島之情形，略如甲圖。紀元前十二世紀中，希臘諸族曾合兵伐特羅而陷其城，滅其國，是即荷馬史詩之本事也。或謂特羅城陷為紀元前一一八四年事，然未必確也。當此之時，希臘人尚為遊牧之民。其分佈之情形略如甲圖。紀元前十一世紀中，希臘諸族忽大轉動遷徙，其原因不詳。要之，北方異族南下，驅（1）Thessalian 人而佔其地。此族東向排（2）Boeotian 人而佔其地。（2）被迫，乃侵入希臘中部而佔有之。其地之（3）鐸利安族，除一小部分外，悉數南遷，奪希臘南部半島而據之。其俗強悍，勢大盛。且侵入克里底島，佔有之。更東進，直抵小亞細亞海岸。此次變動，名為鐸利安族之遷徙（Dorian Migration）。遷徙後各族分佈之情形，略如乙圖。希臘有史以後，其情形均如此。然荷馬史詩中所載者，悉本於甲圖之情形，

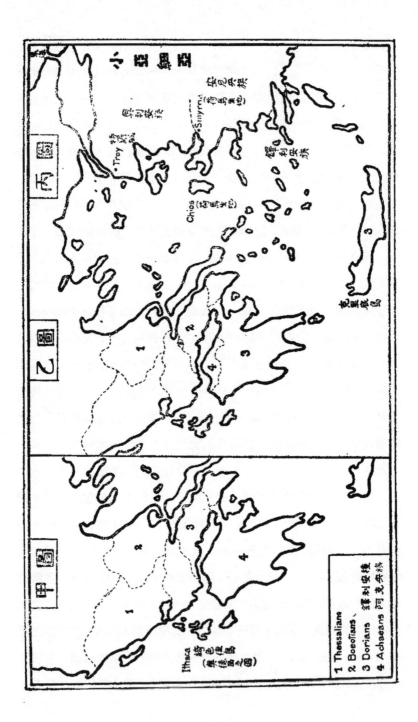

小亞細亞

特
羅
埃

島
利
安
族

伊
利
安
族

安
奈
族
荷
馬
生
地

Troy

Smyrna

Chios
(荷馬生
地)

克
里
底
島

图 乙

图 2

图 丙

克
里
底
島

Ithaca
綺
色
佳
島
(奧
德
賽
故
圖)

1 Thessalians
2 Boeotians
3 Dorians 繹利安族
4 Achaeans 阿克奈央族

386

故讀者每患其淆亂扦格。然苟知其所敘者為鐸利安族之遷徙以前之事，以甲圖按索之，則迎刃而解矣。當此遷徙之時，安尼央族受逼，乃橫海東出，移殖於小亞細亞海岸及其附近之島嶼。其時小亞細亞海岸諸族殖民地分佈之情形如丙圖。北為奧利安族，中為安尼央族，南為鐸利安族。自經此次大遷徙之後，各族之分割區域乃定，永遠奠居。又自游牧進而為耕植之民。紀元前一千年至七百五十年之間，史家稱為諸王時代（Age of Kings）。蓋當此期中，國家之形式略具，農業之習俗大成，而希臘文明漸有進步矣。荷馬史詩即作於是時。自紀元前九百五十年至七百五十年，此二百年，為史詩盛行及作成之期，故在文學史上謂之史詩時代（The Epic Period）。是時風俗淳樸，生活簡陋。其號為貴族者，僅廣有田產，較為富足而已。若輩大都聚族而居，於宅中之廣廳（Meagron），爇薪燔肉，與親友家人共食。冬日晚飯既罷，無術可消永夜。或值賓朋宴集，思有以娛悅之。而眾均心直口拙，無多言詞可談，則召歌者（Bard）至，命彈唱古英雄故事，眾肅坐而恭聽焉。歌者為其時一種專業，父子師弟相傳，以沿門彈唱為生。其唱也，手自調箏（Cithara）佐之。所唱之古英雄故事，中雜神話，其大綱皆為聽眾所熟知。惟每一歌者可加以變化，鋪排粉飾，而詳為描畫形容之。此則隨人而異，故術有精粗，名有顯晦，而得資亦有厚薄焉。此類歌者毋寧名之為說書人，蓋其聲調甚簡而平，而所重者在其演述之材料。其時尚無書籍，歌詞均無傳寫之本，歌者類須默記於心而背誦之。每次所歌，大約節取古英雄故事之一段，其長約如今荷馬史詩之一卷。先禱於神，詩神 Muse 之原義，即記憶（Memory），也可見其須背誦。次略述此段之始末，再詳演之，率為定法。間有命歌者連演多日，藉悉該故事之首尾者。久之，而諸短故事，遂相關連，有一定之後先次序，而隱隱中構成長篇巨制之史詩焉。故歌者，亦即著作史詩之人也。彼荷馬者，蓋即此千百歌者中一人，而為出類拔萃者耳。所歌之材料，不必其為希臘人伐特羅之役也，此特其一事焉耳。此役之故事，實早成於希臘本土，即北方 Thessaly 之奧利安族，首傳誦之。故《伊里亞》詩中之英雄阿克力斯，為該地該族之人，蓋由編者重其本土故也。迨後因鐸利安族之遷徙，見上文。奧利安族移殖於小亞細亞海岸之北段，正即特羅國之故地。又初來之時，需與內陸及鄰近之土著民族爭戰以自存。此奧利安族之人，棲流異域，追念先烈。又以目前之境遇，殊類當年之情形，於是特羅戰役之故事頓覺親切有味，而成為傳誦歌唱之資，故史詩遂大發達。是為史詩作成之第一期，約當史詩時代見上。之前半。其後漸流傳於其南方之安尼央族。彼安尼央族之聰明睿智，為希臘諸族之冠，最富詩情，文藝之發達皆由其力。故史詩傳至此土，頓形進步。上述之習俗多為安尼央族，而歌者亦多為此族之人。於是百餘年中，為史詩全盛時代，是為史詩作成之第二期，約當史詩時代之後半。荷馬為安尼央族人，生於此期之前半，即紀元前八百五十年至八百年之間，正即史詩由奧利安族之手而傳與安尼央族之時。其所生地 Smyrna 及 Chios，又適當二族國土相接之處。意者，荷馬嘗取奧利安族之歌，增飾之，迻譯之，而衍為安尼央族之歌，遂成為《伊里亞》及《奧德西》二篇。故二詩雖為安尼央族之文字，而中多奧利安族之詞句，其以此故也歟？史詩之作者千百人，荷馬特其中之一人而已。惟其所編撰者，似較餘人為皆勝之，故獨得而傳。雖然，各家之本，實並行於時。至紀元前七百五十年時，史詩時代告終。其故由國情民俗大變，故自此更無作史詩者，而情詩起而代之。詳見後情詩章。史詩時代既過，遂無歌者（Bards），而有誦者（Rhapsodists）出繼其業。其不同之處，即歌者自兼編著之事，即後世之詩人。而誦者只誦述他人之成本，有如後世之伶工。又歌者專娛豪族富人，手一箏自隨而已。誦者則於都市之中，廣場之上，萬眾圍觀之時，粉墨衣冠登場，並描摹書中人之神態，故已甚近於戲劇矣。其後當紀元前五百五十年之頃，培西塔突（Pisistratus）為雅典執政，因見諸多誦者，傳述希臘人伐特羅之故事，其事實之先後次序，各不相同。乃擇其中最完美者，即荷馬所編撰，勒為定本。飭誦者一體遵用，餘本作廢。或謂此係梭倫（Solon）在雅典執政時之事，其人在培西塔突之前。於是荷馬之史詩，遂得獨普行於希臘，永傳於後世。古希臘羅馬之名篇，泰半失傳或殘缺，而《伊里亞》及《奧德西》篇幅獨完整。雖其中要有其身後之歌者增刪之處，不必盡為荷馬原本。然大體無損，得蔚然為千古文章之靈光，亦云幸哉！觀於此節《荷馬史詩》作成之跡，可知《伊里亞》及《奧德西》之結構及精神，雖本於荷馬之天才，而其篇章、形式、格調等，則由於當日之環境。蓋所以便於演唱，又求合於滿堂中聽眾之心理，故即末節細處，亦非偶然也。

第五節　荷馬史詩之評論

古今評論荷馬史詩之書，至為繁夥。若引述之，累卷帙不能盡。茲惟就大處，略論其數事。如下：

（一）內容：荷馬史詩所敘者，為英雄與兒女。雖為希臘之古史，而亦千古之所同也。如《伊里亞》既敘兩國之大戰，而復夾敘海克多與安德羅馬克夫妻之情，及特羅老王潛入敵營，乞還其子之屍。又如《奧德西》既寫征人歸家、骨肉團聚之情節，而復詳述奧德西十年中險阻備嘗之毅勇，皆兼英雄與兒女者。古今說部之材料，不外此二者矣。且荷馬之書所敘者雖只一事及若干人，而實將千古之人情，悉寓於其中。父子君臣，夫婦朋友，離合悲歡，喜怒哀樂，恩仇義利，榮辱禍福，萬端曲盡。此所以異時異國之人，雖重譯讀之，猶為之感動，唏噓欣賞不置也。

（二）文章：荷馬之文，以雄渾勝。安諾德（Matthew Arnold）稱之為大手筆（Grand Style）。又謂荷馬之文之特質有四：曰迅疾；曰思直而顯；曰詞直而顯；曰崇偉。見其所著 *On Translating Homer*。一者謂敘事不冗沓。二者謂命意不曲晦。三者謂不堆砌詞藻。四者謂設喻敘事不流於鄙瑣也。又荷馬之文，能兼具內外形質之美。解布（R. C. Jebb）氏謂荷馬史詩有遠古初民渾樸清新之意趣，而其藝術則精美細密，一若晚近之作。兼此二者實難，誠確論也。荷馬非開創之作家，乃集希臘上古詩之大成者，前已言之。又觀於其史詩作成之跡，而知其文為工力深到、藝術昌明之時之作，更非無故矣。今試就其文察之，結構之完整細密，見前。一也。所用者，非通行之俗語，而為以前作者所常用之文體，見前。二也。其屬辭比事，多沿襲前人之詞藻，見前。三也。用六節音律，為史詩中之定法，見前。四也。故或以荷馬史詩為初民時代之文章，擬專賞其樸陋者，實大誤矣。

上古時論荷馬史詩最精當者，當推郎迦南（Longinus）。紀元後三世紀時人，或云一世紀時人。郎氏於所著《超卓論》（*On the Sublime*）見本誌第三期文德篇。中，謂《伊里亞》當是荷馬壯歲所作，故精力彌滿，如日方中天。而《奧德西》則晚年所作，故頹唐零落，如夕陽西下時也。所以然者，《伊里亞》寫排天干地之行事，及真摯深厚之感情，以事為主，故渾然大成。《奧德西》但鋪排許多荒誕鄙瑣之神話，以人為主，故曲折別致。二者優劣之辨在此云云。其言至耐人尋味也。

（三）性質之比較：可分三層言之：（1）荷馬史詩本於歷史之事實，民族之思感，社會之習俗。且由歌者之實行演唱，逐漸成形。出於天然，非由人意。故為自然史詩（Natural Epic），而與後世所作，如桓吉兒（Virgil）之 *Aeneid*、彌兒頓之 *Paradise Lost* 等，截然不同。緣此等詩全出人力，乃模仿而非創造，命題作文，事皆虛構。一詩人作之，諸文士讀之，無與於國民之全體，故為人為史詩（Artificial Epic）。二者未可相提並論也。（2）荷馬史詩又與近世諸民族之歌謠（Ballads）不同，緣歌謠為洪荒草昧時期之作，零篇短制，意淺詞粗，絕少藝術之可言。而荷馬史詩則為文明大啟時之作，長幅精構，形質並佳。且其藝術之造詣甚深而為集大成者，故絕不類也。（3）近世文章與荷馬史詩最相似者，莫如英國司各脫（Sir Walter Scott）之小說。蓋荷馬生於鐸利安族遷徙之後，而追寫紀元前十二世紀英雄之豐功偉烈，與司各脫之生於文藝復興之後，而追寫中世武士之流風餘韻者正同。二人均能寫往古之事之人，使其栩栩如生。又二人皆於不知不覺之中，將己身所處之社會之思想風俗，寫入書中，誤充前世之文物。然讀者欣賞至極，亦不暇辨。此又荷馬與司各脫相同之處也。

（四）描畫人物之法：荷馬史詩中之人物，栩栩如生，讀者若親遇之。細究其描畫之法，全在大處落墨。每寫一人，則擇其容貌性行最顯著最重要之一二端，以數語概括敘之。後此但重複申言，不如他語，不詳末節，此人之情狀遂得深印於讀者之心目中矣。如寫亞格滿能，則但寫出一國王，一主帥，威足服眾而驕蹇自視。又屢稱其殊類王者（lordly），統禦萬方（wide-ruling），善於馭眾（Shepherd of the host）。此外如寫阿克力斯，則但寫其勇猛易怒，又屢稱其捷足善走（the swift-footed）。寫麥乃勞斯常為霹靂將軍（of the loud warcry），寫海克多常為明盔元帥（of the shining helmet），皆其例也。又荷馬史詩中，只有每一人物各自發言（Speeches），而無多人對談（Dialogue）。甲乙互相問答，此以一言間彼一語之事。即遇多人共話，亦各自陳詞，滔滔長篇，畢宣其意，而由作者逐一敘出之。此荷馬與近世小說戲曲不同之處也。

（五）神與人之關係：讀荷馬史詩，可知希臘人對於宗教之觀念。希臘人富美術心，故其所造作之神，多美麗之形，美麗之意。他教之神，多牛鬼蛇神，奇醜凶怪。其來則飛砂走石，食肉吮血。又於地獄中刀山劍樹，逞其刑威。希臘之神如此類者，絕無僅有。又他教之神，嚴居高拱，與人世懸絕。希臘人則謂人天密邇，神常降臨人世，與此中休戚事。又神有室家邦國之統，有父子夫婦兄弟之倫，有貪嗔痴愛之累，有吉凶禍福之遭，有恩仇黨類之別，有干戈玉帛之事。故神所秉之性，所居之土，所行之事，實與人無異。神亦人也。所異者，神力大而人力小，神之情欲強而人之情欲弱，神行速而人行遲。簡言之，神與人之質同，僅其量異，故神者可名之曰偉人。而所謂人間之英雄，則介在神人之間者，半類神，半類人者也。以上云云，皆可於荷馬史詩中見之。希臘人與特羅人戰，神乃亦分二黨，各助其所私，勞不憚煩，神之為神可知矣。又凡初民之宗教，多崇祀木石禽獸及風雲雷雨等。厥後進化，始以神象為人形，各有職司，如官吏然。故荷馬史詩所示者，為已經進化之宗教，而非初民之宗教。由此亦可證荷馬史詩乃文明大啟以後，晚出之作，而非草昧洪荒之際，開創之作也。

（六）道德觀念：昔柏拉圖以荷馬史詩中敘及神之穢行，恐傷少年之品德，故擬禁絕之使不得讀。見《理想國》。此蓋專指其詩中之一二事而言耳。就通體論之，未必然也。而亞里士多德則分史詩為四種：謂《伊里亞》為感情之詩（Pathetic），《奧德西》則為道德之詩（Ethical）。緣《伊里亞》書中事實之動機（Motive），為阿克力斯之一怒，而《奧德西》書中則寫奧德西堅忍剛毅之德。亞氏之說見所著《詩學》第十八章及第二十四章。故以道德論，《奧德西》實在《伊里亞》之上云。此又比較二詩而言之耳。今綜合而觀之，荷馬史詩，寫室家骨肉之情，如海克多與安德羅尼克之情分是。明合羣奉公之義。如謂亞格滿能及阿克力斯將帥不和，而致希軍一再挫敗是。故主恩深，牽衣涕泣。如奧德西之老乳母及圉人是。亡人食惠，賓至如歸。如菲斯王之優禮奧德西是。恩仇各完其私願，善惡常得其正報。鬼神無親，惟德是輔。荷馬之於道德，亦可謂三致其意矣。其尤要者，則為申明希臘人所共信之 Nemesis 之義。謂人而妄幹非分，行無節制，則將觸神之怒而受其懲罰。故荷馬教人以敬神重祀，尊古崇法。以視後之作者如尤立比底氏（Euripides），希臘三大莊劇家之一，見後。乃謂人為神之玩物，天道報施，在在不公；國法故俗，悉強凌弱、智欺愚之具。以致國之少年皆失其宗教道德之信仰。夫荷馬正與此輩相反，則謂為無裨於希臘人之道德。烏可耶？

（七）描繪之入神：荷馬描繪事物，最為擅長。攝影傳聲，令人恍若身歷目睹。後之作者多效之，師其法並用其詞，此世所熟知者也。其描繪事物之法，有二特點：其一，荷馬凡寫一人一事一物一景，至極要而極難之處，則避實就虛，用譬喻法以明之。而其所引作譬喻者，必取常人所常見之事物，寥寥數語，而指示已極明確，足達其為此之目的。例如寫大軍之遠來，則以萬鴉橫空而飛過喻之；寫敗兵之逃竄，則以麋鹿帶箭驚走喻之；寫兩將苦鬥，則以虎豹爭食喻之；皆是也。其二，荷馬寫一人一事一物一景，喜以一定之詞句，重疊反覆用之，則有感歎留連之神味。寫人之例，已見前。寫事者，如寫人死，戰場中某將被殺，則曰兩眼墨黑，一命歸陰（Darkness clouded his eyes, and his soul went down to the shades）。是其例也。

第六節　荷馬史詩之影響

荷馬史詩為歐洲古今數一數二之名著，且其出又最早，故影響極大。茲略述之。

（一）在希臘之影響：荷馬史詩，所至風行。希臘各族各邦之人，無不傳述而誦讀之。其結果遂有五端：

（1）希臘人讀荷馬史詩，乃恍然於若輩系出一祖，同為 Hellen 之後。雖有各邦各族之分，實則誼若同胞。且知若輩之先人嘗共歷患難，同冒鋒鏑，合師以伐特羅；統於一帥，齊心協力，所謂兄弟鬩於牆，外禦其侮。於是油然生互相親愛之意，而希臘民族之觀念乃成。其後值波斯來伐，又復合兵卻寇；且有全希臘之祭賽習藝 Olympic Games 之舉，於是此觀念益深，自詡為天驕文明之希臘人。而其外則皆以戎狄 Barbarians 目之。非我族類皆謂之戎狄，初不問其文野如何也。

（2）荷馬史詩旋成為全希臘公用之教科書。各邦各族，少年兒童從師入塾，莫不熟讀荷馬史詩，至能成誦。非僅為習文章，知國故而已，且將使兒童效法書中英雄名賢之立身行事也。此語出《柏拉圖語錄》*Protagoras* 篇。芝諾芬（Xenophon）之 *Symposium* 篇有曰：吾父望我為善人，故命我讀荷馬之詩。《伊里亞》及《奧德西》全書，今吾皆能背誦矣。又曰：荷馬者詩人之魁首，其詩於人事無所不詳。諸公而欲為名將，為辯士，欲治國，欲齊家，則請讀荷馬可也。而布魯特奇（Plutarch）之《英雄傳》（*Parallel Lives*）中，敘 Alcibiades 少時就塾師乞假荷馬詩集。答曰：無。因怒而挟之，曰：荷馬之詩不自手一編，而能忝為人師乎？由此亦可見荷馬史詩實為希臘教育之基礎矣。

（3）荷馬史詩中之宗教，已詳前節。其所紀者，為已經進化之宗教，存舊日宗教之精華而去其蕪穢。希臘古代之神話，原無定案，人各一說，錯雜紊亂。自荷馬史詩出後，希臘人於諸神之名位、形貌、性情、職掌等，悉以荷馬史詩所言者為標準，為歸宿。故荷馬不惟編定希臘之神話，抑且有改良希臘之宗教之功焉。

（4）希臘人於其古代英雄之事跡，亦以荷馬所記者為定準。荷馬固未嘗言及崇祀死者之事，然後來各邦各族，大都託言某英雄為其遠祖，實建此國，而崇祀之。雖多係偽託，而常不敢與荷馬詩中所言者相悖也。

（5）希臘人又共尊荷馬為國史氏，以為荷馬詩中所敘者字字征實，無可些須致疑。後之史家如 Thucydides 且就之取材焉。又如波斯來伐，小國乞援，以及會師聯盟，兩大爭長。其時之行人及主事者，均引荷馬詩中事實以自成其說。其例多不勝舉，亦可見荷馬受希臘人推重之深矣。

（二）在後世之影響：後世對於希臘宗教民俗等之觀念，常取資於荷馬，固矣。而荷馬之影響以在文學上者為尤鉅，亦分五端述之。

（1）荷馬創立史詩（Epic Poetry）之一體，後之作史詩者，遠如桓吉兒（Virgil）及亞歷山大時代之希臘作者，近如彌兒頓及福祿特爾福祿特爾於一七二八年作 *La Henriade*。等，皆仿效之。既師其意，又摹其形者也。

（2）荷馬始闡明文章之佈局及結構之法。古今凡作戲曲、小說及紀事詩者，皆遵用而仿行之。所謂首尾之五段、佈局之極峰、終結之大變等，皆由荷馬開其端而示之則焉。

（3）後世作詩文者，諸多規程雜例，皆出於荷馬史詩。例如詩之開端，必禱神求助（Invocation of Muses），一也。戲劇之開場處，先將全劇之事跡及大旨，概括敘說一番 Prologue，以醒觀客之目，二也。又常語所謂荷馬之文體，荷馬之人物，荷馬之風俗等等，無非以《伊里亞》及《奧德西》中所見者為準也。

（4）荷馬詩中之詞藻、之名句及所用譬喻等，後之作者，亦沿襲而引用之。

（5）荷馬詩中之事跡，為後人作戲曲、小說及詩之材料。遠如希臘之三大莊劇家，見後。近如法國十七世紀之名劇作者 Racine 等，其例多不勝舉云。

第七節　荷馬史詩與中國文章比較

荷馬史詩之事跡，具詳於第二節。初讀荷馬之《伊利亞》，兩軍作戰，頗覺其類吾國之《封神傳》及《三國演義》。讀《奧德西》，流離遷徙，遍歷諸國，頗類吾國之《西遊記》及《鏡花緣》。又以荷馬比之《左傳》，則《伊里亞》如城濮及邲之戰，而《奧德西》則如晉公子重耳出亡也。雖然，荷馬所作，史詩也。而吾國則固無史詩，今人常言之矣。惟若按究其故，此亦未必為吾國文學之羞。蓋史詩必作於上古，必起於自然。否則雖有，不足為貴。故求史詩於吾國文明大啟，既有竹帛書法以後，宜乎其不可得也。竊意以史詩與國家民族之關係論，則《書經》實為吾國之史詩。若以其文章之篇幅體制論，則兩京、三都諸賦差可為史詩乎？

以上所言，初無當也。吾以荷馬詩比之中國文章，竊謂其與彈詞最相近似。試舉其相同之點：彈詞所敘者多為英雄兒女，即戰爭與愛情。其內容資料與荷馬史詩同，一也。彈詞雖盛行，而其作者之名多不傳，二也。彈詞之長短，本可自由伸縮。有一續二續三續者，有既詳其祖並敘其孫，親故重疊，支裔流衍，溯源尋底，其長至不可究詰。而通常則斷其一部為一書者。此正如荷馬史詩未作成以前，史詩之材料，為人傳誦，前後一貫，各相攀連鈎掛。又有所謂 Epic Cycles 者，將荷馬史詩亦統入其中，為一小部焉，三也。彈詞不以寫本流傳，而以歌者之奏技而流傳。歌者亦以此為專業，父子師弟相傳。雖亦自備腳本，而奏技時，則專恃記憶純熟而背誦（recite）之。此均與荷馬時代之歌者（bard）同，四也。業彈詞者，飄泊流轉，登門奏技，且多盲。其奏技常於富人之庭，且以夜，主人之戚友坐而聽焉。此均與荷馬時代歌者奏技之情形同，五也。彈詞之歌者，只用一種極簡單而淒楚之樂器，彈琵琶以自佐，與荷馬時代歌者之用箏（Cithara）者同，六也。彈詞之音調甚簡單，雖曰彈唱，無殊背誦，不以歌聲之清脆靡曼為其所擅長，而以敘說故事繪影傳神為主。Story-teller 自始至末，同一聲調。句法除說白外，亦只七字句與十字句兩種，與荷馬史詩之六節音律，通體如一者同，七也。彈詞意雖淺近，而其文字確非常用之俗語，自為一體，專用於彈詞，間亦學為古奧，以資藻飾。凡此均與荷馬史詩之文字同，八也。彈詞中寫一事，常有一定之語句，每次重疊用之，與荷馬史詩同。如曉行夜宿無多話，不日已到北京城；又如閻王注定三更死，誰能留人到五更。皆類荷馬詩中之 Darkness clouded his eyes, And his soul went to the shades。又其譬喻亦用眼前常見之事物，九也。彈詞中人物各自發言，此終彼繼，由歌者代述之 Speeches，而無如章回體小說中之詳細問答 Dialogue，此亦與荷馬史詩同，又彈詞中常云某某即便開言說，正如荷馬詩中之 So spoke he 也。十也。彈詞開端，常漫敘史事，或祝頌神佛與皇帝，此與荷馬之 Invocation 相近。再則概括全書，與荷馬同，十一也。彈詞中之故事及人物雖簡陋質樸，然寫離合悲歡、人情天理，實能感動聽者，雖續學而有閱歷之人，亦常為之唏噓流涕。故彈詞亦自有其佳處長處，與荷馬史詩同，但非國史。十二也。總之，以其大體精神及作成之法論之，彈詞與荷馬史詩極相類似。《天雨花》、《筆生花》等彈詞，其出甚晚。其藝術頗工，然已甚雕琢（Artificial），毫無清新質樸之氣，與荷馬大異。吾所謂彈詞非此類也。蓋吾意中之彈詞，乃今日尚見於內地各省隨處飄流而登門彈唱者。吾幼時聽之甚為感動。其腳本就吾所讀者，略舉數例。如《滴水珠全本》（又名《四下河南》）；如《安安送米》則寫貞與孝，而至性至情之文也；如《雕龍寶扇》（又名《五美圖》）；如《薛仁貴征東》，則寫愛情而又加以降魔平寇之英雄事業者也；如《潛龍傳》，則附會晉史而全無根據；如《欽命江南》，則名字雖不同而實歌頌於成龍之吏治；皆史事之作也。總之，此種彈詞質樸簡陋，其在文學上之價值雖當別論，然確與荷馬史詩有類似之處，故為率爾唐突言之如此。故竊意若欲譯《伊里亞》、《奧德西》為吾國文，則當譯之為彈詞體矣。

第八節　偽託荷馬之著作

荷馬既作《伊里亞》及《奧德西》，聲名大顯。於是自紀元前七百年以來，即有偽託荷馬之著作者，史詩三篇：曰 *Thebaid*，曰 *Cyprian*，曰 *Epigoni*。當時皆傳為荷馬所作，旋即有人證其非是。且文絕不類，其非荷馬所作，殆無絲毫疑義。至下列四種，亦非荷馬所作，但一向偽託於荷馬，古今人信之者甚多，且頗多愛讀之者。故約略述之。

（一）《馬格體斯》（*Margites*）：亞里士多德之《詩學》（*Poetics*）第四章，謂荷馬作此詩，描畫可以發噱之事，實開諧劇（Comedy）之先河云。此詩僅六句得傳於後。中敘一愚而好自用之人，名馬格體斯，所至輒受人侮辱，而其咎皆由自取。大約紀元前七百年時人所作也。

（二）《蛙鼠戰爭》（*Batrachomyomachia*）：此詩長凡三百零五句，今存。中敘蛙招鼠宴於河上，鼠溺。於是羣鼠來伐，羣蛙迎戰，大敗。蛙將盡殲，諸神欲救之，以雷電擊鼠眾，不為懼。諸神束手，乃促羣蟹來，始得將鼠兵逐去云云。此詩用荷馬史詩之章法體裁，寫齷齪小動物之爭鬥，為一篇遊戲文章，以譏笑作史詩者，實開後世遊戲史詩，或曰滑稽史詩，又曰反史詩。Mock Heroic 之一體。如英人 Pope 之 *Rape of the Lock* 其最著之例也。其法純在小題大做即係 Serious treatment of a light and insignificant subject，與此適相反者 Burlesque，即大題小做也。此篇夙亦相傳出荷馬手，其實則紀元前一六○年以後之人所作而偽託者也。

（三）《短詩》（*Epigrams*）：凡十六。或曰十七。篇，共一百零六句，多敘誦史詩者（Rhapsodist）之生平。相傳荷馬所作，故有就此以探索荷馬之身世者。其實荷馬之時只有歌者而無誦者。其差別見第四節之末。即此一端，已可證其誣矣。

（四）《禱詩》（*Hymns*）：凡三十三篇，為誦史詩者發端之時求助於神之詞。大約係紀元前六七世紀時人所作，後人集為一卷而託於荷馬，其偽必矣。

荷馬歿後，作史詩者實繁有徒，然皆庸碌，遵守成法而毫無精彩。就上言之蛙鼠戰爭等，亦可見史詩之衰微矣。紀元前七百五十年以還，無復作者，史詩時代遂告終。及其後情詩戲劇代之而起，並演史詩者亦絕跡矣。

（第一章 完）

附識

（一）編著文學史，其業至為艱巨。蓋為此者必需具有五種資格：
一曰博學。凡欲述一國一時代之文學史，必須先將此國此時代之文
學載籍，悉行讀過。而關於此國此時代之政教風俗、典章制度等之
紀述，亦須瀏覽涉獵，真知灼見，瞭然於胸；然後下筆，始不同捕風
捉影、向壁虛造也。二曰通識。欲述一國一時代之文學，又必須先
通世界各國古今各時代之文學，及其政教風俗、典章制度等之大要，
全局洞見；然後始得知此國此時代之文學與他國他時代之文學之關
係，其間之因果，及生滅起伏遞嬗沿革之故。三曰辨體。每種文學
史，當有其特別着意之處，運用精思以定體例。體例既定之後，則編
著全書，須遵此以行。舉凡結構佈局範圍去取等，悉以此體例為準，
不可自有中途紊亂之事。四曰均材。體例既定，則本書之詳略，亦
有一定之標準。於是某作者或某書應否收入，及收入之後應佔篇幅
若干，至宜審慎。大率每人每書每事所佔之篇幅，應與此人此書此
事價值之輕重、影響之大小，成均平之正比例；決不可有所偏畸，
以意為之。五曰確評。凡文學史，於一人一書一事，皆須下論斷。
此其論斷之詞，必審慎精確，公平允當，決不可以一己之愛憎為褒
貶。且論一人一書一事，須著其精神而揭其要旨，一語破的，不可但
為模糊影響之談。或捨本逐末，僅取一二小節反覆論究。凡此皆足
淆亂人之目耳，而貽誤讀者也。

（二）文學史之於文學，猶地圖之於地理也。必先知山川之大勢，
疆域之區劃，然後一城一鎮之形勢之關係可得而言。必先讀文學史，
而後一作者一書一詩一文之旨意及其優劣可得而論。故吾人研究西
洋文學，當以讀歐洲各國文學史為入手之第一步，此不容疑者也。

近年國人盛談西洋文學，然皆零星片段之工夫，無先事統觀全局之意，故於其所介紹者，則推尊至極，不免輕重倒置，得失淆亂，拉雜紛紜，茫無頭緒。而讀書之人，不曰我只欲知浪漫派之作品，則曰我只欲讀小說，其他則不願聞知。而不知如此從事，不惟得小失大，抑且事倍功半，殊可惜也。欲救此弊，則宜速編著歐洲文學史。周作人君所著，似有下卷，尚未見出版。此外各國文學史，或區區小冊，僅列名氏；或已登廣告，尚未出書。然亦不過二三種。故輒自忘其謬妄淺陋，成為此篇。編著文學史之難，上節已詳言之，今編者與應有之資格相去千萬里，何待贅言。篇中錯誤缺略至多，應俟從緩增刪補正，並望讀者常賜教焉。

（三）近頃吾國關於文學及文字改革之議論紛起，欲解決此等問題，須先察各國歷史上之陳跡，以為借鏡。如但丁提倡意大利國語，又如法國 Pleiades 之文字改革等。其實象如何，其意義何在，皆不可不確知。此又今日急宜編著歐洲文學史之一原因矣。

（四）拙作《西洋文學精要書目》，已登本誌第六期、第十一期，餘仍續出，實與此篇相輔而行。其篇章次序均同，讀者可取為參考。故本篇於應讀及所徵引之書名，概不敘及，以免繁複割裂之弊。

（五）作歐洲各國文學史，應將其中之名篇巨制節譯之以餉國人；俾讀者嘗鼎一臠，可以知味。編者如有其時與力，擬並為此，期與此篇相輔而行。本雜誌所已登者，如《柏拉圖語錄》、亞里士多德《倫理學》等，皆可取而並讀之也。

第二章　希霄德之訓詩

第一節　希霄德以前之訓詩

希臘遠古詩人，常以荷馬與希霄德並稱。荷馬，史詩之集大成者；而希霄德（Hesiod），則訓詩作者之泰斗也。希臘最古之文學為史詩，已述於前章。迨史詩將衰，訓詩（Didactic Poetry）即起而代之，時當紀元前八百年時。其後亦衰，至紀元前五百年為止。過此無復作訓詩者，而情詩早已起而代之矣。故紀元前八百年至五百年，此三百年中，為訓詩時代。訓詩與史詩截然不同，略舉其異點如下：史詩以敘述古事為主，訓詩以說理垂教為主，一也。史詩之材料為英雄兒女，訓詩之材料多田時農功，二也。史詩重在娛樂感化，故其述古也，不必拘率事實，而可盡情改易，但求情真理真，不問時合地合。訓詩重在訓誨教導，故其說理也，平淡樸實，詳悉確切，誠能義蘊畢宣，毫末吻合，則絕不厭瑣屑蕪雜。易言之，史詩尚美，訓詩尚真，三也。史詩本於往古之傳說，訓詩則本於現今之實況。故史詩重意想，訓詩重觀察。史詩固多奇精異採，而訓詩則較切於日常人生，四也。史詩體裁，類後世之稗官小說。訓詩體裁，類後世之科學典籍。史詩以娛樂為主，而訓詩則以實用為歸，五也。史詩之作者，重歸納，明於選擇，故史詩皆通體結構整嚴，而有機栝運行之妙。訓詩之作者，重分析，惟事兼收，故訓詩前後片段，鑿然劃分，章節次序，穿插倒亂，而有堆積率合之病，六也。史詩之作成多出自然，訓詩則純由人工，七也。史詩為貴族而設，其材料為英雄侯王之功業。訓詩為平民而作，其材料為村隸農氓之生涯，八也。然尤有最要之分別焉，即史詩為希臘人當游牧時代之文學，訓詩則其進為耕植時代之文學。此其時代之不同也。史詩表示安尼央族之習性及藝術，訓詩表示鐸利安族之習性及藝術，此其種族之不同也。史詩既衰，其後遂變為戲劇中之莊劇。訓詩本有二種，其後遂變為情詩中之輓歌及散文中之歷史。此又其流別及影響之不同也。

希霄德生於紀元前八百年之頃，詳見後。然希霄德亦非開創之作者，在其先已有訓詩。史詩起於小亞細亞之希臘人殖民地，而訓詩則起於希臘本土。即希臘中部之 Doris, Locris, Boeotia 諸地，後又推及南部半島。即此書第 385 頁插圖之乙圖中之（2）與（3）。緣該地之人，多務農，鮮營商。勤儉耐苦而有恆。素重實用，凡事遵依往古，喜守先人之成法，故史詩不得大行，而訓詩遂起。訓詩之始亦不可考。其初約為神籤中之詩句，道德之格言，流行之諺語，各種職業之規矩及方法、擇要編為短歌俾易記憶者，一年中神節之曆書，頌神之歌曲，等等。要皆簡短精當，便於記誦而期於實用者也。希霄德之詩，當係本於此而集其大成。惟此等詩皆不傳於後，故今推希霄德為希臘訓詩最古之作者云。

第二節　希霄德略傳

希霄德生於紀元前八百年之頃。其生平事跡，雖不盡可考，然較之荷馬之為人純由傳說者，則甚為征實矣。蓋希霄德確有其人，且於其所作訓詩中，曾自道其際遇及行事。由是可知希霄德之父，始居小亞細亞海岸希臘人奧利安族之殖民地之 Cyme 地方，航海營商。以生計艱難，乃攜家東遷，至希臘本土 Boeotia 地方之 Ascra 村而奠居焉。購得小田莊，務農為業。見《田功與日佔》第六三三至六四〇句。所生二子，長即希霄德，次名波西（Perses），亦皆隨之務農。希霄德當係其父移居此間後始生，以其自言生平除赴 Euboea 島一次外，未嘗航海也。見《田功與日佔》第六四八至六五六句。其所居村，氣候風土均極不適。惟適當赫里康（Helicon）山下，山為上界諸神所常來住之離宮。希霄德嘗牧羊於山麓，得遇文藝之女神九人，呼希霄德而語之曰：咄汝蠢奴，吾儕能偽託古事而言之使如真，指史詩。亦能據實直陳，字字皆真，指訓詩。隨所宜而行之耳。言次，以一杖及桂枝授希霄德，並噓神氣入其身，使能言過去及未來事。又命其獻身為詩人，頌神之功德，而尤須謳歌文藝之女神。言訖而去，自是希霄德遂能為詩，為眾所稱道。見《諸神紀》二二至三五句。其後父死，遺產以貽二子。波西橫暴無理，強取其大半以去。希霄德訴之其地之君王，而君王得賂，竟直波西之所為。希霄德大憤，以為人世只有強橫而無公理。見《田功與日佔》第二七至四二句。其後波西荒嬉廢業，遂蕩其產，復致貧困。希霄德轉憐而周濟之，且勸其從早改行為善，勤儉營生。因教以耕稼之術，甚為詳備。《田功與日佔》中幅及後半。希霄德又嘗為遊轉之歌者，渡海峽至 Euboca 島之 Chalcis 地方。值其王 Amphidamas 方葬，舉行祭典。王之諸子，召眾角藝，希霄德賦頌神詩一首，竟獲首選，得所獎之小鼎以歸。見《田功與日佔》第六四八至六六四句。以上皆希霄德於其詩中所自敘，要皆可憑信也。惟兄弟爭產一段，向來學者皆謂弟實奪產，君王受賄，希霄德赴愬不得直，後又分財與弟以德報怨云云。惟近者 A. W. Mair 氏則一反此說，謂就希霄德之詩，細繹其詞意，並無此等情事。希霄德詩中但言弟既奪產，希霄德知君王好貨納賄，故並未赴愬而即作詩曉諭其弟，言不義之財必不能久享，尚望作速修德務正云云。是赴愬不得直以及其弟傾家蕩產之事全屬子虛烏有，純由後人杜撰，誤解原文之義。此乃 A. W. Mair 氏之說，但不知向來學者何至終始相沿以訛傳訛。茲仍存歷來相傳之說，而並附此君之新見解於此。讀者諒之。

　　後人所作傳，述希霄德之事跡者極多，然皆不可信。如紀元後十二世紀 Ioannes Tzetzes 所作《希霄德傳》，敘希霄德之死，略謂希霄德既以賦詩得榮獎，歸途至 Delphi 求得神籤，謂爾必死於 Nemea。希霄德知希臘南都有此地名，遂不敢往，而至鄰近 Locris 地方之 Orinoe，而不知此處亦別名 Nemea 也。既至，居於其王 Phegeus 所。王有女名 Ktimene，即詩人 Stesichorus 之母，為希霄德所奸污。或曰，其同伴所為也。女之二兄乃殺希霄德而投其屍於海。然殺人者航海覆舟，受天譴死。希霄德之屍浮海中三日，乃為神魚送之至岸，土人就地掩埋之。厥後 Orchomenos 之人得神籤諭示，乃往求希霄德之屍，而改葬於己國之通衢中，並勒銘志其墓，讚其詩說理之真切。或謂 Pindar 亦為希霄德作墓銘而盛稱其智慧焉。此外各人所作傳，所紀希霄德死事，與此大同小異云。

諸家傳記最奇詭有趣而最荒唐不可信者，莫如無名氏所作傳，稱為 Agon 必為紀元後二世紀以後之作。者，敘希霄德與荷馬角藝而勝之一事。謂此二人本為姻戚，惟按世系表，希霄德班輩較高。當希霄德赴 Chalcis 角藝之時，值荷馬亦來此，二人遂相遇。角藝之詳情如下：希霄德先問曰：荷馬乎？人皆謂汝智，請語我，人生何事最適？荷馬答曰：不生於斯世，最適。既生之頃即速死，亦適。希霄德又問，荷馬誦《奧德西》卷九第六至十一句以為之答。希霄德又設種種渺茫晦昧之問題以難之，荷馬均解答無誤。今均不贅述。座中諸客皆讚荷馬。希霄德又作半句之詩而強荷馬續之，亦如式。其後希霄德乃問荷馬曰：昔日伐特羅之役，希臘人從征者其數若干？荷馬答曰：是不難。軍中為食，設五十巨灶。每灶置五十釜，每釜煮肉五十塊，每塊肉由三百人者三隊環而共食之。由此可推知希臘全軍當為一億又一千二百五十萬人也。希霄德大愧憤，卒無術以陷荷馬。眾皆欲以獎物予荷馬，獨國王不許，而命二人各誦其所為詩。於是希霄德誦《田功與日佔》第三百八十三至三百九十二句一段，荷馬誦《伊里亞》卷十三第一百二十六至一百三十五句，又第三百三十九至三百四十四句二段，畢。國王曰：荷馬歌詠戰爭，易啟畔亂；希霄德歌詠農事，可致昇平。宜賞希霄德而黜荷馬。故其榮獎之鼎竟為希霄德所得以去云云。此其事之荒誕無稽，何待辯說？惟傳述荷馬與希霄德之關係者，有謂二人同時；有謂荷馬之生較早；亦有謂希霄德遠在荷馬之先，實生於紀元前一千年之頃，Arxippos 即雅典王位之時者。要以二人之生約為同時，而荷馬略早之說，為最可信。即謂荷馬生於紀元前八百五十年之頃，而希霄德則生於紀元前八百年之頃。至於二人者，一在小亞細亞，一居希臘本土。生涯各異，若風馬牛不相及，故謂其間有如何之關係者，實捕風捉影之談耳。

第三節　希霄德訓詩之內容

希霄德所作訓詩，凡二篇：曰《田功與日佔》(*Works and Days*)，曰《諸神紀》(*Theogony*)。《田功與日佔》長凡八百二十八句；《諸神紀》現存一千零二十二句，後幅尚闕，已非全璧。二詩之體裁，與荷馬史詩同，亦用六節音律。見前期本篇。至其文字亦為安尼央族之語言，與荷馬史詩同，而非希臘本土及希霄德所居地 Boeotia 之語言。雖有該地之土語一二詞句，參雜其中，然極不足重輕也。此蓋由史詩發達在早，其格律程式業已燦然明備，久有定軌。洎希霄德等創為訓詩，雖題旨迥異，亦樂借徑於史詩，遵依其格律程式。不惟摹仿其六節音律，且沿用其安尼央族之語言文字。斯乃自然之勢，亦文學史中常見之事也。至或謂希霄德之先，本為小亞細亞殖民地之人，自其父始遷來希臘本土，故希霄德猶習於小亞細亞殖民地之語言，未能即改者，此實非中肯之論也。

茲分述二詩之內容。《田功與日佔》一詩，乃希霄德自敍。通篇可分三段：開端處第一至十句。祈文藝之神及上帝為助，且作者將與其弟言真實之事理，請為鑒證云云。第一段自第十一至三百八十句。述其弟波西強奪良產，希霄德似曾赴訴而不得直。於是憂傷怨憤，極悲苦懊喪之意，而卒歸於篤信天命，謂上帝必能扶善懲惡，天道無親，惟德是輔，彼多行不義者必自斃也。第二段自第三百八十一至七百八十四句。似其弟已傾蕩其產，希霄德憐而復親之，乃教之以耕植之法，至詳且盡。歷敍一年中農人應為之事，自秋而冬，自冬而春，自春而夏，復止於秋。舉凡播種以迄收穫之事，靡不詳為指教。至於冬夏農隙閒暇之頃，則教之以修葺倉廩器械及練習操舟航海之術。又再三致意於節用持家之道，謂苟能本此以行，克勤克儉，則未有不致豐裕而享愉樂者矣。第三段自第七百八十五句至末。本於吉凶之迷信，歷述一月之中，某日宜於某事，而忌行某事，亦為農人說法也。

今更將第一段之內容詳述如下：希霄德謂人世之爭，厥有二種。一善一惡。厚生殖產是為善，詐取強奪是為惡。乃弟波西已陷於惡，強奪良產。而彼輩為君王者好貨重賂，不知"半多於全"、知足者盈之古訓。又不知山花野草之香，致希霄德冤莫能伸，是可憤也。以上第十一句至四十一句。次勸乃弟工作以謀自養，謂昔日者上帝絕人間之火，某神 Prometheus 復竊出以貽人世。上帝怒，乃造作女人，名 Pandora，以為世人種種煩惱之因，而示懲罰。按此段神話並見《諸神紀》一詩之第五二一至六一六句，詳見下文。此女揭去上帝所授巨瓶之蓋，瓶中所儲之物，除"希望"一物而外，均即飛散於人間。於是人世始有生老病死之苦，水火刀兵之厄。海陸到處皆滿愁苦，人罹疾患，晝夜不得寧息。悲哉！以上第四十二至二百零五句。次言自世界創造以來，凡歷五世。最古為黃金時代。其人不知有憂患，不知有罪惡。坐享豐裕，長生不老，其死也特入寐耳。次為白銀時代。其人為兒童之期凡百年，甚樂。然既長則互爭而不敬神，遂速死。後此為赤銅時代。其人皆強大孔武有力，以戰爭為事，互相殘殺，而其種不存。再後為英雄時代。半人半神，亦多事戰爭。或鬥於希臘本土，或遠征特羅以歸海倫。見荷馬史詩。及其死也，以上帝之命，居於西方極樂之國。最後至於今日，為黑鐵時代，乃末世也。人生煩鬱困苦，至於極地。晝夜不寧，世變日亟。父子相仇，賓主失和。兄弟爭鬥，不孝於其親，不懼神譴。有強權而無公理，行欺詐而絕信義，惡人得志而善人受禍。無敬無恩，相忌相仇，終必致於澌滅，全歸於盡。吾何不幸，而生斯世，尚不如不生之為愈也。以上第百零五至二百零一句。〇按進步乃近世之新說，希臘羅馬古人皆信退化 Decadence 之說，以為由古迄今一代不如一代。此段乃其說最初之所從出，故詳述之。可與中國古人稱道三皇五帝及孟子世衰道微、子弒其父者有之等文相比較也。次勸其弟勤治所業，改行為善。而著其端曰：勿偷竊；勿欺侮患難中人及異鄉之客；勿與汝兄弟之妻同床；勿欺侮無父之孤兒；宜孝父母直至於老；宜焚香奠酒以敬祀神。第二一三至三四一句。〇按此六條可與《摩西十誡》比較也。此下又有格言多條，而第一段乃終。略舉一二：(1)親我者食之以肉，仇我者宜遠避之。(2)勿取不義之財。(3)謀及婦女，必致泄漏而債事。其他可類推矣。

《諸神紀》敘天上諸神之世系譜牒，著其親族血胤之關係。窮源竟委，取所有之神而歸納之，編纂之，一一明言其性行位次及職掌。得此一卷而希臘神話了如指掌，著為定法，流傳於後，不虞散失矣。其敘述之法，由古而今，託始洪荒，由祖而父而孫，依序直下。若遇同班輩之神多人，為兄弟及姊妹行者，則由長而次而三以及最幼，不亂次序。此縱橫二法，同時並用。故步驟整飭，層次分明。雖間有一二脫略舛誤之處，而大體不亂，組織嚴密，亦可見作者之才也。茲所謂《諸神紀》者，亦即一部鴻濛開闢、世界創造之歷史。故由簡而繁，由單而復，由奇而偶，由少而多。頗類太極兩儀四象之說。開卷處先敘希霄德幼時，牧羊山中，遇文藝之神下降，授以作詩之法。第一至一〇三句。於是希霄德乃決歌詠諸神之世系及其功德，而祈文藝之神為助。第一〇四至一一五句。以下本文，謂太初鴻濛，本無一物，始生者地，次則伉儷之愛之神。以此神之力，而其他諸神乃先後由地中生出。其生也，皆由兩神之配合。始則黑暗之神與夜之神配合，而生黎明及白晝之光兩神。地又生天、山、海三神。由天地之配合而所生之神乃無算，其最著者為巨靈之族 Titans、單眼人之族、千手巨人之族、風伯、雨師等等，而以時神為最幼。其地母教時神設網以陷其天父，得中，傷天父之體。流出之血，變為嫉憤怨毒之神、海中仙女及愛美之神，於是人天兩界從此多事矣。第一輩之神於此告終。作者乃遂一敘此諸神之後裔。今均不詳述。最要者為時神所生之三子：長為閻羅，次為海若，三即上帝（Zeus）。時神欲將上帝吞而食之。上帝以其母之助，驅逐其父而自為上界之主。有強有力之神曰 Prometeus 者，陰險多智。上帝以鐐銬繫此神於荒山之下，且以岩壁夾之。又命神鷹往啄食其心。入夜，心中之肉復生，卒赦之，亦不計夙仇也。蓋前此該神嘗以牛骨藏肉脂中，以紿上帝使食之。上帝怒，盡收人間之火以去，以使絕食。而該神乃藏火於茴香管中，竊之出，而傳於人世。於是上帝怒，思有以懲罰世人，乃特造為女人，名 Pandora，美容貌，盛衣飾，工媚巧，多詭謀，喜為惡。上帝造作此女，以為人患。前此只有男人。自有女人，而人世之苦乃不可勝言。男子勞苦工作，而女子坐食安享。男子苟不娶妻，不惟老境無人調護扶持，且死後財產亦歸他人。若其娶妻者，妻賢猶不能免於憂患困苦，不賢更有勃溪詬誶之厄，故無往而得適也。第五二一至六一六句○此段神話以女人為上帝懲罰男子之具，視女人為禍水、為罪人。其意旨與耶教《聖經・舊約》上帝創造夏娃，而夏娃不慎並陷亞當於刑辟，遂墮天宮，而人世之罪惡乃永遠銷除不盡之說，可以比較也。其後上帝又與巨靈之族大戰，敗其眾而殲滅之，於是上帝乃獨為上界之主。威聲遠震，百神懾伏，並人世亦歸其轄治焉。諸神之淵源及事跡，今不一一複述。末段作者言將敘諸女神之履歷，而竟未及見。《諸神紀》一書今所存者止此，後半散失，不得傳於後云。

上所述《田功與日佔》及《諸神紀》二詩為希霄德所作，毫無可疑。惟《諸神紀》尚有疑其另出一人之手者，以其開端處敘及希霄德而直稱其名，若係自撰，則不宜有此也。至《田功與日佔》，則古今共信為希霄德所作。此二詩以外，尚有小詩若干篇，或謂亦係希霄德之作。然細繹其內容及體裁，皆甚不類，當係偽託無疑。此等小詩之傳於後者，多僅零片斷句。茲舉其最要者之名如下：（1）《大田功》（*Great Works*），僅傳二句。（2）《鳥卜》（*Divination by Birds*），全佚。（3）《星學》（*Astronomy*），今存十餘句。（4）《人首馬身之神之規訓》（*Precepts of Chiron*），相傳該神嘗為阿克力斯之師，以此等格言授之，今傳八句。以上乃屬於《田功與日佔》一類者也。（5）《列女傳》（*Catalogues of Women*），體例與《諸神紀》同，敘人間婦女為神所寵愛而誕育英雄者。當係紀元前七百年時人所作，今存五十餘段。（6）《續列女傳》（*Eoiae*），僅存數段。（7）《鐸利安族之王傳》（*Aegimius*），今存三段。（8）*Melampody*，今存六小段。

（9）《阿克力斯父母婚禮記》（*Marriage of Pelaus and Thetis*），全佚。
（10）*Theseus*（《遊地獄記》），全佚。（11）*Marriage of Keyx*，僅存一句。（12）《神山曲》（*Dactyls of Mount Ida*），全佚。（13）《海拉克里之盾》（*Shield of Heracles*），今存其前半，凡四百八十句。似摹仿荷馬《伊里亞》卷十八敘阿克力斯之盾一段，而文筆遠遜之。以上乃屬於《諸神紀》一類者也。

第四節　希霄德訓詩之評論

希霄德所作訓詩與荷馬所作史詩之比較，已見前節。本章第一節。茲更略論希霄德之訓詩。

（一）希霄德之人生觀：希霄德之人生觀，見於《田功與日佔》一詩，尤以其第一段為要。略謂人生到處無非災難困苦，無時不在勞病愁鬱之中。斯世只有強權而無公理，惡人得悉而善人受禍，且人性卑劣，易趨下流，難自振拔。彼神又以人為傀儡、為兒戲，毫不鄭重顧惜，於是世風日下，反以速死為樂。準是，則希霄德可謂悲觀厭世之極矣。雖然，希霄德，詩人也。詩人感憤牢騷，語重心急，乃其本性。且詩興所至，其所言者每不可以常情衡之。況當希霄德作此段詩時，己身方受屈枉，怨憤中集。故其視世界千古，皆若一體黑暗橫暴者。剎那之情，非可據之以為定論也。而至第一段之末，則宗旨已變。若讀至卷終，則知，希霄德並不為悲觀。深信明神必能平反人世之屈抑，而修德行善終有佳報，惡人殆將自斃。故吾人宜篤信天命，勇往向前，勤儉矜慎，自營所業，必可享豐裕而得安樂。雖受欺騙攘奪，終無損於我。所最要者，我須辛勤操作，不可遊手好閒，坐吃山空耳。總之，希霄德，一農民也，其思想感情，皆農民公有之思想感情也。而其人生觀，亦即勤儉正直之農民之人生觀也。

謂之狹小也可，謂之淺近也可，謂之含混也可，謂為極端厭世悲觀則不可也。蓋世間農民之生涯雖至苦，然彼確為最能樂觀者也。

（二）希霄德詩才之特長：希霄德作詩之法，與荷馬大異。派別不同，故未易軒輊。即謂其才不如荷馬，然亦自有其所長。今略為標舉如下：

（1）性情真摯：希霄德生為農民，生活朴陋，思想簡缺，然性情則極真摯。又其詩中所敘，皆己身之遭遇，並非無病呻吟。故其詩言必由衷，且語重心急，情意激切。因之雖不假修琢，而聽者讀者無不為之感動焉。以上《田功與日佔》。又其敘神話，雖為虛誕，然彼固自深信不疑，寫來異常認真。惟其信之篤，故能言之妙也。以上《諸神紀》。

（2）文筆簡潔：希霄德之筆法異常簡潔，詞約而旨達，凝煉而刻峭。其於寫景、如寫冬日寒風冷霧及耕田之狀。敘事、如敘黃金白銀等五世及上帝造女人以懲世之故事。說理，如謂不可謀及婦人，又宜避謠諑、人言可畏。均僅着一二語或十餘字，而已全神活現，旨意悉明。蓋由選擇之得當，能分別輕重緩急，著其特性及要點，而刪去浮冗，故不需詞費。且常用冷語，異常峭拔有力。雖嫌刻薄而少生髮圓融之致，而亦足見辛勤質樸之農民之本性也。

（3）描繪逼真：希霄德敘田間景物及農家生涯，異常真切詳盡。此固由其觀察之精細，記憶之確切，而亦由其常用避虛就實之法。說理述事，均不假浮詞，而示以實例。直描繪某人某處之情況，使讀者有如目睹。例如寫播種不宜過遲之意，則曰："汝閒坐隴畔，直過冬至，則將來田中麥穗之數甚少，且穗瘦而薄。汝所得不盈一筐，攜之歸家，汝心戚戚，而稱道汝者無其人矣。"《田功與日佔》第四七九至四八二節。如此寫來，自然警策。此外例不勝舉云。

（4）利用自然：希霄德為農人，故於自然景物，觀察至為詳審，而描敘亦極多。然絕少審美之思，常多利用之意。如風雲月露之形，至為美麗，而漫不加察。所懸懸於心者，則其於農事之關係如何耳。風起雲行，則盼雨來可潤禾苗也。日光可以曬草，水波可以載舟，牛所以耕田，鳥防其啄穗。蓋無時無地，不為利用厚生計也。此外如希霄德作《諸神紀》，眼觀全局，大氣包舉，明定章法，有條不紊，亦可見其結構經營之才。已見前節，本篇第三節。故茲不贅述云。

（三）希霄德訓詩與希伯來聖書比較：希霄德之詩，以說理垂訓、勸化世人為務。故若持以與他國他時之文章比較，則知其與古希伯來民族之聖書，最相類似。如《舊約全書》中之《約伯記》（Book of Job）、《箴言》（Proverbs）、《傳道書》（Koheleth）、《以賽亞書》（Isaiah）諸篇；又《聖經外傳》（*Apocrypha*）中之《所羅門智慧書》（Wisdom of Solomon）、《西勒之子耶穌智慧書》（Wisdom of Jesus, Son of Sirach）諸篇。其內容及精神，均極與希霄德訓詩相類。二者皆所謂智慧文學（Wisdom Literature）亦可云載道之文。也。智慧文學之特點，二者皆備具之。略舉如下：一曰以實用為歸。所述者，宗教道德之規戒，國家社會之法律，立身處世之楷模，以至耕耘之法、灌溉之道、衣服器用之製作等，靡不言之精詳，期裨實用。 如《箴言》（Proverbs）第八章第十二節起之一段，及《以賽亞書》（Isaiah）第二十八章第二十三節起之一段，可與《田功與日佔》第六百六十句起之一段比較。二曰其報施在於生前，在於此世。如謂善人必能享安富尊榮，而惡人必有貧乏饑寒疾病疫癘之遭，或且絕嗣而無後。其勸人為善之意，至為淺顯也。如《箴言》（Proverbs）第二章第二十一節，又第八章第十八節起之二段，可與《田功與日佔》第二二五至二四七句一段比較。三曰，常用隱語以示意。即不直說，不用本字，而以神話、故事、謎語、譬喻、典故、詞藻等以代之，所以求勸導感化之得力也。《舊約全書》中，此例固多不勝舉，而《田功與日佔》中，上帝造女人一段，及世運退化、凡歷五世之一段，皆是也。

（四）希霄德訓詩與中國文學之比較：吾國向來文學中，雖無訓詩之名，而有訓詩之實。如《綱鑑》開端處，紀堯舜以前之事，及羅泌《路史》之類，皆與希霄德之《諸神紀》相類。至《田功與日佔》一詩，則《詩經・豳風・七月》一篇最為近之。《周官・考工記》亦有似處。《易經》為吾國最顯著之智慧文學，故《易》繫辭、說卦、序卦、雜卦，皆可為訓詩，特無韻律耳。若論《田功與日佔》中之格言古訓，則《古詩源》卷一所載古逸諸作，散見於羣籍者，極可比較。以其由於古代之民俗，而自然作成者也。下及呂新吾《小兒語》及朱柏廬《家訓》等，皆不可謂非訓詩。乃若《田功與日佔》之第三段，則《禮記・月令》，並其所衍為後世之時憲書，均最為近似也。

結論　按上所述，希霄德之訓詩，可分二類：一為道德之類，《田功與日佔》是也。二為歷史之類，《諸神紀》是也。希霄德之後，作訓詩者甚多，雖其名及書有存者，然以究無足重輕，故今均略而不敘。訓詩時代，約自紀元前八百年起，至五百年止。訓詩既衰，其道德一類，遂變為情詩中之輓歌。歷史一類，則變為戲劇中之莊劇，而自此亡矣。

（第二章完）

希臘羅馬之文化與中國 [1]

賀　麟　筆述

　　余此次談話之旨，即欲引起諸君去外國學習希臘文及拉丁文之興趣也。顧中國時局棼亂，百業不興，吾勸人學此不適用之古典文字，恐難免不有人懷疑，請試申吾旨。

　　希臘羅馬之文化為西方近世文化之源泉，此乃無人得而否認者，故研究古典文字即探求西洋文化之根源之工夫也。吾國留學生多昧於此點，捨本逐末，研究古典文字者寥若晨星，有之，讀拉丁文者至多不過三年，讀希臘文者至多不過兩年，亦殊嫌淺薄無濟於用也。彼教會中人之習古典文字者，更淺薄可笑，全部文法不加細考，只抱一部字典，一本聖經，以此戔戔者為目的，更無足道矣。

　　余前在清華所受之益處雖多，但殊以從未有人告以須習拉丁文為歉。及到外國時，科目繁多，不能兼顧；回國後，俗務冗忙，更無暇從事矣。故欲學希臘或拉丁文者愈早愈好，庶不致遺憾後悔也。

　　中國舊學者及普通人，輕視西洋文化者居多，分而言之，約有兩種。一為不知西學之人，妄斥物質文明，而對於西洋物質之壓迫，則取無抵抗主義，只是空口自詡東方文化之價值，高談精神文明。其錯誤在於不知外人研究中國文化之心理。蓋外人研究中國文化之動機不外兩種：一是好奇心，一則如德國青年歐戰後受環境壓迫之

1　本文原為吳宓對清華學校留美預備部學生的一次講演，由該部學生賀麟筆述，刊載於 1925 年出版之《清華周刊》第 364 期。——編者注

反動。究其實，均未能真正了解中國文化也，報上常有關於外人如何重視中國文化之通信，大都言過其實，未可深信。至法國研究中國學問之人雖多，但大半偏於考古方面，於中國文明之精神，仍茫然也。

第二為詛咒外國帝國主義資本主義之人，以為均由物質文明過發達之故，因而輕視西洋文化，殊不知此乃不可免之現象，西洋文明之精華，一時反對，將來仍將復興。且樹反對之旗者，亦不過只反對其表面上之侵略，而於精神方面仍無了解也。

西洋文明骨子裏不易看見者，有兩部分。一是基督教，一是希臘羅馬文明。

基督教之壞處雖多，但其好處在能使人實行道德。其內容分析起來，約有兩端：一是普遍之道德（Universal Morality），一是狹義之宗教形式。前者雖好，但中國之先哲，已言之無餘。不必定須採取於基督教。後者乃耶教之糟粕，更無採取之必要。故吾人欲了解西方文明之真精神，舍研究希臘羅馬文化外無他道矣。蓋歐洲文化之可貴，全在古典精神也。

文藝復興時，古典文明雖得以復興，但仍少澈底了解。如意大利當時之人文派學者（humanist）認自然享樂為宗旨且不重操行，是即誤解希臘精神之一證也，希臘羅馬文明在歐洲勢力雖極微弱，但尚綿續不絕。且此實歐洲文明極好之成分，則無疑也。

吾人欲研究人生問題或探求哲學文藝之根本，若不從希臘羅馬文化入手，決不能澈底了解。故為西洋計為中國計，均望古典精神之興盛，如爐火然，彼處火大，則吾人得光必多也。

希臘文明與羅馬亦多不同之點。要言之，羅馬較近現代精神，且較重實用（practical）；希臘則較重理想。華茨華斯所謂“平淡之生活，高尚之思想"（plain living and high thinking）惟希臘人有之。此其大較也。

此時，西洋文明之弊病，已傳染及於吾國。欲醫治西洋傳來之病，只好用西洋藥，古典精神，即西洋藥也。欲醫治中國本身之病，則須研究中國文化本身之好成分，而施方劑。希臘文化最與中國國粹接近。研究希臘文化且可以促國人對於中國古來最好文明之信仰。

近來世人偏重（Over-Emphasis）及悲觀等病，希臘文明實對症之良藥。蓋希臘重簡樸（Simplicity）、均平（Balance）、節制（Moderation）諸德也。

希臘歷史乃後世歷史之雛形，後世一切不同之學說，（除一部分科學外）奇怪之事實，均可溯源於希臘。但就希臘文學史而論，亦為各種文學史之根本。故研究希臘歷史，實可以作全史之借鑒與參考。希臘情形尤其與中國春秋戰國孔孟時相近，更可以作吾國人之借鑒與參考也。

以上不過拉雜略述希臘與羅馬文明之價值與地位，及吾人所以應透澈研究之原因而已。至研究文學之方法有二：一曰自外研究法（external method），以考察為主，如研究某書之真偽如何，何人所作，何時出版，作者之生平如何。書中文字有改變與否，訓詁如何，句子之構造如何，及某詩代表何種社會情狀之類，是外研究法也。二曰自內研究法（internal method），即以涵泳為主，研究一書之本身，考求其思想及藝術之所在。如浮水然，鑽進水底，不只究其表面，是內研究法也。可惜現時之西洋學者大都只知科學方法，考據其表面，殊不知研究文學哲學須用內研究法，不然便是為人而為非為己之學矣。

外國人率皆輕視中國人，見中國人對於西學稍有所知，便覺驚異。因此普通留學生，只得與外國商人俗人來往，極少有與外國古典學者接觸之機會。故苟有立意欲研究希臘文或拉丁文者，則非難百出，難成事實。甚望清華同學中，有人能於此努力也。

中　編

吳宓論著名文學家

法國詩人兼批評家
馬勒爾白逝世三百年紀念 [1]
François de Malherbe（1555－1628）

一、緒論

本年指 1928 年。十月六日，
為法國詩人兼批評家馬勒爾白
（François de Malherbe，1555－
1628）逝世三百年之期。馬勒爾白
為法國文學史上極重要之人物，而
吾國人知其名者尚鮮。其一生之
事業，為提倡對於"七星社"運動
見後。之反動，力主純粹之文字與

馬勒爾白

精嚴之格律，有功於法國文學甚大。孟子曰天下之生久矣一治一亂；
斯賓塞謂世事如鐘擺；古語云物極必反。而西國史家謂一部西洋史，
只是自由與權威（或解放與規律）二者相互循環替代之過程。按文學
史上之實跡亦正如此。一國之為文學，枯燥平淡寂無生氣，久之必
來解放發揚之運動，其弊則流為粗獷散漫紊亂無歸，於此而整理收
束之運動又不得不起。此二種運動方向相反，如寒來與暑往，形跡

1 本文原載《學衡》雜誌第 65 期 "一九二八年西洋文學名人紀念彙編"，1928 年 6 月。後收入《大
公報・文學副刊》第 40、41 期，1928 年 10 月 8 日、15 日。——編者注

上雖似此推彼倒、互相破壞，實則相資相成，去其瑕垢而存其精華。讀史者放眼千古，統計其全盤之因果，則謂二者同為深宏之建樹，其事業與成績皆赫然存立而不磨。至其間主持倡導此運動之人，固為先識之俊傑，亦係時勢與環境所造之英雄；固有過人之長，亦未可遽貪天之功。吾人治法國文學史者，於七星社龍薩、杜伯萊之徒，均見後。以及馬勒爾白等自當一體研究而崇敬之也。

　　數年前，白話新文學之運動起。提倡主持之者，或自比於（一）意大利之但丁與（二）法國七星社諸子之所為。吾人以為就歷史實跡及其運動之目的內容論，中國之白話新文學運動與此二者均不相似，未可並擬。（一）但丁無關本題，今姑舍而不論。（二）七星社諸子所倡者，乃極力研究希臘羅馬之文學，而摹仿其格律，甚至採用其詞句，以使法蘭西本國之文學成為古雅而豐富，不至如前此之幼稚而粗簡。故其所倡者，乃復古運動而非革新運動；乃貴族文學下文所述諸子之生平，此層更明。而非平民文學；乃欲提高文學之標準而使成精煉，非欲降低文學之標準而使簡易而能普及。此其異於中國之白話新文學運動彰明較著者也。且法蘭西在七星社成立之時，為近世新興之國家，歷史不長，文化淵源不深。故七星社諸子本其愛國之熱誠，欲吸收運用希臘羅馬之古文學，而使此初生而未十分成長之法國文字文學培育而發達。若中國，則數千年之文化綿延一線，而文學之成就尤為宏偉。文字與文體，常在逐漸變遷改革之中。今之古文非昔之古文，而民國七八年間之文言猶為常人所習用而並非難解。文言既非陳死，而文言與白話之相懸，亦絕不如拉丁文與法蘭西文二者之甚，強比而同之，無當也。至若細究七星社杜伯萊等之宣言見後。之內容，以及龍薩等人著作之性質，好古矜煉。則其與中國白話新文學運動不同之處，更顯而易見矣。

是故病患之來，眾所同覺，而彼提倡白話新文學者之診斷書及其藥方，尚非確當。自吾人觀之，今日中國之文字文學上最重大急切之問題，人人所深切感受覺察者。乃為"如何用中國文字，表達西洋之思想。如何以我所有之舊工具，運用新得於彼之材料。"舊指中國固有者而言，新指始由西洋傳來者而言。非今古之謂，亦無派別之見。此問題如何解決，言人人殊，今正在試驗時期。今日中國新舊各派作者，其行文選詞，甚至標點符號，各自別異，千類萬殊。每一作者，皆正行此種試驗。各以其一己特有之材料及器械行之，以求解答上言之問題者也。究竟何人之答案為是，毫不係於此時之爭辯喧呶，而純視將來試驗所得之結果，比較選擇以為定。此問題易詞言之，則可曰"今欲以中國文學表達西洋之思想及材料而圓滿如意，則應將中國原有之文字文體解放至如何程度，改變至如可程度。"其必須解放、必須改變，乃人人所承認；適可而止之義，亦眾意僉同。然其所謂可、所謂最適宜之程度，則今日國中新舊各派作者，千類萬殊，各異其辭，各異其法。是故（一）有主張用純粹之唐宋八家古文或魏晉六朝文者。（二）有主張用明暢雅潔之文言，只求作者具有才力、運用得宜，固無須更張其一定之文法，摧殘其優美之形質者。《學衡》雜誌簡章。（三）有主張用中國式之白話者。（四）有主張非用完全模仿歐西文字句法之白話不可者。（五）有主張廢漢字而以羅馬拼音代之者。而於標點之使用，由極舊至極新，由右端至左端，亦有無窮之階級焉。孰為適中？孰為得當？今難遽斷，且看後來。惟吾人今所欲亟亟申明者，即其與法國七星社運動及馬勒爾白之事業深相類似是也。

七星社諸子皆熱心愛國之士，其致力之目的：（一）以發達法國之文字，創造法國之文學。（二）則竭力吸收文藝復興時代磅礡璀璨之希臘拉丁古學（Humanism）以入本國。正猶吾國今日非儘量吸收西洋學術，非大規模傳入西洋之事物思想材料，不可也。彼時法國文字文學上最重要之問題，厥為"為吸收希臘拉丁古學，應將法蘭西文字文體，解放改變至如何程度"。正同與吾國今日文字解放之問題也。吾國文字文體近頃受西洋文字尤以英文為甚，因吾國學生多讀英文書。之影響業已極鉅。學問知識材料之來源，幾全賴西籍。以英文書籍為主。思想感情事件之表示，幾同於西文。實即英文。是故彼時希臘拉丁文之於七星諸子，實等於今日西文（英文）之於吾國人士。乃外來之異國文字，非本國舊有之古雅文字。然則七星社諸子之主張行事以及繼起之馬勒爾白所持以救其弊者，大可供今日吾國人士解決上文所謂"最重大急切之問題"之參考及借鑒。此則本副刊鄭重紀念馬勒爾白逝世三百年之初意也。

　　七星社諸子及馬勒爾白之生平及事業，敘述於下方。約而言之，七星社諸子乃主張將法蘭西文解放，多取（1）希臘字（2）拉丁字及（3）古字（4）俗語（5）專門學術名詞等以入法文。作詩則用希臘拉丁文學中之典故詞藻，並摹仿其體裁格律，刻意作成摹古式之法國文學是也。諸子所為，有功於法國文字文學者甚大。然至其末流，則弊害滋多，文字污雜而蕪亂，文體卑靡而堆砌。及馬勒爾白出，乃本其嚴正清剛之精神，毅然為澄清文字、釐正文體之事。亦以國運方隆，人心嚮往，故其收功亦鉅。於是法國文字文學，由豐富而凝練，由侈靡而純粹，由放縱凌亂而合於規矩律法，近於大成之期，而蔚為路易十四御極法國文學極盛時代之預備矣。昔韓昌黎文起八代之衰，於六朝以來駢儷之句調、浮華之詞藻、空疏放蕩侈靡堆砌之文章，能痛加裁抑，一歸於清健真樸。跡其所為，實可與馬勒爾白相提並稱。昔人尊之或未知旨，今人攻訐亦甚非是。而韓昌黎之性情尤類似馬勒爾白，真誠而偏狹，剛強而激躁；為正道盡忠竭力，而攻訐他派至不稍留餘地。蓋世之為嚴師者皆如是；史乘中對文字文學有芟繁去穢、撥亂反正之功者，亦莫不如是。所短即其所長也。韓昌黎提倡古文，而後世之桐城派等嚴立義法，於各種不見於古書而不甚習用之字，概不許闌入文中。此其注重純粹之文字與精嚴之規律，與馬勒爾白之主張亦多有合也。

吾國文字文體，今正值解放之期。然解放太過，必至蕪雜淩亂而漫無標準，必至為之者各趨極端，而其中乃有非英非法非德非俄而使人不能辨識了解之中國文字文體。即今日者，解放之事尚未終，吸收西洋文化學術之功尚未成，而日常所見之書籍文報中，已有"射他耳"、"幽默"等不能了解之名詞，"吹牛"、"吊膀子"等市井污穢之俗語，"前提"、"場合"等誤解其義之譯辭。甚至以中國人而自稱貴國，古書中常見之單詞而必加引用符號，支離破碎，迷亂心目。而一種謾罵之口吻、尖刻之筆鋒、粗野辛辣有傷忠厚之語調，尤為今之學人所賞稱。類此事象，不煩吾人具引。非為白話不可為，非謂文字文體不宜解放，若此者吾人誠竊疑之。夫古今中西之論文字文體者雖多，其結論要必歸於明顯雅正四字。已達此鵠，則美與實用合一，而文字之能事備矣。馬勒爾白之所倡者亦此而已。然則中國不久必將有馬勒爾白之出現，以完成今世中國文字文體解放之功，而使歸於正途，蔚成國粹世寶。吾人謹當拭目以俟之矣。

以上簡論七星社運動及馬勒爾白繼起而糾正之（主張純粹之文字與精嚴之格律）之功，及其與中國現今文字文體解放問題之關係竟；以下惟敘述歷史事實。讀者合觀，自可瞭然於心矣。

二、敘事

法蘭西為近世新興之國家，十六世紀之初年，法國政治之統一已告成功，於是文化蔚起。其時法國一切咸受意大利之影響，文藝復興時代之學術及精神即自彼方傳入。學者多務古學，或事翻譯及刊印書籍，而法國本國文學反黯然無色。至十六世紀之中葉，乃有"七星社"（La Pléiade）之運動。該社係致力希臘拉丁文學之詩人七人合組而成，初無社之形式。其目的為注入文藝復興時代之精神於法國文學，尤以詩為主。俾能自由表示個人之感情。其方法則專務模仿希臘拉丁古文學，效其格律，取其材料，俾法國文學之內容得以充實而光輝。是故"七星社"之動機，本於愛國熱誠，欲振興本國現時之文學，而其行事則不厭效法異國古代之文學，奉為模範，得所資借。由是努力製作，所為各體之詩咸備。龍薩所為短歌（Sonnet à Hé. ène），見本誌第四十七期《仙河集》第八至九頁，李思純譯。雖佳者不多，疵瑕屢見，而其結果，則能使法國文學具有蓬勃之生氣，使法國之抒情詩確具感情，與後世之浪漫運動實有相似之處也。

"七星社"之倡始者為（1）龍薩（Pierre de Ronsard，1524－1585）。龍薩乃續學之詩人。幼為貴官侍從及外交隨員，旋以病聾，絕意仕進，而專致力於文學。洎遇（2）杜伯萊（Joachim Du Bellay，1525－1560），二人境遇志向相同，立成密友，遂聚其師若友（3）Daurat（4）Jean-Antoine de Baif（5）Remy Belleau（6）Pontus de Thyard（7）Etienne Jodelle 共七人，相約致力於古學之研究及各體詩之創作。初僅以"一軍"（la Brigade）自稱，其後因希臘季世埃及亞歷山大城中之詩人有"七星社"之組織，今亦適得七人，遂取以為號焉。一五四八年 Thomas Sebillet 氏作《詩之藝術論》（l'Art poétique），無甚新奇之見解。"七星社"諸子初無炫世之心，至是不得不有所宣示，

龍薩 　　　　　　　　杜伯萊

以自別異，且糾正此人之說。於是杜柏萊乃於一五四九年撰《法國文字之辯護及發揚論》(Défense et Illustration de la langue française)，公佈七星社諸子之意見及主張。此文為法國文學批評史中極有關係之著作，其後龍薩等雖亦另有撰述，然皆與杜伯萊之文互相發明而略為補益之，終不若杜伯萊此論言之明顯痛切而為時所重也。龍薩、杜伯萊等所作之各體詩及戲劇，今均不論及，而惟述《法國文字之辯護及發揚論》之內容。

　　此論為一小冊之書，分上下二篇：（一）上篇為法國文字作辯護。略謂今之學者文人以及凡夫愚子，咸鄙視本國文字，謂為野蠻。其實不然，法國文字之不能上比於希臘拉丁文，乃由吾國人向日不崇獎不努力之故。今若借資於希臘羅馬文學，而多以法文創作文學，則法文自可發達而榮光燦爛矣。但其法非僅賴翻譯，或一味模仿希臘羅馬古名人作品，但求形似，不知變通，便可成功；必須取得其精華而善用之，則所作自能清新獨造，而為吾國光也云云。（二）下篇論發達法國文字而使底於完善之方法。首列舉前此法國之詩人而一一詆斥之，謂除《薔薇艷史》之兩作者外，無一可稱者。緣其所作詩歌之體裁格律極為陋劣，今宜一概廢除，而專效法希臘羅馬之大家而作為抒情詩、哀歌、牧歌以及長篇史詩等。或疑法國文字過於簡陋，不適於此事，是宜用各種方法輸入新字鑄造新詞，使法文詞藻豐富，則不患行使之不足矣。為此之法有六：（1）借用希臘拉丁字及成語。（2）仿照希臘拉丁成語而鑄造法文新字及新名詞。（3）法文古字之廢棄不用者，今一新其意義，復取而用之。（4）宮廷用語及法國各地之方言俗語，均可取以入詩入文。（5）各種專門學術職業之名詞用語，均可引用。（6）仿照希臘拉丁文法，而略變法文本字之用法。如是，則法國文字自然豐美而適於創造文學之用。凡能毅然實行以上所言者，皆識時之傑與愛國之士也云云。

杜伯萊此論中之所主張，非皆自創，多取資於意大利人 Sperone Speroni 之說。其說亦不無語病，顧在當時，實應時勢之急需，而為諸多文士心中之所同，故其說遂大行。龍薩與杜伯萊等，古學之工夫非極深博，惟所製作之詩歌之佳者，則頗有清新之趣味及真摯之感情，與其學說相得而益彰。平心而論，彼等雖主文字文學之革新與解放，然其立論實多含蓄而審慎，非如後世之甚。且彼等固皆績學之士，又為宮廷貴族文學侍從之臣，對一般庸俗之人，輒有深惡而卑視之意，故亦未可與倡導平民文學者並論也。

七星社諸子，以其主張及所製作之篇章，有功於法國文學者甚大，然積久而流弊亦生。個人主義之自由發達太過，用字作文，漫無規律；各樂奇僻放縱之行為不一見，而晦澀不可解之製作亦層出不窮。於是改革之事，為不可緩矣。迨十六世紀之末及十七世紀之初，亨利第四在位，統一政教，鞏固國基。黎塞留等賢相，繼佐幼君，平內亂而揚國威，紀綱整飭，政事修明，蔚成統一富強之規模。其時法國之文學與思想亦與此相應，而趨於整齊凝練之一途。凡所製作，典雅而莊重，明顯而清切，一洗前此浮華淩亂之習，為後來法國文學大成時代之預備。而當此際，應運而生，轉移風氣者，則馬勒爾白其人也。

馬勒爾白於一五五五年，生於法國之 Caen 地方。父為邑宰，有弟妹八人，終身從天主舊教。少時以貧故，從 Angoulême 公爵為書記。至南方，而娶該地議長之女。公爵既死，轉徙無定居。屢以詩干朝中之貴人，冀得援助，均無成。其早年所作詩，猶不免七星社之影響，從意大利之風氣，殊不佳也。一五九九年，馬勒爾白作《慰友人喪女》詩（Consolation a M. du Périer），見本誌第四十七期《仙河集》第九頁，李思純譯。清新簡潔，自然真摯，羣推為馬勒爾白生平第一篇佳作，而亦風氣轉變之關鍵也。既入十七世紀，馬勒爾白之際遇遂隆。一六〇五年，以某貴官之薦舉，得蒙亨利第四召見，授太僕寺卿（écuyer du roi）及內廷侍從之職。自是一身常在朝廷。黎塞留攝政及路易十三親政時代，恩禮均優渥，疊賞金帛。馬勒爾白集（Poésies）中之詩多作於此時，大率皆應制及稱頌君王或賀凱祈捷之作。其詩殊乏個人之感情，然皆簡潔修整，格律體制咸宜。又是時國運方隆，人心厭亂。論馬勒爾白詩中之意旨，雖屬歌頌王室，實亦足代表全國人之心理也。馬勒爾白晚年與其妻離居，但未失和。一六二六年，其子某與人決鬥，依律判死刑，營救甫得釋；又與另一人決鬥，為所殺死。馬勒爾白痛甚，以謀殺罪，訴此人於法庭。越二年，為一六二八年十月六日，馬勒爾白亦病逝，享年七十三歲。

馬勒爾白在朝之時，名譽極隆。一時文人，奉為師表。凡所製作，莫不欲得其一言以為重。苟為所譏斥，即無人過問。馬勒爾白儼然居衡詩衡文之任，筆嚴斧鉞，先後二十餘年；名望之崇，勢力之大，古今文人所罕遇也。馬勒爾白之詩，在當時亦甚為人推重。由今觀之，其詩之價值，惟在其能顯明馬勒爾白評詩評文之學說耳。馬勒爾白之詩中，絕少個人之感情。彼非無感情，特謂感情須以理性節制之而不可放縱，更不必於詩中表示；詩乃文學藝術之事，故所重者不在感情，而在格律之完整、韻腳之和諧與運詞用字之處處恰當。其作之也，必須苦心精思，力求凝練。又不惜費時費力，反覆修改，企於至善至美。而決不可率爾吟成，便以示人。嘗曰：“凡人作成百句之詩一首或三頁之文一篇之後，必須完全休息十年，方可恢復精力。”其勸人苦吟精思有如此者。又曰：“予嘗作一首詩，反覆修改，至費去稿紙半捆。”二百四十頁。其主張不厭修琢以企至美，又有如此者。馬勒爾白性情剛烈而質直，威厲而真誠，褊急而忠厚。其律己也嚴，其責人也亦重而切。人或比之為塾中執夏楚之學究云。方其得君在位而名盛之時，日造門以詩文求正者踵相接。馬勒爾白則手揮硃筆，一一為之批改，絲毫不少寬假；劣者則全篇塗抹，甚或面斥其妄作。馬勒爾白之於詩文，可謂忠於所事，衡鑒必准而標準至嚴。雖係當朝權貴或盛名文士，苟以詩文請謁，則決不稍為諛悅瞻徇之事。故其生平招尤致怨不少，特其人皆無如馬勒爾白何。而馬勒爾白之能奏大功，整飭文體、轉移風氣者，亦正在此。求之他國，惟英國之約翰生博士差可比擬。而其境遇之隆，成功之偉，則尚非約翰生所可及者矣。

　　馬勒爾白對於文學及作詩之法之主張，不外以上所述。主以理性節制感情，主以共循之規矩裁抑個人之自由，主以格律韻調之妥適和諧成文學作品之美；而須鍛煉修琢，斟酌盡善，不可矜才使氣。

又主以模仿及苦心研讀古大家之名篇，為入手及成為文人詩人之方法；而須耐煩忍苦、持之以恆，不可急於求功。總之，此皆歷來古典派之所偏重，而據以反抗並矯正浪漫派者也。然馬勒爾白之功績，尤在其對於文字之改革。其大體之宗旨，以為詩文以純粹精當為歸，而文字以明顯通達為要。文字之用，必期眾人易解，故當以能通行與否及常用之習慣（l'usage），為甄別文字之標準。自七星社諸子提倡增加各種新字以還，繼之者變本加厲，於是法國文字之蕪雜至不堪言狀。彼輩所輸入之外國字（希臘、拉丁、意大利文等）俗語、方言、古字及專門學術名詞等，千奇百怪，生僻詰曲，決非大多數讀書作文談話之人士所能了解通識。故此等字亟應立刻屏去勿用，一掃而空之，如蔓草，如毒菌，如害馬，毋使滋留，則法國文字自能明顯純粹，而嗣後創製之詩文乃可雅正完美矣。於是馬勒爾白毅然以甄別文字之事自任。凡以詩文求教者，不但注意推尋其格律韻調等，凡生僻蕪雜之字，悉為刪削或改易，不稍忽略。久之，風氣所播，標準以立，眾亦共知所趨避，而馬勒爾白改良文字之功成矣。細觀馬勒爾白之所謂明顯易解，絕非後世他國之所謂白話。蓋里巷市井一鄉一地之俗語方音之字，更非此國中其他之大多數人所能喻曉，故亦在馬勒爾白所屏斥之列。馬勒爾白似以宮廷貴族及文人社會之用語為實際之標準，然造成巴黎語而為法國文字中堅者，非此等社會中之用語乎？文字語言，其天然之趨勢，輒向外分歧而日趨於亂；故譬如結晶，必常向內收縮乃漸稍歸於整。世界各國各族中，寶愛其國之語言文字而常謀修正之者，莫如法蘭西人；而理性澄明、注重統一歸納整齊紀律者，亦莫如法蘭西人。試征其國文字文學史之往跡，則此二者之間實有密切之因果關係。馬勒爾白死後不及十年（1635 年）而法蘭西學會（l'Académie française）成立，專以監護修正改良法國文字為事。每閱數十年，必新出一字典，以為全國奉行之圭臬。此其事業功效，至今不絕不衰。然則馬勒爾白者，乃法蘭西國民性之代表，而為此大事業全史中開創肇造之人也。豈不偉哉！或又疑馬勒爾白推翻七星社之成績，專以破壞為功；今如此尊之，未免太過。不知馬勒爾白之功，並非破壞，乃係完成。譬諸果樹枝葉生長突出，園丁以巨剪裁剪之、修整之，俾其適宜成長。又譬如大河之沙中挾金，泛濫之後，礦人來淘泥擇金，正所以成前人未竟之功。彼七星社運動之結果，使法國文字增加繁富，今得馬勒爾白出而汰去其若干蕪穢，所留存之新字新詞仍極繁夥，但皆經融化而歸於精純。七星社諸子身後果其有知，必且相視而笑。夫按之歷史實跡，所名為反動者，率皆由於起伏循環之理，相反而實相成。何推翻之足云？何破壞之可言？惟獨生乎並世，重視當前功利個人恩怨黨派糾紛者，乃指異己者為仇敵，謂規我者非益友。此實蔽於狹隘之私見。嗚呼！吾人有所主張，有所評判，鑒於七星社與馬勒爾白之故事，亦足感悟，而大可開拓心胸而端正目光也矣。

盧梭逝世百五十年紀念 [1]

今日（七月二日）適為盧梭逝
世百五十年之期，允宜紀念。按盧
梭（Jean-Jacques Rousseau，1712–
1778）與福祿特爾（Voltaire，今譯
伏爾泰，1694–1778）同為十八世
紀法國文學中最重要之人物，同為
造成法國大革命之原動力。《福祿
特爾逝世百五十年紀念》，已見本
副刊第二十一期。然二人相較，則
盧梭之影響尤為深且鉅，蓋不惟被

盧梭

於歐洲，抑且及於全世界。浪漫派固以盧梭為始祖，而近世之民權
主義革命學說，則脫胎於《民約論》。所謂新教育，如解除束縛、順
兒童之天性、實體教法、職業教育、選科制度諸端，則取材於《愛米
爾》。而其尤要者，則今世之思想學術文藝生活，既為科學及感情的
浪漫主義所統轄、所操縱、所瀰漫、所充塞，則謂今世為培根及盧
梭二人所宰割可也。今之談文藝者，所謂表現自我、純任自然、平
民生活、寫實筆法；今之談道德者，所謂縱情任欲、歸真返樸、社
會萬惡、文明病毒；今之言改革者，所謂打破禮教、擺脫拘束、兒

1　本文係吳宓為紀念盧梭逝世百五十年而作，原作為《聖伯甫評盧梭懺悔錄》篇首按語，刊於
　　《學衡》雜誌第 18 期，1923 年 6 月。後收入《大公報・文學副刊》第 26 期，1928 年 7 月 2
　　日。——編者注

童公育、戀愛自由；凡此種種，皆無非承襲盧梭之遺言遺行，奉為圭臬。故在今非特文學之士，凡欲對於政治社會道德教育等事理有所主張，而裨益國家世界者，悉當於盧梭之言行著述，加意研究，分別是非，指其缺失，證以歷史之實跡，藉為前途之指針。此實正本清源之辦法，而事之不可緩者矣。

盧梭與福祿特爾之性行適為相反，而其所以成功之途徑亦異。福祿特爾專重理智，盧梭則純任感情。福祿特爾慣於嬉笑怒罵，其攻擊舊制度也，專用譏刺與冷嘲為武器。盧梭則常憂愁病苦，其提倡新學說也，惟憑憤激與熱誠以動人。福祿特爾言詞刻薄而聰明外露，使人畏而不能使人親，故只能收破壞之功。盧梭則偽託聖賢，悲天憫人，犧牲救世，憐之者多，而信服之者尤眾，故竟能成建設之業。特其所建設者，純駁互見，瑜不掩瑕，實大有害於人羣耳。福祿特爾之文章，簡潔犀利，曉暢明達，長於說理及敘事。盧梭之文章，則纖豔柔和、低徊宛轉，長於寫景及傳情。十八世紀之人，過重理性。又為偽古學派盛行之時，禮節繁重而生活枯寂，人心久已厭苦，徬徨思動，而盧梭適於其時，應運而生。以其天真自然之說相號召，又注重感情，有如久旱禾苗，驟得甘；故舉世傾倒，而其勢力之大，莫之與京，非偶然也。

盧梭生平事跡，略述如下：盧梭者（Jean-Jacques Rousseau，1712–1778），瑞士國人。一七一二年六月二十八日，生於瑞士之日內瓦（Geneva）。其先世為法蘭西人，奉耶穌新教，以避宗教之難而遷來者。盧梭者兄少時赴德國，一去不復返。盧梭為次子，其母生盧梭時，死於產難，故盧梭幼育於父。父名以撒（Issac），以製造鐘錶為業，性情乖僻，多愁善感，不能治生產。盧梭幼時，父子形影相依，常共讀十七世紀之感情派小說，徹夜不寢，每至沉痛之處，則相向而哭。又喜讀布魯特奇之《英雄傳》（*Plutarch's Lives*），慕古英雄之為人。甚至以手指入火，勉強忍痛，以效法古英雄堅強之行，其沉溺痴迷有如此者。故盧梭之理智未經鍛煉，而感情先大發達，後來一生之性行，蓋已成於兒時矣。已而盧梭之父與人爭鬥，本鄉不能安居，逃往君士但丁堡，終不復返。盧梭從某牧師讀書，十齡甫過，情竇已開，自言愛戀其師之妹。又私種柳樹於園中，旁有其師所種一樹。盧梭為溝渠，竊引其師樹下之水，使盡溉己樹，為師所見，撲責之。盧梭乃大憤人世之不平，決提倡自由而除暴鋤奸。又以竊食廚肉，為師所責。至何故為此下流之事，則盧梭亦不能自解云。日者，同學某生竊師物，師強指為盧梭所為，痛撲之。盧梭憤甚，遂出塾，為某雕刻匠之藝徒。習其業，凡三年，心殊厭之。快快既久，乃於某年潛逃。自是脫離故鄉，終身飄泊，時盧梭正十六齡也。盧梭轉徙流蕩，幾同乞丐。旋遇同鄉某牧師，介紹往見貴婦華朗夫人（Mme de Warens）。夫人皈依天主舊教，秉性虔誠，力行好善，與其夫離異，自居霞梅脫（Charmettes）地方，常有教會中人寄食其家，盧梭至是乃往依之。一見如故，款待殷渥。居頃之，夫人作函付盧梭，令至土倫，投天主教某寺，願改為天主教，遂得棲止於此。久之而惡其每日定時祈禱工作，規矩之嚴，乃逃去，為某貴家僮僕。日者，竊主母繡囊。主母盡召諸男女僕來前責詢。有婢曰瑪利，盧梭素悅其美，至是惶遽間竟誣指婢為竊取繡囊贈己之人。婢被逐，臨行猶泣指盧梭而責其無故冤陷好人也。盧梭深自悔恨，乃亦去之。某商肆主人在外，主婦頗有色，招僱盧梭為之司賬，待之甚厚。居久之，肆主人歸，見狀，大不悅。盧梭知機，即辭去。復返華朗夫人家。自是久居於此，與華朗夫人雙棲雙宿。時盧梭二十歲，夫人二十九歲。盧梭乘時讀書，夫人又出資使學音樂。日者，夫人偶他往，盧梭獨出遊，遇所識之二女郎，為之牽馬，俾得過河。相攜至其一女之家，櫻花滿樹，偃息其下，酒酣飯飽，終日而別。自詡為平生最樂之一日也。閱數年，盧梭因夫人另與其管家某相愛悅，心不自安，乃於一七〇四年赴里昂，就某巨紳家教讀。其子頑劣不聽感化，盧梭乃於次年走之巴黎。途遇鄉人某，總角舊交且同學者，與同行。中途此人得病，臥道旁，盧梭竟棄之而去。盧梭自言作《懺悔錄》，以敘己身之罪惡。而罪惡之尤著者有三事，即上文之竊食廚肉、誣陷婢女，與此處棄友患難之中是也。盧梭至巴黎，以代人抄寫樂譜為生。以己所發明之新式音樂標符公於世，不受歡迎。旋得營謀為法國駐威尼斯公使館秘書，在職二年。謂公使驕慢玩忽，迭進忠言不納，卒與決裂而去之。其在威尼斯時，常赴花船宴集。豔某妓之美，獨訪其家，擬留宿。而至時坐床側，執妓手，忽覺悲從中來，淚下如瀉，急即踉蹌返寓，人皆疑其癲狂也。既歸巴黎，仍以代人抄寫樂譜為生。旅社之婢曰特雷斯（Thérèse Levasseur）者，性極愚蠢，姿色平庸，而盧梭悅之，私焉。自是特雷斯與盧梭儼同夫婦，相隨數十年。所生子女五人，盧梭皆棄之育嬰堂，不認為己出，亦不自撫育。迨盧梭年近[2]六十，始與特雷斯行結褵之禮。特雷斯極蠢，不惟一字不識，盧梭教之記家中日用賬目，費盡心力，終不能使之識五數也。特雷斯之母，積世虔婆，率其家人親族，為數極眾，皆來居盧梭家，就食取給。盧梭所至，則追隨之，致盧梭終身疲於供養。且盧梭好鄉居隱處，而特雷斯羨城中之繁華，每與盧梭之仇敵勾通，暗中騷擾，使其不得安居鄉間。盧梭以特雷斯故，開罪於友人亦屢屢也。盧梭居巴黎，所編樂劇，頗受歡迎。稍稍知名，漸與當

2　此處原作為"年逾"六十，本書編者改為"年近"，蓋盧梭與特雷斯舉行婚禮時年五十七。——編者注

時之文人名士交遊，又涉身上流社會，與貴族婦女往還。盧梭性怯懦，而舉止笨拙，語言訥滯。又衣飾不整，禮節未諳，故交際場中動貽笑柄，不能得志。初本欲力學當時之禮俗規矩而未能，自慚自憤之餘，乃轉而肆行攻擊，提倡革命。媚世之術未工，乃一變而為傲世。益行不自檢，冠服奇異，遇人輒加白眼，然非其本誌也。一七五〇年，盧梭往訪其友狄德羅於獄。途中閱報，知狄養（Dijon）學會曾懸獎徵文，題為《問：科學文藝之發達，使風俗淳美乎？抑衰敝乎？》盧梭從狄德羅之教，欲以新異動人，故作翻案文章，謂科學文藝愈發達，則風俗愈敗壞云云。文入，竟獲取錄，得獎，盧梭由是知名。而盧梭攻詆文明，攻詆社會，攻詆禮俗制度學術文藝，其事亦由是作始也。一七五二年，盧梭所編樂劇《村中卜者》（Devin de Village）演唱，法王與后臨觀，甚賞之。召見，將給以俸金，錫以恩榮。而盧梭畏怯惶悚之極，前夕所擬陛見奏對之詞，背誦成熟者，翌晨則全行忘卻，一字不能記憶。又自慚形穢，以須長未剃，假髮鬂飾未工，踧躇憂懼，竟不敢入覲。於是功名富貴，竟成泡影空花矣。一七五四年，狄養學會第二次懸獎徵文，題為《問：生人之不平等，其原因安在？》盧梭復作文應徵，略謂在昔所謂"自然之世"（I'Etat de Nature），人與禽獸少別，凡人皆自由而平等。厥後有家國社會、財產交易、禮俗制度等，而人與人間，始有貧富貴賤上下主屬之別。此類不平等之設施，為救一時之急，原係權宜之計，而強者黠者永遠據為己有，並非理之所當然云云。此文入後，未得獎，然其設詞詭激，實革命之導火線也。時盧梭頗思幽居，又已已復皈依耶穌新教，欲歸居故國，而慮不見容。其友艾比乃夫人（Mme d'Epinay）乃招之住其家之別莊，在Moutmorency 林中，號為"茅屋"者。盧梭於一七五六年攜眷遷入，居茅屋凡十八閱月，潛心著述。其生平之大著作，均成於此時。盧梭自謂感情強烈，而思慮極鈍，記憶猶劣。每作文，構思甚苦，甚至非行步時不能作出。然若於風和日麗之中，值繁花盛開，百鳥嬌鳴，攜良伴，作春遊；賞心樂事之餘，回憶往昔之所遭遇，則苦樂悲歡，前塵影事，歷歷在目。此時若下筆作文，滔滔不能自休，而尤以自敘一己之經歷，為能毫厘不爽云。盧梭居茅屋時，艾比乃夫人常攜其表妹伍德稻夫人（Mme d'Houdetot）來存視。盧梭遇伍德稻夫人，遂墮情網。嘗於每晨散步園中，期與伍德稻夫人相值。夫人例以法國常禮與之接吻，而盧梭則如受魔術，樂不可支。不久，因致大病，幾殆。盧梭身體素弱，神經過敏，牢愁憤鬱之外，性又多疑。常謂諸友皆詭謀密計，忌我才名而思陷害，以此幾致癲狂。神志時迷時爽，而與狄德羅及艾比乃夫人等所有之朋友，先後齟齬決裂，斷絕交情。一七五七年冬十二月，以艾比乃夫人之催迫，盧梭於風雪中遷出茅屋，輾轉道途，備極狼狽。卒蒙盧森堡公爵（Duc de Luxembourg）收容於其邸中，即在茅屋鄰近之處。一七五八年，福祿特爾議設立戲園於日內瓦。盧梭聞之大憤，乃致書與其友戴蘭伯（D'Alembert），極言戲劇之足以傷風敗俗，教人為惡。日內瓦向以淳樸著稱，何忍污而擾之云云。此函雖致 D'Alembert，而實詆斥福祿特爾。福祿特爾亦以惡聲相報，往復辯駁，而二人乃為終身莫解之仇讎矣。一七六一年，盧梭著之寫情小說《新愛羅斯》（*Julie ou la Nouvelle Heloise*）出版，備受歡迎。先是中世時有阿貝拉（Abelard，1079–1142）與愛羅斯（Heloise，1100–1163）之情史，最為人所豔稱。阿貝拉為愛羅斯之師，其情節與盧梭之書極相似，故盧梭本此而名其書曰《新愛羅斯》，猶言愛羅斯第二也。[3] 而名媛貴婦尤喜讀之，至不能釋卷。書敘

3　此注為作者在本文刊出後所加，現一併載此，供讀者參考。——編者注

貴家女玉麗（Julie）與其師互相愛悅，然以父命另嫁某貴族。嫁後深自懺悔，力盡婦職。其夫信其無他，乃招其師來家留住，待以賓客之禮，不加防閒。久之，二人間舊情復生，雖彼此皆勉以禮自持，然其境極難處。幸玉麗以痛女之殤，罹疾遽死，故得免於不貞之行云云。

一七六二年，盧梭之《民約論》（*Le Contrat social*）出版。其書雖力倡民權，謂行政須本人民之公意，否則所謂民約即可撤消。然實主張國家極端專制，在民約尚存之時，國家萬事可為，即宗教亦可制定，人民只有服從云云。後來法國大革命，即本此書以行，故有山岳黨羅拔士比等，及恐怖時期之慘劇云。盧梭之教育小說《愛米爾》（*Emile*），亦於是年一七六二年。出版。其書中常設為師生之問答，敘愛米爾自初生以至成人所受教育之情形，以為新式教育之模範。大率主自動，主實驗，主放任，主順從天性及情欲，不加遏抑。又重手工職業，而輕文字書籍。末卷其師為愛米爾擇妻，因論及女子之教育。大率以養成賢母良妻為宗旨，重勤儉和柔之德性。而書中尤要者，則為卷四中論宗教一段 Profession de foi du vicaire savoyard，提倡自然宗教，謂見風景山川草木禽獸之美，而信此中必有神焉云云。惟然，故《愛米爾》書出，法國政府即視為離經畔道之邪說，嚴禁銷行，並下令緝捕盧梭，然緝捕者實亦未至。盧梭乃避居於瑞士。瑞士雖為盧梭之故國，然不許留居。盧梭乃走之普魯士王國境內之 Motiers-Travers 地方，居三年。效阿米尼亞人（Armenian）之裝束，長服皮冠，以自矯異。又自謂世人皆欲殺我，甚至行街衢中，羣犬亦尾隨吠之。而某日晨起，則見有人乘夜於其室外堆木柴，若將火焚其居而殲之者。然凡此云云，殆皆所謂疑心生暗鬼之類，否則故託奇險以鳴高耳。

一七六五年，盧梭作《山中與人書》，凡六通，駁斥 Tronchin 之《鄉居與人書》，而攻擊日內瓦共和國之法制及宗教甚力。此次盧梭所居之地之人，亦憤不能平，羣起以石投擊之。盧梭倉皇走匿於 Bienne 湖中之聖彼得小島，地甚幽僻。是年九月至。十一月，以英國大哲學家謙謨 David Hume 之招，離此赴英國。十二月，潛至巴黎，與謙謨會晤。一七六六年正月，同行至英。謙謨謂盧梭身體強健，堪禦風波。三月，謙謨介紹盧梭至 Derbyshire 之臥登（Wotton）地方，其友 Davenport 家中居住。未幾，特雷斯與其家之管家婦因小故爭鬧。又英人 Horace Walpole 偽託普魯士王弗列得力大王之手筆，致書盧梭，以譏讓之。盧梭疑謙謨串通他人以害己。嘗遇謙謨來訪，抱之痛哭，曰：“我命在君手，生殺惟命！”故卒與謙謨決裂失和，乃於一七六七年四月三十一日，徑舍臥登（Wotton）而行。一再迴旋，卒典質銀制杯碟等，乃得渡海峽而歸法國，受某親王（Prince du Condi）之聘，居其別墅之在 Tyre 地方者。自一七六七年六月至一七六八年六月，凡一載，仍慮人之害己，復去之，棲止某村。一七六八年八月二十九日，在 Monquin 鎮旅店中，與特雷斯舉行婚禮，結為夫婦。盧梭即席演說，頗為鋪張。一七七〇年六月三十一日，盧梭再至巴黎，欲將《懺悔錄》印行。自是居巴黎凡八載，仍以為人抄寫樂譜為生。然公卿大夫時來造訪，盧梭性氣亦較昔和易近人，專以研究植物學及音樂為事。然仍著有語錄，題曰《盧梭自訟文》（*Rousseau, juge de Jean-Jacques*），以自明心跡，而解釋己之行事。又《獨行客之遐想》（*Réveries d'un promeneur Solitaire*）十篇，多追憶過去之景物。一七七八年春，盧梭即覺心神不寧。是年五月，以 Girardin 侯爵之招，偕特雷斯赴 Ermenonville 地方，居侯爵宅中。羅拔士比來訪一次。七月二日，盧梭外出採集植物。晚間歸來，暈倒。旋蘇，卒於是夜二時逝世。葬於其地花園中之小洲。至大革命時，始迎其骸骨入巴黎，以國葬禮，重痤於先賢祠 Pantheon。此盧梭生平之大略，而極耐人尋味者也。

　　盧梭著作甚多，今不能一一評述，惟略論《懺悔錄》(*Les Confessions*)。《懺悔錄》者供狀之義，即盧梭之自傳也。凡八卷，乃其晚年之作，非成於一時，有暇即執筆。於一七八一至一七八八年，分數次出版。盧梭於開卷處自言向來作自傳之人，多事諱飾，或以諛頌為旨，故常失真。今吾自為傳，則一本於誠。凡吾平生之過失罪惡，以及羞愧悔恨，至不堪告人之事，均一一據實寫出，不稍隱諱。此古人之所未敢為，而吾獨創行之者也。又曰："世之讀吾傳者，其各毋再自欺，獨居抒誠，撫心自問，孰敢自謂勝於我盧梭者？吾知必無其人也。"又曰："吾雖未必高出人上，然能與眾不同。"觀此數語，則盧梭之為盧梭，蓋可知矣。故其傳中常有委瑣齷齪以及猥褻之處，為雅人所不屑道者。又處處自謂洗刷，表明"吾行雖有可議，吾心則實無他"之意。隱惡而揚善，尊己而卑人。名為自述罪惡，實則自誇德能。且據後人考察，其書中事實，常有顛倒錯亂，或有意塗改隱飾，憑空造作者。是則彼以誠自炫者，抑知其為不誠之尤者耶？雖然，盧梭之詩情富而文筆工，書中雖尋常瑣事，寫來津津有味，尤以繪景敘情，為最能動人。十八世紀之禮節習俗，過重繁文縟節，虛偽可厭。盧梭自敘生涯，一主清新自然，足以矯當時之弊，合乎人心之所同望；故書出極受歡賞，其長固不可沒也。《懺悔錄》又為文學史上極有關係之書，則以其與構成歐洲舊文明之古典派人文主義及基督教教理顯然背馳，而為近代浪漫主義之大源泉也。古典派人文主義最重禮 Decorum 之一字。禮者，適宜之謂也，毋過當之謂也；乃精神之標準，非浮表之儀節。有禮之人，決不自炫，尤不藉文章以自炫。至若於文章中，專以闡揚穢德而自炫者，則誠無禮之尤者矣。基督教教理最重謙卑（Humility）與模仿（Imitation）

之義。蓋謂人當自視極輕，了無我見，而專以法天法聖為職志，仿效上帝及耶穌之存心行事，以求與之日近，浼焉若恐不及，如是始可望日進於善。巴斯喀爾（Pascal）曰："我"者至為可厭（Le moi est haissaible），誠以克己實為入德之門也。若盧梭自謂前無古人，後無來者。吾獨為出類拔萃之人，以矯異離奇為高。其驕傲自恣之處，又與謙卑、模仿二義相背馳矣。古亦有作《懺悔錄》者，如聖奧古斯丁（St. Augustine）是也。然聖奧古斯丁之作，實於既信基督教之後，追敘昔日荒淫遊蕩情形，痛自悔艾，以身作則；勸他人共信基督教，以求安身立命之地。此其作《懺悔錄》之本誌也。後世又有作《自傳》者，如意大利雕刻家齊里尼（Benvenuto Cellini，1501-1571）是也。然此人雖狂蕩無行，其自敘生平，聊作消遣而已，非欲強人之效己也，亦非敢以此自喜也。故盧梭皆不能與之相提並論。盧梭死未久，英人巴克（Edmund Burke，1729-1797）即斥之為"虛榮學派之導師"（the great professor and founder of the philosophy of vanity），而極言其學說在法國之大害。最著者以感情為道德，以驕傲為美行；惟我獨是，人皆可殺。由是良心破滅，是非靡定，相習成風，世亂無已矣！見其致巴黎國民議會議員某君書，時為一七九一年。*Letter to a member of the National Assembly in Paris*（1791）浪漫派性行之主要者，約舉之：自尊自私，自命天才，而斥人為凡庸，凡有悖吾意者皆為有罪，一也。以奇異為高，異容異服，甚至別立文字，別創文體。但求新異，不辨美惡，二也。縱任感情，滅絕理性。謂感情優美之人（Beautiful Soul），無論其行事如何，不能謂之有罪，三也。謂情欲發乎自然，無往不善，不宜禁阻。世間之美人，以及厚生利用之物，皆專為天才而設，四也。天才及善人，必多憂思，常深墮悲觀，雖在歡場而掩淚；茫茫奇愁，莫知其所以然，五也。天才及善人，必終身饑寒困苦，世人忌之嫉之，皆欲殺之，六也。天才與世人必齟齬不能相容，而獨居鄉野，寄情於花鳥草木，徜徉於山水風光，則異常快樂，七也。天才常夢想種種樂境，而不能辦事，不善處世。喜過去與未來，而惡現在，八也。天才喜動而惡靜，而其動必無目的、無計劃，任性之所之，不計方向，不用思想。文章藝術，皆成於自然，出之無心，九也。天才必身弱而多病，早夭者多，然賦性仁慈，存心救世，十也。凡此諸端，皆於盧梭之《懺悔錄》中見之，故曰《懺悔錄》為近世浪漫主義之大源泉也。即此而論，盧梭豈不值吾人之紀念哉？

福祿特爾與法國文學 [1]

按並世各國各族之中，以法蘭
西人為最明於辨理，工於運思。故
近世各種新學術、新思想、新潮
流，靡不發軔於法國。由此導源，
而後流傳於他邦，法蘭西人誠智慧
之先驅者也。惟然，故欲研究近世
學術思想變遷之跡者，首當於法國
文學中求之。約而論之，歐洲新舊
之爭，實始於十七世紀之末，而終

福祿特爾

於十八世紀之末。此百年中，實為最重要之關鍵。其間舊者日衰，
新者漸興。舊者卒以式微，而新者取而代之，遂有今日之世局。所謂
舊者，即歐西古來之舊文明。其中有二元素：一為希臘羅馬之學術
文藝，屬於人文之範圍；二為耶穌教，屬於宗教之範圍。所謂新者，
即是時發生之新思想、新學說。其中亦有二元素：一為科學，即自
然科學，如物理、化學、天文學之類；二為感情的浪漫主義，以盧
梭為始祖、為代表。二者皆屬於物性或曰自然。之範圍。故今日者，
實科學與感情的浪漫主義並立稱霸，而物性大張、人欲橫流之時代。
彼宗教與人文，僅存一線之生機，不絕如縷。而歐西之舊文明，將歸

1　福祿特爾（Voltaire），今譯伏爾泰。本文係吳宓為陳鈞君譯《福祿特爾記阮訥與柯蘭事》所撰之
　　編者識語，題為本書編者所加。原載《學衡》雜誌第 18 期該譯文篇首，1923 年 6 月。——編
　　者注

漸滅，抑有復興之象，則皆冥冥之數，而非今人所能預斷者矣。

上所言十七十八世紀新舊之爭，又可簡釋之為從古相傳之禮俗教化（Tradition）與進步（Progress）之新說之爭。百年中此興彼衰、此起彼伏之陳跡，有如一結構完整之戲劇，其步驟、其線索、其因果，歷歷分明。就法國論之，則以所謂古文派與今文派之爭（La Querelle des Anciens et des Modernes），共分三段。其中段即最主要之一段，始於一六八七年。為開場之第一幕，而以法國大革命一七八九年。為結局之大變，前後適為百年。原夫十七世紀之末，當路易十四之時代，為法國文治武功最盛之時，國運方隆，雄霸全歐。自文物制度以至衣飾陳設之微，靡不為各國所效法。又人才薈萃，為法國文學大成時代（Classical Age）。乃適於此時，變端遽起，所謂盛極必衰者非耶？自古文派與今文派相爭，所號為新黨者，大都以攻擊舊社會、舊制度、舊禮俗、舊學說為事業，而尤集矢於君主政治與法國天主教會。此二者之勢力既為一七八九年之大革命所

巴魯像

摧滅，而所謂舊社會、舊制度、舊禮俗、舊學說，均隨之俱去矣。

今更略究百年中新陳代謝之跡之見於文學者，簡括述之，則如下：（一）古今文派之爭，其中最要之點，厥為彼今文派信進步之說，謂路易十四時代法國之文豪，如拉辛（Racine）、毛里哀（Molière）、巴魯（Biileau）等，其所著作，較之古希臘羅馬之荷馬、蘇封克里、桓吉兒等，決無遜

色，或且凌駕其上。文章如此，藝術科學亦然，可見後來之居上矣。（二）巴黎城中有所謂 Salons 者，為學士文人、名媛貴婦會集之地。而是時相聚，則文學以外，多談朝政，議國是，並改革之道，儼然成一勢力。而各種新說，即由是製造宣傳焉。（三）朝廷雖於攻擊君上、破滅禮教之新書，認為邪說，禁止出版，不許流布，嚴刑峻法，防範周密。然實成為具文，虛應故事。甚至以身居此職之命官，而亦暗為新黨之奧援，時饋巨金，於是新說得以流行無阻云。（四）白勒（Pierre Bayle，1647–1706）著成《歷史批評大字典》（*Dictionnarie historique et critique*）一部，一六九七年出版，於宗教頗致懷疑，而力主寬容（Tolerance）之說。（五）聖愛勿芒（St. Evremond，1610–1703）於其論文論學之著作中，力主無定標準之說。謂凡文藝以及法律制度等，皆不外隨境設施，因事制宜，異時異地，各有其所適用者，故其中無絕對之優劣短長，斷不能謂古人必勝於今人也。Historical Relativity 由是則文藝以及法律制度等，無定標準之可言，而當隨時改革變更，以求適用。（六）孟德斯鳩（Montesquieu，1689–1755）繼之，其《法意》（*L'Esprit des Lois*）一書，一七四八年出版。三權分立而外，尤盛言法律制度皆環境之產物，以適於國情民性為至善，只能比較言之，而無虛空絕對之標準。亦即聖愛勿芒之意也。孟德斯鳩又於一七二七年，著《波斯人之書札》（*Lettres Persanes*）一書。設為波斯國二士人，遊歐居巴黎者，致其國人之書札，以譏評法國政治社會、風俗制度之缺點，託詞以明己意耳。前乎此者，有英人 Sir Thomas More 所著之《烏托邦》（*Utopia*）小說（1516）。後乎此者，有英人戈斯密（Oliver Goldsmith）所作之《世界公民之書札》（*Letters from a Citizen of the World to his Friend in the East*（1760–1761））, 該遊客乃中國人僑居倫敦者。近年又有英人狄克生（G. Lowes Dickinson）所作之《中國貴官之書札》（*Letters from a Chinese Official*）。凡此皆託為外國人士冷眼旁觀之論，實則自行譏評本國之現狀。其宗旨其方法前後如出一轍也。（七）其時所謂感情主義（Sentimentalism）者大盛，即凡喜怒哀樂之來，均張大其意，加重其量。於是縱感情而蔑理智，重悲憫之懷，而輕禮法之守。如 Vanvenagues（1715-1747）於其所著書中，謂人性本善，故宜縱欲任情，順天性之所適。此感情派之道德也。如 Marivauz（1688-1763）著 *Vie de Marianne* 及 *Le Pay san parvenu* 等書。如 Abbé Prévost（1697-1763）譯英人李查生之小說。又撰《漫郎攝實戈》（*Manon Lescaut*）等書，則感情派之小說也。如 La Chaussée（1691-1754）作 *Préjugé à la mode* 及 *Melanide* 等，所謂流涕之諧劇 *La Comédie Larmoyante*，則感情派之戲劇也。（八）福祿特爾出，以明顯犀利之筆，嬉笑怒罵之文，投間抵隙，冷嘲熱諷，其破壞攻擊之力至偉。迨福祿特爾等身之著作既成，而法蘭西之禮俗制度法律紀綱，亦已體無完膚，而天主教會基礎傾圮，不能自存矣。詳後。（九）已而狄德羅（Denise Diderot，1713-1784）與 D'Alembert 編撰《百科全書》，以二十餘年之力，成書二十巨帙。主理性之批判，而破宗教之觀念；主科學之實驗，而破本質之舊說；主仿行英國之憲法及民權，以破法國之專制政體；主公益事業及緩刑保商，以破嚴法重稅之苦民者。此《百科全書》之大旨也。當時襄助狄德羅等任編撰之役，或互通聲氣，結為朋友者，有 D'Holbach、Condillac、Helvetius、Condorcet、Grimm、Marmontel 等人，皆一時名士，孟德斯鳩與盧梭亦在其列。此諸人大率皆崇信物質科學，主理性宰割一切，而攻擊宗教最力，兼及君主政治，提倡改革羣治。在當時勢力極大，世稱之為百科全書派云。（十）盧梭雖曾與《百科全書》編撰之役，然實自樹一幟。蓋百科全書派諸人皆主理性，而盧梭則專重感情，故其勢力與影響為尤大云。詳見另篇按語。（十一）同時繼盧梭而起者，有 Bernardin de Saint-Pierre（1737-1814）其人，著 *Etudes de la Nature*（1784）等書，及 *Paul et Virginie*（1787）小說，力宣自然之美及少年男女真摯之愛情，純樸勤儉之生活。攻擊社會習俗及禮教之弊，幾欲滅絕文明而崇尚野蠻，與盧梭互為倡和云。（十二）先是 Le Sage（1668-1747）之小說（*Gil Bla.*），Marivaux 之戲劇（*Le Jeu de l'amour et du hasard*）已寫社會之珠玉其外、敗絮其中之實情，及出生微賤者之聰明才力，超軼貴族豪富，略施小術，即可玩弄在上位者於股掌，而自弌獲名利，致身通顯，取而代之，誠極易事也。及一七八四年，Beaumarchais（1732-1799）所獲撰之 *Mariage de Figaro* 一劇，當眾排演，歡聲雷動。劇中敘一貴族之僕人，不惟才智卓越，善為主謀，抑且品德高尚，志行芳潔。既受屈枉，竟慷慨陳詞，指教社會之罪惡，謂殷鑒之不遠。其言至足動眾，而當時法王及后，率朝廷之人，均臨場觀劇，不知局勢之危、人心之變。故說者謂孱王路易十六不能禁此劇之排演，有識之士皆知禍在眉睫，而法國大革命為不可免矣。果也，越五年而此亙古之奇變遂起。以上略述百年中思想變遷之大勢，及新陳代謝交爭之跡。其所以推移至此，無論向善向惡，為禍為福，綜而論之，半出天運，半出人力。而人力之最巨者，厥推福祿特爾及盧梭二人。故此二人之生平及其著述，有至足研究之價值。本誌此期登載二人圖像及關於其人之文章各一篇，亦本此重視之意也。

福祿特爾生平事跡，略述如下。"福祿特爾"（Voltaire），乃其人之別號。其真姓名為 François-Marie Arouet（le jeune），然以別號傳。以其姓 Arouet 之六字母，再加 le jeune 之首字 l 及 j 共得八字母；又變 u 為 v，變 j 為 i，將此八字母倒亂次序，另行排列，即得 Voltaire 之別號。於一六九四年十一月二十一日，生於法國巴黎。幼即喪母，父為律師。一七〇四年，入耶穌會，入所設之路易大王學校。路易大王指法王路易十四，時方在位。以早慧稱，為師所鍾愛。福祿特爾拉丁古文學及文章格律之工夫，即得力於此時。出校後，頗負才名。常與新教中之信教不篤，而與言行狂放、肆無忌憚者往還。其父憂之，遣赴荷蘭。福祿特爾在彼識法國某女郎，即墮情網。歸後，充某律師書記，作拉丁文詩，曰“幼主”（Puero Regnante）。又其時有無名氏，作詩曰“吾已見”，其首句云：吾年未及二十，已見種種弊端。譏刺朝政。或亦指為福祿特爾之作，以此觸攝政王之怒，一七一五年路易十四崩，其孫路易十五繼立，年僅五歲，故其叔 Philip, Duke of Orleans 攝政。其人有才而喜為惡云。下之於巴士的獄。此一七一七年事也。福祿特爾在獄中作國史詩一篇，曰 La Ligue，後改為 La Henriade，敘法王亨利第四之勳業。又完成其 *Oedipe* 一劇，次年排演，大受歡賞。福祿特爾之文名，由是大起。一七二五年，與 Rohan 公爵因事爭持。公爵僱流氓六七人，要之於途而痛毆之。福祿特爾赴愬，欲與決鬥。不惟不得直，且以此被捕，復下巴士的獄。次年，釋出，然不許居國內。福祿特爾乃走至英國，居三年，盡交其國樞府要人及文壇知名之士，並研究英國憲法政術及文藝，獲益至鉅。一七二九年返國，仍居巴黎，力行謹慎。一七三一年，著《瑞典王查里斯十二史》。一七三二年，其所撰之劇 Zaire 排演，極受歡迎。一七三四年，其所作之《英吉利書札》又曰《哲理書札》者出版，中述其在英國之聞見，極道英國憲政及風俗之善，而實即所以譏刺法國之君主政治。又稱述英人洛克之實驗派哲學及牛頓之物理天文之學，而實即可以摧陷天主舊教之基礎。故其書立為當道所嚴禁。搜得之本，悉以焚毀。福祿特爾懼禍，潛走之 Lorraine 之 Cirey 地方，依 De Châtelet 侯爵夫人以居。夫人固博學多能，互相愛悅。居此十五年，備承夫人照拂調護，得以專力文章，故著述極多。一七三六年，其莊劇 Alzire 始行排演。一七三八年，著《牛頓之哲學發凡》。一七四三年，所撰之 Merope 一劇，初次排演，亦極受歡迎。又從事於《路易十四時代史》及《歷代風俗史》（Essai sur les moeurs）之著作。福祿特爾文名既大著，又得大力者緩頰，且因與路易十五之寵姬 Madame de Pompadour 之交誼，遂得朝廷豁免其罪。一七四五年，且授職為國史纂修，續遷他職。次年又被選為法蘭西學會（Academie française）會員。該會於一六三五年成立，會員人數以四十人為限，被選者視為殊榮。然福祿特爾無意仕進。朝中之虔奉宗教者，乘間讒毀，亦有忌其文名而中傷之者。而一七四九年，De Châtelet 侯爵夫人又死，福祿特爾乃決受普魯士王弗烈得力大王之禮聘，往就之。一七五〇年七月十日，抵柏林。次年，其所著之《路易十四時代史》在柏林印行。弗烈得力大王為其時歐洲第一英主，文治武功，悉極可稱。又以文人自命，禮賢下士，招納延攬。於福祿特爾之來也，授顯職給厚俸，且面諛甚至。然終不能相安，福祿特爾行事諸多不檢，驕慢自恣，且面斥王御制詩文之缺謬。王怫然，遂失和。一七五三年三月二十六日，福祿特爾不別而行，且挾王御制詩稿一卷以俱去。王命騎追及之於 Frankfort，搜得御制詩稿以歸。福祿特爾走居於瑞士之日內瓦。一七五八年，購得法國國境內與瑞士交界之處之豐奈田莊。次年，遂奠居於是，前後幾二十年。方其初至，該地一荒涼小村耳。而福祿特爾出其資財，銳意整頓。興水利，獎農功，營居室，起苑囿，闢市場，造戲園。不數年間，居人羣集，竟成一繁華之都市。而福祿特爾儼然為其地之國王，故世稱之為"豐奈之族長"

（Le Patriarche de Ferney）。是福祿特爾為全歐洲文藝學術思想界之領袖。以一平民，而各國王后卿相，悉與常通函，敵體為友，且多遣使餽遺。故其聲勢之大，謂為王者，亦非虛語，實古今來文人希有之殊榮之奇遇也。是時狄德羅等編纂《百科全書》，福祿特爾亦分任撰著之事。一七五九年，著小說 Candide。次年，以設立戲園事，與盧梭失和，以文互詆。一七六二年三月，Toulouse 議會，誣耶穌教徒克拉（Calas）以殺子之罪，斬之，並籍其家。福祿特爾憐其屈枉，大憤，悉力營救爭持。卒得於一七六五年三月御前上控於巴黎之時，法廷明其冤抑，判為無罪，給還其產。福祿特爾所為矜恤弱小，助人急難，代鳴不平之事，類此者尚多，而此其最著者耳。福祿特爾終身體弱多病，然勤奮過人，故經營籌謀，成事極多，而著作之富，尤為可驚云。一七六四年，重行刊印大戲劇家康奈（Corneille）全集，並為作序，得資以贍康奈後裔之貧乏凍餒者。一七七六年，作書致法蘭西學會，力詆莎士比亞，蓋為自保聲名計，有類出爾反爾矣。路易十五既於一七七四年崩，福祿特爾無所顧忌，遂於一七七八年二月復至巴黎，備受歡迎。時法蘭西戲園排演其所撰之 Irène 一劇，福祿特爾亦臨觀。劇畢，於台上置福祿特爾半身石像，加以桂冠，尊禮之為詩人。殊榮盛典，昔所未有也。時福祿特爾年已八十有四，驚喜逾分，且連日酬接勞倦，遂得疾，即於一七七八年五月三十日之夜，溘然長逝。其生時攻擊宗教無所不用其極，故至是巴黎之天主教會不許葬以教禮。卒以其侄之力，葬於 Champagne 之寺園中。及大革命起，福祿特爾之功大成，其名益著。法國之人追念先烈，尊為元勳。乃於一七九一年七月十一日舉行國葬，迎取福祿特爾骸骨，改葬於巴黎城中之先賢祠 Pantheon。以一寒微書生而能致此，無論功罪相較如何，要其影響之大，成功之巨，不可埋沒，而至足驚詫者已。

福祿特爾著作極富，全集多至七十卷。僅尺牘一類，已有一萬餘通。其最關重要之著作，除上文就其生平事跡中所已舉者外，於詩，則有《世中人》(Le Mondain)、一七三六年。《可憐人》(Le Pauvre diable)、一七五八年。A Boileau、一七六九年。A Horace、一七七二年。《論人七篇》(Sept Discours sur l'homme)一七三八年。等。於哲理，則有《寬容論》(Traité sur la Tolérance)、一七六三年。《哲學字典》(Dictionnaire Philosophique)一七六四年。等，其他不勝枚舉。福祿特爾又作一詩，題曰《擬上中國皇帝書皇帝有御製詩集付梓印行》。又作一劇曰《中國之孤兒》(L'Orphelin de la Chine)，所用者即今京戲中《搜孤救孤》事，而略有不同。該劇在巴黎演唱後，復轉至倫敦演唱，亦受歡迎。戈斯密見前。仿效之，作為英文戲劇一種，載戈斯密文集中。此又福祿特爾與吾國有關之處也。

　　福祿特爾所著各書之內容，今不及逐一評述。總而論之，其人與其文章，影響均極大。葛德與聖伯甫皆謂福祿特爾為最能代表法蘭西人者，而福祿特爾亦最足代表十八世紀者也。其人重理性，富常識。信物質科學，乏想像，絕感情，無熱烈真誠之信仰。對於宗教，及舊日之禮俗制度、學說思想，均出以懷疑而厲行攻擊。雖提倡社會改良，增進人羣幸福，然其立足點不高，故持論常流於膚淺及刻薄。其觀察人生也，精明透徹，而忠厚之意不足。又雖力主寬容，欲袪除彼拘墟頑固之舊見 Prejudice，而實則己所持者，常不免褊狹而陷於一偏，故破壞有餘而建設不足。雖於政俗種種肆行抨擊，而除舊之後，所布之新，應為如何，其精密實施之辦法，並未細心籌劃，但自為其所為而已。以上乃十八世紀之通病，而福祿特爾亦固如是也。福祿特爾之思想言論，所可見於其著作者，至不一致，紛紜淆雜，常自矛盾衝突。然概括言之，則皆破壞之工夫，攻擊摧陷舊宗教、舊禮俗、舊制度、舊學術、舊思想之利器耳。此可為福祿特爾最終之評斷，而確切不易者也。惟然，故福祿特爾著作之最要者，在今日觀之，非其長篇巨制之歷史，精心結撰之史詩，而為其出之偶然、最不矜意之短篇小說。蓋福祿特爾文章之魔力及其破壞之大功，全恃其善用譏刺之法，冷嘲側諷，寥寥數語，尋常瑣事，而寫來異常有力，極刻峭，極辛辣，極狠毒，而又極明顯，極自然，極合理。此外或但用描敍之法，而加重其詞，渲染過度，使讀者一見，即覺舊制度、舊禮俗等之不近人情，不合天理，而當去之矣。即如今所譯之《記阮訥與柯蘭事》（Jeannot et Colin），作於一七六四年。全篇大旨，在寫法國貴族之金玉其外、敗絮其中之情況，人皆欽羨，而實則毫無聰明才力，且專務驕奢淫泆，遊樂狎玩。其覆亡也，固理宜而勢順矣。欲明此意，則但寫彼假貴族為子延師，凡百皆不必學，皆不可學，而終乃決學跳舞，而唾棄之意，已在言外矣。且以柯蘭為平民之代表，不惟勤儉治生，抑且多情多義。二者相形之下，孰愚孰賢？孰可貶？孰可襃？業已明白。而平民將興，其勢已成，行見取貴族君主而代之，讀書者自能推想及此也。又如篇首寫柯蘭之父生活狀況，謂彼納稅後歲終已無餘積，但臚列各類雜稅之名目。而當時繁征苛斂、民不聊生之情形，已透過紙背，旁敲隱喻，一字千鈞，舉重若輕，不待詞費。而其尤為難能者，即作者命意如此苛刻，如此深重，而始終以詼諧出之，語語滑稽，饒有趣味。讀者苟不具深心，則將視為消遣談笑之資，而樂此不疲。噫嘻！此所謂"高盧人之精神"（Iésprit gaulois）。此乃為法國之文學名著，此亦足見福祿特爾之天才也。

　　福祿特爾常自相矛盾，上文已曾言及。其著作之內容，雖主改革，主進步，然於著作之外形，即文辭格律，則專趨保守。彼雖攻擊舊有之禮俗制度等，力倡維新與破壞，然於文學，則主張遵依前人之成法與定程，且懸格極高，而取予惟嚴。又重摹仿，重凝煉，重修琢。此蓋由其幼年在學從師時，於拉丁古文學曾下切實工夫，故遵從古學派，而異於其時勃興之浪漫文人也。福祿特爾之文章，能如是之簡潔明淨，凝煉峭拔，其亦以是歟？惟十七、十八世紀中之所號為古學派者，大都非真正之古學派，而為後起摹仿之古學派（Neo-Classicism），或為魚目混珠之偽古學派（Pseudo-Classism）。福祿特爾之議論見解，雖有合於真正之古學派之處，而常近於偽古學派。如其論文學之賞鑒 le goût（Taste），則謂此事有如飲食口味之賞鑒，然可意會而不可言傳。可與知者道，而難與俗人言。其標準極有定，不能絲毫假借，故寧失勿濫，寧嚴毋寬。此文學批評之要義也。又作《賞鑒祠》（le Temple du Goût）一篇，以譬喻之法，專論之曰：此祠中所居者，僅古今有數之人，確能賞鑒者。祠以外，夜以繼日，常有大羣之蠻族，圍而攻之，咆哮示威，欲闖入祠中。而文學批評家，則嚴局祠門，不令啟閉。又守禦圍牆，與蠻人苦鬥，拒之使不得入。意謂學為文者多，而能工者少；論文者眾，而真能賞鑒者則寡也。福祿特爾又曰：宇宙之大，幾於無處非野蠻。全世界之中，有文學賞鑒之資格者，不過三四千人。而此三四千人，皆居於巴黎城中及其四周，此外皆不可與論文矣。福祿特爾又極重詩之格律及雕琢工夫，曰：藝術之可貴者，以其難於作成耳。如不難，則讀之無復樂趣。又曰：法國之詩，可比之為馬戲中之美女，在懸空之長繩上，跳舞迴旋，極難極險，所以成其美也。福祿特爾斥但丁之《神曲》為鬼怪不成形之吶喊；詈莎士比亞為野蠻；謂彌爾頓之詩瑜不掩瑕；其持論之刻酷失當，有如此者。其於古今文人，極少稱許。故福祿特爾雖自具真知灼見，然常流於偽古學派矯揉造作之惡習，專以雕琢為工者。且真正之古學派，目的必高尚，精神必莊嚴，格調必雅正。豈若福祿特爾之痛攻禮教，矢口謾罵，時入以媒褻淫穢之詞者。故福祿特爾在當時雖以力保文學之舊格律自任，而終成其為偽古學派而已。

　　福祿特爾與盧梭為法國大革命最有力之二人，其地位之重要，可以互相頡頏。吾國人聞福祿特爾與盧梭之名，亦均近三十年。然盧梭之《民約論》早經譯出，為吾國昔年之革命家所甚稱道。其《愛米爾》一書，近數年新文化家之言教育者，亦嘖嘖言之。獨福祿特爾之著述，從無片詞隻字譯成中文。而福祿特爾之生平及其為人，吾國人猶鮮知之者。故今特由陳君徑譯此篇，以示鱗爪。又以 Zadig 及 Candide 篇幅甚長，故舍彼而取此。本誌介紹法國文學，以此期為初次。而福祿特爾、盧梭、聖伯甫，固皆法國文學史中極重要之作者也。編者識。

德國浪漫派哲學家兼文學批評家
弗列得力·希雷格爾逝世百年紀念[1]
Friedrich Schlegel（1772-1829）

本年一月十二日，為德國浪漫派哲學家兼文學批評家弗列得力·希雷格爾逝世百年紀念。弗列得力與其兄威廉·希雷格爾（August Wilhelm Schlegel，1767-1845）同為十九世紀初年德國浪漫派（Dic Romantische Schule）文學運動之領袖，在文學史上關係重要。而其人之思想及生活，亦可與中國現時之情形比較而有所啟發。故茲分段述說，藉資紀念云爾。

弗得力·希雷格爾

---

1 本篇長文原載《學衡》雜誌第 67 期，1929 年 1 月。後連載於《大公報·文學副刊》第 65、66、67 期，1929 年 4 月 8、15、22 日。——編者注

第一節　十九世紀初年德國之浪漫派

十八世紀為古典主義盛行之時代，其在德國亦然。惟此為古典主義之末流，過重形式而偏於功利。及雷興（Lessing）（參閱《大公報・文學副刊》第五十五及六十一期雷興誕生二百年紀念文）出，始圖所以改良而矯正之，發明希臘亞里士多德等之立說之精意，以求歸於真正之古典主義，或曰人文主義。雷興始肇其端，其後經葛德（Goethe）晚年之提倡與致力，人文主義乃確立，而影響殊微細。約當一七七〇至一七八〇年之十年中，德國有所謂狂飆運動（Sturm und Drang）者起，葛德時方少年，亦為其中要人。此運動為對彼形式的功利的古典主義之直接反抗，注重感情與少年之熱誠，崇拜英雄，提倡戀愛，而尊重天才及個人之自由，欲舉一切暴君貪官虐政強權而殲除之。蓋多原於盧梭之影響。（參閱本副刊第二十六期盧梭逝世百五十年紀念文）其文學作品可分二類：剛勁者如席拉（Schiller）之《強盜》（Drie Rauber，一七八一年出版）表彰替天行道、鋤強扶弱之俠義英雄。柔靡者則如葛德之《少年維特之煩惱》（一七七四年出版），描狀抑鬱牢愁、失戀自殺之多情天才。是故通常之所謂浪漫主義、浪漫文學者，惟此狂飆運動足以代表之。而中國今日文學及生活中之浪漫觀念，亦正合於此狂飆運動。若夫十九世紀初年希雷格爾兄弟等所主持領導之浪漫派，雖名浪漫，而其內容頗異。名實之間，不可不辨之審也。

十九世紀初年之浪漫派，其特異之點，厥為注重理智，而非徒肆感情。致力於學問，多讀古書，而非侈談天才。又提倡國家主義，謀德意志民族之獨立與統一，而非專務個人意志行為之放縱自由。然浪漫派乃繼承狂飆運動之後，而與形式的功利的古典主義作戰者，故其所取資於狂飆運動者亦多。自由之觀念，一也。個人主義，二也。詩情，三也。打破社會之禮俗制度，四也。蔑視彼庸俗之眾人，五也。是故浪漫派與狂飆運動有異有同。合諸異同之點，乃構成浪漫派之特別主張與見解。約略言之，則如下。

（一）浪漫派既注重理智，又注重自由。故其所謂理智，乃極端放縱而無歸宿，又不遵任何之規律，其結果遂成為不負責任之滑稽態度。如弗列得力 • 希雷格爾以提倡 Ironie（譏嘲）之說著名。其用此字之意，即謂人之理智乃極端自由。世間一切，以及此人之本身，皆為其理智所操縱宰製。理智既不受人之驅遣，而理智之作用又極恢詭而不可捉摸，故文學家與藝術家不能隨己意以造出某種文學藝術作品，而須聽理智之自由行使，忽而嚴正，忽而詼諧，忽而奮發熱誠，忽而澄明冷淡。對一事一物，無決定之觀察評斷，即對作者本身，亦不忠不信，常來譏嘲而鄙笑之，使作者不克有一定之意見及感情。且諸種幻象甫經造出，理智忽來沖斷之、破壞之。故所謂文學藝術之創造，乃偶然幸而得成之畸形產物。其先既無計劃，中間亦無規程，其終更難補救。作者雖欲用力以求其完善，不可得也。

（二）浪漫派頗提倡創造新詩，奉葛德所作為模範。夫作詩必需偉大之想像力，而浪漫派則注重理智，理智與想像常對待而互不相容。其結果，則浪漫派之想像均變為興趣（Die Phantasie）。興趣既不受理智之管束，又不問感情與實在之關係（即不參證經驗）。其在文學藝術作品中所造出者，但為空泛廣漠之奇思幻想，紛紜破碎，既不切於人事，又不符文學藝術之根本規律。故浪漫派之各種作品，甚少完整成篇者。而其所作之詩尤為幽渺而空虛，其中缺少實在之描寫，而處處用象徵及比喻，又缺乏強盛之感情，而純用隱微之暗示。雖另有一種境界及趣味，然實非詩之正體。讀多但覺其混茫不清，層累可厭。雖然，浪漫派非不知作詩之需注重技術規律，如弗列得力・希雷格爾即痛切言之。特該派誤以興趣代想像，故難語於創造之成績耳。

（三）浪漫派之理智與想像，各自發達，獨立對待，而不能如真正古典派之使二者融合為一而相助相成，其結果遂生出種種矛盾離奇之現象。（1）曰詩與哲學之界域不清。詩本想像之事，而今乃以理智作成，雜入學說，求合邏輯，遂至詩意全失。而其哲學中則缺乏澄明堅強之理智，時以想像及感情構成之。故有如菲希特（Fichte，1762–1814），其學說足以鼓舞人心，喚醒羣眾，為德意志民族獨立統一之基礎。又有如弗列得力・希雷格爾等，以詩意混入哲學，視宗教為甘美醉人之藝術，而晚年相率皈依天主舊教焉。（2）曰創造與批評之界域不清。詩與小說，多著議論。批評之作，自道感情。其尤甚者，使觀劇之人坐劇台上，興來則加入表演。而劇中人物之丑角，則以批評本劇之優劣，為插科打諢之材料。其劇之情節又複雜，劇中有劇，層次模糊，不易辨識。（3）曰主觀與客觀之界域不清。浪漫派作品中，常描寫所謂"兩重人格"（Der Doppelgänger）。一人之身，忽而為高僧，忽而為美女，又忽而為惡犬，變轉無定。即每人內觀自省之時，必覺我之行為、思想、生活實有二途，並非一致。有甲我、有乙我、有此我、有彼我，有真我、有幻我。斯二我者，常來互相對語，互相批評，互相衝突；為友為仇，若即若離。所謂主觀與客觀者，漫無標準。而文學藝術作者雖欲表現自我，亦不知何者之為我，實即心理學家之所謂離魂病是。（4）曰藝術與生活之界域不清。即藝術文學作品中所描寫之幻境，與日常生活經驗中之實境，常相混淆，而致兩失。蓋浪漫以鄙視世中庸人（Philister）之故，一己之言行，力求矯然特異，遂偏於理想夢幻，少實際之成功，並乏道德之繩檢。而其作品中所描寫者，時雜以實際之經驗及觀察，遂致幻境不圓滿，不能引人入勝。故浪漫派人物之行事，大率缺乏意志及恆心，而其藝術創造亦流為無目的之遊戲也。

然浪漫派中，如弗列得力‧希雷格爾等人，實為淵博之學者，邃於希臘古文學，晚年又研究梵文及印度哲學，為歐土東方學之濫觴，不能謂之無所成就。雖然，學問中之知識材料，苟不能受用於個人之行為及創造，則學問仍與生活及藝術無關，而浪漫派之缺陷固猶在也。

第二節　希雷格爾兄弟略傳

弗列得力‧希雷格爾少於其兄威廉‧希雷格爾五歲，（威廉生於一七六七年九月八日，弗列得力生於一七七二年三月十日。）而共為浪漫派之領袖。弗列得力天才獨擅，踔厲奮發，富於熱誠。其兄威廉則學力較深，縝密明晰，長於思辨。弗列得力之著作中，常多新奇之理想，言人之所不能言，然多悖謬一偏，或造端宏大而終未完工。威廉有所造述，則憑冷觀靜思，廣征博考，故其批評之作，持論平允，而於詩文之規律技術，亦能熟習而恪遵之。即論二人之立身行事，弗列得力喜徑情直行，或故作違世驚人之舉；而威廉則審慎周到，應付得宜，故聲譽較隆，成績較鉅。此其不同之處也。

（一）希雷格爾兄弟生長名家，其父若叔（父為 Hanover 之牧師）均為著名之文人，學術淵源有自。故二人幼即博覽廣讀。及長，共學於苟廷根大

威廉‧希雷格爾

學。威廉・希雷格爾既出校，在荷蘭為私家教讀三年。一七九六年，定居於耶拿（Jena），欲以著述自活。撰批評論文多篇，又試譯莎士比亞劇本為德文，均投登席拉（Schiller）所辦之 *Die Horen* 雜誌。莎士比亞劇本之翻譯，不特為威廉・希雷格爾一生最大之事業，抑且為德國浪漫派最光榮而實在之成績。以其關係重大，另於第六節詳論之。是年（一七九六年）與其妻加羅林（Caroline Böhmer，1763-1809）結婚。加羅林為苟廷根大學教授東方學家 J. D. Michaelis 之女，再嫁始歸威廉・希雷格爾。一八〇三年二人離婚。加羅林改嫁哲學家謝林（F. W. J. von Schelling，1775-1854）。加羅林為浪漫派中學識才華最富之女子。其性情行事，另於下文第三節詳述之。加羅林除書札外，不自為著作，惟贊助其夫者甚大。威廉・希雷格爾之莎士比亞名劇譯本及評論《羅密歐與朱麗葉》一文（一七九七年），實與加羅林合力成之。離婚後，遂亦不再續譯，而專事批評。威廉・希雷格爾早年曾撰批評論文數百篇，分登各文學雜誌，聲名已著。而其重要之批評著作，應推一八〇一至一八〇四年在柏林所作之文學藝術講義（Uber schöne Litteratur und Kunst）及一八〇七至一八〇八年在維也納所作之戲劇藝術及文學講義（Uber dramatische Kunst und Litteratur，一八〇九年至一八一一年印行）二書。另於下文第五節詳論之。一七九八年五月，威廉・希雷格爾至柏林，旋至耶拿，與其弟弗列得力並友 Tieck Novalis 等同居，是為浪漫派最盛之時。諸人以批評之事尚不足，必須實行創造，乃共相約為為詩。而於一八〇一至一八〇二年，辦 *Musenalmanach* 雜誌，專載諸人所作之詩。威廉・希雷格爾為批評家，雖深通詩之格律技術，其詩殊無足觀。曾於一八〇〇年，編為詩集（*Gedichte*）一卷。又於一八〇三年作希臘故事悲劇 *Ion*，葛德曾為排演，極不受歡迎。浪漫派諸人在耶拿者，推威廉・希雷格爾為領袖。然以家庭姒娌間之齟齬，此浪漫派之團體旋即解散，諸人各自他適。一八〇四年以後，威廉・希雷格爾對時世無大影響，惟曾提倡古代德國文學，其友 Tieck 因之選輯中世德國之情歌。其友 Hagen 因之校刊《尼伯隆歌》。又威廉・希雷格爾所譯羅馬及意大利、西班牙名家之詩，亦甚有功於德國文學也。一八〇四年，威廉・希雷格爾以葛德之薦，為斯達爾夫人（Mme de Stäel）家中西席，教其子讀，遂得偕夫人遊意大利及瑞典、挪威。一八一三至一八一四年，充瑞典國王太子秘書，旋棄職而從斯達爾夫人於日內瓦湖上。斯達爾夫人所作《德意志》（*De I'Allemagne*，一八一七年出版）一書，多由威廉・希雷格爾供給材料。一八一七年斯達爾夫人死後，威廉・希雷格爾得充任邦恩（Bonn）大學教授，至一八四五年，卒於職。晚年關於東方學之研究，頗為人所重視也。

（二）弗列得力・希雷格爾與其兄同學於荀延根大學，深研希臘文學。一七九四至一七九六年間，刊行其所為論文多篇，中以論希臘詩之一篇為最重要。一七九七年七月，弗列得力・希雷格爾至柏林，年少心熱（時年二十五歲），毅然欲有所為，乃函招其兄威廉及其友 Tieck 等均來柏林，成一團體，創造浪漫派之新詩，奉葛德所作為模範，以與舊派抵抗。並自辦一《文學雜誌》，名 *Athenaeum*（一七九八至一八〇〇年出版），專載批評之作，以發表浪漫派之主張，期於五年或十年之內，與其兄威廉成為德國批評界之主宰云。諸人中以弗列得力・希雷格爾為最熱心，故其所作投登該雜誌之稿亦獨多。然多急遽未完篇，或為簡賅之短條，類格言，未及發揮說明，含意甚深而人多莫能解。其後彙編為雜稿（*Fragmente*）。一七九九年，弗列得力・希雷格爾以所著（未完）小說《魯信德》（*Lucinde*）出版，提倡自由戀愛。然內容頗猥惡，殊不足表現浪漫派高尚之理想，徒事描寫放縱之情欲而已。另於下文第四節詳述之。此書出後，攻訐者羣起。浪漫派哲學家希雷馬哈（F. E. D. Schleiermacher，1768-1834）特於一八〇〇年作函為之辯護焉。弗列得力・希雷格爾又於一八〇二年，作悲劇曰 *Alarcòs*，較其兄所作尤劣。然希臘文學及東方語言學則為其所特長。弗列得力・希雷格爾於一八〇三年至巴黎，習梵文，遂得於一八〇八年著成《印度之語言及智慧論》（*Uber die Sprache und Weisheit der Indier*）一書，是為歐洲梵文及比較言語學之濫觴。先是弗列得力・希雷格爾在柏林時，遇哲學家孟德孫（Moses Mendelssohn）之女陶樂秦（Dorothea Veit），已適人矣。弗列得力與陶樂秦相愛悅，其《魯信德》小說，即以陶樂秦為書中女主人。書出，遂起風波，陶樂秦乃與其夫離婚而歸弗列得力・希雷格爾。二人雖為夫婦，始終未行婚禮，藉為新式戀愛者之榜樣也。陶樂秦曾譯斯達爾夫人之小說 *Corinne*，又自撰小說曰 *Florentin*（一八〇一年），未完。陶樂秦與加羅林，為浪漫派著名之女子。其性行另於下文第三節詳述之。一七九九年九月，弗列得力・希雷格爾偕陶樂秦至耶拿定居。諸同志並集，是為浪漫派最盛之時，亦弗列得力・希雷格爾等一生最快樂之時，然不久即離散。自後弗列得力・希雷格爾之性情漸趨和易而堅定。中年除研究梵文外，傾心於神秘之宗教，卒於一八〇年皈依天主舊教。晚年更熱心功名，喜為社會事業。奠居奧國，為外交顯宦，並作政治中之投機文章，一八二九年一月十二日卒於職。絕異二十五歲創立浪漫派之弗列得力・希雷格爾矣。

第三節　加羅林陶樂秦合傳

德國浪漫派中，頗多富才華而能文學之女子，若威廉・希雷格爾之妻加羅林（Caroline Bohmer，1763-1809）與弗列得力・希雷格爾之妻陶樂秦（Dorothea Veit，1763-1839）其尤著者。二人雖有著作，不關重要。其在文學史上之地位，由於其直接間接對於希雷格爾兄弟及其他浪漫派文人之影響，故作希雷格爾兄弟傳者，於此一人之身世及性行，亦不得不敘述之。

（一）弗列得力・希雷格爾著小說《魯信德》（*Lucinde*，一七七九年出版），寫男女二人相愛，不拘禮法。男名佑里斯（Julius），乃著者自寓。女名魯信德，即其妻陶樂秦也。當是時，柏林甚繁華，遊樂之事盛。上流社會有知識之女子交際極自由。而有猶太種女子所組織之文會，尤以文學顯，奉葛德為導師。陶樂秦即其中之一人。陶樂秦之父為著名哲學家孟德孫（Moses Mendelssohn）。陶樂秦生十九歲，以父命適柏林銀行家 Simon Veit 氏為妻，生二子。父之擇婿，以其多財。婿固端謹，然以陶樂秦之聰慧博學，嗜音樂哲學，厭其夫為俗商，遂思離異，久而未行。一七九七年，弗列得力・希雷格爾至柏林，一見傾心。時弗列得力年二十五歲，陶樂秦年三十二歲。陶樂秦貌非美，二人為學問中之知己，故相愛悅。陶樂秦遲惑久之，卒於一七九八年十二月與其夫正式離婚，而於次年隨弗列得力至耶拿居焉。陶樂秦天性和平而忠誠，以得嫁弗列得力為大幸，愛之其摯切，願為之犧牲，無所不至。時弗列得力貧甚，家徒四壁。又性情乖僻，喜怒無常，出言刻峭。陶樂秦一意承順，以柔情撫慰，助成其著作之事，始終無怨色。尤所難能者，弗列得力・希雷格爾主張戀愛神聖而鄙視世俗婚姻之禮節制度，故與陶樂秦同居為夫婦而不行婚禮。又於所著《魯信德》小說中，描寫一己少年之放浪行為，詞多穢鄙。而書中男女二人，即己與陶樂秦之小影，亦同居而不結婚。此書出版，大受各方之攻擊。某某諸邦且特布律令，不許弗列得力・希雷格爾入境。是時不特擁護禮教者斥此書為大有害於世道人心，謚曰誨淫；即專務文學賞鑒者亦嫌此書意境不高，內容粗惡，而深致憾歎。陶樂秦之脫身以從弗列得力・希雷格爾，已遭人攻訐笑罵，《魯信德》之事尤使其難堪。顧陶樂秦篤摯之愛始終弗減。觀其致諸友人書中，對弗列得力・希雷格爾尊禮眷愛至極，惟恐己之才力薄弱，不克為彼理想之伴侶。且願自己加倍勤苦，作為文章，售稿得錢，供二人生活之費，俾弗列得力專心於彼之理想之著作，而不以生計擾其心思。嗚呼！世之為文人之妻者，有能如陶樂秦之忠誠摯愛與其勇往堅貞之精神者乎？陶樂秦之有助於弗列得力之著作者甚多。又往往以己之所撰述，署弗列得力名發表，人莫能辨。嘗謂為妻者助成其夫之事業，乃義所當為，不必使外人知，亦不必令其夫得知。苟無一人知之，其事乃可貴云云。是所謂功成不居者，非愛之極耶！陶樂秦之著作有若干種，最要者為自傳體小說 *Florentin*（一八〇一年出版）。書中之男主人即寓弗列得力・希雷格爾。陶樂秦描敘其性情頗詳，略謂其人外貌雖似奇僻可厭，然中具魔力與別才，能使人悅服，不得不傾心以向之，雖以冷傲自持，不能拒也。人之諛之者，或反使彼不悅；偶為無心之言，則彼又歡欣逾量。要之，其人思想深微，性情多變，不易窺測，而其觸忤世俗亦自然之理矣云云。以此書與《魯信德》對觀，益歎陶樂秦之賢而其夫弗列得力・希雷格爾實不可及也。一七九九年，陶樂秦隨弗列得力・希雷格爾至耶拿，與先在其地之威廉・希雷格爾及加羅林夫婦同居。菲希特及希雷馬哈亦同寓，如一家人。而其他浪漫派重要作者常相過從，名賢並集，一時稱盛。陶樂秦性情柔和而仁厚，能忍讓，又深自謙抑。雖共諸文士從事著作，而常以己之撰述為粗淺不足道，求諸人切實刪改指正。其嫂氏加羅林則縱橫跌宕，以才華自負，往往盛氣凌人。豪邁之人與謹厚之人原不易相處，而家庭之間，每緣小故而致齟齬。於是陶樂秦遂與加羅林失和，而此浪漫派之文學團體亦即離散。一八〇二年，弗列得力・希雷格爾與陶樂秦正式成禮，結為夫婦，居巴黎。一八〇四年，陶樂秦受洗，入耶穌新教。一八〇八年，復隨弗列得力・希雷格爾皈依天主舊教，居維也納。陶樂秦早年嘗望弗列得力不以文人自限，而能立德立功，為理想國中之一公民。後此夫婦在奧國雖安居樂業，而其去昔年之期望，則甚遠矣。此又陶樂秦為弗列得力・希雷他格爾犧牲而甘於卑屈之一事也。

（二）加羅林之性行與陶樂秦適相反對，其人貌美而多才，豪邁俊爽，英明果決。既富情感，有女性妍媚之美，兼具識解，同男子剛毅之德，故一時文人莫不為之傾倒。而其一生之遭遇，亦奇特而多變，禍福苦樂，悉根於是矣。加羅林凡三嫁，其第三次所嫁之夫為哲學家謝林（F. W. J. von Schelling，1775-1854）。謝林讚加羅林曰："兼備此諸長之女子，世間決不能再見也。"又曰"此女殊奇特，人之對彼，非極愛之，則深致不滿，無中道之可言。"蓋加羅林之感情與理性均極強，故其才足以操縱一切，而乃常自陷於羅網；明達人情世故而乃動為羣俗禮教者所不容。跡其一生行事不無可議，要其情理俱真之處，足以表現其人格之俊偉光明也。

加羅林以一七六三年生於苟廷根，父 Johann David Michaelis 為著名東方學家。年二十一，嫁 Böhmer 醫士，居 Clausthal 地方。一七八八年，醫士歿，加羅林寡，乃歸依其父居。威廉・希雷格爾時在苟廷根大學肄業，見而愛之，求為夫婦；加羅林不許，音息遂絕。及威廉・希雷格爾在荷蘭為教讀時（一七九一年以還）復與通函為友。威廉・希雷格爾行不自檢，多所繫戀。某次用情尤真，幾全忘卻加羅林矣。一七九二年，加羅林至 Mainz 訪其女友 Therese，為著名學者佛斯特（Ceorg Forster）之夫人。佛斯特氏極贊成法國大革命，在該地創立政黨，秘密傳布自由平等及政治革命之學說，且圖謀舉事。加羅林熱心贊助之，多所擘畫運動，為當局覺察，以兵至，捕而下之獄。在獄共諸男子一室，備嘗艱苦，乃函威廉‧希雷格爾乞援救。當是時，加羅林公私交困，處境至難。原冀剛毅而多能之 Tatter 氏將向之求婚，至是彼竟默然，遂與萍水相逢之一法國人相愛悅，其人佻達無行，加羅林終身之不受其累者幾希。威廉‧希雷格爾聞訊，設法為之脫解，而尤賴加羅林之弟辛勤不懈，卒得普魯士王向當局之一言而釋之。加羅林既出獄，茫無所歸，聲名狼藉。攻訐造謠者不一而足，或謂其與佛斯特氏有私，信此說者尤眾。其家人及戚友亦為所惑，竟與加羅林絕。鄉邦苟廷根及其他各地，亦明布禁令，不許加羅林入境。世之視加羅林，殆為無行之政客而兼娼妓者矣。加羅林在獄所作書函，詞旨悲酸，冤抑之情可見，謠言當無根據。惟加羅林出獄未久，忽產生一子，來源不明。此層殊難為之洗刷。幸威廉‧希雷格爾忽於此時挺身而前，毅然願與加羅林結婚，其厄遂解，而攻訐之流言亦自息。時威廉‧希雷格爾以加羅林委託其弟弗列得力伴護照料。據弗列得力所自述，其初見加羅林時，疑為詭詐無行而厭之。及與交談，略有往還，乃覺其人極為真誠可愛。於是熱情傾溢，不能遏止。顧念叔嫂名分攸關，乃力自繩檢，不敢十分親近，而以赤子天真之心與賓客疏遠之禮待加羅林，幸無他失云云。弗列得力‧希雷格爾所著《魯信德》小說，其中亦敘及此事。略謂佑尼斯即弗列得力自寓。雖承所親者指其兄威廉之託，而愛此女日甚。自知己行之不端，極力隱忍，中心如焚，痛苦至極，而外貌則強效赤子之天真，做作極工。雖彼女指加羅林。亦受欺，未疑及吾之愛彼也。凡女性之特長及優點，此女無不具，剛健婀娜，備於一身。矛盾之美，樊然並列，而不覺其雜亂。且彼女之情性體態，變易無常。忽而柔媚姣俏，如歌台之舞妓；忽而莊嚴高華，如天上之女神。時則痴笑如嬰兒，時又仁厚如慈母。其於世間萬事，無所不知，無所不能。尋常薄物細故，一經彼女之心之手，輒運以感情與興趣，而增其美麗與價值。彼之同情心極濃且摯，與人交談，眉語心傳，往往不言而喻對方之意，於以見其聰慧。彼又工書翰，能詩文，以若是之才華，更具驚人之膽略及勇氣，因事而用之，雖男子不能及，誠可謂女中英雄也云云。以上乃弗列得力・希雷格爾描狀加羅林之詞，當非溢美者也。（是時弗列得力年甫二十，尚未遇陶樂秦。）

　　一七九六年，威廉・希雷格爾與加羅林結婚。初擬相偕赴北美洲，旋以席拉之援引，得為耶拿大學教授，遂奠居於耶拿。一時名賢同志畢集，而加羅林實為領袖，周旋其間。彼之學識才華，至是乃得其大用。加羅林與葛德、菲希特、謝林等人，均為談宴之密友，而其批評言論，又悉中肯綮，不愧卓識之稱。談話而外，見於來往書札。書札中又描狀諸文學家、哲學家之日常行事，並其聲音笑貌。偶爾着筆，維妙維肖，而多詼諧之趣。時又隱名作為文章，登諸雜誌，以與諸名士鬥智角勝，更傳為美談焉。惟與席拉不相得，且輕侮才力較遜之陶樂秦，終使兄弟姒娌不歡而散，而浪漫派之盛會亦遂離析，至可歎惜。加羅林亦嘗欲作自傳體之小說而未成，僅成大綱，凡一頁有半，稿今存。略謂此書中所描敍之女子，遇事自有主張，而又為人所愛。其處事不甚顧慮一切，乘興而為之，隨意揮灑，性復樂觀。此由才氣橫溢，非欲矜張，蓋其本性實端莊嚴肅而真誠也云云。此為加羅林之自狀，然其何因而不免與賢淑溫和之陶樂秦勃溪，後人終莫能明。惟哲學家謝林（Schelling）與加羅林之戀愛，要必有重大之關係。先是加羅林嫁威廉・希雷格爾時，攜其前夫之女 Auguste Böhmer 以俱來。此女聰慧異常，復得其母教導，年十三，便成博學，且能詩文，可與諸名士齊列。哲學家謝林遂鍾情於此女。一八〇〇年，女病死，加羅林與謝林痛悼此女，實有同哀。由是二人遂互相愛悅，雖非正當，實出真情。時威廉・希雷格爾他適，加羅林與其夫通函如故，而心則愛謝林。陶樂秦等皆稔知其狀，為函以告其親友。先是加羅林之嫁威廉・希雷格爾，雖感其救援之恩，實無愛之之心。而威廉・希雷格爾在柏林亦早別有所戀，對其妻亦為不忠。二人情形如此，故當加羅林函其夫請求離婚，威廉即慨然允之。於是加羅林遂於一八〇三年改嫁謝林，伉儷極為相得。而威廉・希雷格爾與彼二人仍為朋友如故，且常往來訪晤，共論文學。由此可見浪漫派人物之感情變化之速，亦可見若輩實能視戀愛為一種理想，而不存世俗之芥蒂焉。一八〇九年，加羅林歿。先是加羅林少有大志，愛國救世，是其本懷。即於其早殤之愛女，亦切切以是教導。故雖羈身婚姻家務，沉溺於友朋文學中，猶留心時事，喜作驚人之豪語。所作書札，字裏行間，常流露其美人而兼英雄之氣概。合觀加羅林與陶樂秦，及同時著名之女子，其識解精神，似皆在其夫及所愛之人之上。世之文士才人，每思得出眾之才女以為配偶。顧其結果，則往往使彼才女降低其品格，貶損其價值，若希雷格爾兄弟者，恐尚不免愛之適以害之之譏。嗚呼，可不慎之也哉！

第四節　弗列得力・希雷格爾所撰小說《魯信德》

　　弗列得力・希雷格爾所撰小說《魯信德》（*Lucinde*）於一七九九年出版。全書未完，僅成其一部，為信札及對話體。書中敘佑里斯（Julius）與魯信德（Lucinde）相愛悅，互致其情愫。實即寫作者自身與陶樂奏也。參閱上文第三節。全書多著議論及理想，事實極簡單，幾不足以當小說之名。佑里斯乃一浪漫之少年，習藝術。多情多感，偏於悲觀，不諳世務。鄙視世中庸俗之羣眾，沉溺於理想之幻夢，而無目的，無意志，不欲有所為。安於怠惰，昏昏度日。其少年之歷史及心性之變遷，可以其與諸多女子之戀愛之關係代表之。佑里斯放蕩不自檢，任情縱欲，先後所遇女子甚多。其中一妓，殊類茶花女。以真情傾向佑里斯，不見信；乃盛裝豔服，坐溫軟之綉茵上，四壁皆玻璃鏡，影照其中，神光四射，香氣滿室，於是服毒自盡。弗列得力少時喜為狎邪遊，其寫佑里斯之經歷，殆皆自敘。而全書中最猥鄙為人所譏之處，即此段也。其後佑里斯得遇魯信德，精神契合，引為知己。魯信德為女藝術家，視美與愛為神聖，其習藝術非為謀生。即平日作畫，亦隨興之所至，信筆揮灑，從不矜心刻意，慘淡經營。其性情亦偏於理想夢幻，神遊物表。而日常實際行事，則富於勇決剛毅之精神，不拘世俗之禮法，不顧庸流之毀譽。二人同居如夫婦，而不行婚禮，以實行其所謂"藝術結婚"或"自然結婚"者。久之，魯信德生一子。佑里斯大悅，謂前此吾二人間僅有情欲，今後則為自然世界中之公民，而參與世中生命創造之秘機焉云云。書中之主要部分，乃描敘佑里斯與魯信德二人之愛。其愛分三種，缺一則愛猶未至。（一）曰肉體之愛。（二）曰精神之愛。（三）曰神秘之愛。大意以最初人類本為一體，無分男女。其後上帝創造，乃賦兩形，以使相慕相悅。故非男女結合，則人之所以為人之資格未完具。然此結合乃自然之定程，不必假借世俗造作之禮節制度。故為夫婦者，只須兩心契合，有所謂友誼或精神之愛，即已足，而不必舉行婚姻之禮，婚姻反失愛之真。至相愛之兩人死後，其靈魂復歸於天上，而仍合為原來之一體。形質俱化，渾淪無間，此則所謂神秘之愛是矣。

書中二人並未死，但藉佑里斯之一夢寫此神秘之愛。佑里斯嘗夢魯信德死，既葬，佑里斯哀痛至極。初欲自殺，旋因久病而有奇異之幻覺，昏瞀之中，忽睹光明之麗景。又若內心有人傳語，勸其勿死勿悲，言死乃正當之事。汝不日便死，即可與彼女永久結合矣。其夢遂醒。綜上所述，此書之大旨，不外（一）尊重愛情（二）浮游夢幻（三）破滅禮法（四）崇尚自由諸端。皆普通浪漫派之見解，而秉承狂飆運動之遺緒者。即其驚人駭俗之處，亦只（一）描寫肉體之愛，（二）主張婚禮可廢，但仍存一夫一妻之制。之二事。而當時竟惹起如許風波。弗列得力‧希雷格爾為舉世攻擊至於極地，陶樂秦亦蒙不白之冤，陶樂秦之貞淑，絕異魯信德之放蕩。而遭人醜詆。由今觀之，誠異事也。

其時之攻擊者，多指為誨淫之書。實則《魯信德》書中雖寫猥鄙之行事，而其描繪肉體之愛之處甚少，且並無力量，決不若類此之小說之所寫者。非緣弗列得力‧希雷格爾有所顧忌，蓋其才力實不足也。讀者但覺其滿紙議論，虛空冥渺，不可捉摸。謂為誨淫，猶嫌過譽矣。攻之者又責其破壞禮法。其時之人之見解自異今日，以婚禮為絕對不可缺者。而當時之德國尤為守舊：賢母良妻，教化所崇；縫紉烹調，婦職在是。毋怪《魯信德》一書之能駭俗也。按此書，即論其藝術之結構等，亦殊欠完美。故當時浪漫派同志，自威廉‧希雷格爾以下，均極言此書非佳作。弗列得力‧希雷格爾深為懊喪。其後自編全集付刊之時，竟將《魯信德》刪削不存焉。當時友朋中惟希雷馬哈（F. E. D. Schleiermacher, 1763-1834）盛譽此書，於一八〇〇年六月刊布《與人論魯信德書》若干通（*Vertraute Briefe über Friedrich Schlegel's Lucinde*），力為辯解，並稱之為純粹神聖之作。希雷馬哈為著名之神學家及道德學家，時在柏林之慈善教堂為牧師。

陶樂秦與其夫離婚而嫁弗列得力・希雷格爾時，希雷馬哈熱心奔走其間，多所助力。或謂希雷馬哈其時方與另一牧師之妻 Eleonore Grunow 戀愛，憐其處境極苦，思欲娶之而格於禮法，故深同情彼二人之事，而屢於己之著作中提倡自由戀愛，極詆現行之婚姻制度。《與人論魯信德書》中所言，仍即其平日之見解。略謂世間道德，有真有偽。世俗所重，但其末節。男女之愛，正如飲食，同一正當，同一尊嚴，何容隱諱？何所恥辱？世中婚嫁，重利輕愛，一時機緣，遂訂白首。人之初婚，毫無經驗，先遇遂合，豈即知己？既審其誤，分散為宜。若今禮法，不許離婚，強其偕老，如處牢獄。或則偽善，心恨其妻；或因路絕，毒斃乃夫。如斯婚姻，詎為人益？試就世中，取四五偶，互易其妻，各得歡洽。尋常所遇，有苦無樂，皆由婚禮，強從一終。非經試驗，安知所宜？愛情既滅，婚姻應破。茲所提倡，實衷至道云云。細察希雷馬哈之所求者，厥為離婚制度。苟許離婚，則婚姻之禮仍可保存。此外則皆浪漫派崇尚感情之普通詞旨。比較言之，希雷馬哈之論多本實際經驗，似有改良社會之志。而弗列得力・希雷格爾則但寫浪漫派藝術家之心性，專以蹈空脫俗為高耳。

然《魯信德》在文學史上之地位極為重要。蓋因弗列得力・希雷格爾將其一己之種種思想見解均寫入此書中，足可代表浪漫派之人生觀藝術觀也。本書之大旨，在以生活中之實際境界與詩中之理想境界合二為一，而注重天才及主觀。純任主觀之自我，自由放縱而無規律，且無目的。藝術作者不重視其材料及題目，而隨時改變態度及方法，視為詼諧遊戲，絲毫不可認真。即弗列得力・希雷格爾所謂譏嘲（Ironie）之作用是也。其於人生，亦主譏嘲。即少數特出之天才，自負其智力，行動無所不可，而卑視羣俗之勤勤懇懇、忠於職務者。天才不但非常情所能測，且亦不自知，即有所成就皆由於偶然。天才以無定為鵠，故不肯擇專門之職業，而以閒居怠惰為高。其所謂快樂，非奮力取得者，乃自然而來，我但靜居以享受之者。一切放任，純事消極。勤勉與功利能使人之神死，亟應避之。總之，清靜無為，破除規律。恣意享樂，恃才傲世。此浪漫派對於人生之態度，而其對於藝術亦同。以無規律無目的之故，其藝術作品遂不免散漫冗沓，毫無力量。《魯信德》一書之缺少價值，正可為其中所標榜之學說之例證也。

第五節　威廉・希雷格爾之戲劇藝術及文學講義

威廉・希雷格爾最重要之文學批評之作，為其一八〇八年在維也納所撰之《戲劇藝術及文學講義》（*Uber dramatische Kunst und Litteratur*），凡三十篇。到場聽講之士女約三百人，斯達爾夫人亦與焉。次年刊行，斯達爾夫人為之作序，揄揚備至。不久譯成各國文字。不但斯達爾夫人著書採其說，威廉・希雷格爾曾於一八二三年至英國，辜律已關於莎士比亞之評論等亦取材此書為多。其書係西洋戲劇文學史論，立說新奇，故與前人相反，實足代表浪漫文學批評之見解也。

第一篇先述批評之職責，非指陳缺失，乃在說明美之原理及其應用，使人皆廣大其心目，增長其學識。不拘囿於一時一地之偏見，不盲從一家一派之學說，而能鑒賞古今各國文學藝術之精妙。蓋詩乃普遍之藝術，凡人皆有天賦之詩才，但當啟發淬厲之耳。希臘文學，後世莫能及。俗人遂專務摹古，類小兒之撫玩具。其實後世之大作者，皆能匠心獨運，自出心裁，而不依傍古人，所作方極偉大，為一般人民所稱賞。然所謂飽學士夫，則惟推重摹古不化之下等作家，迂謬可厭。此種分別，不可不知也。又謂古代（古典）詩及藝術之精神為雕塑的，近世（浪漫）詩及藝術之精神則為圖畫的。希臘文學之特質，為人之各種才性之調和。基督教之所傳授者，為無限之觀念與幽微深遠之思。中世騎士宗傳，則尊崇女性而尚純粹熱烈之愛。此二者合流，遂成近世之浪漫文學。

第二篇總論戲劇，謂希臘之戲劇作者，皆大膽而敢直言之人，不惜與從古之禮教及當時之羣眾之見解相抵觸、相違抗。

第三篇謂悲劇之主旨為熱誠，喜劇之主旨為遊戲。由此至第十四篇，論述希臘戲劇；第十五篇論述羅馬戲劇；第十六篇論述意大利戲劇；均無特別之處。

第十七至二十一篇，論述法國戲劇。前此法國戲劇常為諸國之楷模，十八世紀中雷興等尤在德國提倡摹仿。威廉・希雷格爾則於法國戲劇力致攻訐，謂其受亞里士多德及巴魯（Boileau）等之拘縛過甚，而重視所謂三一律，不為觀眾留想像自由之餘地，遂致毫無生氣及精彩。威廉・希雷格爾於法國三大劇作者皆有貶詞，謂（一）康乃（Corneille）之劇，如着朝衣朝冠而背誦修辭名篇。（二）拉辛（Racine）以詩作劇，而以法國貴族士女交際之風尚，雜入希臘人之性情行事。（三）毛里哀（Moliere）勁剿襲前人劇本，而劇中事多離奇不合情理。其描寫最下等之粗俗人物尚可，若上流社會則毛里哀實無描繪之能力，處處失之板滯拙呆。至若福祿特爾，則直如插科打諢之丑角耳云云。按此處威廉・希雷格爾之持論實為不公。蓋彼有意一反成見，必須推倒法國在文化上之權威，而以德國代之以為快。其論毛里哀最刻，則以毛里哀之劇本為法國人公認之不朽傑作也。歷來改革家及宣傳者之言論率皆如此，又何可獨責威廉・希雷格爾哉！

第二十二至二十八篇，論述英國喜劇，皆褒讚之詞。而於莎士比亞尤極端推崇，則以英國戲劇，重自然，輕技術，又具浪漫性質，莎士比亞允足為其代表。莎士比亞為傑出之天才，近世之人，溺於法國派學究之觀念，漠視莎士比亞，今亟須為之表彰。莎士比亞常寫人生可驚可怖之奇變，怵目劌心，或乃譏為獷野，不知此正悲劇之所有事。非若近世之所謂悲劇，僅寫巧笑淺顰輕云密雨之兒女柔情者。此下威廉・希雷格爾逐一細評莎士比亞之劇本，多精警之論。以其翻譯之前，研究深到故。莎士比亞之作劇，本乎天才，班江生（Ben Jonson）則憑人力。故威廉・希雷格爾揚莎士比亞而痛抑班江生，固亦無足怪也。

第二十九篇，論述西班牙戲劇，盛讚其能傳出中世英雄之精神。第三十篇論述德國戲劇，對雷興多有微辭，於葛德及席拉並致欽仰。結論主張以德國歷史為材料，多編表現德國民族性行之劇，期使文學蔚為國光云云。

綜上所撮述，威廉・希雷格爾之戲劇批評，實有其獨到之處，而亦有囿於此時代浪漫派流行之見解，遂致偏激失當者，要當分別觀之也。

第六節　威廉・希雷格爾之譯莎士比亞劇本

莎士比亞所為戲劇凡三十七種，而威廉・希雷格爾僅譯其十七。其中十六種，成於一七九七至一八〇一年間，分為八冊出版。閱九年，復譯成《理查第三》一種，自是遂輟筆。餘二十種，則由 G. W. Baudissin 氏（1789–1878）與 Dorothea Tieck（1799–1841）補譯成之。威廉・希雷格爾所譯，間有意思未盡合原文之處，然逐句對譯，以德文之一行，當英文之一行；模仿原作之音節（Metre），每行亦皆輕重相間之五段（Iambic Pentametre）。技巧如斯，實難能而可貴。（自是德國作劇者乃常用輕重五段音節之詩體，實本於此。）而其獨到之處，則由威廉・希雷格爾識作者之用心，能洞明莎士比亞每劇之真意，能傳出英國依里薩伯時代戲劇之環境及精神。譯筆流暢生發，使人愛讀。故能使莎士比亞成為德國民族所崇拜眷戀之詩人，使百數十年來在本國小遭人冷落或致誤解之莎士比亞之名劇，重顯其價值，而成為南歐各國條頓民族之瑰寶。偉哉！翻譯至此，蓋兼有創造之能事矣。

威廉・希雷格爾之所以能致此者，非偶然也。其家學淵源，少年沉潛博學，已述於前。其父其叔，對於莎士比亞研究素深，多所啟發。而威廉・希雷格爾又早年諳練作詩之技術規程。及肄業苟廷根大學時，以前此德國僅有將莎士比亞劇本譯成散文者，於是發願譯之為德國詩體，而以《夏夜夢》託始焉。當是時，浪漫詩人布格（G. A. Bürger，1747－1794）晚歲佗傺，為苟廷根大學教授，師生一見傾心，深相契合。威廉・希雷格爾既從布格學為詩，盡得其傳。布格且以他日名必出己上相期許。威廉・希雷格爾乃以所譯《夏夜夢》稿本呈布格恣意刪改，一切遵從無違。布格重浪漫之感情而喜民眾文學（歌謠之類），故其所改譯者全失真面，於原文粗惡放縱之處，則更加點染，使成猥鄙不堪卒讀。而於其精妙微婉之處，則忽略遺棄。此手稿今存，觀之使人欲嘔。幸威廉・希雷格爾雖受布格之影響，而為時甚暫。誠欲從事於民眾文學，在當時應奉海達（Herder）為師，猶勝於布格也。此為威廉・希雷格爾翻譯事業之第一期。

一七九一年，威廉・希雷格爾在荷蘭任私家教讀。時方潛心讀席拉（Schiller）之美學著述及席拉所為詩，遂仿效之，威廉・希雷格爾之詩格乃變為莊嚴高華。為席拉所譯莎士比亞劇本《麥克白斯》（*Macbeth*）亦以己意為之而全失真，使劇中之女巫變為希劇之凶神（Furies），閹人之俚歌變為雍熙之雅頌。其於布格之譯法，趨向相反而所失維均。威廉・希雷格爾之棄彼而從此，猶為不幸之事也。是為威廉・希雷格爾翻譯事業之第二期。

然席拉大有功於威廉・希雷格爾者，厥為介紹其研讀葛德（Goethe）之著作。時葛德詩文全集初版方行世，世人之注意者甚少。蓋眾之所喜讀者仍為《少年維特之煩惱》一類作品，而不知葛德已大有進於是。其新作宏深精嚴，時人不解。威廉・希雷格爾獨深嗜之，心折葛德之才識無上。始知從事創造之藝術家，須能暫時將自己完全忘卻，沉溺於所經營之作品中，以全神注之。而其作品之體裁，應不拘一格，惟視其題目材料之性質，適宜而變化。今威廉・希雷格爾從事翻譯，亦當效法葛德，具有此種忘卻自己而俯仰步趨以就原作者之本領。蓋翻譯家所必不可缺之資格有二：（一）為女性之靈敏之感覺力，於異國原文之細微精密之特點，悉能領會。（二）為男性之剛健之創造力，能於己心中再造出全部之印象。此二種資格，葛德一身兼備，故其天才卓絕，其所著作神奇精妙變化多端而不可捉摸。今威廉・希雷格爾正宜奉為師表而仿效之也。且德國文字夙號簡陋，自經葛德之手，秉其天才，為諸種精妙之文學創作。於是德國文字內涵之能力乃盡發現，而成為完備可用。威廉・希雷格爾當時正可坐享其成，從事翻譯，不愁文字工具之短缺。又威廉・希雷格爾前此誤從布格之說，以格律技術為外表之事，今始知文學作品之內容與其形式實相密附而不可分離。而所謂文體者乃作者全部心性之表現耳。故翻譯之功，匪特為作品之運輸，亦即使本國人得深悉了悟異國古代之人之精神造詣之正途。由是威廉・希雷格爾益重視其翻譯莎士比亞劇本之大業，而鄭重從事焉。是為其翻譯之第三期。

然其時威廉・希雷格爾又受菲希特（Fichte）及其弟弗列得力・希雷格爾之影響，致力於浪漫文學運動，乃暫將莎士比亞擱置，而翻譯南歐文學名著。若荷馬史詩，若希臘情詩牧歌，若羅馬著名詩人及意大利、西班牙、葡萄牙之詩，（後此又兼譯印度梵文古詩）均以各種不同之體裁譯之。其目的（一）以使德國文學內容豐富。（二）自作勤苦精工之練習，藉為翻譯莎士比亞之預備也。其於但丁，費力最久，而譯之仍不見精工。是為其翻譯事業之第四期。

　　一七九五至一七九六年間，威廉·希雷格爾始譯莎士比亞《羅密歐與朱麗葉》及《哈孟雷特》之一部。由其弟弗列得力以送致加羅林（Caroline Böhmer）參閱本篇第三節。評閱。加羅林大體讚賞，但謂文詞頗嫌詰難、古奧、艱深，恐係由於近頃翻譯但丁之故。威廉·希雷格爾之翻譯事業，得加羅林之贊助為多。一七九六年，二人結為夫婦，其伉儷同居之數年中，為威廉·希雷格爾翻譯莎士比亞最重要之時期。《羅密歐與朱麗葉》譯本之初稿，加羅林所手抄而威廉·希雷格爾復以筆塗改之者，今猶存，可參證。一七九七年九月，加羅林復為抄寫《從汝所欲》（As You Like It）一劇之譯稿，於致友人函中言及。顧加羅林之功不止於抄寫。其時為人所盛道之論《羅密歐與朱麗葉》劇之文，實加羅林與威廉·希雷格爾所合撰，而莎士比亞諸劇本，亦可云夫婦二人所合譯也。大率譯本中表示女子之感情及文筆流暢之處，皆出加羅林手筆。而加羅林又能了解作者之真意與全劇之大旨，所以啟發威廉·希雷格爾者至多。然細察其手稿之存於今者，則新婚之始，譯稿全由加羅林抄寫，其後漸歸威廉·希雷格爾自抄。而《威尼斯商人》一劇，譯成於一七九八年之秋，猶為加羅林所抄，此後則加羅林之手跡不可復見。蓋是年十月謝林（Schelling）至耶拿，與希雷格爾兄弟等同居，而情形頓異矣。參閱本文第三節。

　　葛德於 Wihelm Meisters 書中，始力辟當時之謬說，謂莎士比亞為粗豪放縱之天才而毫無藝術家之心思與訓練者。威廉·希雷格爾於一七九七年著論，續闡葛德之主張，但以葛德之未能譯莎士比亞劇本為德國詩體為憾事。威廉・希雷格爾之譯本則純為詩體，每行皆輕重五段（5 ⌣ ―）之音節，與原文同。始猶參用亞歷山大句式，旋知其不佳，乃盡毀其稿另譯。初頗患德國文字之冗長散漫，原文之為十字者，德文用十四字猶不足以表達之。然而威廉・希雷格爾苦志不懈，力求凝煉。用力既久，乃能使譯文之文字數與原文同，而又能盡達原文之意，且傳其神。迨文體鑄造既成，如順水推舟，於是四年之中（一七九七至一八〇一年）譯成劇本十六種，與當時葛德及席拉之作品價值相等，而威廉・希雷格爾畢生之大功成矣。此可謂之威廉・希雷格爾翻譯事業之第五期。

如上所述，有雷興等之批評研究以啟其先，有海達之精神熱誠以廣其緒，有葛德之天才以示其秘，並為造成文字之工具。又須經歷布格及席拉等諸人之傳授，由錯誤而獲正途，由失敗而底成功。而苟無彼才智卓越之加羅林，傾注其熱烈之愛情，為之批評，為之贊助，為之誘導勸慰，則威廉・希雷格爾之譯莎士比亞，猶未能完功。嗚呼！天時人事，諸種機緣，共相湊逼，乃結此區區之善果。甚矣，文學創造之非出偶然。甚矣，翻譯外國文學名篇之未易言也。

吾人於以上情形不憚詳述之者，以今日中國翻譯之業方盛，而草率猥陋者居多。苟欲深致力而求大成，威廉・希雷格爾之譯事可為取法，盍注意及之。今人每謂吾中國文字繁難，不能表示西來之思想及感情，遂主廢棄，或務為變革。殊不知文字之效用實繫於作者之才力，是在作者譯者不憚辛苦，勉強試驗，久之自可滿足一己而造福後人。彼葛德與威廉・希雷格爾之發揮運用德國文字，可為榜樣也。今人又痛惡文學中之體裁格律，主一切破除。於是譯西書者，不問其為詩為文為小說為戲曲，又不辨其文筆（Style）之為深為淺為俗為雅為雄健為柔和，而均以一種現代（並歐化）之語體譯之。其合於原文之體裁否？不問也。其能完全表達原文之精神風韻否？亦不問也。使知文章內容之美與外形之美乃一事而非二事，使知文體須求符合於其題目及材料，則所為或將異乎今者。此又葛德之理論與威廉・希雷格爾之工作，可為吾人模範者也。嗚呼！世間萬事，愈難即愈可貴。翻譯亦然，翻譯文學名篇尤然。翻譯乃一種精妙之藝術，從事者其慎之哉！至吾國之莎士比亞譯本，有田漢君所譯之《哈孟雷特》及《羅密歐與朱麗葉》等，今不及一一評論。惟以吾人所知，有邵挺君者，譯成 Hamlet，名曰《天仇記》，列入商務印書館"說部叢書"第四集第二十一編。又譯成 Julius Caesar，名適忘記。均用文言，且多作韻文及詩句，氣骨遒勁，辭藻俊美，而短歌尤精絕。其人蓋於風、騷、樂府、古詩根柢甚深，又富於文學之鑒別力，故其譯筆求工而不諧俗，頗有合於威廉・希雷格爾之所為者。惜邵君之譯本不見稱於世。邵君之職業居處，世亦未悉。爰特表彰之。尤望邵君能努力續譯莎士比亞其餘各劇，以竟全功也。有知邵君住址者，務祈賜告本刊編者，以便通訊。

第七節　結論（與現今中國比較）

　　十八世紀末年及十九世紀初年之德國，在政治上為最衰之時。弗列得力大王之雄風消歇，諸小邦獨立為治，不相統一，而蹂躪於拿破崙鐵蹄之下。然在文學上，則此時之德國實為最盛之時。不但各種運動風起雲涌，而天才之作者亦輩出。尤以異稟神慧之葛德，鶴立虎嘯，為此時代之領袖中心人物。即希雷格爾兄弟之天才及成就，亦自有其不可及者。試以德國此時代之文學流派趨勢，與今日中國比較，可約略比附如下：（一）中國有純粹舊派之老輩文學家，如陳散原、鄭海藏之詩，柯鳳孫、馬通伯之文，此可比於德國之古典派如 Nicolai 等。（二）陳獨秀、胡適之文學革命及徐志摩等浪漫之詩，此可比於德國之狂飆運動。（三）現今魯迅等之譏嘲主義及郁達夫等之情欲描寫，此可比於希雷格爾兄弟所領導之浪漫派（Die Romantische Schule）。（四）最近出現之成仿吾、郭沫若等之革命文學，此可比於後來德國之"少年德意志"（Das junge Deutchland）一派。但（1）所異者，德國諸派先後相隔較久，而在中國則十年之中，重疊凌逼而並集。譬猶望遠鏡之縮藏，又如層塔，自其頂以強力下壓，諸層均落地面，而裏外環圍。今之中國，思想感情之衝突，古今新舊之混淆，較他國他時均為甚，此特其一事耳。（2）又所異者，德國當時有葛德與席拉二人，秉其雄厚之天才，雖由狂飆運動入，而旋即脫棄之，精研古學，以人文主義為倡。其學識則包融新舊，其宗旨則在尋求普遍之真理而發明藝術之精理與正法。其所創造之作品則佳美無上，為古今所莫及。其在當時之影響，則能補益糾正各派之所短，而使新進作者有所取法。譬如眾星在天，而日月居中照耀。中國今日，其孰能當葛德與席拉；其孰以葛德之志為志、葛德之法為法；其孰以精美純正熔鑄一切之人文主義為倡；其孰能為古學淵博之近世模範思想家及文藝創造者；此其人誰耶？或答曰恐尚無之。若是者，眾皆當勉為之。吾人首先竭誠企望之矣。

托爾斯泰誕生百年紀念（九月八日）[1]

　　按托爾斯泰生時，俄國尚用舊曆 Julian Calendar，未改新曆 Gregorian Calendar。托爾斯泰生日，為舊曆八月二十八日，即新曆九月八日。故其誕生紀念日，亦有兩說云。

　　今國內文壇中有一甚囂塵上之問題，曰“革命與文學”。此問題又包涵一先決之問題，曰“文學之功能與目的”。文學之最終目的在美歟抑善歟？文學之功能，在精神之賞樂歟？抑在為改革之工具歟？此亙古抗持不決之問題，而近世重新發起此論戰並提出極激烈之答案者，托爾斯泰也。雖布雪維克黨曾摧燒並禁讀托爾斯泰之書，此特由於其所擬改革方案之不同。然所謂“第四階級文學”，托爾斯泰實為其開山祖矣。

托爾斯泰

1　本文原載《學衡》雜誌第 65 期，1928 年 6 月。後連載於《大公報‧文學副刊》第 34、35、36 期，1928 年 8 月 27 日、9 月 3 日、9 月 10 日。——編者注

曠觀文學之歷史，凡“為藝術而藝術”之理論受懷疑時，大抵皆社會杌隉不安、而人民顛沛無告之時也。故托爾斯泰之藝術論，不生於美，不生於英，不生於德、法，而生於尼古拉治下之俄羅斯。今日中國之國患民艱，以視彼時之俄羅斯，性質雖異，程度殆或過之。托爾斯泰在生活上所感之苦悶、疑懼、憤激、彷徨，一一皆吾人所能親驗。故托爾斯泰關於人生之教訓，吾人當聆之彌殷，初無論吾人贊同之與否也。

　　以此二故，吾人今當托爾斯泰誕生百年紀念之際，一論述其生平與貢獻，彌覺親切有味也。

　　利奧‧尼古拉維奇‧托爾斯泰（Count Leo Nicolaevich Tolstoy，1828－1910）以一八二八年八月二十八日生於莫斯科南一村落，名Yasnaya Polyana 者。村名譯意為明野。其先世多勛顯，富產業。母出侯門，貌醜而性仁。父襲伯爵，一生消磨於問舍求田，無聞於世。托爾斯泰生二年而母卒。其後長成，追慕甚殷。每於著作中，想像其美德，曰：“嗚呼，當予艱苦時，苟得一睹先母之微笑，則一切憂愁，當不知消失於何所矣。”九歲，其父又卒。遺孤五人。子四，尼古拉最長，托爾斯泰少年時頗受其影響，次薩爾哲斯（Sergins）、德默脫利（Dmitri），皆托爾斯泰之兄也。一女最幼，名瑪利亞，後謝絕塵緣，致身宗教。托爾斯泰晚年避妻離家，即與之相依。是時五孤兒由其姑亞歷山得拉及遠親泰坦娜撫育。此二婦人皆虔信上帝，恤弱憐貧，故托爾斯泰實生長於極濃厚之宗教空氣中。其後托爾斯泰尤稱泰坦娜，曰“彼有二德：曰寧靜，曰愛人。”又曰“彼於予一生，有極大之影響。彼使予自孩提時即了解愛人之樂。彼之教也，不以言說，惟其人格，溉予以愛。予見並覺其愛人時之歡悅，予因解愛人之樂。”托爾斯泰曾著《孩提》、《童年》及《少年》三書，乃為半自傳之小說。彼自幼即富於想像，且喜觀察。自言五歲時即覺人生非樂事而為苦工。又嗜聞故事，尤熟於《聖經》神話及《天方夜譚》。年十三移居於伽叁（Kazan），次年始入學校。是時其特性已漸顯呈，重虛榮，而貌不揚。每攬鏡自傷，又怯懦，見人靦腆。在校初無異於常兒，時裏中論及其同學之三兄弟，有熟語曰：“薩爾哲斯欲之而且能；德默脫利欲之而不能；利奧不欲亦不能。”其在小學，生活極孤寂。稍長入大學，已能為獨立之思想。喜分析窮推，每流於極端之懷疑，所不敢疑者惟有上帝。志高願大，既欲濟眾，又欲立名。顧不勝於少年之物欲，檢制日弛。嘗於日記中自訟曰：“吾今之生活真與禽獸無異。吾之卑下，如一墮落之人。”其修學也，喜為自動之探討，自主之判斷。視校中正課為無足輕重。每嗜一科，則全神注之，而荒棄其餘。初習東方語言，無成。繼習法律，亦無成。惟是時始知有盧梭《懺悔錄》及《愛彌兒》等書，手不釋卷。此新發現，不啻托爾斯泰心靈中之狂風暴雨。彼自云：“吾直以盧梭為宗教的崇拜之對象。吾特鑄一盧梭小像懸於頸下，視之如聖像焉。”托爾斯泰既厭苦學校生活，會其兄尼古拉畢業於大學，遂隨之離校而歸故鄉。“到民間去”，欲隱身田野，於農夫處，而為之恩主，為之導師云。時年二十矣，居鄉年餘，到處所遇者惟冷漠、猜疑、刻薄、忘恩、罪惡，乃如大夢初覺。其初期著作中有名《地主之一朝》（A Landlord's Morning）者，即描寫此一年餘之經驗。其中主人公 Nekhludov 即托爾斯泰之化身也。彼心灰意冷之餘，乃赴聖彼得堡，以尋快樂。前路茫茫，不知所適。時則欲遊歷外國，時則欲預備大學試驗，時則欲擲筆從戎，而皆未果。惟放情縱欲，飲博射獵，以遣時日。其兄尼古拉既卒業大學，服軍職於高加索山中。時方請假歸，睹托爾斯泰狀，慮其道德生活將敗壞至不可救藥，因邀其同往山中小住。托爾斯泰亦厭倦物質之享樂，視其兄之提議為惟一之救星，立允偕行。時一八五一年之春也。既至山中，時或幽居靜思，領略自然之美景，陶養宗教之虔誠。其後所作《哥薩克人》小說，即此時之自傳。其主人公在高加索山森林中獨坐，沉思人生之意義。"卒然恍若一新境界展開於其前。彼自語曰，快樂須求之於為他人而生活，此理極明顯。求樂，人之天性也，亦正當之事也。行之以自私之道，而追求貨利名譽聲色與生活之安適，則欲或難饜，故此等欲望為不正當。然求樂之欲非不正當也。有無在而不可饜足之欲望歟？此為何歟？曰愛。曰自己犧牲。……"於是托爾斯泰之方向定矣。是年長夏與兄處，曾從征山中野人。冬，至鐵夫里斯（Tiflis）應軍職考試。在鐵夫里斯始作其第一部小說《孩提》。試既獲售，衣軍服而歸見其兄，在炮兵旅部中為閒員。明年七月，《孩提》一書成，以簡名 "L. N. T." 投於聖彼得堡之《現代月刊》（Sovremennik）。其主筆 N. Nekrasoff 為名詩人，一讀此書，即認識此無名作者之天才，立與復書，許為發表。是年九月即踐其言，是為托爾斯泰文字生涯之第一步。不久，托爾斯泰於日記中書曰："吾內中所存，使吾自覺一事，吾生世之任務不與他人同。"明年冬，克里米亞戰爭起，托爾斯泰於役多瑙河畔，塞巴斯多波爾（Sebastopol）要塞之堅守，俄軍奮勇赴死者二萬二千人。此愛國之狂熱使托爾斯泰大受感動，後此嘗作《塞巴斯多波爾》一書追述其事。彼雖未臨大陣，亦屢瀕於危，而處之夷然。嘗作軍歌，營伍傳誦。又感於屠殺死亡之恐怖，不禁反思人類之命運、人生之目的及永久之真理。因在一八五五年三月五日之日記中書曰："一論及上帝及信仰使吾發生一偉大之理想，吾自覺能致身以求此理想之實現。此理想非他，即創造一新宗教，與人類之發展相應合。一除去獨斷與神秘之基督教，一實用之宗教，不希天國之庥，惟求現世之樂。……以自覺之工作，藉宗教以聯合人類，此即吾之理想之基礎。"此乃托爾斯泰晚年之事業，然在少年時已萌芽矣。

戰既終，托爾斯泰銜命赴聖彼得堡報告戰事，遂不復返，旋脫軍籍。始至聖彼得堡，受《現代月刊》（Sovremennik）編輯部諸人之歡迎。而屠格涅夫（Turgenef）尤喜其初作，極愛重之。延居於其家，殷勤備至，如待幼孩。甚或斂步低聲，恐驚其清夢。然彼不久發現此幼孩不獨早已拋去繈褓、自立自行，並且操戈入室，為思想上之衝突矣。屠格涅夫悔之，乃稍與之疏遠，惟終身稱羨其天才不衰。托爾斯泰性孤耿，好持己見，不肯下人。故《現代月刊》編輯部中人亦不能與之共事。托爾斯泰既脫軍籍，預備出游外國，而先回家一行。此時彼已不慊於孤獨漂流之生活，而渴望家庭之快樂。睹其鄰貴族少女名 Valérie Arsenef 者，頓生柔情，與通款曲。然欲試此乍起之感情是否錯誤，乃毅然遄返聖彼得堡，而繼續與彼女通信，視之如己之未婚妻。此等函札，直可成一小說。托爾斯泰欲於此教育彼女，使成為其理想之配偶云。然二人間之感情不勝其距離之遠，書函中語，日漸冷淡。其終覺彼此間無真愛存在，遂互致訣別之書，而中止通信焉。一八五七年正月，托爾斯泰遂赴西歐，居於巴黎。時與屠格涅夫過從，交誼益密。彼來西歐，本欲一歷西方生活，而觀其是否有長可採以益國人。甫至巴黎，一日見行刑於斷頭台上，痛徹神魂。後此於懺悔錄中記之曰："當吾見首與身離、耄然墜於承盤中時，立覺所有為近代文化及其制度張目之學說，無一足為此種行為辯護。吾之覺此，非以理智，乃以全個人。縱自有世界以來，全世界人類皆以此事為必要，縱有種種學說為之曲解，吾確知此事為無用、為罪惡。吾知善惡之標準非眾人之所言所為，非進步，而為我自身，我之本心。"觀行刑後之次日，又於日記中書曰："吾七時前即起，往觀行刑。肥白而康健之頸與胸。彼先吻《新約聖經》，然後就死。此何等荒唐之事！此事與吾一極深之印象，未為徒然。吾非政客，道德與藝術，吾知之，吾愛之。……斷頭台上之事，使吾長夜不寐，寐復屢屢驚起。"五月，離巴黎，遊瑞士。訪盧梭之故里於日內瓦。過洛森（Lucerne）入德國，遂返俄羅斯。八月抵家。冬與友人獵，射母熊不中，幾遭不測。次年秋復返莫斯科，恣情遊樂。日與都中文士往來，被選為莫斯科文學會會員，居年餘。會其兄尼古拉得肺病，移居於蘇頓（Soden）。托爾斯泰偕妹瑪利亞並其二女往侍之。道出柏林，獨留數日，繼遊德國名城，參觀其學校。蓋托爾斯泰久已蓄志自辦一學校。每至西歐，苟有機會必考察其初等教育，涉歷其學校，並時讀當世關於哲學歷史及教育之書。既抵蘇頓，尼古拉病益深，急偕遷法國南部，然已無及，一八六〇年九月二十日遂卒。托爾斯泰受此重創，既回覆後，仍續行遊歷。在德、法、英等國研究初等教育。次年二月俄國解放農奴之詔下，托爾斯泰被委為農民與貴族間之調停人。彼左袒農民，竭力維護其利益，以此大觸貴族之怒，未一年而被逼辭職。自是托爾斯泰遂專心致志於初等教育問題。初，一八四八年托爾斯泰歸自伽三，即於其莊內設一小學校。旋赴高加索山，校遂停。一八五八年冬第一次遊歐歸，校復開辦，期年亦無所成就。至是積經驗及研究之結果，重整旗鼓，謀為俄國初等教育之改革樹一模範。招聚青年教師多人至其故鄉，自立學校數所，並創一教育雜誌，即以其故鄉之名名之曰 Yasnaya Polyana（明野）。於其中發表其教育原理及成績報告。首揭明普通教育發展之大障礙，在先立空中樓閣之原理、強施於他人，而不顧他人之實際需要；其補救在破除成見，以經驗為師。次論讀寫非教育之第一步，亦非其最重要之一步。有不識字之人而富於經驗，且富於有用之專門知識者，而識字之人或反缺之。政府及知識階級所辦之學校，無裨於民眾之生活，且不能適應之。小學不過為中學之預備，中學則為高等學校之預備。而高等學校則不過為政府及教會造人才，與人民之生活無與也。其論教授之方法，則重自由，以需要兒童之勞苦愈少為最佳。其自述所辦學校之情形曰："校舍佔兩層之磚屋一所。二室為講堂，二室以居教師。一為操場。廊間懸一鐘，繫繩其下。前廳及梯下皆立欄杆。樓上前室設木匠凳一。樓梯及前廳滿布沾泥或沾雪之足印。廳上並懸功課表。功課之程序如下：每日上午八時，住校之教師命一住校之學生搖鈴。村人多早起，農家燈光恆可遠從校中見之。鈴響後半小時，無論當濃霧或霖雨，或在秋朝斜輝之下，輒見若干小黑影出現於隔離學校與村落之山凹之斜坡上。或獨行，或成對，彼等不如舊日之互相期待，羣集之欲望已失，彼等已學有所得，因之各能獨立。彼等不需攜一物來，無書，無抄本，回家亦無自修之功課。彼等不獨手無所持，心亦無所繫。彼等不須記誦任何功課，即昨日所習之功課亦不須記。彼等不致念及當前之工作而戰栗。彼等所攜來者，惟（一）其自身（二）其易受印象之天性（三）其夷然無掛慮之心。彼等在一課開始之前無須念及此課，遲到者無受罰之懼。而彼等除為其父母留在家中工作外，亦絕無遲到者。工作既畢即飛奔至校。"此次托爾斯泰辦學之試驗頗著成效。後此俄國小學教育受其影響不少。然托爾斯泰慘淡經營，神敝力疲，漸厭苦教育之生活。乃去居巴什克爾（Bashkir）之草原，藉馬乳以療養。時一八六二年春也。彼自言曰："當農奴解放之年，予歸俄羅斯任調停人之職。乃始於學校中教不識字之人，於雜誌中教有知識之人，工作進行頗順利。然予覺予心非在常態，而需要一種變遷。"此變遷為何耶？今當解答此問題之前，請一總結托爾斯泰三十四歲以前之生活。三十四歲以前可

托爾斯泰和夫人蘇菲

劃為一時期，乃不斷失望、不斷衝突之時期也。初入大學，失望而去。繼"到民間"，失望而去。繼入軍營，興盡而去。繼辦教育，興盡而去。其將以宗教為終身事業耶？抑將以藝術為終身事業耶？此又為其內心中時常衝突之問題。其初期之作品，又不為當世批評家所重視，不行於時。即托爾斯泰於一己之藝術亦無深確之信仰，瞻顧人世，更有何途、可尋快樂？所餘未歷者，惟家庭生活耳。此中之溫柔與美滿，托爾斯泰三年前已於《家庭快樂》一小說中想像得之矣，自是自巴什克爾歸後，遂結婚。

以下當述托爾斯泰婚後之生涯矣。彼自少即與莫斯科一姓貝爾（Bers）之家庭相稔。始戀愛其主母，繼遍愛其三女，而終屬意於其次女蘇菲。時托爾斯泰年三十四，蘇菲年十八耳。蘇菲肄業莫斯科大學，通德、法文，嗜文學音樂，尤喜讀托爾斯泰之少作《孩提》。托爾斯泰於一八六二年八月始識之，爾後日必至其家。九月十二日於日記中書曰："吾已發生戀愛，吾不料此乃可能之事。吾已成狂人，倘長如此，吾非舉槍自射不可。伊家夜宴，伊一切皆足使人心醉。"
次日又書曰："明朝一起必立往告伊一切。不然，惟有舉槍自射。"
然次日未往告，亦未舉槍自射。遲至十六晚，始以求婚之書交蘇菲。
二十三日遂結婚，同居於故鄉。此後十四年間，托爾斯泰安心著書
濟人。蘇菲愛文學，重天才，在藝術上允為托爾斯泰之佳侶，惟不能
共其宗教之狂熱及烏託邦之思想。托爾斯泰一生之悲劇即在藝術與
宗教之衝突。此衝突在未婚前既露端倪矣，當其創造之衝動盛時，
則其與蘇菲之結合為美滿之姻緣。及其宗教之熱情爆發時，則其相
處為痛苦矣。然此爆發尚有待於十餘年後也。此以前，其家庭生活
蓋備極人間之樂。蘇菲之自述曰：

> 結婚生活之初期既過，吾夫始覺快樂之外，尚需活動與工
> 作。彼於一八六二年十二月之日記書曰，予感覺需求創作之勢力
> 云云。此勢力乃極大之勢力。創造一偉大之著作，使吾等初年之
> 結婚生活備極歡愉。吾等結婚不久，吾夫即完成其《普列苦斯加》
> （*Polikushka*）一書，繼復完成《哥薩克人》。於是始研究十二月黨
> 之事，欲著為一書。彼等之活動與命運，予吾夫以極深之興趣。
> 彼既從事描寫此時代，以為必需敘及其人物為如何，其來源及以
> 前之歷史為何如。因遠溯一八二五以至一八〇五年之事，彼漸不
> 慊於十二月黨。惟一八〇五年遂為其《戰爭與和平》一書之開端。
> 此書吾夫不喜以小說稱之。吾夫撰此書時至勤且樂，使吾等之生
> 活完滿生發。至一八六四年此書之大部分已草成。吾夫每畢一
> 章，輒擇其中動人之數段，為余及其二姪女朗誦。……吾夫善朗
> 誦，惟受刺激時乃稍遜耳。猶憶曩在明野（Yasnaya Polyana），當
> 《戰爭與和平》無新稿可讀時，每聆其讀莫里哀之喜劇，何其聲之

悦耳也。居明野之初數年，吾等之生活殊幽靜。關於是時之人民社會政府有何大事，今已不憶，蓋一切皆與吾等相隔而逝。吾等長日居於鄉間，無所慕，無所見，無所知，吾等對之不感興趣也。吾則除與《戰爭與和平》中之人物相處外，別無欲望。吾愛彼等，而靜觀各人物之生活之發展，一若其為活人者，有吾等之互愛，有吾等之兒女。而超乎一切者，有此偉大之著作。吾夫之著作，為吾所愛，而後此為全世界所愛者。故吾此時之生活，為完全之生活，且為常快樂之生活，吾復何所求哉？偶當夜間，既安置兒女就枕，既將校妥之稿郵寄莫斯科，則共休憩，並坐鋼琴前，一歌一奏，至深宵乃已。然此不常也。……是時吾琴技殊劣，惟苦習求進。吾夫亦然，惟安之若命。一八六四年彼致書其兄有曰："吾覺蜜月適才起始也。"又曰："吾思之，如吾之幸者，百萬中一人耳。戚有責音書疏者，答曰 Les Penples heureux n'ont pnas d'hisroire 譯言幸福之人無歷史。意謂快樂只有自家知，惟遭逢憂患痛苦，乃始作為記載而宣揚於外耳。此正吾等之情形也。"凡有一新意想、或一新創作之成功，輒使之快樂不已。例如彼在一八六五年三月十九日日記中書曰："予欲寫亞歷山大與拿破崙之心理的歷史而不禁喜躍無已也。"吾夫因感覺其創造之美而著作者也。昔人有言"詩人取其生活中之精華而置之於其著作中，故其著作美而生活惡。"惟吾夫之生活同時亦不惡，其美善純潔一如其著作。吾爾時如何其愛抄謄《戰爭與和平》也。吾於日記中書曰："吾今為一天才而兼偉人服役，此自覺予吾以無限力量，使能勝任一切。"吾又嘗致書吾夫曰："抄謄君之《戰爭與和平》，使吾道德上即精神上提高許多。當吾坐而抄寫之時，吾已被引入一詩之世界。有時吾覺非君之小說若是其佳，乃吾之若是其慧。"

又嘗於日記中書曰"吾夫經冬執筆，大動感情，時或涕淚與俱。吾意其小說《戰爭與和平》必為超絕。凡彼讀與予聽者，皆感予下淚"云云。

觀蘇菲之自述，可見其初期家庭生活之樂矣。一八六九年《戰爭與和平》一書刊成，時托爾斯泰初婚之柔情已漸消逝，宗教與藝術之衝突又起。其興趣又轉向平民教育，作一通俗拼音書，自謂其價值遠過於《戰爭與和平》云。又習希臘文，日埋首古典文學，著述遂荒廢。是皆蘇菲所不慊，嘗語之曰："君若沉迷於希臘書中，將永不得安適。君現在生活之苦痛之冷漠，皆彼等為之也。吾人稱希臘文為死文字，蓋非徒然，以其使人精神僵死也。"至一八七三年三月，托爾斯泰又復歸於藝場之園地，始作《安娜傳》(Anna Karenina)。此時蘇菲兒女已眾，體弱多病，兩人皆無復作《戰爭與和平》時之興致矣。是年俄國 Samara 省大饑，托爾斯泰盡瘁救濟。怵目顛沛流離之苦，而人生意義之問題又迴旋於其心中矣。此問題自少即縈其心，覺而旋忘，忘而復覺者屢。徒以尚有未歷之途、未窺之境在前耳。至是人生能得之快樂皆已得之。愛情、名譽、生活之安適，無一不備。然靈魂依然空虛，問題依然相迫。勢不得不求一最後之解答。此解答將於何求耶？讀者但記其所受宗教影響之深及其對於盧梭之崇拜，則其答案思過半矣。托爾斯泰曰："吾棄絕同儕之生活，然吾認此非生活，乃模仿而已。吾人生活之奢侈、已剝奪吾人了解生活之能力。吾人若欲了解生活，則所當了解者，非寄生蟲之生存形態（彼等乃例外而已），乃勞動者之生活，彼等創造生活並生活之意義。環吾四周之勞動者皆俄國人，吾問以人生之意義。彼等所言如下：人為上帝所造。上帝造人之道，使之能自救其靈魂，亦能喪失其靈魂。各個人之問題即如何以救其靈魂。欲其靈魂得救，必須依上帝之意志而生活。欲依上帝之意志而生活，必須棄絕人間之歡樂，彼當工作謙卑忍耐慈憫。……此觀念極明晰，而極近於吾心坎。"雖然，未必近於人人之心坎也。嘗謂托爾斯泰之教，最近於我國墨子。其依據天志而不希望未來在生活也同。其尚慈愛也同。其重工作而棄娛樂也同。然其道之毅，則過於墨子矣。

此後三十餘年中，托爾斯泰即以實行此主義並宣傳此主義為主要之工作，而藝術不過其副業，且大部分不過通俗故事用以啟牖愚民散播其教說而已。其間最主要之作品，為《何謂藝術》，一譯《藝術論》（一八九七年）一書，及《復活》，一譯《心獄》（一八九九年）之一部小說。前者表明其藝術之原理，後者為此原理之實驗，下文當分論之。此時期托爾斯泰生活中之大事有當略述者。一八九一年夏俄國大饑。托爾斯泰全家盡瘁於救濟之事，並為呼籲全國求助。自設粥廠二百餘所，存養一萬三千餘人。兒童收留處一百二十餘所，存養三千餘人。是時托爾斯泰之聲名已震鑠全世界，瞻謁參拜者相望於道，信仰其學說而改變生活者日多。托爾斯泰亦終遂其少年時"到民間去"之願，與農民共處，每日勞作無間。而其學說與希臘正教會之精神不相容，其勢力愈大，教會之嫉忌亦愈深。至一九〇一年三月五日，遂宣佈屏逐托爾斯泰出教。是日莫斯科之學生、工人大舉游行為托爾斯泰表同情。途遇托爾斯泰，環之喧呼，亂擲花束及禮物於其旁。托爾斯泰乃益努力宣傳其主義，提倡社會改革。為書遍致俄皇、致教士、致政客、致官吏、致兵士、致工人，各勖以正當生活之方法。又集東西古哲如耶穌、蘇格拉底、盧梭、巴斯喀爾、釋迦、老子等之言論，為《讀書叢錄》（*A Cycle of Reading*），以張己說。托爾斯泰與民眾愈接近，則與家庭愈疏遠。終且覺其家庭不可一朝居，而決計離棄之。一八九七年七月二十日，預作與其妻訣別書，已早有離家之志。其所以離家之故，於此書可見。書曰：

　　桑雅（Sonya）吾愛，家中生活與余宗教信仰之矛盾，苦予久矣。余不能強卿改變其生活。卿之素習，余實有以致之也。前乎今日，余亦不能與卿訣，以諸兒尚幼，不忍棄余教育之責，以重卿憂也。忍痛流連，亦既十六年矣。時或與卿勃溪，觸卿忿怒。時或退甘於所習所近之安愉，今不能繼續為此矣。今余決意實行余所久蓄之願望，離家他適。第一因余衰邁之年，生涯日惡，欲得息於孤寂之境。第二諸兒已長，無須余在家教育。而卿之興趣，有所專屬。雖余不在，亦當無可覺之缺憾。尤有要故，天竺國人，年屆六十則退隱山林。凡虔心於宗教之老人亦欲以其晚歲專事上帝，而不以諧笑、雜談、博弈、網球之類易其心也，余亦猶然。今屆七十之年，以全靈魂之力，求安息，求孤寂。即不能得絕對之和諧，亦不使余之生活及與余之信仰及良心，有劇烈之衝突。余若公開實行此計劃，則將有無窮之懇求、責備、爭辯、訴怨。而余或將為所移，而不能成余素志。故余有祈於卿，桑雅，苟余之行動苦卿特深者，千萬允余。以善意允余之行，勿追索余，勿怨余，勿罪余。余之離卿，非余不慊於卿之證也。余知卿之所見所感必不能與余同，故知卿必不能改變其生活，而為其所不能思議之事犧牲，是故余不責卿。反之，余實以感激切愛之心，紀念吾二人三十五年同居之生活。尤可感念者，為初期同居之生活。是時卿以天賦之慈母心，夙夜匪懈，力盡天職。卿已舉其力能予人者、予余及全世界。卿予世界以慈母之愛，以慈母之犧牲，此固非言語所能盡美也。惟當吾二人共同生活之末期，當最後之十三年，卿與余已疏遠。余不能自以為非是。以余之改變，非為一己，乃為他人，乃因余舍此別無可擇也。然余亦不因卿不能隨從余之故而責卿。反之，余感謝卿，余實以切愛之心，永念卿之所以與我者。別矣！桑雅吾愛。利奧‧托爾斯泰手書。

此函標明待彼死後乃發。然此函成後，越十三年，托爾斯泰乃始成行，然尚未決定所之。時一九一〇年十一月十日也。越十二日卒於途，垂絕疊語曰：“一切且佳……一切皆簡單且佳……佳……唯唯。”生活與信仰一致，此其所以為佳歟？

論曰，古今文學家對於人生之認真，與愛人類之懇摯，未有甚於托爾斯泰者也。彼於人生之意義，求之不得，則徨徬不可終日，甚且將至自殺。及其自以為得之也，則不惜犧牲一切人世之樂，以求其實現。其於人類之救助、社會之改革，瘏古強聒，鞠躬盡瘁，死而後已。就此兩點而論，其人格之偉大，已足以拓千古之心胸，動萬世之歌泣矣。而其藝術上之成就猶不與焉。雖然，彼自以為得人生之意義，果已得之耶？彼求之於俄國鄉間之農民之信仰，求之於上帝之意志，然彼能變天下人之頭腦使盡如鄉間農民頭腦之簡單否耶？理智之燭照，固非感情所能遮掩也。彼又修正摩西十誡為倫理五律令曰：“（一）毋憤怒，與一切人和平相處。不論何時，勿以憤怒為正當。（二）勿以自身為性欲之玩具。人皆有妻，妻皆有夫。夫各一妻，妻各一夫。夫妻間之貞操，不得藉任何口實而破壞。（三）毋詛咒。不論對何人、為何事，均勿發誓。（四）毋以力抗惡，毋以暴對暴。人若擊汝，忍之。人若迫汝勞作，則從之勞作。人若欲取汝所有，則讓與之。（五）愛一切人類如一。無種族之界，不認帝王及邦國。”由是觀之，托爾斯泰一方面提倡博愛，而一方面反對爭平等自由。一方面主張社會之澈底改變，而一方面根本反對革命。持托爾斯泰之說，以求人類之平等自由，惟有俟一朝全世界之暴者同時自動洗心革面而後可。是亦俟河之清而已，而無數人無窮期之犧牲，果何為者？則不得不曰為上帝之意志，然上帝之意志早已成強弩之末矣。雖然，撇開其一切宗教上之根據，托爾斯泰尚予吾人以一極真切之教訓，此即其 Happiness consists in living for others（快樂存於為他人而生活）之名言是也。托爾斯泰之所以偉大，蓋在其能實行此教訓矣。

托爾斯泰之論藝術也，首發"何謂藝術"之問。而其書即以此為題（耿濟之譯本作《藝術論》）。藝術之目的在美，當時藝術家之所公認也。然何謂美？異說紛紜。試綜論之，略有二根本觀察點。從客觀而言，絕對完全者為美。從主觀而言，能予人以無自利目的之快樂者為美。然吾人從絕對完全之表現而得快樂，故此兩種美之意義同歸結於快樂一點。然托爾斯泰在人生哲學上根本反對快樂論，其在藝術上反對快樂論，乃自然之結論也。托爾斯泰曰："欲確定一種人類行為，當先明其意義與關係。欲明一種人類行為之意義與關係，必先考察此種人類行為所涉及之原因與結果，而不能僅憑吾人所得之快樂。吾人若認某種行為之目的惟在快樂，因以此種快樂斷定其意義，則此斷定必偽；藝術之斷定亦然。試一研究食物問題。夫人皆知食物本身與吾人因食之而生之快樂，全無關係。皆知吾人味覺之滿足，不能為食物特質之確定基礎。吾人亦有何權利敢斷定其所喜食且常食之物，如胡椒、乾酪、醇酒等類，為人類最良之食品乎？所謂美或吾人之所喜者，亦猶是焉。不能以為藝術之根據，而使吾人得快樂之物，亦不能竟認為藝術之當有的模範。"然則藝術之意義何在？曰藝術者乃人類交通之方法之一，猶語言為人類交通方法之一，皆人類生活中之重要條件也。語言所傳達者為意想及經驗，藝術所傳達者為各個人之感情。然凡傳達感情之方法不皆為藝術。如哭笑呻吟，皺眉沉臉。凡正當受感之時，直接用自己之形式與聲音，傳所感於他人者，不足為藝術。必重新將此感情引出，而用一定之外的標準表現之，斯為藝術。"舉一極普通之例。譬一童遇狼，大受驚恐。歸而述之，為欲使他人亦受同樣術感情。因描寫自身，歷敘自身在未遇狼前之地位、林間之風景、己身之閒適。其後又描寫狼之形狀行動及其與狼之距離。若此童在講述之時，將前此所受之感情重加經歷，傳之於聽者，使歷其所歷，此即藝術。若此兒本未遇狼而常懼之，欲將其恐懼之情宣於他人，因造出遇狼之故事而述之，使聽者引起同樣之感情，此亦藝術也。若有人在事實上或想像上感受痛苦或愉快，而形容之於布上或白石上，傳之於他人，是亦藝術也。若有人感受喜樂或憂懼而以聲音形容之、傳之於他人，是亦藝術也。"於此有一問題起焉。藝術將傳任何感情而無所擇歟？藉曰有之。將何擇歟？托爾斯泰曰"藝術乃以傳達人類至善的情感為目的之一種人類行為。"然何謂至善？托爾斯泰反對美善合一之說，曰"或以真美善齊高，而認為極有根據，且關係於形而上學，實則全謬。善乃人生永遠之最高目的。無論吾人對於善之了解至何地步，人生終向善的方面（即上帝方面）前趨。……善絕不受其他任何標準所決定，決定其餘一切。至於美，不過為吾人所悅者。美之意義不獨不與善合，且與之極端相反。蓋善恆與嗜好之戰勝者相合，而美乃一切人類嗜好之根據。"要言之，托爾斯泰認一切享樂為罪惡，即藝術的享樂亦無例外。彼所認為至善者，惟宗教意識及人道主義之情感。彼認藝術只為"人類生命及趨向幸福所宜有之一種交通方法，使人類得以相聯結於同樣情感之下。"因之，彼竭力提倡平民文學（或通俗文學），詆斥當世上等階級所崇奉之文學，而攻擊莎士比亞無完膚，亦以其為少數人所專有，而不能與全人類交通也。托爾斯泰之藝術論，極富於刺激力。然其偏頗之點，顯而易見。今但列舉二問題：（一）人生是否宜屏絕"美"或"無自利目的之快樂"。托爾斯泰既以藝術為情感交通之方法矣，美的情感之交通，何嘗非生活之要件乎？（二）謂現今當有一種通俗文學，以謀平民之利益，吾人無間言，然不當因此而抹殺平民所不解之文學。上等階級與下等階級之藝術標準孰優為一問題；下等階級是否永遠不能提高且不當提高，此又為一問題。此二問題之解答，非本文及本刊之篇幅所容許。惟讀者當知托爾斯泰於此二問題，實未能予吾人以圓滿之解答也。

托爾斯泰之藝術理論既如上述，其藝術作品則何如。以下請略述其主要作品三：（一）《戰爭與和平》（二）《安娜傳》（三）《復活》一譯《心獄》，以結此篇。

（一）《戰爭與和平》：此書為托爾斯泰之第一部偉大著作。其成書之經過，上引蘇菲之自傳中已詳之矣。全書甚巨，凡二千餘頁。故雖一極簡單之提要，亦非本文篇幅所容許。此書敘一八〇五至一八一二年間俄國五貴族家庭之事，而以拿破崙侵入俄國之歷史為背景，乃以散文作成之近代大"史詩"也。托爾斯泰作此書前，曾細讀荷馬史詩而悅之。故此書富於荷馬式宏大莊嚴之氣象。雖論者病其組織散漫而不統一，然全書實有一貫之精神以為綱領。且其中人物情節及寫景，多真切動人，固不為其形式之缺憾所掩也。在此書以前，托爾斯泰不長於寫女角。至是方燕爾新婚，藉其經驗，乃辟一新境域。其寫家庭生活之細膩、女性之溫柔，出人意外。書中之女主角納答莎 Natasha（即其妻蘇菲及妻妹妲雅 Tanya），與荷馬《伊里亞》中之海倫、歌德《浮士德》中之瑪伽淚爭輝，而描寫之精細且過之矣。

（二）《安娜傳》[1]：托爾斯泰之文藝天才有兩特點。其一為構擬具體細節及豐富燦爛之外表情形之能力，以此能力描寫人物，古今作家罕有其比。其二為其感覺道德責任之銳敏，而注重其人物之內的道德生活。在其結婚以前之作品，第一種特點為盛。在《戰爭與和平》中，此特點尚佔首要位置。惟在《安娜傳》中，則道德觀點更堅牢而更顯著。其描寫外表事實之真切不減於前，而更有一統一之目的。此書範圍較前為狹，僅限於兩家庭中之私事而已。本書垂教訓之大旨，以為男女關係當以純粹基督教式之愛為指引，而不以自私之情欲及社會或教會之定規。其中主要人物有兩對，第一對安娜與佛郎斯基（Vronsky），資質視其他一對更優。以只知計慮個人之快樂，卒至戕生。第二對克地（Kitty）與利文（Levin），能犧牲寬恕，惟以他人之快樂為念，因得快樂。而安娜尤為全書之主角。安娜者年三十，已嫁八載，敬慕其夫，推誠相處無間言。偶省其兄於莫斯科，在跳舞場中遇一少年，不覺墮入情網。少年與安娜同車返聖彼得堡，遂於車上通款曲。抵站下車，安娜與其夫遇，疑夫已察覺己事。目觸其耳上小贅疣，頓覺其可厭，對夫之心完全改變。實則此贅疣，安娜熟見之至少已八年矣。其後安娜產難病殆，召其夫及少年囑其言歸於好，以為將死之言也。其夫大受感動，恕其既往。無何安娜病轉癒，又覺其夫耳上贅疣可厭，去之與少年同居。其夫亦欲與之離婚使得自由，惟囿於教會之成規，終不肯慷慨撒手。安娜與少年既非正式結合，漸為所輕，憤而投火車軌自戕。

（三）《復活》一譯《心獄》：此書為托爾斯泰藝術之最後傑作，書成時年已七十矣。此書中技術仍頗散漫，多與主題無關之描寫，及

1　今譯為《安娜‧卡列尼娜》。——編者注

插入之教義宣傳及社會問題討論。然不能掩其中沉痛動人之情節及言語也。書敘侯爵德密達利（Dmitri）少年時頗有高尚之理想，然不勝安樂生活之誘惑，終至梏亡。嘗與姑家之女婢麥絲露華（Maslova）亂，遣以百盧布而棄之。麥絲露華因此有孕，遂見逐，流離失所。生兒邃殞，淪落為娼，侑歌賣笑，如是者七年。後為鴇母假手毒斃嫖客，而以罪歸之。因繫獄，讞定，配西伯利亞。時德密達利適為陪審官，聞其情，感發天良，自悔自艾，一改其素行，求自懺以贖前愆。既為之營救不得，乃盡棄家產，隨麥絲露華至西伯利亞，決娶之為婦。沿途殷勤奉侍維護，甚於下僕。先是又嘗為乞赦於俄皇，途次赦書至，兩人喜可知矣。德密達利至此時始向麥絲露華乞婚，蓋依律囚人不能婚嫁也。於是麥絲露華哭，德密達利亦哭。女沉吟久之曰，明早囚人大隊將行。我若留，則此身屬君。若去，則勿以為念。詰朝德密達利醒，女已行矣。蓋女欲德密達利專心為人類服務，而不欲其耽於安樂，故出此也。

下 編

友生眼中的吳宓

我是吳宓教授，給我開燈！

——紀念吳宓先生辭世二十周年 [1]

趙瑞蕻

吳宓先生逝世已整整二十周年了。作為吳先生的一個學生，我想應該趕快再一次盡可能詳細點把他所給予我的親切教導，我所得到的多種啟發，我個人的真實感受，我所記憶起來的一些往事情景記錄下來。

1987 年 8 月，我曾在《香港文學》第四十三期上，發表拙作《詩的隨想錄》，其中有一首小詩是《懷念吳宓師》。現將這首詩先抄在這裏，作為這篇回憶散文的序曲吧。

> 吳宓先生走路直挺挺的，
> 拿根手杖，捧幾本書，
> 穿過聯大校園，神態自若；
> 一如他講浪漫詩，柏拉圖，
> 講海倫故事；寫他的舊體詩。
>
> "文革"中老師吃了那麼多苦，
> 卻還是那樣耿直天真……
> 啊，這位中西比較文學的先驅！

---

1   此文原載《多維視野中的吳宓》，重慶出版社 2001 年版。—— 編者注

我眼前浮現着六十年前從我們神聖的國土、盧溝橋上燃起來的抗日戰爭的熊熊烽火。1937年7月7日"盧溝橋事變"爆發時，我正在國立山東大學外文系讀完一年級。7月25日，我從青島回到故鄉溫州，就跟許多老同學和朋友組織了一個抗日救亡團體"永嘉青年戰時服務團"，進行多種活動，並在10月19日舉行了紀念魯迅先生逝世一周年大會，示威遊行。10月底，我得知北大、清華、南開三大學相繼南遷，在長沙聯合組織國立臨時大學的消息，便和兩個同鄉同學趕到長沙，先在臨大借讀，後經考試，入二年級繼續求學。那時文學院設在南岳山中，借用長沙聖經學院分校為校址。我們，教師和同學，在那清靜優美的山間，共同度過了極其難得、很有意義的三個月。在那個特殊的時代、特殊的機遇中，三座著名的高等學府的一大批教授、學者，中國知識分子的精英同仇敵愾先後相聚在那裏。那時吳宓先生經過長途辛苦的奔波，從淪陷的北平也到了南岳。我第一次看到吳先生時，他的外表、神態、走路的樣子、講課時的風度就深深地吸引了我。我早知先生的大名，敬仰之情久潛心底。況且，1937年1月間，我曾從青島到北平，跟一個在北大外文系讀書的同學一起過春節時，到過清華兩次，走進工字廳，看到有名的"水木清華"四個挺秀大字的橫匾，欣賞了"藤影荷聲之館"雅致清幽的境界。清華同學告訴我："這裏就是吳宓教授的住處。"直到如今我還隱約記得吳先生書房兼客廳的陳設，那已是六十年前的事了。在南岳上學時，清華外文系三年級一個同學還借給我看吳先生以前講授"英國浪漫詩人"課時所用的讀本，就是美國教授佩奇（Page）所編選的《英國十九世紀詩人》一厚冊，他還特別舉例談到吳先生是怎樣講解讀本所選的雪萊哀悼濟慈的傑作《阿童尼》（Adonais）這首長詩的。這些在我腦海中便構成了關於吳先生的初步親切的印象。

後來，在 1938 年 1 月間，因日本帝國主義侵略軍攻陷南京，蹂躪江南大片國土，又沿江西掠，威迫武漢、長沙，學校奉命二月初開始西遷昆明。於是師生分成兩路入滇——一批三百多人，經雲貴徒步到昆明；另一批約八百多人，經廣州、香港，乘船到越南，再坐火車北上到雲南。臨大搬到昆明後改名為"國立西南聯合大學"。又因昆明住不下這麼多人，文、法兩學院暫設在蒙自，那年 5 月 4 日繼續開始上課。我們在那裏住到暑假，9 月才搬回昆明。那時我已是外文系三年級學生了，正好吳宓先生講授"歐洲文學史"，心慕已久，便選讀了這門課程，開始直接聆聽吳先生的教導，課外又經常與吳先生接觸交談，得到了他真摯的教誨。

我在南岳臨大讀書時，曾選讀柳無忌先生的"英國文學史"。在柳先生細心講授下，我對英國文學的發展和重要作家及其代表作已有較多的認識和了解，但對整個歐洲文學的知識仍是十分淺陋的，所以上吳先生的"歐洲文學史"課時，我便感到十分新鮮和愉快。吳先生除自編提綱挈領的講義外，又指定原清華大學外語系教授翟孟生（R. D. Jameson）編著的《歐洲文學簡史》（*A Short History of European Literature*，一九三三年上海商務印書館版）一書作為課內外主要的教材。這部大書有一千多頁，分五大部分，從西方古代希伯萊文學和希臘文學寫起，一直到二十世紀二十年代。雖說是"簡史"，但內容十分廣闊豐富，不僅是西歐文學、北歐文學，也包括俄羅斯文學和東歐的波蘭、匈牙利、捷克等國文學，以及美國文學。實際上這本書條理清楚，論述簡明精當，是一部外文系學生很有用的西方文學史的入門書，或者可稱之為"西方文學手冊"。作者的序言寫於 1928 年 1 月，其中提到吳宓教授（說他是 1926 年至 1927 年度清華大學西語系代理系主任）對他的幫助，表示十分感謝。吳宓先生在西南聯大講授"歐洲文學史"時，除繼續採用翟孟生這部教科書外，主要根據他自己多年來的研究和獨到的見解，把這門功課講得非常生動有趣，娓娓道來，十分吸引學生。每堂課都濟濟一堂，擠滿了本系的甚至外系的同學。這是當時文學院最"叫座"的課程之一。吳先生記憶力驚人，許多文學史大事，甚至作家生卒年代他都脫口而出，毫無差錯。

他講課還有一個特點，就是把西方文學的發展同中國古典文學作些恰當的比較，或者告訴我們某個外國作家的創作活動時期相當於中國某個作家，例如王實甫、馬致遠、莎士比亞和湯顯祖，等等，他把中外詩人作家和主要作品的年代都很工整地寫在黑板上，一目了然。這方法我後來在南京大學中文系講授外國文學時也用上了，很引起同學們的興趣，收到較好的教學效果。吳先生還為翟孟生的《歐洲文學簡史》作了許多補充，並修訂了某些謬誤的地方。他每次上課總帶着這本厚書，裏面夾了很多寫得密密麻麻的、端端正正的紙條，或者把紙條貼在空白的地方。每次上課鈴聲一響，他就走進來了，非常準時。有時學生未到齊，他早已捧着一包書站在教室門口。他開始講課時，總是笑眯眯的，先看看同學，有時也點點名，上課主要用英語，有時也說中文，清清楚楚，自然得很，容易理解。吳先生有時也很風趣幽默。記得當時一起上課的有一個二年級女同學叫金麗珠，很漂亮，吳先生點名時，一點到"金麗珠"，他便說："金—麗—珠這名字多美！"（Very beautiful, very romantic, isn't it？）

那時，外文系教室大部分在昆明大西門外昆華農業專科學校原址，校舍是大屋頂，中西合璧的風格。主樓外面有一個很大的草坪，當中和左右是長長的平坦乾淨的人行道。在主樓正對面，草坪盡頭裝着兩扇綠色鐵欄杆大門。從那裏，穿過常年翠色的田野，可以遠望滇池那裏的西山峰巒。在課餘，吳先生時不時地跟同學們在草坪邊上散步聊天，我也多次陪先生散步，在他身旁很恭敬地慢慢兒走着，聽他親切漫談，不但得到很多研究學問方面的啟發，而且也了解了一些他過去的生活情趣，愉快的或者苦惱的往事。他確實是一個胸襟坦蕩、直爽磊落的人，往往有問必答，毫無保留，甚至引發你去思考有關人生與文學的一些新鮮問題。我也多次看見吳先生拄着手杖跟錢鍾書先生一起，沿着草坪旁的大路邊走邊談。錢先生是吳先生非常欣賞的高足，在中西比較文學研究上作出了卓越的貢獻。1938年秋，他才從牛津大學畢業回來不久，是聯大最年輕的教授。那時我選讀了錢先生開的"文藝復興"（Renaissance）一課，他講課簡潔生動，旁徵博引，妙語連珠，把文藝復興時期意大利、西班牙、法國、英國等國的文學狀況講得有聲有色，真是引人入勝。我時常遇見錢先生在圖書館書庫裏翻閱書刊，收集資料，也許為後來他撰寫《談藝錄》作些準備吧。如今回憶六十年前的往事情景，意味無窮，不勝神往。我彷彿仍然看見吳先生和錢鍾書先生在昆明農校的草坪邊上散步談心的神態；也彷彿聽見我隨着先生漫步時，他用手杖"篤篤"地輕敲着路面發出的聲音……

　　1939年暑假後，系裏開了一門很精彩的"歐洲文學名著選讀"課，由九位教授講授十一部名著，內容安排和任課教師是這樣的：荷馬史詩《伊里亞特》和《奧德賽》（錢鍾書）、《聖經》（莫泮芹）、柏拉圖《對話集》（吳宓）、薄伽丘《十日談》（陳福田）、但丁《神曲》（吳可讀 Pollard-Urquthart）、塞萬提斯《堂吉呵德》（燕卜蓀 William Empson）、歌德《浮士德》（陳銓）、盧梭《懺悔錄》（聞家駟）、托爾斯泰《戰爭與和平》和陀思妥耶夫斯基《卡拉馬佐夫兄弟》（葉公超）。這項課程的計劃是系主任葉公超先生制訂的，目的是通過這些代表作的閱讀和講解，使外文系三四年級同學對西方最偉大最有影響的作家和作品有一個基本的認識，對西洋文學的發展獲得明晰的理解（系裏因已開有"莎士比亞"課，所以這課程內不包括莎士比亞）。這門課很受同學們歡迎，大家都興致勃勃地去選修它，我就是這樣。老師們要求我們自己細心讀原著，一面聽講一面做筆記，還要寫讀書報告。

我非常歡喜聽吳宓先生講"柏拉圖"。吳先生對古希臘文化、哲學和文學藝術很有研究，他特別崇敬柏拉圖。他在自撰《年譜》1920年部分中就談到在哈佛大學讀書時，利用一個暑假，潛心讀完《柏拉圖全集》英譯本四大冊，三十七篇對話，並作詳細札記。他在講這課時，一再囑咐我們一定要用心閱讀柏拉圖《對話集》裏三篇東西：《理想國》（Republic）、《伊安》（Ion）和《會飲》（Symposium），並要寫讀書心得。吳先生對柏拉圖哲學思想及其對後世的影響作了全面深入的介紹，着重講解甚麼是"理念"（idea，亦譯"理式"），"一"（one）和"多"（many）的關係，"摹本的摹本"、"影子的影子"、"和真理隔着三層"這些柏拉圖著名觀點的真實意義，以及他自己的見解。尤其使我印象深刻的是他講到《伊安》篇中關於"狂迷狀態"、"靈感"、"詩神"時的神態和他獨到的說法，他舉了許多有趣的實例，反覆闡明。有時講得有意思極了，引起全班哄堂大笑，而他自己也微笑不止，有點自鳴得意的樣子。他還聯繫這三篇"對話"，大講"真善美"的意義，指出為人總得有種準則，有個理想，那就是對"真善美"的強烈追求。他還由此講到拜倫、雪萊、濟慈、阿諾德、C. 羅色蒂，隨時舉這幾位詩人有關的詩篇為例。這些講解，以及平日與他的多次交談。使我一直銘刻在心 —— 吳宓先生的確是一位非常可愛又非常可敬的循循善誘的好老師。我永遠懷念他！我更永遠感謝他！

西南聯大是在敵人侵迫、兵荒馬亂、炮火連天的民族危急存亡之秋，幾經流徙，在西南大後方昆明建立起來的一個獨特的高等學府。生活是那麼艱苦，設備又那麼簡陋，但絕大部分師生的精神都昂揚向上，抱着抗戰必勝的堅定信心，繼續從事科學文化的學習和研究。在日機轟炸中，仍然弦歌不斷；以北大為代表的民主精神和科學研究的優良傳統，仍然在聯大得到繼承和發展。在三個大學許多學有專長的教師的教育和特別引導下，像奇跡一樣，在十分艱難的境況中，培養了一大批優秀的人才。在這裏，我想引用當時北大校長蔣夢麟先生在他所著的自傳《西潮》一書中的幾句話："……敵機的轟炸並沒有影響學生的求學精神，他們都能在艱苦的環境下刻苦用功，雖然食物粗劣，生活環境也簡陋不堪。"原南開大學外文系主任柳無忌先生在《烽火中講學雙城記》一文中的幾句話也可作為印證："除了一些特殊的訓練外，各院系的功課仍如從前一樣，沒有因為抗戰而改變學術性質。以外文系為例，有這樣雄壯的陣營，我們所開的功課，比戰前任何一校都豐富。……大概說來，聯大的學生素質很高，由於教授的叫座，有志的青年不遠千里從後方各處聞風而來，集中在昆明。他們的成績不遜於戰前的學生，而意志的堅強與治學的勤儉，則尤過之。"根據當時我自己所得到的教益和感受來看，這兩段話毫無誇張之詞。

當時師生之間的情誼，尊師愛徒的校風，民治自由的氣氛，教學相長的優良傳統，也是諸多積極促進的因素。那時課餘，師生之間可以隨意接觸談心，可以互相幫助和爭論；在春秋佳日的假期中，師生結伴漫游或喝茶下棋，促膝聊天，海闊天空，無所不談。我保存着一張外文系部分同學到昆明滇池邊上西山秋游的合影。其中有葉公超先生、吳宓先生、劉澤榮先生（俄語教授）等老師，還有葉太太和孩子、劉太太等。同學中有黎錦揚、杜運燮、金麗珠、林同梅、楊苡和我自己；還有十幾個現在不知在何處的男女同學。那一天吳宓先生身穿深灰色西裝，精神抖擻，興趣很高，同我們一起登上西山龍門。在滇池船上、西山幽徑間，他和同學們談笑風生，非常親熱。葉先生也時常語出驚人，又極富幽默感。在全體拍照留念時，我和葉先生並排蹲在地上，背後就站着吳先生，笑眯眯的。這是一張十分難得的相片，記錄了當年師生真摯的友誼。"文革"十年動亂中居然保留下來，真是可貴！當然照片早已發黃了，吳宓先生、葉公超先生和劉澤榮先生已先後逝世，有幾位同學也不在人間了。

　　1940 年夏，我畢業前夕，曾把一部英文原版《丁尼生詩集》送到吳宓先生眼前，懇請他在扉頁上寫幾句話，作為留別永生的紀念。吳先生笑着說："好的，你過一兩天來拿吧。"後來我去取回書時，吳先生說這個集子很不錯，問是哪裏買來的。我告訴他是 1938 年路經香港時在一家舊書店裏找到的。他又說："丁尼生的詩很值得好好讀讀。我在上面抄了幾句話，是 Matthew Arnold 的，你自己回頭仔細看看吧。"我向先生致謝，回到宿舍後連忙打開書一看，大為激動。吳先生用藍墨水的自來水筆工整地摘錄了馬修・阿諾德的名著《文化與無政府狀態》（*Culture and Anarchy*，1869 年）一書裏的論述"甜蜜與光明"（Sweetness and Light）部分中的三行原文：

The pursuit of perfection then is the pursuit of sweetness and light.

Culture looks beyond machinery, culture hates hatred; culture has one great passion, the passion of sweetness and light. It has one ever yet greater! —— the passion for making then prevail.

We must work for sweetness and light.

這三行引文的中文大意是：“對完美的追求就是對甜蜜和光明的追求。”“文化所能望見的比機械深遠得多，文化憎恨仇恨；文化具有一種偉大的熱情，這就是甜蜜和光明的熱情。它甚至還有更偉大的熱情！——是甜蜜和光明在世上盛行。”“我們必須為甜蜜和光明而工作。”

在這裏，我想應該先補充說一下：“甜蜜與光明”這詞語原出自十八世紀英國大作家斯威夫特（Swift，即有名的《格列佛遊記》的作者）的早年寓言作品《書籍之戰》（The Battle of the Books），說的是有一天某圖書館一個角落裏飛進去一隻蜜蜂，不幸掉在蜘蛛網裏，可憐的蜜蜂拼命掙扎，逃不出去，又要保衛自己，於是跟蜘蛛辯論爭吵起來，只好請古希臘哲人智者伊索作評判。伊索說：“蜘蛛會結網，技術固然高超，所用的材料的確也是他自己的，但他肚子裏吐出來的除了污垢外，沒有別的貨色，最後製造出來的只是在牆角屋邊陷害昆蟲的塵網罷了。但是蜜蜂飛遍大自然每個角落，擷取精華，來釀蜜制蠟，為人類帶來了兩樣最寶貴的東西——甜蜜與光明。蜜蜂的勤勞是值得我們學習的，它對人類的奉獻尤其值得我們稱讚。”蜜蜂勝利了。

我當時看了吳先生寫的這些題詞，只感到好，非常喜歡，但實未理解其深意。1953 年秋，我到萊比錫大學教書時，曾請一個德國朋友刻了一枚藏書章，還特地把 “Sweet and Light” 連同歌德“自傳”的書名 *Dichtung and Wahrheit*（《詩與真》），還有司湯達的代表作《紅與黑》（*Le Rouge et le Noir*）這三行一起刻在邊上，作為紀念而激勵自己。如今回想起來，並且聯繫當年吳先生曾多次跟我談到馬修·阿諾德，叫我多讀他的著作，才明白為甚麼在古今中外那麼多思想家文學家中，偏偏挑選了阿諾德的這些名言。阿諾德是英國維多利亞時代著名的詩人、批評家，又是傑出的教育家（特別在改革和推進中等教育方面），著述豐富多彩，尤其是社會批判和文論方面作出了卓越的貢獻，產生了深遠的影響。他曾任牛津大學詩學教授達十年之久。他一生大力鼓吹文化教育，使之普及和深入；力求使廣大人民羣眾獲得知識，情操高尚，富於美感；推動全民族在生活、思想和文化藝術創造方面達到一個高度。他在《文化與無政府狀態》一書中竭力批判當時社會墮落黑暗的現象，反對市儈哲學庸俗世態；反對拜金主義，他從德國引進 "Philister""Philistertum"（即庸人、市儈、心胸狹窄、目光短淺、市儈習氣的意思），獨標 "Philistinism" 一詞；他批評托麥斯 • 卡萊爾（Thomas Carlyle），十分推崇海涅，認為他是歌德最光輝的繼承人，是反對市儈哲學、倡導文明、鼓吹解放人類的戰士。阿諾德強調詩歌創作的真實性和嚴肅性，提倡雄偉的詩風，認為詩是生活的批判（魯迅在《摩羅詩力說》裏提到阿諾德，把他的名言 "Poetry is at bottom a criticism of life" 譯為 "詩為人生之評罵"）。吳先生是非常推崇阿諾德的，早在辦《學衡》時，就已介紹評論過的，後來曾在一首舊詩裏說 "我本東方阿諾德"；他還一再表明這位英國詩人和教育家對他一生的思想和感情起了巨大影響。先生愛憎分明，嫉惡如仇，富於正義感，格外強調文學作品的社會意義、教育作用，等等。這些除了他吸收中國古代優秀文化的精華外，他跟阿諾德的聯繫是很明顯的。我以為阿諾德是吳宓式的人文主義的一個組成部分。重溫五十多年以前吳先生的題詞，我不禁又想到 "十年浩劫" 中的災禍，想到先生晚年所受的折磨和內心的痛苦。那時我國成千上萬的知識分子或多或少都經歷過種種苦難，當年聯大教師、同學中有不少位都含冤去世了！那些 "文革" 中的打手們，萬惡的極 "左" 分子，封建法西斯魔王們推行一整套愚昧主義，憎惡文化和教育，消滅知識，摧殘人性，哪裏有一丁點兒"甜蜜"，一絲"光明"可言？追憶當年先生的題詞，我的憤慨，對他的感激和懷念，實非筆墨所能形容。

1940 年 7 月，我畢業離開西南聯大後，在昆明"基本英語學會"和南菁中學工作一年多。其間與吳先生偶爾在街上遇見談談。1941 年冬，我離開雲南到重慶南開中學教書，後入中央大學任教，從此再也沒有機會看見吳先生了。解放初期，我記得曾在《光明日報》上看到過一篇吳先生"自我檢討"的文章；又聽說他最後轉到重慶西南師範學院教書了。那時我真有點兒奇怪，心想抗戰勝利聯大結束復原後，吳先生為甚麼不回到清華校園，重新住入"藤影荷聲之館"裏呢？這到底是甚麼緣故呢？

"文革"後，西南師範大學教育系主任、聯大老同學、蒙自南湖詩社朋友劉兆吉教授寫信告訴我吳宓先生在"文革"時所受到的迫害；後來有次他出外開會，路過南京來看我，我才得知有關吳先生逝世前更多的情況（例如，吳先生堅決不肯參加"批林批孔"運動，不願寫批判孔子文章而被批鬥，除原有被稱為"牛鬼蛇神"、"反動學術權威"外，又被扣上"現行反革命分子"的帽子），我感到非常難受！吳先生 1978 年 1 月 17 日在陝西老家去世，一年半後，（1979 年 7 月 8 日）為他平反。西南師院開了隆重的追悼會，並且在《重慶日報》上發佈消息，登了訃告悼詞。西南師院也給我寄了一份那天的報紙，我凝神看時，不禁潸然流淚了。

吳先生是我國現代外國文學的老前輩，可以說，是老祖宗，又是我國比較文學的奠基人之一。他 1921 年從美國哈佛大學比較文學系深造回來，就先到南京東南大學（即現在南京大學前身）外文系任教，講授"英國文學史"、"英詩選讀"等四門課，其中有一門專為中文系四年級所開的選修課"修辭原理"。吳先生後來在《自編年譜》中指出："其目的，乃使研究中國文學之學生得略知西人之說，以作他山之石。"這就具有開中西比較文化的先河的意義了。1926年他在清華大學時，還特別開設"中西詩之比較"課程，這是我國比較文學的第一個講座，他一生為培養外國文學教學和研究方面的人才竭盡心力，海內外一大批已故或健在的研治外國語言文學很有成就的學者、教授，以及在創作和翻譯方面作出卓越貢獻的作家、詩人都是他的學生，或者是他學生的學生。他的品德和學問，他一生為我國文教事業不懈奮鬥的精神是有目共睹的，是永恆的。吳先生還是一個極其認真、熱情的詩人，當然是寫舊體詩。至於他提倡文言文，維護中國古老文化傳統，反對新文化運動，他的功過應該結合他那個時代實際，都要作實事求是的科學分析。現在已有不少熱心人，在進行這項工作了。1987年8月，在西安舉行的中國比較文學學會年會、陝西省比較文學學會成立大會上，到會的同志們作出決定，編印一本有分量的文集，把吳先生在外國文學教學和研究方面的深湛造詣和卓越貢獻，特別是在我國中西比較文學發展史上的地位、所起的作用盡可能完整地寫下來，以紀念這位我國中西比較文學研究的先驅人物。這本書取名為《回憶吳宓先生》，已於1990年秋在西安出版了。接著，1990、1992和1994這三年，連續在陝西召開了"吳宓國際學術討論會"，出版了兩冊紀念文集。尤其1994年那一次是專門為紀念吳宓先生一百周年誕辰而舉行的，有不少海內外學者專家參加，氣氛十分嚴肅而熱烈，對吳宓一生的事業，各方面的成就，作出了深入的評價，也因此把吳宓研究推向一個高潮。會後，大家到先生故鄉涇陽安吳堡祭掃陵墓，在先師靈前鞠躬默哀，獻上叢叢鮮花，表達了大家深切的緬懷，崇高的敬意。

自 1937 年秋我在南岳山中初見吳先生，1938 年秋在昆明聽他講"歐洲文學史"等課到他逝世，整整四十年。西南聯大外文系裏有五位老師給我的印象最深，我從他們那裏所受到的教育最多，產生的影響也最大，對我後來學習和工作產生了深刻的影響，那就是吳宓、葉公超、柳無忌、吳達元和燕卜蓀這五位先生。其中吳宓先生給我的印象是最鮮明最生動，也最踏實的。吳先生極富於感染力的講課，音容笑貌，他的品德和精神，獨特的為人風格，以及平日與他接觸交談中所給予我的親切教益，潛移默化的思想力量，還有他整個形象，直挺挺走路的樣兒，甚至他用他那根手杖"篤篤"地點着地面走過去發出的聲響直到這會兒仍然淹留在我的心上。我一生中，從小學到大學，在所有教育過我的老師裏面，我覺得吳宓先生可以說是最有趣、最可愛、最可敬，剛正不阿，坦蕩直爽，嫉惡如仇，又是最充滿着矛盾，內心也是最痛苦的一位了。他外表似是古典派，心裏卻是個浪漫派；他有時是阿波羅式的，有時是狄俄尼索斯式的；他有時是哈姆雷特型的，有時卻是堂吉訶德型的，或者是上面所提到兩種類型、兩種風格的巧妙結合。關於這些，從我初次認識吳先生，到後來上他的"歐洲文學史"和"歐洲文學名著選讀"（古希臘文學柏拉圖部分）兩門課，以及在蒙自和昆明兩地有時隨他散步，向他請教交談中，再加上我後來讀他的詩篇和文章，更多地了解他以前的生活情況和研究學問的經驗，我所得到的印象和認識就是這樣。在這裏，我想起季羨林先生為《回憶吳宓先生》一書寫的序文，一開頭季先生便以簡潔而富於風趣、飽含深情的筆墨，就把吳先生那麼精彩地刻畫出來了：

> 雨僧先生是一個奇特的人，他身上也有不少矛盾。他古貌古心，同其他教授不一樣，所以奇特。他言行一致，表裏如一，同

其他教授不一樣，所以奇特。別人寫白話文，寫新詩；他偏寫古文，寫舊詩，所以奇特。他反對白話文，但又十分推崇用白話寫成的《紅樓夢》，所以矛盾。他看似嚴肅、古板，但又頗有些戀愛的浪漫史，所以矛盾。他同青年學生來往，但又凜然、儼然，所以矛盾。總之，他是一個既奇特又有矛盾的人。我這樣說，不但絲毫沒有貶意，而且是充滿了敬意。雨僧先生在舊社會是一個不同流合污、特立獨行的，是一個真正的人。

在我近年來所讀過關於吳宓先生的許多文章中，我想季先生這一段話是概括得最好、分析得最透徹的，因此也是最能理解吳先生的一篇了。這裏，我不必也不能再多說甚麼了。

不過，在這裏，為了有助於一般讀者對吳宓先生有多一些了解，我願把以前吳先生在課堂上講過以及平日跟他交談中所聽到的幾句話，及其有關的一些情況寫在下邊，以供參考：

一、吳先生一再用英文說："Everything I say and everything I do is accordance with the teaching of Confucius, Buddha, Socrates and Jesus Christ."（我的一言一行都是遵照孔子、釋迦牟尼、蘇格拉底和耶穌基督的教導）。

二、吳先生常常說自己最欣賞古希臘人的兩句格言 "to know thyself（貴自知）"和 "never too much"（勿過甚）。

三、吳先生一再強調，"凡為真詩人，必皆有悲天憫人之心，利世濟物之志，愛國恤民之意。……故詩人者，真能愛國憂民，則寄友詠物詩中，且可自序其懷抱。"

四、他說一個人"富於想像力和同情心（imaginative sympathy），善能設身處地，……於是其人能忠恕，且能為無私的奉獻。"

五、吳先生告訴我們："吾於中國之詩人，所追慕者三家，一曰杜工部，二曰李義山，三曰吳梅村。吾於西方詩人，所慕者亦三家，皆英人。一曰攞倫或譯拜倫，二曰安諾德，三曰羅色蒂女士。……夫西洋文明之真精神，在其積極之理想主義，蓋合柏拉圖之知與耶穌基督之行為而一之。此誠為人之正鵠，亦即作詩之極詣也。"

六、他提出"詩三境說"。三境即實境、幻境和真境。他是這樣論述的："蓋實境者，某時某地，某人所經歷之景象，所見所聞之事也。幻境則無其時，無其地，且凡人之經歷聞見未嘗有與此全同者，然其中所含人生之至理，事物之真象，僅較實境為多。實境似真而實幻；幻境雖幻而實真。真境者，其間人之事之景之物，無一不真。蓋天理、人性、物象今古不變，到處皆同，不為空間時間等所限，故其境與實境迥別，而幻境之高者即為真境。"

七、在西方小說家中，吳先生最欽佩英國十八世紀《湯姆‧瓊斯》的作者菲爾丁（Fielding）和十九世紀《名利場》的作者薩克雷（Thackcray），因為在他們的作品中，深刻生動地描繪了時代社會，譴責了唯利是圖、庸俗虛偽的世態，同時宣揚了善良和真誠的人物，崇高的精神境界。

吳先生這些六七十年前說過的話，所表達的見解，所鼓吹的主張是否對於今天仍有參考價值，尤其對今天做人、做學問，以及學術研究和文學創作是否仍有積極意義？是否值得我們深思，特別對今天年輕的一代？我願與熱心的讀者朋友們從長研討。

我這會兒再一次回憶五十多年前，吳宓師特地為我題了"甜蜜與光明"這幾句話，給了我很大的影響，鼓勵我不斷前進。吳先生自己一生也的確為追求"甜蜜與光明"，要實現"甜蜜與光明"這一理想，做了很多工作，教書、寫詩、寫論文、翻譯等等；也吃了好多苦頭。

他正直熱情，光明磊落，又天真執着，堅持自己的道路，而最後竟受這樣的折磨，這樣的慘死！吳宓師的晚年，正如與他的舊知老友陳寅恪先生一樣，體現了中國大批知識分子的苦難歷程。

誰能想像在得到解放了的祖國大地上，在史無前例的"十年浩劫"中，一個那麼愛國，那麼熱誠率真、正直不阿的學者、詩人和教育家，竟遭受如此災難，如此摧殘，如此侮辱！幾天前，我在這裏出版的《東方文化周刊》第二十九期上猛然看到吳先生 1972 年照的照片 —— 他最後的一次照相。他鬚眉全白，頂上幾根細髮，神情憂鬱，整個容貌都變了，實在衰頹得很啊！那是他七十八歲。回憶當年跟先生學習時的生動情景，今昔對照，我熱淚盈眶。……

吳先生在"文革"中遭到七鬥八鬥，被打壞了腿，雙目失明，最後由他年邁的妹妹護送回陝西涇陽老家細心照料，得到親友們的關懷。吳先生痛苦含冤在老家養病一年多，身體越來越衰弱，在極端困苦中，眼睛看不見，終日臥床，向着生命旅程最後的終點挨近。在生命垂危時，神志昏迷，吳先生還不斷低低地呼喊："我是吳宓教授，給我水喝！……我是吳宓教授，給我飯吃！……我是吳宓教授，給我開燈！……"

我們常用"晚景淒涼"這四字成語來形容一個人不幸的殘年，而對於吳宓先生，這四個字怎能概括得了他晚年身心所遭受的痛苦，他的悲慘，他臨終時的景況！他離世前用最後一絲微弱的聲音發出的呼喊，包含了多少意蘊，多少血淚，多少生命的掙扎？這也是對那個時代提出最強烈的控訴！這裏正好可以借用一下一百年前左拉的名言："J'accuse！"（我控訴！）

"我是吳宓教授，給我開燈……"

一百五十年前，歌德臨終時低低地說出來一句話："mehr Licht!"

（"更多的光！"歌德這句名言有不同的解釋，其中有一種是說他快死前，叫人打開一扇百葉窗，讓外邊的光線射進，使屋裏明亮起來）。一百六十年前，馬修 • 阿諾德呼喚"甜蜜與光明"，大力鼓吹文化教育，批判愚昧和庸俗。如今，誰能預料到一位培養了許多人才的傑出的中國大學教授——"教授"是一個崇高光榮的稱號，教授的工作是莊嚴的神聖的；教授是一個國家民族的智慧，各種學科（自然科學和人文科學）知識的集中者，是文化教育最高的體現者，民族優秀文化學術傳統勇敢的捍衛者（在 1958 年所謂"厚今薄古"運動中，吳宓先生的日記中就大膽地寫下了"漢字文言斷不可廢，經史舊籍必須誦讀"等語，便可有力的說明這一點）。世界各國都尊重大學教授，他們是"社會良心"，體現了一個民族的氣質和品格，代表了文化學術水平。現代全世界只有在中國幾次政治運動（如"反右"）中，特別在"文革"十年浩劫，法西斯暴政下，才會被蔑視、被毀滅；許許多多中國教授，知識分子精英才會遭到那麼悲慘冷酷的摧殘，被打倒在地，還要踩上一隻腳，叫這些所謂"反動學術權威"等永世不得翻身！八十四歲老人，在永別人世時呼喊着"我是吳宓教授，給我開燈！……"這樣一句話，用生命最後一絲微弱的聲音表達了這樣撕心裂肺的希求，這樣深沉的控訴，也表達了他的自尊和自豪："我是吳宓教授，給我開燈！……"

1997 年早春初稿

1997 年歲暮訂正

1998 年夏再次修訂於南京大學

古希臘文學教學的典範

——從吳宓先生的二圖談其創造性[1]

馬家駿

　　中國現代文化名人吳宓教授，是中國比較文學的創始者之一，是國際著名的《紅樓夢》研究專家，是傑出的詩人、翻譯、編輯……他在新中國成立前相當長的時間裏和成立後，一直從事着外國文學的教學，培養了眾多的人才，其中有的已成為中國的比較文學、外國文學的權威、專家、教授。

　　西洋文學的教學是吳宓先生的本職工作，對此他兢兢業業數十年，鑽研極深，成就突出。吳宓先生曾受新人文主義影響，一度是古典主義者，因此，對西方古代文學的教學與研究，極為精通。在這方面，他所著的《希臘文學史》可以說是代表作。不過《希臘文學史》更是他的科學研究著作和外國文學教學的成果，並不等於他的古希臘文學教學本身。人們可以就《希臘文學史》寫許多論文，但所論述的對象是文學科學，而非文學教學。要研究吳宓先生的古希臘文學教學，最佳方式是直接從課堂上的教學過程擷取材料，進行分析論述。可惜，我雖在陝西讀大學（西北大學），吳宓先生雖是陝西人，奈何新中國成立後他一直在西南師範學院任教，無緣當他的學生，直接聆聽他系統講授古希臘文學，從而有可能擷取課堂上的第一手

1　本文原載於《第一屆吳宓學術討論會論文選集》，陝西人民出版社 1992 年版，第 380–388
　　頁。—— 編者注

材料，研究他對古希臘文學的教學。我相信，他幾十年前著作的《希臘文學史》的全部研究內容，同新中國成立後每年發生變化的、作為外國文學的一個章節的希臘文學的教學內容是不可能完全等同的；吳宓先生的教學是積累有幾十年經驗的，他講課也不可能照本宣科，逐段逐字一成不變地在課堂上念自己幾十年前的著作。因此，也不能用研究他的《希臘文學史》來代替研究他的希臘文學教學。"文化大革命"前，高等學校電化教育並不發達。就是目前的普通教育，除特殊情況之外，一般大學也很少給每個有成就的教授拍下教學錄像片。吳宓先生並無教學錄像留給後世，這使我們對他的希臘文學的教學進行研究，更為困難。十分有幸的是：1961 年陝西師範大學邀請吳宓先生來講學，我親耳聆聽了他講演荷馬史詩。遺憾的是，當時並不能預見到二十九年後要寫這篇文章，從而預先作出完整記錄。不過，吳宓先生贈給過陝西師大外國文學系一本他編的《外國文學參考資料》，其中反映出他對希臘文學教學的成果。1979 年陝西師大中文系油印的《外國文學教學參考資料（古代至十八世紀末歐洲文學部分）》，選用了吳宓先生的兩張圖表：《愛琴海文化（時代地域總圖）》（1960）以及《荷馬史詩圖說》（1958）。這兩張圖表（見本文附表）反映出吳宓先生在古希臘文學教學上的特色，很有價值，應該深入研究。

吳宓先生教授希臘文學很突出的長處是把希臘文學作為一個發展着的系列，放置在整個愛琴海文化的大系統中，把希臘文化的歷史過程同愛琴海周圍以及更遠些的埃及、赫梯、特洛亞、克里特、羅馬（此外還涉及呂底亞、亞述、波斯）等諸種文化的歷史過程加以比較，從中顯示其地位與意義。這裏的比較不同於比較文學。吳宓先生在《希臘文學史》中論荷馬史詩時曾從比較文學角度將其同中國的彈詞相比較，論赫希俄德（吳譯為：希霄德）的教諭詩時同中國的教訓詩文相比較，如說："至《田功與日佔》一詩，則《詩經 · 豳風 · 七月》一篇最為近之，《周官 · 考工記》亦有似處。《易經》為吾國之智慧文學，故《易》繫辭、說卦、序卦、雜卦，皆可為訓詩，特無韻律耳。若論《田功與日佔》中之格言古訓，則《古詩源》卷一所載古逸諸作，散見於羣籍者，極可比較。以其由於古代之民俗，而自然作成者也。下及呂新吾《小兒語》及朱柏廬《家訓》等，皆不可謂非訓詩。乃若《田功與日佔》第三段，則《禮記 · 月令》，並其所衍為後世之時憲書，最為近似也。"這裏所說的比較，是把文學作為文化之一種內容，放在諸種文化系列中的比較。用這種比較法進行教學，可使學生獲得這樣一些整體觀念。

希臘文化（包括文學）不是孤立的，是多種文化相互影響的產物。

愛琴海文化不等於希臘文化；

愛琴海文化不是單一的文化，它是愛琴海周圍諸種文化綜合起來之後的整體稱謂；

希臘文化本身也不是單一的，它是不同時代，不同民族、部族的多種文化的創造與毀滅、繼承與革新、揚棄與融合的結果；

希臘文學主要為多里亞（吳譯：鐸利安）後裔的文學，它並不分別體現希臘文化的各時代民族的語言藝術創造；如此等等。

從幾種流行的、通用的教材（恕我不一一點名）來看，我們現在的大學外國文學教學，在涉及希臘文學時，並不如吳宓先生這樣交代得清楚。有的給人印象似乎愛琴海文化就是希臘文化；有的把希臘文化說得像是一種單一的種類的文化；有的在"古希臘文學"標題下乾脆開宗明義第一句就是："希臘早期文學的主要成就是神話和荷馬史詩。希臘神話是古代希臘人民留給後世的一份豐富多彩的口頭文學遺產。它同其他民族的神話一樣，產生於人類社會發展的早期階段。"（《外國文學簡編》，第13頁）似乎希臘文學是孤立於諸種文化之外的產物；似乎希臘在各時代、各地區是單一的民族，它的文化是單一種類的文化；似乎不存在克里特文化與邁錫尼文化，也不存在亞該亞族與多里亞族的區別，如此等等。這就使歷史簡單化、文化單調化了。相比之下，可以看出，吳宓先生的教學，更合乎馬克思主義關於事物之間不是孤立而是相互關聯的觀點；事物不是靜止而是發展變化的觀點；事物內部不是單一的而是矛盾的多種因素的統一的觀點。也完全合乎歷史的實際和古希臘文學的外部關係與內部關係的實際。

吳宓先生教授希臘文學是多維的、直觀的，這也是很有創造性的。眾所周知：文學史是一個發展過程，與之相符，一般的教材編寫和教學內容的闡釋，也總是縱向的；英雄史詩或敘事詩故事內容的呈現也是一個發展過程，一般教材與教學中介紹情節、依順序歸納主人公形象，也總是縱向的。這種單線縱述，固然是由文學史、敘事作品本身決定的，但是事物的發展並不是單調的，人們對文學史、對敘事詩的教學也不能總限於縱向的敘述。吳宓先生在教學中，特別關注時間與空間，多維地考慮對象在坐標系中的位置及它同周圍的關聯。我們分別就兩個圖表的繪製來看這個特色：

《愛琴海文化》圖，吳先生在標題注解中就標明這是《時代地域總圖》，這就是說，它是總合時空的多維的圖。在時間上，《愛琴海文化》圖以一個世紀為單位，樹起了從公元前1萬年到公元1500年，也就是從新石器時代到文藝復興的漫長歷史坐標系，以供作為具體文化內容發展過程的參照。時間成為圖標的經線，它縱列了新石器時代、紅銅時代、青銅時代、鐵器時代及其後的文明時代。在空間上，以希臘為核心，反映出三重同心圓：一是巴爾干半島南端的小希臘；二是愛琴海周圍包括克里特島、小亞細亞的中希臘；三是地中海東部包括北非埃及、中東、羅馬的大希臘。大希臘範圍的別種文化是外圍，他們和希臘相互間有文化影響，故而吳宓先生把他們攔在中希臘的兩側，早於希臘的置於右側，晚的置於左側。中希臘範圍內的內容，按地沿由東向西（由右至左）安排。小希臘之內，除了時間因素，按民族，也是亞該亞在右、鐸利安在左。小希臘與羅馬毗鄰，便於清楚顯示古希臘國家和古希臘文化的前後滅亡。埃及、赫梯、特洛亞、克里特島、希臘、羅馬六條線，從右至左，不僅是先後或一度交叉的順序式的，而且是空間的從遠到近、由東至西的地域的區分式的，這構成了緯線。在這六條線之間，兩兩橫向發生關係，其中有單向的，也有雙向的。單向的有埃及與赫梯、特洛亞與赫梯、亞該亞與特洛亞、克里特與邁錫尼，雙向的是小希臘與大希臘諸地域之間的關係，如羅馬曾是大希臘的藩屬並接受希臘文化；之後，羅馬又滅希臘使之成為羅馬的一個行省，六百年後，拜占庭文化又取代了古希臘文化。

《荷馬史詩圖說》同樣很直觀地揭示了特洛亞戰爭前後三十多年橫貫地中海廣袤世界的時空過程。《史詩圖說》從"不知女神"投金蘋果開始，進而描繪出從公元前 1203 年到 1194 年聯軍之募集及其途程。軍隊、戰船、海峽、軍營的圖像盡在視線中。其次是從公元前 1193 年到公元前 1184 年的十年特洛亞戰爭。縱向，排列十年圍城，突出從阿喀琉斯（吳譯：阿克里斯）的憤怒，到赫克托耳（吳譯：

爱琴海文化（时代地域总图）

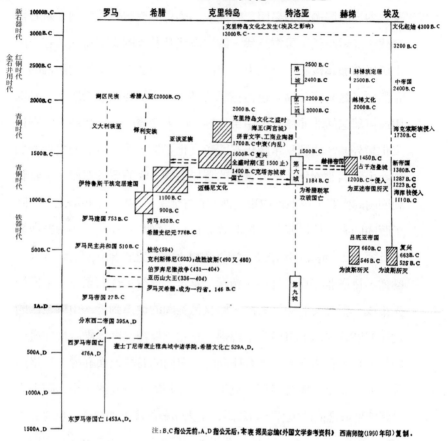

左侧时间轴：10000B.C、3000B.C、2500B.C、2000B.C、1500B.C、1000B.C、500B.C、1A.D、500A.D、1000A.D、1500A.D

左侧时代分期：新石器时代、金石并用时代（红铜时代）、青铜时代、青铜时代、铁器时代

栏目：罗马　希腊　克里特岛　特洛亚　赫梯　埃及

克里特岛文化之发生（埃及之影响）13000B.C

文化起始 4300B.C

3200 B.C

第一城 2500 B.C、2400 B.C

赫梯族定居 2500B.C

中帝国 2400B.C

湖区民族　希腊人至（2000B.C）

义大利族至

佯利安族

亚该亚族

2000 B.C

克里特岛文化之盛时
海王（两宫城）
拼音文字，工商业陶器
1700B.C中衰（内乱）

第二城 2200 B.C、2000 B.C

赫梯文化 2000B.C

海克索斯族侵入 1730B.C

伊特鲁斯干族定居建国

1100B.C
900B.C

迈锡尼文化

1600B.C复兴
全盛时期（至1500止）
1400B.C克塔苏城破亡

1500B.C

第六城

赫梯帝国

1450B.C
占于迈垒城

1184 B.C
为希腊联军
攻破国亡

1200B.C →侵入
为亚述帝国所灭

新帝国
1380B.C
1287B.C
1223B.C
海岸铁侵入
1110B.C

罗马建国 753 B.C

荷马 850 B.C

希腊史纪元776B.C

罗马民主共和国 510 B.C

梭伦（594）
克利斯梯尼（503）；战胜波斯（490又480）
伯罗奔尼撒战争（431—404）
亚历山大王（336—404）

吕底亚帝国
660B.C
546B.C
为波斯所灭

复兴
663B.C
525 B.C
为波斯所灭

第九城

罗马灭希腊，成为一行省。146 B.C

罗马帝国 27 B.C

分东西二帝国 395A.D

西罗马帝国亡 476A.D

查士丁尼帝废止雅典城中诸学院，希腊文化亡 529A.D.

东罗马帝国亡 1453A.D.

注：B.C指公元前，A.D指公元后，本表据吴宓编《外国文学参考资料》西南师院（1960年印）复制。

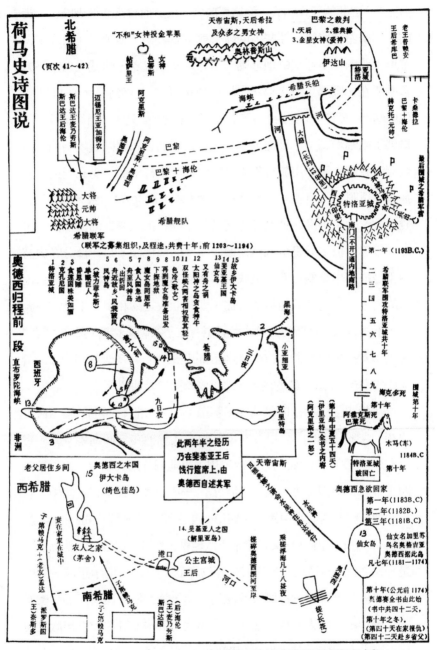

荷马史诗图说

（选自吴宓编《外国文学参考资料》西南师院 1958 年印）

海克多）之死的五十四天，而結束於因木馬計而特洛亞城破國亡。橫向，列舉希臘與特洛亞雙方的陣營與主要人物，繪製從海峽經十二華里大路到特洛亞城的地形圖，示意以希臘艦隊、圍城人馬、雙方營壘所在、戰場位置。再次，是從公元前 1183 年到公元前 1174 年俄底修斯（吳譯：奧德西）的流浪返鄉。縱向，排列十年行蹤。橫向，繪製了兩幅地圖：一是從黑海、小亞細亞到直布羅陀海峽的地中海全圖。在圖上面，用旅行線索，順序標誌出特洛亞、克孔尼國、食蓮國、單眼巨人所在地、風神島、食人國、魔女島、色冷（賽壬）、雙怪峽、太陽神島、仙女島、斐基亞王國、俄底修斯的故鄉伊大卡島，等等。但這只是俄底修斯頭兩年半的飄流圖。這一部分在史詩中不是描寫出來的，而是俄底修斯在斐基亞王后餞行筵席上自述出來的。第二幅地圖只包括仙女島、斐基亞人之國和伊大卡島。在圖上，不僅有俄底修斯的行蹤，而且還有其子忒勒馬科斯（吳譯：第賴馬克）尋父的路線圖。縱向十年突出的是最後一年冬天的四十二天所構成的《奧德賽》一詩的內容，即化成為第二幅地圖。

　　《荷馬史詩圖說》的創造性很明顯：一、它把《伊利亞特》和《奧德賽》兩部史詩的內容用縱向編年的方式包納在一個圖中；二、它把《奧德賽》中正敘與倒敘的內容用兩幅地圖分別表示時，用貫於兩圖之中的說明相連接；三、"仙女島"一項一身二任：在縱向中，它排在俄底修斯返家途中第三年與第七年之間，是一個時間（七年）性的標誌；在橫向中，它又是第十三個地點，被旅行線聯向其他島嶼，是一個空間（居留最長的海島）性的標誌。四、它把示意圖、鳥瞰圖、年表、世系表、地圖等等融為一體，達到納千里於尺幅、繫數十年於片紙，使人一目了然。五十年代，俄羅斯聯邦教育出版社出版過一本《荷馬》，其中也有《伊利亞特》的圖表，只是把一個圓分成五十四份，寫出五十四天中每天的戰鬥生活、軍事活動與家庭生活的內容而已。相形之下，可見吳宓教授的圖表的創造精神。

吳宓先生所制二圖，是他多年教學經驗的積累，是從作品實際出發的創造性概括，有非常現實的應用意義，在教學上很有指導價值。這兩幅圖表也有學術價值，這是吳宓先生對荷馬史詩與希臘文化精心研究的結果。這兩幅圖表還有方法論上的價值。它指示我們研究和教學外國文學，要從實際出發，把握第一手資料即研究對象本身；要注意比較研究，把同類的現象加以比較，從而看出對象的特點；要注意系統方法，即把對象置於上下左右的系列中，從而看其地位與作用；要多維地思索對象，從時間、空間、內容及其發展過程來觀照對象；要把文學對象直觀化，融合多種圖表使對象更形象、立體，為學生易於接收。吳宓教授樹立了古希臘文學教學的典範，值得一切從事外國文學教學的同志來繼承這份珍貴的遺產。

編後記

吳學昭

《世界文學史大綱》，是我父親吳宓（字雨僧）於上世紀三四十年代在昆明國立西南聯合大學，為所授"世界文學史"一課而專門編寫的講授提綱。這門課程繼承清華大學外國語文學系必修課程設置，是西南聯大外文系學生最重要的一門專業基礎課；1937–1938 學年開設時稱為"西洋文學概要"，1938–1939 學年改稱"歐洲文學史"，後以此課內容廣博，實際不僅包括西歐、北美文學，兼及俄國東歐以及印度、波斯、日本等國文學，為學生提供了廣闊的視野和系統的世界知識，遂又改稱"世界文學史"課。

西南聯大先後所開設的"歐洲文學史""世界文學史"課，一直由吳宓講授；1944 年秋，吳宓休假離校，此課程遂停開。

吳宓上"世界文學史"課時，依他自己所撰《大綱》講授，以清華原外文系教授翟孟生（Robert D. Jameson， 1895–1959）所著《歐洲文學簡史》（*A Short History of European Literature*）為主要參考書，《大綱》中所標示參見翟書第幾頁至第幾頁……要求學生閱讀者，均指翟孟生教授所著《歐洲文學簡史》一書。不過，吳宓對該書作有大量的修正和補充，幾乎每一頁空白處都為他密密麻麻批注的小字填滿，全書並夾有他所寫的無數字條。

抗日戰爭期間，大後方物資匱乏，辦學條件簡陋，油印講義都很困難。《世界文學史大綱》，起初即由吳宓分節段書寫於黑板，學生們各自抄錄於紙本。四十年代以後，才有了打字油印的講義分發給學生，雖然紙張粗糙發黃，有的字跡不清，同學們還是很珍視，有人保存至今。本書所載就是根據西南聯大外文系 1942 級校友李希文先生所珍存的油印講義編印的。李先生將學生時代得到的這份《世界文學史大綱》（英文），在身邊保存了半個多世紀之久，晚年輾轉託人"送交吳宓教授家人留為紀念"。

我父親吳宓一生學習和研究世界文學，講授世界文學，非常重視文學史於文學的功用。他認為"文學史之於文學，猶地圖之於地理也。必先知山川之大勢、疆域之區畫，然後一城一鎮之形勢之關係可得而言。必先讀文學史，而後一作者一書一詩之旨意及其優劣可得而論。故吾人研究西洋文學當以讀歐洲各國文學史為入手之第一步，此不容疑者也。"[1] 據北京大學李賦寧（1917–2004）教授回憶："早在（1921 年任教）東南大學時期，吳宓就已制訂出'世界文學'講授提綱（英文），包括各國重大歷史事件和各國文學史。這在我國是最早的世界文學教程。有了世界文學的基礎知識，才有可能從事比較文學的研究。吳宓在東南大學、清華大學、西南聯大、燕京大學、武漢大學，以及解放後在重慶大學、西南師範學院一直講授世界文學課程，他是這門學科在我國的創始人之一。"[2]

吳宓自 1921 年起，歷年在多所高校講授世界文學，"從解放前到解放後，他為我國培養了許多優秀的外國文學研究人員和中外語文教學人才。"[3] 父親 1978 年去世後，曾從他受學的許多友生，關心

1　《學衡》第 13 期，1923 年 1 月，第 48 頁。

2　《第一屆吳宓學術討論會論文選集》，陝西人民出版社 1992 年版，第 12 頁。

3　引自吳宓的朋友和學生馮至、朱光潛、李賦寧等為他平反寫給烏蘭夫的信，見拙著《吳宓與陳寅恪》（增補本），生活 • 讀書 • 新知三聯書店 2014 年 9 月版，第 499 頁。

他有關世界文學，尤其是他最早開設的世界文學史的遺著整理出版，諄諄以此囑託家人。我們之所以遲遲未能着手於此，緣於儘管父親以他多年對世界文學的系統研究，確撰有"世界文學史"中英文講授提綱、講義多種，可惜他的這些傾注心血的手稿，不幸於"文化大革命"中悉遭抄沒，而他於"文革"中所託付保管講義、手稿的人至今不肯歸還，家中一無所存，以致他生前未得付印，身後也無法出版。現只得以李希文先生所贈的這份不全的西南聯合大學外國語言文學系所印《世界文學史大綱》為主編輯本書（並藉此題命名全書），附錄吳宓所撰《希臘文學史》、《西洋文學精要書目》、《西洋文學入門必讀書目》等文；他所翻譯、增補材料、並加評注的美國李查生與渥溫（William L. Richardson & Jesse M. Owen）二氏合著的《世界文學史》；他為清華大學外國語文學系所制定的教學方案；以及他對世界文學史上幾位著名文學家、批評家的論述。此外輔以兩篇不同時期友生對吳宓授課的感受。雖不能充分表現吳宓研究和講授世界文學史的觀點和心得，也算是對他四十多年教學生涯的一個紀念。祈願如今散失各地的吳宓遺稿，有朝一日終得刊行於世。

特敦請美國芝加哥大學比較文學博士、史丹福大學東亞系副教授周軼群女士為本書撰寫前言。感謝周軼群教授於百忙中在細讀深研吳宓日記、書信及其他許多有關著作的基礎上，寫出《吳宓與世界文學》的長篇導讀，為本書增色不少。相信吳宓和他已故的受業弟子地下有知，也會感到慰藉。又本書在編輯吳宓《世界文學史大綱》時，承蒙北京大學校史館提供西南聯大外文系校友許淵沖教授所捐贈其在校抄錄的《歐洲文學史》筆記複印件與編者參考，謹在此一併深表謝意。

2017 年 11 月

吳宓和他的《世界文學史大綱》[1]

吳學昭

　　我父親吳宓一生學習和研究世界文學，講授世界文學，非常重視文學史於文學的功用。他認為"文學史之於文學，猶地圖之於地理也。必先知山川之大勢、疆域之區劃，然後一城一鎮之形勢之關係可得而言。必先讀文學史，而後一作者一書一詩之旨意及其優劣可得而論。故吾人研究西洋文學當以讀歐洲各國文學史為入手之第一步，此不容疑者也。"（吳宓《希臘文學史》）

　　據父親早年的清華弟子、原北大西語系教授李賦寧回憶："早在（1921 年任教）東南大學時期，吳宓就已制訂出'世界文學'講授提綱（英文），包括各國重大歷史事件和各國文學史。這在我國是最早的世界文學教程。有了世界文學的基礎知識，才有可能從事比較文學的研究。吳宓在東南大學、清華大學、西南聯合大學、燕京大學、武漢大學，以及解放後在重慶大學、西南師範學院一直講授世界文學課程，他是這門學科的創始人之一。"（李賦寧《在第一屆吳宓學術討論會上的講話》）

　　父親去世以後，曾從他受業的許多友生，關心他有關世界文學，尤其是他最早開設的世界文學史的遺著的整理出版，諄諄以此囑託家人。除了父親最親密的學生李賦寧，我印象最深的是西南聯大外文系上世紀四十年代初畢業的幾位校友：許淵沖、李俊清、許芥昱、

1　此文原載於《文匯報・筆會》，刊於 2020 年 4 月 22 日，第 12 頁。——編者注

關懿嫻、沈師光等，他們談起當年上吳宓的"世界文學史"課，常是眉飛色舞，興致勃勃，使我也很受感染。當時就想，有朝一日，父親關於世界文學史方面的遺著得以出版，一定要請他們寫點什麼，作為紀念或讀後，配合發表。

然而十分慚愧，我們一直遲遲未能着手於此。緣於父親以他多年對世界文學的系統研究，雖編撰有"世界文學史"中英文講授提綱、講義多種，可惜他的這些傾注心血的手稿，不幸於"文化大革命"中悉遭抄沒，而他於"文革"中所託付代為保藏講義、手稿的人，至今不肯歸還，家中一無所存；以致他生前未得付印，身後也無法出版。我們多方尋訪徵集，亦無所獲。很久以後，西南聯大外文系一位 1944 級的校友李希文聞訊，將他珍藏了半個多世紀的吳宓所編世界文學史大綱（英文），輾轉託人"贈與吳師家人留念"。"大綱"係打字油印於戰時通行的粗糙紙上，歷經歲月滄桑，紙張已發黃變脆，最後幾頁且有缺損。雖然如此，對我們來說，仍如獲至寶，異常珍貴。現今出版的吳宓《世界文學史大綱》一書，即是以李希文學長惠贈的這份不全的西南聯大外國語文學系所印《世界文學史大綱》為主編輯的（並借此題命名全書），附錄吳宓所撰《希臘文學史》、《西洋文學精要數目》、《西洋文學入門必讀書目》等文；他所翻譯、增補材料、並詳加評注的美國李查生與渥溫（William L. Richardson & Jesse M. Owen）二氏合著的《世界文學史》；他為清華大學外國語文學系所制定的辦系總則和課程設置；以及他對世界文學史上幾位著名文學家、批評家的論述。此外輔以兩篇不同時期友生對吳宓授課的感受。雖不能充分表現吳宓研究和講授世界文學史的觀點和心得，也算是對他四十多年教學生涯的一個紀念。祈願如今散失各地的父親遺稿，終有一日得刊行面世。

感謝美國芝加哥大學比較文學博士、史丹福大學東亞系副教授周軼群女士受編者之請，於百忙中在細讀深研吳宓日記、作文、書信，及其他許多有關著作的基礎上寫出《吳宓與世界文學》的長篇導讀，為本書增色不少。相信吳宓和他已故的受業弟子地下有知，也會感到慰藉。

在吳宓的《世界文學史大綱》出版之際，我深感遺憾的是由於此書着手太遲，當年諄諄敦促我們及早尋訪搜集、編輯整理父親世界文學方面遺稿的清華、聯大外文系諸位老學長，如王岷源、李賦寧、許芥昱、李俊清、沈師光等，已先後故去，不及親見此書，予以批評指正；而今健在的兩位，亦皆年屆高齡：關懿嫻（一百零二歲）、許淵沖（九十九歲），不便叨擾。於是原擬敦請這些曾親炙吳宓授課的友生，為本書寫點讀後或書評之類的願望全然落空，只有根據我當年的訪談筆記和點滴回憶，將他們對先師教課的感受，略述一二，與讀者分享。

據清華學校歷史檔案，學校自 1926 年西洋文學系（1928 年改稱外國語文學系）初建，即很注意西洋文學概要及各時代文學史的一體研究。設有自古代希臘、羅馬，中世至但丁，文藝復興時代的西洋文學史分期研究學程，由吳宓與翟孟生 R. Jameson 及溫德 R. Winter 分授。 1937 年抗戰爆發，翟孟生返美；清華南遷，溫德滯留北平以外僑身份幫助處理校產；西洋文學史乃改由吳宓獨自講授。

吳宓在西南聯大所授"世界文學史"為外文系二年級的必修課，8 學分，是外文系學分最多的一課。該課原名"西洋文學史"、"歐洲文學史"，後因實際講授內容範圍很廣，包括了東方的波斯、印度、日本等國文學，遂改稱"世界文學史"。西南聯大"世界文學史"課，一直由吳宓講授；1944 年秋他休假離校，無人接任此課，最後改為

"英國文學史"，由他的弟子李賦寧講授。1946 年聯大解散，清華復員北平後，"世界文學史"課亦未重開。

"世界文學史"為聯大當年最叫座的課目之一，外系旁聽的同學不少，何兆武說他就是來"聽蹭"的。彭國濤 1941 年選修了這門課程，從此愛上外國文學，第二年由歷史系轉入外文系。他回憶吳宓上課，從不看書和講義或卡片，講到作者生平、名著情節的時間、地點以及一些著作的原文，都能準確無誤地說出，並寫在黑板上。講述荷馬史詩《伊利亞特》和《奧德賽》、但丁的《神曲》、盧梭的《懺悔錄》、塞萬提斯的《唐 · 吉訶德》等，滔滔不絕，有聲有色，如數家珍，使他至今難以忘懷。"先生對書中人物，不僅介紹，且作出評價，指導人生，使你思想感情上受到感染，潛移默化。我們聽課，既學到許多知識，也提高了思想境界，昇華了感情。"（彭國濤《我的導師吳宓先生》）

同學們反映吳宓講課極為生動，講述那些名著中的故事，更引人入勝，讓人不知不覺如身歷其境。沈師光、于紹芬等猶記當年聽先生講盧梭《懺悔錄》，尤其盧梭率着兩個少女的馬涉水過河的一段，聽得她們如醉如痴，直以為那是盧梭的一段最幸福的生活，最美麗的文字。

同學們喜歡吳宓的要言不煩，一語中的，如"歐洲文學史"講文學與非文學的分別，說：文學重情感（emotion）、想像（imagination）、樂趣（pleasure）；非文學重理智（reason）、事實（fact）、教導（instruction）。這比下定義好得多。又說：哲學是氣體化的人生；詩是液體化的人生；小說是固體化的人生；戲劇是固體氣化的人生。哲學重理，詩重情，小說重事，戲劇重變。形象地概括了事（小說和戲劇），情（詩詞），理（哲學）三者的分別，說出了小說和哲學的關係，等等。

同學們印象深刻的還有，吳宓常用列表來概括事實。如"歐洲文學史"講但丁（Dante），講到 Dante's life in relation to his works（但丁生活和作品的關係），他就列出了一個簡單明瞭的表：

1. Love (Dream)　夢想產生愛情，寫出作品 *New Life*（《新生》）
2. Study (Learning)　學術作出研究，寫出作品 *Il Convito*（《饗宴》）
3. Politics (Experience)　經驗造成政治，寫出作品 *Divine Comedy*（《神曲》）

　　但丁在翡冷翠河濱遇見貝雅特麗齊，一見鍾情，在她死後，寫了悲痛欲絕的《新生》。《饗宴》把各方面的知識通俗地介紹給讀者，作為精神食糧，所以書名叫做《饗宴》。《神曲》描繪了翡冷翠從封建關係向資本主義過渡時期的社會和政治變化。書中的地獄是現實的情況，天國是爭取實現的理想，煉獄是從現實到理想的苦難歷程。

　　除了列表，吳宓有時亦繪圖來說明問題，如所繪但丁《神曲》的"宇宙結構圖"，使學生一目了然，印象深刻。何兆武至今記得吳先生畫的一張七級浮屠式的圖，把對權力的追逐放在最下層，以上各層依次是對物質的追求，對榮譽的追求，對藝術創造的追求；最上一層為對宗教的追求，據說是採納了沈有鼎的建議。

　　1943 年從軍（1941 年 11 月，美國志願空軍來華對日作戰，需要大批英文翻譯，聯大外文系高年級男生，除個別例外，全部應徵服役）的許芥昱曾與級友李俊清交流，說他從吳宓的"歐文史"課程得到比較文學的思想啟發，由此決心從事比較文學的研究。

　　許芥昱後來果然赴美研習比較文學，獲史丹福大學文學博士學位，其後在舊金山加州州立大學授比較文學。1973 年突發奇想，攜其比利時裔的妻子和兩個可愛的兒子遠來漫遊"文化大革命"中的中國半載；其間亟欲赴渝碚拜謁卅年未見的導師吳宓，為此通信往來多次，最終以當時四川尚未對外賓開放而不果。許芥昱在他返美後所出版的《我們的中國行》（*Our China Trip*）一書中這樣寫道：

"對李賦寧兩個小時的訪問，話題幾乎沒有離開過'奇普斯先生'。我們的 Mr. Chips，我們背地裏這麼稱呼他，我們對他絕不說再見。〔昆明戰時放映過一部英國 1939 年拍攝的影片 *Goodbye, Mr. Chips*，（《再見吧，奇普思先生》，中文片名《萬世師表》）描敘一位老教師的職業生涯和個人生活。聯大外文系許多人看了很受感動，有些同學覺得吳先生與 Mr. Chips 很相像，於是背地裏就稱他為"奇普思先生"。〕——他仍然活着，在四川。他教過我們所有的人。

我告訴李賦寧，吳先生仍舊用紅墨水批改我的信，拼寫出所有縮寫的詞，在字裏行間用印刷體整齊地改正錯字。另在我去信的邊上寫下對我的回復。

李賦寧說："他對我也這樣。"李已任北大副教務長有年，1950 年自美國留學歸來，在教師中保持領先地位。"那就是吳，"李說："我想他永遠不會改變。"

李過去多年一直是老詩人吳宓最親密的學生和朋友。吳是安諾德堅定的讚賞者及丁尼生的模仿者，他為同情他的因失戀而憔悴的學生落淚，……

關懿嫺對吳宓將《紅樓夢》與薩克雷的《名利場》（*Vanity Fair*）進行比較，很感興趣，她的畢業論文就是以《名利場》為題作的。她發現吳先生特反對"古今中外、人天龍鬼，無一不可取以相與比較"

的輕率態度；講授中，始終以歷史的演變及系統異同的觀念，着眼於探索某些"中西古今"的"不易之理"和"東西文學公認之言"在文學領域裏的普遍應用。中西比較如此，西西比較也這樣。

"歐文史"考試卻很使關懿嫻發怵：吳宓出的考題包羅萬象，從狄更斯某部小說的出版年、出版家到定價的細小題目，到 Fully describe（詳述）一部世界文學名著如荷馬史詩、歌德《浮士德》等的內容、文學價值及其在文學史中的地位等等。她常是最後交卷的幾個同學中的一個。吳先生總是彬彬有禮地站在一旁，或坐着看書，還不時微笑着說："不急，慢慢答。"有次期終考試，關懿嫻和幾個同學竟考了五個小時，最後一同交卷。吳先生邊疊齊考卷，邊說："你們的食堂已經關門了，來，跟我到'文林'（學校附近的一家小飯館）一起吃飯去。"時值冬季，一頓熱騰騰的飯菜，吃得既果腹又暖和。用餐中間，吳先生還講些他青少年時代的學習軼事，其樂融融，久久難忘。

1938 年考入西南聯大外文系的許淵沖，是吳宓"歐洲文學史"班上最出色的學生。他仰慕吳宓學識淵博，吳宓讚賞他聰明好學。這方面許淵沖在聯大日記和學習筆記中多有記述。他說：

> 吳先生是聯大外文系唯一的教育部部聘教授，中國比較文學的奠基人，他的中文和英文水平都不是當時英美任何漢學家所能比擬的。他是哈佛的畢業生，在聯大外文系講"歐洲文學史"，用的方法完全和哈佛一樣，所以外文系的精英們等於身在聯大，心卻可以去哈佛。吳宓還是清華大學中文系第一任系主任，第二任是楊振聲，第三任才是朱自清。這樣學貫中西的教授實在難得。

他品評別人總是揚長避短，對自己則從嚴，嚴格得要命。從他對錢鍾書的評論中也可看出他的學者風度，雖對自己學生也能虛懷若谷，可見他多麼愛才！對我也是這樣：1940 年 5 月 29 日，上完"歐洲文學史"時，吳先生叫住我說："我看見劉澤榮送俄文成績給葉公超先生，你小考 100 分，大考 100 分，總評還是 100 分，我從沒有見過這樣好的分數！"吳先生是大名鼎鼎的老教授，這話對一個十九歲的青年是多麼大的鼓舞！我當時就暗下決心"歐洲文學史"一定也要考第一；結果我沒有辜負吳先生的期望。（按，許淵沖當年"歐文史"月考 98 分，學期平均 95 分，學年平均 93 分；比全聯大總分最高的張蘇生的"歐文史"成績還高了兩分。）

吳先生講"歐洲文學史"，其實也講了"歐洲文化史"，因為他講文學也將哲學包括在內，如講希臘文學，他卻講了蘇格拉底、柏拉圖、亞里士多德。後來他為外文系三年級學生開"歐洲名著"，講的就是《柏拉圖對話錄》。他最善於提綱挈領，認為柏拉圖思想中最重要的是"一"、"多"兩個字："一"指抽象的觀念，如方、圓、長、短；"多"指具體的事物，如方桌、圓凳、長袍、短褲。觀念只有一個，事物卻多種多樣。柏拉圖認為先有觀念，然後才有事物。如果沒有方桌的觀念，怎麼能夠製造出方桌來？他還認為觀念比事物更真實，因為方的東西、圓的東西，無論如何也沒有方的觀念那麼"方"，沒有圓的觀念那麼"圓"。因此，一個人如果愛真理，其實是愛觀念超過愛事物，愛精神超過愛物質。這就產生了柏拉圖式的精神戀愛觀——這後來對我產生了不小的影響。但是觀念存在於事物之中，"一"存在於"多"中，所以愛觀念不能不通過事物或對象。而對象永遠不能如觀念那樣完美、那樣理想，因此，戀愛往往是在“多”中見“一”，往往是把對象理想化了。但理想化的對象一成了現實中的對象，理想就會破滅；因此，只有沒實現的理想才是完美的。但丁終身熱戀貝雅特麗齊，正是因為她沒有成為但丁夫人啊！

許淵沖學習動腦筋，愛琢磨，他不“師云亦云”，有不同意見，樂於同老師探討。吳宓講“世界文學史”，從語文系統開始。他說表現思想的方法有兩種：一種是聲音，一種是形式；前者如歐洲的拼音字，後者如中國的象形字。兩種文字各有其長，各有其短，不能說哪種好，哪種不好。所以他不贊成（漢字）拉丁化。當時許淵沖認為，從藝術的觀點看來，吳先生的意思沒錯；但從教育的觀點來看，他的意思卻未必對。因為教育的目的是要普及，而方塊字的確太難，就是中國人也要學幾年才能學會。何如拼音文字能說就能寫，能寫就能讀書呢？久後才體會，吳先生的意思還是對的，自己的意見卻很幼稚，完全是跟着魯迅走，並沒有消化魯迅的思想，也沒有用實踐去檢驗拉丁化是否正確，就說出了自己後來也反對的話。其實魯迅也說過：中國文字有三美：意美以感心，音美以悅耳，形美以悅目。而歐洲文字只有意美和音美，沒有形美。歐洲有個大哲學家甚至說過：世界上如果沒有中國文化，那真是人類的一大損失。如果沒有中國文字，人類文化就要大為減色。實際也是如此，如杜甫的著名詩句“無邊落木蕭蕭下，不盡長江滾滾來。”這種又對仗，重疊，草字頭，三點水偏旁等形美的詩句，是西方文字萬萬無法翻譯的。由此回想吳先生所說中西文字各有長短是有道理的，拉丁化沒有形美確是一大缺點。

“歐洲文學史”課上，吳宓曾說：古代文學希臘最好，現代文學法國最好。許淵沖卻認為蘇俄不錯。吳宓說：法國文學重理智和形式，德國文學重感情，不重形式；英國文學理智和情感並重，但都不如法國和德國，只比德國更重形式，卻又不如法國。依許淵沖看，俄國文學和英國文學差不多；除普希金重情之外，果戈里、屠格涅夫、陀思妥耶夫斯基、托爾斯泰，都更重理，而且很重信仰。後來讀了屠格涅夫的《春潮》，故事給他的印象是：愛情有如春潮，時漲時落。這和德國斯托姆的《茵夢湖》不同：萊茵哈德幾十年後還留戀青春時代的舊情人，可見德國文學重情，歌德的《維特》也一樣。而屠格涅夫最重情的《貴族之家》結果和《春潮》也有相似之處。只是傷感之情更接近《茵夢湖》。這樣想想，吳先生的結論還是有道理的。

許淵沖後來還選修了吳宓的"文學與人生"和"翻譯"課，亦心得多多。

吳宓外貌嚴肅、古板，似乎很難交往；同學們接觸多了，才發現先生其實待人謙和熱情，誠摯率真，是一至性中人。對學生課外問難求教的，無不認真細緻為講述解答；傾訴思想苦悶的，或為感情問題而煩惱請予指教的，一一耐心給予教益和安慰；生活困窘來求救的，亦極盡己力濟助，儘管自身生活也很清苦（抗戰初期，聯大授薪津，僅發原薪的百分之七十）。

吳宓特喜與愛好文學的學生交流。他贊同安諾德（Arnold）所說 Literature is the best that has been thought and said in the world.（文學是最好的思想和言論）。他認為 Literature is the Essence of Life（文學是人生的精華）。他樂於把自己讀過的好書，見聞的好事，思考過和感覺到的問題，直接和間接的生活經驗，獻給學生；通過與學生無拘無束、心情愉快地討論交流，與許多同學成了朋友，吳宓稱之為"友生"。

2009 年春，吳宓的幾位海內外弟子，一次偶聚北京。大家聊起難忘的 Mr. Chips，回憶他循循傳播的古聖先賢的智慧與禪意；都說他們所受益於先生的風格者，不亞於受益於先生的學問。李鯨石復誦先生對他說過的 "Everything I say and everything I do is in accordance with the teachings of Confucius, Buddha, Socrates and Jesus Christ."（我的一言一行都遵照孔子、釋迦牟尼、蘇格拉底和耶穌基督的教導。）許淵沖對吳宓當年所論 The Golden Mean（中庸之道）和 Virtue, Justice vs Profit, Gain（義利之辨），記憶猶新，感歎道："吳先生的儒家思想深深地影響了我們這一代外文系的學生。"

作者簡介

吳宓（1894–1978）

　　陝西省涇陽縣人。字雨僧、玉衡，筆名餘生。中國現代著名外國文學家、國學大師、詩人。清華大學國學院創辦人之一，被稱為中國比較文學之父，學衡派的代表人物之一。曾於哈佛大學、維珍尼亞大學留學，先後於清華大學、昆明西南聯大、成都燕京大學、武漢大學等大學教授「歐洲文學史」及「世界文學史」課程。著有《吳宓詩集》、《吳宓詩話》、《文學與人生》、《吳宓日記》等。

吳學昭

　　吳宓之女。生於北京，長於上海，畢業於燕京大學。曾任《中國兒童》主編；《中國少年報》副秘書長，負責編輯事務；新華社、人民日報駐外記者；人民日報國際評論員等。著有《吳宓與陳寅恪》，編纂並整理出版了《吳宓日記》、《吳宓詩集》、《吳宓詩話》等。